Schug

Curtis Sittenfeld

HILLARY

Roman

*Aus dem Englischen von
Stefanie Römer*

Für L,
in Liebe und Dankbarkeit

Meine Heirat mit Bill Clinton war die wichtigste Entscheidung meines Lebens. Die ersten beiden Male, als er mir einen Antrag machte, sagte ich Nein. Aber beim dritten Mal sagte ich Ja. Und ich würde es wieder tun.

Hillary Rodham Clinton, *What Happened*

Die Welt hat kein Recht auf mein Herz.

Lin-Manuel Miranda, *Hamilton*

PROLOG

31. Mai 1969

Ehe ich vor Publikum sprach, und bisweilen auch vor Ereignissen, die weniger öffentlich, jedoch nicht minder bedeutsam für meine Zukunft waren, wie zum Beispiel vor den Zulassungstests für die Law School, die ich in einem Seminarraum auf dem Harvard-Campus schrieb, überkam mich stets dieses spezielle Gefühl. Es war eine Art konzentrierte Vorwegnahme, gleich einem Druck auf der Brust, doch rührte es nie von Nervosität her. Ich war immer bestens vorbereitet, und ich zweifelte nie daran, es schaffen zu können. Also war es vielmehr der Glaube an meine eigene Kompetenz, gepaart mit dem Wissen, dass ich gleich ein Bravourstück vollbringen würde, das sich die meisten – ob zu Recht oder zu Unrecht – nicht zutrauten. Und dieses Wissen war eng mit der dritten und letzten Facette dieses Gefühls verknüpft, mit nichts anderem als Einsamkeit – der Einsamkeit, in etwas gut zu sein.

Meine Abschlussfeier am Wellesley College fand auf der Grünfläche nahe der Bibliothek statt, und ich sollte nach Senator Edward Brooke aus Massachusetts sprechen. Während seiner Rede saß ich als Zuhörerin mit Doktorhut und schwarzem Umhang auf der eigens errichteten Bühne. Mein Vater war allein, ohne meine Mutter und meine Brüder, aus Park Ridge, Illinois, angereist und saß weit hinten in den Zuschauerreihen. Ich würde die erste Studentin sein, die jemals bei einer Wellesley-Abschlussfeier sprach.

In der Nacht zuvor hatte ich, damit beschäftigt, meiner Rede den letzten Schliff zu geben, und zudem von Wehmutsattacken erfasst, kaum ein Auge zugetan. Obwohl das Wellesley angesichts der

Bürgerrechtsunruhen der letzten vier Jahre allmählich fast peinlich weltabgeschieden wirkte, hatte ich gern dort studiert, hatte die grünen Wiesen und den See geliebt, die holzgetäfelten Räume, in denen ich Vorlesungen über Spinoza und Quantenmechanik gehört und darüber diskutiert hatte, was in einer gerechten Gesellschaft zu leben bedeutete. Und natürlich hatte ich meine Freundinnen geliebt, die sich nun in alle Winde zerstreuten.

Senator Brookes Ansprache näherte sich ihrem Ende, ohne dass er die jüngsten Proteste oder Attentate, die Bürgerrechte oder Vietnam auch nur mit einer Silbe erwähnt hätte. In diesem Moment begriff ich, dass es an mir war, diese Themen anzusprechen. In gewisser Weise hatte ich das bereits lange vor der Feier gewusst, und aus ebendiesem Grund hatten meine Kommilitoninnen und ich auch für eine Sprecherin aus unseren Reihen gekämpft. Plötzlich jedoch kam mir meine vorbereitete Rede unpassend vor, und mir wurde klar, dass ich den ausweichenden Worten des Senators mit einer Gegenrede, der Gegenrede unserer Generation, antworten musste. Denn ich war es, die hier oben auf der Bühne stand, es war meine Pflicht.

Die Präsidentin von Wellesley, Ruth Adams, stellte mich mit den Worten vor, ich sei Absolventin der Politikwissenschaft sowie Präsidentin der Studentinnenvertretung und – womöglich eine Warnung oder eine Art Wunschdenken ihrerseits – stets »gut gelaunt, eine angenehme Gesellschaft und uns allen eine gute Freundin«.

Der Weg zum Rednerpult wollte kein Ende nehmen, und dann war ich auch schon da, ganz plötzlich. Unzählige Menschen saßen vor mir, die meisten davon Fremde, aber auch ein paar vertraute Gesichter.

»Ich freue mich«, begann ich, »dass Miss Adams hervorgehoben hat, dass ich heute im Namen von uns allen, allen vierhundert, spreche. Die Situation, in der ich mich befinde, ist mir vertraut, ich soll reagieren, wie es unsere Generation schon ziemlich lange tut. Wir haben zwar noch keine Führungs- und Machtpositionen inne, doch besitzen wir das unverzichtbare Instrument der Kritik und des konstruktiven Protests. Daher muss ich kurz auf einige der Aussagen von Senator Brooke reagieren. Ich werde mich kurzfassen, weil ich noch eine kleine Ansprache halten möchte.

Das Problem mit bloßer Empathie für erklärte Ziele ist, dass Empathie uns nicht weiterbringt. Wir haben viel Empathie erlebt; wir haben viel Sympathie erlebt, aber wir haben das Gefühl, dass unsere Anführer Politik allzu lange als Kunst des Möglichen betrachtet haben. Dabei heißt die Herausforderung der Politik jetzt, das scheinbar Unmögliche möglich zu machen.«

Ich spürte, wie sich etwas im Publikum veränderte, wie es sich in zwei Lager spaltete: Die einen fanden es unverschämt von einer Collegestudentin, einem Senator Kontra zu geben, während die anderen, angesichts des hohen Einsatzes, genau diese Chuzpe bewunderten. Natürlich gab es auch jene, und vermutlich waren sie in der Überzahl, denen es egal war; solche Leute gab es immer. Aber diese Spaltung, die ich bewirkt hatte – es wäre gelogen zu sagen, ich hätte sie nicht genossen.

Den Rest meiner Rede, das wusste ich, würde ich mindestens gut, wenn nicht gar bravourös meistern; *gut* hatte ich in der Hand, *bravourös* indes war weniger beherrschbar und entzog sich meiner Kontrolle, denn es hing davon ab, ob ich einen Draht zum Publikum würde herstellen können. Was ich noch nicht wusste, war, dass meine Rede – vermutlich wegen des improvisierten Teils – meine Kommilitoninnen zu stehenden Ovationen veranlassen würde. Ich wusste noch nicht, dass diese stehenden Ovationen viele der anwesenden Eltern kränken oder verärgern und in manchen Familien über Jahrzehnte hinweg ein Stein des Anstoßes bleiben würden (mein Vater sagte später mit Hohn in der Stimme: »Du hast wie ein Hippie geklungen da oben«); und ich ahnte noch nicht, dass meine Ansprache Widerhall in den überregionalen Medien finden würde, bis hin zum *Life Magazine*. An eines wiederum erinnere ich mich deutlich, und zwar an besagtes Gefühl: die konzentrierte Vorwegnahme, meine Kompetenz, meine Einsamkeit. Ich sah mich mit den Augen der anderen Absolventinnen und ihrer Familien, sah eine selbstsichere und idealistische junge Frau hinter einem Rednerpult, und zugleich steckte ich in meinem eigenen Körper, ich *war* ich selbst und konnte meine quer über die Grünfläche schallende Stimme hören. Das Gefühl erwuchs aus der Überschneidung, der Simultaneität, wie ich den anderen erschien und wie ich wirklich war. Rückblickend glaube ich, dass das, was ich in jenem Moment verspürte – ich hatte es schon zuvor verspürt, aber niemals so klar –, nichts Geringeres war als meine eigene einzigartige Zukunft.

TEIL I
DER HAKEN

KAPITEL 1

1970

Als ich ihn zum ersten Mal sah, musste ich unwillkürlich an einen Löwen denken. Er war eins achtundachtzig groß, was ich aber erst später erfuhr. Tatsächlich schien er noch größer, weil er nicht schlaksig-groß, sondern kräftig-groß war. Er hatte breite Schultern, einen wuchtigen Kopf und trug das Haar etwas länger als später, wodurch dessen Kupferton, dieselbe Farbe wie die seines Bartes, noch besser zur Geltung kam. Genau genommen dachte ich, er sehe aus wie ein attraktiver Löwe, aber selbst aus der Entfernung schien er auf eine Art von sich selbst eingenommen, die seine Attraktivität zunichtemachte. Er erweckte den Eindruck von jemandem, der der Luft mehr Sauerstoff entzieht als die anderen.

Diese Beobachtung in der Mensa der Yale Law School stammt aus dem Herbst 1970 – meinem zweiten Studienjahr an der rechtswissenschaftlichen Fakultät und seinem ersten. Ich war mit meinem Freund Nick dort, und Bill unterhielt sich mit seiner lauten, rauchigen Stimme inklusive Südstaaten-Akzent mit fünf oder sechs anderen Studierenden. Voller Enthusiasmus verkündete er: »... und nicht nur das, wir bauen die größten Wassermelonen der Welt an!«

Nick und ich sahen uns an und fingen an zu lachen. »Wer ist das denn?«, flüsterte ich.

»Bill Clinton«, flüsterte Nick zurück. »Er kommt aus Arkansas, und über nichts anderes spricht er andauernd.« Dann ergänzte er etwas, das an der Yale Law School tatsächlich noch weniger erwähnenswert war, als aus Arkansas zu stammen. »Er war ein Rhodes-Stipendiat.«

Nachdem ich sowohl in Harvard als auch in Yale angenommen worden war, hatte ich beschlossen, mich an eine Regel zu halten, die ich in derart jungen Jahren – ungefähr in der dritten oder vierten Klasse – für mich selbst aufgestellt hatte, dass ich mich kaum mehr an die Zeit davor erinnern konnte. Auch wenn ich sie niemandem gegenüber je erwähnt hatte, war sie für mich in Gedanken die Zweier-Regel: Wenn ich mir bezüglich eines Vorgehens unsicher war, aber zwei Gründe dafürsprachen, würde ich es tun. Sprachen zwei Gründe dagegen, würde ich es bleiben lassen. Natürlich gab es Situationen, in denen mehr als zwei Gründe sowohl für als auch gegen etwas sprachen, aber das kam nur äußerst selten vor.

Sollte ich in meinem ersten Jahr an der Highschool Latein wählen? Da ich gehört hatte, dass der Lehrer spitze war und es mir bei den Aufnahmetests für die Uni helfen würde – ja.

Sollte ich an der Freizeit meiner Kirchenjugendgruppe im Gebhard Woods State Park teilnehmen, obwohl ich dann die Party zum siebzehnten Geburtstag meiner Freundin Betty versäumen würde? Da das Datum der Freizeit zuerst feststand und eine kirchliche Veranstaltung von Natur aus moralischer als eine Party war – ja.

Sollte ich mir die Haare als Beehive frisieren? (Ja.) Sollte ich Geschichte als Hauptfach wählen? (Nein.) Sollte ich Politikwissenschaft als Hauptfach wählen? (Ja.) Sollte ich anfangen, die Pille zu nehmen? (Ja.) Sollte ich, nach der Ermordung von Dr. King, eine schwarze Armbinde tragen? (Ja.) Dass meine »Gründe« oft nur schlicht und ergreifend meine eigenen Präferenzen zum Ausdruck brachten, entging mir dabei keineswegs. Aber es kümmerte mich auch herzlich wenig.

Die Gründe, warum ich mich schließlich für Yale entschied, waren: (1) das dortige soziale Engagement und (2) die Tatsache, dass ein Professor der Harvard Law während einer Veranstaltung, die ich besuchte, nachdem man mich dort angenommen hatte, erklärte, Harvard brauche nicht noch mehr Frauen. Wie in Yale lag der Frauenanteil der Jurastudenten damals in Harvard bei etwa zehn Prozent, und ich war kurz versucht, mich allein deshalb dort einzuschreiben, um den Professor zu ärgern. Aber nur kurz.

Eines Abends im März 1971, kurz nach dem Spring Break, war ich in der rechtswissenschaftlichen Bibliothek, einem lang gestreckten Raum mit Lesekabinen in einem wunderschönen neugotischen Gebäude. Über den Bücherregalen erhoben sich große Spitzbogenfenster mit Glasmalereien, und von der holzgetäfelten Decke hingen bronzene Kronleuchter herab.

Ich saß seit anderthalb Stunden in einer der Lesenischen, und jedes Mal wenn ich aufblickte, sah ich Bill Clinton – dem Löwen – in die Augen. Er saß circa sechs Meter entfernt auf einem Tisch und unterhielt sich mit einem Mann, den ich nicht kannte. Ich überlegte, ob Bill mich mit jemandem verwechselte. Andererseits waren wir, da in meinem Jahrgang nur siebenundzwanzig Frauen studierten, wohl recht leicht auseinanderzuhalten.

Schließlich stand ich auf, ging zu ihm und sagte: »Ich hab bemerkt, dass du dauernd zu mir rübersiehst. Kann ich dir irgendwie helfen?« Ich streckte ihm die Hand entgegen. »Ich bin Hillary Rodham.«

Er begann zögerlich, aber breit zu lächeln und sagte mit seiner warmen, rauchigen Südstaaten-Stimme: »Ich weiß, wer du bist.« (Oh, Bill Clintons Lächeln! Inzwischen sind seit jenem Abend in der Bibliothek mehr als fünfundvierzig Jahre vergangen, doch ab und an schoss mir durch den Kopf, dass dieses Lächeln mein Leben hätte zerstören können.) »Du bist die, die Professor Geaney am Ladys' Day die Leviten gelesen hat.«

Der Ladys' Day war ein sorgsam gepflegtes Ritual einiger Professoren, die den weiblichen Studierenden ans Herz legten, sich nur einmal während des Semesters zu Wort zu melden, an einem eigens dafür bestimmten Tag. Doch Professor Geaney, der Konzernsteuerrecht lehrte, ein Fortgeschrittenenseminar, das Bill nicht besuchte, ging noch einen Schritt weiter: An jedem Valentinstag eröffnete er seine Vorlesung mit der Ankündigung, dies sei der Ladys' Day, und forderte alle »Jungfrauen« auf, sich vorne im Raum zu versammeln. Als er dies ein paar Wochen zuvor kundgetan hatte, war ich zusammen mit zwei anderen Frauen des Kurses aufgestanden, dann aber, wie zuvor abgesprochen, an meinem Platz stehen geblieben und hatte stellvertretend das Wort ergriffen: »Das ist ein widerwärtiger Brauch, der im akademischen Umfeld nichts verloren hat. Die anwesenden Studentinnen sollten als vollwertige Mitglieder der Law School behandelt werden und dieselben Rechte zur Mitsprache in diesem Seminar haben wie ihre männlichen Kommilitonen.«

Nach dieser kurzen Ansprache verspürte ich eine ähnlich trotzige Genugtuung wie seinerzeit bei der Wellesley-Abschlussfeier, und dieses Gefühl wurde selbst dadurch nicht geschmälert, dass Professor Geaney sagte: »Wohl denn, Miss Rodham. Die Damen mögen an ihrem Platz bleiben, aber da Sie heute offenbar darauf brennen, Ihren Standpunkt zu vertreten, werde ich Sie unsere Diskussion eröffnen lassen, indem Sie *Gregory vs. Helvering* für uns zusammenfassen.«

»Mit Vergnügen«, sagte ich.

Bill Clinton antwortete ich in der juristischen Bibliothek: »Ja, das war ich.«

Daraufhin erhob Bill sich vom Tisch, baute sich mit seinen ein Meter achtundachtzig, seiner kupfernen Mähne und seinem Bart vor mir auf (ich bin eins vierundsechzig groß) und ergriff meine noch immer ausgestreckte Hand. »Hocherfreut, dich offiziell kennenzulernen. Ich bin Bill.«

»Würdest du gern in der studentischen Rechtsberatung mitarbeiten?«, fragte ich. Die letzten achtzehn Monate hatte ich mich als Freiwillige im Büro der studentischen Rechtsberatung von New Haven engagiert.

Er schien amüsiert, obgleich mir schleierhaft war, warum. Wir standen noch immer Hand in Hand da – er hatte riesige Pranken –, als er sagte: »Ja, vielleicht. Kann ich dich demnächst mal auf einen Kaffee einladen, und wir unterhalten uns darüber?«

Ich zog die Hand zurück. »Falls du diesen Sommer dabei sein willst, solltest du dich so schnell wie möglich bewerben. Die Plätze sind bestimmt schon bald vergeben.«

»Nein, ich werde unten in Florida George McGovern beim Wahlkampf unterstützen. Aber was ist mit dem Kaffee?«

Hatte er eben um ein Rendezvous gebeten? Ich zog die Möglichkeit kurz in Erwägung, verwarf sie dann aber gleich wieder. Und dafür gab es zufälligerweise zwei Gründe. Zum einen strahlte Bill Clinton eine unbändige und rastlose Energie aus, und obwohl diese Art von Energie an der Yale Law School gewiss keine Seltenheit war, suchte die seine ihresgleichen. Zum andern wollte er wohl etwas von mir, aber es erschien mir abwegig, dass es dabei um etwas Romantisches gehen sollte. Nicht etwa, dass sich keine Männer für mich interessierten – der eine oder andere tat das sehr wohl. Es erschien mir abwegig, weil die Männer, die sich für mich interessierten, niemals derart charismatisch waren und gut aussahen.

Daher zierte ich mich auch nicht lange oder spielte die Unnahbare, sondern sagte einfach: »Bis zum Wochenende bin ich beschäftigt, aber am Samstagnachmittag hätte ich Zeit.«

Das Zimmer der studentischen Rechtsberatung, in dem wir die Anfragen entgegennahmen, war mit vier Tischen und einem wuchtigen Aktenschrank ausgestattet, und als ich am Freitagmorgen dort ankam, war ein anderer Jurastudent namens Fred bereits am Telefonieren. Er grüßte mich, indem er zweimal freundlich die Brauen hob, während er in den Hörer sprach: »Leider behandeln wir keine Strafsachen, aber ich kann Ihnen die Nummer einer Freiwilligenorganisation von Anwälten geben.« Ich stellte meine braune lederne Büchertasche unter einem Tisch ab. In jedem Semester arbeiteten abwechselnd ungefähr dreißig von uns in der Rechtsberatung – im ersten Semester bekam man Leistungspunkte dafür, danach gab es weder Bescheinigungen noch Geld, die beste Vorbereitung, wie wir witzelten, auf eine Karriere in der Pro-Bono-Rechtsberatung –, deshalb hatte niemand einen eigenen Schreibtisch. Kaum hatte ich Platz genommen, läutete auch schon das Telefon auf meinem Tisch, und ich nahm den Rest des Vormittags wie Fred und ein weiterer Student namens Mike, der nach mir erschienen war, Anrufe entgegen. Den meisten Anrufern konnten wir nicht helfen – entweder sie verdienten zu viel, oder sie wohnten außerhalb des Gebiets, in dem wir tätig sein durften –, aber wir waren angehalten, nicht aufzulegen, ohne ihnen zuvor die Namen und Telefonnummern anderer Anlaufstellen gegeben zu haben.

Es war kurz nach eins, als mein Betreuer, Harold Meyerson, zu mir trat und meinte: »Hillary, wenn Sie eine freie Minute haben, kommen Sie doch bitte in mein Büro.«

»Ich hätte jetzt gleich Zeit«, erwiderte ich und folgte ihm zu seinem Schreibtisch. Harold war Mitte vierzig, Syndikusanwalt und Dozent in Yale.

Er durchwühlte einen Stapel Aktenmappen und reichte mir zwei. »Es handelt sich um eine Räumungsklage wegen Ruhestörung gegen einen Section-236-Mieter, aber ich schätze, der Vermieter will eigentlich nur die Miete erhöhen. Überprüfen Sie, ob es irgendwelche Verletzungen der Bewohnbarkeitsgarantie gibt.«

Ich hielt die Aktenmappen hoch. »Ist eine Kopie des Mietvertrags hier drin?«

»Ich denke ja.«

»Wann soll der Beklagte die Wohnung räumen?«

»Am 31. März.«

In weniger als zwei Wochen also. »Oha! Soll ich zuerst versuchen, mit dem Vermieter zu verhandeln, oder direkt eine Aussetzung der Zwangsvollstreckung beantragen?«

»Forschen Sie ein bisschen nach, und sagen Sie es mir dann.« Harold lächelte. »Sie lieben doch die Herausforderung.«

Am Samstag traf ich mich gegen Mittag mit den anderen vier Vorsitzenden der Yale-Gruppe von Law Students United for Change, um den endgültigen Entwurf eines Anfang der Woche gemeinsam verfassten und an diesem Vormittag von mir abgetippten offenen Briefes an Carl Albert, den Sprecher des Repräsentantenhauses, noch einmal durchzulesen und zu unterschreiben. Nachdem Antikriegsaktivisten massive Lobbyarbeit geleistet hatten, hieß es, Albert sei kurz davor, einen Gesetzesentwurf zur Herabsetzung des Wahlalters auf achtzehn Jahre zu unterstützen. Am Abend war ich zu einem Potluck-Dinner bei Richard und Gwen Greenberger eingeladen. Richard unterrichtete Staatsrecht sowie Bürgerliche und Politische Rechte, ein Seminar, das bisher zu meinen Lieblingsveranstaltungen zählte – vielleicht nicht ganz zufällig war Richard auch der einzige Professor, den ich mit Vornamen ansprach. Gwen, die '63 in Yale ihren Abschluss in Jura gemacht hatte, leitete die National Children's Initiative, eine der Universität nahestehende Kinderrechtsorganisation, bei der ich im vergangenen Sommer gearbeitet hatte. Als Beitrag für das Potluck-Dinner wollte ich Chocolate Chip Cookies mitbringen, das einzige Gericht, das mir zuverlässig gelang.

Zwischen dem Unterschreiben des Briefes und dem Potluck war ich um drei Uhr mit Bill in einem Café verabredet. Als ich dort eintraf, wartete er schon vor der Tür. Er legte den Kopf schief und sagte: »Ich hab eine bessere Idee. Auf dem Weg hierher bin ich an der Kunstgalerie vorbeigekommen. Interessiert dich die Rothko-Ausstellung?«

»Die Kunstgalerie hat zu.« Wegen eines Streiks waren etliche Universitätsgebäude vorübergehend geschlossen.

»Stimmt. Willst du sehen, wie ich einen kleinen Arkansas-Zauber vollführe?«

»Sind Wassermelonen mit im Spiel?«, rutschte mir heraus.

Er lachte. »Dacht ich's mir doch, dass du in der Mensa gelauscht hast.« Das war vor sechs Monaten gewesen, und selbst wenn ich mich noch an den Tag erinnerte, war ich doch überrascht, dass er es auch tat. »Wenn du es genau wissen willst«, fügte er hinzu, »die besten Wassermelonen überhaupt werden in Hope, einer Stadt im Südwesten von Arkansas, angebaut. Ich bin in Hot Springs aufgewachsen, aber geboren bin ich in Hope. Der Boden dort ist wegen des Flusses fein und sandig, und einmal haben wir eine Melone, die fast zweihundert Pfund wog, an Präsident Truman geschickt.«

»›Wir‹ im Sinne von ›unsere Familie‹?«

»›Wir‹ im Sinne von ›die Stadt‹, obwohl mein Onkel Carl, der mit der Schwester meiner Großmutter verheiratet war, ein Champion unter den Wassermelonenzüchtern war. Offen gestanden sind es gar nicht die großen Wassermelonen, die am besten schmecken. Die kleinen sind viel süßer.«

»Ich werde Truman nicht verraten, dass ihr ihn übers Ohr gehauen habt, versprochen«, flachste ich. »Und ja, die Rothko-Ausstellung interessiert mich. Was den Arkansas-Zauber angeht, bin ich ausnahmsweise gewillt, meine Skepsis beiseitezuschieben.«

»Na, das ist doch wenigstens etwas.« Er streifte mich mit einem flüchtigen Blick, und mich beschlich der seltsame Gedanke, dass er mich vielleicht gleich an die Hand nehmen würde. Doch stattdessen liefen wir bald darauf nebeneinanderher, und ich war mir nicht sicher, ob ich mir diesen merkwürdigen Moment nicht eingebildet hatte. Während wir die Straße entlanggingen, wurden mir seine Körpergröße und seine Statur erst richtig bewusst; ich musste den Hals recken, um ihm in die Augen zu sehen.

»Wie sind deine Kurse?«, fragte ich. Nach unserem Gespräch in der Bibliothek war ich im Lauf der letzten Tage zu dem Schluss gekommen, dass er – wenn der Zweck dieses Treffens nicht darin bestand, sich über die Arbeit in der studentischen Rechtsberatung zu informieren – vielleicht Tipps wollte, welche Veranstaltungen er in seinem zweiten Jahr wählen sollte.

»Ich will nicht lügen. Ich bin ein grauenhafter Prokrastinierer. Ich halse mir dummerweise regelmäßig mehr Projekte außerhalb des Campus auf, als mir guttut, und meistens bin ich mit der Pflichtlektüre drei Minuten vor Kursbeginn fertig.« Er verzog kurz das Gesicht, bevor er hinzufügte: »Vorausgesetzt, ich komme überhaupt zum Kurs.«

»Wie verbringst du den Rest deiner Zeit?«

»Zum einen unterrichte ich Strafrecht an der University of New Haven, hauptsächlich wegen des Geldes, aber es ist keine schlechte Stelle. Die dortigen Studenten sind angehende Polizisten, also bekomme ich interessante Einblicke in ihr Leben. Außerdem erledige ich für einen Anwalt in der Stadt Botengänge, überbringe Unterlagen und alles Mögliche. Aber mein bester Job, zumindest für eine Weile, war der Wahlkampf für Joe Duffey letzten Herbst.«

»Oh«, sagte ich. »Mein Beileid.« Duffey, Dozent an einer theologischen Hochschule, der von Connecticut aus als überzeugter Vertreter der Antikriegsbewegung ins Rennen um einen Sitz im Senat gegangen war, hatte gegen einen Republikaner namens Lowell Weicker verloren.

Bill schüttelte den Kopf. »Klassisches Beispiel für den richtigen Mann mit der falschen Botschaft. Obwohl Joe als Arbeiterkind aufgewachsen ist, nahmen ihm die Fabrikarbeiter nicht ab, dass er sie versteht. Hast du schon mal einen Wahlkampf unterstützt?«

»Am Samstag vor der Wahl bin ich tatsächlich für Duffey durch den Wahlbezirk gezogen. Und zu Collegezeiten bin ich an den Wochenenden als freiwillige Helferin nach New Hampshire gefahren, um Eugene McCarthy zu unterstützen. Aber was jetzt kommt, könnte dich dazu bringen, unser Gespräch auf der Stelle zu beenden. Meine erste Wahlkampferfahrung bestand darin, für Barry Goldwater von Tür zu Tür zu gehen.«

»Oh, Hillary.« Bill schaute halb entsetzt, halb amüsiert drein. »Sag, dass das nicht wahr ist.«

»Mir ging erst im Lauf der Zeit ein Licht auf. '68 nahm ich sowohl an Versammlungen der Republikaner wie auch der Demokraten teil.«

Er sah mich schief an. »Ist das legal? Oder überhaupt möglich, metaphysisch gesprochen?«

»Inzwischen bin ich überzeugte Demokratin, weil ich mir die Alternativen genau angesehen habe. Aber im Ernst, ich hatte bereits die Seiten gewechselt und hätte niemals den Parteitag der Republikaner besucht, wenn ich nicht vom Wellesley-Praktikumsprogramm dafür eingeteilt worden wäre, in jenem Sommer für die House Republican Conference zu arbeiten. Allerdings habe ich bei diesem Parteitag Frank Sinatra kennengelernt.«

»Na, das ist ja wenigstens etwas.« Bill summte ein paar Takte von *Strangers in the Night*. »Wie sehen deine Pläne nach Yale aus?«

»Das kommt ganz auf den Tag an.« Ich lachte. »Auf jeden Fall möchte ich irgendwann nach Washington. Diesen Sommer werde ich in einer Kanzlei in Kalifornien arbeiten und mir ein Bild davon machen, wie spannend Prozessführung ist. Aber ich habe auch schon für Gwen Greenbergers National Children's Initiative Recherchen übernommen. Kennst du die Greenbergers?« Abgesehen davon, dass ich Gwen und Richard aus beruflicher Sicht bewunderte, faszinierten mich die beiden persönlich. Er war ein weißer Jude aus Georgia, sie war eine schwarze Baptistin aus New York, und sie waren Vater und Mutter von dreijährigen Zwillingen. Der Lebensstil der Greenbergers bezauberte mich – ihre unzähligen Bücherregale, die Tatsache, dass er manchmal kochte, ihre Art zu scherzen *und* für die Gerechtigkeit zu kämpfen *und* auf atemberaubende und zugleich unprätentiöse Weise brillant zu sein. Das alles war so anders als das Miteinander meiner Eltern.

»Ich besuche momentan Richards Staatsrechtskurs«, sagte Bill. »Er ist einfach spitze.«

»Ich bin heute Abend bei ihnen zum Essen eingeladen. Was sind *deine* Pläne für die Zeit nach Yale?«

»Nach der Law School gehe ich zurück nach Arkansas und kandidiere entweder für den Kongress oder für den Posten des Generalstaatsanwalts.« Bill war nicht der erste Mensch in Yale, aus dessen Mund ich solch ein Ziel vernahm, aber er klang überzeugter als jeder andere.

»Ich war Präsidentin der Studentinnenvertretung in Wellesley, aber ich glaube, das war's dann auch schon für mich ... ich werde an zukünftigen Kampagnen wohl eher nicht als Kandidatin teilnehmen.«

»Warum nicht?«

»Nun, zum einen, weil ich eine Frau bin. Außerdem hast *du* gewiss kein Problem damit, Leute um Geld zu bitten.«

»Kein bisschen, Gelder einsammeln gehört mit zum Spiel. Ich bin recht schamlos.«

Ich lachte.

»In der Highschool und zu Beginn meiner Collegezeit war ich in der Schüler- beziehungsweise Studentenvertretung«, fuhr er fort. »Aber ich war an der Georgetown University, und je länger ich in Washington lebte, umso häufiger verbrachte ich Zeit auf dem Capitol Hill statt auf dem Campus. Es war schwierig, dem Lockruf des echten Lebens zu widerstehen. Ich gehörte zum Mitarbeiterstab von Senator Fulbright, und wenn ich die Wahl hatte, an einem Meeting des Ausschusses für auswärtige Beziehungen teilzunehmen oder Zwanzigjährigen dabei zuzuhören, wie sie in der Mensa über das Essen meckerten, fiel mir die Entscheidung nicht allzu schwer.«

»Kongressmitglied und Generalstaatsanwalt von Arkansas sind aber zwei Paar Stiefel, nicht wahr? Geografisch und, nun ja, auch metaphysisch betrachtet.

Diesmal war er es, der lachte. »Ich werde sehen, was sinnvoller ist, wenn ich wieder zu Hause bin. Eigentlich bin ich offen für jedes Amt, in dem ich das Leben der Menschen in Arkansas verbessern kann.«

»Jedenfalls *klingst* du schon wie ein Politiker.«

Wir bogen in die Chapel Street ein. »Du meinst, wie ein Schwindler?«, fragte er scheinbar gelassen.

»Eher wie ein Schauspieler als ein Schwindler.«

»Macht das einen Unterschied?«

»Aber ja«, meinte ich.

»Oben im dritten Distrikt, einer mal abgesehen von Fayetteville eher ländlichen Gegend, gibt es einen echten Scheißkerl von republikanischem Kongressabgeordneten, einen Nixon-Kumpan. Der Typ ist überfreundlich, wenn du dich mit ihm unterhältst, aber kaum ist er in Washington, vergisst er seine Wähler vollkommen. Ihm das Amt abzujagen ist ziemlich aussichtslos, aber mit irgendwas muss man schließlich beginnen.«

Wir waren beim Haupteingang des Museums angelangt, das in einem neugotischen, fast schlossartigen Gebäude untergebracht war. Ich blieb unvermittelt stehen und sah ihm direkt in die Augen. »Warum sind wir hier? Ich meine nicht hier beim Museum. Ich meine, warum verbringen wir Zeit miteinander? Was willst du?«

Er lächelte. »Was glaubst du, was ich will?«

»Nein«, erwiderte ich, »antworte mir. Es reicht mit diesem …«, ich suchte nach dem richtigen Wort und landete dann bei einem, das ich so gut wie nie benutzte, »… diesem Geplänkel.«

Auf seinem Gesicht zeichnete sich Betroffenheit ab. »Wir haben eine Verabredung. Ich wollte mit dir ausgehen«, sagte er ernst.

Für ein paar Sekunden starrte ich ihn nur an. »Warum?«

Offenbar noch immer geknickt und besorgt, in ein Fettnäpfchen zu treten, meinte er in weniger schmeichelndem als eher nüchternem Ton: »Weil du die klügste Person in Yale bist.«

Ich wusste nicht, was ich antworten sollte, also lachte ich, was jedoch mehr zu einem Gackern geriet.

»Das sagen alle«, meinte Bill. »Ich wusste schon vor einem Jahr, wer du bist. Meine Mutter hat den Artikel über dich aus dem *Life Magazine* ausgeschnitten und mir nach Oxford geschickt.«

»Und darauf stehst du? Auf kluge Frauen?«

»Warum nicht?«

»Wenn du Karriere in der Politik machen willst, müsstest du dir doch eigentlich eine treu ergebene Hausfrau wünschen.«

»Nun, ich mach dir ja keinen Heiratsantrag«, sagte er, und ich spürte, wie mir die Röte ins Gesicht stieg. Mit einem Grinsen fügte er hinzu: »Noch nicht.« In diesem Moment erlebte ich, glaube ich, zum ersten Mal das Bill-typische Amalgam aus Koketterie und Freundlichkeit. »Nein, im Ernst«, fuhr er fort, »ich freue mich gerade einfach, Zeit mit dir zu verbringen. Ich hatte das leise Gefühl, du wärst ziemlich cool, und das bist du auch.« Er zögerte einen Augenblick und ergänzte dann etwas verlegen: »Und außerdem ziemlich attraktiv.« Er warf einen Blick Richtung Museumseingang. »Wollte ich dir nicht einen Arkansas-Zauber vorführen?«

1957 war ich zum zehnten Geburtstag meiner Freundin Maureen Gurski eingeladen, die einen Block von uns entfernt ebenfalls in Park Ridge wohnte. Sechs Mädchen saßen um den Esstisch der Gurskis und aßen Kuchen, zusammen mit Maureens jüngerem Bruder und ihren Eltern. Irgendwann kam die Rede auf Baseball. Ich war ein glühender Fan der Chicago Cubs, trotz ihrer grauenhaften Leistung in jenem Jahr, und meinte: »Die White Sox haben vielleicht die bessere Saison, aber Ernie Banks ist trotzdem der beste Spieler beider Teams. Wenn die Cubs auf ihn bauen, sind sie bald wieder gut.«

Maureens Vater lächelte mich über den Tisch hinweg säuerlich an. »Für ein Mädchen bist du ganz schön rechthaberisch.«

Es war nicht das erste Mal, dass ich etwas in der Art zu hören bekam. Angefangen hatte es in der dritten Klasse, in der meine Lehrerin Mrs Jauss mir regelmäßig die Aufsicht übertrug, wenn sie das Klassenzimmer verließ – eine Aufgabe, die es manchmal mit sich brachte, dass ich John Rasch auffordern musste, sich hinzusetzen oder damit aufzuhören, Donna Zinser zu ärgern, und die oft damit endete, dass John mich daran erinnerte, ich sei keine Lehrerin. In der vierten Klasse war ich zur Co-Kapitänin des Ordnungsdienstes gewählt worden, was gelegentlich ähnlichen Widerstand meiner Mitschülerinnen und Mitschüler hervorrief. Mr Gurskis Bemerkung brachte diese Meinung derart stenografisch präzise auf den Punkt, wie ich es noch nie erlebt hatte, und öffnete mir jäh die Augen, welche Irritation und Abneigung ich bei meinen Mitmenschen hervorrief. Nicht bei allen, versteht sich – viele zollten meinem Eifer und meinem Verantwortungsbewusstsein Respekt –, aber zu denen, die sich provoziert fühlten, zählten gleichermaßen Männer wie Frauen, Erwachsene wie Kinder.

Es mag verwunderlich scheinen, aber in gewisser Hinsicht bin ich Bud Gurski dankbar. Aus (jawohl) zwei Gründen. Erstens: Er sagte das, was er sagte, im haargenau richtigen Moment. Ich war noch jung, noch immer gesegnet mit dem unverschämten Selbstvertrauen einer Neunjährigen, und nahm ihn nicht so ernst, wie ich es vielleicht mit zwölf oder dreizehn getan hätte. Zweitens: Er wählte weniger verletzende Worte, als ihm möglich gewesen wäre, weit weniger verletzende als jene, die mir seither immer wieder begegnet sind. Für ein Mädchen ganz schön rechthaberisch? Natürlich hatte ich recht! Und natürlich war ich ein Mädchen. Was er sagte, war weniger eine Beleidigung als eine Tatsache.

Bei Maureens zehntem Geburtstag war Mr Gurski ungefähr Mitte dreißig, was mir ziemlich alt erschien, um ein Schulmädchen in seine Schranken zu verweisen. Ich hatte noch nicht gelernt, dass manche Männer diesem Impuls nie entwachsen. Aber ich konnte ihn problemlos missachten, obwohl mir klar war, dass es respektlos gewesen wäre, meine Missachtung offen zu zeigen. Für einen Erwachsenen sind Sie ganz schön blöd, dachte ich. Laut sagte ich: »Na ja, Ernie Banks ist eben ein großartiger Baseballspieler.«

Auf seinem Weg zu unserer Verabredung im Café hatte Bill entdeckt, dass im Innenhof der Kunstgalerie überall Müll herumlag, vermutlich weil auch die Hausmeister streikten, die ihn sonst beseitigten. Er hatte sich mit einem Sicherheitsmann unterhalten und ihn gefragt, ob er uns in das Museum lassen würde, wenn wir vorher sauber machten. Der Wachmann war ein Schwarzer, den ich auf Anfang sechzig schätzte, und Bill schüttelte ihm nun herzlich die Hand. Mit ausgestrecktem Arm wies er auf mich und sagte: »Und das ist Hillary, das Mädchen, das ich hoffentlich beeindrucken kann.«

Der Wachmann hieß Gerard; wir schüttelten uns ebenfalls die Hände. Sekunden später fand ich mich dabei wieder, wie ich gemeinsam mit Bill über den Hof ging, um leere Sodadosen, Zigarettenkippen und Papierfetzen aufzulesen und zu entsorgen. Während wir kreuz und quer vor und hinter der überlebensgroßen Bronzeplastik einer sitzenden weiblichen Figur über den Hof liefen, unterhielten wir uns lauthals, und ich amüsierte mich wie selten in meinem Leben. Hatte ich deshalb einen solchen Spaß, weil es ein kühler, aber sonniger Frühlingstag war und ich mich an der frischen Luft befand? Weil alles an diesem Nachmittag neu und überraschend war? Weil Bill groß, albern, gut aussehend und in Flirtlaune war?

Es war zehn vor vier, als Gerard uns durch einen Seiteneingang in das höhlenartig düstere Museumsinnere einließ; alle Lichter waren aus. Wir gingen an einer antiken griechischen Vase, einem Deckenfresko aus Syrien und einer Büste des römischen Kaisers Commodus vorbei. Vor einem Ölgemälde mit rosafarbenen Orchideen eines amerikanischen Malers aus dem neunzehnten Jahrhundert blieben wir stehen, und Bill zeigte auf ein Blatt: »Sieh dir nur diese Genauigkeit bis ins kleinste Detail an.«

Ich zeigte auf einen Kolibri: »Der da gefällt mir besonders.«

Bills Zeigefinger berührte flüchtig den meinen, als er sagte: »Da ist noch einer.«

Ich zögerte kurz – er tat solche Dinge offensichtlich aus dem Bauch heraus, im Gegensatz zu mir –, dann berührte mein Finger flüchtig den seinen. »Sie sehen aus, als würden sie sich Geheimnisse erzählen.«

Er lachte. »Woher weißt du, dass sie nicht gerade über wichtige Dschungelpolitik diskutieren?«

Als wir uns von dem Bild abwendeten, legte er mir die Hand auf den Rücken. In meinem Inneren kribbelte es, und mir wurde leicht schwindlig. Er wollte mit *mir* zusammen sein? Wollte mit *mir* allein sein? Von einem Mann wie Bill Clinton umworben, als »ziemlich attraktiv« betrachtet zu werden, war nicht die Art von Glück, die ich erwartet oder mir aktiv gewünscht hätte; ein solcher Wunsch wäre mir lächerlich, töricht und möglicherweise gierig erschienen. Natürlich war ich schon verliebt gewesen. Ziemlich oft sogar. Aber meine Schwärmerei verhielt sich in der Regel umgekehrt proportional zur Begeisterung des jeweiligen Mannes. Und nach Männern wie Bill trachtete ich gar nicht erst, nach unwiderstehlichen und außergewöhnlichen Männern – ich setzte meine Hoffnungen vielmehr auf schlaue, aber durchschnittliche Typen, und auch das funktionierte nur, wenn die zuerst ein Auge auf mich geworfen hatten.

Vor einem Edward-Hopper-Gemälde, das eine Frau in einem Hotelzimmer zeigte, sagte Bill: »Das hier ist mein Lieblingsbild. Manchmal komme ich nur vorbei, um nach ihr zu sehen.«

Die Frau trug ein tief ausgeschnittenes, ärmelloses rotes Kleid und braune Pumps und saß auf der Bettkante vor einem Fenster, hinter dem sich unter einem blauen Himmel dünenartige Hügel über den Horizont erstreckten. Das Bild war nicht unverhohlen erotisch, aber es war auch nicht gänzlich unerotisch.

»Was gefällt dir daran?«, fragte ich.

»Die Intensität ihres Ausdrucks ... Was denkt sie? Hat sie Liebeskummer? Ist sie wütend? Ist jemand anders mit ihr im Zimmer?«

Jetzt, wo er es erwähnte, wurde tatsächlich eine weitere Präsenz, vielleicht sogar die des Malers, spürbar.

»Wieso hast du überhaupt Zeit hierherzukommen?«, fragte ich. »Zwischen deiner Arbeit für die Kampagnen und dem Prokrastinieren?«

Er grinste. »Hierherkommen *ist* prokrastinieren.« Er wies auf das Sonnenlicht, das im Bild auf die Zimmerwand fiel. »Sind das Licht und die Schatten nicht grandios?«

»Ich hätte nie gedacht, dass du solch ein Kunstnarr bist.«

»Du meinst, weil ich aus Arkansas stamme?«

»Weil du so beschäftigt bist. Und«, fügte ich verlegen hinzu, »vielleicht auch, weil du aus Arkansas stammst. Obwohl ich kein Ostküsten-Snob bin, Ehrenwort. Ich bin außerhalb von Chicago aufgewachsen, ich kann also gar keiner sein.«

Bill klang kein bisschen beleidigt, sondern vielmehr schwärmerisch, als er erwiderte: »Es ist ziemlich mühsam, die Leute davon zu überzeugen, aber Hot Springs hat fast schon weltstädtisches Flair. Die Schwefelquellen haben schon immer Leute aus dem ganzen Land, wenn nicht gar aus der ganzen Welt angezogen ... angefangen bei Hernando de Soto über Al Capone bis hin zu Teddy Roosevelt. De Soto dachte wahrhaftig, er hätte die Quelle der ewigen Jugend entdeckt. Heute gehört man bei uns unterschiedlichen Religionen an, es gibt in der Stadt prachtvolle Häuser und Hotels, Kunst und Kultur, und im Frühjahr kommen sogar etliche Baseballteams zum Training. Zugegeben, es werden auch zwielichtige Partys veranstaltet, und zu den leidenschaftlichen Fans des Zwielichtigen gehören auch ein paar Leute, die mir lieb und teuer sind, aber genau diese bunte Mischung ist es doch, die das Leben interessant macht. Findest du nicht?«

Der Kerl neben mir hatte wirklich etwas unglaublich Liebenswürdiges an sich. »Doch«, stammelte ich, »schon.«

»Außerdem gibt es eine Alligatorenfarm *und* eine Straußenfarm. Ach, und einen Zoo mit dem Skelett einer Meerjungfrau.«

Ich grinste. »Weiß Darwin davon?«

Er grinste zurück. »Dir ist schon klar, dass man sehr wohl aus Chicago kommen und trotzdem ein Ostküsten-Snob sein kann?«

Im Frühling meines siebten Schuljahrs hatte ich für den Vorsitz der Schülervertretung kandidiert, neben vier ambitionierten Achtklässlern. Als die Kandidatenliste am schwarzen Brett vor dem Büro des Rektors ausgehängt wurde, war ich nicht überrascht, dass alle meine Gegner Jungen waren, ja es freute mich sogar: Ich witterte die Chance, die sich hinter einer Wahl mit solch einer Geschlechterverteilung verbarg.

An einem warmen Nachmittag im Mai hielten die vier Jungen und ich nach der Mittagspause in der Cafeteria vor der gesamten Mittelstufe unsere Reden. Mr Heape, der Betreuer der Schülervertretung, hatte uns empfohlen, maximal fünf Minuten zu sprechen.

Mein Vater, der sarkastisch, streng und oft gemein war, hatte mir bei meiner Rede geholfen. Seit der Grundschule ließ er mich regelmäßig Aufsätze schreiben, die er dann mit einem Kugelschreiber korrigierte: Er strich ganze Absätze durch, markierte Wiederholungen oder schwache Argumente, indem er *kindisch* oder *trivial* an den Rand schrieb. Ich überarbeitete die Texte gemäß seinen Korrekturen, zeigte ihm diese zweiten Versionen jedoch nie. Ein Witz über einen Klavierstimmer namens Opporknockety, den er gern zum Besten gab, endete mit der Pointe »Opporknockety stimmt nur einmal«, und entsprechend antwortete er mir schon früh, wenn ich ihn darum bat, meine Überarbeitungen zu lesen: »Hugh Rodham stimmt nur einmal.« Von Beruf Textilfabrikant war mein Vater überzeugter Republikaner, ein Politikjunkie, der die meisten Politiker verachtete, ein Geizkragen und ein schnell gelangweilter Mann, der nicht willens war, seine Langeweile zu verbergen. Diesem Mann verdankte ich die Einleitung meiner Wahlkampfrede für den Vorsitz der Schülervertretung.

»Hallo, Mitschülerinnen und Mitschüler der Ralph Waldo Emerson Junior High«, sagte ich in das Mikrofon. »Um es mit den Worten Winston Churchills zu sagen, eine gute Rede sollte wie der Rock einer Frau sein: lang genug, um das Wesentliche abzudecken, aber kurz genug, um Interesse zu wecken.«

Die meisten Schülerinnen und Schüler sahen mich verständnislos an. Einige aus der Lehrerschaft kicherten, mehr noch warfen sich besorgte Blicke zu. Ich gewann die Wahl mit zweiundachtzig Stimmen.

Die Treffen der Schülervertretung fanden ab Herbst jeden Montag während der Mittagspause in Mr Heapes Klassenzimmer statt. Ein Junge namens Bruce, der zum Kassenwart gewählt worden war, und ich trafen stets als Erste ein, weil wir unser Mittagessen lieber von zu Hause mitbrachten, als es in der Schule zu kaufen. In den zehn Minuten, in denen wir auf die anderen warteten, unterhielten Bruce und ich uns über Mathetests oder über den Hund seiner Familie, den Springer Spaniel Buster, oder darüber, wer am Abend zuvor in der *Ed Sullivan Show* aufgetreten war. Während dieser Gespräche saß ich mit Blick in den Raum auf einem Stuhl, den ich nach vorne vor die Tafel geschoben hatte, und Bruce saß mir gegenüber in der ersten Stuhlreihe. Im Oktober schlossen wir eine Wette ab, ob die Single *Save the Last Dance for Me* länger als eine Woche die Nummer eins der Hitparade bleiben würde. Er wettete dagegen, ich dafür, und in gewissem Sinn behielten wir beide recht, denn eine Woche später rutschte der Song ab, um dann wieder zwei Wochen lang an der Spitze zu stehen. Als ich mir einen neuen Haarschnitt machen ließ, sagte er, sobald er das Klassenzimmer betreten hatte: »Du siehst anders aus mit Pony.« Bruce selbst hatte einen blonden Bürstenschnitt, haselnussbraune Augen und besaß eine Sammlung echter indianischer Pfeilspitzen, die er auf einer Reise mit seiner Familie nach Ohio gekauft hatte und die er einmal mitbrachte, um sie mir zu zeigen.

Sobald Mr Heape und die anderen Schüler eintrafen, Tabletts

aus der Cafeteria mit Hackbraten, Hüttenkäse und Pfirsichhälften in Sirup vor sich hertragend, schlug ich die Aktenmappe auf, in der ich die Notizen für die Schülervertretung aufbewahrte, und eröffnete die Versammlung; auf der Mappe prangte ein mit der Schreibmaschine meiner Mutter getipptes Etikett mit der Aufschrift: »Präsidentschaft Schülervertretung 1960–61«.

Am Morgen von Thanksgiving 1960 erwachte ich aus einem Traum, in dem ich Bruce geküsst hatte. Im ersten Moment war ich schockiert, doch dann, während ich grübelnd unter der Decke lag, ergab plötzlich alles einen Sinn: Waren die zehn Minuten, die ich immer allein mit Bruce im Klassenzimmer verbrachte, nicht jedes Mal der Höhepunkt meiner Woche? Mir dessen klar zu werden, es mir selbst einzugestehen, war beunruhigend und aufregend zugleich. Im wahren Leben hatte ich noch nie jemanden geküsst. Während ich meiner Mutter half, die Zitronen für das Cranberry Relish auszupressen und den Teig für den Pie auszurollen, fragte ich mich, ob sie spürte, dass ich mir insgeheim gerade genau das wünschte. Während der gesamten Thanksgiving-Ferien, als ich mit meinen Brüdern im Hinkley Park Schlittschuh fuhr, als wir unseren Weihnachtsbaum schmückten, als ich mit meiner Freundin Maureen einen Film im Pickwick Theatre sah, war der Gedanke an Bruce mein ständiger Begleiter, mein kribbeliges und kostbares Geheimnis. Eine bestimmte Witterung, eine bestimmte Tageszeit – der frühe Sonnenuntergang oder Schnee – weckten eine neue Sehnsucht in mir, den Wunsch, die Traurigkeit oder Schönheit der Welt mit diesem einen Menschen zu teilen.

Am Montag nach den Ferien war Mr Heapes Klassenzimmer leer, als ich es betrat, was mich völlig durcheinanderbrachte. Ich hatte mir ausgemalt, Bruce sei bereits da, wenn ich zu unserem ersten Treffen nach Thanksgiving kommen würde. Während ich einen der Stühle so drehte, dass ich nach draußen sehen konnte, fühlte ich mich in meinem Körper wie eine Holzpuppe, und als ich mich gesetzt hatte, wusste ich nicht, wohin mit den Beinen oder wie ich schauen sollte. Ich war höchstens eine Minute allein im Klassenzimmer, da kam Bruce auch schon herein und sagte beiläufig, als hätten wir uns in meinen Gedanken in den letzten fünf Tagen nicht ständig geküsst: »Im Gang stinkt's nach vergammelter Milch.«

Er war so süß! Sein blonder Bürstenhaarschnitt, die haselnussbraunen Augen und der kastanienbraune Pullunder, den er trug. Zuerst musste ich spielen, ich sei wie immer, aber schon bald nahm mich der Rhythmus des Gesprächs gefangen, und die Frage, ob er mich denn auch süß fand, geisterte nur noch durch eine Hälfte meines Gehirns anstatt durch beide. Bei unserer Versammlung an diesem Tag sagte ein Junge namens Gregory: »Es ist bescheuert, die Tickets für den Valentins-Ball schon vor Weihnachten zu verkaufen«, und ich erwiderte: »Manche Leute planen eben gern im Voraus«, und Bruce sagte: »Hillary hat recht.« Vor der Zusammenkunft in der Woche darauf sagte ich, als wir über den Dackel von Bruce' Nachbarn sprachen, der am Wochenende an Altersschwäche gestorben war: »Ich liebe Dackel«, und er meinte: »Ich dachte, Cockerspaniels wären deine Lieblingshunde.« Das hatte ich ihm im vergangenen September erzählt, und er *erinnerte* sich daran.

So zogen ein paar Wochen ins Land: Zwar meldete ich mich noch immer in Gemeinschaftskunde und in Mathe, las zu Hause im Bett mit zwei in den Rücken geschobenen Kissen, half meiner Mutter beim Tischdecken und beim Abwasch, spielte mit meinen Brüdern Binokel, aber gleichzeitig summte es die ganze Zeit über in meinem Inneren, krampfte sich mir das Herz zusammen, wenn ich an Bruce dachte.

Am letzten Schultag vor den Weihnachtsferien steckte ich ihm ein doppelt gefaltetes liniertes Blatt Papier zu, auf das ich mit Bleistift eine Nachricht geschrieben hatte:

»Lieber Bruce,
wenn Du mich fragst, ob ich Deine Freundin sein will, werde ich Ja sagen.
Mit freundlichen Grüßen,
Hillary«

Ich hatte es für einen klugen Schachzug gehalten, ihm zwei Wochen Zeit für eine Antwort zu geben; dass dies ein Irrtum war, offenbarte sich in dem Moment, als ich nach der Schule nach Hause kam und zu aufgeregt war, um meinen üblichen Nachmittagssnack – Cracker mit Erdnussbutter – zu essen. Hatte er die Nachricht schon gelesen? Hatte er sie irgendjemandem gezeigt? Wie würde seine Antwort lauten? Diese Fragen waren die Begleitmusik zum Weihnachtsfest 1960, und die Feiertage, die sonst zu meinen liebsten gehörten, waren vergiftet von Zweifel und Sorge. Was, wenn ich ihm *während* der Ferien in die Arme lief? Wäre das gut oder schlecht? Ich überlegte, ihn anzurufen und ihm zu sagen, er solle den Brief vergessen. Ich suchte seine Nummer im Telefonbuch heraus, das auf dem eigens dafür vorgesehenen Bord in der Telefonnische am Fuß der Treppe lag (sein Vater hieß William D. Stappenbeck, und ihre Adresse lautete 4633 Weleba Avenue). Aber was, wenn jemand aus meiner Familie zufällig mithörte?

Bis zum Neujahrstag ebbte meine Aufregung langsam ab; doch als ich am Morgen des ersten Schultags nach den Ferien aufwachte, war sie schlagartig wieder da, und selbst die Hallen der Ralph Waldo Emerson Junior High schienen vor Scham ob meiner Dreistigkeit zu vibrieren. Als ich den Brief geschrieben hatte, war ich nicht davon ausgegangen, dass Bruce mir während der Ferien antworten würde, aber wenn er mich mochte, hätte er sich nicht gewünscht, mir das schnellstmöglich mitzuteilen?

Endlich war Mittagspause. Als ich Mr Heapes Klassenzimmer betrat, war nur Bruce da, der auf einem Stuhl in der ersten Reihe saß. »Hi, Hillary«, sagte er.

»Hi«, antwortete ich.

Es folgte eine Pause, dann sagte er: »Ich hab zu Weihnachten einen Pogo-Stick und ein neues Monopoly-Spiel bekommen, weil mein Bruder unser altes draußen im Regen hat stehen lassen.«

»Oh, ich hab eine Cowgirl-Weste bekommen.«

Viel zu bald trudelte der Rest der Schülervertreter ein, und weder Bruce noch ich hatten meinen Brief erwähnt. Am folgenden Montag war ein Teil von mir fest entschlossen, so zu tun, als hätte ich ihn nie geschrieben, wie es auch Bruce zu tun schien. (Oder hatte er ihn vielleicht verloren, bevor er ihn hatte lesen können? Und falls ja, wo? Bitte, bitte, dachte ich, bloß nicht in der Schule.) Andererseits wollte ich endlich Klarheit, eine Lösung; irgendwie kam mir diese Heuchelei albern vor. Was, wenn ihm die Nachricht, bevor er sie gelesen hatte, zu Hause in seinem Zimmer aus der Tasche gefallen war und seine Mutter sie weggeworfen hatte, ebenfalls ohne einen Blick darauf zu werfen? Und was, wenn er furchtbar gern mein Freund gewesen wäre und keine Ahnung hatte, dass ich das auch wollte? (In späteren Jahren habe ich mich in Momenten, in denen man mich als Pessimistin bezeichnete, danach gesehnt, mit diesem Beispiel den Gegenbeweis zu erbringen.)

Am dritten Montag im Januar, ein paar Tage vor John F. Kennedys Amtseinführung, sagte Bruce, als er seine Brotdose aus der Schultasche nahm: »Mein Cousin hat mir erzählt, dass die Mafia Kennedy zum Sieg verholfen hat.«

Von meinem Platz aus sah ich Bruce direkt an und fragte: »Hast du den Brief gelesen, den ich dir vor Weihnachten gegeben hab?«

»Ich bin in Janet Umpke verliebt«, sagte Bruce trocken und äußerlich ungerührt.

Eine Woge der Enttäuschung brandete in mir auf, während ich ruhig (ich erlebte zum ersten Mal, wie es war, Gleichmut vortäuschen zu müssen, obwohl ich am Boden zerstört war) antwortete: »Okay.«

Bruce fischte einen Apfel aus seiner braunen Schultasche und legte ihn auf den Tisch, dann holte er sein Bologna-Sandwich heraus. Er schwieg. Etliche Sekunden verstrichen.

»Hast du schon mal mit Janet geredet?«, fragte ich.

»Ein Mal.«

»Bist du mit ihr in irgendwelchen Kursen?«

»Gesellschaftskunde.« Wieder senkte sich Stille über den Raum, dann fügte er hinzu: »Sie hat Ohrlöcher.« Das wusste ich auch; ich hatte es meinen Eltern gegenüber einmal beim Abendessen erwähnt, und mein Vater hatte geschnaubt: »Ohrlöcher sind was für Zigeuner.«

Bruce' Enthüllung hätte mehr Sinn ergeben, wenn Janet außergewöhnlich hübsch gewesen wäre, aber spielten wir nicht eher in derselben Liga? Ich fand mich mittelhübsch, nicht bildschön wie Emily Geisinger mit ihren goldenen Prinzessinnenlocken, aber gewiss nicht hässlicher als Janet.

Bruce biss in sein Sandwich. »Du bist eher wie ein Junge und nicht wie ein Mädchen«, sagte er.

Die nächste Woge, sprich, eine weitere Gelegenheit, mich in Gleichmut zu üben. »Wie meinst du das?«, fragte ich.

Er schwieg, als müsste er über die Frage nachdenken. Schließlich antwortete er entschieden: »So, wie du dich verhältst und wie du sprichst.«

Bei Einbruch der Dämmerung waren Bill und ich wieder draußen auf dem Hof. Als sich die Tür des Museums hinter uns schloss, fragte er: »Wo wohnst du?«

»In der Orange Street. Ich hab eine Mitbewohnerin, Katherine, die ihren Doktor in Geschichte macht.«

»Gehört sie zur schrecklichen oder guten Sorte Mitbewohner?«

»Sie ist die Cousine von einer, mit der ich in Wellesley war. Wir sind zwar nicht eng befreundet, aber wir kommen ganz gut miteinander aus. Ich bin meist eh erst abends zu Hause, und sie hat einen Verlobten in New York, bei dem sie mindestens die Hälfte der Woche verbringt.«

»Kennst du Keith Darrow oder Jimmy Malinowski oder Kirby Hadey? Ich wohne mit den Jungs draußen in Milford am Long Island Sound in einem echten Strandhaus, was in der Theorie romantischer klingt, als es in der Praxis ist. Beziehungsweise im Winter in der Theorie wärmer als in der Praxis. Ich würde dich gern einmal zu einem sandigen Picknick dorthin einladen.«

»Ist Kirby wirklich der Neffe von Senator Hadey, oder ist das nur ein Gerücht?« Ich bedauerte bereits, nicht flirtend auf die Picknick-Idee eingegangen zu sein – bedauerte, auf seine konkrete anstelle seiner versteckten Frage geantwortet zu haben –, aber es war wohl zu spät, den Fehler zu korrigieren.

»Nein, das stimmt«, sagte Bill, »Kirby erwähnt es zwar nie, aber es stimmt. Ironischerweise ist seine Familie derart reich, dass die Verwandtschaft mit einem Senator offenbar nebensächlich ist. Ich war über Thanksgiving bei ihm zu Hause eingeladen, im Penthouse seiner Eltern in der Park Avenue in New York. Es hatte ungefähr die Größe des Tadsch Mahal, mit einem eigenen Aufzug von der Lobby. Wir kamen Mittwochabend an, und seine Eltern luden uns zu einem Umtrunk mit ein paar Gästen im Wohnzimmer ein, aber Kirby hatte sich bereits mit Ehemaligen aus der Prep School in einer Bar verabredet. Bevor wir gingen, schauten wir kurz im Wohnzimmer vorbei, um uns zu verabschieden, und wie sich herausstellte, waren unter den Gästen nicht nur der Schriftsteller William Styron, sondern auch ein Herausgeber der *New York Times* und ein Unterstaatssekretär des Finanzministeriums. Ihre Ehefrauen waren ebenfalls dabei, und alle unterhielten sich wie ganz normale Sterbliche. Ich fing praktisch an zu sabbern.«

Ich lachte. »Hattet ihr Spaß mit den Ehemaligen in der Bar?«

»Es war ganz nett.« Bill grinste. »Aber du glaubst hoffentlich nicht, ich hätte mir die Gelegenheit entgehen lassen, Styron um seine Telefonnummer zu bitten, für den Fall, dass ich wieder einmal in New York sein sollte.«

»Ernsthaft?«

»Ich habe ihm erzählt, was für ein riesengroßer Fan von *Die Bekenntnisse des Nat Turner* und *Geborgen im Schoße der Nacht* ich bin. Die Nummer des Herausgebers habe ich übrigens auch bekommen.«

»Wie lang warst du noch gleich in diesem Wohnzimmer? Zwei Minuten?«

»Mindestens zehn. Ich habe ein Notizbuch, in das ich Namen und, wenn ich sie bekomme, Adressen oder Telefonnummern von allen eintrage, die ich kennenlerne. Angefangen hab ich damit in der Highschool. Wenn es sich um jemand Einflussreichen wie Styron handelt, schreibe ich ihm kurz danach, wie sehr ich mich über unser Treffen gefreut habe und ob ich nicht, sollte ich demnächst einmal in der Gegend sein, auf einen Sprung vorbeikommen könne. Im schlimmsten Fall sagen sie Nein.«

»Dient das alles schon der Vorbereitung deiner späteren Kandidatur?«

»Ja, aber wenn ich mit William Styron in New York City zu Mittag essen könnte, wäre das an sich schon ein Erlebnis.«

»Und du denkst, jemand wie er interessiert sich für eine Abgeordnetenwahl in Arkansas?«

Bill lächelte spitzbübisch. »Vielleicht strebe ich ja auch nach Höherem.«

»Wie was? Senator?«

Mit erhobenem Daumen stieß er Richtung Himmel.

»Präsident?«, fragte ich etwas skeptisch.

»Offensichtlich sollte ich besser nicht sagen, dass ich bereit bin, in nahezu jedem Amt zu dienen, um nicht wie ein Schwindler zu klingen. Weißt du, woran du erkennst, ob jemand tatsächlich Präsident werden will? Er wird es niemals zugeben, bevor er es nicht offiziell verkündet hat. Jeder, der mit der Idee hausieren geht, wird es weit weniger wahrscheinlich in die Tat umsetzen als der, der sich nicht in die Karten schauen lässt.«

»Heißt das, du willst oder du willst nicht?«

In gespielt naivem Ton erwiderte Bill: »Als Präsident zu kandidieren ... was für eine interessante Idee, Hillary! Darüber hab ich noch nie nachgedacht.« Mit etwas mehr Ernst fügte er hinzu: »Du hast etwas an dir, das mich dazu bringt, dir alles erzählen zu wollen. Hältst du die Idee für gut oder schlecht?« Er sah mich auf eine Art an, wie mich noch nie jemand angesehen hatte, mit höchster Aufmerksamkeit, und seine Worte klangen wie ein Scherz und zugleich vollkommen ernst.

»Ich glaube, es ist den Versuch wert, das herauszufinden«, sagte ich. Und wirklich, obwohl ich schon oft verliebt gewesen war, rief Bill Clinton ein komplett neues, unbekanntes Gefühl in mir wach: Es gab so viel – unendlich viel – zu diskutieren, so viele Themen, über die ich mich gern mit ihm unterhalten hätte, so viele Fragen, die ich stellen, und Dinge, die ich ihm über mich erzählen wollte. Normalerweise hielt ich es für langweilig, wenn nicht gar sinnlos, anderen Leuten Anekdoten aus meinem Leben zu erzählen, ihm gegenüber jedoch spürte ich ein starkes Verlangen, dass wir uns gegenseitig bis ins tiefste Innere kennenlernten.

»Ich habe vor, möglichst schon 1984 und hoffentlich spätestens 1992 als Präsident zu kandidieren. Darauf arbeite ich seit der Highschool hin. Sagt dir die Boys Nation was? Bei diesem Eliteprogramm war ich ganz vorne mit dabei, und als ich sechzehn war, fuhr ich im Sommer zu einer Veranstaltung nach Washington und traf Kennedy. Ich weiß, das klingt vielleicht verrückt, aber damals wurde mir klar, irgendjemand muss es werden, warum also nicht ich? Ich liebe die Menschen, ich brenne darauf, die Welt zu einem besseren Ort zu machen, und ich bin bereit, bis zum Umfallen zu arbeiten.«

»Wow. Ich hab immer gedacht, ich sei eine Planerin vor dem Herrn, aber ...«

Als ich nicht weitersprach, meinte er: »Erschreck ich dich?«
»Nein, du beeindruckst mich. Viele Leute unterschätzen ihre Fähigkeit, den Status quo zu verändern, oder sie sind zu faul, es zu versuchen.« Wir waren inzwischen bei der großen Bronzeplastik angekommen und standen uns Auge in Auge gegenüber. »Weißt du, was ich gerade denke?«

Erwartungsvoll legte Bill den Kopf schief.

»Ich denke, ein sandiges Picknick mit dir wäre klasse, wirklich klasse.«

Anders als Mr Gurskis Feststellung, ich sei für ein Mädchen ganz schön rechthaberisch, hatte ich Bruce' Worte, ich gleiche eher einem Jungen, nicht so leicht wegzustecken vermocht; die Tatsache, dass er sie vollkommen sachlich ausgesprochen hatte, machte sie sogar noch schmerzlicher. Und doch sollte sich die Lektion, die er mir erteilt hatte, noch mehr als einmal wiederholen. Konkret lautete sie: Du wirst Jungen beziehungsweise Männer kennenlernen, von denen du glaubst, dass die Chemie zwischen euch stimmt. Der Junge beziehungsweise Mann wird dich ebenso amüsant, interessant und klug finden wie du ihn. Dass ihr euch in der Gesellschaft des anderen mehr als wohl fühlt, wird offensichtlich sein, aber, und das ist das Entscheidende, während du daraus ableitest, in ihn verliebt zu sein, wird er keinesfalls den Schluss daraus ziehen, in dich verliebt zu sein. Er wird dir vielleicht sagen, wie gut die Gespräche sind, die ihr führt, aber die Mädchen, die er küssen will, werden andere sein.

Auf der Highschool und auch auf dem College gab es mehr als einen Bruce. Jedes Mal wenn ich nach stunden-, wochen- oder monatelanger gepflegter Konversation etwas tat, das aus meiner Sicht eindeutig in Richtung Flirt ging – zum Beispiel sagte, wie gut sie aussahen oder was für ein Glückspilz jedes Mädchen sei, das sich mit ihnen verabreden könne, oder, wenn ich nahe genug neben ihnen stand oder saß, das Gesicht hob, um geküsst zu werden –, waren diese Jungs offensichtlich überrascht und verlegen. So ging es mir in der Highschool mit einem Jungen namens Norman, in meinem Sophomore-Jahr in Wellesley mit einem Senior vom MIT, dem Massachusetts Institute of Technology, namens Phil und wiederholte sich in meinem Senior-Jahr in Wellesley mit einem Harvard-Doktoranden namens Daniel.

Dazwischen bekam ich in der elften Klasse meinen ersten Kuss; ich hatte ein Date für den Abschlussball; ich war fest mit einem weiteren Studenten des MIT namens Roy zusammen, der mich entjungferte (vorehelicher Sex war in meinen Augen kein Problem, Schwangerschaft hingegen schon, weshalb ich schon lange vor unserem ersten Mal begonnen hatte, die Pille zu nehmen). Ich hatte entdeckt, dass das Geheimnis der erfolgreichen Partnersuche darin lag, mit Jungs und Männern auszugehen, die ich körperlich nicht attraktiv fand. Dieser Trick, falls man eine solch defätistische Einstellung als Trick bezeichnen kann, war eng verknüpft mit einer Passivität, wie sie in meinem sonstigen Leben völlig untypisch für mich war. Aber mir einen Typen auszusuchen und mich zuerst in ihn zu verlieben funktionierte in meinem Fall *nie*; Dates funktionierten nur, wenn ich zuließ, dass sie ein Auge auf mich warfen. Lag es daran, dass ich in der Gegenwart von Männern, zu denen ich mich nicht hingezogen fühlte, frei von einem gewissen Erwartungsdruck war, den ich sonst nicht verbergen konnte? Lag es daran, dass ich auf gut aussehende Jungs stand, die auf der Schönheitsskala weit über dem mir Erlaubten rangierten? (Tatsächlich mussten sie gar nicht außergewöhnlich attraktiv sein – ich konnte mich in die unterschiedlichsten Typen von Männern verlieben, in die auch optisch unterschiedlichsten Charaktere und unterschiedlichsten Persönlichkeiten, solange sie nicht langweilig oder unterwürfig waren.) Oder war ich hübsch genug, befleißigte mich aber, um mit Mr Gurski zu reden, eines Tons, dessen Schärfe und Selbstsicherheit abschreckend wirkten?

Roy, der mich entjungferte, war langweilig, unterwürfig *und* arrogant. Nachdem wir uns bei einer Wellesley-MIT-Kennenlernparty getroffen hatten, bestritt ich während unserer ersten Verabredung die gesamte Unterhaltung, was recht ermüdend war – ich stellte ihm Fragen über seine Herkunft, seinen jüdischen Glauben und sein Studium –, doch bevor wir uns verabschiedeten, fragte er mich, ob ich demnächst einmal mit ihm zum Essen gehen würde. In den sieben Monaten, in denen wir ein Paar waren, führte er kaum ein ernsthaftes Gespräch mit mir, machte mir fast nie Komplimente und schien es dennoch für selbstverständlich zu halten, dass ich mit ihm zusammen sein wollte. War es tatsächlich meine Entschlossenheit, die er auf vielleicht unbewusste Art mochte? Oder hielt er mich versehentlich für eine typische Frau, wollte er mit mir zusammen sein, nicht weil ich Hillary und unverwechselbar ich selbst war, sondern weil ich die Standardansprüche erfüllte, die ein Mann mit Collegeabschluss in den späten 1960ern an eine Frau stellte? Begriff er nicht, dass ich anders war?

Kurz bevor ich am Ende meines Sophomore-Jahres nach Hause fuhr, machte ich mit Roy Schluss, als er mir eröffnete, dass eine Heirat für ihn nur infrage käme, wenn ich zum jüdischen Glauben überträte. Ich hatte ihn sowieso eher als eine Art Experiment betrachtet, einen Test, um herauszufinden, ob eine Beziehung mit einem Mann, in den ich zu Beginn nicht verliebt war, zu Verliebtheit führen könnte; und obgleich eine Stichprobe in der Größenordnung von eins nicht allzu aussagekräftig war, lautete die Antwort in Roys Fall Nein. Einige Zeit hatte der Reiz des Neuen beim Sex unsere öden Gespräche und das fantasielose Zusammenspiel unserer Körper kompensiert, doch irgendwann war auch das vorbei gewesen.

Schon bald darauf verbrachte ich viel Zeit mit Daniel, dem Theologie-Doktoranden aus Harvard, den ich bei einer Anti-Vietnamkriegs-Demonstration auf dem Harvard Yard kennengelernt hatte. Obwohl unsere Universitäten nur sechsundzwanzig Kilometer auseinanderlagen, verkehrten wir anfangs ausschließlich brieflich miteinander, bevor wir nach einem Monat anfingen, uns samstagnachmittags zum Tee zu treffen. Während dieser Verabredungen, die entweder in der Stadtmitte von Wellesley oder auf dem Unigelände von Harvard stattfanden, unterhielten wir uns über Martin Luther, Dietrich Bonhoeffer und Reinhold Niebuhr; einmal diskutierten wir geschlagene drei Stunden über die Bedeutung des Wortes *gut* in John Wesleys Ausspruch »Tu so viel Gutes, wie du kannst, mit allen Mitteln, auf alle Arten, an allen Orten, zu allen Zeiten, für alle Menschen und solange du kannst«. Daniel kam aus Indianapolis, hatte seinen Abschluss an der Indiana University gemacht, war hager, dunkelhaarig und trug eine schwarze Hornbrille.

An einem kalten Tag Anfang März gingen wir am Charles River spazieren, als ich sagte: »Ich weiß nicht, ob Erstsemesterveranstaltungen dein Ding sind, aber Samstag in einer Woche findet in Wellesley eine Kennenlernparty statt, und ich wollte dich fragen, ob du vielleicht Lust hättest, mich zu begleiten.« Ich hatte den Text Wort für Wort auswendig gelernt. Außerdem wollte ich ihm in dem Moment, in dem ich ihn einlud, kumpelhaft auf den Oberarm klopfen, aber die Geste geriet unbeholfener und weniger locker als gedacht.

Daniel blieb stehen und wendete sich mir zu, den Fluss im Rücken. Es war vier Uhr nachmittags, bitterkalt, und der Charles war teilweise, vor allem in Ufernähe, noch zugefroren. Ehrlich gesagt war es viel zu eisig für einen vergnüglichen Spaziergang, aber ich war inzwischen derart verschossen in Daniel, dass mir die Minusgrade egal waren. Und bot sich das Ufer des Charles nicht als perfekte Kulisse für unseren ersten Kuss an?

»Hillary, ich diskutiere wirklich gern mit dir über Theologie«, sagte Daniel, und bereits nach diesen neun Wörtern wusste ich, sollten wir jemals wieder Zeit miteinander verbringen, dann nur, um einem von uns oder uns beiden zu beweisen, dass ich unsere Freundschaft nicht beenden würde, weil er meine romantischen Gefühle nicht erwiderte. Er sagte noch mehr Wörter, mit dem Fluss im Rücken, in der kalten Luft im winterlichen Nachmittagslicht, aber sie waren bedeutungslos. Wie oft, fragte ich mich, würde sich dieses Muster noch wiederholen und mich jedes Mal aufs Neue überraschen? Ich war einundzwanzig, also irrwitzig jung und doch alt genug, um mich selbst für progressiv und meine begrenzten Erfahrungen für endgültig zu halten.

Zurück auf dem Wellesley-Campus schilderte ich meinen Freundinnen Nancy und Phyllis schluchzend die Unterhaltung, wobei meine Tränen eher aus grundsätzlichem Liebesfrust denn aus Daniel-spezifischem Kummer zu fließen schienen. Nancy war groß, kam aus einer steinreichen Familie in Greenwich, Connecticut, und studierte im Hauptfach Anglistik, Phyllis war klein, ein Arbeiterkind aus Baltimore und studierte im Hauptfach Biologie. Die beiden waren seit unserem Freshman-Jahr Zimmergenossinnen und meine besten Freundinnen.

»Nichts für ungut, Hillary«, sagte Nancy, »aber die ganze Zeit, die du über Gott und die Welt geredet hast, hättest du besser ein Kleid mit tiefem Ausschnitt tragen sollen.« Nancy hatte ihren Schreibtischstuhl zur Zimmermitte gedreht, Phyllis hockte im Schneidersitz auf ihrem Bett, und ich saß, mit dem Rücken an Nancys Bett gelehnt, auf dem Boden.

»Es war schön, über Gott und die Welt zu reden«, sagte ich, und die beiden warfen sich einen Blick zu und lachten.

»Sobald ein Kerl dich nicht mehr als potenzielle Freundin sieht, lässt sich kaum mehr was machen«, erklärte Phyllis.

»Du musst mehr flirten«, meinte Nancy, »du musst vom ersten Moment an eindeutige Signale senden. Vergiss subtile Zeichen.«

»Ich hab ihm eine Reinhold-Niebuhr-Biografie geschenkt«, wendete ich ein.

»Eben«, sagte Nancy. »Das ist das Problem.«

»Ich weiß schon, das ist nicht dasselbe, wie mit den Wimpern zu klimpern, aber es zeigt, dass ich aus der Ferne an ihn gedacht habe. Und es war ein Hardcover. Es hat zwölf Dollar gekostet.«

»Ich glaube, es ist egal, was *du* tust«, sagte Phyllis. »Er achtet mehr darauf, wie du auf das reagierst, was *er* tut.«

Zufällig hatte Nancy sich für das Friedenskorps und Phyllis für das Medizinstudium beworben. Dass wir alle drei an die Gleichberechtigung glaubten, verstand sich von selbst.

»Ich weiß nicht, ob das jämmerlich oder eingebildet klingt«, sagte ich, »aber ich habe immer gehofft, ein Mann würde sich wegen meines Verstandes in mich verlieben.«

Wieder warfen sich Phyllis und Nancy einen Blick zu. Phyllis' Stimme war sanft, als sie sagte: »Hillary, kein Mann verliebt sich in den Verstand einer Frau.«

Im Museumshof thronte ich inzwischen auf der Bronzeplastik – da es sich um eine riesige menschliche Figur handelte, genau genommen auf ihrem Schoß –, während Bill vor mir stand und das rechte Bein immer wieder dicht neben meinem linken Oberschenkel auf dem Sockel des Kunstwerks abstützte. Gerade schilderte ich ihm, wie und wo ich aufgewachsen war: »Damals zu Beginn am Wellesley hätte ich mich vermutlich als Mädchen aus der Mittelschicht bezeichnet. Ich meine, im Vergleich zu den Mädchen, die ritten und aufs Internat gegangen waren. Park Ridge ist recht hübsch, aber nicht schick. Doch die Leute, mit denen ich in der Rechtsberatung und in der National Children's Initiative zu tun habe ... Ich bin mir sicher, dass meine Familie in ihren Augen reich ist. Mein Vater ist Inhaber einer gut gehenden Textilfabrik. Meine Mutter dagegen hatte eine schwere Kindheit. Sie kannte ihre leiblichen Eltern kaum und war bereits früh auf sich allein gestellt. Ironischerweise ist es aber eher mein Vater, der einen Komplex hat, obwohl er in einer intakten Familie aufgewachsen ist.«

»Du glaubst also, es ist die Kindheit deiner Mutter, die dich zur Rechtsberatung geführt hat?«

»Ganz sicher. Meine Mutter spricht nicht viel über ihre Vergangenheit, aber sie kümmert sich ständig um andere, seien es meine Brüder oder ich oder ein Kind, von dem sie über die Kirche hört, dass es einen Wintermantel braucht.«

»Mein Vater starb bei einem Autounfall, als meine Mutter mit mir schwanger war.«

»Oh Gott«, sagte ich, »das tut mir leid.«

»Ihr zweiter Ehemann starb ebenfalls vor ihr, obwohl ich nicht behaupten kann, dass ich seinen Tod sonderlich bedauert habe. Dad war ein gemeiner alter Säufer, und wir haben seinetwegen üble Zeiten durchgemacht, ich, meine Mutter und mein Bruder Roger. Mutter hat sich sogar einmal von ihm scheiden lassen, aber das hat sie nicht durchgehalten.«

»Wann ist dein Stiefvater gestorben?«

»'67, an Krebs. Jetzt ist Mutter mit einem Kerl namens Jeff verheiratet, und wir lieben ihn alle. Zugegeben, er ist ebenfalls ein schräger Vogel. Kein Trinker wie Dad, aber er hat gesessen.«

»Du meinst, im Gefängnis?« In Sekundenschnelle schrumpften der Komplex meines Vaters und sogar die schwere Jugend meiner Mutter zu bloßen Lappalien.

»Aktienbetrug, und er war nicht einmal ein Jahr drinnen«, sagte Bill. »Das war lange bevor er und meine Mutter ein Paar wurden. Das eigentliche Problem, als die beiden zusammenkamen, war, dass er noch mit einer anderen verheiratet war.«

»Ja, das klingt tatsächlich nach einem Problem.«

»Jeff und seine Frau lebten getrennt, waren aber nicht rechtsgültig geschieden. Ich persönlich hatte schon immer viel für den Kerl übrig. Er betet Mutter an, was das Wichtigste ist. Außerdem legt Mutter wahnsinnig viel Wert auf ihre Schönheitspflege, und er ist Friseur. So viel zur Verbindung von Beruf und Vergnügen, was?«

Unser Gespräch war irgendwie auf Abwege geraten – ein schockierendes Detail folgte dem nächsten, ohne dass mir Zeit blieb, die einzelnen Informationen zu verdauen, selbst als wir über weniger ernste Dinge sprachen.

»Hört sich das alles verrückt für dich an?«, fragte Bill schließlich. »Hört es sich an, als käme ich aus entsetzlich zwielichtigen Verhältnissen?«

»Es hört sich anders an als das, was ich kenne«, antwortete ich vorsichtig, »aber Hut ab, dass du die Herausforderungen gemeistert und etwas aus dir gemacht hast.«

»Ich hab dir doch erzählt, dass ich in der Highschool als Vertreter der Boys Nation eine Woche in Washington war, erinnerst du dich?«

Ich nickte.

»Es gab jeweils zwei Delegierte aus jedem Bundesstaat. Wir waren alle zusammen in einem Studentenwohnheim der University of Maryland untergebracht, und ich verließ das erste Mal in meinem Leben Arkansas. Vom ersten Moment an, in dem ich die anderen Jungs sah, wusste ich, dass manche von ihnen, vor allem die aus den größeren Städten im Norden, mich für einen Hinterwäldler halten würden. Ich hatte einen Akzent, ich war dick, ich redete wie ein Wasserfall.« Bill lächelte schief. »Alles Dinge, die dir bisher bestimmt nicht aufgefallen sind.«

»Du bist nicht dick.«

»Damals war ich es. Auf jeden Fall erkannte ich, dass ich die Möglichkeit hatte, diese anderen Jungs entweder genau zu beobachten und zu imitieren, auch wenn das hieß, einen Teil meines Selbst zu verleugnen, oder aber ›scheiß drauf‹ zu sagen und dafür ich selbst zu sein. Den Dingen einfach ihren Lauf zu lassen. Meine Mutter liebt Pferdewetten. Sie trägt tonnenweise Make-up. Sie war viermal verheiratet, mit drei Männern, von denen einer gewalttätig war, und ich habe sie zwar nie danach gefragt, aber einer meiner Cousins hat mir erzählt, dass das Gerücht kursiert, mein leiblicher Vater, also der, der bei einem Autounfall ums Leben kam, sei bereits verheiratet gewesen, als er sie geheiratet hat. Aber Mutter hat ein Herz aus Gold, wie viele andere in meiner weit verzweigten Familie und wie viele unserer Nachbarn. Ich habe in Georgetown, in Oxford und auch hier viele großartige Leute kennengelernt, aber die Menschen in Arkansas sind etwas ganz Besonderes. Und das sage ich nicht nur, weil ich dort kandidieren will.« Er schwieg für einen Moment. »Ich sagte mir ›scheiß drauf‹ und beschloss, ich selbst zu bleiben.«

»Ich glaube, die Entscheidung war goldrichtig.« Ich zögerte kurz, dann fügte ich hinzu: »Mein Vater war nie gewalttätig, aber er ist ein richtiges Arschloch.« Auf diese Art hatte ich ihn noch nie beschrieben, nicht einmal Phyllis und Nancy in Wellesley gegenüber. »Ich schätze, er ist unzufrieden«, fuhr ich fort, »aber ich habe nie verstanden, warum er seine Unzufriedenheit an uns auslassen musste und vor allem an meiner Mutter. Wenn wir vergaßen, die Zahnpastatube zuzuschrauben, warf er den Deckel aus dem Badezimmerfenster und ließ uns draußen nach ihm suchen, selbst wenn wir schon bettfertig waren. Einmal hat er mich sogar barfuß in den Schnee hinausgejagt. Außerdem …«, ich holte tief Luft, »er hat meine Mutter nicht zu meiner Collegeabschlussfeier mitgenommen. Er ist ein furchtbarer Geizkragen, und er war wütend, weil sie im Lebensmittelgeschäft ein Hühnchen der teureren Sorte gekauft hatte. Also meinte er, er würde ihr die Fahrt zu meiner Abschlussfeier nicht bezahlen. Es war offensichtlich, dass das Hühnchen nur ein Vorwand war. Aber dass er das wirklich durchgezogen hat … Ich schätze, du weißt durch diesen *Life*-Artikel, dass ich bei meiner Abschlussfeier eine Rede gehalten habe. Und die Tatsache, dass ich sogar aufs Wellesley ging … Meine Mutter hätte alles dafür gegeben, diese Chance zu bekommen. Sie war als Achtjährige nach Kalifornien geschickt worden, und nachdem sie die Highschool beendet hatte, versprach ihre Mutter ihr, sie würde ihr die Northwestern bezahlen, wenn sie nach Chicago zurückkomme. Aber das war nur ein Trick, um meine Mutter nach Hause zu locken und als Putzfrau arbeiten zu lassen. Wie auch immer, ich glaube, mein Vater musste mir meinen Abschluss genau deshalb vermiesen, *weil* dieser Abschluss ihr und mir so derart viel bedeutete.«

Bill runzelte die Stirn. »Das heißt, niemand aus deiner Familie hat die Rede gehört?«

»Mein Vater kam am Abend zuvor mit dem Flugzeug an, übernachtete in einem Hotel in der Nähe des Flughafens, fuhr mit dem Pendlerzug nach Wellesley zur Abschlussfeier und machte sich direkt danach auf den Rückweg zum Flughafen. Ich habe den Leuten erzählt, meine Mutter könne nicht reisen, weil sie blutverdünnende Medikamente nehmen müsse.« Ich sah zu Boden, und plötzlich war er neben mir – er hatte sich zu mir in den Schoß der Skulptur gesetzt. Unsere Körper berührten sich seitlich, und als er mir den Arm um die Schulter legte, lehnte ich mich an ihn. Das Seltsame war, dass sich nichts von alldem seltsam anfühlte. Wir schwiegen beide.

Schließlich, nach einer Minute oder so, sagte Bill: »Ich versteh das einfach nicht ... Wie kann jemand eine Tochter wie dich haben und dabei nicht vor Stolz platzen?«

»Meine Mutter ist stolz auf mich. Also ist es vielleicht gar nicht so schlecht, dass mein Vater kritisch ist. Leute aus dem Mittleren Westen plustern sich nicht auf.«

»Du bist ziemlich großmütig.«

»Das kommt ganz auf die Situation an.«

»Nun, ich bin mir sicher, deine Rede damals war erst der Anfang. Dir werden noch viele, noch erstaunlichere Dinge gelingen, und dein Vater wird deine Mutter nicht davon abhalten können, sie alle zu sehen.«

»Danke«, sagte ich. Es war noch nicht gänzlich dunkel, aber hätte ich ein Buch bei mir gehabt, wäre das Licht zu schwach gewesen, um noch zu lesen. Durch meine Jeans spürte ich sowohl die Kälte der Plastik als auch Bills angenehme Wärme neben mir, seine massive Präsenz und Nähe. Es gab gewiss keinen Ort auf der Welt, an dem ich in diesem Augenblick lieber gewesen wäre; es gab niemanden, mit dem ich gerade lieber zusammen gewesen wäre. Mein Herz klopfte, weil sich dieser Moment so bedeutend anfühlte – als überschritte ich die Schwelle von der Jugend ins Erwachsenendasein, als träte just in diesem Augenblick die Liebe in mein Leben.

Auch er schien es zu fühlen, denn er nahm den Arm von meiner Schulter und ergriff mit der Rechten meine linke Hand. Er hatte nicht nur große, sondern auch wunderschöne Hände, mit langen, schlanken Fingern. Ich spürte, wie er mich ansah, und wusste, wenn ich ihm den Kopf zuwenden würde, würden wir uns küssen, und ich wollte, dass genau das passierte, und war doch wie gelähmt. Ein paar Sekunden verstrichen, stille, bleischwere, entsetzliche und aufregende Sekunden, und dann spürte ich seine Lippen an meinem Hals. Sanft, aber bestimmt übersäte er meinen Hals mit Küssen. Es fühlte sich großartig an, und ich hätte schreien können vor Glück. Und schließlich konnte ich mich ihm zuwenden, konnten unsere Münder sich finden, unsere Lippen und Zungen, und dann küssten wir uns richtig.

Irgendwann, vielleicht in unserer dritten gemeinsamen Stunde im Museumshof, hatte ich flüchtig daran gedacht, dass ich wohl kaum mehr Zeit haben würde, Chocolate Chip Cookies für das Potluck-Dinner der Greenbergers zu backen, und hatte stattdessen beschlossen, eine Flasche Wein zu kaufen. Aber dann hatten Bill und ich begonnen, uns zu küssen, und als wir das Museumsgelände endlich verließen, war ich bereits eine Stunde verspätet und hatte noch immer keine Ahnung, was ich mitbringen sollte. Bill bestand darauf, mich zum Haus der Greenbergers zu begleiten, und solange er an meiner Seite ging, erschienen mir meine Verstöße gegen die Etikette bedeutungslos – was waren schon ein paar Cookies oder eine Flasche Wein im Vergleich zum Gefühl, Bill Clintons Mund auf meinem zu spüren? –, doch das änderte sich schlagartig, als ich im Speisezimmer vor acht Leuten stand, die seit geraumer Zeit tafelten. Die Runde setzte sich aus zwei Juraprofessoren und ihren Ehefrauen zusammen, eine davon meine Chefin und Mentorin, sowie einigen Jurastudenten. Auf dem Plattenspieler lief John Coltrane, und die Zwillinge der Greenbergers, Otto und Marcus, tobten kreischend durchs Wohnzimmer. Ich war einfach ohne zu klingeln eingetreten, da die Eingangstür offen war, und platzte nun heraus: »Es tut mir unendlich leid. Ich bin eingeschlafen und hab total die Zeit vergessen.«

»Ich hatte mir schon Sorgen gemacht«, sagte Gwen. »Ich bin froh, dass du hier bist.« Sie erhob sich und kam um den Tisch herum, um mich zu umarmen, während Richard meinte: »Besser spät als nie.« Der andere Professor, ein Mann namens Jeffrey Larson, der Strafprozessrecht lehrte, sagte: »Das feurige Gulasch dürfte Ihre Lebensgeister wecken.«

Gwen führte mich in die Küche, und als sie das Fleisch und die Makkaroni aus der Pfanne schöpfte, sagte ich: »Es tut mir wirklich leid.«

Sie musterte mich aufmerksam. »Bist du krank?«

»Nein. Nur, ich ...« Andere, vor allem Gwen, anzulügen war mir zuwider. Aber nun stand ich vor der ungewohnten Entscheidung, zu lügen oder mein schlechtes Benehmen zu offenbaren. »Alles bestens. Und wie geht's dir?«

»Ich hab dich vor ein paar Minuten angerufen, aber da warst du wohl schon aus dem Haus.« Sie legte den großen Holzlöffel zurück in den Topf. »Ich habe hervorragende Neuigkeiten. Der Neffe meiner Freundin Ida geht diesen Sommer nach Los Angeles, und du kannst zur Untermiete in seinem Apartment in Berkeley wohnen. Es ist möbliert.«

»Oh, das ist fantastisch. Tausend Dank.« Richard hatte mir für die Ferien eine Anstellung in einer kleineren Anwaltskanzlei vermittelt, zu deren Partnern auch einer seiner Studienfreunde aus Harvard gehörte.

»Ich kann dir nicht versprechen, dass es hübsch ist«, meinte Gwen, »aber es liegt in der Nähe des Campus, was ganz praktisch sein dürfte.«

»Gwen, ich hab keine Cookies mitgebracht.«

»Nun, wir haben noch ein wenig Eiscreme«, meinte sie, und ich sprudelte atemlos hervor: »Ich glaub, ich hab mich verliebt.

Denkst du, man kann sich innerhalb von vier Stunden in jemanden verlieben?«

Ihre Mimik spiegelte Belustigung wider. »Wer ist es?«

»Kennst du Bill Clinton?«

Sie schüttelte den Kopf.

»Er studiert im ersten Jahr und kommt aus Arkansas.« Ich senkte meine Stimme zu einem Wispern. »Er sieht irrsinnig gut aus.«

»Nun, das kann nie schaden.«

»Hat dich schon mal jemand zuerst auf den Hals geküsst? Anstatt auf den Mund?« Sie sah mich verwirrt an, also fügte ich hinzu: »Ich frage mich nur gerade, ob das normal oder anormal ist.«

»Hat es dir gefallen?«

Ich nickte hastig.

Aus dem Wohnzimmer war ein dumpfer Aufprall zu hören, gefolgt von lautem Geheul, und Gwen rief: »Jungs, was hab ich zum Hüpfen auf dem Sofa gesagt?« Zu mir gewandt meinte sie: »Ich hab mindestens fünfzig Fragen, und ich kann gerade keine einzige davon loswerden. Vergiss nicht, was du erzählen wolltest. Aber wenn zwei Menschen dasselbe mögen, ist es, glaube ich, egal, ob es normal oder anormal ist.«

Als sie ging, um nach den Kindern zu sehen, trug ich meinen Teller ins Esszimmer und setzte mich an den freien Platz zwischen meinen Kommilitonen Herb Buchsbaum und Elman Deeks. Sie diskutierten gerade darüber, ob einem Juraprofessor vor Kurzem wohl wegen seiner Rolle bei den Unterstützungsprotesten für einen des Mordes angeklagten Black Panther im Vorjahr die Anstellung verweigert worden war. Obwohl Elman und ich der Verhandlung als freiwillige Beobachter der Bürgerrechtsorganisation American Civil Liberty Union beigewohnt hatten, um auf eventuelle Verstöße der Regierung zu achten, war ich zu aufgewühlt, um etwas zu dem Gespräch beizutragen. Und ich war definitiv zu aufgewühlt, um mehr als ein paar Bissen Gulasch zu essen.

Als Bill und ich vor dem Haus der Greenbergers gestanden

hatten, war mir einen Moment lang der Gedanke gekommen, ihn als Gast mitzubringen, doch nun war ich erleichtert, es nicht getan zu haben. Außerdem hatte ich kurz in Erwägung gezogen, das Potluck-Dinner sausen zu lassen und ihn mit zu mir zu nehmen. Aber würden wir dann nicht im Bett landen, und würde das nicht ein bisschen zu schnell gehen, selbst wenn wir das Jahr 1971 schrieben? Also hatte ich stattdessen gesagt: »Danke für deinen Arkansas-Zauber und den großartigen Tag heute.« Ich breitete die Arme aus, um ihn zu drücken – eine für meine Verhältnisse nach so kurzer Zeit fast schon verwegene, aber angesichts der Situation viel zu zaghafte Geste. Bill drückte mich ebenfalls kurz, und es fühlte sich tatsächlich wie die Umarmung eines Löwen an, oder besser gesagt der Märchenversion eines Löwen; er war hünenhaft groß und zärtlich, und er raubte mir den Atem. Dann war die Umarmung vorbei, und ich trat einen Schritt zurück.

»Ich fand den Tag auch großartig«, sagte er.

Wir blickten einander an, und ich hoffte, er würde eine neue Verabredung vorschlagen. Als nichts dergleichen geschah, hoffte ich, die Frage nicht mit etwas, das ich gesagt oder nicht gesagt hatte, im Keim erstickt zu haben. Bill hatte zweifelsohne Interesse an mir, aber ich war ein gebranntes Kind; was, wenn ich, obschon er den ersten Schritt getan hatte, zu überschwänglich reagierte und ihn verschreckte? Mit trügerisch fester Stimme sagte ich: »Also dann, bis hoffentlich bald?«

»Auf jeden Fall.« In seiner Stimme schwang echte Wärme mit. »Viel Spaß beim Dinner.«

Am Tisch der Greenbergers sitzend fragte ich mich, ob er mein Freund werden würde. Unmöglich. Aber dass er nicht mein Freund werden würde, schien genauso unmöglich. Dieses Gefühl, als er mich am Hals geküsst hatte, und dieses Gefühl, als wir uns auf den Mund geküsst hatten …

»Hillary«, hörte ich Elman sagen, und als ich ihn ansah, zeigte er neben mich und sagte: »Die Butter?«

Seinem befremdeten Blick konnte ich entnehmen, dass er diese Bitte nicht zum ersten Mal geäußert hatte.

In meiner Büchertasche befanden sich stets ein faltbarer Stadtplan von New Haven und ein Busfahrplan, und mithilfe dieser beiden Pläne stellte ich fest, dass die Wohnung des Räumungsklage-Falls ungefähr zwei Meilen nördlich der Law School lag. Der Bus, in den ich am Montagmorgen stieg, fuhr die Dixwell Avenue hoch, und obwohl schon die Gegend rund um den Campus nicht besonders malerisch war – sie wurde vor allem von Studierendenwohnheimen und Schnellrestaurants dominiert –, wurde das Straßenbild noch trister, je weiter nördlich wir fuhren: Wasch- und Kosmetiksalons, in denen das Geschäft nicht gerade zu florieren schien, mehrgeschossige Backsteingebäude mit vernagelten Fenstern, verwaiste Grundstücke hinter kaputten Maschendrahtzäunen. Das Alter und die Hautfarbe der Menschen, die ich durch das Busfenster beobachtete, veränderten sich ebenfalls, die jungen Weißen wie ich wichen zusehends Mexikanern oder Schwarzen.

Die Familie Suarez lebte einige Blocks von der Dixwell Avenue entfernt, in einem dreistöckigen Schindelhaus. Die Eingangstür des Gebäudes führte in einen kleinen Vorraum mit drei übereinanderhängenden Briefkästen an der Wand; über zwei mit einem schmuddeligen senffarbenen Teppich bedeckte Stufen gelangte man ins Erdgeschoss, und von dort stieg ich die Treppe in den ersten Stock hinauf.

Vor der Wohnungstür blieb ich kurz stehen, um zu lauschen, hörte aber nichts. Dann klopfte ich.

Der Mann, der mir öffnete, war nur wenige Zentimeter größer als ich, hatte einen olivfarbenen Teint, schwarzes Haar und einen gepflegten Schnurrbart. Er trug einen royalblauen Baumwolloverall mit einem ovalen Neely-&-Cooke-Logo – Neely & Cooke war ein Triebwerkbauer in der Nähe – und rauchte eine Zigarette.

»Ich bin Hillary Rodham vom Rechtsberatungsbüro New Haven,

und ich bin wegen der Besichtigung Ihrer Wohnung hier«, stellte ich mich vor. »Der Form halber, Sie sind Robert Suarez?«

»Ja, Ma'am«, erwiderte er. »Richtig.«

In der Woche zuvor hatte er am Telefon mindestens zwanzig Mal »Ja, Ma'am« gesagt, und ich hatte mich gefragt, ob er überrascht sein würde, wenn er entdeckte, wie jung ich war.

In der Wohnung waren die Vorhänge in allen Zimmern zugezogen, Lichter brannten keine; im Wohnzimmer saß eine ältere Frau mit einem Kleinkind und einem Baby vor einem Schwarz-Weiß-Fernseher, es lief eine Soap. Da ich teils auch wegen der angeblichen Ruhestörung da war, vermerkte ich, dass die Fernsehlautstärke normal war. Robert Suarez stellte mich der Frau, die ebenfalls rauchte, nicht vor, und seinem Beispiel folgend tat ich es auch nicht; ich nahm an, sie war seine Schwiegermutter. Bei unserem Telefonat hatte er mir die Namen, das Alter und die ungefähren Schlafenszeiten aller in der Wohnung lebenden Familienmitglieder durchgegeben, zu denen auch noch seine Frau, die in der Highschool als Putzfrau arbeitete, und ihr ältestes Kind, ein siebenjähriges Mädchen, gehörten.

Die Wohnung hatte zwei Schlafzimmer, und die Besichtigung war schnell vorüber. Ich sah mich einige Minuten im einzigen Badezimmer um und ließ die Tür angelehnt, als ich den Schrank unter dem Waschbecken öffnete, in dem ein wildes Durcheinander aus Toilettenartikeln herrschte. Ich überlegte, ob ich Robert Suarez erklären sollte, dass ich nach undichten Wasserleitungen suchte, oder ob das offensichtlich war und eine Erklärung herablassend klingen würde; bei meiner Arbeit in der Rechtsberatung war ich mir ständig unsicher, ob ich überfreundlich oder kühl wirkte. Als ich den Hahn am Waschbecken aufdrehte, schienen die Leitungen einwandfrei zu funktionieren. Die Toilettenspülung lief ebenfalls normal. Vom Bad ging ich in die Küche zurück und sah auch dort unter dem Spülbecken nach. Ich lief noch einmal durch die verschiedenen Räume, öffnete und schloss die Fenster – keines klemmte – und machte das Licht an, um die Wände zu untersuchen. Über die Wand im Schlafzimmer zog sich ein Riss von gut einem halben Meter, aber Farbe blätterte keine ab.

Ich bat Robert Suarez, den Keller besichtigen zu dürfen, und er führte mich aus der Wohnung zwei Treppen hinab. Als ich ihn nach Problemen mit Nagetieren oder Insekten fragte, meinte er, im Winter gebe es manchmal Mäuse, was jedoch nicht als Verletzung der Bewohnbarkeitsgarantie ausreichte.

Im Keller fiel das Licht einer nackten Glühlampe auf einen riesigen Boiler, die Heizung, aufgestapelte Holzbalken und einen verrosteten Handrasenmäher. Und da entdeckte ich es, direkt unterhalb der Deckenbalken: Dort, wo eine Hauptwasserleitung in die Wand ging, hatte sich rund um das Rohr ein unförmiger Fleck aus grauem Schimmel auf dem Putz gebildet. »Sehen Sie den Schimmel?«, sagte ich zu Robert Suarez. »Das ist definitiv eine Verletzung.« Er sah mich erschrocken an, und ich fügte hinzu: »Nein, nein, das ist gut für Ihre Verteidigung. Wir können das als Einwand gegen die Räumungsklage verwenden.« Ich zog die Kamera des Büros, eine Kodak Instamatic, aus meiner Tasche und fotografierte den Schimmel mehrmals aus der Nähe und aus ein paar Schritten Entfernung.

Zurück im Erdgeschoss fragte ich ihn: »Kennen Sie Ihre Nachbarn?«

Er schüttelte den Kopf. »Nicht besonders gut.«

»Ich habe Briefe dabei, um sie ihnen vor die Tür zu legen. Ich hoffe, wenigstens einer wird dazu bereit sein, schriftlich zu bestätigen, dass ihn die Lautstärke in Ihrer Wohnung nicht stört, damit wir diese Aussage bei Gericht einsetzen können.« Ich nahm die Aktenmappe mit den Briefen aus meiner Tasche.

Für ein paar Sekunden musterte Robert Suarez mich argwöhnisch. »Der Vermieter ... Wird er uns rausschmeißen?«

»Ich tue mein Bestes, um das zu verhindern.«

Robert Suarez schien nicht sonderlich beruhigt. Mit finsterem Blick sagte er: »Wir können nirgendwo anders hin.«

Wenn ich abends nach Hause kam – oft erst gegen neun oder noch später, nach einer Vorlesung oder einem Treffen –, bereitete ich mir noch schnell einen kleinen Imbiss zu, wenn ich nicht schon vorher zu Abend gegessen hatte: einen Erdnussbuttertoast oder eine Dosensuppe, gefolgt von einer Kanne Kamillentee. Dann schlüpfte ich in meinen blauen Schlafanzug und einen weißen Steppbademantel aus Nylon, den mir meine Mutter vor meinem ersten Jahr in Wellesley geschenkt hatte. Ich band das Haar zu einem Pferdeschwanz zusammen, stellte eine Tasse Tee neben die Lampe auf dem Nachtkästchen, setzte mich mit zwei in den Rücken geschobenen Kissen am Kopfende aufs Bett und schrieb eine Liste mit allen Dingen, die ich am nächsten Tag zu erledigen hatte. Neben einem Spiralblock benutzte ich einen postkartengroßen Tagesplaner, den ich jeden Oktober per Post neu bestellte. In Gedanken nannte ich dieses Arrangement aus Tee, Kissen, Notizbuch, Planer und Büchern mein Nest.

War die To-do-Liste fertig, las ich oder schrieb ich für gewöhnlich noch drei oder vier Stunden. Dabei versank ich regelmäßig so sehr in meiner Arbeit, dass ich, wenn ich irgendwann aufsah, zweierlei feststellte: erstens, dass es weit nach Mitternacht war – manchmal Stunden später –, und zweitens, dass ich wegen des vielen Tees, den ich getrunken hatte, dringend auf die Toilette musste.

Schon im College und nun auch auf der Law School waren dies die Stunden, in denen ich mich am meisten als ich selbst fühlte. So gern ich tagsüber mit anderen Menschen zusammen war, so froh war ich, spätabends allein zu sein; es war Letzteres, das Ersteres möglich machte. Tatsächlich musste ich oft, wenn ich mein Nest herrichtete, an einen Satz von Wordsworth denken, den ich in der Junior Highschool im Englischunterricht gehört hatte: Dichtung entsteht aus Empfindung, derer man sich in Ruhe erinnert.

An diesem Montagabend war es noch nicht einmal zehn Uhr, und ich saß seit weniger als einer Stunde in meinem Nest, als das

Telefon klingelte. Als ich abnahm, sagte eine männliche Stimme: »Ich bin's, Geplänkel-Bill. Ich wollte fragen, ob du Lust hast, mit mir essen zu gehen.«

»Jetzt?«

»Bist du beschäftigt?«

»Nun, ich hab schon gegessen.« Ich wollte Bill keinesfalls abblitzen lassen; ich war nur völlig überrumpelt von seinem Anruf.

»Dann lass uns im Elm Street Diner treffen, und ich spendiere dir als Nachtisch einen Sundae.«

Ich warf einen Blick auf das Notizbuch in meinem Schoß und meine Schlafanzughose darunter. »Wie wär's mit morgen?«

»Gegenvorschlag«, sagte er, »wie wär's in fünf Minuten, ab jetzt?«

Als ich das Elm Street Diner betrat, saß Bill mit dem Rücken zur Tür am Tresen, und ich stutzte einen Moment – er trug einen mir unbekannten braunen Pullover, was mich daran erinnerte, wie wenig ich von ihm wusste –, doch dann drehte er sich um, winkte mir lächelnd zu und rief fröhlich: »Hillary!«

Ich ging zu ihm und er stand auf, um mich zu umarmen, dann aß er die Pommes, die er in der linken Hand gehalten hatte. »Wie schön, dich zu sehen!«, sagte er.

Wo war der Haken? Es musste einen geben!

Als ich auf dem mit Vinyl überzogenen Hocker neben Bill Platz genommen hatte, meinte eine Bedienung mittleren Alters hinter dem Tresen zu mir: »Ich habe gehört, Sie hätten gern einen Sundae. Mit Schlagsahne und Nüssen?«

Ich hatte die Sache mit dem Eisbecher eher metaphorisch als wörtlich verstanden, aber als ich Bill einen Blick zuwarf, nickte er. »Gern«, sagte ich.

Bill machte eine Handbewegung in Richtung der Bedienung, die als Uniform eine weiße Schürze über einem blassrosa Kleid mit Kragen trug. »Edith hat für Nixon gestimmt, glaubt aber, dass

McGovern das Zeug dazu haben könnte, es '72 zu schaffen.« Edith lächelte nachsichtig. »Und zwei Löffel bitte, Edith«, rief Bill ihr nach, als sie sich von uns abwendete. Vor Bill stand ein großer ovaler Teller, halb voll mit ebenjenen Pommes frites, die Bill selbst während unserer Begrüßung nicht aufgehört hatte zu essen. Er schob den Teller in meine Richtung. »Greif zu!«

»Bist du regelmäßig hier?«

»Wie könnte ich nicht? Sag mir, ob du jemals in deinem Leben bessere Pommes gegessen hast.« Er hielt mir eine Fritte hin, direkt vor den Mund, und obwohl ich mich keineswegs für prüde hielt, fühlte es sich fast obszön an, davon abzubeißen – hier, in dem hell erleuchteten Diner, nachdem ich mich erst seit einer Minute in Bills Gesellschaft befand. Stattdessen pflückte ich ihm die Fritte aus den Fingern. Während ich kaute – es schmeckte gewöhnlich und köstlich zugleich –, grinste er mich an. »Und?«

Ich lachte. »Lecker.«

»Was hast du gerade gemacht, als ich anrief?«

»Ich war dabei, eine eidesstattliche Erklärung für einen Fall aus der Rechtsberatung zu verfassen. Und was hast du heute gemacht?«

»Wie ich eben schon Edith erzählt habe, bin ich heute nach Boston gefahren, um mich mit einem Typen von der McGovern-Kampagne zu treffen. Ich werde hier in ein oder zwei Monaten ein Büro für McGovern eröffnen. Oh, und ich habe einen herrlichen Brief von einer Frau aus Hope bekommen, nach der ich verrückt bin.« Für den Bruchteil einer Sekunde verspürte ich Enttäuschung, dann fuhr er fort: »Sie heißt Lou und ist achtundachtzig. Sie liest zurzeit alle Shakespeare-Stücke ein zweites Mal, und sobald sie mit einem durch ist, schreibt sie mir und erzählt mir, was sie denkt, und ich lese es ebenfalls noch mal und schreibe ihr zurück, um ihr zu sagen, was ich denke. Gerade hat sie *Troilus und Cressida* beendet, was ich, ehrlich gestanden, immer für ein zweitklassiges Werk gehalten habe, aber Lou hat einige großartige Überlegungen dazu angestellt, ob es sich um eine Tragödie oder um eine Komödie handelt. Lou ist die Witwe eines echten Originals. Sein Name war Walter, und sie war seine zehnte Ehefrau. So viel zum Thema Sinneswandel, was? Einmal habe ich Walter gefragt, ob er sich denn an die Namen all seiner Ehefrauen erinnere, und er meinte: ›An alle bis auf zwei.‹ Aber mit Lou war er dreißig Jahre verheiratet, und soweit ich es beurteilen kann, waren die beiden verdammt glücklich.«

In den einundfünfzig Stunden seit meinem Abschied von Bill hatte ich ständig an ihn denken müssen und mich einerseits danach gesehnt, ihn wiederzusehen, andererseits aber auch Angst gehabt, es könnte peinlich werden. Außerdem war mir durch den Kopf geschossen, dass unsere Zeit im Museum vielleicht eine einmalige Geschichte gewesen war, dass er vielleicht ein Mensch war, dessen Begeisterung grenzenlos, aber kurzlebig war. Doch die Energie zwischen uns im Diner ... Es war, als würden wir den Faden direkt dort wiederaufnehmen, wo wir ihn vor dem Haus der Greenbergers hatten fallen lassen.

»Meinst du, die Menschen in Arkansas sind von Geburt an interessanter, oder ist es die Südstaaten-Flunkerei, die sie interessanter macht?«, fragte ich.

»Oh, Hillary.« Bill schien entzückt. »Wir fangen gerade erst an.«

Edith stellte einen silbernen Eisbecher – genau genommen einen Pokal – vor mir ab, und Bill zeigte auf seinen Teller und meinte zu ihr: »Kann ich noch ein paar Pommes bekommen?«

»Wahnsinn. Wann hast du das letzte Mal gegessen?«, fragte ich.

»Ich weiß. Deshalb bin ich auch so dick.«

Ich hatte witzig sein wollen, hatte – so dachte ich zumindest – geflirtet und nicht mit einer solchen Antwort gerechnet. Obwohl viele der Frauen, die ich kannte, auf ihr Gewicht achteten, fand ich es befremdlich, dass er bereits zum zweiten Mal auf seines anspielte. »Oh ...«, stotterte ich. »Nein. Bist du nicht.«

»Es ist dieses Salzig-süß-Ding, das mich zugrunde richtet.« Selbst während er redete, versenkte er einen der beiden Löffel in der Eiscreme. »Weißt du, wieso Eisbecher auch ›Sundaes‹ heißen? Früher haben die Soda Shops montags die restliche Eiscreme vom Sonntag verwertet, sie aber vorsichtshalber mit verschiedenen Zutaten kaschiert, für den Fall, dass das Eis schon sauer war.«

»Sehr appetitlich.«

»Das war, bevor es Kühlschränke gab. Ich bin mir sicher, dass das nicht auf dieses exklusive Restaurant zutrifft.« Er nahm noch einen Löffel Eis und fragte: »Wie war das Abendessen bei den Greenbergers?«

»Nett. Ich war vielleicht ein bisschen zerstreut.«

»Oh, tatsächlich?« Er grinste, streckte die Hand aus und streichelte mir über den Handrücken. Allein bei diesem Hautkontakt wurde mir wie schon im Museum leicht schwindlig.

In diesem Moment stellte Edith einen Teller mit frischen Pommes frites vor Bill, und er schaute mich verlegen an.

»Bitte«, sagte ich, »tu dir keinen Zwang an.«

»Ich überlege gerade, wie angewidert du sein wirst, wenn ich eine Fritte ins Eis tunke.«

»Einer meiner Brüder macht das auch. Ich werde mich fast wie zu Hause fühlen.«

Er tat es. »Was für eine eidesstattliche Erklärung war das, an der du gesessen hast, bevor ich dich unterbrochen habe?«, fragte er, während er noch kaute.

»Ein Vermieter versucht eine Familie wegen Ruhestörung auf die Straße zu setzen, aber ich glaube, das ist nur ein Vorwand. Ich freue mich, dass du angerufen hast.«

»Ja?« Er beobachtete mich aufmerksam.

»Ja. Wirklich.«

Wir sahen uns noch immer lächelnd in die Augen, und Bill sagte: »Wie würdest du es finden, in einem Diner geküsst zu werden?«

Kurz entschlossen beugte ich mich vor und küsste ihn unter der hellen Deckenbeleuchtung auf den Mund. »Genügt das als Antwort?«

Er strahlte. »Verdankst du deine Unerschrockenheit deinen Eltern, oder bist du damit schon auf die Welt gekommen?«

»Ich wünschte, ich wäre unerschrocken.«

»Du hattest keine Angst, dich mit Professor Geaney wegen seines idiotischen Ladys' Day anzulegen.«

»Er war eindeutig im Unrecht.«

»Ganz genau!«

»Hat nicht Mark Twain über den Mut gesagt, er sei eher die Beherrschung der Angst als die Abwesenheit von Angst? Vielleicht beantwortet das deine Frage. Als ich drei war, zogen meine Eltern mit mir in das Haus, in dem sie heute noch leben, und ein kleines Mädchen aus der Nachbarschaft versuchte vom ersten Tag an, mit mir zu kämpfen. Körperlich, meine ich. Als meine Mutter begriff, dass ich wegrannte und mich in unserem Haus versteckte, erklärte sie mir ganz ruhig, sie wolle, dass ich Kathy das nächste Mal, wenn sie mich schlage, zurückschlüge. Nicht ›Du *kannst* zurückschlagen‹, sondern ›Ich *will*, dass du sie schlägst‹. Ich gehorchte ihr, und das Problem war gelöst.«

»Hat Kathy sich von da an vor dir versteckt?«

»Nein, wir wurden sogar Freundinnen und sind es bis heute geblieben.«

»Natürlich wollte sie deine Freundin werden. Ich bin sicher, jeder will das.« Er aß einen Löffel Eis. »Ist deine Mitbewohnerin heute Nacht hier oder in New York bei ihrem Verlobten?«

»Sie ist in New York.« Ich schwieg kurz. »Würdest du gern sehen, wo ich wohne?«

»Ich brenne darauf. Aber wollen wir nicht noch eine Runde Pommes und Eis bestellen, bevor wir gehen?«

Zum ersten Mal war ich vollkommen baff. Doch mehr noch als verblüfft war ich verwirrt von Bills simultanen Gelüsten. Wie konnte er ans Essen denken, wo doch die Luft gerade vor Erotik knisterte? Aber offensichtlich konnte Bill hungrig nach mehreren Dingen zugleich sein. Er war, auch wenn es diesen Begriff damals noch nicht gab, multitaskingfähig. Ich wäre am liebsten sofort aufgebrochen und hätte ihn draußen weitergeküsst, richtig geküsst, aber wegen seiner Bemerkung zu seinem Gewicht wollte ich ihn nicht in Verlegenheit bringen.

»Klar«, sagte ich, und er winkte Edith heran. Als unsere nächste Bestellung kam, naschte ich einmal vom Eis, und er verputzte den gesamten Rest. Schließlich fragte er grinsend: »Steht das Angebot für die Wohnungsbesichtigung noch?«

Wir lagen in meinem Bett, er auf mir, ich auf der Bettdecke, die einzige Lichtinsel der ganzen Wohnung das brennende Lämpchen auf meinem Nachttisch. Ich trug Jeans, Socken, Slip und BH, und er trug Jeans, Socken, Slip (das nahm ich zumindest an) und ein weißes T-Shirt. Sein Pullover lag auf dem Boden. Wir hatten uns stundenlang geküsst, und es war fantastisch gewesen. Ich liebte es, wie er am Hals roch, ich liebte seine an mich gedrückte Brust, ich liebte es, wie sich sein Rücken anfühlte, wenn ich die Hände unter seinem T-Shirt nach oben wandern ließ. Und ich liebte es, wie wir manchmal redeten und rumalberten und manchmal auch einfach nur rummachten.

Er stemmte sich wie im Liegestütz hoch und sah auf mich herab, unsere Gesichter vielleicht eine Handbreit voneinander entfernt. »Du bist keine Jungfrau mehr, oder?«, fragte er.

Ich lächelte. »Du klingst wie Professor Geaney.«

»Du weißt, dass ich das nicht so gemeint habe.«

»Nein, ich bin keine Jungfrau mehr«, sagte ich und fügte scherzhaft hinzu: »Und du?«

»Ich schon, also sei bitte sehr, sehr vorsichtig.«

»Ich nehme die Pille, falls es das ist, was du wissen willst.«

»Auf die Gefahr hin, dich noch mehr zu schockieren, als ich

es bereits getan habe: Ich habe meine Unschuld verloren, als ich vierzehn war.«

»Oha«, sagte ich. »Ich war neunzehn.«

»Wer war der Glückliche?«

»Mein damaliger Freund vom College.«

»Warst du in ihn verliebt?«

»Nicht richtig.«

Zu meiner Überraschung lachte er.

»Warst *du* denn verliebt?«, fragte ich. »Mit vierzehn?«

»Ich war scharf auf sie. Sie war sechzehn, und ich fand, sie sah aus wie Anita Ekberg. Du weißt, wer das ist?«

Ich schüttelte den Kopf.

»Eine überaus kurvenreiche Schauspielerin.«

»Eine Hälfte von mir ist versucht, dich zu fragen, mit wie vielen Frauen du geschlafen hast, die andere will es lieber nicht wissen.«

»Vielleicht sollten wir auf deine zweite Hälfte hören.«

Unsere Gesichter dicht beieinander musterte ich ihn prüfend, und er fügte hinzu: »Solange ich mich erinnern kann, sogar schon als Kind, hatte ich eine Schwäche für weibliche Reize. Kaum läuft ein Mädchen in einem Rock an mir vorbei, sabbere ich wie ein Hund, dem ein Knochen vor die Nase gehalten wird. Aber das ist …«, er zögerte, »… das ist bloß Schwärmerei. Keine Liebe.« Sein Gesicht schwebte nach wie vor nur wenige Zentimeter über meinem, während er beobachtete, wie ich seine Worte aufnahm. »Du und ich«, sagte er schließlich, »das ist keine Schwärmerei.«

»Auf die Gefahr hin, ein Streitgespräch zu entfesseln, das ich nicht gewinnen will: Woher willst du das wissen? Vermutlich fühlt sich Schwärmerei nie wie Schwärmerei an, bevor sie nicht vorbei ist.«

»Nein.« Er schüttelte den Kopf. »Ich hab dir das noch nicht erzählt, aber ein paar Tage nachdem du mich in der Mensa über Wassermelonen hast reden hören, hab ich dich in einer Vorlesung gesehen. Das war, als Richterin Motley auf dem Campus war. Erinnerst du dich? Ich saß in der Reihe hinter dir, und als die Vorlesung vorbei war, wollte ich mich dir vorstellen. Ich streckte die Hand aus, um dich an der Schulter anzutippen, und ich spürte … Das mag jetzt vielleicht seltsam klingen, aber es war wie ein elektrischer Schlag. Ich wusste, ich würde etwas ins Rollen bringen, das ich nicht mehr aufhalten könnte.«

Ich wusste nicht, was ich von dieser Geschichte halten sollte. Einerseits war ich geschmeichelt, gewiss, andererseits aber auch verwirrt.

»Spürst du denn nicht auch«, fuhr er fort, »wie sehr sich das hier von allem anderen unterscheidet? Ich möchte, dass das hier – wir – bis in alle Ewigkeit hält.«

Bis vor zwei Tagen hatten wir kaum je Zeit in der Gesellschaft des anderen verbracht. Aber mit Bills Gesicht so nahe vor meinem, in Erwartung einer Antwort, mit unseren aneinandergeschmiegten Körpern schien es, als könnte jedem von uns beiden in der nächsten Sekunde ein »Ich liebe dich« entschlüpfen – mir genauso wie ihm. Und dass es, obschon fast ein Ding der Unmöglichkeit, wahr sein würde. Gleichwohl sagte ich nicht »Ich liebe dich«, sondern ganz prosaisch: »Doch, ich spüre es auch.«

Bald darauf sprachen wir kaum noch. Wir küssten uns ununterbrochen und zogen uns gegenseitig die restlichen Kleider aus, seine Finger streichelten mich an den unterschiedlichsten Stellen, und ich verzehrte mich danach, ihm so nahe wie möglich zu sein – ihm, Bill, dieser einen bestimmten Person. Mit Roy und auch mit einem anderen Jurastudenten namens Eddie, den ich während meines ersten Jahres in Yale gedated hatte, war Sex ganz okay, aber nichts wirklich Persönliches gewesen. Es hatte sich nach einem angenehmen Zeitvertreib angefühlt, dem Menschen nun einmal in regelmäßigen Abständen frönen, aber es hatte sich nicht angefühlt, als müsste ich unbedingt ich sein und die andere Person unbedingt diese eine bestimmte Person.

Und plötzlich konnte ich Bills fordernde Erektion spüren, gleich würde es passieren, dann passierte es tatsächlich, er drang in mich ein, und ich keuchte – ich keuchte, weil es sich so unglaublich gut anfühlte, aber auch, weil ich kaum glauben konnte, dass ich nackt mit diesem Mann zusammen war. Dann war er richtig in mir, es war *passiert*, und wir würden von nun an bis in alle Ewigkeit zwei Menschen sein, die Sex miteinander gehabt hatten. Während er sich in mir bewegte, während ich mich ihm entgegenbäumte und die Finger in seinen Hintern krallte, trafen sich unsere Blicke für ein paar Sekunden, und wir sahen uns unverwandt, ohne zu blinzeln, an. Weder er noch ich lächelten; lächeln wäre trivial, ja unpassend gewesen. Auf diese Weise mit ihm zusammen zu sein bedeutete eine fast schon unerträgliche Ekstase. Es war die kostbarste Erfahrung meines ganzen bisherigen Lebens.

Das Mädchen hieß Kimberly und war sieben Jahre alt, obwohl sie, als ich sie durch die verspiegelte Scheibe eines Untersuchungszimmers im Yale New Haven Hospital beobachtete, derart zierlich wirkte, dass ich sie auf vier geschätzt hätte; sie hatte tiefbraunes Haar und dunkle Ringe unter den Augen.
Der Raum war mit einem Sofa, einem Kindertisch mit passenden Stühlen und einem Sortiment an Holzbauklötzen, Spielzeugzügen, Puppen und Büchern ausgestattet. Kimberly saß auf dem Boden, den Rücken an das Sofa gelehnt, eine Puppe im Arm, mit der sie aber nicht spielte, und stierte mit leerem Blick vor sich hin. Eine Psychologin hockte vor ihr und redete auf sie ein, ohne ihr jedoch irgendeine Reaktion zu entlocken. Ich stand hinter dem Fenster neben Dr. Hormley, einem der behandelnden Ärzte, einem freundlichen, weißhaarigen Großvater von elf Enkeln.
»Hat sie irgendetwas gesagt, seit sie aufgenommen wurde?«, fragte ich, und Dr. Hormley schüttelte den Kopf.
»Wir versuchen gerade herauszufinden, ob bereits eine Mutismus-Diagnose vorliegt«, sagte er.

Am frühen Sonntagmorgen hatte ein Nachbar – wohl nicht zum ersten Mal – die Polizei gerufen, nachdem er einen Streit zwischen Kimberlys Eltern gehört hatte. Die Polizeibeamten hatten Kimberly an die Heizung gefesselt und in ihren eigenen Fäkalien sitzend vorgefunden. Sechsunddreißig Stunden später saß der Vater noch immer im Gefängnis, während die Mutter wieder auf freien Fuß gesetzt worden war. Man hatte mich zu dem Fall hinzugezogen, um die Frage zu klären, ob Kimberly in die Obhut ihrer Mutter zurückgegeben oder vorübergehend von einer Pflegefamilie aufgenommen werden sollte – ob die Mutter ebenfalls ein Opfer des gewalttätigen Vaters, seine Komplizin oder irgendetwas dazwischen war. Wie schon bei ähnlichen Fällen hatte Gwen mich gebeten, Informationen zu sammeln, um ein Sorgerechtsgutachten zu verfassen.

»Wie stark unterernährt ist sie?«, fragte ich Dr. Hormley.

»Ihr Verhältnis von Körpergröße zu Gewicht ist normal, aber ihre Körpergröße liegt bezogen auf ihr Alter im fünften Perzentil.«

Obwohl Dr. Hormley freundlich auftrat, hatte ich gelernt, meine Fragen eher sachlich als persönlich zu formulieren – er war nicht der Typ Mensch, den man zum Beispiel fragte, wie es um die Familienverhältnisse eines Patienten stand. Außerdem sprach keiner von uns beiden jemals über die Umstände, durch die ein Kind in seiner Obhut gelandet war, egal, wie grauenhaft sie sein mochten. Ich fragte mich, ob er solche Dinge mit seiner Frau oder seinen Kollegen diskutierte oder ob gerade dieses Ausblenden ihm ermöglichte, gelassen zu bleiben.

Dr. Hormley reichte mir Kimberlys Akte und sagte: »Ich muss zu einer Blinddarm-OP. Geben Sie das im Schwesternzimmer ab, wenn Sie fertig sind.«

Das Einzige, was rückblickend noch erstaunlicher ist als die brauchbaren Ergebnisse, die ich als dreiundzwanzigjährige Graduiertenstudentin lieferte, ist der Freibrief für meine damaligen Recherchen, aber Gesetze zum Schutz von Patientendaten waren zu jener Zeit lax bis inexistent. Ich begleitete Dr. Hormley und andere Ärzte bei ihren Patientenvisiten, beurteilte Kinder, indem ich sie wie im aktuellen Fall von Kimberly während eines Krankenhausaufenthalts beobachtete, und leitete Fallbesprechungen. Ich sprach direkt mit Polizeibeamten, Sozialarbeitern und Familienmitgliedern.

Ich machte mir ein paar mehr Notizen zu Kimberlys Interaktion mit der Psychologin, gab ihre Akte ab und fuhr mit dem Aufzug in den vierten Stock. Die National Children's Initiative – Gwens neu gegründete Organisation – war in einem winzigen Büro innerhalb des Krankenhauses untergebracht und widmete sich dem Ziel, Gesetzesreformen zum Wohl der Kinder im Bildungs- und Gesundheitsbereich durchzusetzen. Gwen war eine wahre Pionierin, ihr war es zu verdanken, dass der Begriff des Kindesmissbrauchs in der Öffentlichkeit bekannt geworden war.

Oben vor dem Aufzug gab ein großes Panoramafenster den Blick nach Südosten auf den Campus der medizinischen Fakultät und auf den bescheidenen, als The Hill bekannten Stadtteil frei. Ich blieb kurz am Fenster stehen – es war ein grauer, regnerischer Tag – und sammelte mich, bevor ich den Korridor hinunterging, um mit Gwen zu sprechen. Mein Bild von der menschlichen Natur war noch nie besonders rosig gewesen, aber die Umstände, deretwegen Kinder im Krankenhaus landeten, schockierten mich stets aufs Neue. Was konnte in einem Erwachsenen nur eine solche Brutalität entfesseln? Drogenabhängigkeit, psychische Störungen, manchmal in Kombination mit lähmender Armut – gewiss waren das Faktoren, doch ab einem gewissen Punkt konnte nur noch Grausamkeit, wenn nicht gar Sadismus als Erklärung dienen, warum ein Dreijähriger von seinem Onkel in der Badewanne ertränkt worden war oder der Rücken einer Neunjährigen mit Brandwunden vom Bügeleisen der Mutter übersät war. Manchmal, wenn ich zur Law School zurückkehrte, nachdem ich solche Kinder beobachtet oder auch nur über ihren Fall gesprochen hatte, war mir, als würde ich aus einer schrecklichen Trance erwachen, in die ich unbemerkt verfallen war. Die privilegierte Betriebsamkeit von Yale, wir alle mit unseren leuchtenden Augen und theoretischen Ideen von Gerechtigkeit, unseren schlauen Gesprächen und künftigen Diplomen – all das fühlte sich an wie eine Art Illusion oder Heuchelei. Kurz nach Beginn meines Studiums an der Law School hatte ich beschlossen, auf Make-up zu verzichten und lieber Hosen als Kleider und Röcke zu tragen. Das vermittelte mir ein Gefühl der Bodenständigkeit, doch in solchen Momenten wurde mir klar, dass es kaum einen Unterschied machte. Ich hatte ebenso obszönes Glück und war ebenso aufgedonnert wie alle anderen auch.

Anfangs hatte ich ab und zu heimlich geweint, nachdem ich ein missbrauchtes Kind gesehen hatte. Aber schon bald waren mir diese Tränen nicht nur unprofessionell, sondern auch unbeherrscht erschienen. Und ehrlich gestanden musste ich, als ich an diesem Tag zum Fenster hinaussah, die Tränen gar nicht erst unterdrücken. Ich sah Kimberly vor mir – die großen dunklen Augen, ihre Teilnahmslosigkeit, ihren klammernden Griff um die Puppe –, und dann stieg plötzlich, völlig unerwartet, ein anderes Bild in mir auf, nämlich das von Bill, wenn er lächelte. Der Gegensatz zwischen Kimberlys tragischer Vernachlässigung und meiner neuen Beziehung mit Bill, der wohlwollenden Kraft seiner Präsenz, weckte ein Gefühl in mir, das vielleicht Euphorie oder Schrecken, Gewissheit oder Lust war. Oft schämte ich mich insgeheim für mein Glück und empfand meinen Aktivismus als eine Form der Buße. Was aber, wenn ich ein Leben führen könnte, das mich dieses Glücks würdig machte? Was, wenn die Erfüllung dessen, was ich mir am meisten wünschte, meine moralischen Grundsätze beflügelte und eher ein Geschenk als ein unfairer Vorteil wäre?

Vor dem Fenster, vier Stockwerke unter mir, radelte ein Mann eine mit schäbigen Häusern gesäumte Straße entlang. Ich wollte nicht zu Gwen, um mit ihr über Kimberlys schreckliche Eltern zu sprechen; ich wollte zu Bill und ihn in den Arm nehmen, ihn halten und gehalten werden, selbst wenn wir komplett angezogen wären, selbst wenn wir nicht reden würden. Ich wollte einfach nur neben ihm liegen.

Doch anstatt weiter meinen Tagträumen nachzuhängen, holte ich tief Luft, strich das Haar hinter die Ohren, drehte dem Fenster den Rücken zu und machte mich auf den Weg zu Gwens Büro.

Das zweite und dritte Mal mit Bill hatte in derselben Nacht wie das erste Mal stattgefunden, das vierte und fünfte Mal in der Nacht darauf, ebenfalls in meinem Apartment, und das sechste, siebte und achte Mal wieder dort, an einem Mittwochnachmittag zwischen drei und fünf, anstelle meines Unternehmenssteuerkurses, und an diesem Punkt hörte ich auf zu zählen.

Es folgten weitere Meilensteine, wie unser erster öffentlicher Auftritt als Paar bei der Geburtstagsparty zum Fünfundzwanzigsten von Nick Chess an einem Freitag. Nick war der Herausgeber des *Yale Law Journal* und jener Freund, an dessen Seite ich damals Bills Gespräch über Wassermelonen belauscht hatte. Bill und ich tauchten händchenhaltend auf der Feier auf, und ich merkte, dass etliche es registrierten, ohne jedoch ein Wort darüber zu verlieren. Erst als ein Grüppchen von uns in der Küche stand, wir beide mit einem Bier in der Hand an den Tresen gelehnt, ich im Arm von Bill, stupste mich seine Studienkollegin Prudence, die Frau von Charlie Kulik, von der anderen Seite an und flüsterte: »Du und *Bill*?«

»Sieht ganz danach aus«, sagte ich lächelnd.

»Hut ab!«

Als wir die Party gegen ein Uhr morgens verließen, grölte uns der eindeutig betrunkene Nick höchstpersönlich nach: »Verliebt euch bloß nicht ernsthaft, ich glaub nämlich nicht, dass es legal ist, wenn der Präsident der Vereinigten Staaten mit der Vorsitzenden des Supreme Court verheiratet ist.«

Über die Schulter rief Bill zurück: »Und was, wenn ich meine Ansprüche auf den U. S. Court of Appeals herunterschraube?«

Es war auch das Wochenende, an dem ich zum ersten Mal mit Bill raus zu seinem Haus fuhr, auf dem Beifahrersitz seines absurd orangefarbenen Opel Kombis. Als wir gegen neun Uhr abends ankamen, saßen Kirby und Keith im Wohnzimmer und spielten Karten, während Jimmy gerade in der Küche das Geschirr spülte und dabei in voller Lautstärke eine Platte von den Jackson 5 hörte. Als Jimmy uns sah, meinte er zu mir: »Ich würde ja sagen, du bist der Grund, weshalb Bill nie hier ist, aber Bill ist sowieso nie hier.«

Es war schon dunkel, daher konnte ich den Atlantik hinter dem Haus eher riechen und hören als sehen. Bill und ich zogen die Schuhe aus und liefen barfuß über den kalten Sand und ein paar Sekunden lang auch durch das noch kältere Wasser. Wieder zurück im Haus wuschen wir uns in einer schmutzigen Badewanne die Füße und gingen auf sein Zimmer. Er schloss die Tür hinter uns, und ich wurde von diesem seltsamen Glücksgefühl erfasst, das ich bisher nur mit ihm erlebt hatte. Gab es etwas Besseres, als mit Bill Clinton allein in einem Raum zu sein? Das Zimmer war mit einem Doppelbett ohne Kopfteil, einem roten Sessel, einem vollgestopften Regal, einem Schreibtisch und einem Schreibtischstuhl eingerichtet. In Windeseile waren wir ausgezogen und lagen im Bett, und wieder war da diese Nähe unserer Körper, die Wärme seiner Haut, die Art, wie er mich berührte, die Art, wie er roch und sich anfühlte, wie intensiv er mich zu spüren schien und wie intensiv ich ihn spürte. Danach lag ich in seinem Arm, den Kopf auf seiner Brust. »Brauchst du was für die Nacht?«, fragte er. »Ein Glas Wasser oder noch eine Decke? Soll ich dir meine Zahnbürste borgen?«

Außer dem Stadt- und Busfahrplan hatte ich in meiner Büchertasche immer ein Necessaire aus gelbem Rips dabei, das Zahnpasta, Zahnbürste, eine Haarbürste, eine kleine Tube Handcreme, aber kein Make-up enthielt. Ich küsste Bill auf die nackte Schulter. »Alles, was ich brauche, bist du. Aber sag mal, was ist das da?« Mein

Blick war an einem schwarzen, gut einen halben Meter langen rechteckigen Kasten neben dem Sessel hängen geblieben. Wie ein Koffer hatte er einen Griff und zwei Metallschließen.

»Das ist mein Saxofon.«

»Du spielst Saxofon?«

»Nein, ich hab den Kasten nur dort hingestellt, um dich zu beeindrucken. Er ist leer.« Er schnippte mir spöttisch mit dem Finger gegen das Schlüsselbein. »Natürlich spiele ich.«

»Das will ich irgendwann mal hören.« Ich hatte noch nicht zu Ende gesprochen, da war er auch schon aus dem Bett und streckte mir seinen blassen Hintern entgegen, während er sich bückte, um den Kasten zu öffnen und das goldene Instrument herauszuholen. Dann drehte er sich um, das Saxofon in Händen, nahm das Mundstück zwischen die Lippen und begann splitterfasernackt *When the Saints Go Marching In* zu spielen. Als unsere Blicke sich trafen, prustete ich los, obwohl ich mich natürlich fragte, was seine Mitbewohner wohl denken würden, und fürchtete, einer von ihnen könnte hereinschauen und uns auffordern, leiser zu sein. Grinsend spielte er weiter, bis er, angesteckt von meinem Heiterkeitsausbruch, abbrechen musste, weil er sich selbst vor Lachen kaum mehr halten konnte. Er legte das Instrument zur Seite und kam wieder ins Bett.

»Ich sehe, du bist *sehr* beeindruckt«, sagte er.

»Deine musikalischen Fähigkeiten sind atemberaubend.« Ich beugte mich zu ihm und küsste ihn auf den Mund. »Mir hat noch nie ein nackter Mann ein Ständchen gebracht.«

Wir küssten uns wieder und wieder – mein Mund kannte seinen inzwischen, all das wurde langsam vertraut und war doch noch immer auf wundersame Weise neu –, dann neigte er den Kopf ein wenig nach hinten. Er sah mich mit einer solchen Wärme und Zuneigung, mit einer solchen *Aufmerksamkeit* an. »Ich bin in dich verliebt, Hillary, und ich liebe dich. Ich kann kaum glauben, dass es dich gibt.«

»Dass es *mich* gibt? *Du* bist der Arkansas-Tausendsassa und der zukünftige Präsident der Vereinigten Staaten.« Mein Blick wurde ernst. »Ich bin auch in dich verliebt, Bill, und ich liebe dich.«

Ich hatte den Film mit den Aufnahmen der verschimmelten Wand in Robert Suarez' Keller in einem Fotogeschäft in der Nähe meines Apartments abgegeben und wollte die Abzüge abholen, bevor ich versuchen würde, von den Nachbarn der Familie Suarez eine Stellungnahme zu bekommen; sollten die Fotos nichts geworden sein, würde ich vor Ort gleich neue machen können.

Noch im Geschäft öffnete ich den festen Umschlag und sah, dass die Bilder in Ordnung waren. Wenn mich auch niemand mit, sagen wir, Ansel Adams verwechseln würde, waren mir doch scharfe Aufnahmen von der verschimmelten Wand gelungen.

Ganz bewusst stieg ich abends kurz nach sechs in der Dixwell Avenue aus dem Bus; denn vermutlich würde ich die Leute, denen ich bei meinem ersten Besuch die Briefe vor die Tür gelegt hatte, ohne jemals eine Antwort zu bekommen, am ehesten zur Abendessenszeit antreffen. Im Haus der Suarez gab es nur drei Wohnungen, und als der Mann im Parterre die Tür öffnete, sagte ich: »Mein Name ist Hillary Rodham, und ich arbeite im Büro der Rechtsberatung New Haven. Zwischen Ihrem Vermieter und der Familie Suarez, die über Ihnen wohnt, gibt es einen Streit wegen Ruhestörung, und ich wollte fragen, ob Sie vielleicht ein paar Minuten Zeit für mich hätten.«

Der Mann sah mich scheel an, während ich sprach. Als ich fertig war, sagte er mit Nachdruck in der Stimme: »Ihr Name ist *Miststück* von der Rechtsberatung New Haven.« Dann schlug er mir die Tür vor der Nase zu.

Im ersten Stock lag die Wohnung der Familie Suarez. Der Fernseher war tatsächlich bis nach draußen zu hören, aber er stand auch direkt hinter der Wand, nahe der Tür, an der ich vorbeiging, ohne zu klopfen.

Im zweiten Stock kam eine sehr alte und sehr kleine Frau an die Tür, und der Geruch von etwas wie gekochtem Gemüse waberte mir entgegen. Als ich wiederholte, was ich bereits zu dem Mann im Parterre gesagt hatte, fragte sie: »Welche Familie?«

»Die Familie Suarez. Die Leute, die direkt unter Ihnen wohnen. Darf ich Ihnen ein paar Fragen stellen und Ihre Antworten aufschreiben?«

»Robert und Maria machen nichts Unrechtes«, sagte sie.

»Das freut mich zu hören. Der Vermieter sagt, sie seien zu laut, und versucht sie aus der Wohnung zu werfen, aber wenn Sie mir sagen, dass sie nicht zu viel Lärm machen, hilft ihnen das, in der Wohnung bleiben zu können.«

»Um die Ecke gibt es einen Hund, der bellt andauernd.« Sie zeigte Richtung Norden. »Der ist laut. Er bellt Tag und Nacht.«

»Gehört der Hund jemandem hier im Haus?«

»Es ist nicht in Ordnung, ein Tier bis früh am Morgen draußen im Hof zu lassen.«

Ich hatte ein Notizbuch und einen Stift aus meiner Tasche geholt und sagte: »Nur noch mal der Ordnung halber, die Suarez machen keinen übermäßigen Lärm?«

»Nein.«

»Wie lange wohnen Sie schon hier?«

»Ich wohne seit Jahren hier, Liebes. Schon als die Johnsons dort gewohnt haben und die Familie vor den Johnsons. Kennen Sie Gladys?«

»Nein, Gladys kenne ich nicht«, sagte ich. »Sie hatten also niemals Ärger mit den Suarez wegen Ruhestörung?«

Die Frau sah mich durchdringend an. »Das Problem ist der Hund, der die ganze Zeit bellt. Es ist kein großer Hund, aber sein Fell ist furchtbar verfilzt.«

»Es tut mir leid, dass sich der Besitzer nicht um ihn kümmert.« Ich klappte mein Notizbuch zu. »Vielen Dank für Ihre Hilfe.«

Gegen neun Uhr traf ich Bill im Elm Street Diner, wo er mit zwei seiner Kommilitonen aus dem Staatsrechtskurs zu Abend gegessen hatte. Auf dem Weg zu meiner Wohnung hielten wir uns an den Händen, und ich erzählte ihm aus welchem Grund auch immer – nicht, weil es notwendig gewesen wäre oder gar eine reinigende Wirkung gehabt hätte, sondern eher, weil es nichts gab, worüber ich nicht gern mit ihm geredet hätte – von Daniel, dem Theologiestudenten aus Harvard, und unserem letzten Gespräch am Ufer des Charles River, als ich Daniel zur Wellesley-Kennenlernparty eingeladen und er geantwortet hatte: »Hillary, ich diskutiere wirklich gern mit dir über Theologie.«

Bill schnaubte. »Was für ein überheblicher Idiot.«

Als ich meine Schlüssel hervorholte, schien Daniel so weit weg und so viel unbedeutender als Bill, dass ich geneigt war, Milde walten zu lassen. »Er war ganz okay«, sagte ich. »Seine beste Eigenschaft war, dass er intelligent war, und die schlechteste, dass er keinerlei Sinn für Humor hatte.«

»Keinerlei Sinn für Humor zu haben ist keine ›schlechte Eigenschaft‹«, sagte Bill. Wir standen vor der Wohnungstür, und ich schloss auf. »Es ist ein Verbrechen.«

»Stimmt«, sagte ich, »obwohl ... Oh, hallo.« Meine Mitbewohnerin Katherine und Sandra, eine ihrer Freundinnen, saßen im Wohnzimmer. Sie hatten es sich mit einem Glas Rotwein in der Hand in den beiden Sofaecken gemütlich gemacht. Bevor ich irgendjemanden vorstellen konnte, sagte Sandra: »Hi, Bill.« In ihrer Stimme schwang ein Hauch von Belustigung oder gar Spott mit, und ich begriff sofort, dass zwischen den beiden etwas gelaufen war.

»Hi, Sandra«, antwortete Bill herzlich, ohne dass sein Ton etwas verraten hätte. Was aber auch nicht nötig war. »Hi, Katherine. Wie geht es euch?«

»So sieht man sich wieder, was?« Sandra sah zwischen uns hin und her. Sie war hübsch und hatte rote Haare.

»Hillary, ich muss dich vorwarnen, ich habe ein Brathähnchen gemacht«, sagte Katherine. »Ich werde alles abwaschen, bevor ich ins Bett gehe, versprochen. Möchtet ihr ein Glas Wein?«

»Kein Problem, ich muss heute Abend sowieso nicht mehr in die Küche.« Ich suchte Bills Blick, bevor ich fortfuhr: »Und nein danke, was den Wein angeht. Schön, euch gesehen zu haben.«

»Sandra, ich muss mich noch bei dir für die Empfehlung des Buches von E. H. Carr bedanken«, sagte Bill. »Interessante Denkanstöße.«

»Ich wusste, es würde dir gefallen«, sagte Sandra.

»Ich bin mir nicht sicher, ob er so säkular ist, wie er behauptet«, sagte Bill, und ich packte ihn an der Hand. Während ich ihn schon wegzerrte, fügte er noch hinzu: »Ich würde mich irgendwann gern mal ausführlicher mit dir darüber unterhalten.«

In meinem Zimmer stellte ich meine Tasche neben der Tür ab und kickte die Schuhe von den Füßen, und Bill folgte meinem Beispiel, bevor er sich rückwärts auf mein Bett plumpsen ließ. Ich baute mich vor ihm auf. »Lief da was zwischen euch?«

»Es war nichts Ernstes.«

»Hast du mit ihr geschlafen?«

Er runzelte die Stirn. »Das war Monate bevor du und ich das erste Mal miteinander gesprochen haben.«

Falls er damit andeuten wollte, ich sei zu empfindlich – womöglich hatte er nicht ganz unrecht. Wenn ich Bill attraktiv fand, war es dann eine Überraschung, dass andere Frauen das auch fanden? Und er hatte nie so getan, als hätte er vor mir keine Freundinnen gehabt.

»Ich komm mir gerade einfach nur erbärmlich vor, vielleicht, weil wir genau in dem Moment, als ich dir von jemandem aus meiner Vergangenheit erzählt habe, der mich hat abblitzen lassen, in eine deiner Verflossenen hineingerannt sind, mit der es offensichtlich besser lief.«

Er schüttelte den Kopf. »Es lief keineswegs besser. Es tut mir leid, dir mitteilen zu müssen, dass du nicht das Monopol auf gescheiterte Beziehungen hast.«

»Aber die Freunde, die ich vor dir hatte ... Irgendwie war es, als hätte ich nur was mit diesen Typen, damit ich einen Punkt abhaken und beweisen konnte, dass ich beziehungsfähig war. Kein Mann wie du hat sich jemals für mich interessiert. Du siehst so unfassbar gut aus und bist so begehrenswert. Und ich weiß, dass ich nicht hübsch bin, und dass du leicht ein hübsches Mädchen finden könntest. Es ist mir unbegreiflich, warum jemand wie du mit jemandem wie mir zusammen sein will.« Ich war den Tränen nahe. »Da siehst du's, wie unerschrocken ich bin.«

»Hillary«, sagte er zärtlich, »Süße. Erstens bin ich es, der sich glücklich schätzen kann. Es ist der absolute Wahnsinn, dass *du* Zeit mit mir verbringen willst. Du bist einzigartig. Und ob du es glaubst oder nicht, du bist wunderschön. Nicht nur wegen deiner beeindruckenden inneren Werte. Du siehst auch umwerfend aus. Ich weiß nicht, ob ich das sagen darf, wegen der Frauenbewegung, aber du hast fantastische Titten. Und deine schmale Taille, dein weicher Hintern, deine süße Muschi ...« Ich lachte, und er fuhr fort: »Nein, im Ernst. Dein Körper ist absolut perfekt, und du hast ein bildhübsches Gesicht, deine Augen, die Lippen und dann diese Haut. Ich liebe es, mit deinem Haar zu spielen, und ich liebe es, wie du riechst und wie du im Bett bist. Merkst du denn nicht, dass ich die Hände nicht von dir lassen kann? Ich liebe jede Faser deines Körpers. Ich liebe einfach alles an dir. Du bist mutig und lustig und fleißig, und du bist so verdammt klug, aber weißt du was? Du bist auch wunderschön. Und es gibt nichts, aber auch gar nichts an dir, das erbärmlich wäre.«

Eine Lektion, die ich von Bill gelernt habe – eine Lektion, die eigentlich recht einfach ist, obwohl einiges darauf hindeutet, dass die meisten Leute nie von ihr gehört haben –, lautet, dass plumpe Schmeicheleien sich wunderbar anfühlen und schockierend erfolgreich sein können. So kitschig und manipulativ etwas in der

Theorie klingen mag, so selten tut es das in der Praxis, solange wir überzeugt sind, unser Gegenüber meine es ernst. Und ich glaube, die meisten von uns dürsten nicht nach Lob, weil sie egomanisch sind. Sie tun es, weil sie menschlich sind.

Ich schlüpfte zu Bill ins Bett, und als er kurz darauf nackt auf mir lag, sah er mich an und sagte mit einem Lächeln: »Hillary, ich diskutiere wirklich gern mit dir über Theologie. Aber ich mache auch gern viele andere Dinge mit dir«, und dann drang er in mich ein.

Die Fassade des Gerichtsgebäudes war im klassizistischen Stil gehalten und mutete an wie eine Miniaturversion des Supreme Court, bis hin zu den weißen Marmorsäulen und dem Giebel. Auch innen war das Gebäude architektonisch beeindruckend, aber derart überfüllt, dass Robert Suarez und ich eine Stunde im Gang warten mussten, bevor wir den Gerichtssaal selbst betreten konnten. Dort warteten wir weitere eineinhalb Stunden in den Zuschauerreihen, anderen Verhandlungen zu Mietrechtsfällen lauschend. Der Richter, der aussah, als wäre er mindestens siebzig, machte einen energischen und konzentrierten Eindruck. In unregelmäßigen Abständen weinte ein Säugling auf der anderen Seite der Zuschauerplätze, und dann ließ irgendwer ganz in der Nähe von Robert Suarez und mir einen fahren. Beim ersten Mal tat ich so, als würde ich nichts riechen, insgeheim fürchtend, Robert Suarez könnte denken, ich sei es gewesen. Beim zweiten Mal fragte ich mich nervös, ob *er* es war. Beim dritten Mal sahen wir uns an, rümpften gleichzeitig angewidert die Nase und mussten dann beide lachen.

Als wir schließlich an die Reihe kamen, nahmen wir am Verteidigertisch Platz und wurden vereidigt, ebenso wie der Vermieter, den ich bisher nur dem Namen nach kannte. Er hatte schütteres Haar und behielt seinen Regenmantel an.

»Euer Ehren, hier liegt kein Mietausfall vor«, sagte ich zu dem Richter. »Mein Klient ist Familienvater, Kirchgänger und ein verantwortungsbewusster Mieter. Er ist außerdem ein Section-236-Mieter, und auch wenn einige Hausbesitzer dies nur ungern hören, bin ich der festen Überzeugung, dass die Behauptung, es gehe um Lärmbelästigung, vorgeschoben ist. Mir liegt die Aussage einer Nachbarin des Beklagten vor, die besagt, sie sei nie durch Lärm gestört worden. Des Weiteren habe ich Belege für Schimmelbildung im Keller des Gebäudes, aber als ich dieses Thema in einem Erwiderungsschreiben ansprach, bekam ich keinerlei Stellungnahme vom Kläger.«

Der Richter fragte den Vermieter, um welche Art von störendem Lärm es sich handle (»sehr laute Unterhaltungen, oft auf Spanisch«, bekam er zur Antwort) und wer sich beschwert habe (»viele Leute«). Als der Richter nachhakte und konkrete Namen wissen wollte, meinte der Vermieter, die kenne er nicht, weil auch Mieter des Nebengebäudes darunter seien, das ihm nicht gehöre. Der Richter wollte wissen, in welchem Stock sich die Wohnung befand und wie viele Räume mit Teppichboden ausgelegt waren. Nachdem er diese Fragen beantwortet hatte, fügte der Vermieter hinzu: »Es sind sechs Mexikaner, und das bei zwei Schlafzimmern. Sechs, und drei davon sind Erwachsene.«

»Es gibt keinen Grund, den Mietern zu kündigen«, sagte der Richter. »Die Räumungsklage wird hiermit rechtskräftig abgewiesen.« Das gesamte Verfahren hatte nur wenige Minuten gedauert.

Ich wandte mich dem verwirrt dreinblickenden Robert Suarez zu. »Wir haben gewonnen«, sagte ich. »Der Fall wurde abgewiesen. Er kann nicht mehr versuchen, Sie irgendwie wegen Lärm aus der Wohnung zu werfen.«

Erleichterung zeichnete sich auf Robert Suarez' Gesicht ab, und er bekreuzigte sich.

Der Gerichtsdiener hatte bereits den nächsten Fall aufgerufen, und ich verließ hastig und ohne die Aktenmappe in meine Tasche zu stecken den Gerichtssaal. Erst draußen, auf dem noch immer überfüllten Gang, packte ich sie weg. Vor dem Gerichtsgebäude schüttelte ich Robert Suarez die Hand und sagte: »Ich wünsche Ihnen und Ihrer Familie alles Gute.«

»Danke für Ihre Hilfe«, erwiderte er.

In der Woche darauf kam im Büro der Rechtsberatung ein an »*Hilarie Rodman*« adressiertes Päckchen an. Darin befand sich neben einem Blatt Papier, auf dem in kleiner Schrift »Vielen Dank, Familie Suarez« geschrieben stand, eine weiße Häkeltischdecke, die wie handgearbeitet aussah – vermutlich von Robert Suarez' Schwiegermutter, aber wirklich herausgefunden habe ich das nie. Ich besitze diese Tischdecke noch heute.

Im April und Mai verbrachten Bill und ich kaum eine Nacht getrennt. Gegen Ende des Semesters mussten wir Hausarbeiten schreiben, für Prüfungen lernen, an Jahresabschlusstreffen und der einen oder anderen Verabschiedung von Freunden teilnehmen, die ihren Abschluss machten. Zusätzlich stand bei mir noch die Rechtsberatung und die National Children's Initiative auf dem Programm, und Bill hatte bereits Verpflichtungen im Rahmen der McGovern-Kampagne. Obwohl Bill den Sommer über vor allem in Florida aktiv sein würde, hatte er mit der Organisation in Connecticut begonnen und war auf der Suche nach Räumlichkeiten in der Nähe des Campus, um dort im Herbst eine Wahlkampfzentrale zu eröffnen. Eines Nachmittags begleitete ich ihn, um ein Ladenlokal in einer besonders zwielichtigen Straße zu besichtigen; draußen auf dem Gehweg lagen nicht eine, sondern gleich zwei zerbrochene Glasspritzen mit intakten Nadeln. Noch bevor wir eintraten, sagte ich: »Nein. Tut mir leid, aber nein. Und ich hab den leisen Verdacht, du zeigst es mir sowieso nur, damit ich Nein sage.«

Ich war beschäftigt wie nie und dabei glücklich; seit Bill meine Tage bereicherte, waren sie erfüllter denn je. Ich hätte gedacht, es würde ermüdend sein, so viel Zeit miteinander zu verbringen, doch das Gegenteil war der Fall. Die einsamen Nächte in meinem

Nest gehörten der Vergangenheit an, womöglich war aber auch Bill mein Nest geworden. Oft lagen wir nebeneinander und lasen oder führten Gespräche – vielleicht war es auch ein einziges langes Gespräch –, und das gab mir genau das, was mein Nest mir gegeben hatte. Es war wunderbar.

Ich kannte unzählige kluge Menschen, aber nie zuvor war ich einer Person begegnet, mit deren Intelligenz ich mich auf vergleichbare Weise hätte messen können. Bills Sichtweise entsprach und widersprach der meinen zugleich, sodass sie herausfordernd oder bestätigend, aber niemals langweilig war. Zudem genoss ich – auch wenn ich wusste, dass ich dies zu niemand anderem als Bill hätte sagen können, ohne arrogant zu klingen – die ungewöhnliche Erfahrung, die weniger beeindruckende Person zu sein: Ich war weniger redegewandt als er, weniger charismatisch und wusste weniger über irgendwelche Kongressdistrikte und Autoren aus dem Süden. Wie herrlich! Nicht, dass ich kein Selbstbewusstsein gehabt oder mich nicht gern in Bewunderung gesonnt hätte, aber andere zu beeindrucken war für mich kein Ziel an sich, kein Sport; für Bill war es definitiv ein Sport, was vielleicht, dachte ich, einer der Gründe war, warum er für ein Amt kandidieren wollte.

Und ganz sicher übte er für eine zukünftige Kandidatur, übte er, die Leute für sich einzunehmen. Zugleich war er ein so reger und alles verschlingender Geist, dass er sich öffentlich verausgaben konnte und dabei im Privaten noch immer genügend Energie, vielschichtige Meinungen und Ideen hatte, um sich mit mir auszutauschen; er brauchte seine Energie oder seine Gedanken nicht zu rationieren. Es fühlte sich an, als würde sich das, was sich zwischen uns entfaltete, ständig erneuern, regenerieren. In der Vergangenheit waren meine Mitstreiter und ich manchmal bei verschiedenen Projekten, in denen ich mich engagierte – als wir zum Beispiel am Wellesley dafür gekämpft hatten, interdisziplinäre Hauptfächer belegen zu dürfen oder im Unterricht Hosen zu tragen –, zu einem eingeschweißten Team geworden, aber kaum war das Projekt beendet, hatten wir uns, obwohl ich die Leute noch immer mochte, nicht mehr viel zu sagen. Wir waren durch etwas verbunden gewesen, das größer war als wir, aber nur für eine gewisse Zeit.

Mit Bill hingegen fühlte es sich niemals an, als würde uns der Gesprächsstoff ausgehen; allein unser tägliches Leben bot mehr Themen als Zeit, um darüber zu reden. Wir sprachen über das Urteil des Supreme Court im Fall *Swann vs. Charlotte-Mecklenburg Board of Education*, das den Transport von Kindern verschiedener Hautfarben per Bus an Schulen außerhalb ihres Quartiers als Maßnahme gegen die faktische Segregation für rechtens erklärte, und darüber, ob die Tonkin-Resolution, die den Präsidenten zum Kriegseintritt mit Nordvietnam bevollmächtigte, verfassungsgemäß war; wir sprachen darüber, ob der Geschmack von Essen von jedermann gleich empfunden wurde und man ihn entweder mochte oder nicht oder ob verschiedene Menschen ihn wirklich unterschiedlich wahrnahmen; und wir sprachen über unsere Kindheit und unsere Zukunftspläne und die Leute, die wir jeweils kennengelernt hatten, einschließlich Bud Gurski und Bruce Stappenbeck und Bills Großeltern Mammaw und Papaw und der Nonne, die in der zweiten und dritten Klasse seine Lehrerin gewesen war, und dem sogenannten Scout, der in Oxford sein Bett gemacht hatte – ich zog ihn damit auf, dass das eher nach einem Butler klinge. In Wellesley hatte ich abends einmal auf die neunjährige Tochter eines Dozenten aufgepasst, und als ich sie zu Bett brachte, bat sie mich: »Bitte, erzähl mir eine Geschichte. Eine, die spannend ist und lang und lustig.« Bill als Freund zu haben fühlte sich an, als lebte man inmitten einer solchen Geschichte.

Und dann war da noch der Sex. Nun erst wurde mir klar, dass es früher, bei meinen beiden vorherigen Freunden, nicht viel gebraucht hätte, um Grenzen zu überschreiten, allerdings wäre das nichts gewesen, was sie erregt hätte. Ich hätte Laute von mir geben können, die sie erschreckt hätten, hätte meinen Körper aus einer unvorteilhaften Perspektive zeigen können, hätte bestimmend und gierig wirken können, obwohl sie die Bestimmenden, Gierigen sein wollten. Einmal, mit Roy, als er erfolglos an mir herumfingerte, brachte ich mich selbst zum Höhepunkt, während ich ihn weiter küsste, und begriff erst danach wegen seiner Ruppigkeit, dass ich ihn vor den Kopf gestoßen hatte. Von da an berührte ich mich in seiner Gegenwart nie mehr selbst.

Bill hingegen war nicht nur unbeeindruckt, sondern nachgerade entzückt von jedem Laut, den ich von mir gab, von jeder meiner Bewegungen. Sex mit ihm machte Spaß, war zärtlich und kaum peinlich oder unbeholfen, und wenn doch, dann amüsant in seiner Peinlichkeit oder Unbeholfenheit. (Einmal sagte er: »Los, setz dich auf mich«, und ich wollte die Position ändern und musste leider sagen: »Geht nicht, mein Arm klemmt!«) Er vermittelte mir ständig den Eindruck, dass er mich unwiderstehlich fand, zumindest so unwiderstehlich wie Pommes frites und einen Sundae; dass nichts, was ich tat, ihn abschrecken konnte; dass er nichts lieber auf der Welt tat, als meinen Körper zu streicheln und zu küssen. So ungeduldig er normalerweise war, so viel Zeit nahm er sich im Bett. Er kannte keine Eile, und ich war diejenige, mit der zusehends die Pferde durchgingen.

Tatsächlich ergriff mich, wenn er in mich eindrang, ein unbändiges Verlangen, ihn in mir kommen zu spüren, keinerlei Barrieren zwischen uns zu haben, völlig andere Dinge mit ihm zu tun als mit jedem anderen sonst in meinem Leben. Nichts hiervon ähnelte auch nur im Entferntesten dem, was ich mit Roy oder Eddie empfunden hatte. Ich hatte ihr Sperma, wenngleich nicht unbedingt als eklig, so doch als unerfreulich und leicht peinlich erlebt, wie ein verschüttetes Glas Wasser.

Wenn Bill in mir war, fühlte es sich derart gut an, dass ich manchmal nicht mehr ganz bei Sinnen war, und dann wieder wurde mir überdeutlich die unwahrscheinliche Abfolge von Zufällen bewusst, dank derer sich unser beider Leben gekreuzt hatten: seine

Jugend in Arkansas, seine Stiefväter, sein Ehrgeiz, seine Intelligenz, seine harte Arbeit und dagegen meine eher normale Kindheit, die mich dennoch – vor allem wegen des unerschütterlichen Glaubens meiner Mutter an mich – an die Ostküste auf die Law School und zu dieser ganz bestimmten Person, diesem einzigartigen Mann geführt hatte. Oder ich dachte an früher, als ich überzeugt gewesen war, dass die Eigenschaften, die mich am meisten ausmachten, Gift für die Liebe seien, dass niemals jemand meinen Verstand schätzen und mich zugleich attraktiv finden würde; wie sehr hatte ich mir gewünscht falschzuliegen und mich abgemüht, mir das Gegenteil zu beweisen.

Und doch lagen wir nun hier, berührten uns mit jedem Zentimeter Haut, verschlangen uns förmlich mit gierigen Münden, wenn er mich nicht gerade am Hals küsste, ganz nah am Ohr. Sein Körper in meinen Armen, dicht an mich gepresst, war schockierend. In seine Augen zu schauen war schockierend. Dass wir buchstäblich verschmolzen, dass er in mir war, unsere Beine ineinander verhakt – all das war schockierend. Es war schockierend, dass wir einander gefunden hatten, es war schockierend, wie normal und gleichzeitig aufregend es war, sich mit ihm zu unterhalten, und es war schockierend, dass wir nackt waren, obwohl wir bis vor wenigen Wochen noch nie ein Wort gewechselt hatten. Sich zu verlieben war schockierend, einfach nur schockierend.

Am Ende des Semesters lud Richard Greenberger einige Studierende seines Staatsrechtskurses, darunter auch Bill, zu sich zum Abendessen ein. Ich las gerade, als Bill zu später Stunde bei mir klingelte, und noch unter der Tür fragte ich ihn: »Wie war's? Ist Gwen nicht großartig?« Ich platzte beinahe vor Neugier, weil ich wissen wollte, was mein Freund und meine Mentorin voneinander hielten, die sich gerade ohne mein Beisein kennengelernt hatten. Wie es der Zufall wollte, würden Gwen und ich am nächsten Morgen an einer Tagung für Grundschullehrer und Schulleiter in Hartford teilnehmen, und ich brannte bereits jetzt darauf zu erfahren, was sie von Bill hielt.

»Sie ist fantastisch«, sagte Bill, als wir es uns auf der Wohnzimmercouch gemütlich gemacht hatten. »Ich verstehe, warum du die beiden anhimmelst.«

»Die beiden führen ein echtes Bilderbuchleben, findest du nicht auch?« Ich hatte mich, die Beine auf seinem Schoß, an ihn gekuschelt, und er streichelte mir über die Oberschenkel. »Es ist so ein mutiger, optimistischer Versuch. Vermutlich war nicht jeder in seiner Familie begeistert, dass sie schwarz ist, und auch in ihrer Familie war vielleicht nicht jeder begeistert, dass er weiß ist oder jüdisch, aber sie haben trotzdem geheiratet. Sie haben sich bei ihrer Entscheidung nicht von Angst leiten lassen. Und sie sind nicht dem üblichen Muster gefolgt – heiraten und danach das große Ganze, das Gemeinwohl vergessen. Sie engagieren sich nach wie vor. Und ihre Kinder sind einfach bezaubernd.«

Betont beiläufig fragte Bill: »Und was ist mit dir, willst du auch mal heiraten und Kinder haben?«

»Natürlich. Auf jeden Fall.« Wir sahen uns in die Augen. »Hast du etwa geglaubt, dass nicht?«

»Ich hatte gehofft, du würdest es wollen ... Weil ich es will.« Jäh lag eine Art Spannung in der Luft, ein Zurückschrecken vor der Bedeutung dieser Unterhaltung. Er schwieg kurz, bevor er fortfuhr: »Ich kann mir nicht vorstellen, meine politische Laufbahn irgendwo anders als in Arkansas zu beginnen. Das war seit jeher mein Plan, und ich dachte immer, vielleicht begegne ich eines Tages einem Mädchen von zu Hause oder ich lerne eines von auswärts kennen und nehme es mit zurück. Aber es ist etwas anderes, *dich* zu bitten, nach Arkansas zu ziehen. Ganz ehrlich, ich glaube, du könntest dort glücklich werden, sei es in Little Rock oder in einer anderen Stadt. In ganz Arkansas tut sich gerade viel mehr, als den Leuten bewusst ist, und es ist ein wunderbarer Ort zum Leben. Ich würde mich freuen, wenn du mal zu Besuch kämst und ich dir alles zeigen könnte. Aber ich weiß, du hast bessere Alternativen.«

»Zu Besuch kommen würde ich gern mal. Dass ich dorthin ziehe, kann ich dir zwar nicht versprechen, aber ich bin auch nicht grundsätzlich dagegen.«

»Wirklich?« Aus seinem Gesicht sprach eine solch unverhohlene Erleichterung, dass ich lachen musste.

»Aber ja doch, Liebling«, sagte ich. »Es ist nicht das, wovon ich immer geträumt habe, aber ich hab auch schon mit dem Gedanken gespielt.«

»Die Dinge, für die du dich engagierst, Kinderrechte und Frauenrechte … Du könntest als First Lady von Arkansas eine Menge Gutes tun und gleichzeitig als Rechtsanwältin arbeiten. Du könntest eine vollkommen neue Art von First Lady sein.«

Ich musste erneut lachen. »Ach, jetzt sind wir schon Gouverneur? Ich dachte, erst wäre der Kongress oder das Amt des Generalstaatsanwalts dran.«

Bill blieb ernst, als er erwiderte: »Es wäre respektlos dir gegenüber, wenn ich diesbezüglich nicht langfristig planen würde.«

»Wenn du Gouverneur wärst, glaubst du wirklich, die Leute würden eine First Lady akzeptieren, die berufstätig ist?«

»Sie hätten keine andere Wahl. Und du wärst ein perfektes Vorbild.«

»Aber wenn du für den Kongress kandidieren würdest, könnten wir dann nicht beide in Washington leben und du würdest pendeln?«

»Darüber ließe sich durchaus reden, aber diese Kandidatur im dritten Distrikt … Ich will dir nichts vormachen, ich wäre der Außenseiter.«

Es war irgendwie bizarr, dass wir erst seit zwei Monaten ein Paar waren und sich unser Gespräch darüber, wo wir demnächst leben würden, nicht voreilig, sondern vernünftig anfühlte; mehr noch, es fühlte sich aufregend erwachsen an.

»Ich möchte ein guter Mensch sein«, sagte Bill. »Es klingt vielleicht doof, aber ich möchte ehrbar sein. Ich möchte ein ehrbarer Politiker, ein ehrbarer Vater und ein ehrbarer Ehemann sein.«
»Das wirst du bestimmt.«
»Ich weiß, ich bin alles andere als perfekt. Manchmal kann ich direkt hören, wie sich der Engel und der Teufel auf meinen Schultern streiten.«
Ich setzte mich auf und tippte ihm gegen die linke Schulter. »Wer sitzt hier?«
Er ergriff meine Hand. »Ich will dich nicht verlieren.«

Erst als es nicht geschah, wurde mir klar, dass ich gedacht hatte, Gwen und ich würden, sobald ich in ihr Auto gestiegen war, auf Bill zu sprechen kommen. Und dann begriff ich, erst als auch das ausblieb, dass ich erwartet hatte, sie würde von ihm ebenso schwärmen wie ich von ihr. Stattdessen sprachen wir ausführlich über die Tagung in Hartford, deren Fokus sich auf Kinder richtete, die aufgrund einer Behinderung oder eines Handicaps, wie wir es früher nannten, keine Schule besuchen konnten. Eines von Gwens Zielen für das folgende Jahr war eine statistische Erhebung darüber, wie viele Fälle dieser Art es im Staat Connecticut gab.

Wir waren bereits hinter Wallingford, als ich sagte: »Bill hat sich sehr gefreut, dich gestern Abend kennenzulernen.«
»Na, er ist schon ein toller Hecht, was?« Sie klang herzlich, aber ich kannte sie gut genug, um mich sofort zu fragen – auch wenn es eigentlich ein Ding der Unmöglichkeit war –, ob sie etwas gegen ihn hatte.
»Er fand deine Familie fantastisch.«
»Ich habe auf jeden Fall viel über Arkansas erfahren.« Ihr eigenartiger Ton – ich konnte ihn einfach nicht ignorieren.
»Mochtest du ihn nicht?«, fragte ich. Soweit ich mich erinnern konnte, hatte es zwischen Gwen und mir bisher nur ein einziges Mal eine Meinungsverschiedenheit gegeben, und zwar, als ich

gesagt hatte, mein Lieblingslied der Supremes sei *Stop! In the Name of Love,* und sie behauptet hatte, ihr bester Song sei *Someday We'll Be Together.*

»Richard hält ihn für brillant«, gab sie zur Antwort. »Er hat nur so viel *geredet.* Dies und jenes hat er bei Joe Duffeys Kampagne gemacht, und das macht er bei McGovern, und er wird sich in Arkansas nützlich machen, wo man ihn am meisten braucht, und irgendwann dachte ich, du könntest einfach mal jemand anders zu Wort kommen lassen.«

»Stimmt, er redet gern. Aber er kann auch hervorragend zuhören.«

»Was ich von ihm denke, ist längst nicht so wichtig wie das, was du denkst.«

»Vielleicht wollte er dich beeindrucken, weil er weiß, wie sehr ich dich bewundere.«

Sie schwieg einen Moment, bevor sie sagte: »Manche Leute, die für ein Amt kandidieren, wollen tatsächlich etwas verändern, und manche wollen, dass sich jeder in sie verliebt.«

»Bill will etwas verändern«, sagte ich und verfluchte insgeheim das Zittern in meiner Stimme. »Da bin ich mir ganz sicher.«

Tags darauf holte Bill mich am Nachmittag vor dem Büro der Rechtsberatung ab, und während wir über den Campus liefen, sagte ich: »Katherine hat erwähnt, dass Pan Am gerade günstige Flüge nach San Francisco anbietet. Wie wär's, wenn du mich im Sommer besuchen kommst? Wir können uns den Preis für das Ticket teilen.«

»Kannst du mir verraten, wie ich einen ganzen verdammten Sommer ohne dich überleben soll?« Bill klang ziemlich niedergeschlagen.

»Das schmeichelt mir zwar, aber die ersten zwanzig Jahre deines Lebens hast du ja auch ganz gut ohne mich hingekriegt.«

»Vielleicht weniger gut, als ich dich hab glauben lassen.« Aber er grinste. »Zum Teufel mit McGovern. Ich komm mit.«

Ich warf ihm einen Blick zu. »Nach Oakland? Du spinnst!«

»Es wird noch mehr Wahlkämpfe geben. Aber es gibt nur eine Hillary Rodham.«

»Ich bin doch schon in drei Monaten wieder zurück.«

»Was, wenn sich deine Gefühle für mich ändern? Was, wenn dich ein Hippie aus Haight-Ashbury mit Gänseblümchen im Haar umhaut?«

»Das ist eher unwahrscheinlich.«

»Dann eben ein spitznasiger Rechtsanwalt?«

Wir liefen an einem Wohnheim vorbei, vor dem sich zwei Studenten einen Football zuwarfen, als ich sagte: »Vielleicht läuft dort ja gerade ein Wahlkampf, bei dem du mitarbeiten könntest?«

»Oder ich lasse mich freistellen. Ich habe etwas Geld zur Seite gelegt. Ich könnte lesen und die Gegend erkunden.«

»Aber wenn du für McGovern arbeitest, kannst du viele wertvolle Kontakte knüpfen.«

»Du glaubst, ich mache Witze«, sagte er. »Aber es gibt wirklich nur eine Hillary Rodham.«

»Klar kann ich mir nichts Schöneres vorstellen, als den Sommer mit dir zusammen zu verbringen, aber ich fände es unfair, dich darum zu bitten.«

»Das tust du ja auch gar nicht.«

»Ich will damit sagen, es ist vermutlich nicht im Sinne deiner langfristigen Pläne.«

Schweigen machte sich zwischen uns breit, untermalt vom Surren des Campus, der wie jener in Wellesley aberwitzig schön war: Ein nahe gelegenes Wäldchen aus Hartriegel erfüllte die Luft mit süßem frühlingshaften Duft. Bills Stimme war ernst, als er wieder zu sprechen anhob. »Ich glaube, du verstehst mich nicht richtig. All die Jahre über hast du mir gefehlt. Du hast mir gefehlt, und ich hab nach dir gesucht, und jetzt will ich dich nie mehr gehen lassen.«

Am Tag meiner Unternehmenssteuerprüfung stieß ich, nachdem ich im Hörsaal Platz genommen hatte, auf der Suche nach einem Stift in meiner Büchertasche auf ein liniertes Blatt Papier aus einem Notizbuch. Nur drei Wörter standen darauf, geschrieben in blauer Tinte: »Ich verehre Dich.« Es war morgens zwanzig nach neun, und die Prüfung würde über drei Stunden gehen und drei Essay-Fragen beinhalten.

Was mich noch heute, Jahrzehnte später, in Staunen versetzt, ist, dass ich so erfüllt war von Bills Liebe, mich so geborgen fühlte in unserer Beziehung, so überzeugt war von ihrer Beständigkeit, dass die Nachricht völlig bedeutungslos schien. Noch zu Beginn dieses Semesters hatte ich ernsthaft daran gezweifelt, mich jemals wahrhaftig in einen Mann zu verlieben, der meine Liebe erwidern würde, und nun war Bill ein solcher Fixstern meines Lebens geworden, dass es zwar bezaubernd, aber nicht mehr erwähnenswert war, wenn er mich mit seiner Liebe überschüttete. Dachte ich damals tatsächlich, mein ganzes Leben würde von einem solch verschwenderischen Überfluss an Zuneigung begleitet werden? Vermutlich ja, denn es kam mir nicht in den Sinn, die Nachricht aufzubewahren.

KAPITEL 2

1971

Bill hielt tatsächlich Wort – anstatt im Sommer für die McGovern-Kampagne zu arbeiten, begleitete er mich nach Kalifornien. Wir machten uns in seinem orangefarbenen Opel Kombi auf den Weg. Vor unserer Abreise übernachtete er bei mir in New Haven und stand um sechs Uhr morgens auf, um nach Milford zu fahren und seine Reisetasche und seine Bücher zu holen. Laut Plan sollte er gegen acht wieder zurück sein, damit wir aufbrechen könnten. Doch als er wiederkam, war es fast schon Mittag. Obwohl er anfangs nicht damit herausrücken wollte, war schnell klar, dass er erst am Morgen zu packen begonnen hatte, aber wie hätte ich wütend sein können? Er gab so viel für mich auf.

Die Fahrt von New Haven nach Park Ridge, Illinois, wo wir eine Stippvisite bei meiner Familie machen wollten, würde etwa fünfzehn Stunden dauern: durch den Süden von Connecticut und New York, durch New Jersey und quer durch Pennsylvania, den Norden von Ohio und Indiana und dann um die Spitze des Lake Michigan herum. Wegen unseres verspäteten Aufbruchs beschlossen wir, die erste Nacht in einem Howard Johnson's Motel außerhalb von Akron zu verbringen; da wir fürchteten, die Rezeptionistin werde einem unverheirateten Pärchen vielleicht kein Zimmer geben, betrat Bill allein die Lobby, um die zwanzig Dollar zu bezahlen, während ich, auf dem Beifahrersitz im Wagen wartend, zusah, wie sich der abendliche Maihimmel dunkel färbte.

Nachdem Bill den Schlüssel erhalten hatte, der an einem orange-blauen Plastikanhänger befestigt war, fuhren wir ein paar

Meter weiter, um vor dem Zimmereingang zu parken. Die Unterkunft selbst war spartanisch eingerichtet, mit einem Waschbecken außerhalb des Bades. Wir gingen beide auf die Toilette, danach wusch ich mir Gesicht und Hände. Ich nahm an, wir würden gleich essen gehen, aber als ich mir die Hände abtrocknete, näherte sich Bill von hinten, legte mir die Hände auf die Schultern und begann mich seitlich am Hals zu küssen. Es war noch immer verblüffend, uns beide als Paar im Spiegel zu sehen – seinen geneigten Kopf, seinen hünenhaften Körper hinter meinem, seinen Bart auf der Haut meines Halses. Würde das für alle Zeiten so bleiben, oder würde ich mich daran gewöhnen? Ich drehte mich um, damit wir uns richtig küssen konnten, und er zog mich zum Bett. In Sekundenschnelle lagen wir nackt und ineinander verknotet da. Danach aßen wir in einem nahe gelegenen Diner zu Abend – Bill Hackbraten und ich ein Thunfischsandwich –, und als wir fertig waren, ging es bereits auf elf zu.

Am nächsten Morgen fuhren wir sechs Stunden, und plötzlich – ich saß gerade am Steuer – waren wir nur noch Minuten vom Ort meiner Kindheit entfernt, erst kamen wir an die Kreuzung, an der der Bruder meiner Freundin Maureen einmal einen Stein gegen ein Auto geworfen hatte, dann ging es vorbei an dem Haus, in dem ich bei einer gewissen Mrs Cacchione Klavierunterricht gehabt hatte. Als ich in die Wisner Street einbog und mich dem gelben Backsteinhaus näherte, in das wir 1950 gezogen waren, schlug mir das Herz bis zum Hals. Die Hillary, die ich in Bills Gegenwart war, fühlte sich authentisch und ambitioniert an, war die Hillary, die ich mir am meisten zu sein wünschte: weltoffen und geliebt. Während die Hillary, die ich inmitten meiner Familie war, unreifer und widersprüchlicher war, hin und her gerissen zwischen meiner Mutter, die glaubte, ich sei zu allem fähig, und meinem Vater, der wenig Unterstützung oder Interesse bekundete. Als das *Life Magazine* Auszüge meiner Wellesley-Rede abgedruckt und einen Fotografen zum Haus meiner Familie geschickt hatte, um ein Bild von mir zu machen, hatte sein einziger Kommentar gelautet: »Wenn sie deine Worte abdrucken, sollten sie dich dafür bezahlen.« Und als ich meine Eltern angerufen hatte, um ihnen zu erzählen, meine Wahl sei auf Yale gefallen, hatte er barsch erwidert: »Yale ist die Ivy-League-Uni, zu der die Homosexuellen gehen.« In meiner Jugend hatte ich Hochachtung vor der Intelligenz meines Vaters gehabt. Ich hatte nicht erkannt, um wie viel schärfer der Verstand meiner Mutter war, da er sich hinter dem Schleier ihrer freundlichen weiblichen Art verbarg.

Während der letzten sechs Jahre hatte ich eine langsame, aber nahezu vollständige Kehrtwende vollzogen, indem ich seine Meinungen zuerst nicht mehr ernst nahm und sie schließlich ignorierte, was merkwürdigerweise zur Folge hatte, dass ich mich ihm gegenüber respektvoller benahm. Mit ihm zu streiten schien mir nicht länger der Mühe wert.

Ich parkte vor meinem Elternhaus, schaltete den Motor aus und sah mit einem gequälten Lächeln zu Bill. »Bereit?«

»Nette Gegend«, sagte Bill. An diesem sonnigen Nachmittag Mitte Mai musste ich ihm zustimmen – entlang der Wisner Street reihten sich stattliche Häuser, hohe Bäume und gepflegte Rasenflächen aneinander. Er legte mir die Hand aufs rechte Knie und sagte: »Sei nicht nervös, Schatz. Ich werde sie lieben, schließlich sind sie deine Familie, und ich liebe dich.« Ich schwieg. »Und du, liebst du mich auch?«, fragte er.

»Oh Gott. Und wie.«

Wir gingen den Plattenweg zur Haustür mit ihrem Rundbogen hinauf, für die ich theoretisch – tatsächlich hatte ich keine Ahnung, wo er abgeblieben war – einen Schlüssel besaß. Nachdem ich geläutet hatte, hörte ich meinen Bruder Tony rufen, und dann stand auch schon meine Mutter in einer hellblauen ärmellosen Bluse und einem schwarzen Faltenrock vor mir in der Tür. Sie umarmte erst mich und dann Bill. Hinter ihr wartete mein Vater in kakifarbener langer Hose und einem braunen Hemd mit Button-down-Kragen und sagte: »Schön dass ihr vorbeischaut, wenn ihr schon in der Nähe seid.« Wir traten ein, ich umarmte meinen Vater, Bill gab ihm die Hand, und wie aus dem Nichts tauchte Tony, der damals sechzehn war, im Flur auf, schüttelte Bill ebenfalls die Hand und drückte mich. Mein anderer Bruder, Hughie, war zwanzig und beendete gerade sein Junior-Jahr auf der Penn State, auf die auch unser Vater gegangen war.

Bills hünenhafte Statur in meinem Elternhaus, Bills Südstaaten-Akzent, Bills Wärme und Charisma – es war zutiefst skurril. In der Küche stellte meine Mutter jedem von uns ein Glas Wasser hin, und Tony fragte mich: »Hast du gehört, dass die Cubs letzte Nacht mit einem Walk-off-Sieg gewonnen haben?« Bill beglückwünschte meine Mutter zu unserem Haus. Sie schien ihn mit einer Mischung aus hoffnungsvoller und leicht amüsierter Neugier zu betrachten, während aus dem Blick meines Vaters leicht amüsiertes Misstrauen sprach.

»Heute Abend gehen wir zu Vandy's«, sagte Tony und hob vielsagend die Augenbrauen, wohl um mir zu bedeuten, wie teuer Vandy's war – ein Steakhouse, in dem wir nur zwei- oder dreimal in meinem Leben gegessen hatten.

»Weil man, Gott bewahre, einem Rhodes-Stipendiaten niemals Hamburger Helper vorsetzen darf«, sagte mein Vater.

»Ich denke, Sie müssen mich nur ansehen, um zu erkennen, dass ich mich über jede Art von Essen freue wie ein Schneekönig, auch über Schnellgerichte. Hauptsache, es schmeckt«, erwiderte Bill vergnügt.

»Wir haben für sechs Uhr reserviert«, sagte meine Mutter. »Passt das? Bill, mögen Sie Steak?«

»Ich liebe Steak!«, sagte Bill. »Das klingt fantastisch.«

»Ihr Bart«, sagte mein Vater zu ihm. »Ist Ihnen klar, dass die Leute Sie deswegen für einen Kommunisten halten?«

Bill grinste. »Eigentlich nicht.«

Am Nachmittag spazierten Bill und ich zuerst durch die Nachbarschaft, dann unternahmen wir im Auto eine Besichtigungstour durch Park Ridge, inklusive aller meiner Schulen von der Grundschule bis zur Highschool. Um fünf trafen wir uns mit meiner Freundin Maureen auf ein Eis bei Benzer's, wo Bill zwei Kugeln bestellte. Maureen war Krankenschwester im Baptist Hospital und wohnte noch immer bei ihren Eltern, was sie, wie sie sagte, in den Wahnsinn trieb. Wir saßen auf den wackligen Stühlen des Benzer's um einen winzigen weißen Marmortisch herum.

»Verrätst du mir, wie Hillary war, bevor sie die großartige Frau wurde, die sie heute ist?«, sagte Bill zu Maureen.

»Hillary war schon immer großartig«, sagte Maureen. »Schon in der Grundschule sammelte sie Geld für NGOs wie United Way.«

»Nein, das war erst in der Junior High«, widersprach ich, und beide, Bill und Maureen, lachten.

Maureen beugte sich vor und drückte meine Hand. »Außerdem war sie für ein Mädchen schon immer ganz schön rechthaberisch.«

»Das ist es, was ich an ihr liebe«, sagte Bill.

Maureen und ich sahen uns an, und sie legte eine Hand aufs Herz.

Als Bill aufstand, um eine Serviette zu holen, formte sie lautlos mit den Lippen: *Er sieht so gut aus.* Dann fächelte sie sich, entweder um ihre Worte zu unterstreichen oder zu unserer Belustigung, Luft zu.

Die Speisekarte bei Vandy's aufzuschlagen und zu entdecken, dass das Ossobuco sechs Dollar und das Filet Mignon acht Dollar kosteten, machte mich nervös; gewiss würde mein geiziger Vater uns solch ein Festmahl nicht ohne eine wie auch immer geartete Strafe genießen lassen.

Nachdem eine Bedienung, auf deren Namensschild »Angela« stand, unsere Getränkebestellungen aufgenommen hatte – Bourbon für meinen Vater, Scotch für meine Mutter, Bier für Bill und mich, eine Cola für Tony –, sagte Bill vergnügt: »Mr Rodham, bitte verraten Sie mir alles über das Geschäft mit Textilwaren.«

»Da werde ich wohl bei null anfangen müssen«, sagte mein Vater.

»Bill, was hat Sie nach Yale geführt?«, fragte meine Mutter.

»Das war keine leichte Entscheidung. Irgendwann verpflichtete ich mich beim Reserve Officers' Training Corps und schrieb mich an der Law School der University of Arkansas ein. Aber dann überdachte ich das Ganze noch mal und nahm wieder an der Einberufungslotterie teil. Ich habe immer noch gemischte Gefühle, wenn ich daran denke, dass mein Geburtsdatum eine hohe Losnummer bekommen hat. Andererseits habe ich während meiner Zeit im College für den Auswärtigen Ausschuss des Senats gearbeitet und hatte Einblick in Papiere, von denen viele Amerikaner nicht einmal wissen, dass es sie gibt, mit Informationen, die, was unsere Beteiligung in Vietnam angeht, die Sache sogar noch komplizierter machen.«

Mein Vater schnaubte. Nach der Bombardierung von Pearl Harbor war er in die Navy eingetreten und hatte in Illinois, am Marinestützpunkt Great Lakes, gedient. Wenn wir in der Vergangenheit über den Vietnamkrieg gestritten hatten – ich hielt ihn für imperialistisch, er dachte, er werde dem Kommunismus Einhalt gebieten –, hatte ich mich nie getraut zu sagen, die Tatsache, dass er nie aktiv im Einsatz gewesen war, untergrabe seine Glaubwürdigkeit.

Bevor das Gespräch entgleisen konnte, sagte meine Mutter schnell zu Bill: »Sind Sie in Little Rock aufgewachsen?«

»In Hot Springs«, sagte Bill. »Ich habe Hillary schon erzählt, wie fantastisch es dort ist.«

Als die Kellnerin unsere Getränke abstellte, zählte er die Reize seiner Heimat auf – Hernando de Soto, die Ouachita Mountains, Wassermelonen –, und ich sann darüber nach, dass Bill keineswegs absichtlich das Gespräch dominierte, er *konnte* einfach nicht anders. Ja, ihm haftete noch immer eine Jungenhaftigkeit an, die ihn in Ehrfurcht erstarren ließ, wenn er, sagen wir, einem besonders illustren Professor gegenüberstand. Zugleich jedoch spürte man sein sich entwickelndes Charisma, als würde er, auch wenn er es im Moment noch nicht war, bald der klügste und charmanteste Mann im Raum sein. Ich las gerade in der Speisekarte, da hörte ich meinen Vater die Bedienung zurückrufen und sagen: »Angela, es gibt da ein Problem.«

Als ich aufschaute, bot sich mir ein befremdlicher Anblick: Mein Vater hatte ein Thermometer senkrecht in sein Glas Eiswasser getaucht. Die Quecksilbersäule war nicht einmal bis zur Mitte des Glasröhrchens gestiegen. Er zog das Thermometer heraus, beäugte es theatralisch und sagte: »Es zeigt an, dass mein Wasser neun Grad hat, die ideale Trinktemperatur liegt jedoch zwischen dreizehn und einundzwanzig Grad.«

Verwirrt fragte die Bedienung: »Möchten Sie ... Soll ich Ihnen ein neues bringen?«

»Ja, und zwar mit einer Temperatur zwischen dreizehn und einundzwanzig Grad.«

»Ich bringe Ihnen sofort ein neues, Sir.«

Während die Bedienung sein Glas Wasser forttrug und das Thermometer das Tischtuch nass tropfte, kicherte Tony; der Gesichtsausdruck meiner Mutter spiegelte meine Irritation wider; und Bill verfolgte das Geschehen mit einem offenen Lächeln, als steuerte mein Vater eine scharfsinnige Bemerkung zu einem würdigen Thema bei. Oh, wie sehr wünschte ich mir, Bill und ich wären bereits wieder unterwegs auf dem Highway, in der Abenddämmerung, nur wir und ein knisterndes Radio.

Das Beeindruckendste an der Vorstellung meines Vaters war, wie geplant sie wirkte – und wie unwitzig. Die Temperatur von Wasser in einem Restaurant zu messen war nicht etwa eine Art Tick von ihm, ich hatte ihn das noch nie tun sehen. Aber der grundsätzliche Impuls, eine Gruppe zu destabilisieren, die Aufmerksamkeit auf sich zu lenken und allen das Leben zu vergällen – diese seine Neigung war mir nur allzu bekannt.

Mir fiel wieder ein, wie ich zu Bill bei unserer ersten Verabredung im Innenhof des Museums gesagt hatte, mein Vater sei ein Arschloch. Damals war mir nicht klar gewesen, dass das eine prophetische Warnung gewesen war.

Mein Vater war zu Bett gegangen, Tony war ebenfalls in sein Zimmer verschwunden, und Bill richtete sich im Keller ein, wo er auf einem Ausziehsofa schlafen würde. Im Fernsehzimmer im Erdgeschoss ließen meine Mutter und ich uns von einem Detektivfilm berieseln. Ich hatte mich an sie gekuschelt, und sie streichelte mir übers Haar, wie in den unzähligen Nächten meiner Kindheit, nachdem sie mich zugedeckt hatte.

»Es tut mir leid, dass Dad beim Abendessen gemeint hat, so albern sein zu müssen«, sagte sie.

»Dafür kannst du doch nichts.«

»Bill ist nett. Ich glaube, ihr werdet eine schöne Zeit in Kalifornien haben.«

So wie ich dalag, konnte ich sie nicht sehen, als ich leicht verlegen sagte: »Stört es dich, dass wir zusammen eine Wohnung mieten?« Die Tatsache, dass ich in ungefähr einer Stunde im ersten Stock schlafen würde, während Bill im Keller übernachtete, ein Arrangement, gegen das ich kein Veto eingelegt hatte, ließ mich das fragen.

»Oh, Liebling«, sagte sie. »Du bist jetzt erwachsen. Und die Gesellschaft ist inzwischen so anders als früher.« Wir schwiegen beide – unpassenderweise wurde der Detektiv auf dem Bildschirm gerade von einem Gangster ins Gesicht geschlagen –, dann sagte meine Mutter: »In Morton Grove wurde ein neues Community College eröffnet, und ich habe mich für einige Kurse im Herbst eingeschrieben.«

»Für welche?«

»Für Alte Römische Geschichte und für Philosophie. Nur aus Spaß. Rosemary Munroe hat es gemacht, und sie meinte, es sei sehr bereichernd gewesen.«

»Wie läuft es mit der Suppenküche?« Seit ich mich erinnern konnte, half meine Mutter dienstags und donnerstags ehrenamtlich bei diesem Projekt unserer Kirchengemeinde.

»Viel los«, sagte sie. Wir schwiegen erneut, diesmal länger. Ehrlich gesagt schüttete ich meiner Mutter nur selten mein Herz aus, und sie unterstützte mich eher mit Taten als mit Worten – zum Beispiel indem sie stundenlang mit mir Karten spielte, als ich klein war, mir das Tippen beibrachte oder mir in meinem Freshman-Jahr an der Highschool beim Billigladen Ben Franklin einen falschen Pferdeschwanz kaufte, als ich nach einem katastrophalen Haarschnitt am Boden zerstört war. Schließlich sagte sie leise: »Ich freue mich, dass du jemanden gefunden hast, der weiß, was er an dir hat.«

Nach Mitternacht ging ich in den Keller zu Bill, der unter einem Laken auf dem Ausziehsofa lag und die *Newsweek* las. Sofort legte er die Zeitung weg und flüsterte: »Baby, ich hab gehofft, du würdest mich besuchen kommen.« Er rutschte in die Mitte und klopfte auf den freien Platz neben sich. Als ich neben ihm lag, drehte er sich auf die Seite und schlang die Arme um mich. »Ich habe gerade die Todesanzeige einer Frau gelesen, die sowohl den Untergang der *Titanic* als auch der *Britannic* überlebt hat. Stell dir das mal vor. Sie ist mit dreiundachtzig an einem Herzinfarkt gestorben. Außerdem war sie vor der *Titanic* noch an Bord eines Ozeanriesen, der mit einem britischen Kriegsschiff zusammenstieß.«

»Macht das alles sie zu einem Glückspilz oder einem Unglücksraben?«

Er dachte nach. »Zu beidem vielleicht?« Unsere Gesichter waren auf gleicher Höhe, und er küsste mich auf die Stirn, dann sagte er: »Dass dein Vater mir schwer zugesetzt hat, wundert mich nicht.

Ich bin der Freund seiner Tochter, also ist das fast schon seine Pflicht. Aber ich kann kaum fassen, wie er dich behandelt hat.«

»Inwiefern?«

»Die Gnadenlosigkeit seiner grässlichen Kommentare. Ich glaube nicht, dass ich jemals einen Vater auf diese Art mit seiner Tochter habe reden hören.«

Ich war perplex. »Was meinst du mit ›auf diese Art‹?«

Er schlug einen Ton an, der wohl dem meines Vaters ähneln sollte, obschon die Imitation nicht ganz gelang. »›Das ist eine beeindruckende Einsicht für jemanden mit deiner begrenzten Intelligenz.‹ – ›Du siehst gut aus, seitdem du so viel zugenommen hast.‹ – ›Vielleicht bist du gar nicht so furchtbar, wie alle sagen.‹«

»Oh.« Ich lachte. »Genau solche Sachen hat er schon tausend Mal gesagt. Diese Sprüche gehören einfach zu ihm.«

Wir sahen einander noch immer in die Augen. »Hillary, diese Sprüche sind *schrecklich*. Er ist dein *Vater*.«

»Er macht Witze.«

»Das ist nicht witzig.«

»Gut, da muss ich dir recht geben. Aber so war er schon immer. Dir ist bestimmt aufgefallen, dass er mit Tony dasselbe macht, und er macht es auch bei Hughie. Zu Hughie sagt er immer: ›Tut dein Gesicht nicht weh? Mich bringt's nämlich fast um.‹ Aber das ist nicht persönlich gemeint.«

»Wie, um alles in der Welt, soll das nicht persönlich gemeint sein? Sagt er solche Dinge auch zu anderen Leuten außer seinen Kindern?«

»Vermutlich weiß er, dass er damit nicht durchkäme.«

»Genau das meine ich. Daddy … mein Stiefvater … war kein Hauptgewinn. Einmal, als ich vier war, richtete er während eines Streits mit meiner Mutter ein Gewehr auf sie und schoss in die Wand. Ich war mit im Zimmer. Sie flüchtete mit mir zu den Nachbarn, und die riefen die Polizei. Er musste eine Nacht im Gefängnis verbringen. Ein andermal, ich war schon viel älter, verprügelte er Mutter so sehr, dass ich mit einem Golfschläger auf ihn losging, um ihn zu stoppen. Und, ist dein Vater auch so? Nein. Ist er nicht. Aber die Art, wie er mit dir umgeht, hat etwas sehr Hässliches.«

Ich fand Bills Geschichten über seine Familie und seine Beobachtungen zu meiner interessant und beunruhigend zugleich.

»Warum ist deine Mutter bei deinem Stiefvater geblieben?«

»Nun, das ist sie nicht immer. Die Scheidung war schon fast durch, als sie sich wieder versöhnten. Solange er nicht trank, liebte sie ihn. Sie hatten sich ein gemeinsames Leben aufgebaut.«

»Weißt du noch, wie du mich nach meiner Unerschrockenheit gefragt hast? Vielleicht *ist* es mein Vater, der mich ... nicht unerschrocken, aber weniger ängstlich als viele andere Frauen gemacht hat. Wenn ein Mann ein Trottel ist oder mich zu beleidigen versucht, egal, ob es sich um einen Professor oder einen Kommilitonen handelt, der meint, Frauen sollten nicht auf einer Kundgebung sprechen, ist das für mich kein großes Ding. Ich achte kaum darauf.«

»Du erweist deinem Vater zu viel der Ehre, glaube ich.«

»Ich bin kein blauäugiges Lieschen. Du hast ja mit fast allem, was du sagst, recht.« Wir waren beide still. »Es tut mir leid, dass dein Stiefvater geschossen hat, als du im Zimmer warst, und es tut mir leid, dass du ihn mit einem Golfschläger davon abhalten musstest, deine Mutter zu schlagen«, meinte ich schließlich.

Bill erwiderte nichts, aber seine Augen wurden feucht. Ich hatte ihn noch nie weinen sehen.

»Ich liebe dich so sehr«, flüsterte ich.

Er blinzelte die Tränen weg, schwieg noch immer.

»Wenn ich dich inmitten meiner Familie sehe, habe ich das Gefühl, vor Glück platzen zu müssen«, sagte ich.

In Kalifornien war alles anders: die Landschaft – die grünbraunen Berge, das glitzernde Wasser, die Bay Bridge –, der Himmel, das Licht, die Art, wie die Luft roch. Vom ersten Moment an spürte ich, wie sehr meine Ankunft mit Bill all das zu einem Abenteuer machte und wie ich mich, wäre ich allein angekommen, zwar gut – auf meine typisch ernsthafte und zuversichtliche Art gut –, aber vermutlich auch einsam gefühlt hätte, anfangs zumindest.

Das Apartment, das Gwen mir vermittelt hatte – das vom Neffen ihrer Freundin –, bestand aus einem Schlafzimmer, einem Bad, einer Küchenzeile und einem Essplatz mit einem runden Tisch und zwei Stühlen. Obschon genau genommen kein Studio, war es doch fast eines. Es lag im Erdgeschoss eines vierstöckigen weißen Stuckgebäudes mit Eiben zu beiden Seiten des Eingangs und Gittern vor den Fenstern, dessen Ostseite in den Hang des Hügels gebaut war, auf dem es stand.

Wir kamen an einem Mittwochabend an; am nächsten Morgen gingen wir zum ersten Mal gemeinsam einkaufen und erstanden Bananen, Joghurt und Hotdogs. Danach machten wir uns zu einer Wanderung durch die Muir Woods auf. Im Schatten der atemberaubenden, gigantischen Mammutbäume fragte ich Bill: »Bist du *sicher*, dass du dich nicht langweilen wirst, wenn du nicht arbeitest?«

»Langweilen?« Er lachte. »Ich werde im siebten Himmel sein.«

Am Wochenende waren wir zum Dinner bei Phil Howard eingeladen, Gwens und Richards Freund, der mich interimsweise eingestellt hatte. Ich sollte die Partner der Kanzlei und meine Kolleginnen und Kollegen kennenlernen, die wie ich im Sommer dort arbeiteten. Bill und ich würden einen Pfirsich-Pie mitbringen, dessen Rezept ich in einem *Reader's Digest*-Heft in unserem Apartment gefunden hatte. Als wir durch die Hügel von Berkeley nach Elmwood fuhren, war der ofenfrische Pie noch so heiß, dass ich mit einem Geschirrtuch auf dem Schoß dasitzen musste. Ich hatte noch nie einen Pie gebacken, noch nie den Sommer über in einer Rechtsanwaltskanzlei gearbeitet und noch nie zu einer Dinnerparty mit Erwachsenen einen festen Freund mitgebracht.

Das Haus der Howards war modern – kubisch, mit großen Fenstern, minimalistisch – und lag so weit oben, dass es einem Baumhaus glich. Die Tür wurde uns von ihrer Tochter Margaret geöffnet, die uns erzählte, sie sei eine Sophomore in Stanford. Sie führte uns in das Wohnzimmer, wo wir alle drei Partner mit ihren Ehefrauen, Margarets jüngeren Bruder Bob und ihren Hund Apollo begrüßten. Ich folgte Irene Howard, Phils Ehefrau, in die Küche, stellte den Pie auf einer Herdplatte ab, und sie nahm die Folie ab und meinte: »Oh, das sieht fabelhaft aus.«

Ich trank einen Gin Tonic und achtete darauf, mich während der Cocktailstunde mit jedem der drei Partner zu unterhalten. Phil Howard erkundigte sich nach Gwen und Richard, Mark Guion diskutierte mit mir über die neuen Sonderschulgesetze in Massachusetts, und Dan Schau und ich sprachen über die Giants und die Oakland Athletics. Auf dem Tisch waren Platzkarten verteilt, und während des Essens saß ich zwischen Mark und einem meiner Kollegen, einem gewissen Rick, der gerade sein zweites Jahr an der Law School der UC Berkeley beendet hatte und mich darüber aufklärte, dass die Universität auch Cal genannt werde.

Ich schnitt eben in mein Stück vom Hühnchen Kiew, als Mark sagte: »Wenn Ihr Freund auch in Yale ist, werden Sie nicht lange als Anwältin arbeiten müssen.«

Ich war schockiert. »Nun«, erwiderte ich, »Bill interessiert sich sehr für den öffentlichen Dienst, und es ist kein Geheimnis, dass man dort nicht viel verdient.« Es fühlte sich – milde ausgedrückt – seltsam an, einem Mann gegenüber, den ich erst seit einer halben Stunde kannte, nicht nur anzudeuten, dass ich Bill heiraten würde, sondern auch, dass in diesem Fall ich die Hauptverdienerin sein würde. Abgesehen von Bill, mit dem ich nur auf Zehenspitzen um das Thema Heirat herumgeschlichen war, hatte ich nie mit jemandem darüber gesprochen.

Mark lachte. »Werden Sie bloß kein Prozessanwalt, denn sonst gibt es niemanden mehr, der bügelt oder einkaufen geht.«

Wollte er mich auf den Arm nehmen, oder meinte er das ernst? Im Versuch, beide Möglichkeiten abzudecken, sagte ich forciert heiter: »Gibt es dafür nicht die Wochenenden?«

»Glauben Sie mir, Prozessanwälte haben keine freie Minute. Sie brauchen Ehefrauen. Selbst zu Hause, selbst am Wochenende, brütet man über Akten.«

Ich war mir fast sicher, dass er keinen Scherz machte. Und obwohl ich einem Vorgesetzten gegenüber nicht aufmüpfig erscheinen wollte, bevor ich überhaupt zu arbeiten begonnen hatte, widerstrebte es mir, so zu tun, als stimmte ich ihm bei. »Das ist eine interessante Sichtweise«, sagte ich unverbindlich.

Er schnaubte. »Von wegen interessant. Das ist eine Tatsache.«

Am Morgen verließ ich unsere Wohnung um zehn nach acht, stieg in der College Avenue in einen Bus und fuhr auf dem Highway 24 Richtung Süden ins Zentrum, nach Oakland. Howard, Schau und Guion hatten sich auf Bürgerrechtsfälle spezialisiert, und Phil Howard teilte mich zur Mitarbeit an dem Fall einer Frau namens Mary Buck ein. Die Mittdreißigerin zog den siebenjährigen Sohn ihrer früheren Nachbarn auf, die vier Jahre zuvor bei einem Autounfall ums Leben gekommen waren. Anfangs hatte es so ausgesehen, als wäre dies eine Übergangslösung, aber das Kind, ein Junge namens Teddy, lebte schon seit dem Tod seiner Eltern und bis heute bei Mary. Vor sechs Monaten hatten Teddys Großeltern mütterlicherseits, die in Reno lebten, plötzlich die Vormundschaft beantragt. Mary stellte daraufhin mit unserer Hilfe ebenfalls einen Antrag auf Vormundschaft. Zur Vorbereitung von Stellungnahmen und Anträgen ging ich oft in die Bibliothek der Law School, um nach ähnlichen Fällen zu suchen.

Manchmal dachte ich tagsüber an Bill, wie er in unserem Apartment oder in einem Park las oder die Bay Area erkundete, und konnte kaum glauben, dass ich tatsächlich beides bekommen hatte: Ich durfte mit meiner Arbeit etwas bewirken, und zu Hause erwartete mich die interessanteste und attraktivste Person, die ich kannte, um mit mir zu reden und mich zu küssen. Verdiente ich solch eine Fülle an Glück? Verdiente das irgendwer? Abends verließ ich das Büro um zwanzig vor sechs, nahm den Bus zurück über den Highway 24, und sobald er in die College Avenue einbog, merkte ich, wie ich voller Vorfreude lächelte.

Einmal, an einem Wochenende, stiegen Bill und ich die Treppen der Lombard Street hinauf und wieder hinunter und spazierten dann die Golden Gate Promenade entlang. An einem anderen Wochenende genehmigten wir uns nachmittags am Ghirardelli Square ein Eis und aßen in Chinatown zu Abend; dazwischen machten wir einen Abstecher in die Buchhandlung City Lights, wo ich *North Toward Home* kaufte, ein Buch über den Süden, das Bill liebte, aber nicht als Lesestoff für den Sommer mitgebracht hatte, und wo Bill eine Biografie über Robert Frost fand. An wieder einem anderen Wochenende wollten wir eine Wanderung durch den Joaquin Miller Park unternehmen, den man von unserer Wohnung aus in fünfzehn Minuten mit dem Auto erreichte. Auf dem Wanderweg, noch keine dreißig Meter vom Parkplatz entfernt, küsste Bill mich, dann küssten wir uns wieder, und bald waren wir so berauscht, dass wir beschlossen, die Wanderung sausen zu lassen, zurück nach Haus zu fahren und ins Bett zu gehen.

Einmal, als ich unter der Woche nach Hause kam, hörte er eine George-Harrison-Platte, während er ein Hühnercurry zubereitete, und anstelle einer Begrüßung sang er: »I really wanna know you / Hallelujah / I really wanna go with you Hallelujah / I really wanna show you, Lord / That it won't take long, my Lord.«

Ich lachte und sagte: »Mir war gar nicht klar, dass du weißt, wie Hühnercurry geht«, und er gab zurück: »Noch ist nicht raus, ob ich das weiß.«

Es muss in jener Zeit gewesen sein, als ich meiner Wellesley-Freundin Phyllis eine Ansichtskarte schickte. Die Karte zeigte die

Golden Gate Bridge, und ich schickte sie ihr nach Baltimore, wo sie gerade ihr zweites Studienjahr an der medizinischen Fakultät der Johns Hopkins University beendet hatte.

»Liebe P.,
Eilmeldung! Ich habe einen Mann gefunden, der meinen Verstand liebt.
Herzlichst, H.
PS: Sein Name ist Bill.«

Auf unserer Fahrt zur Westküste hatte Bill vorgeschlagen, wir sollten im Herbst, nach unserer Rückkehr nach New Haven, zusammenziehen, und ich hatte geantwortet, wir sollten diese Idee erst einmal ein paar Wochen lang in Kalifornien testen, bevor wir uns endgültig entschieden. Am Morgen des 1. Juli, als ich frisch geduscht und in ein Handtuch gewickelt ins Schlafzimmer zurückkam, um mich anzuziehen, sagte er vom Bett aus: »Waren das jetzt ein paar Wochen? Habe ich mir das Recht verdient, dein Dauermitbewohner zu werden?«

»Ohne Katherine nahetreten zu wollen, aber mit dir macht Kuscheln deutlich mehr Spaß.«

Er hob die Decke an, und in der weißen Unterhose war seine Erektion zu sehen. »Komm wieder ins Bett.«

»So etwas konnte sie mir nie bieten. Leider muss ich zum Bus.« Ich zog die oberste Schublade der Kommode auf und fischte einen BH heraus.

»Eddie Shinske zieht aus einer Wohnung in der Edgewood Avenue aus, die mir schon immer gefallen hat. Sie hat einen Kamin im Wohnzimmer. Ich werde ihn anrufen und fragen, ob sie schon weitervermietet ist.«

»Kannst du mit dem Anruf nicht bis zum Wochenende warten? Oder zumindest bis heute Abend nach sieben Uhr?« Zu diesen Zeiten war der Tarif günstiger.

»Ist das ein Ja, dass wir in Sünde zusammenleben werden?«
Ich schloss den BH, dann ging ich zu ihm, beugte mich hinab und küsste ihn auf den Mund. »Ich denke schon.«
Er fasste mir unter das linke BH-Körbchen und kniff mich in die Brustwarze. »Was für eine Schande, die zu verstecken.«

Ende Juli tauchte Mark Guion eines Morgens vor meinem Schreibtisch auf und sagte: »Sie können nicht ernsthaft vorhaben, nach Arkansas zu ziehen.«
Er klang, als hätten wir gemeinsam die Pros und Kontras einer solchen Entscheidung abgewogen, dabei hatte ich in den letzten acht Wochen, seit dem Abend, an dem er mich gewarnt hatte, bloß keine Prozessanwältin zu werden, kaum mit ihm gesprochen.
»Verzeihung?«, sagte ich.
»Phil hat mir erzählt, dass Ihr Freund für ein öffentliches Amt kandidieren will. Wissen Sie, wie rückständig und provinziell dieser Staat ist?«
Gedachte Mark seinen ersten unerbetenen Ratschlag mit einem zweiten unerbetenen Ratschlag zu verknüpfen – ich sollte nicht in Arkansas leben, während ich mich nicht mit Prozessrecht herumschlug –, oder hatte das eine nichts mit dem anderen zu tun?
»Oh, ich wusste nicht ... Mir war nicht ...«, stotterte ich. Nach einer kurzen Pause fort ich fort: »Ich wusste nicht, dass Sie einige Zeit in Arkansas verbracht haben.«
Mark zog eine verächtliche Grimasse. »Für kein Geld der Welt würde ich einen Fuß in diesen Staat setzen. Was in Little Rock geschehen ist, ist ein Schandfleck in der Geschichte unserer Nation.«
»Stimmt, das war ein rabenschwarzer Moment«, sagte ich. »Aber rassistisch motivierte Ungerechtigkeit ist kein Alleinstellungsmerkmal von Arkansas.«
Er verzog den Mund zu einem beinahe höhnischen Grinsen. »Die da unten würden noch immer Leute lynchen, wenn sie wüssten, dass sie damit durchkommen.«

Bill und ich hatten beschlossen, uns um halb sieben in einem Restaurant in der Fourth Street in Berkeley zu treffen, wo Bill schon einmal allein zu Mittag gegessen hatte und von dem er dachte, es würde mir gefallen. Ich war den Nachmittag über in der Bibliothek gewesen, die näher an unserer Wohnung als am Restaurant lag, weshalb ich mich um Viertel vor sechs zu Fuß auf den Weg nach Hause machte. Es war um die zwanzig Grad warm, eine leichte Sommerbrise wehte, und ich überlegte, dass wir während des Abendessens eine Liste der Dinge machen sollten, die wir noch unternehmen und besichtigen wollten, bevor wir der Bay Area den Rücken kehrten. Unfassbar, unsere Zeit hier war beinahe vorüber – es war Mitte August, in etwas mehr als einer Woche würden wir bereits in den Osten zurückfahren.

Half Moon Bay, dachte ich, als ich die Piedmont Avenue in nördlicher Richtung hinaufging, die Büchertasche über die rechte Schulter gehängt. Und was war mit Sausalito? Und wir hatten es noch immer nicht in den Botanischen Garten auf dem Cal-Campus geschafft. An unserem letzten verbleibenden Wochenende wollten wir Freunde von Bill treffen, einen weiteren Rhodes-Stipendiaten und seine Frau, die von Los Angeles heraufkommen würden.

Sekunden nachdem ich von der Hearst Avenue in die Leroy Avenue eingebogen war, stach mir vor der weißen Fassade unseres Wohnhauses ein Paar ins Auge, das sich leidenschaftlich küsste. Der Mann war groß, rotblond und vornübergebeugt, die Frau war dunkelhaarig und nach hinten gebeugt. In der Straße, in der ich aufgewachsen war, wäre der Anblick der beiden denkwürdig gewesen, doch im Berkeley des Jahres 1971 war er nichts Besonderes. Er war nichts Besonderes, bis ich voller Schreck realisierte, dass der Mann Bills weißes T-Shirt und seine Jeans trug; das lockige Haar des Mannes war genauso geschnitten wie das von Bill. Ich war noch drei Meter entfernt, da wusste ich ohne den geringsten Zweifel, der Mann *war* Bill.

Maureen schrieb mir später, nachdem ich ihr diesen Moment in einem Brief geschildert hatte, sie an meiner Stelle hätte sich wohl umgedreht und wäre weggerannt. Doch auf diese Idee kam ich gar nicht erst. Stattdessen platzte ich heraus: »Was *machst* du da?«, und als Bill den Kopf hob und mich sah, wandelte sich sein Gesichtsausdruck von unbeschwertem Vergnügen zu blankem Horror.

»Oh, Mann. Oh, Scheiße«, stammelte er und löste sich von der Frau, die nun ebenfalls zu mir schaute und »Oh!« hauchte. Sie war jung und hübsch – und sie war die Tochter meines Chefs. Sie war Margaret Howard, die Stanford-Studentin.

»Aber ich dachte ...«, begann sie, ohne den Satz zu beenden. Sie schien wie betäubt, und bei mir läuteten alle Alarmglocken. Was genau war hier geschehen?

Ruhig, aber bestimmt sagte Bill zu ihr: »Du gehst jetzt besser.«

Selbst unter den gegebenen Umständen – ich unter Schock und aufgewühlt, sie völlig verwirrt – spürte ich ihren Wunsch nach einer zeremonielleren Verabschiedung von seiner Seite.

»Aber ...«, begann sie, doch er fiel ihr ins Wort: »Jetzt.«

Bill wendete sich mir zu, keiner von uns beiden sprach. »Bis bald?«, sagte das Mädchen, und dann nochmals: »Bis bald.« Ich nahm nur unbewusst wahr, wie sie uns verließ.

Bill trat ganz nah an mich heran und legte mir seine massige Hand auf die Schulter. »Hillary«, sagte er mit belegter Stimme.

Ich schüttelte seine Hand ab und funkelte ihn wütend an. Wortlos machte ich auf dem Absatz kehrt, ging ins Haus und durch den Flur bis zu unserem Apartment, das nicht abgeschlossen war. Bill folgte mir bis ins Schlafzimmer. Obwohl immer der Letzte von uns beiden, der morgens aufstand – normalerweise war das Bill –, das Bett machte, waren die Laken zerwühlt, und eines der vier Kissen lag auf dem Boden. Mir wurde schlecht, und ich zitterte. Ich ließ meine Tasche fallen, ging zur Küchenzeile und lehnte mich mit verschränkten Armen gegen die Spüle. »Du hattest gerade Sex mit ihr in unserem Bett.« Es war keine Frage.

Er stand auf der Schwelle zur Küche und trat nun ein paar Schritte auf mich zu. »Hey, Baby«, sagte er und kam mit dem Gesicht ganz nah an meines heran. Ich stieß ihn weg.

»Noch vor ein paar Minuten hast du sie geküsst, und jetzt versuchst du, *mich* zu küssen?« Ich schüttelte den Kopf. »Was stimmt nicht mit dir?«

»Es ... Es war nicht ... Ich habe nicht ...« Er schwieg.

»Du hast was nicht?«

»Sogar als wir mittendrin waren, hab ich es bedauert. Sie hat mit mir geflirtet, und ich hatte einen schwachen Moment und hab der Versuchung nachgegeben. Es tut mir aufrichtig leid.«

Ich war dermaßen aufgeregt, dass ich kaum sprechen konnte. Mehrere Sekunden verstrichen, bevor ich sagte: »Ich hab gesehen, wie ihr euch geküsst habt, und das hat keineswegs den Eindruck gemacht, als würdest du irgendetwas bedauern.«

»Nein.« Er schien kurz davor, in Tränen auszubrechen. »Es war einfach nur körperliche Befriedigung. Es war nichts im Vergleich zu dem, was wir haben.«

»Bist du ihr zufällig begegnet, oder hast du es darauf angelegt, sie zu treffen? Hast du zu Hause bei Phil angerufen?«

Keine Antwort.

»Du hast zu Hause bei meinem Chef angerufen, um dich mit seiner Tochter zu verabreden?«, fragte ich entgeistert.

Schweigen.

»Hast du dich schon vor heute mit ihr getroffen?«

Er seufzte tief. »Ein paarmal.«

»Wie oft?«

»Viermal?«

Wieder trat Stille zwischen uns ein. »Ich fühle mich dermaßen verraten«, sagte ich schließlich. »Ich weiß nicht, was das alles hier« – ich zeigte auf uns beide – »noch soll.«

»Du willst unsere Liebe einfach so wegwerfen?«

»*Ich* will unsere Liebe wegwerfen?«

»Ich schwöre auf die Bibel meiner Großmutter, dass ich dich mehr als alles auf der Welt liebe. Ich bin ein geiler Bock, und manchmal kann ich einfach nicht anders. Aber du bist ohne Zweifel die Liebe meines Lebens. Ich will für immer und ewig mit dir zusammen sein.«

»Warum, um Gottes willen, hattest du dann gerade Sex mit diesem Mädchen?«

Er schaute gequält.

»Herrgott noch mal«, sagte ich, »wir haben noch letzte Nacht miteinander geschlafen. Bin ich dir etwa nicht genug?«

Er sah zu Boden. »Mit mir stimmt ganz sicher was nicht. Denn ja, wir haben letzte Nacht miteinander geschlafen, und es war fantastisch. Und ich hätte es am Morgen nach dem Aufwachen gleich wieder machen können und dann noch mal, bevor du zur Arbeit musstest, und dann beim Mittagessen und jetzt schon wieder. Ich glaube, es ist so ähnlich wie bei einem Trinker. Die seltenen Momente, in denen ich *nicht* vom Wunsch nach Sex besessen bin, lassen sich an einer Hand abzählen. Selbst jetzt gerade denke ich daran, es auf der Stelle hier mit dir zu treiben.«

»Vergiss es.«

»Das meinte ich nicht. Ich meinte nur, es ist ein Dauerzustand, und ich hasse mich dafür. Meine männlichen Triebe ... Sie machen einen Idioten aus mir. Das war schon lange vor deiner Zeit so. Aber bevor ich das zerstöre, was wir beide haben, sterbe ich lieber.«

Ich war noch immer wütend und wie betäubt vor Schmerz, doch zugleich empfand ich eine gewisse Erleichterung. Was er mir erzählte, überraschte mich nicht direkt, aber gewusst hatte ich es auch nicht.

»Wie lange bist du schon so?«

»Seit ich zehn oder elf war. Ich ...« Er zögerte. »Sobald ich herausgefunden hatte, wie es ging, machte ich es mir andauernd selbst. Und ich meine *andauernd*. Später, mit Mädchen, war ich zunächst geschockt, dass manche von ihnen etwas mit mir zu tun haben wollten, aber bald stellte ich fest, sie wollten es tatsächlich.«

»Mit wie vielen Frauen hast du bisher geschlafen?«

Er nagte an der Unterlippe.

»Nur um eines klarzustellen«, meinte ich, »wenn du mir jetzt die Wahrheit sagst, verzeihe ich dir vielleicht, aber solltest du mich anlügen, dann war's das.«

»Ganz genau weiß ich es nicht. Es könnten über fünfzig gewesen sein.«

»Hast du deine früheren Freundinnen betrogen?«

»Hm ... manchmal.«

»Wenn du mir auszuweichen versuchst, kannst du gleich deinen Koffer packen und noch heute Nacht nach New Haven zurückfahren. Ich kann nächste Woche den Flieger nehmen. Es ist nicht so, dass ich dich hier brauchen würde, um meinen Job zu beenden.«

»Ich war noch nie einem Mädchen treu.«

Mir war, als hätte mir jemand einen Tritt in die Magengrube versetzt.

»Aber dir«, fuhr er fort, »werde ich ab sofort treu sein. Ich möchte deiner Liebe würdig sein.«

»Wenn du sagst, es sei wie ein Zwang, wie willst du das ändern?«

»Mit Willenskraft«, sagte er. »Und mit Beten. Und mit deiner Hilfe, wenn du dazu bereit bist.«

»Heißt das, wir haben dreimal am Tag Sex?«

»Vielleicht ... was, wenn ... Was wäre, wenn ich Lust hätte und du nicht, hättest du ein Problem damit, wenn ich neben dir liege und es mir selbst mache?«

Ich überlegte kurz und meinte dann: »Nein, ich glaube, damit hätte ich kein Problem.«

»Würde es dir was ausmachen, wenn ich mir Männermagazine anschaue?«

»Darüber muss ich erst nachdenken. Es käme mir nicht richtig vor, es dir zu verbieten, aber ich glaube, ich würde sie nicht sehen wollen.«

»Okay.«

Unsere Zukunft abzustecken, Strategien und Pläne zu entwerfen – darin waren wir gut, das hatten wir bereits geübt. In gewisser Weise fühlte ich mich ihm in solchen Momenten ebenso nah wie beim Sex.

Er machte wieder ein paar Schritte auf mich zu, und als wir nur noch einen Fußbreit auseinanderstanden, sank er vor mir auf die Knie. Er sah zu mir hoch, nahm meine Hände und sagte: »Das Fleisch ist schwach. Der Herr allein weiß, wie schwach mein Fleisch ist. Aber, Hillary, mein Geist gehört dir. Meine Seele, mein Geist und mein Herz … Sie werden immer dir gehören, komme, was da wolle.«

Und dann begann er zu weinen, und damit meine ich nicht, dass er feuchte Augen bekam wie seinerzeit im Keller meiner Eltern. Diesmal verzerrte sich sein Gesicht zu einer Grimasse, und die Tränen liefen ihm auf eine Art die Wangen hinab, wie ich es bei meinen Brüdern gesehen hatte, als sie klein waren, aber noch nie bei einem erwachsenen Mann. Wie so oft, wenn es um Bill ging, meinem Instinkt und nicht meinem Verstand folgend, zog ich seinen Kopf zu mir heran, an meinen Bauch. Noch immer auf den Knien schlang er mir die Arme um die Taille und drückte sich mit Oberkörper und Gesicht an mich, während ich ihm über das Haar streichelte. Ich versicherte ihm nicht, dass mein Geist und meine Seele und mein Herz ihm gehörten, denn war das nicht offensichtlich? Stattdessen sagte ich sanft: »Bill. Ach, Bill, was soll ich bloß mit dir machen?«

Am nächsten Tag im Büro beendete ich ein Gutachten und aß mit den anderen studentischen Hilfskräften zu Mittag, aber meine Gedanken schweiften ständig ab. Wenn Bill sich viermal mit

Margaret Howard getroffen hatte, wo und wann hatten dann die anderen drei Verabredungen stattgefunden? Bedeutete viermal eigentlich acht- oder zwölfmal? Hatten sie da auch schon Sex gehabt? Und wenn ja, hatte sie verhütet? Worüber hatten wir uns an den Tagen, an denen sie sich gesehen hatten, beim Abendessen unterhalten, und hatte er ein schlechtes Gewissen wegen seiner Lügen gehabt? Ich versuchte mich an Abende zu erinnern, an denen er zerstreut gewirkt hatte, aber mir fielen keine ein.

Sein offensichtliches betrügerisches Talent – es war so verstörend, so kränkend. Wie konnte ich mit einem solchen Mann zusammenbleiben? Wie hatte meine Menschenkenntnis derart versagen können? Und doch glaubte ich, was er über seinen Geist und seine Seele gesagt hatte, ich glaubte, dass er für immer mit mir zusammenbleiben wollte. Ich glaube, dass er mich über alles liebte, dass er mich – erstaunlicherweise – über alles liebte und nicht nur begriff, wer ich war, sondern auch, wer ich sein wollte. Andererseits, wenn dem so war, wie konnte er sich dann für jemand anderen so leicht die Kleider vom Leib reißen? Sex war für mich ein körperlicher Akt, gewiss, aber was ihn zu etwas Besonderem machte, war die Tatsache, dass eben er die andere Person war; ich empfand das Band zwischen uns als einzigartig.

Irgendwie kam mir diese Kränkung seltsam bekannt vor, eine Variante früherer Erfahrungen, als Männer meinen Verstand bewundert hatten, ohne sich für meinen Körper zu interessieren. Hatte Bill sich die ganze Zeit nur für meinen Körper interessiert, weil er nicht wählerisch war, weil ihn jeder weibliche Körper reizte? Diese Vorstellung war grauenvoll, ja niederschmetternd. Ich dachte an die alberne, selbstgefällige Postkarte, die ich Phyllis geschickt hatte; ich dachte daran, wie ich Bill gefragt hatte, ob er sich ohne Arbeit nicht langweilen würde, und ihm geglaubt hatte, als er versicherte, er werde es genießen zu lesen und durch die Straßen von Berkeley zu spazieren. Und das hatte ich ihm abgenommen, Bill, dem geselligsten Menschen, den ich kannte.

Im Lauf des Tages bekam ich Kopfschmerzen und war versucht, früher zu gehen. Was aber, wenn ich nach Hause kam und ihn mit Margaret erwischte? Oder mit jemand anderem? Nun, dann wäre die Situation zwar hoffnungslos, doch ich wüsste wenigstens Bescheid.

Er saß im Wohnzimmer und las die Robert-Frost-Biografie. Als ich eintrat, stand er auf und sagte mit warmer Stimme: »Hallo, Liebes. Ich freue mich so, dich zu sehen.« Er umarmte mich, was sich auf völlig unerwartete Art tröstlich anfühlte. Ich hatte nicht gedacht, dass ein und dieselbe Person mir Schmerz zufügen und ihn zugleich lindern könne. Ich wollte einfach einen entspannten Abend mit ihm verbringen, wollte eng neben ihm auf dem Sofa sitzen, lesen, reden. Nur nicht über das Thema, das mich seit beinahe vierundzwanzig Stunden beschäftigte. Die Fragen, die mir durch den Kopf geschwirrt waren – ich stellte ihm nicht eine. Ich hatte Bill gesagt, ich würde nicht dulden, dass er mir auswich, aber das war gelogen.

Wir hatten vorgehabt, südlich über Hot Springs zurückzufahren und dort einen Zwischenstopp einzulegen. Aber so zärtlich und achtsam, wie er sich mir gegenüber in diesen Augustwochen verhielt, war ihm vermutlich klar, dass mir gerade nicht danach war, sein Elternhaus, seine Mutter, seinen Bruder und seinen Stiefvater kennenzulernen. Nachdem er seine Mutter angerufen und ihr mitgeteilt hatte, wir müssten wegen seiner Verpflichtungen im McGovern-Wahlkampf früher als erwartet zurück in New Haven sein, sagte Bill zu mir: »Versprich mir nur eines. Versprich mir, dass du irgendwann nach Arkansas kommen wirst.«

Vielleicht war ihm auch bewusst, dass es, wenn er mich langfristig dazu bringen wollte, nach Arkansas zu ziehen, schlauer war, unseren ersten Besuch zu verschieben, damit er unbelastet war.

Manchmal wachte ich nachts mit einem Gefühl der Angst auf, einer vagen Beklemmung, und brauchte einige Sekunden, um zu begreifen, warum. Doch es gab noch ein weit unergründlicheres Gefühl, das mich in der Zeit nach dieser Verletzung und Enttäuschung begleitete. Ich brauchte bis nach unserer Abreise aus Oakland, bis zu unserem zweiten Tag unterwegs, als wir auf einen Parkplatz vor einem Motel in Omaha, Nebraska, einbogen, um mir einzugestehen, dass es Erleichterung war – eine seltsame, abwegige, echte Erleichterung. Tatsache war, ich war ein fleißiges und unattraktives Mittelschichtmädchen aus dem Mittleren Westen mit einem gemeinen Vater. Ich hatte nie geglaubt, die Welt sei zu meinem Vergnügen da. Ich war vielmehr davon überzeugt, dass jede Situation einen Kompromiss erforderte, dass es immer einen Haken gab. Ich sehnte mich nicht danach, von anderen beneidet zu werden, und war eine große Romanze mit Bill Clinton nicht etwas Beneidenswertes? War sie nicht aufregend und ein wenig beunruhigend zugleich gewesen? Nun hatte ich den Haken entdeckt. Bill konnte aufrichtig ergeben sein und gleichzeitig seine liebe Not damit haben, treu zu bleiben. Wir waren erst seit fünf Monaten ein Paar, und er hatte mich bereits betrogen. Bestenfalls würde ich also mit der Angst leben müssen, dass er mich erneut betrog, und schlimmstenfalls *würde* er mich wieder betrügen. Er war nicht zu gut, um wahr zu sein. Aber seinen Makel zu erkennen hieß auch, dass ich, wenn ich damit zu leben vermochte, Bill behalten konnte.

Abgesehen davon war unsere Beziehung noch so jung, dass der Gedanke, ich müsste mich mehr anstrengen, um ihn sexuell zu befriedigen, wir müssten gemeinsam erfinderischer und gründlicher sein, mir nicht unbedingt wie eine schreckliche Herausforderung, wie die schlimmste Bürde vorkam. In den Wochen, nachdem ich ihn mit Margaret erwischt hatte, hatten wir besonders intensiven Sex. Und nicht nur im Bett dachte ich daran, was er mir über sich erzählt hatte; sein Geheimnis war Teil dessen geworden, was uns verband.

Am 23. August 1971 parkten wir vor der Wohnung in der Edgewood Avenue in New Haven. Wie mit dem Vermieter vereinbart, lag der Schlüssel unter einem Ziegelstein versteckt im Hinterhof. Wir betraten das Apartment, das tatsächlich einen bezaubernden Wohnzimmerkamin besaß, dazu, weniger bezaubernd, unebene Böden und ein aberwitzig kleines Bad, in dem die Toilettenschüssel an die Badewanne stieß.

Während ich zum ersten Mal durch die leeren Zimmer ging, fühlte ich mich älter als im Mai vor unserer gemeinsamen Abreise aus New Haven. Eine gewisse Unbekümmertheit war uns abhandengekommen, natürlich auch wegen seines Treuebruchs, aber das war nicht der einzige Grund. Nachdem wir drei Monate unter demselben Dach gelebt, das Bett geteilt und das Land durchquert hatten, kannten wir einander auf viel tiefgründigere Weise. Uns verbanden nicht mehr nur Gespräche und eine gegenseitige Anziehungskraft, was ebenso verführerisch wie trügerisch – oder zumindest oberflächlich – sein kann. Wir kannten inzwischen die unterschiedlichsten Gewohnheiten und Launen des anderen, kannten uns wach und schlafend, die Überraschung war der Alltäglichkeit gewichen; die Art, wie er roch, wenn er morgens aufwachte, war nicht unangenehm – ich mochte diesen Geruch –, aber er entsprach nicht der öffentlichen Version seiner selbst. Wir kannten beide die animalische Seite des anderen. Berkeley war eine Bewährungsprobe für unser Überleben als Paar gewesen, eine Übung mit ungewissem Ausgang. Die Rückkehr nach New Haven fühlte sich an wie der wahre Beginn unseres gemeinsamen Lebens.

Später wurde mir bewusst, dass sich sowohl Bills Untreue als auch meine Entdeckung seines Betrugs in Kalifornien ereignet hatten – dass die Geografie den Kummer und den Konflikt einzudämmen schien, indem sie uns erlaubte, all das hinter uns zu lassen. Die einzige Person, der ich mich wegen Bills Untreue anvertraute, war Maureen. Wir schrieben uns lange Briefe, wobei ich tunlichst darauf achtete, niemals einen zu verfassen oder zu lesen, wenn Bill in der Wohnung war. Schüttete ich Maureen mein Herz aus, weil wir uns erst kürzlich in Park Ridge wiedergesehen hatten oder weil es mir zu peinlich gewesen wäre, jemandem aus Yale davon zu erzählen? Vermutlich traf das eine wie das andere zu.

Das Zwischenspiel mit Margaret wandelte sich zu einer Art schlechtem Traum – lebhaft und beunruhigend, aber auch flüchtig und vergänglich.

KAPITEL 3

1974

Die Greenbergers wohnten in der Nähe des Yale-Campus, in einem Backsteinhaus mit einer Veranda an der Vorderseite. Als ich an einem heißen, sonnigen Sonntagmorgen im August dort vorfuhr, waren alle vier Familienmitglieder draußen: Gwen und Richard saßen mit Kaffeebechern in den Händen auf der Verandatreppe, während die Zwillinge, die vor Kurzem sechs geworden waren, in identischen Superman-Schlafanzügen im Vorgarten standen. Otto aß eine Scheibe Toast, und Marcus ließ ein Spielzeugauto über einen roten Vinylkoffer fahren, der hochkant auf dem Zugangsweg zur Veranda stand.

Ich stieg aus dem Auto und sagte: »Hallo, alle miteinander«, und Marcus rief: »Ich bin ein fliegender Camaro und schaffe siebzigtausend Trillionen Kilometer in der Stunde.«

»Jammerschade, Hillary, dass du nicht mit Marcus' Camaro nach Arkansas fahren kannst«, meinte Richard.

Ich lachte.

»Allerdings würden Hillary und ich uns dann des Vergnügens unserer Gesellschaft berauben«, warf Gwen ein.

Richard stand auf, um Gwens Koffer auf dem Rücksitz meines Autos – ein frisch erworbener gebrauchter Buick – zwischen meinen Kleidern, Büchern, Schallplatten und meiner Lieblingspfanne zu verstauen. Ich war eine Woche zuvor von Washington D. C. aufgebrochen und hatte eine Art Abschiedstour durch den Nordosten gemacht, einschließlich Boston, wo ich die Hochzeit meiner Wellesley-Freundin Nancy besucht hatte, die dem Friedenskorps den Rücken gekehrt hatte und Sozialarbeiterin geworden war. Eines Morgens in Jamaica Plain hatte ich Kleider aus dem Kofferraum geholt und dabei entdeckt, dass irgendwer in der Nacht das Schloss aufgebrochen und meine Habseligkeiten durchwühlt hatte, ohne jedoch etwas mitzunehmen. Ich war zwar erleichtert, aber auch ein wenig beleidigt gewesen.

Ich ging kurz nach drinnen auf die Gästetoilette der Greenbergers, und als ich in den Garten zurückkam, umarmte Gwen gerade die Jungs.

Ich bedankte mich bei Richard dafür, dass er Gwen seinen Segen gegeben hatte, mich zu begleiten, während er allein bei den Kindern blieb.

»Du weißt hoffentlich, dass sie als Doppelagentin arbeitet«, frotzelte Richard.

»Jetzt kann ich wohl nicht mehr sagen, ich wäre nicht gewarnt worden«, gab ich zurück.

Gwen sah Richard kopfschüttelnd an, doch dann umarmte sie ihn und küsste ihn auf den Mund, und er warf mir einen Blick zu und sagte: »Fahr vorsichtig mit meinem Lieblingspassagier.«

Als Gwen und ich im Auto saßen, kurbelte sie ihr Fenster herunter und rief: »Jungs, seid lieb zu Papa! Ich liebe euch alle! Richard, wir haben kaum noch Milch!«

»Mama, bringst du uns was mit?«, meinte Otto.

»Das hängt davon ab, ob Papa mir berichten kann, dass ihr brav mithelft.«

»Wo übernachtet ihr heute Abend?«, fragte Richard.

Gwen sah mich an, und ich antwortete: »Indianapolis.«

An Richard gewandt sagte sie: »Ich rufe dich aus dem Motel an.«

Wir waren noch nicht in Pennsylvania, da sagte Gwen: »Ich kann verstehen, warum du ihn liebst. Ehrenwort, das tu ich. Ich finde nur, er verlangt so viel von dir. Du opferst deine berufliche Zukunft, und was opfert er?«

»Aber ich war es doch, die diese Entscheidung getroffen hat. Und es ist ja nicht so, dass ich keinen Job haben werde.«

»Professorin in Fayetteville, Arkansas ...« Sie sprach langsam, als müsste sie ihre Worte sorgfältig wählen. »Du kannst tun, was immer du willst, und leben, wo du willst. Du ... *du*, Hillary Rodham ... wenn du nicht von der Frauenbewegung profitierst, wer denn dann? Dir steht es mehr als jeder anderen jungen Frau, die ich kenne, frei, deinen eigenen Weg zu wählen.«

»Glaubst du, nur an der Ostküste warten wichtige Aufgaben auf einen?«

»Natürlich nicht. Aber du ziehst nicht der Stelle wegen nach Arkansas. Du hast die Stelle angenommen, weil du nach Arkansas ziehst.«

»Lebst du nicht wegen Richards Arbeit in New Haven?«

Sie seufzte. »Vielleicht ist das mit ein Grund, warum ich das alles sage.«

In der Nähe von Dayton, Ohio, sagte Gwen: »Falls er Präsident würde, könntest du dir vorstellen, die First Lady zu sein?«

Ich bin sicher, es lag nicht in ihrer Absicht, aber immer, wenn jemand Bills Zukunft auf diese Weise heraufbeschwor, empfand ich Stolz. »Ich konzentriere mich gerade weniger auf eine Clinton-Präsidentschaft als darauf, vor Semesterbeginn meine Kurspläne fertigzustellen«, sagte ich.

»Verarsch mich nicht, Hillary. Hattest du jemals im Sinn, Teegesellschaften zu veranstalten und dich über dein Designerkleid zu unterhalten?«

Ich dachte an Betty Ford, die vor ein paar Tagen, nach Nixons Rücktritt, ins Weiße Haus gezogen war. Sie schien recht nett, war aber eine Frau aus der Generation meiner Mutter, wie die beherrschte, konservative und jetzt wegen ihres Mannes mit einem Makel behaftete Pat Nixon. Andererseits war ich gerade erst sieben Monate lang als Anwältin an den Impeachment-Ermittlungen des Justizausschusses des Repräsentantenhauses beteiligt gewesen, und es gab aus meiner Sicht niemanden in Nixons Umfeld, der unbeschadet davongekommen war.

»Stell dir wenigstens vor, du wärst die First Lady von Arkansas«, meinte Gwen. »Südstaatler möchten, dass Frauen absolut perfekt frisiert, manikürt und gekleidet sind.«

»Aber was, wenn Bill und ich ein Team sind und ich politisch Einfluss nehmen kann, sobald er in den Kongress oder wohin auch immer gewählt wird? Es gibt mehr als einen Weg, etwas zu bewirken.«

»Warum solltest du hinter den Kulissen arbeiten wollen, wenn du nicht musst?«

Am zweiten Tag unserer Fahrt, eine Stunde vor Fayetteville, fragte Gwen: »Weißt du noch, wie Richard Bill und einige seiner Kommilitonen zu uns zum Abendessen eingeladen hat?«

Obwohl seitdem drei Jahre vergangen waren und ich nicht dabei gewesen war, erinnerte ich mich deutlich; es war jener Abend gewesen, an dem Bill und Gwen sich kennengelernt und sie ihn nicht gemocht hatte. Ich sagte: »Natürlich.«

»In diesem Kurs war auch eine Frau, deren Name mir nicht mehr einfällt.«

»Audrey Belzer.«

»Ich hab zwar keinerlei Beweise. Aber er war ihr gegenüber an diesem Abend *sehr* aufmerksam. Zuvor hat er es bei mir versucht, hat seinen Charme spielen lassen. Aber nach dem Essen und nach ein paar Drinks saß er dicht neben ihr auf der Couch, die Hand auf ihrem Arm. Er verhielt sich nicht wie jemand, der eine Freundin hat.«

Mein Magen krampfte sich zusammen – was in diesem Moment äußerst ungelegen kam. »Bill ist zu jedem herzlich und freundlich, manchmal zu sehr. Das weiß ich, und das weiß er auch selbst.«

»Hast du keine Angst, dass ihn das in Schwierigkeiten bringen könnte?«

»Er ist nicht perfekt, aber zeig mir den, der das ist. Und seine Talente überwiegen seine Fehler um ein Vielfaches.« Ich spürte einen Anflug von Ärger. Warum hatte sie das nicht erwähnt, bevor Bills und mein Leben sich so stark verflochten hatten? Jahre später las ich, dass Patienten während einer Therapiesitzung ihre wahren Sorgen meist erst in den letzten Minuten aussprechen, wenn nur noch wenig Zeit bleibt, um tiefer nachzuforschen, und musste an Gwen denken: Sie hatte so lange gewartet, dass wir bereits *in* Arkansas waren. Wir waren in den üppig grünen Ozark Mountains, die Straße führte auf und ab, wand sich durch Täler, vorbei an felsigen Aussichtspunkten und glitzernden Seen. Die Landschaft war wunderschön – konnte Gwen nicht sehen, wie schön sie war? Ich wünschte, sie würde nicht mehr neben mir am Steuer des Buick sitzen, und dieser Wunsch machte mich traurig.

»Hoffentlich täusche ich mich«, sagte sie. »Und du weißt hoffentlich, worauf du dich einlässt.«

Und tatsächlich ärgerte ich mich zu Unrecht über sie. Denn schon als Bill bei den Greenbergers zu Abend gegessen hatte, schon als ich ihn erst zwei Monate kannte, war alles zu spät gewesen.

Nach meinem Abschluss in Yale hatte ich Vollzeit für die National Children's Initiative zu arbeiten begonnen, während Bill sein drittes Studienjahr an der Law School beendete. Ich befragte Familien in Connecticut, deren Kinder wegen einer körperlichen oder geistigen Behinderung keine Schule besuchen konnten; später lernte ich einiges dazu, als ich Gwen zusah, wie sie meine Ergebnisse bei Senatsanhörungen im Frühjahr 1973 präsentierte. Ein andermal stellte ich Nachforschungen zu Privatschulen an, die gegründet worden waren, um das *Brown vs. Board of Education*-Urteil zu umgehen, das die Rassentrennung an staatlichen Schulen beendete, und dennoch steuerbefreit blieben. Während ich durch das ländliche Tennessee fuhr und vorgab, ich würde in die Stadt ziehen und für mein Kind eine Schule nur für Weiße suchen, kam ich mir wie eine Privatdetektivin vor. Dann wieder fühlte ich mich unter Gwens Fittichen wie eine Journalistin oder eine Sozialarbeiterin.

Bill verbrachte währenddessen die Hälfte seiner Zeit nicht auf dem Campus, sondern in Connecticut und Texas, wo er für McGovern unterwegs war. Ende Oktober 1972 fuhr ich zu ihm nach Austin, um ihn beim Häuserwahlkampf zu unterstützen, und wurde in der Wahlnacht zusammen mit ihm, seinen jungen Stabsmitarbeitern und den Freiwilligen Zeugin von McGoverns katastrophaler Niederlage. Nach seinem Yale-Abschluss wurde Bill vom Dekan der Law School der University of Arkansas eine Dozentenstelle angeboten, ein Glücksfall, da die Universität im Distrikt des republikanischen Kongressabgeordneten lag, den Bill herauszufordern hoffte. Während meines ersten Besuchs in Fayetteville im Herbst 1973 luden der Dekan und seine Frau uns auf Spareribs zu sich ein, und er sagte mir, dass sich sicherlich auch für mich Kurse finden lassen würden, falls ich ebenfalls dort unterrichten wolle. Auf dem Rückweg zu Bills Wohnung fragte ich: »Hast du ihn darauf gebracht?«

Bill grinste. »Natürlich nicht.«

Im Januar 1974 wurden sowohl Bill als auch ich von John Doar kontaktiert, der mit einem unserer Professoren aus Yale befreundet war und für den Justizausschuss des Repräsentantenhauses die Impeachment-Ermittlungen gegen Nixon leitete. Als John uns antrug, in seinem Team mitzuarbeiten, lehnte Bill ab – er fing gerade an zu verbreiten, dass er für den Kongress kandidieren wollte –, und ich nahm aufgrund meiner Zweier-Regel an: Der Job war interessant, prestigeträchtig und eine hervorragende Gelegenheit, wichtige Kontakte zu knüpfen, *und* er konnte die Brücke von meiner Arbeit bei Gwen zu einem Leben an Bills Seite sein. Außerdem würde ich Gwen so nicht erklären müssen, dass ich die National

Children's Initiative verließ, um nach Arkansas zu ziehen – obwohl ich genau das tat.

Größtenteils hatte ich mit meiner Einschätzung der Impeachment-Ermittlungen recht: Sie waren oft faszinierend, manchmal jedoch auch öde, wenn wir über jedem einzelnen Wort eines Dokuments oder eines der Tonbänder brüteten, die Nixon selbst im Oval Office aufgezeichnet hatte. Gemeinsam mit dreiundvierzig Rechtsanwälten – von denen zwei außer mir Frauen waren – schuftete ich sieben Tage die Woche bis zu zwanzig Stunden am Tag in einem im Regierungsviertel gelegenen Gebäude mit heruntergelassenen Jalousien und Wachmännern vor den Türen. Basierend auf unseren Erkenntnissen präsentierte Doar am 19. Juli die Anklageschrift, und am 9. August trat Nixon zurück. Seine im Fernsehen übertragene Abschiedsrede schien sowohl surreal als auch verspätet.

Als Gwen anbot, mich auf der Fahrt nach Fayetteville zu begleiten, ahnte ich zwar, dass sie Bill gegenüber noch immer skeptisch eingestellt war, aber nicht, in welchem Ausmaß. Ich hatte gehofft, sie würde versuchen zu verstehen, warum ich nach Arkansas zog, anstatt mich davon abzuhalten. Bill hatte ebenfalls angeboten, an die Ostküste zu fliegen und mit mir zurückzufahren, war jedoch eindeutig erleichtert, als ich ablehnte. Im Juni war er aus den Vorwahlen der Demokraten als Sieger hervorgegangen, seit einigen Wochen sah es so aus, als könnte er tatsächlich in den Kongress gewählt werden. Dementsprechend voll mit Besuchen von Baumärkten, Rodeos und Stadtfesten war sein Kalender, und da er sich in den Umfragen mit seinem Kontrahenten John Paul Hammerschmidt ein Kopf-an-Kopf-Rennen lieferte, zählte jeder Termin, der auch nur eine Stimme mehr brachte.

All unsere Pläne und Gespräche als Paar gründeten auf etwas, das ein Jahr zuvor geschehen war. Direkt nach seinem Abschluss an der Law School waren wir nach England geflogen; es war meine erste Überseereise gewesen. Wir spazierten durch London, besichtigten die Tate Gallery, Westminster Abbey und den Trafalgar Square. Wir fuhren mit dem Zug nach Oxford, aßen in einem Pub Fish and Chips zu Mittag und am Abend Steaks and Kidney Pie bei einem Mann, der während Bills Zeit am University College dort Oberpförtner gewesen war. Dann brachen wir in den Lake District auf und nahmen in der Nähe von Ennerdale Water ein Zimmer in einem Landgasthof, zu dem eine behäbige, schwer atmende Bulldogge gehörte, die dem Yale-Maskottchen ähnelte, wie wir übereinstimmend feststellten.

In den letzten zwei Jahren waren Bill und ich, abgesehen von Wahlkampftouren und Familienbesuchen, nicht gemeinsam verreist. Vor unserer Abfahrt hatte ich mir Gedanken gemacht, ob sich einer von uns beiden eingeengt und genervt fühlen würde. Doch tatsächlich hatten wir keinerlei Probleme damit, vierundzwanzig Stunden am Tag miteinander zu verbringen.

Am ersten Abend in dem Gasthof schlugen wir in der Dämmerung einen Pfad zum Ufer des Ennerdale Water ein und gelangten zu einer Stelle mit Blick auf den ruhig daliegenden See und die zerklüfteten, grasbewachsenen Hügel im Hintergrund.

»Hillary«, sagte Bill, und ich wendete mich ihm zu. Er fasste mich an beiden Händen und zog mich zu sich, sodass wir uns direkt gegenüberstanden und er mir von oben in die Augen blickte. »Hillary, ich liebe dich mehr als alles auf der Welt, und ich werde dich immer lieben. Hillary Diane Rodham, willst du meine Frau werden?«

»Oh Gott. Das will ich. Aber noch nicht jetzt. Jetzt kann ich noch nicht.«

Er wirkte gekränkt, vor allem aber überrascht. »Wir müssen ja nicht sofort heiraten. Wir können so lange warten, wie du willst.«

»Ich liebe dich auch über alles. Ganz bestimmt.«

»Ist es, weil du nicht in Arkansas leben willst? Hatten wir nicht gesagt, das brauchst du nicht, wenn ich Hammerschmidt schlage?«

Ich vermied, ihn anzuschauen, als ich erwiderte: »Ich kann mir vorstellen, nach Arkansas zu ziehen, und ich kann mir vorstellen, dich zu heiraten. Aber ich kann nicht beides gleichzeitig tun, und ich glaube, ich sollte keins von beidem sofort tun. Es ist zu ... Es wäre ... Die Kombination käme mir so endgültig vor.«

»Als ob du in eine Falle getappt wärst?«

»Ich muss realistisch beurteilen, womit ich leben kann. Wenn ich einmal heirate, möchte ich verheiratet bleiben.« Als ich zu ihm aufsah, war sein Blick aufs Wasser gerichtet, und er nagte an der Unterlippe.

»Was muss ich tun, um mich zu beweisen? Wie lange werde ich noch in Ungnade sein wegen dem, was in Berkeley geschehen ist?«, fragte er dann.

»Du bist nicht in Ungnade gefallen. Aber glaubst du nicht auch, du bist einfach, wer du bist?«

Selbst wenn wir nur auf das Thema anspielten, ohne es direkt anzusprechen, kamen wir ihm so nahe wie selten. Was ich nicht vorhergesehen hatte, als ich Bill und Margaret Howard knutschend erwischt hatte, war, dass ich mir würde überlegen müssen, wie wachsam ich in Zukunft sein wollte. Wenn wir im selben Bett schliefen, hatten Bill und ich fast jede Nacht Sex, aber hatte es etwas zu bedeuten, wenn dem einmal nicht so war? Wenn wir zusammen eine Wahlkampfveranstaltung oder -party besuchten, musste ich ihn dann auf Schritt und Tritt überwachen und einschreiten, wenn er zu lange mit einer bestimmten Frau sprach? War es angemessen, einen Rechenschaftsbericht zu verlangen, wenn er verreist war? Eines Abends, kurz nachdem wir zusammengezogen waren, fuhren wir nach Philadelphia zu einem vom Democratic National Committee gesponserten Jugendkongress. Wegen meiner Position in der Yale-Gruppe der Law Students United for Change war ich eine von drei Rednern beim Abendbankett. Während ich hinter dem Mikrofon auf der Bühne stand und darüber sprach, wie wichtig die Registrierung der jungen Leute war, nun, da das Wahlalter auf achtzehn Jahre gesenkt worden war, ließ ich mich durch nichts ablenken. Doch etwas früher am Abend hatte ich Bill zwanglos mit einem blond gelockten Mädchen in einem Neckholderkleid plaudern sehen, und daher versuchte ich ihn, als die Reden vorbei waren und die Gäste sich wieder verteilten, inmitten des Trubels im Ballsaal ständig im Blick zu behalten, während ich mit verschiedenen Leuten sprach, die sich mir vorstellten oder meine Rede lobten. Sogar als mich eine ehemalige Kommilitonin aus Wellesley begrüßte, die ich seit ein paar Jahren nicht mehr gesehen hatte, konnte ich mich kaum konzentrieren. Und diese Erfahrung war es, die mir die Antwort auf die Frage gab, ob ich ihn überwachen musste: Ich konnte es nicht. Obwohl ich den Organisatoren des DNC geliefert hatte, was sie sich für diesen Abend gewünscht hatten, war ich unruhig gewesen, und diese Unruhe erschöpfte und beschämte mich. Ich fühlte mich elend. Es war klar, dass ich so nicht leben konnte, schon gar nicht über Jahrzehnte hinweg. Ich musste entweder mit Bill Schluss machen oder ihm vertrauen.

War er in den letzten drei Jahren treu gewesen? Gewiss hatte er geflirtet – Komplimente verteilt, eine Frau am Ellbogen oder am Rücken berührt. Aber hatte er eine andere Frau geküsst? Hatte er mit einer anderen Frau geschlafen? Hatte er ihn rechtzeitig herausgezogen und war auf ihrem Bauch gekommen, oder hatte er es riskiert, in ihr zu kommen? Gab es Frauen, die nach einem Stelldichein mit Bill plötzlich schwanger waren, und hatten sie – entweder bevor oder nachdem der Supreme Court im Fall *Roe vs. Wade* im Januar 1973 urteilte, das Verbot von Schwangerschaftsabbrüchen verstoße gegen das verfassungsgemäße Recht auf Privatsphäre – abgetrieben? Ich wusste es nicht. Ich wollte nicht darüber nachdenken und tat es normalerweise auch nicht. Und dann, alle paar Monate, in völlig unerwarteten Momenten, tat ich es eben doch.

Selbst wenn ich beschlossen hatte, ihm zu vertrauen, gab es Anzeichen dafür, dass andere es keineswegs taten. Als ich meiner ehemaligen Mitbewohnerin Katherine kurz vor meinem Abschluss erzählte, dass ich in New Haven bleiben und für die National Children's Initiative arbeiten werde, meinte sie: »Wenn Bill Clinton mein Freund wäre, würde ich ihn auch nicht aus den Augen lassen.«

All dies war der Grund dafür, dass ich als Nächstes am Ufer des Ennerdale Water sagte: »Lass uns sehen, wie es sich anfühlt, in zwei verschiedenen Staaten zu leben, und in ein paar Monaten noch mal darüber sprechen.« Dann fügte ich, für uns beide überraschend, hinzu: »Und warum haben wir in dieser Zeit nicht auch Dates mit anderen? Nur, um sicher zu sein.«

Er sah mich verärgert an. »Sicher worüber?«

Sicher, dass wir nicht ohne einander leben können, dachte ich. Sicher, dass du mir jeden anderen verleidet hast. Laut erwiderte ich: »Ich weiß nicht, was die Eile soll.«

»Gut. Ich akzeptiere deine Bedingungen, und weißt du, warum? Weil ich mir bereits sicher bin.«

Am Tag meiner Ankunft mit Gwen hatte Bill am späten Nachmittag und am Abend Veranstaltungen in Bentonville, das auf dem Weg nach Fayetteville lag. Falls wir vor fünf in Bentonville eintrafen, sollten wir zu Bill in Don's Cafeteria kommen, wo er vor seiner Rede auf dem Stadtplatz sein würde. Um Viertel vor fünf parkten wir einen Häuserblock vom malerischen Zentrum entfernt und spazierten in ein quirliges Lokal, wo Bill zusammen mit acht Männern, allesamt ungefähr im Alter meines Vaters, an einem Tisch mit rot karierter Wachstuchtischdecke saß, er mit dem Gesicht zur Tür. Kaum hatte er mich erblickt, rief er: »Hillary!« Und gleich darauf: »Gwen!« Er stand auf, schloss mich in die Arme und küsste mich auf den Mund, dann drückte er Gwen ähnlich überschwänglich an seine Brust. »Ich freue mich *wahnsinnig*, euch zu sehen«, sagte er.

Als er uns der Runde vorstellte, nahm ich um Bill herum etwas wahr, das mir schon bei früheren Gelegenheiten begegnet war, nämlich die Überraschung der Anwesenden. *Ich* war Bill Clintons Freundin? Ich glaube nicht, dass sie dachten, ich sei hässlich; sie hatten wohl nur eher erwartet, dass der talentierte Sohn ihrer Heimat eine echte Schönheit zur Freundin habe. Rein zufällig hatte ich, bevor Gwen und ich am Morgen das Best Western in Indianapolis verlassen hatten, meinen Wecker zwanzig Minuten früher gestellt, um mir in der Wanne des Hotelbadezimmers die Beine zu rasieren, und ich trug zum ersten Mal seit Jahren ein Kleid, das ich mir kurz zuvor gekauft hatte, ein Wickelkleid mit geometrischem, braun-weißem Muster. Ich sah jedem Einzelnen in die Augen und hielt seinem Blick stand, einem nach dem anderen. Jawohl. Ich war Bill Clintons Freundin.

Bill diskutierte mit den Männern über die Bergarbeiter im Arkansas River Valley, die an einer Staublunge litten. Bevor wir gemeinsam aufbrachen, schüttelte er noch einigen anderen Gästen die Hände, und ein Geflügelfarmer meinte zu mir, er habe noch nie einen weiblichen Rechtsanwalt kennengelernt. Ich hoffte, der Mann, der mit Gwen sprach, würde nichts Rassistisches sagen.

Vielleicht weil es Samstag war oder auch nur weil es ein sonniger Sommernachmittag war, hatte sich auf dem Stadtplatz eine weit größere Menge als erhofft versammelt, um Bill zuzuhören – mindestens hundert Personen. Nachdem der Bürgermeister von Bentonville, einer der Männer aus der Cafeteria, ihn vorgestellt hatte, hielt Bill seine Wahlkampfrede, in die er lobende Worte für Nixons jüngst erfolgten Rücktritt eingebaut hatte. Er versprach, für gerechtere Steuern, eine bessere Krankenversicherung, zusätzliche Gelder für Bildung und eine Benzinpreis-Kontrolle zu kämpfen, wenn er gewählt werde.

Er sprach klar und verständlich, mit einem deutlich stärkeren Südstaaten-Akzent als zu unserer gemeinsamen Zeit in New Haven, den ich entzückend fand, wobei es durchaus sein kann, dass mich wegen unserer langen Trennung seit Mai einfach alles, was Bill tat, entzückte. Aber an diesem warmen und wunderschönen Spätnachmittag lag ein besonderer Zauber in der Luft, der Zauber von Bill in seiner heimischen Umgebung. Er trug ein weißes

Button-down-Hemd mit bis zum Ellbogen hochgekrempelten Ärmeln und hatte, nachdem er sich gleich nach Abschluss der Law School den Bart abrasiert hatte, einen leichten Sonnenbrand, der ihn nur noch attraktiver machte. Die Zuhörer klatschten und jubelten bei jeder Gelegenheit. Danach schüttelten Dutzende von Leuten Bill die Hand, und nicht wenige zückten ihr Scheckbuch und spendeten auf der Stelle zehn oder zwanzig Dollar.

Etliche Leute kamen auf mich zu, um sich vorzustellen, darunter eine ältere freiwillige Wahlkampfhelferin, die mit einem Augenzwinkern sagte: »Herzchen, er hat die Tage gezählt, bis du endlich hier auftauchen würdest.«

Als fast alle verschwunden waren, ging ich zu Gwen, die mit übereinandergeschlagenen Beinen auf einem Klappstuhl saß und mit ernstem Gesicht an einem Mückenstich auf dem Unterarm kratzte.

»Ich finde, er war fantastisch«, sagte ich.

Ohne Begeisterung erwiderte sie: »Oh ja, er liebt es, wenn die Leute ihm zuhören.«

Gwen wurde von Bills Wahlkampfmanager, einem Mann namens Lyle Metcalf, nach Fayetteville mitgenommen, und Bill fuhr meinen Wagen. Obwohl noch immer über dreißig Grad herrschten, war die grelle Nachmittagssonne einem sanften Abendlicht gewichen, das die Getreidefelder und Wälder entlang des Highways in warmes Gold tauchte. Sobald wir aus der Stadt waren, legte Bill mir die Hand aufs linke Knie und ließ sie meinen Oberschenkel hinaufwandern. »Du siehst wunderschön aus in diesem Kleid«, meinte er. »Als du bei Don's zur Tür hereinkamst, hat es mir beinah den Atem verschlagen, wie schön du bist.«

»Und du warst vorhin einfach umwerfend. Du hast irrsinnig gut ausgesehen.«

»Ich kann dir gar nicht sagen, wie sehr ich dich vermisst habe.« Er streichelte mir noch immer über den Oberschenkel.

»Ich habe dich auch vermisst«, sagte ich und vermochte kaum mehr zu reden, so schwach war ich vor Liebe zu ihm, vor lauter Zauber, dass er mich ebenfalls liebte. Und die Nähe seiner Hand ließ mich dahinschmelzen.

Was ihm vermutlich nicht entging, denn er fragte: »Ziehst du dein Höschen aus und lässt mich dich berühren, während ich fahre?«

Ich lachte.

»Ich meine es ernst.«

Nur mit Mühe brachte ich hervor: »Von mir aus gern, aber ist das nicht gefährlich?« Ich zeigte in Richtung Windschutzscheibe.

Er sah zu mir herüber und lächelte. »Ich pass auf, versprochen.«

Die anderen Autos und Trucks auf dem Highway waren weit entfernt, und ich zog meinen Slip bis zu den Knöcheln, knapp über den Sandalen, herab, ohne ihn ganz auszuziehen.

»Pass bloß auf, dass du nicht in eine Polizeikontrolle gerätst«, bat ich ihn, und danach war ich zu keinem Wort mehr fähig, sondern wand mich nur noch unter seinen Fingern. Ich hielt ungefähr zwei Minuten durch, bis ich so ruhig wie möglich sagte: »Oh Baby. Bill. Bill. Baby, ich liebe dich unendlich.« Er hörte auf, die Finger zu bewegen, ließ sie aber, wo sie waren, und ich gab wimmernde Laute von mir.

Er sah abwechselnd zwischen der Straße und mir hin und her und erwiderte lächelnd: »Ich liebe *dich* unendlich. Das tu ich wirklich. Und er auch ...« Er nahm die Hand von meinem Schoß und zeigte zwischen seine Beine, wo sich eindeutig eine Erektion abzeichnete.

»Ich glaube, das lassen wir besser während der Fahrt«, sagte ich. »Aber sobald wir zu Hause sind, soll es dir genauso gut gehen wie mir. Einverstanden?«

»Das klingt wunderbar.«

Vielleicht verstand Gwen meinen Umzug nach Fayetteville nicht, weil ich ihr hiervon nicht erzählen konnte.

Vor meiner Ankunft hatte Bill ein Ein-Zimmer-Apartment in der Nähe des Campus für mich gefunden. Er selbst wohnte acht Meilen außerhalb der Stadt, in einem winzigen Haus auf einem riesigen Grundstück am White River mit zauberhafter Aussicht und Myriaden von Käfern und Mäusen. Ohne Trauschein, hatte er mir unverblümt erklärt, könnten wir während seiner Kongresskandidatur nicht zusammenwohnen, und ich beschwerte mich vorsichtshalber nicht, um nicht in einem Streit übers Heiraten zu enden. Im Übrigen, meinte er, könnten wir ja nach wie vor die Nächte miteinander verbringen und auf diesem Wege je nach Lust und Laune von den Vorteilen zweier Welten profitieren – den Annehmlichkeiten der Stadt und der Abgeschiedenheit und Ruhe des Landes.

Ich erzählte Gwen nichts von diesem Arrangement, und obwohl sie umsonst in meinem Apartment hätte schlafen können – Bill hatte bereits von einem seiner Unterstützer ein Bett ausgeliehen –, hatte ich ihr im Zentrum von Fayetteville ein Hotelzimmer gebucht. Ich übernachtete bei Bill, und am nächsten Morgen holten wir Gwen ab, um sie zum winzigen Drake Field Airport zu bringen. Während wir gemeinsam mit ihr eine gute halbe Stunde lang am Gate warteten, wurde Bill von vier Passanten begrüßt, darunter auch von einem Gepäckträger, der sagte, er hoffe, Bill werde Hammerschmidt schlagen.

Als das Boarding für Gwens Flug begann, standen wir auf, und ich sagte: »Ich weiß nicht, wie ich dir danken soll.«

»Ich hoffe, du wirst glücklich hier«, erwiderte sie, und dann zitterte ihr Kinn, und sie fing an zu weinen, was ich noch nie bei ihr erlebt hatte, nicht einmal, wenn wir über Kinder aus trostlosesten Verhältnissen gesprochen hatten.

»Ich werde gut auf Hillary aufpassen, Ehrenwort«, sagte Bill und machte einen Schritt auf Gwen zu, um sie zu umarmen. Wie ich war auch Gwen viel kleiner als Bill, und unsere Blicke trafen sich auf gleicher Höhe, als sie den Kopf, der noch immer an Bills Brust gedrückt war, in meine Richtung drehte. Der aufrichtige Schmerz in ihren Augen machte auch mich traurig, und ich merkte, wie mir ebenfalls die Tränen kamen. »Und wir sind nur einen Flug voneinander entfernt«, fügte Bill hinzu, was nicht stimmte – uns trennten mindestens zwei Flüge.

Ich umarmte Gwen ebenfalls, doch als sie auf das Rollfeld hinausging, verspürte ich Erleichterung. Es fühlte sich an, als wäre sie die Verkörperung all derer, die meine Entscheidung anzweifelten oder missbilligten.

Nach Gwens Verabschiedung am Flughafen genehmigten Bill und ich uns in Fort Smith Pancakes zum Frühstück, danach hielt er vor einer Ortsgruppe der NAACP, der National Association for the Advancement of Colored People, eine Rede, dann verteilten wir Wahlplakate. Als wir in sein Auto stiegen, meinte ich: »Ich glaube einfach, dass es hart für Gwen ist, weil sie sich einen anderen beruflichen Weg für mich vorgestellt hat.«

Bill sah mich halb verdutzt, halb amüsiert an. »Meinst du etwa, das wüsste ich nicht?«

Als Bill und ich ein Jahr zuvor im Haus des Dekans der Law School Spareribs gegessen hatten, waren an jenem Abend auch Ned und Barbara Overholt, beide ebenfalls Juraprofessoren, zu Gast gewesen. Barbara war die erste und – bis zu meiner Ankunft – einzige Frau an der rechtswissenschaftlichen Fakultät. Sie war Anfang fünfzig und Mutter von zwei Kindern und drei Stiefkindern, die alle die zwanzig überschritten hatten. Sie war in Virginia aufgewachsen, hatte an der University of Virginia Rechtswissenschaften studiert und war wegen ihres Exmannes nach Arkansas gezogen, der ebenso wie Ned von dort stammte.

An meinem dritten Tag in der Stadt lud Barbara mich zum Mittagessen in ihr riesiges viktorianisches Haus im Washington-Willow Historic District ein, ein hellbraunes Gebäude mit Schindelverkleidung und ionischen Säulen. Noch bevor ich klingeln konnte, stieß sie die Eingangstür mit dem Fliegengitter auf – sie trug Jeans, Sandalen und eine ärmellose Hemdbluse – und rief: »Hillary, willkommen in Fayetteville! Darf ich Sie drücken?« Wir umarmten uns, und sie meinte, zwanglos zum Du übergehend: »Bill war ganz aus dem Häuschen wegen deiner Ankunft, und ich glaube, seine Aufregung war ansteckend.«

»Ich freue mich, hier zu sein«, sagte ich.

»Ich muss dir was zeigen, von dem ich hoffe, dass es dich deinen Umzug nicht bereuen lässt. Es ist ganz frisch, und ich weiß noch nicht, ob ich lachen oder weinen soll. Vielleicht kannst du mir helfen, es herauszufinden. Vor ein paar Minuten habe ich einen anonymen Brief in meinem Briefkasten gefunden, aber zuerst muss ich dir zeigen, was ihn verursacht hat. Komm mit.« Sie ging in den von Farnbeeten umsäumten Vorgarten. Zwischen den Farnen, in der Nähe des Gehwegs, stand eine ungefähr zwanzig Zentimeter große gedrungene Frauenstatuette. Barbara zeigte mit dem Finger auf sie. »Erkennst du diese Frau?«

»Das ist die Venus von Willendorf, nicht wahr? Das heißt, eine Kopie.«

»Bravo.« Barbara griff in die rechte Gesäßtasche ihrer Jeans und förderte einen einmal gefalteten Umschlag zutage. Sie entnahm ihm ein Blatt Durchschlagpapier und reichte es mir, sich vor Lachen schüttelnd. Auf dem Blatt stand mit Maschine getippt:

»Im Namen Gottes und aller Heiligen, bitte entfernen Sie die Statue der fetten Dame aus Ihrem Vorgarten. Jeder hier in der Nachbarschaft findet sie ekelhaft.«

Ich musste ebenfalls lachen.

»Meine Schwester hat sie mir eben erst aus Österreich mitgebracht«, sagte sie. »Soll ich den Versuch wagen und meine Nachbarn aufklären, dass es sich um ein künstlerisches Meisterwerk handelt, das die weibliche Stärke feiert, oder soll ich klein beigeben und sie verstecken? Sie steht erst seit ein paar Tagen hier draußen. Ich hätte nie gedacht, dass sie überhaupt irgendwer bemerkt!«

»Hast du eine Idee, von wem der Brief stammen könnte?«

»Ich hab eine Vermutung. Die Frage aller Fragen lautet, ist der Verfasser grenzwertig ungebildet, oder versucht er seine Identität zu verschleiern, indem er so tut, als wäre er grenzwertig ungebildet? Hast du *Nancy Drew* gelesen?«

»Natürlich. Ich habe mir nichts mehr gewünscht, als tizianrotes Haar und einen Roadster zu haben.«

»Sollen wir die Uni zum Teufel jagen und ein Detektivinnenbüro eröffnen?«

»Das klingt nach einem fabelhaften Plan.«

»In der Zwischenzeit hätte ich Gazpacho anzubieten. Magst du Gazpacho?«

»Ich liebe Gazpacho.«

Während wir aßen, fragte ich: »Wie haben die Studenten aus deiner Sicht darauf reagiert, eine Frau als Professorin zu bekommen? Was würdest du mir raten?«

»Die Studenten sind normalerweise in Ordnung. Es sind die anderen Professoren, vor denen du dich hüten musst.«

»Wirklich?«

»Ich würde sie in drei Kategorien unterteilen. Kategorie eins kann die Vorstellung einer weiblichen Kollegin nicht ertragen, Typus unverbesserliches Chauvinistenschwein, und nichts und niemand kann diese Meinung ändern. In Kategorie drei, und zu ihr gehört offensichtlich Bill, fallen die Unterstützer. Am seltsamsten ist Kategorie zwei: Diese Männer tolerieren dich, aber nur weil sie beschlossen haben, dich zum Mann ehrenhalber zu erklären.«

»Was heißt das?«

»Du wirst es verstehen, wenn du es erlebst. Viele dieser Männer haben ausgezeichnete Manieren, und teilweise werfen sie diese Manieren nun einfach über Bord. Sie tun alles, außer sich vor deinen Augen an den Eiern zu kratzen. … Oh Gott, ich hab das Brot vergessen!« Sie sprang auf, holte eine Kastenform mit einem Laib Vollkornbrot vom Herd und schnitt uns beiden noch ofenwarme Scheiben davon ab.

»Ich glaube, ich gehöre seit meiner Grundschulzeit zu denen, die zum Mann ehrenhalber erklärt wurden, ich wusste nur nicht, wie ich es nennen sollte. Der erste Junge, in den ich verliebt war, sagte mir, ich sei eher wie ein Junge und nicht wie ein Mädchen.«

Barbara lachte. »Gott sei Dank, denn wenn er dich geschnappt hätte, wärst du niemals mit Bill zusammengekommen.«

Ich biss von meiner Brotscheibe ab. »Köstlich«, sagte ich, nachdem ich hinuntergeschluckt hatte.

Barbara griff über den Tisch, legte ihre Hand auf meine und sagte: »Von der ersten Minute an, als ich dich letztes Jahr zu Hause bei Dick und Ginny kennenlernen durfte, habe ich beschlossen, dass wir dicke Freundinnen sein würden. Ich bin so froh, dass du hier bist.«

Kurz darauf starb, mitten in der Nacht und völlig unerwartet, Bills Stiefvater Jeff im Alter von einundfünfzig Jahren. Das Telefon läutete morgens um halb sieben, und als Bill abnahm, hörte ich ihn sagen: »Oh Gott. Oh, Mutter, das tut mir leid.« Er begann zu weinen. Wie sich herausstellte, war Jeff, wohl wegen seiner Diabeteserkrankung, an Herzversagen gestorben. Sein Tod machte Virginia zum dritten Mal zur Witwe.

Laut Kalender sollte Bill an diesem Tag drei Hörfunk-Wahlwerbespots aufnehmen und ein Grillrestaurant besuchen. Er verschob den Termin im Tonstudio und bat Lyle Metcalf, seine anderen Treffen mit den einflussreichen und weniger einflussreichen Männern und Frauen, vorwiegend jedoch Männern, des nordwestlichen Arkansas zu verschieben. Um acht Uhr morgens saßen Bill und ich bereits im Auto auf dem Weg nach Hot Springs, und gegen Mittag parkten wir vor dem Haus, in dem Jeff mit Virginia und Roger, Bills achtzehnjährigem Halbbruder, gewohnt hatte; Roger sollte in wenigen Tagen ausziehen, um auf das nahe gelegene Hendrix College zu gehen. Im Haus umarmte ich erst Roger und dann Virginia – es war das erste Mal überhaupt, dass Virginia und ich uns umarmten. In der Küche drängte sich Bills riesige Verwandtschaft neben den Freunden der Familie, und der Küchentisch bog sich unter der Last von Platten mit Schinkenaufschnitt und Gebäck, gestürztem pinkfarbenen Jell-O-Wackelpudding und Apple Pie.

Sofort kümmerte sich Bill um die organisatorischen Dinge rund um Jeffs Tod, die Einäscherung und die Bestattung. Nicht zum ersten Mal war ich von Bills fürsorglicher und zuvorkommender – fast schon ehegattenähnlicher – Art seiner Mutter gegenüber beeindruckt. Nachdem ich ihr vor ein paar Jahren zum ersten Mal begegnet war, hatte ich zu ihm gesagt, es sei nicht so, dass ich Virginia Dwire, oder besser gesagt Virginia Cassidy Dell Blythe Clinton Dwire, nicht leiden könne, es verbinde uns nur nichts außer ihm. Allerdings konnte ich sie in Wahrheit auch nicht leiden. Ich fand sie manipulativ und kleinlich, theatralisch und gefallsüchtig. Praktischerweise entsprach es, da wir allesamt die gottgegebene Abneigung zwischen Virginia und mir totschwiegen, *auch* der Wahrheit, dass uns nichts außer Bill verband.

Als Virginia im Frühjahr 1972 zu Besuch nach New Haven gekommen war, hatten wir ihr zu Ehren ein Abendessen in unserer Wohnung veranstaltet. Wir hatten einen Eintopf gekocht, und ich richtete vor dem Eintreffen unserer Freunde gerade noch Käse und Cracker an, während Bill duschte. Virginia warf mir vom Sofa aus, wo sie ein Kreuzworträtsel löste, einen Blick zu. »Das willst du aber nicht anlassen, wenn die Gäste kommen, oder?«, fragte sie in beschwingtem Tonfall. Ich trug Jeans und eine Paisley-Tunika.

»Doch.«

»Hillary, Schätzchen«, fuhr sie im selben beschwingten Ton fort, »du bist nicht hübsch genug, um dir keine Mühe geben zu müssen.«

Tatsächlich verwendete Virginia unglaublich viel Zeit auf die Pflege ihres Äußeren, und ihre Bemühungen führten in eine Richtung, die ich ausgesprochen unattraktiv fand. Durch ihr schwarz gefärbtes Haar verlief von der Stirn nach hinten ein weißer Stinktierstreifen, sie trug eine dicke Schicht Make-up, massenhaft Wimperntusche, falsche Wimpern und leuchtenden Lippenstift. Sie liebte Schmuck und grellbunte Kleider und strahlte eine gewisse Schalkhaftigkeit aus. Wortlos gab sie zu verstehen, dass sie wusste, wie man das Leben genoss, während ich eine verklemmte Spießerin war. Jeff hingegen hatte mir bei unserer ersten Begegnung, als Bill und ich ein paar Monate später nach Hot Springs gefahren waren, beide Hände ans Gesicht gelegt und – als wollte er Virginias Aussage widerlegen – gesagt: »Also, ich finde, du hast ein ausgesprochen hübsches Gesicht.« Ich betete ihn umgehend an. Auch den niedlichen und etwas einfältigen Roger schloss ich sofort ins Herz.

Nun war Jeff gestorben, und ich lebte im gleichen Bundesstaat wie Virginia, und als ich sie weinen sah – theatralisch und offenbar aufrichtig zugleich –, begriff ich, dass Feindseligkeit zu nichts führen würde. Und zu sehen, wie Bill sich um seine Mutter kümmerte, seine Fürsorglichkeit und Geduld ihr gegenüber, entfachte meine Liebe zu ihm noch mehr. Außerdem – dass er von Virginia abstammte, aber nicht wie Virginia *war*, bewies seine Besonderheit, seine Einmaligkeit. Als er ein paar Tage später die Trauerrede für Jeff hielt, war ich selbst bei diesem Anlass von Bills Redegewandtheit und Attraktivität beeindruckt. Dutzende von Leuten waren aus Fayetteville angereist, obwohl Bill nur ein Jahr dort gewohnt hatte – Studierende und Professoren der Law School, unter anderem Barbara und Ned Overholt; Mitarbeiterinnen und Mitarbeiter des Wahlkampfstabs und Freiwillige; die Kellnerin von Bills Lieblings-Diner. Bill würde für seine Mutter da sein können, dachte ich, während er in der Kirche auf der Kanzel stand, und ich würde für Bill da sein. Der Zeitpunkt von Jeffs Tod war ein Fingerzeig des Himmels, dass ich genau da war, wo ich sein sollte.

Um sich ganz auf den Wahlkampf konzentrieren zu können, hatte Bill sich von der Universität beurlauben lassen. Ich würde derweil Strafrecht und Prozessführung unterrichten und die studentische Rechtsberatung leiten. Die Kurse sollten am Dienstag nach dem Labor Day mit Prozessführung beginnen, wofür sich vierzig Studierende angemeldet hatten. An jenem Morgen war ich selbst überrascht, wie nervös ich war – obwohl ich immer Cornflakes zum Frühstück aß, legte ich nach zwei Bissen den Löffel beiseite, weil mein Magen rebellierte –, und zehn Minuten vor Kursbeginn hetzte ich von meinem Fakultätsbüro im dritten Stock zur Damentoilette ins Erdgeschoss und hatte Durchfall. Während ich mir danach die Hände wusch, betrachtete ich mein Spiegelbild; ich hatte mir ein und dasselbe Kostüm in Dunkelblau, Grau und Schwarz gekauft und trug das schwarze. Dazu hatte ich das Haar zu einem festen Knoten aufgesteckt. In Gedanken sagte ich zu mir selbst: Du bist absolut in der Lage, diesen Kurs zu geben. Sei einfach konzentriert und respektvoll. Es ist okay, wenn sie dich nicht sofort mögen. Du hast ein ganzes Semester vor dir, um ihr Vertrauen zu gewinnen.

Der Seminarraum hatte drei in Hufeisenform angeordnete Tischreihen, und ich stand vorne in der Mitte des U neben einem Tisch mit einem Lesepult obenauf; hinter mir an der Wand hing eine Tafel. Neben meinem Veranstaltungskonzept hatte ich mir die einführenden Worte zu meiner Person und zur Begrüßung der Studierenden aufgeschrieben und geschätzt, wie lange diese und die übrigen Kurssegmente dauern würden:

10.38–10.41 Begrüßung & mein Werdegang

10.42–11.07 auf Prozessführung eingehen & Zielsetzungen des Kurses durchgehen etc., etc.

Etwa die Hälfte der Teilnehmerinnen und Teilnehmer war bereits anwesend, als ich den Seminarraum betrat, und während der Rest eintrudelte, bemerkte ich, dass die meisten in meinem Alter oder etwas darüber waren; drei von ihnen waren schwarz, die übrigen waren weiß. Mindestens achtzig Prozent waren Männer, wie ich der Anmeldeliste entnommen hatte.

»Herzlich willkommen«, sagte ich. »Ich bin Ihre Dozentin, Hillary Rodham, und wir sind hier im Kurs Prozessführung. Ich freue mich sehr auf unser gemeinsames Semester. Bevor ich an die rechtswissenschaftliche Fakultät der University of Arkansas kam, war ich für den Justizausschuss des Repräsentantenhauses als Anwältin an den Impeachment-Ermittlungen gegen Nixon beteiligt. Davor war ich als stellvertretende Leiterin Public Policy für die National Children's Initiative tätig, eine eng mit der Yale University verbundene Nonprofit-Organisation zur Verteidigung von Kinderrechten. Meinen Abschluss in Rechtswissenschaften habe ich an der Yale Law School gemacht. Meine Fachgebiete sind Bürgerrechte, Familienrecht und Jugendstrafrecht. Wie Sie sicherlich alle wissen, sind Gerichtsverfahren das Herz unseres Rechtssystems, was nur einer der Gründe ist, warum diese Lehrveranstaltung für jedes Rechtsgebiet, auf das Sie sich letztendlich spezialisieren werden, von Bedeutung sein wird. Ich möchte Ihnen heute zuerst mein Kursprogramm und meine Erwartungen aufzeigen und Sie dann alle bitten, sich vorzustellen.«

Ich ging vom Pult zu den vorderen Plätzen der rechten Tischreihe und reichte den dort Sitzenden einen Stapel Blätter mit dem Kursprogramm. Als ich zum Pult zurückkehrte, hörte ich leises Gemurmel, das verstummte, als ich weiterredete.

»Lassen Sie uns auf der ersten Seite beginnen«, sagte ich. »In diesem Kurs besteht Anwesenheitspflicht.«

Das war an Scheinheiligkeit kaum mehr zu übertreffen – auch wenn ich die Kurse an der Law School nicht so oft wie Bill geschwänzt hatte, hatte ich doch in etlichen durch Abwesenheit geglänzt –, aber ich hatte mir vorgenommen, mein jugendliches Alter und mein Geschlecht durch Strenge zu kompensieren.

Das Veranstaltungskonzept umfasste zehn Seiten, und als wir am Ende angelangt waren, sagte ich: »Ich möchte Sie nun alle bitten, Folgendes auf ein Blatt Papier zu schreiben und dann laut vorzulesen, bevor ich die Blätter einsammle.«

Ich nahm ein Stück Kreide und schrieb an die Tafel:
– Name
– Heimatstadt
– Bachelor-Hauptfach
– Arbeitserfahrung
– Grund für Einschreibung an der Law School

Wieder erhob sich Gemurmel. Als ich mich umdrehte, kreuzte sich mein Blick mit dem einer jungen Frau in der ersten Reihe, die mich ernst und eindringlich ansah. Sie klopfte sich dreimal gegen die linke Hüfte, eine Geste, die mir äußerst seltsam vorkam. Ich gab den Studierenden drei Minuten, dann lasen sie reihum ihre Antworten vor. Bis auf einen Teilnehmer stammten alle aus Arkansas, und dieser eine kam aus Tulsa, Oklahoma.

Derweil versuchte ich mir ihre Namen mithilfe einer Methode einzuprägen, die mir Bill empfohlen hatte: Ich begann auf einer Seite der hinteren Reihe und sprach dreimal laut den Namen der betreffenden Person aus – »Charles Shaheen, Charles Shaheen, Charles Shaheen« –, dann tat ich bei der daneben dasselbe – »Howard Bisgard, Howard Bisgard, Howard Bisgard«. Zuletzt sagte ich: »Charles Shaheen. Howard Bisgard.« Dieses Muster wiederholte ich, bis ich bei der jungen Frau in der ersten Reihe – Harriet Early – angelangt war und die Vor- und Nachnamen aller vierzig im Raum aufgesagt hatte. »Nun müssen Sie mir nur noch versprechen, dass Sie ab sofort bis Dezember jeden Tag dasselbe anhaben werden.« Niemand lachte. »Das war ein Scherz. Für heute sind wir fertig«, sagte ich.

Als sie mir ihr Blatt Papier reichten, sahen mir die meisten der jungen Leute kaum in die Augen, was verstörend war. Obwohl ich im Großen und Ganzen mit dem Verlauf der Stunde zufrieden war, fragte ich mich, ob ich ihnen allein deshalb, weil ich eine Frau und aus dem Norden war, so fremd wie ein Marsmensch erschienen war. Die Letzte, die mir ihren Antwortbogen reichte, war Harriet Early, die Frau aus der ersten Reihe. Inzwischen war fast niemand mehr im Raum.

»Professor Rodham«, sagte sie. »Verzeihen Sie, aber ich wollte Ihnen sagen, Ihr Rock …« Wieder klopfte sie sich dreimal gegen die Hüfte, und obgleich die Geste ungenau war – sie meinte den Po, nicht die Hüfte –, kam mir diesmal die Erleuchtung. Die grauenhafte Erleuchtung. Ein Griff nach hinten verriet mir, was ich nicht sehen konnte. Vorhin, auf der Toilette, hatte ich den hinteren Saum meines Rocks versehentlich in die Unterhose gesteckt. Ich hatte gerade meine gesamte erste Unterrichtsstunde mit entblößten Oberschenkeln und freiem Blick auf meine Unterwäsche gehalten. »Oh Gott«, entfuhr es mir.

Verlegen, aber teilnahmsvoll meinte Harriet: »Ich wusste nicht, wie ich es Ihnen sagen sollte.«

Ich ging direkt zu Barbaras Büro. »Mir ist etwas so unfassbar Peinliches passiert, dass ich wahrscheinlich für immer aus Arkansas verschwinden muss.«

»Das klingt gut.«

Nachdem ich ihr mein Missgeschick geschildert hatte, fügte ich hinzu: »Was die Zurschaustellung ihrer weiblichen Kurven angeht, ist die Venus von Willendorf nichts gegen mich.«

Ich war mittlerweile nur noch halb so erschüttert wie vor meiner Ankunft in ihrem Büro. War das nicht die Magie der Freundschaft, dass man die Pannen des Lebens gemeinsam in private Witze ummünzen konnte?

»Einmal, als ich Zivilprozessrecht unterrichtet habe, wollte ich mich während der Präsentation eines Studenten hinsetzen und verfehlte den Stuhl. Abgesehen davon, dass ich am liebsten vor Scham im Boden versunken wäre, tat es dermaßen weh, dass ich dachte, ich hätte mir das Steißbein gebrochen. Ich war kurz davor loszuheulen.«

»Das klingt furchtbar.«

»Willkommen im Club.«

»Soll ich es in der nächsten Stunde ansprechen?«

»Wann trefft ihr euch wieder, am Donnerstag?«

Ich nickte. »Ironischerweise war ich so darauf bedacht, dass sie mich ernst nehmen und mich als Frau respektieren würden.« Ich schlug mir die Hände vors Gesicht. »Wünschst du dir manchmal, du könntest dir einfach einen Teil deines Gehirns rausschneiden?«

»Einmal pro Tag. Mindestens. Ich glaube, ich würde am Donnerstag nichts sagen. Vielleicht haben sie es bis dahin vergessen.«

Als ich Bill am selben Abend davon erzählte, sagte er: »Und ich dachte, ich sei der Einzige, der deinen wundervollen Hintern zu sehen bekommt.«

»Ich kann noch immer nicht fassen, dass ich nicht gemerkt habe, wo mein Rock hing.«

»Weißt du noch, wie du einmal erwähnt hast, Mark Twain hätte gesagt, Mut sei nicht die Abwesenheit von Angst, sondern das Beherrschen der Angst?« Es war zehn Uhr abends, und wir saßen mit einer Schüssel Kartoffelchips auf dem Secondhandsofa in meinem Apartment. Bill nahm meine Hand und drückte sie. »Vielleicht geht es im Leben weniger um die Abwesenheit von Peinlichkeit als um das Beherrschen der Peinlichkeit.«

Am Donnerstag betrat ich den Seminarraum, nachdem ich in meinem Büro gestanden und mindestens acht Mal mit den Handflächen hinten über meinen Rock gefahren war. »Guten Morgen«, sagte ich. »Heute werden wir uns mit dem ersten Fall in Ihrem Buch befassen, aber zuvor möchte ich mich noch für das peinliche Missgeschick am ersten Unterrichtstag entschuldigen. Ich hoffe, wir können das nun *hinter* uns lassen.« Ich legte eine kurze Pause ein und lächelte, als besäße ich Bills Charme, und zu meinem Erstaunen spürte ich, dass es wirkte. Zumindest erwiderten ein paar mein Lächeln. »Fangen wir an«, sagte ich.

Ich hatte mich gegen den Kulturschock gewappnet, und tatsächlich gab es ihn das eine oder andere Mal. Wenn bei den Footballspielen der Razorbacks der traditionelle Schweineruf ertönte, kam ich mir vor wie eine Anthropologin auf Forschungsreise, und ständig wurde ich daran erinnert, wie klein die Stadt war – als ich im Chouteau's Market meine Cornflakes und tiefgefrorenes Gemüse bezahlte, erzählte mir die Frau an der Kasse, ihr Neffe sei einer meiner Studenten, und als ich bei der Bank ein Konto eröffnete, ließ mich der Schalterangestellte wissen, seine Exfrau wohne im selben Gebäude wie ich. Schnell gewöhnte ich mir an, erst einen kurzen Blick über die Schulter zu werfen, bevor ich in der Öffentlichkeit über ein verfängliches Thema sprach.

Aber ich mochte die Verschrobenheit von Fayetteville – es war ein künstlerisches und progressives Mekka innerhalb des Bundesstaats und damals weit weniger äußeren Einflüssen ausgesetzt als vermutlich später im Schatten von Großkonzernen wie Tyson Foods und Walmart – und die Natur rund um die Stadt war zauberhaft, vor allem im Spätsommer und im frühen Herbst. Der Highway 23, den Bill und ich regelmäßig während seines Wahlkampfs entlangfuhren, wurde Pig Trail, Schweinepfad, genannt. Trotz dieses wenig schmeichelhaften Namens wand sich die Straße zwischen dichten Laubwäldern hindurch, die sich während meiner ersten Wochen und Monate im Land von leuchtendem Grün zu lebhaftem Gelb, Orange und Rot verfärbten und zwischendurch einen atemberaubenden Blick auf die Ozarks freigaben. Ebenso bezaubert war ich von den kleinen Städtchen mit ihren Markisen vor Läden und Restaurants, ihren Brunnen, ihren eleganten Banken und Kirchen.

Trotz der nötigen Kursvorbereitung, der Sprechstunden und der Leitung der studentischen Rechtsberatung hatte ich noch genügend Zeit, um Bill im Wahlkampf zu unterstützen. Obwohl ich schon in früheren Kampagnen aktiv gewesen war, fühlte es sich anders an, für ihn Stimmen zu sammeln. Wenn ich an fremde Türen klopfte, stellte ich mich nie als seine Freundin vor, glühte aber vor Stolz, wenn die Leute ihn bereits kannten und lobten. Und ich liebte es, seine Geschichten zu hören, wenn er den ganzen Tag durch den Distrikt gefahren war und Wählerinnen und Wähler getroffen hatte: Einmal, als er in der Stadt Harrison von Tür zu Tür ging, bemerkte eine Frau, dass ihm ein Knopf am Hemd fehlte, und nähte ihm gleich in ihrem Wohnzimmer einen neuen an. Ein andermal betrat er einen Friseursalon, um die Leute zu begrüßen, und kam mit einem neuen Haarschnitt wieder heraus.

Eines Abends, als ich auf ein Glas Wein zu Barbara Overholt fuhr, kam mir der Gedanke, dass Bill und ich, falls wir uns je ein Haus kaufen würden, in derselben historischen Nachbarschaft wie sie leben sollten. Dann wurde mir die Tragweite dieser Überlegung bewusst, aber ich war keineswegs beunruhigt; ich verspürte vielmehr einen gewissen Nervenkitzel. Merkwürdig, dass die meisten Leute, die mich kannten, der Auffassung waren, mein Umzug nach Arkansas bedeute eine Schmälerung meines Horizonts, wo ich ihn doch als Erweiterung empfand. Andererseits konnte ich ihre Meinung nachvollziehen, da ich sie früher geteilt hatte.

Manchmal fuhr Bills Mutter – gern in Begleitung von ein oder zwei Freundinnen – von Hot Springs zu uns hoch, um in der Wahlkampfzentrale mitzuhelfen, die sich in einem angemieteten einstöckigen Haus nahe des Campus befand; Bill und ein Freund hatten in roter und blauer Farbe »Clinton in den Kongress« auf die Außenfassade gepinselt. Virginia und die anderen Frauen montierten meist Werbetafeln oder besetzten die Telefonhotline, während im Hintergrund ein Radiosender lief, der in Endlosschleife Songs von Elvis Presley spielte. Wann immer Bill auf einen Sprung vorbeikam, überschüttete er seine Mutter mit Lob und Zuneigung, und obwohl sie offensichtlich noch immer um Jeff trauerte, strahlte Virginia in solchen Momenten über das ganze Gesicht.

An einem Samstagmorgen Anfang Oktober, als Bill und ich gemeinsam in der Zentrale eintrafen, saßen Virginia, ihre Freundin Judy und ein Dutzend anderer Freiwilliger an den im Wohn-, Ess- und Schlafzimmer aufgestellten Klapptischen und bestückten Briefkuverts. Spontaner Jubel brach aus, und die Freiwilligen scharten sich im Wohnzimmer um Bill, der jeden Einzelnen mit einer Umarmung und persönlichen Dankesworten begrüßte. Ich schaute ständig auf meine Uhr – es war schon nach neun, und wir sollten um elf beim Erntedankumzug in Boone County sein.

Schließlich konnten wir uns loseisen und standen bereits mit George, einem Sophomore, der uns an diesem Tag fahren würde, auf der Straße, als Judy erneut auftauchte. »Fast hätt ich's vergessen«, meinte sie zu Bill und reichte ihm eine braune Lunchtüte, dann schürzte sie die Lippen. Gehorsam beugte er sich zu ihr hinab, um sich auf die Wange küssen zu lassen. »Fahr vorsichtig, Darling«, sagte sie.

George fuhr einen Chevy Pick-up, und ich saß auf der Rückbank. Noch in der College Avenue fragte ich: »Was ist in der Tüte?«

»Nur ein kleines Geschenk von einem glühenden Verehrer in Hot Springs.« Bill lachte eigenartig.

Ich hatte Kekse oder Zimtschnecken als Antwort erwartet. »Doch nicht etwa Geld, oder?«

Schmunzelnd drehte er sich auf dem Beifahrersitz zu mir um. »Meinst du die Frage ernst, oder willst du die Antwort eigentlich gar nicht hören?«

Ich beugte mich vor und schnappte mir die Tüte auf seinem Schoß. Als ich sie auffaltete, sah ich unzählige – vermutlich Hunderte – Zwanzigdollarscheine. »Was zum Teufel ist das?«

»Erinnerst du dich an Dickie Kinnaman? Er ist ein enger Freund von Judy, der einen Wahnsinnsgewinn auf der Pferderennbahn gemacht hat, und er hasst Hammerschmidt. Er hat mir durch sie ausrichten lassen, ich möge es in Sebastian County verwenden, wie es mir am besten erscheint.« Bill sah kurz zu George, der völlig unbeteiligt wirkte.

Ich war fassungslos. »Du meinst doch nicht etwa, du willst Stimmen kaufen.«

»Ich bin schockiert – *schockiert* –, dass hier um Geld gespielt wird!«, sagte Bill, astrein den Akzent von Claude Rains alias Polizeichef Renault in *Casablanca* imitierend. In normalem Ton fuhr er fort: »Ich will überhaupt nichts damit machen, außer es meinem Mann in Fort Smith zu geben. Was er damit anfängt, ist seine Sache.« Bill warf George abermals einen Blick zu, bevor er zu mir sagte: »Du weißt schon, dass Sebastian County der größte, konservativste und korrupteste Bezirk im ganzen Distrikt ist?«

»Mein Gott, Bill! Das ist eine absolut furchtbare Idee.«

»Dann lassen wir's eben. Beruhig dich, Baby.«

»Was denkst du dir eigentlich?«

»Was ich mir denke? Ich denke, dass ich ein Good Ol' Boy aus Arkansas bin, der gewinnen will.«

Zum ersten Mal zeigte George eine – wenngleich wortlose – Gemütsregung. Er lachte.

Die Parade war nur an ein paar Häuserzeilen lang, und anstatt neben Bill herzulaufen, den Zuschauern zuzuwinken und Flyer zu verteilen, stand ich die ganze Zeit, während die Festwagen vorbeizogen und eine Marschkapelle lautstark John Philip Sousa spielte, an einer Straßenecke und unterhielt mich mit Lyle Metcalf. Lyle war ein verheirateter, hagerer, kahlköpfiger Anwalt Ende dreißig und ein Mann weniger Worte, vor dem Bill große Achtung hatte. Er hatte eine eigene Kanzlei, und von Bill wusste ich, dass er jeden Morgen um sechs Uhr ins Büro kam, wo er drei Stunden lang ohne Unterbrechung für seine Klientinnen und Klienten arbeitete und sich den Rest des Tages um Aufgaben rund um den Wahlkampf kümmerte.

»Wussten Sie davon?«, fragte ich.

»Nein«, antwortete Lyle.

»Und Jim?« Jim war der Schatzmeister der Kampagne.

»Da müssen Sie ihn selbst fragen.«

»Das könnte das Ende für Bills Kampagne bedeuten.«

»Unwahrscheinlich.«

Wie konnten intelligente Männer nur so blind für den Schaden sein, den sie möglicherweise anrichteten?

»Das ist indiskutabel«, sagte ich. »Das darf auf keinen Fall geschehen, und das wird es auch nicht. Hören Sie mich?«

Lyle lächelte reptilienartig. »Weiß Bill das?«

Als Nächstes würden wir uns auf den Weg zu einer Marktscheune machen, in der gleichzeitig ein Bauernmarkt, ein Flohmarkt und eine Viehauktion stattfanden. »Ich sag's ihm gleich im Auto«, erwiderte ich.

Als ich das tat, benahm Bill sich wie ein kleiner Junge, dem eine Standpauke gehalten wird, weil er heimlich Kekse aus der Keksdose geklaut hat.

»In Ordnung«, sagte er zum x-ten Mal, als wir bei der Scheune ankamen und aus Georges Wagen ausstiegen. »In Ordnung. Können wir das Thema jetzt beenden?« Und dann drehte er sich um und ging davon, um einem Farmer die Hand zu schütteln, der eine Fünfundsiebzig-Pfund-Wassermelone gezüchtet hatte.

An einem Freitagabend im Oktober, als Bill über Nacht zu einer Veranstaltung des Dachverbands der Gewerkschaften in Hot Springs gefahren war, gingen Barbara und ich in den Walker Park zu einem Jazzkonzert. Am Nachmittag hatte ich einen Brief meiner Freundin Maureen aus Park Ridge erhalten, in dem sie mir mitteilte, dass sie und ihr Mann Steve – er arbeitete in der LaSalle Bank und sie hatten im Frühjahr '73 geheiratet – ihr erstes Kind erwarteten.

Barbara hatte eine Decke, Käse und Cracker und ich eine Flasche gekühlten Wein, einen Korkenzieher und zwei Pappbecher mitgebracht. Während ich uns beiden einschenkte und die Band am Fuß des Hügels ein Dizzy-Gillespie-Stück spielte, sagte ich: »Kann ich dich mal was fragen?«

»Natürlich.«

Meine Stimme war deutlich vorsichtiger als sonst, wenn wir uns unterhielten. »Du weißt wahrscheinlich, dass Bill gern mit anderen Frauen flirtet.«

»Ah. Ich hab schon darauf gewartet, dass wir irgendwann darüber sprechen würden.«

»Solange Bill und ich zusammen sind, bin ich felsenfest von unserer Beziehung überzeugt, davon, dass das, was wir haben, echt ist. Aber wenn wir getrennt sind … Nun, ich bin mir nicht sicher, was er anstellt, wenn wir getrennt sind.« Nach unserer Übereinkunft am Ufer des Ennerdale Water, dass wir auch andere Dates haben konnten, hatten wir das Thema nur noch ein einziges weiteres Mal angeschnitten, und zwar während eines mitternächtlichen Telefonats ein Jahr später, als ich zugestimmt hatte, nach Abschluss der Impeachment-Ermittlungen zu ihm nach Arkansas zu ziehen. »Falls es andere Frauen …«, hatte ich begonnen und nach einer kurzen Pause nochmals neu angesetzt: »Wenn ich umziehe, dann nur unter der Bedingung, dass es keine anderen Frauen gibt.«

»Versprochen«, hatte er erwidert.

Was mich betraf, hatte es während des gesamten Jahres keine anderen Männer gegeben. Einer meiner Kollegen bei den Impeachment-Ermittlungen war ein frischgebackener Absolvent der Columbia Law School namens Roland Osborne gewesen, ein aufgeweckter Kerl, in den ich mich vielleicht verliebt hätte, wäre ich nicht mit Bill liiert gewesen. Ob er meine Gefühle wohl erwidert hätte? Oder wären sie, wie in den anderen Fällen, einseitig geblieben? Die Frage war hinfällig, denn Roland war nett, und Bill war ein Meteor. Roland war eine Version der Menschen, die ich schon kannte, und Bill war einzigartig.

Aber ich machte mir nicht vor, dass Bill ähnlich zurückhaltend gewesen war. Während meiner ersten Wochen in Fayetteville nahmen die Frauen, die Bill in meiner Abwesenheit vermutlich berührt, geküsst hatte, oft in meiner Fantasie – ich wusste, dass sie auf diesen Straßen, vielleicht sogar auf dem Campus, entlangliefen, auch wenn ich sie nicht identifizieren konnte – und manchmal auch leibhaftig Gestalt an. Jede attraktive junge Frau, die eine seiner Veranstaltungen besuchte und ihn bereits zu kennen schien, weckte mein Misstrauen.

»Halten mich die Leute für eine Idiotin?«, fragte ich Barbara.

Sie schnaubte verächtlich. »Wer sind schon *die Leute*? Es gibt nicht *die* eine Meinung. Obwohl du nicht vergessen darfst, dass ich geschieden wurde, als meine Kinder noch in der Grundschule waren, ich bin es also gewohnt, Gerede zu ignorieren. Aber ich glaube, die Leute verstehen voll und ganz, warum du mit ihm zusammen bist.«

»Vor einem Jahr hat er mir einen Antrag gemacht, und ich meinte damals, ich bräuchte Bedenkzeit.«

Wir schwiegen beide – das Stück war zu Ende, und die Zuhörer klatschten –, und als die Musik weiterspielte, sagte sie: »Wenn ich in deinem Alter über die Ehe gewusst hätte, was ich heute weiß, wäre ich tot umgefallen. Ich hatte eine dermaßen konventionelle Vorstellung davon … dass man einfach ›Ja, ich will‹ zu einem Mann sagt und sich dann bis in alle Ewigkeit liebt. Zu meiner Zeit musste man heiraten, um Sex haben zu können, es ist also vermutlich kein Wunder, dass so viele Ehen meiner Generation gescheitert sind.«

»Denkst du, Fremdgehen ist irrelevant?«

»Wenn er dein Ehemann ist, entscheidest du, was relevant ist. Abgesehen davon sind Männer nicht die Einzigen, die fremdgehen können.« Als ich das hörte, fragte ich mich, ob sie damit wohl sich selbst meinte. »Ned und ich«, fuhr sie fort, »und das ist wohlgemerkt die Ehe, die bisher gehalten hat, hatten gute und schlechte Wochen, aber auch gute und schlechte Jahre. Irgendwann wird dein Mann dich zur Weißglut und in den Wahnsinn treiben. Das ist ein ungeschriebenes Gesetz. Ich würde niemals wagen, dir zu sagen, was du tun sollst, aber aus meiner Sicht verbindet dich und Bill etwas Einzigartiges, abgesehen von den üblichen Hochs und Tiefs … dass ihr euch gegenseitig interessant findet, dass ihr beide intellektuell auf Augenhöhe seid. Solche Dinge würdet ihr beide nur schwer bei jemand anderem finden. Aufregender Sex kommt und geht, das soll kein Wortspiel sein, aber richtig lebenswert wird das Leben doch erst durch tiefgründige Gespräche, nicht wahr?«

Ihre Meinung war mir ungeheuer wichtig, denn Barbara nahm inzwischen eine ganz ähnliche Rolle in meinem Leben ein wie vormals Gwen; ihre Unvoreingenommenheit wog Gwens Vorhaltungen auf.

»Es gibt zwei Arten von Ehen«, sagte Barbara. »Einmal die, in deren Fiasko du eingeweiht bist, und zum andern jene, bei denen du es nicht bist.«

Die *Arkansas Gazette*, die in jenen Tagen Bill unterstützte, organisierte nur eine Woche vor der Wahl eine Debatte zwischen ihm und Hammerschmidt. Danach nahmen mich die Overholts und Ginny Richards, die Frau des Law-School-Dekans, mit nach Hause; Bill brach nach Clarksville auf, wo er am nächsten Morgen an einem Gebetsfrühstück teilnehmen sollte.

Als ich ihn zum Abschied auf dem Parkplatz umarmte, sagte ich: »Bitte versuch ein bisschen zu schlafen.« Aufgeputscht durch Koffein und Euphorie kam er auf höchstens drei oder vier Stunden Schlaf pro Nacht.

Er hatte seine Sache bei dem Streitgespräch hervorragend gemacht, indem er den Fokus auf echte Probleme und deren gesetzgeberische Lösungen gerichtet und dabei gleichzeitig Optimismus ausgestrahlt hatte, während Hammerschmidt sich darauf verlegt hatte, ihn persönlich zu diskreditieren. Unter anderem hatte Hammerschmidt angedeutet, dass Bill aufgrund seiner elitären Ausbildung und seiner Jahre in der Ferne jeglichen Bezug zu seinem Heimatstaat verloren habe; dass er zu jung für eine Führungsposition sei; und, an Absurdität kaum mehr zu übertreffen, dass der Mann, den man auf einem Zeitungsfoto aus dem Jahr 1969 auf einem Baum sitzend gegen Nixons Besuch bei einem Footballspiel in Arkansas protestieren sah, kein Geringerer als Bill gewesen sei. Auf diese Anschuldigung hin hatte Bill gelacht und erklärt, dass er zu jener Zeit in Oxford studiert habe – was vielleicht die Falle war, die Hammerschmidt ihm gestellt hatte. Dennoch, fand ich, hatte Bill hervorragende Arbeit geleistet.

Auf dem Nachhauseweg sagte Ginny, die neben mir auf der Rückbank von Ned Overholts Cadillac saß: »Wenn die Leute sagen, Bill wird irgendwann Präsident, glaub ich das aufs Wort.«

»Bei der jetzigen Wahl habe ich ein ungutes Gefühl«, sagte Barbara, »aber auf lange Sicht gibt es nach oben zweifellos keine Grenzen mehr für ihn.«

Ginny zog an ihrer Pall Mall, bevor sie sagte: »Hillary, du glaubst doch bestimmt, dass er Präsident wird.«

Es war gewiss Bills Einfluss geschuldet, dass ich, obschon ich mich unter den Menschen befand, die mir in Fayetteville am nächsten standen, erwiderte: »Ach, ich bin sicher, dass er, in welcher Funktion auch immer, dort dienen wird, wo er am meisten gebraucht wird.«

Die Vorratsschränke sowohl in Bills als auch in meiner Wohnung waren seit Wochen leer, als ich mich am Sonntagabend vor der Wahl entschloss, noch schnell bei Chouteau's Market vorbeizuschauen.

Das Geschäft schloss um achtzehn Uhr, und ich kam fünf Minuten vorher an und hetzte durch die Gänge. Auf Höhe des Frühstücksflockenregals wurde mir bewusst, dass mich eine Frau beobachtete. Ich sah sie an und lächelte, aber sie drehte schnell den Kopf zur Seite und schob ihren Einkaufswagen weiter. Ein paar Minuten später packte ich draußen auf dem Parkplatz meine beiden Papiertüten in den Kofferraum, da hörte ich plötzlich eine hohe weibliche Stimme zögernd hinter meinem Rücken sagen: »Miss Hillary.«

Als ich mich umdrehte, stand ebenjene Frau vor mir. Obwohl ich absichtlich unter einer Straßenlaterne geparkt hatte, war es stockfinster und der Parkplatz fast menschenleer. Mir wurde mulmig zumute, am liebsten hätte ich schon im Auto gesessen, mit geschlossenen Türen. Ich rechnete mit allem – nur nicht mit dem, was als Nächstes kam. »Ich muss Ihnen etwas über Bill Clinton sagen«, stieß sie hervor.

Sie war etwas älter als ich – schätzungsweise Anfang dreißig – und hübsch. Auf jeden Fall hübsch genug für Bill. Ich spürte, wie mich eine bereits vertraute Erschöpfung erfasste. Das schon wieder. Aber das war es nicht.

In ihrem Arkansas-Akzent, der mir extrem breit vorkam, obwohl ich bereits einiges gewohnt war, sagte sie: »Er hat sich mir aufgezwungen. Ich habe als freiwillige Wahlhelferin für ihn gearbeitet, und wir waren eines Abends allein in der Zentrale, im April. Als er anfing, mich am Hals zu küssen, hab ich Nein gesagt, nein, nein, aber er hat sich mir aufgezwungen.«

In mir erwachte ein Instinkt, ich legte den Schalter von der Freundin zur Anwältin um und fragte: »Wie heißen Sie?«

Sie schüttelte den Kopf. »Ich bin eine verheiratete Frau mit zwei kleinen Kindern. Ich möchte nicht, dass meine privaten Angelegenheiten an die Öffentlichkeit gelangen.«

»Ich glaube, Sie verwechseln Bill mit jemand anderem.«

Ihr Gesichtsausdruck spiegelte Empörung wider. Sie senkte die Stimme, aber nur, um noch eindringlicher zu wiederholen: »Er hat sich mir *aufgezwungen*.« Dann machte sie eine Geste, die mir seit Jahren nicht mehr begegnet war, schon gar nicht seitens einer Frau; sie formte mit dem rechten Daumen und Zeigefinger einen Kreis und stieß mit dem Zeigefinger der linken Hand dreimal durch das Loch.

»Ich bin nicht zur Polizei gegangen.« Sie dehnte das Wort *Polizei* in die Länge, wie ich es schon oft in Arkansas gehört hatte. »Ich dachte, es würde nichts außer einer Menge Scherereien bringen.« Sie sah mich eindringlich an. »Aber ich war mir sicher, *Sie* würden es wissen wollen.«

Bill und ich übernachteten an diesem Sonntag in der Stadt, in meiner Wohnung, aber er kam erst weit nach Mitternacht nach Hause, sodass ich trotz meiner Verzweiflung bereits eingeschlafen war. Als ich gegen fünf Uhr morgens aufwachte, lag er in der ersten Morgendämmerung tief atmend neben mir auf dem Rücken, und mir wurde klar, dass ich vor der Wahl den Mund halten würde. Was hätte ich auch anderes tun sollen in diesen letzten vierzig Stunden, wo er – himmelhoch jauchzend in der einen Minute und zu Tode betrübt in der nächsten – kaum noch schlief?

Gegen sechs wachte er auf, duschte und machte sich auf den Weg in die Zentrale, und nur wenige Minuten später rief ich Lyle Metcalf an. Obgleich ich wusste, dass Lyle schon um diese frühe Uhrzeit ins Büro kam, war ich doch überrascht, als er abnahm. »Ich brauche Ihren Rat in einer äußerst heiklen Angelegenheit«, sagte ich, und als er nicht antwortete, fügte ich hinzu: »Es ist vertraulich.«

»Okay«, meinte er.

Bei meiner Arbeit für die National Children's Initiative hatte ich gelernt, dass es bei unangenehmen Themen keinen Deut hilft, wenn man die Hände ringt und sie beschönigt. Daher kam ich gleich zur Sache. »Gestern Abend hat mich auf dem Parkplatz des Chouteau's Market eine Frau angesprochen und mir eröffnet, dass

Bill sich ihr im April, ich zitiere, ›aufgezwungen habe‹, und zwar in der Wahlkampfzentrale. Sie wollte mir ihren Namen nicht nennen und meinte, sie sei nicht zur Polizei gegangen, sondern wolle nur, dass ich Bescheid wisse.«

Lyle schwieg.

»Ich denke nicht«, fuhr ich fort, »dass wir Bill vor der Wahl etwas davon sagen sollten, aber ich wollte …«

»Natürlich sollen Sie Bill nichts davon sagen«, fiel er mir ins Wort.

»Klar, sie kann unterschiedlichste Motive haben, vielleicht handelt sie im Auftrag Hammerschmidts, oder es ist Erpressung, oder sie war in Bill verliebt. Sie hat erwähnt, sie sei eine Freiwillige gewesen. Ich habe nur Angst, dass morgen oder auch nach der Wahl etwas in der Zeitung auftauchen könnte.«

»Das ist kompletter Schwachsinn«, erwiderte Lyle. Wir waren nie richtig warm geworden miteinander, aber in diesem Moment war Lyles Gefühlskälte beruhigend.

»Sie meinen also, wir müssen nichts unternehmen?«

»Es kostet einen nichts, eine Anschuldigung zu machen, sich zu weigern, seinen Namen zu nennen, und dann einfach zu gehen.«

Am Abend darauf gewann Hammerschmidt bei 170 000 Stimmen mit 6000 Stimmen Vorsprung. Wir verfolgten die Auszählung in der Kampagnenzentrale, und das Schmerzhafte war, dass Bill fast den ganzen Abend vorne lag und sein Sieg in greifbare Nähe rückte. Obwohl wir wussten, dass Sebastian County seine Ergebnisse als Letztes bekannt geben würde, hofften wir bis zum Schluss. Im Lauf des Abends verabschiedeten sich zwei Drittel der ursprünglich etwa siebzig Leute, die sich in der Zentrale eingefunden hatten, und als gegen Mitternacht die Ergebnisse aus Sebastian County hereinkamen, dank derer Hammerschmidt offiziell wiedergewählt war, hielt Bill eine Rede, in der er seinen Unterstützerinnen und Unterstützern für ihre Treue und ihren Einsatz dankte. Er sagte, das sei erst der Anfang, und seine Leidenschaft, den Menschen in Arkansas zu helfen, sei ungebrochen. Wie andere Unterstützer auch weinten Virginia und Roger hemmungslos, wobei nur bei Virginia die Mascara in Strömen floss.

Ich merkte, dass Bills Beherrschung an ihre Grenzen geriet, dass ich ihn schnellstmöglich wegbringen musste, damit er fluchen und klagen konnte. Und ich ahnte bereits, dass er mir irgendwann – vermutlich nicht mehr in dieser Nacht, aber später einmal – unter die Nase reiben würde, dass er gewonnen hätte, wenn ich mich mit der Geldtüte nicht so angestellt hätte.

Zwischen dem 6. November und Thanksgiving verließ Bill kaum mehr das Bett. Ich hatte seine Stimmungsschwankungen schon früher erlebt – unter anderem als McGovern verloren hatte –, aber das hier war eine völlig neue Form von Mutlosigkeit, von schwelender Wut. Er duschte nur selten, und, was noch nie vorgekommen war, er war nicht mehr auf Sex aus. Manchmal machte er eine To-do-Liste, dann wieder las er oder hörte Radio. Wenn ich das Schlafzimmer betrat, begann er lautstark zu reden, als befänden wir uns mitten in einem Gespräch. »Sollen die Leute sich doch das Maul zerreißen über die Vermessenheit, mit achtundzwanzig Jahren für den Kongress zu kandidieren, aber ich sag dir was … im Gegensatz zu Hammerschmidt ist mir die Zukunft von Arkansas tatsächlich verdammt wichtig«, sagte er etwa oder: »Unfassbar, dass viele Wähler tatsächlich so blöd sind zu glauben, ich hätte auf diesem beschissenen Baum gesessen.« Später wurden, hinter einem Postamt versteckt, stapelweise vor sich hin schimmelnde Wahlpostkarten von Bill gefunden, eine Entwicklung, die ihn erneut in ein emotionales Loch hätte stürzen lassen können, wäre er je daraus hervorgekommen. »Da hast du's«, sagte er. »Das ist das Problem, wenn du mit sauberen Karten spielst und die anderen mit gezinkten.« Das war seine bisher deutlichste Kritik mir gegenüber, aber noch riss ich mich zusammen.

Manchmal wich seine Unzufriedenheit über den Wahlausgang einer umfassenderen Bitterkeit, wie ich sie in unseren fast vier gemeinsamen Jahren noch nie bei ihm beobachtet hatte. »Es ist, als wäre meine Familie vom Pech verfolgt«, sagte er zum Beispiel. »Wie viele Frauen außer meiner Mutter kennst du, die mit fünfzig schon drei Männer verloren haben?« Und es stimmte ja auch, er und seine Familie hatten tragische Verluste hinnehmen müssen.

»Ich weiß, Liebling. Es tut mir leid«, versuchte ich ihn zu trösten.

Wenn er über die Wahl jammerte, versuchte ich mit Vernunft dagegenzuhalten. »Du warst so nah dran. Du hast weit mehr Stimmen erhalten als erwartet. Die Leute hier lieben dich.«

»Die Tatsache, dass ich verloren habe, bedeutet, dass du hier festsitzt.« War das ein Test oder eine Entschuldigung?

»Nun, für mich fühlt es sich aber nicht so an, als würde ich hier festsitzen.«

Es war nicht direkt eine bewusste Entscheidung gewesen, Bill nichts von der Frau auf dem Chouteau's-Parkplatz zu erzählen. Vor der Wahl hatte ich ihn schlicht und einfach nicht aus dem Gleichgewicht bringen wollen. Danach hatte ich es nicht getan, weil er wegen seiner Niederlage am Boden zerstört war. Und zu guter Letzt verzichtete ich darauf, weil er allmählich sein – wenngleich fragiles – Gleichgewicht wiederfand.

Abgesehen davon hatte ich es nicht erwähnt, weil ich den Gedanken daran scheute. Und weil ihre Anschuldigung nun, wo er die Wahl verloren hatte, weniger von Bedeutung zu sein schien.

Wir verbrachten Weihnachten in Hot Springs, und nach dem Abendessen am zweiten Weihnachtstag kamen ein paar von Bills Freunden aus der Grundschule und Highschool vorbei, die sich ausgelassen unterhielten. Bill gab eine lange, witzige Geschichte von einem Wähler aus Springdale zum Besten, der um die siebzig war, zweihundert Kilo wog und ihm stolz erzählt hatte, er bestelle sich einmal im Monat elf Rosen bei einem Blumenhändler in der Stadt und lasse sie mit einer Grußkarte an sich selbst liefern, auf der stehe: »Du bist die zwölfte.« Als alle im Raum, einschließlich Bill, in schallendes Gelächter ausbrachen, begriff ich, dass er fast wieder der Alte war.

Den ganzen Abend über war Virginia geschäftig, schenkte die Gläser nach und füllte die Schälchen und Teller auf dem Tisch mit Nüssen und Gebäck auf. Es war offensichtlich, dass sie Bills Freunde mochte und dass diese Zuneigung auf Gegenseitigkeit beruhte. In besagtem Moment, als der Raum vor Lachen bebte, warfen wir uns einen Blick zu und schmunzelten.

Ein weiteres Indiz dafür, dass Bill sich wieder gefangen hatte, war seine neu erwachte Lust auf Sex, die ich anfangs begrüßte und schon bald als lästig empfand. Er hatte schon immer ein größeres Verlangen nach Sex gehabt als ich, aber in der Vergangenheit war es ihm nie schwergefallen, mich zu erregen. Vielleicht lag es daran, dass ich nun fürchtete, er würde schmollen oder in Selbstmitleid zerfließen, wenn ich Nein sagte – vielleicht war das Pflichtgefühl ein Liebestöter –, aber mehr als einmal in diesem Spätwinter und Frühling ertappte ich mich dabei, wie ich unter ihm lag, während er in mir war und sein Hodensack gegen meinen Po klatschte, und darauf wartete, dass die Sache endlich vorbei war.

Am Valentinstag riss uns sein Wecker aus dem Schlaf, und er drehte sich zu mir um und sagte: »Du willst nicht zufälligerweise heute heiraten?«

Ich lachte. »Ich will schon, aber nicht heute.« Für einen Moment fürchtete ich, dass er wütend werden könnte, dass der Witz kein Witz war.

Ich streichelte ihm über die Wange. »Ich möchte meine Mutter dabeihaben.«

»Okay.« Er küsste mir die Finger. »Wenn du es dir anders überlegst, lass es mich unbedingt wissen.«

Harriet Early, die wackere Studentin, die mich auf mein Rock-Malheur aufmerksam gemacht hatte, arbeitete seit Kurzem, um Leistungspunkte zu erwerben, bei mir in der studentischen Rechtsberatung. Sie war eine aufgeweckte und fleißige Zweiundzwanzigjährige aus Conway, Arkansas, und eines Nachmittags sprachen wir im Beratungsbüro, das direkt neben dem neuen Studentenradiosender lag, über den Fall einer neunzehnjährigen Mutter mit einem gewalttätigen vierzigjährigen Ehemann, die die Scheidung eingereicht hatte.

»Jedes Mal, wenn ich mich mit Brenda treffe«, sagte Harriet, »frage ich mich, ob man nicht Kurse für junge Mütter anbieten könnte, die die Highschool abgebrochen haben. Freilich ohne Abschlussdiplom, aber um ihnen praktische Fähigkeiten beizubringen. Und gleichzeitig könnten sie, wenn sie als Zeuginnen vor Gericht aussagen, zu ihren Gunsten darauf verweisen.«

»Ich nehme an, Sie denken nicht unbedingt an Geburtsvorbereitungskurse.«

»Nein, eher an etwas wie Hauswirtschaftslehre … Kochen, Gesundheit, Budgetplanung.«

»Und wäre das eine einmalige oder regelmäßige Geschichte?«

»Regelmäßig. Vielleicht einmal die Woche?«

»Wenn es samstags stattfinden würde, wäre die Chance bestimmt höher, dass jemand anders auf die Kinder der Frauen aufpassen könnte.« Ich nahm einen Stift. »An der Pädagogischen Hochschule gibt es eine Dozentin namens Jacqueline Walsh, und ich möchte, dass sie das Projekt in die Hand nimmt. Ich bin gespannt, ob sich einige ihrer Studenten dazu bereitfinden zu unterrichten.«

»Ein Mädchen auf meiner Highschool wurde schwanger, als wir im letzten Schuljahr waren, und musste gehen, obwohl ihr Baby erst im Sommer zur Welt kommen sollte«, sagte Harriet. »Es kam mir wie eine riesige Verschwendung vor.«

»Können Sie Zahlen darüber beschaffen, wie viele Mädchen unter achtzehn in diesem Bezirk pro Jahr ein Kind bekommen?

Ich werde derweil überprüfen, wie viele von ihnen zu uns in die Rechtsberatung geschickt wurden.«

»Was ich noch sagen wollte ...« Harriet lächelte verlegen. »Ich bin froh, dass Sie jetzt an der Law School sind. Vor einem Mann hätte ich mich nämlich nicht getraut, das zur Sprache zu bringen.«

Den Spring Break über hüteten Bill und ich das Haus von Dick und Ginny, dem Dekan der Law School und seiner Frau, einen gepflegten Bungalow im Craftsman-Stil mit einem Whirlpool auf der Terrasse. Die Tage waren mild, aber die Nächte waren noch immer kalt, unter zehn Grad, und ich genoss das neuartige Vergnügen, in nichts als ein Handtuch gehüllt von der Küche nach draußen in die Dunkelheit zu gehen, es herabgleiten zu lassen und in das warme, blubbernde Wasser einzutauchen. Das erste Mal, als wir den Pool benutzten, meinte Bill grinsend: »Fast, als wären wir Suppengemüse, nicht wahr?« Er küsste mich auf den Mund und fügte hinzu: »Ich sag doch schon immer, dass du köstlich schmeckst!«

Recht schnell zeichnete sich ab, dass wir Sex haben würden. »Ist das nicht unhygienisch?«, wehrte ich erst ab. »Und was würden die Richards dazu sagen?«

Bill lachte. »Ich bin mir sicher, sie wären ziemlich enttäuscht, wenn wir es nicht täten.«

Diesem Muster folgten wir eine Woche lang Abend für Abend, außer am Samstag, als einige andere junge Dozenten vorbeischauten. In jener Nacht tranken wir alle Unmengen Bier, spielten Scharade und trugen im Whirlpool Badekleidung, obwohl ich sicher war, dass Bill und etliche Gäste lieber nackt gebadet hätten. Im Beisein unserer Freunde wurde mir zum ersten Mal seit Längerem wieder bewusst, wie gut Bill aussah, und es wollte mir nicht mehr aus dem Kopf, dass es zwar Spaß machte, Gäste zu haben, dass ich ihn jedoch gleichzeitig ganz für mich allein haben wollte.

Es war weit nach Mitternacht, als sie gingen, und wir beschlossen, am nächsten Morgen aufzuräumen. Wir hatten es vorgezogen, in einem Gästezimmer zu schlafen anstatt im Schlafzimmer unseres Vorgesetzten, aber selbst dort war das Bett riesig und viel hübscher als unsere eigenen Betten zu Hause. Unter der Decke schmiegte ich mich an ihn und dachte, dass mein Leben in Arkansas, obwohl ich meine Zweifel gehabt hatte, reich und erfüllt und – dank Bill – abenteuerlich war. Es gefiel mir, mich auf einem Weg zu befinden, den ich nicht vorhergesehen hatte.

»Liebling«, sagte ich, und Bill regte sich. »Du solltest dich als Generalstaatsanwalt bewerben.«

Es gab zwei Dinge, in denen sich eine Bewerbung um das Amt des Generalstaatsanwalts von der für den Kongress unterschied. Erstens bedeutete die Stelle, ständig in Arkansas zu leben, höchstwahrscheinlich im drei Stunden entfernten Little Rock. Zweitens würde Bill, sollte er dafür kandidieren, vermutlich gewinnen.

Mitte April rief mich meine Mutter an, um mir mitzuteilen, dass Maureen einen gesunden Jungen zur Welt gebracht hatte und dass sie ihn Stephen Andrew Rymarcsuk jr. genannt hatten. Ich kaufte sofort ein Plüschwildschwein, das Maskottchen der Razorbacks, in der Universitätsbuchhandlung und schickte es ihnen zusammen mit einer Glückwunschkarte. Als Maureen ein paar Tage später anrief und mich bat, Taufpatin zu werden, war ich gerührt.

»Wie ist es, Mutter zu sein?«, fragte ich.

»Noch würdeloser, als du es dir in deinen kühnsten Träumen vorstellen kannst. Für Stevie und für mich.«

»Bist du müde?«

»Ja.«

»Kann ich etwas für dich tun?«

»Meinen Bauch schlanker zaubern, dafür sorgen, dass meine Nippel aufhören zu tropfen, und machen, dass dieses unheimliche, winzige Wesen zu schreien aufhört.«

»Ach, Maureen. Ich glaube, diese Phase geht schnell vorüber.«

Die Taufe, bei der ich offiziell den Status der Patentante erhalten sollte, würde Ende Mai stattfinden, und ein paar Tage später, als ich die Nummer von Delta wählte, um meinen Flug zu buchen, überlegte ich, dass ich, wenn ich schon in ein Flugzeug stieg, auch gleich die Ostküste besuchen sollte. Ich hatte eine Postkarte von einem Kollegen aus der Zeit der Impeachment-Ermittlungen erhalten, der erwähnte, dass sich eine Gruppe von Ehemaligen Anfang Juni in Georgetown zu einem Wiedersehens-Dinner treffen würde. Ich legte auf, ohne mit einem Reservierungsmitarbeiter gesprochen zu haben, und sah auf den Kalender, der über meinem Schreibtisch hing. Erst Chicago, überlegte ich, dann Washington, D.C., zum Dinner, dann vielleicht Boston, um Phyllis und ihren Mann zu sehen, und New Haven, um Gwen und Richard zu besuchen. Als ich auf die Kalenderseite für Mai 1975 blickte, fiel es mir wie Schuppen von den Augen, dass ich in meine Vergangenheit zurückreiste, um in die Zukunft zu gelangen, und dass ich, wieder zurück in Fayetteville, Bill sagen würde, ich sei bereit, ihn zu heiraten. Daraufhin würden wir nicht mehr lange warten. Wozu auch? Wir wollten keine ausgefallene Zeremonie. Wir waren bereit, mit dem Rest unseres Lebens fortzufahren. Ich stellte mir vor, wie glücklich er aussehen würde – ich wusste bereits, was für ein Gesicht er machen würde, wie er erst scheu und dann immer breiter lächeln und mich mit leuchtendem, wachem Blick ansehen würde –, und mit einem Mal wurde mir dort im Büro ganz schwindlig. Endlich war genug Zeit vergangen, war die Lage genug sondiert. Endlich war ich mir sicher.

In Chicago sagte mein Vater zu mir, ich sähe gut aus, seit ich so viel zugenommen hätte, meine Mutter unterhielt sich mit mir über *De rerum natura* von Lukrez – sie besuchte einen weiteren Philosophiekurs –, und mein Bruder Hughie hänselte mich, weil ich angeblich einen Südstaaten-Akzent angenommen hatte. Zur Taufe trug Maureens Sohn, Stevie, ein weißes Spitzenkleidchen mit einer einen Meter langen Schleppe und schrie während der gesamten Zeremonie. Danach meinte Maureen zu mir: »Jetzt, wo du einen so glücklichen Eindruck machst, kann ich es dir ja sagen. Ich hab gedacht, du seist verrückt, nach Fayetteville zu ziehen.«

Ich lachte. »Da warst du nicht die Einzige.«

Das Wiedersehens-Dinner in Washington war festlich und ausgelassen, und die Frau eines Anwalts hatte einen sogenannten Watergate-Salat gemacht, einen Mix aus Pistazienpudding, zerdrückter Ananas und Marshmallows. Ein Anwalt, den ich nur flüchtig kannte, sagte offenkundig überrascht: »Sie unterrichten an der University of *Arkansas*?«

»Jawohl. Und ich habe ein großartiges erstes Jahr hinter mir.«

»Meine Schwester hat gerade ihren Abschluss an der Harvard Law gemacht. Sie hat mir erzählt, dass fast alle hochkarätigen Law Schools den Auftrag haben, Frauen als Dozenten einzustellen«, meinte er. »Sie wurde von mehreren Universitäten umworben, einschließlich der Northwestern. Sind Sie nicht aus Chicago?«

Ich hatte mich im Vorfeld gefragt, ob ich eifersüchtig auf meine ehemaligen Kollegen sein würde, von denen die meisten auf dem Capitol Hill oder für große Firmen arbeiteten, aber dem war nicht so. »Ich bin nicht auf der Suche nach einer neuen Stelle«, erwiderte ich.

In Boston eröffnete mir Nancy, meine Freundin vom Wellesley-College, dass sie schwanger und im Oktober fällig war. »Ist es zu viel verlangt, wenn ich dich bitte, auch schwanger zu werden, damit unsere Kinder Freunde werden können?«, fragte sie.

»Es ist noch nicht offiziell, aber ich glaube, bei Bill und mir wird es nicht mehr lange dauern«, erwiderte ich.

In New Haven bestand Richard Greenberger auf einer Darbietung des Schweinerufs – Otto und Marcus begannen mich umgehend zu imitieren, als ich mich fügte –, und Gwen hatte offenbar beschlossen, solange sie nichts Nettes über Bill zu sagen hatte, lieber gar nichts zu sagen. Am Abend gab es in ihrer Küche Frühstück,

Pancakes mit Speck und Apfelmus. Otto biss ein paarmal von seinem Pfannkuchen ab, dann schob er den Teller in meine Richtung und fragte:»Welcher Staat ist das?«

Ich musterte den Pfannkuchenrest prüfend, bevor ich sagte: »Idaho.«

Gwen nahm den Freitagvormittag frei, um mich zum Flughafen in Hartford zu bringen. Wir waren kurz vor der Ausfahrt zum Flughafen, als sie aufgesetzt heiter fragte:»Und, wie geht's dem Halsküsser?« Sie warf mir einen Blick zu, und da ich wohl etwas verwirrt schaute, schob sie schnell hinterher:»Weißt du noch, wie du mich nach deiner ersten Verabredung gefragt hast, ob es normal sei, wenn ein Mann dich zuerst auf den Hals anstatt auf den Mund küsst? Ich fand es immer süß, wie aufgeregt du an diesem Abend warst.«

Ich zwang mich zu lächeln und meinte, Bill gehe es gut, er sei als Dozent überaus beliebt. Seine Bewerbung als Generalstaatsanwalt erwähnte ich nicht. Aber das Unbehagen, das mich erfasst hatte – ich konnte es in diesen letzten gemeinsamen Minuten mit Gwen im Auto und dann, als ich sie zum Abschied umarmte, kaum mehr verbergen. In der Abflughalle gab ich meinen Koffer auf und ging zum Gate. Ich zitterte, und mir war schlecht. Während der letzten sieben Monate hatte ich es mir selbst gegenüber nicht eingestanden, hatte es tief in meinem Inneren vergraben, und doch kam es in unregelmäßigen Abständen immer wieder hoch. In Wirklichkeit glaubte ich, dass zwischen Bill und der Frau vom Chouteau's-Parkplatz etwas passiert war. Ich glaubte es aus einem bestimmten Grund: Sie hatte gesagt, er habe sie auf den Hals geküsst.

Auf dem Weg zum Flughafen, wo er mich abholen wollte, war Bill an einem Haus am California Boulevard vorbeigefahren, von dem er mit einer solchen Gewissheit wusste, wir sollten es kaufen, dass er noch im Terminal von einem Münzfernsprecher aus die Maklerin anrief, deren Nummer auf der Verkaufstafel gestanden hatte.

Nachdem er aufgelegt hatte, sagte er: »Sie kann es uns in einer halben Stunde zeigen.«

Wir fuhren direkt dorthin, und er parkte auf der Straße. Das Haus war winzig, aber hübsch, ein Backsteinhaus im Tudor-Stil nahe des Campus. Bevor wir jedoch ausstiegen, sagte ich: »Es gibt da was, worüber ich mit dir sprechen muss.«

Er bemerkte wohl meinen untypischen Ton, denn er sah mich besorgt an.

»Letzten November, direkt vor der Wahl, kam auf dem Parkplatz vor dem Chouteau's Market eine Frau auf mich zu und sagte, sie sei Freiwillige in deinem Wahlkampfteam gewesen, und du hättest …«, ich zögerte, aber nur für den Bruchteil einer Sekunde, »… dich ihr aufgezwungen.«

»Das ist gelogen«, erwiderte er prompt.

»Sie hat gesagt, es war im April … April '74, versteht sich.«

»Hörst du mir zu? Ich hab gesagt, das ist gelogen.« Er schien irritiert, was irgendwie beruhigend war.

»Weißt du, von wem ich spreche?«

»Wie zur Hölle soll ich wissen, wer solch einen Schwachsinn in die Welt setzt? Sobald du für ein Amt kandidierst, bist du eine öffentliche Person. Alle können alles behaupten. Du kannst doch nicht ernsthaft glauben, dass ich zu so etwas fähig wäre?«

»Das hab ich nicht gesagt.«

»Aber du hast die letzten sieben Monate darüber nachgegrübelt. Mein Gott, Hillary.«

Ein Teil von mir wollte ihn besänftigen. Aber wir mussten das jetzt ein für alle Mal klären, um es hinter uns zu lassen. »Hast du jemals mit irgendwem aus der Zentrale geschlafen?«, fragte ich.

Er biss sich auf die Lippe, und ich sah, wie seine Irritation in Ärger umschlug. Ich begriff, was ich besser hätte fragen sollen. »Mit wie vielen Frauen aus der Zentrale hast du geschlafen?«

»Ich war nicht derjenige von uns beiden, der ein Jahr weggeblieben ist.«

»Weißt du, warum ich vorgeschlagen habe, wir sollten auch andere Dates haben?« In dem Moment, als ich es aussprach, erkannte ich, dass es wahr war. »Weil ich wusste, du würdest herumvögeln, und wir auf diese Weise beide so tun könnten, als wäre das okay für mich.«

Er funkelte mich an. »Was soll das alles hier? Wenn du mir nicht vertrauen kannst, was dann?«

»Wenn ich dir nicht vertrauen kann«, wiederholte ich und konnte hören, wie meine Stimme lauter wurde, »dann deshalb, weil von deiner Seite aus nur noch gefehlt hätte, dass du ein Plakat hochhältst, auf dem *Man kann mir nicht trauen* steht. Du hast kein Recht, mich zu behandeln, als wäre ich paranoid, wenn du derjenige bist, der mich betrogen hat. Ich zieh für dich in dieses beschissene Fayetteville, und du kannst nicht einmal deinen Hosenstall geschlossen halten.«

Diese Direktheit hatte etwas Erschreckendes und Erfrischendes. Seit Berkeley hatten wir um das Thema Untreue nur herumgeredet.

»Es ist schon interessant«, konterte Bill, »mit welcher Selbstsicherheit du davon ausgehst, nicht das Problem zu sein, wenn viele Leute deine Erwartungen an mich für völlig überzogen halten würden. Kennedy hatte Affären. Johnson hatte Affären. Alle wussten es und haben sich einfach blind gestellt. Vielleicht bin ich einfach ein ganz normaler Mann, und deine Selbstgerechtigkeit ist das Problem.«

»Du bist nicht normal. Und du bist nicht der Präsident.«

»Und wenn du mich weiter sabotierst, werde ich das wahrscheinlich auch nie werden.« Da war sie, endlich – die Anspielung auf das Bestechungsgeld, von dessen Verwendung ich ihn abgehalten hatte.

»Manchmal frage ich mich, ob du überhaupt irgendwelche ethischen Prinzipien hast«, sagte ich. »Ich bin mir da nicht mehr so sicher.«

»Weißt du, was du bist? Du bist ein selbstgefälliges Miststück, vor dem die Leute Reißaus nehmen, weil du dich für klüger als alle anderen hältst. Klar fällt es dir nicht schwer, treu zu sein, wenn du keine anderen Optionen hast.«

In seinen Anschuldigungen versteckte sich gerade genug Wahrheit oder zumindest genug meiner tiefsten und intimsten Selbstzweifel, dass sie wirklich wehtaten. Wir schwiegen uns fast eine Minute lang an, dann drehte ich mich zu ihm und sagte: »Und du fragst dich, warum ich dich nicht heiraten will.« Ich stieg aus dem Wagen und schlug wütend die Tür zu, und er fuhr davon, mein Gepäck noch immer im Kofferraum.

Drei Stunden später klopfte er an meine Wohnungstür. Als ich öffnete, sagte er: »Hallo, Hillary«, und dann verzog sich sein Gesicht zu einer grotesken Grimasse, und er begann zu schluchzen. Er trat ein, schloss mich in die Arme und hielt mich fest. Ich schluchzte ebenfalls los. »Es tut mir so leid«, meinte er.

»Nein. Mir tut es leid.«

»Wenn ich dich nicht habe, habe ich nichts.«

Wir umarmten uns wieder und wieder, weinten ein ums andere Mal, dann hatten wir großartigen Sex, und als ich auf ihm saß und wir beide kurz vor dem Höhepunkt waren, sagte ich: »Lass uns heiraten. Ich wünsch mir nichts sehnlicher. Ich liebe dich unendlich.«

Sein Lächeln war genauso, wie ich es mir ausgemalt hatte. »Meinst du das wirklich ernst?«

Ich nickte.

»Oh, Hillary.« Er zog mich zu sich hinab, sodass wir uns noch näher waren, so nah, dass kein Blatt Papier mehr zwischen uns gepasst hätte.

Mitten in der Nacht wachte ich auf, weil er mich an der Schulter berührte. Es konnte vorkommen, dass er mich, während ich schlief, an den Brüsten oder unterhalb des Nabels liebkoste und, sobald ich mich auch nur leise zu regen oder unregelmäßig zu atmen begann, in mich glitt. Normalerweise redeten wir in solchen Momenten kein Wort, aber in dieser Nacht flüsterte er meinen Namen und fragte, ob ich ihn höre. Schließlich sagte ich: »Ja. Was ist?«

»Ich hab mich noch nie im Leben einer Frau aufgezwungen. Niemals.«

»Okay.«

»Und ich würde es auch nie tun. Aber du solltest mich nicht heiraten. Du solltest gehen. Ich werde dich zerstören. Das, was ich habe, ist unheilbar. Hörst du?«

Mir standen bereits Tränen in den Augen. »Ja«, sagte ich.

»Morgen früh werde ich versuchen, dich vom Gegenteil zu überzeugen, aber was ich dir gerade sage, ist die Wahrheit. Erinnerst du dich an deine Zweier-Regel? Zum einen wirst du hier nie die Karriere machen, die du verdienst, und zum andern wird das Problem, das ich habe, nie verschwinden. Wenn ich versuche, dich zum Bleiben zu überreden, dann nur aus Eigennutz. Bleiben wir zusammen, ist das gut für mich und schlecht für dich.«

»Bill«, sagte ich. »Liebling.« Mehr brachte ich nicht heraus. Aber nicht, weil ich zu müde war. Ich war zu traurig.

Was er in der Nacht gesagt hatte, war in zweierlei Hinsicht falsch. Erstens versuchte er nicht, mich am Morgen vom Gegenteil zu überzeugen. Den Vormittag über gingen wir nüchtern und schonend miteinander um. Zwischen uns herrschte eine Art Vorsicht, ja Befangenheit, die es so nie zuvor gegeben hatte, und diese Stimmung ließ mich begreifen, dass eine Möglichkeit, die ich nie ernsthaft in Betracht gezogen hatte, wahr werden könnte. Ich hatte niemals ernsthaft daran gedacht, Bill zu verlassen, denn das konnte ich nicht; ich hatte mir nur noch nicht überlegt, wie ich seine Widersprüchlichkeiten rechtfertigen könnte.

Wir tranken gemeinsam Kaffee und lasen die *Northwestern Arkansas Times*, bis er sagte: »Ich fahr jetzt nach Hause. Um zehn treffe ich Norm Pulaski und muss vorher noch duschen.«

»Willst du nicht hier duschen?«

Er schüttelte den Kopf. Bevor er ging, tätschelte er mir die Schulter, was mir auf seltsame Art das Herz zerriss.

Als er fort war, sah ich mich im Apartment um, das ich neben dem Bett und dem Sofa noch mit einigen weiteren gebrauchten Möbeln eingerichtet hatte – einem Couchtisch, einem Schaukelstuhl. Wenn ich gehen würde, dann schnell. Eigentlich sofort. Jetzt?, überlegte ich. Dann dachte ich: Nicht jetzt. Morgen früh.

Alternativ konnte ich auch Barbara anrufen und fragen, ob sie am Abend – es war Samstag – Zeit habe, etwas mit mir trinken zu gehen. Ich könnte ihr von der Frau auf dem Parkplatz und Bills Warnung erzählen, und sie würde mir dabei helfen, einen Ausweg zu finden, einen Weg zu bleiben. Oder ich könnte vorgeben, in einigen Wochen zu gehen, gegen Ende des Sommers, und es dann doch nicht tun. Wie es aussah, konnte ich also entweder von jetzt auf gleich oder gar nicht verschwinden, und ich wollte beides.

Wie in Trance begann ich zu packen. Gegen Mittag war ich fertig, und weil ich noch nicht gefrühstückt hatte, machte ich mir eine Schüssel Cornflakes. Sollte ich Bill anrufen? Oder er mich? Falls er anrief, würde er so tun, als wäre alles wie immer? Falls ja, würde ich vermutlich nicht die Kraft besitzen, ihm zu widersprechen.

Ein paar Stunden vergingen, und ich rief bei ihm an, ohne zu erwarten, dass er abnehmen würde, aber er tat es. »Ich fahre morgen Vormittag.«

»Wohin willst du gehen?« Seine Stimme klang beherrscht, vielleicht etwas zittrig.

»Ich denke, nach Washington oder New Haven.« Am anderen Ende der Leitung herrschte Stille. »Hättest du Lust, heute Abend mit mir essen zu gehen?«

»Gern.«

Als er wieder bei mir auftauchte, fiel sein Blick auf die beiden Koffer neben der Tür und die Umzugskartons, die ich aus dem Keller geholt hatte. Er senkte den Kopf und stieß einen tiefen Seufzer aus.

»Willst du meine Wohnung übernehmen?«, fragte ich.

»Du lieber Himmel, nein!«, wehrte er ab. »Ich würde es nicht ertragen, hier zu wohnen.«

Auf dem Weg zu einem Grillrestaurant überlegte ich, ob ich ihn an der Hand nehmen sollte, ließ es dann aber. Einen halben Block vor dem Restaurant, das schon aus dieser Entfernung überfüllt aussah, blieb er stehen und sagte: »Ich kann das nicht. Ich kann jetzt nicht unter Leuten sein.«

Zurück in meiner Wohnung lag er auf seiner Seite des Bettes, mit zuckenden Schultern. Ich schmiegte mich von hinten an ihn, und wir blieben die ganze Nacht über in dieser Position. Gegen vier Uhr schliefen wir miteinander. War dies etwa das letzte Mal? Wie konnte dies das letzte Mal sein?

Zweitens hatte er damit falschgelegen, dass es nur zwei Gründe gab. Der erste war tatsächlich Arkansas und der zweite tatsächlich seine zwanghafte Untreue. Er schien jedoch nicht wahrhaben zu wollen, dass sich aus seiner Untreue noch weitere Gründe ergaben. Zum einen waren Betrug und politische Ambitionen eine riskante, wenngleich offenbar weit verbreitete Kombination. Zum anderen war er bereits der Vergewaltigung bezichtigt worden. Und der letzte Grund war, er hatte mich gewarnt. Ich zählte fünf Gründe, wo ich doch nur zwei gebraucht hätte.

Ungeachtet all dessen stand die Entscheidung, ob ich gehen oder bleiben sollte, auf Messers Schneide. Es hätte so oder so ausgehen können. Manchmal denke ich, dass die Jahre des fleißigen Lernens und des politischen Idealismus mich zu der irrigen Annahme verleitet hatten, im Falle einer Entscheidung sei es naturgemäß besser – lohnender, aufrichtiger –, von zwei Wegen stets den schwierigeren einzuschlagen.

Bis zu dem Moment am Sonntagmorgen, als mein Auto gepackt war, sah es so aus, als könnte es auch anders kommen. Es schien unmöglich, dass wir zum letzten Mal miteinander geschlafen, zum letzten Mal gemeinsam gegessen, zum letzten Mal im selben Bett gelegen hatten. Sein Ton war nachgerade sachlich, als er sagte: »Ich kann nicht glauben, dass ich alles kaputt gemacht habe. Du bist wirklich das Beste, was mir je passiert ist.«

»Du bist das Beste, was mir je passiert ist«, erwiderte ich.

Wir standen einfach da, neben der offenen Fahrertür meines Buick, Hand in Hand, und sahen uns an. Um zu bleiben, brauchte ich ihn, er musste mich darum bitten, musste mich dazu auffordern. Und er hatte sich entschieden, es – um meinetwillen – nicht zu tun.

»Oh, Hillary«, seufzte er, und seine Augen füllten sich mit Tränen.

Es war unbegreiflich, dass wir uns das letzte Mal umarmten, dass ich in den Wagen stieg, den Motor anließ. Ich war so betäubt, dass ich nicht einmal weinte, und als ich losgefahren war, verspürte ich den zutiefst seltsamen Wunsch, mit Bill darüber zu sprechen, dass ich Bill soeben verlassen hatte. Wobei das vielleicht gar nicht so überraschend war; Bill war der Mensch, mit dem ich immer über alles reden wollte.

Fayetteville lag weit genug nördlich, um in weniger als einer Stunde die Grenze von Missouri zu erreichen, und dies war, warum auch immer, der Moment, in dem ich zu weinen begann. Ich weinte auf eine Art, wie ich seither nie mehr und womöglich nie zuvor, außer vielleicht als Baby, geweint habe, heulend und klagend. Ich konnte kaum mehr zur Windschutzscheibe hinaussehen, aber ich fürchtete mich davor, an die Seite zu fahren und anzuhalten. Denn was, wenn das dazu führen würde, dass ich umdrehte?

Was machte ich da gerade? Wie war das, metaphysisch gesprochen, möglich? Dreiundzwanzig Jahre hatte ich nur mich gehabt, war ich allein gewesen, und dann war ich die Seine geworden und er der Meine. Und ich glaubte, dass er trotz all seiner Affären in Wahrheit immer nur der Meine gewesen war; er hatte niemals einer anderen gehört. Nun, da ich wusste, wie es war, von ihm bewundert zu werden, mein Leben mit seinem zu verschmelzen, wie konnte ich weiter in dieser Welt leben, ohne der Mensch zu sein, den Bill Clinton am meisten liebte?

Die Entscheidung, ob ich gehen oder bleiben sollte, hatte auf Messers Schneide gestanden; es hätte wirklich so oder so ausgehen können.

TEIL II
DIE FRAU

KAPITEL 4

1991

Manchmal ließ ich im Hintergrund das Radio laufen, während ich arbeitete, und eines Morgens Ende Juni 1991, als ich das vierte Kapitel eines Fallbuchs redigierte, das ich gemeinsam mit einem Professor einer anderen Law School schrieb, hörte ich, dass Thurgood Marshall gleich eine Pressekonferenz geben werde; die Nachricht von Marshalls Rückzug aus dem Supreme Court war tags zuvor bekannt geworden. Ich eilte hinaus in den Flur und klopfte, da die Tür offen stand, an den Türstock des Nachbarbüros. Als mein Kollege James hinter seinem Schreibtisch aufsah, fragte ich: »Können Sie C-SPAN empfangen? Gleich spricht Thurgood Marshall.«

Im Gegensatz zu mir hatte James ein makellos aufgeräumtes Büro, und ebenfalls im Gegensatz zu mir hatte er einen kleinen Fernseher, der auf einem Tisch neben der Tür stand. Der einzige andere Gegenstand auf dem Tisch war eine goldgerahmte Fotografie.

»Ich hoffe, ich störe nicht«, schickte ich hinterher, während James sich erhob. Ich kannte ihn nicht besonders gut. Er war erst seit einem Jahr an der Law School der Northwestern beschäftigt, und wir hatten bisher nur flüchtig Kontakt gehabt.

»Kommen Sie rein«, sagte er. »Und ja, ich kann C-SPAN empfangen.«

Als er den Fernseher einschaltete, wurde mir bewusst, dass ich keine Ahnung hatte, welchem politischen Lager er angehörte – vielleicht würde ihm der Rücktritt dieser unglaublich inspirierenden Persönlichkeit nicht wie mir das Herz zerreißen, und er würde sich nicht wie ich besorgt fragen, wen Präsident Bush an Marshalls Stelle als Richter einsetzen würde. Und genau genommen kleidete sich James wie ein Republikaner. Ich hatte ihn noch nie, einschließlich dieses Tages, anders als in Anzug und Krawatte gesehen. Während der Vorlesungszeit war solch ein formeller Stil nicht unüblich, aber den Sommer über war er in den – größtenteils verwaisten – Büros der Fakultät nur selten anzutreffen. Ich selbst trug an diesem sommerlich heißen Freitag eine kurzärmlige Bluse, einen Jeansrock und Sandalen.

Auf dem Bildschirm sah man Marshall einen Raum im Gebäude des Supreme Court betreten, wo er von anhaltendem Applaus empfangen wurde. Auf einen Stock gestützt, aber festen Schrittes lief er über einen braunen Teppich. »Gerade noch rechtzeitig«, sagte James zu mir. Er drehte zwei Stühle, die vor seinem Schreibtisch standen – billige Polsterstühle mit Metallbeinen –, zum Fernseher und machte eine einladende Handbewegung, aus der ich schloss, dass er ein Mann war, der sich in Anwesenheit einer Frau niemals zuerst hinsetzen würde. Vielleicht war er doch kein Republikaner, sondern einfach nur sehr höflich? Obwohl, wie Barbara Overholt mir in meinen University-of-Arkansas-Tagen prophezeit hatte, einige meiner Kollegen, die im gesellschaftlichen Leben vermutlich galant zu Frauen waren, mir gegenüber keineswegs den Gentleman gaben, weil ich als Mann ehrenhalber galt.

Marshall hatte auf einem Stuhl Platz genommen und saß nun Dutzenden, wenn nicht gar Hunderten Reportern gegenüber. Er trug eine braune Kunststoffbrille und einen gepflegten Oberlippenbart.

»Wie fühlen Sie sich, Euer Ehren?«, rief einer der Reporter, und Marshall erwiderte trocken: »Mit den Händen.« Johlendes Gelächter und erneuter Applaus brandeten auf.

Während weitere Reporter ihm Fragen zuriefen und die Kameras hörbar klickten, war Marshall gut gelaunt unkooperativ. Unter den Themen, zu denen er eine Stellungnahme verweigerte, waren anhängige Gesetzgebungsverfahren, der aktuelle Stand der Bürgerrechte und die Definition von Patriotismus. Unbekümmert verdrehte er die Augen oder schaute mürrisch drein, wie ein Mann, der entweder weiß, dass er das Publikum auf seiner Seite hat, oder wie einer, dem das längst egal ist, oder vielleicht auch beides.

»Ich kann mir den Supreme Court ohne ihn einfach nicht vorstellen«, sagte ich.

»Kennen Sie das Bild von ihm zusammen mit Autherine Lucy, nachdem er vor Gericht das Recht für sie erstritten hatte, die University of Alabama zu besuchen?«, fragte James.

»Ich glaube nicht.«

»Es muss von '55 oder '56 sein, als Marshall bei der NAACP war. Es ist nur eines dieser klassischen Fotos, auf denen alle sehr entschlossen und unerschrocken schauen. Nicht, dass mein Leben so wäre, aber vielleicht hat dieses Bild den Ausschlag gegeben, dass ich Anwalt geworden bin.«

James, dachte ich, du bist garantiert kein Republikaner! Laut sagte ich: »Mich haben immer die Bilder von Ruby Bridges berührt – wie jung sie aussah in ihrem Kleidchen, mit ihrer Büchertasche.«

Auf dem Bildschirm sah man, wie sich Marshalls Brust hob und senkte, als hätte er Schwierigkeiten beim Atmen, und vielleicht darauf und auf die gesundheitlichen Probleme anspielend, die Marshall selbst zu Beginn der Pressekonferenz erwähnt hatte, fragte ein Reporter: »Was fehlt Ihnen, Sir?«

»Ich bin alt. Ich werde alt und klapprig.«

»Angeblich liebt er Nachmittags-Seifenopern«, sagte ich. »Einer meiner Studenten hat ein Praktikum bei ihm gemacht und erzählt, er schaue sie in seinem Richterzimmer.«

James lachte. »Das hätte ich nie gedacht.«

Marshall wich einer Frage über die Aufhebung der Rassentrennung an Schulen aus – »Es ist offensichtlich, dass ich nichts mehr damit zu tun haben werde, warum also sollte ich es kommentieren?« – und meinte, er wisse nicht, ob er sich nach seiner Pensionierung in der Bürgerrechtsbewegung engagieren werde. Dann war eine Männerstimme aus dem Off zu hören: »Vielen Dank, Richter Marshall.«

»Ich danke Ihnen«, antwortete Marshall – offenbar war die Pressekonferenz beendet – und rutschte nach vorne auf die Stuhlkante. Zwei Referenten, oder vielleicht auch Agenten des Secret Service, eilten herbei, um das Mikrofon zu entfernen und ihm aufzuhelfen, und als die Kamera zurückfuhr, sagte ich: »Meine Güte! Schauen Sie sich die Socken an.« Unter dem Saum seiner Hose lugten mehrere Zentimeter weißer Sportsocken hervor.

»Dann ist er also auch nur ein Mensch, was?«

Während Marshall den Raum verließ, warf ich einen Blick auf die gerahmte Fotografie neben dem Fernseher, auf die ich schon während der Pressekonferenz immer wieder geschaut hatte. Das Foto maß schätzungsweise fünfzehn auf zwanzig Zentimeter und zeigte James, seine Frau Susie, der ich im vergangenen Jahr ein paarmal begegnet war, zuletzt beim Jahresabschluss-Potluck-Dinner des Dekans im Mai, und ihren Sohn David, der ungefähr zehn sein musste. Sie saßen zu dritt, der Junge in der Mitte, eng nebeneinander auf einem Baumstamm vor einem herbstlichen Laubwald. Alle drei trugen unterschiedlich gestreifte Pullover und lachten fröhlich.

Ich zeigte auf das Foto. »Wie es aussieht, haben Sie wenigstens einmal in Ihrem Leben schon etwas anderes als einen Anzug getragen.«

Wieder lachte er. »Nur unter Zwang. Das Bild war eine Weihnachtskarte, aber es wurde schon vor ewigen Zeiten aufgenommen. David macht momentan seinen Führerschein. Ich weiß, Sie haben keine Kinder, aber haben Sie … Sind Sie …?« Ich wusste genau, was er zu fragen versuchte. Viele Leute hielten mein Single-Dasein für eine Art heikles gesundheitliches Problem. »Gibt es einen besonderen Menschen in Ihrem Leben?«, fragte er schließlich.

»Es gibt viele besondere Menschen in meinem Leben. Aber ich habe keinen Freund.« Ich stand auf. »Danke, dass ich bei Ihnen fernsehen durfte.«

»Ich nehme an, das nächste Ereignis, das wir gemeinsam anschauen werden, wird dann die Bekanntgabe seines Nachfolgers sein.«

»Ich weiß, dass man Bush nicht trauen kann, aber ...« Ich hob die Hand und kreuzte die Finger. »Die Hoffnung stirbt zuletzt. Ich besuche nächste Woche meine Freundin Gwen in D.C., die gut vernetzt ist. Wenn er jemanden aus der schwarzen Juristengemeinde im Auge hat, weiß sie es bestimmt.«

»Halten Sie mich auf dem Laufenden«, bat James, und wenngleich das Mutmaßen über einen potenziellen Kandidaten für den Supreme Court eine recht extravagante Form von Tratsch darstellte, konnte ich nicht umhin zu denken, wie entzückend ein Mann mit einem Hang zum Tratsch war.

Mir war seinerzeit noch nicht klar, dass wir den Namen von Bushs Kandidaten bereits erfahren hatten. Während der Pressekonferenz, als Marshall mehrfach betont hatte, dass die Entscheidung beim Präsidenten liege, hatte einer der Reporter gefragt: »Was halten Sie von der Diskussion, dass Clarence Thomas derjenige sein sollte, der Ihnen nachfolgt?«

Ungeduldig hatte Marshall geantwortet: »Ich denke, der Präsident weiß, was er tut, und er wird es tun.«

Während von einem anderer Reporter die nächste Frage gestellt worden war, hatte ich gesagt: »Wer ist Clarence Thomas?«

Am Sonntag darauf, bei meinen Eltern, zog mein Vater ein G aus dem Scrabble-Säckchen, und ich zog ein Y. Das hieß, er war als Erster an der Reihe; er legte das Wort BELLEN. Ich nutzte sein B und schrieb GLOBUS.

»Wie fühlt sich das an, so mittelmäßig zu sein?«, fragte er, und ich konterte: »Sag du's mir.«

Wir spielten eine Weile in wohltuender Stille weiter, bis er meinte: »Du könntest deiner Mutter sagen, dass sie dieses Jahr nicht zum Kirchen-Kleiderbasar rennen soll. Es ist eine Tortur für sie.«

Tatsächlich war es mein inzwischen achtzigjähriger Vater, der einen gebrechlichen Eindruck machte und, begleitet von meiner Mutter, einen Arzt nach dem anderen aufsuchte; meine Mutter hingegen war mit ihren zweiundsiebzig immer noch voller Energie.

»Mom liebt den Wohltätigkeitsbasar«, sagte ich, während ich drei Steine aus dem Beutel zog und sie auf das hölzerne Buchstabenbänkchen legte.

»Sie lässt sich von den Leuten ausnutzen.«

Im Jahr 1987 waren meine Eltern von ihrem Haus in Park Ridge in eine knapp eine Meile entfernte Wohnung gezogen, und meine Brüder, meine Schwägerin Bonnie und ich besuchten sie dort an den Sonntagen zum Abendessen. Hughie hatte die Law School der University of Illinois besucht und arbeitete wie seine Frau Bonnie als stellvertretender Pflichtverteidiger am Drogengericht Chicago; sie hatten keine Kinder. Tony hingegen hatte sowohl sein Studium an der Iowa Wesleyan als auch an der University of Illinois abgebrochen, lebte zurzeit in Wrigleyville, war Privatdetektiv und noch immer Single.

Die typische Sonntagsroutine gestaltete sich so, dass meine Brüder sich im Garten einen Football zuwarfen oder, im Winter, vor dem Fernseher saßen und ein Spiel der Bears verfolgten, während Bonnie meiner Mutter in der Küche half und ich mit meinem Vater Scrabble spielte; nach dem Essen würden ich und einer meiner Brüder den Abwasch übernehmen.

Ein paar Minuten später, als ich das Wort RUHE legte, sagte mein Vater: »Ich wünschte, Sandra Day O'Connor wäre meine Tochter.«

»Ich auch.« Exakt diese Worte hatten wir schon bei früheren Gelegenheiten gewechselt. Dabei hoffte mein Vater keineswegs, ein ernsthaftes Gespräch über den Supreme Court anzustoßen.

Er führte nicht nur regelmäßig die Richterin O'Connor, sondern auch Oprah Winfrey an, deren Chicagoer Talkshow inzwischen ein nationaler Quotengigant war. Ein weiterer Tick meines Vaters seit meinem vierzigsten Geburtstag vor vier Jahren war es, den berühmten *Newsweek*-Artikel zur Sprache zu bringen, der davor warnte, dass es für Frauen über vierzig wahrscheinlicher sei, von einem Terroristen umgebracht zu werden, als einen Ehemann zu finden.

Schließlich tauchte, noch völlig verschwitzt vom Footballwerfen draußen, Tony auf und blieb neben meinem Stuhl stehen. Er zeigte auf mein Buchstabenbänkchen. »Schau mal, da.«

Wie aus einem Mund protestierten mein Vater und ich: »Keine Hilfe!«

Am Montag, vor meinem Flug nach Washington, beschloss ich, von zu Hause aus zu arbeiten. Ich packte gerade meinen Koffer, als ich im Radio hörte, dass Präsident Bush Clarence Thomas für den Supreme Court nominiert hatte. Offenbar befanden sich die beiden auf Bushs Feriensitz in Kennebunkport, Maine, als der Präsident dem Land erklärte, Thomas sei »die Person mit der besten Eignung«. Vormals Vorsitzender der Equal Employment Opportunity Commission war Thomas momentan Bundesrichter, obwohl ich überrascht war zu erfahren, dass er dieses Amt erst seit knapp achtzehn Monaten innehatte. Er war schwarz, hatte nur ein Jahr nach mir seinen Abschluss an der Yale Law School gemacht und war allem Anschein nach erzkonservativ.

Ich fragte mich, ob mein Kollege James die Nachricht gehört hatte, und überlegte kurz, ob ich ihn im Büro anrufen sollte, verwarf die Idee aber sogleich wieder, weil das vielleicht seltsam wirken würde. Stattdessen rief ich meinen Freund Greg Rheinfrank an. Greg war ein politischer Stratege der Demokraten, den ich seit Jahren kannte, seit ich begonnen hatte, mich als freiwillige Wahlbeobachterin zu engagieren. Wir trafen uns regelmäßig einmal im

Monat zum Abendessen im Szechuan Wok in Old Town; dass er schwul war, ermöglichte uns eine gewisse unkomplizierte Nähe.

»Bush ist so ein hinterfotziges Wiesel«, sagte Greg, als ich ihn in seinem Büro erreichte. »Nicht nur, dass er einen schwarzen Kerl nominiert, nein, es muss auch noch ein schwarzer Kerl sein, der bettelarm im Süden aufgewachsen ist. Weißt du, was ein Oreo ist?«

»Ein Keks?«

»Nein, ein Mensch ... jemand, der außen braun, aber innen weiß ist. Im Ernst, Clarence Thomas ist konservativer als Strom Thurmond.«

»Hat er sich offiziell zur *Roe*-Entscheidung geäußert?«

»Ich wette, eine Million Reporter versuchen das gerade herauszufinden.«

»Was für ein Schlag ins Gesicht für Marshall.«

»Plus Rache für Reagans gescheiterten Supreme-Court-Kandidaten, den Hardliner Bork.«

»Diese Oreo-Sache. Hast du die erfunden?«

»Nein, aber danke, dass du mich für so einfallsreich hältst«, sagte Greg, und wir lachten beide. Dass wir nicht hätten lachen dürfen, dass dieses Gespräch zwischen zwei Weißen eigentlich hochnotpeinlich war, wurde mir erst später klar. Wie so manches andere auch.

Obwohl ich Gwen gesagt hatte, ich würde ein Taxi vom Flughafen zu ihrem Haus in Takoma Park nehmen, hatte sie darauf bestanden, mich abzuholen, und wir sprachen schon über Clarence Thomas, noch bevor wir die Tiefgarage verließen.

»Oh, er ist furchtbar«, sagte sie. »Er ist ein skrupelloser Opportunist. Jeder, den ich bei der NAACP und in der Urban League kenne, ist zutiefst beunruhigt.«

»Ich kann mich überhaupt nicht an ihn in Yale erinnern.«

»Normalerweise lief er in einem Jeans-Overall durch die Gegend. Klingelt da nicht was bei dir?«

Ich schüttelte den Kopf.

»Wenn er zu uns zum Abendessen kam, war er so merkwürdig, dass er mir leidtat. Aber im Lauf der Jahre habe ich ihn hier auf diversen Veranstaltungen getroffen, und er ist ziemlich ruppig und dogmatisch geworden.«

1978 waren Gwen und Richard von New Haven nach Washington gezogen, wo Richard für die Regierung Carter zu arbeiten begonnen hatte. Die National Children's Initiative hatte sich damals von Yale getrennt, und Gwen hatte inzwischen sechzig Angestellte und ein Büro einen Block vom Dupont Circle entfernt. Richard leitete mittlerweile eine liberale Denkfabrik.

»Dann hattest du Thomas also schon vor seiner Nominierung auf dem Schirm?«, fragte ich.

»Nun, es gibt nicht allzu viele konservative Afroamerikaner. Gott sei Dank.« Als wir auf den George Washington Memorial Parkway fuhren, wollte Gwen wissen: »Gibt es etwas Privates und Wundervolles in deinem Leben, über das wir reden sollten, bevor wir zu Hause ankommen?«

»Schön wär's. Wie geht es dir und Richard?«

»Bei uns ist alles so weit in Ordnung. Und du wirst Otto sehen. Er ist übers Wochenende da und leckt seine Wunden, nachdem ihm seine Freundin den Laufpass gegeben hat.«

»Autsch«, sagte ich, und Gwen zuckte, fast als wäre sie amüsiert, mit den Schultern. »Das stählt den Charakter.«

Richard und Gwens Söhne hatten im Sommer zuvor ihren Collegeabschluss gemacht, Otto in Dartmouth und Marcus in Harvard. Marcus arbeitete auf dem Capitol Hill für einen demokratischen Kongressabgeordneten aus Massachusetts, und Otto arbeitete in New York für ein Sportmagazin, und beide leisteten uns zu meiner Freude am 4. Juli Gesellschaft bei Hamburgern, Kartoffelsalat und Coleslaw, für den ich den Rotkohl raspelte, während Gwen das Hackfleisch für die Burger formte. Während wir hinten im Garten aßen, kamen wir erneut auf Clarence Thomas zu sprechen, und Richard, der mir gegenüber am Picknicktisch saß, sagte: »Gwennie, hast du Hillary von Clarence und seinen Overalls in der Law School erzählt?«

»Das klingt«, meinte ich, »als hätte er sich fast so schlecht angezogen wie ich.«

Richard hob die Augenbrauen. »Obwohl ich vermute, dass du deutlich weniger brandgefährliches Material am Körper getragen hast.«

Gwen schüttelte den Kopf. »Den Teil hab ich Hillary erspart, aber wenn du schon damit anfängst ...« Ihre Mimik spiegelte Abscheu wider. »Angeblich hat er Pornohefte hinten in der Hosentasche mit sich herumgetragen und anderen bei Gelegenheit unter die Nase gehalten.«

»Mom«, sagte Otto, während sich Marcus zeitgleich die Ohren zuhielt.

Gwen und Richard lachten, und Gwen sagte: »Entschuldigung, wenn ich eure zarten Gefühle verletzt habe, Jungs.« Mit Blick zu mir fuhr sie fort: »Eines ist klar, Clarence ist so ziemlich das Schlimmste, was passieren konnte. Politisch, persönlich ...«

»Kleidungstechnisch«, warf Richard ein.

»Wie ein Mann, der für seine Schweinigeleien bekannt ist, in den Supreme Court passen soll, ist jedem ein Rätsel«, sagte Gwen. »Abgesehen davon, was die Ideologen des rechten Flügels denken würden, wenn sie das wirklich wüssten.«

»*Schweinigeleien?*«, wiederholte ich. Ich war mir nicht sicher, ob ich sie richtig verstanden hatte.

»Na, er liebt es, sich äußerst plastisch über Sex auszulassen. Hast du noch nie davon gehört?«

Diesmal war es Marcus, der sagte: »Mom, bitte. Muss das sein?«

»Schätzchen, wenn das Wort *Sex* dich in Verlegenheit bringt, steht dir ein äußerst unangenehmes Erwachsenenleben bevor.«

»Eigentlich sollte ich mich an einen afroamerikanischen Jurastudenten im Overall in Yale erinnern, sogar ohne Pornomagazine in seinen Taschen«, sagte ich.

Gwen zuckte mit den Schultern. »Er war ein schräger Vogel.«

Nach dem Abendessen brachen Otto und Marcus auf, um ein paar Freunde zu treffen, und Richard, Gwen und ich fuhren zu einer Wiese bei einer Mittelschule, die wir alle der Mall vorzogen, um das Feuerwerk anzuschauen. Obwohl sich auch dort zahlreiche Menschen tummelten, konnten wir unsere Decke auf dem Gras ausbreiten, und schon bald ließen wir eine Thermosflasche mit Weißwein zwischen uns herumgehen. Richard lag, die Arme hinter dem Kopf verschränkt, ausgestreckt da, Gwen saß in der Mitte, auf die Ellbogen gestützt wie ich. »Jetzt noch ein bisschen gutes Gras, und die Sache wäre perfekt«, meinte Richard, und Gwen warf mir nachsichtig lächelnd einen Blick zu. »Obwohl es so auch schön ist«, fügte Richard hinzu.

Während die Dunkelheit hereinbrach und ich Teil der murmelnden Menge war, überkam mich ein Gefühl, das ich seit meiner Kindheit kannte, das Verlangen nach jemandem, mit dem ich die Schönheit und auch die Traurigkeit der Welt teilen konnte. Mitten auf der Schulwiese wünschte ich mir, ich hätte jemand anderen gefunden, jemanden für immer, und war zugleich Gwen und Richard dankbar für ihre Freundschaft.

Die Menge machte Ooh und Aah, als das Feuerwerk begann – explodierende Sterne und Blitze in Weiß und Grün und Lila –, und als zum Finale Hunderte und Aberhunderte davon in den Himmel stoben und sich überkreuzten, wurde meine Sehnsucht beinahe unerträglich, was vermutlich Sinn und Zweck eines jeden Feuerwerks oder sonstigen visuell beeindruckenden Spektakels ist, das man im Kollektiv erlebt. Ich war dreiundvierzig und fragte mich, ob ich die Konturen meines eigenen Lebens kannte. Würde es mehr oder weniger weiter so verlaufen, wie es sich während meiner letzten sechzehn Jahre in Chicago entwickelt hatte, oder würde es sich auf unvorhersehbare Weise verändern? Wollte ich, dass es weiterging wie bisher, oder wollte ich, dass sich etwas änderte?

Nachdem wir alle applaudiert hatten, standen Gwen, Richard und ich wie die anderen Familien und Paare um uns herum auf und räumten zusammen. Richard sah mich grinsend an. »Trotz unseres gehirnamputierten Präsidenten reicht das beinahe, um sich als Patriot zu fühlen, was?«

Als ich am Sonntag nach zehn Uhr abends wieder in meiner Wohnung in Chicago ankam, ließ ich meinen Koffer direkt neben der Tür stehen und ging in die Küche, um mir die Hände zu waschen und ein Glas Wasser zu trinken. Das rote Lämpchen meines Anrufbeantworters in der hinteren Ecke der Arbeitsplatte blinkte, und nachdem ich auf die Wiedergabetaste gedrückt hatte, informierte mich die automatische Ansage: »Sie haben ... *neun* ... neue Nachrichten. Erste Nachricht.« Eine laute Stimme dröhnte durch den Raum. »Hillary, hier ist Bill.« Und nach einer kurzen Pause: »Clinton. Es gibt etwas, das ich gern mit dir besprechen würde, lieber heute als morgen, wenn möglich. Sobald du kannst, ruf mich unter dieser Nummer zurück« – er nannte neun Ziffern – »und verlang Arlene Dunagan. Vielen, vielen Dank, Hillary, und ich hoffe, es geht dir gut.«

Es war auf schockierende Weise seltsam, Bills Stimme zu hören. Sechzehn Jahre lang hatte ich ihn weder persönlich gesehen noch mit ihm gesprochen. In den Tagen und Wochen, nachdem ich im Juni 1975 endgültig aus Fayetteville abgereist war, hatten wir ein paar quälende Telefonate geführt, die kaum klärender endeten, als sie begonnen hatten, und uns einige Briefe geschickt, die ähnlich ernst und schmerzvoll waren. Aber binnen weniger Monate war der Kontakt eingeschlafen; ich hatte eine Antwort auf seinen jüngsten Brief begonnen, als mir plötzlich klar wurde, dass es nichts zu sagen gab, was nicht schon gesagt worden wäre, und sie nie beendet. Ich hatte ihn nur noch einmal im Fernsehen bei seiner

Eröffnungsrede zum Parteitag der Demokraten in Atlanta im Jahr 1988 gesehen, die zu halten man ihn eingeladen hatte, weil er sich damals in seiner vierten Amtszeit als Gouverneur von Arkansas befand. Ich fand seine Rede gut, wenn auch zu lang, und offenbar war ich nicht die Einzige, denn als er gegen Ende sagte: »Um zum Schluss zu kommen ...«, brandete im Tagungszentrum Applaus auf. Heute, drei Jahre später, war Bill noch immer Gouverneur, was wohl bedeutete, dass er mir in seiner telefonischen Nachricht mitteilte, wie ich ihn an seinem Amtssitz in Little Rock erreichen konnte.

Die zweite Nachricht auf dem Anrufbeantworter war von meiner Freundin Maureen: »Fliegst du am Mittwoch, oder bist du schon weg? Tja, ich glaube, du bist schon fort.« Bevor ich Bills Stimme gehört hatte, war ich müde gewesen, erleichtert, wieder zu Hause zu sein, und hatte mich aufs Bett gefreut. Jetzt schwirrten mir unzählige Gründe durch den Kopf, warum er angerufen haben könnte. Wobei, gab es genau genommen nicht nur zwei Optionen? Ich löschte Maureens Nachricht.

Die dritte Nachricht, die ich ebenfalls löschte, war von einer Schneiderin, die mich wissen ließ, eine Hose sei zur Abholung bereit.

Die vierte Nachricht war erneut von Bill: »Hillary, ich bin's noch mal, Bill Clinton. Mir ist eingefallen, dass du vielleicht über den Feiertag verreist bist. Es ist nichts Tragisches, aber kannst du mich bitte so bald wie möglich zurückrufen?« Diesmal fragte ich mich, woher er meine Nummer hatte, die nicht im Telefonbuch stand. Vielleicht von Barbara Overholt? Obwohl ich nie mehr nach Arkansas zurückgekehrt war, trafen Barbara und ich uns regelmäßig bei einer jährlich in unterschiedlichen Städten stattfindenden Tagung für Juraprofessorinnen. Allerdings, überlegte ich, hätte sie bestimmt erst meine Erlaubnis eingeholt, bevor sie Bill meine Kontaktdaten gab. Und mit Sicherheit hatte ein Gouverneur vielfältigste Möglichkeiten, sich solche Informationen zu beschaffen.

Nachdem ich die restlichen fünf Nachrichten abgehört hatte, ging ich zu Bett und schlief entsetzlich schlecht. Wie Chicago befand sich Little Rock in der *Central-Standard*-Zeitzone, und exakt um halb neun am nächsten Morgen wählte ich die Nummer, die er mir genannt hatte. Ich erreichte Arlene Dunagans Anrufbeantworter und hinterließ eine kurze Nachricht. Unter normalen Umständen wäre ich gegen acht ins Büro aufgebrochen, aber ich hatte beschlossen, Arlene Dunagan nicht meine Nummer in der Arbeit zu geben, sondern lieber bis halb zehn zu Hause auf ihren Rückruf zu warten. Was auch immer der Grund für Bills Anruf sein mochte, ich wollte ihn nicht an einen anderen Ort mitnehmen, sondern lieber von meinem sonstigen Leben getrennt halten. Keine fünfzehn Minuten später, ich war gerade dabei, eine Ladung Wäsche in die Maschine zu stopfen, klingelte das Telefon. Es war nicht Arlene Dunagan; es war Bill.

»Wie geht's dir?«, fragte er. »Wissen die Studenten an der Northwestern eigentlich, was für ein verdammtes Glück sie haben, dass du ihre Professorin bist?«

Was, bitte schön, willst du?, dachte ich. Laut sagte ich: »Mir geht's gut.«

»Es ist großartig, dass du an einer Spitzenuniversität und gleichzeitig in der Nähe deiner Familie sein kannst.« Wie ich der leicht herablassenden Art seiner Worte entnahm, wusste er wohl, dass ich im Gegensatz zu ihm nicht verheiratet war.

»Witzigerweise vergesse ich hier in meiner Wohnung mitten in Chicago manchmal, dass ich weniger als zwanzig Meilen von dem Haus entfernt lebe, in dem ich aufgewachsen bin. Ich sehe meine Eltern einmal in der Woche, aber ansonsten ist die einzige andere Person aus Kindertagen, mit der ich noch Kontakt habe, Maureen, und die wohnt in Skokie.«

»Richte Dorothy und Hugh herzliche Grüße von mir aus. Und natürlich Tony und Hughie. Ich hatte immer eine Schwäche für die beiden.« Bill Clinton hatte immer seine Methoden gehabt, mich zu bezirzen, Methoden, die ihn offenbar kaum Mühe gekostet hatten, aber dieses oberflächlich-freundliche, geheuchelte Interesse an meinem Leben – das war tatsächlich fast schon beschämend und kränkend.

Vor allem um das Thema zu wechseln, fragte ich: »Und, ist Gouverneur von Arkansas zu sein genauso, wie du es dir erträumt hast? Glückwunsch übrigens.«

»Lustig, dass du fragst. Denn das führt mich zum Grund meines Anrufs. Der Wahlkampf hier war fabelhaft. Ich hatte ein großartiges Team und will mich weiß Gott nicht mit fremden Federn schmücken, aber ich bin mächtig stolz darauf, wie wir die Schulen im Bundesstaat verbessert und die Wirtschaft gestärkt haben, um nur zwei meiner wichtigsten Vorhaben zu nennen. In letzter Zeit habe ich darüber nachgedacht, ob es nicht großartig wäre, wenn ich mit ein bisschen Glück und ordentlich viel Muskelschmalz für das ganze Land tun könnte, was ich für Arkansas getan habe.«

Ich fragte mich, wie oft er diese »Muskelschmalz«-Floskel wohl schon verwendet hatte und wie oft er sie zukünftig noch gebrauchen würde. Hunderte Male? Zehntausend Mal?

»Ich weiß, du bist eine viel beschäftigte Frau, deshalb will ich gleich auf den Punkt kommen«, fuhr er fort. »Ich habe vor, für das Amt des Präsidenten zu kandidieren.«

»Wow«, sagte ich, obwohl das Überraschende daran nicht sein ehrgeiziges Ziel an sich war, sondern dass er sich so viel Zeit gelassen hatte. Jetzt war sie endlich gekommen, die Zukunft, die er so lange vorausgeplant hatte. Von den zwei Gründen seines Anrufs, die ich mir zurechtgelegt hatte, war das der wahrscheinlichere gewesen.

»Ich will es erst in paar Monaten öffentlich bekannt geben, aber ich bring schon mal meine Pferde in Startposition. Hüa, hüa. Nun, ich bin nicht mehr der Jungspund von damals, als du und ich zum ersten Mal über diese Möglichkeit gesprochen haben, aber mich treiben noch immer dieselben Gründe an. Ich will endlich diese Rezession beenden und den Amerikanern ein besseres Leben schenken.«

Es juckte mich zu sagen: Bill, ich bin's. Spar dir dieses Gewäsch.

»Je mehr die Aufmerksamkeit für meine Kampagne wächst, umso mehr steigt die Wahrscheinlichkeit, dass die Medien Kontakt zu dir aufnehmen. Du weißt schon, ein Porträt des Kandidaten als junger Jurastudent und Dozent. Ich weiß, ich war kein perfekter Freund, aber wir haben uns gegenseitig doch immer aufrichtig respektiert, und wenn jemand wie du, jemand mit deiner Redegewandtheit und deiner Karriere, bereit ist, nette Dinge über mich zu sagen und darüber, wie lange ich mich schon dafür eingesetzt habe, den amerikanischen Traum für jedermann wahr werden zu lassen, dann werden die Wähler darauf hören.«

»Darüber muss ich erst nachdenken. Das klingt ... tja, sehr persönlich. Mich haben bereits Journalisten deinetwegen kontaktiert. Es ist schon eine Weile her, aber einmal kam ein Reporter von der *Gazette* und ein paar Jahre später einer vom *Democrat* auf mich zu. Ich habe ihnen gesagt, kein Kommentar.«

»Ich wette, das war Danny Griffith von der *Gazette*. Journalisten können richtige Scheißkerle sein. Manche sind echt clever, aber, Himmel noch mal, wie sie es lieben, im Dreck zu wühlen.«

Ich konnte mich nicht an die Namen der Reporter erinnern – einer hatte sich 1980 an mich gewendet, ein paar Monate nachdem Bill den Eid als Gouverneur abgelegt hatte, und der andere einige Jahre später –, aber der Erste hatte erklärt, er arbeite an einem Artikel über Bill, seine Familie und seine persönlichen Beziehungen. Als ich erwidert hatte, Bill und ich hätten seit fünf Jahren keinen Kontakt mehr, hatte der Reporter gemeint, na schön, aber er habe es so verstanden, dass ich aus Bills Sicht diejenige sei, die gegangen war. Er hatte das völlig unbekümmert gesagt, ohne Rücksicht darauf, dass es mir das Herz brechen könnte. Wie auch immer, ich hatte von ihm wissen wollen, ob sein Artikel über Bills »Familie und seine persönlichen Beziehungen« eine Recherche über

Untreue sei. Zwar wurde über dieses Thema im Jahr 1980 noch nicht so offen geschrieben wie später – die Implosion von Gary Harts Wahlkampf 1988, dem seine außerehelichen Affären um die Ohren geflogen waren, scheint der Wendepunkt gewesen zu sein –, die Presse schaute allerdings selbst damals schon nicht völlig weg.

»Ich verstehe, was du mit ›persönlich‹ meinst«, redete Bill weiter. »Aber unterschätz nicht den Einfluss, den du haben könntest, gerade auf berufstätige Frauen. Und ich muss dir unbedingt noch sagen, wie beeindruckt ich von deinem Engagement bezüglich Harold Washingtons Wahl zum Chicagoer Bürgermeister war.«

Mit wie vielen Leuten telefonierte Bill täglich, wie vielen schüttelte er die Hände oder sah ihnen in die Augen, während sie im Publikum saßen? War er glücklich mit seinem Leben? Vermisste er mich überhaupt? Ließen die Tage eines Gouverneurs, der gerade seine Präsidentschaftskandidatur plante, ihm genügend Zeit oder Raum, genügend Ruhe, eine Freundin von sechzehn Jahren zuvor zu vermissen?

»Falls du dich jemals in meiner Gegend aufhalten solltest, wäre es mir eine Ehre, dich zu einer Besichtigung der Gouverneursvilla einzuladen.«

Was, wenn ich damals, als wir ein Paar gewesen waren, gewusst hätte, dass Bill Jahre später, mit Mitte vierzig, am Telefon zu mir sagen würde, es wäre ihm eine Ehre, mich zu einer Besichtigung der Gouverneursvilla einzuladen? Wäre ich am Boden zerstört gewesen, oder hätte ich einen Lachanfall bekommen?

»Danke«, sagte ich. »Und viel Glück bei deinem Vorhaben, Anführer der freien Welt zu werden.«

Er lachte in sich hinein. »Manch einer würde sagen, ich muss dumm oder verrückt sein. Du brauchst dich nicht für eines zu entscheiden. Ich muss gleich los, um vor einem Schweinezüchterverband eine Rede zu halten, aber wenn du Ideen oder Fragen hast, melde dich bitte jederzeit. Und solltest du dich mit jemandem austauschen wollen, bevor du mit der Presse sprichst ... Du erinnerst dich sicher an Nick Chess aus Yale, richtig? Er ist jetzt mein Mann für die Medien.« Ich hatte Nick noch länger nicht gesehen als Bill, aber mir war bereits zugetragen worden, dass er seit einiger Zeit für Bill arbeitete.

»Ich weiß ziemlich genau, was ich Reportern erzählen kann und was nicht.«

»Nein, nein, natürlich. Du hattest schon immer viel gesunden Menschenverstand. Hey, wenn wir schon von Yale sprechen, kanntest du Clarence Thomas? Ich glaube, ich bin ihm ein- oder zweimal begegnet.«

»Ich kann mich nicht an ihn erinnern, aber Gwen meint, er sei schrecklich.«

»Er könnte zweifellos den einen oder anderen ernsthaften Schaden anrichten. Du hast noch immer Kontakt zu den Greenbergers?«

»Ich war eben erst bei ihnen in Washington.«

»Gwen konnte mich nie leiden, stimmt's?« Sofern das möglich war, klang Bill sowohl amüsiert als auch traurig. Aber tatsächlich verfolgte ich, verfolgten wir ihn wohl kaum in seinen Träumen. Obwohl das natürlich der andere Grund seines Anrufs hätte sein können, der erste, der mir in den Sinn gekommen war, als ich seine Stimme auf dem Anrufbeantworter gehört hatte: dass er erkannt hatte, dass ich die Liebe seines Lebens war. Dass ich, obwohl wir nun in den mittleren Jahren waren und er mit jemand anderem verheiratet war und Kinder hatte, die Person war, an die er nie aufgehört hatte zu denken. Stattdessen von ihm erfahren zu dürfen, dass ich viel gesunden Menschenverstand besaß – nun, das war nicht wirklich ein Trost.

Ich wohnte im Stadtteil Streeterville, am East Lake Shore Drive, und konnte von meinem Wohn- und Schlafzimmer aus den Lake Michigan sehen. Ich hatte das Apartment ein Jahr nach meiner Festanstellung gekauft, und der Kommentar meines Vaters hatte, als ich es meiner Mutter und ihm gezeigt hatte, gelautet: »Da glaubt wohl jemand, zu Höherem berufen zu sein.« Nach dem Gespräch mit Bill ging ich von der Küche ins Wohnzimmer, blickte auf die endlose Weite des Sees und merkte, wie es in mir brodelte.

Da der 4. Juli vorbei war und es noch acht Wochen bis zum Beginn des neuen Studienjahres waren, hatte ich vorgehabt, mich an diesem Morgen erneut auf das Fallbuch zu konzentrieren, das ich zusammen mit einem Freund von der Cornell schrieb; ich wollte die erste Fassung gegen Ende des Sommers fertig haben. Nun allerdings war ich unkonzentriert und fühlte mich verletzt. Von der Sekunde an, als ich am Abend zuvor mein Zuhause betreten und seine Nachricht gehört hatte, hatte Bill Clinton meine Laune beherrscht, und ich hatte es ihm gestattet. Und, Grundgütiger, was, wenn er *tatsächlich* zum Präsidenten gewählt wurde? Ich würde ihn jeden Tag in den Nachrichten sehen, würde sehen, wie er den Amtseid auf die Bibel ablegte, wie die Air Force One auf Landebahnen in Tokio oder Brüssel landete, wie er hinter einem Rednerpult im Rosengarten stand und sprach. Wie *er*, Bill Clinton, der Mann, der mir das Herz gebrochen hatte und mich endlos entzückt hatte und mir auf einem Highway in Arkansas einen Orgasmus beschert hatte, als »Mr President« angesprochen wurde.

Freilich, sollte er gewählt werden, würde das einer Art Konfrontationstherapie gleichkommen, in der ich begann, ihn eher als nationalen Anführer denn als meinen Freund zu betrachten. Aber ich empfand nicht länger dasselbe wie damals in Yale oder Arkansas, als ich an sein Talent nicht nur geglaubt, sondern auch in diesen Glauben investiert hatte. Ich hätte nicht zu sagen vermocht, ob ich ihm wirklich Erfolg wünschte. Als wir ein Paar gewesen waren, hatte ich ihn für brillant und wundervoll gehalten und diesen Gedanken geliebt. Allerdings, war er wirklich brillant und wundervoll? War er es heute, war er es jemals gewesen? Hatte er sich in den letzten anderthalb Jahrzehnten verändert, und wenn ja, inwiefern? Nach unserem Gespräch war ich mir sicher, dass er noch immer ein interessanter Tischnachbar bei jeder Dinnerparty war, vor allem wenn er auf einen Gefallen erpicht war. Aber würde er sich als Präsident weiterhin fahrlässig entgegenkommend, moralisch bedenklich verhalten? Würde er sich wegen seiner Schwächen, von denen er irrigerweise glaubte, er könne sie verbergen oder sie könnten ihm verziehen werden, nicht angreifbar machen? Abgesehen davon, hatte er auch nur den Hauch einer Chance, George Bush das Amt abzujagen, dessen Zustimmungswerte bei ungefähr siebzig Prozent lagen? Ich hatte gehört, dass unter den potenziellen Präsidentschaftskandidaten der Demokraten auch Bill Bradley, Al Gore und Mario Cuomo waren, doch der Einzige, der seinen Hut bereits öffentlich in den Ring geworfen hatte, war der ehemalige Senator Paul Tsongas aus Massachusetts.

Es waren nicht mehr als ein oder zwei Minuten verstrichen, seit ich aufgelegt hatte. Ich ging in die Küche zurück, nahm erneut den Hörer in die Hand und rief Maureen an. Als sie abnahm, sagte ich: »Störe ich?«

»Ich stehe in der Waschküche und schaue meinen Kindern zu, wie sie sich um ein Schlauchboot im Pool streiten.«

»Musst du raus zu ihnen?«

»Vielleicht. Wie sieht's bei dir aus?«

»Bill Clinton hat mich gerade angerufen, um mir mitzuteilen, dass er ins Rennen um die Präsidentschaft geht und dass ich doch bitte Reportern gegenüber sagen möge, wie großartig er ist.«

»Wie jetzt, im Ernst? Oh Gott. Geht's dir gut?«

»Das waren nicht genau die Worte, die er benutzt hat.«

»Ich weiß, jeder hat geglaubt, darauf würde es hinauslaufen, aber es ist irre, dass er jetzt kandidiert. Meinst du, er kann gewinnen?«

»Unmöglich ist es nicht.«

»Wünschst du dir, ihr wärt verheiratet?«

»Äh … nein? Obwohl ich mir manchmal wünsche, generell mit jemandem verheiratet zu sein.«

»Nun, es gibt mehr als einen Jemand, der gern mit dir verheiratet wäre. Ich bin mir sicher, wenn du gern eine mittelmäßige Ehe wie der Rest von uns hättest, ließe sich das jederzeit arrangieren.« Nach achtzehn gemeinsam verbrachten Jahren beklagte Maureen oft, dass Steve sie und ihren Einsatz rund um ihre Kinder und den Haushalt nicht würdige. Gleichzeitig gab sie, zumindest mir gegenüber, unumwunden zu, wie sehr sie es schätzte, die Kinder auf eine Privatschule schicken und während des Spring Break nach Colorado zum Skifahren gehen zu können – sie hatte nicht mehr als Krankenschwester gearbeitet, seit sie Mutter geworden war, während Steve in der LaSalle Bank die Karriereleiter erklommen hatte. Inzwischen war ihre Jüngste, Meredith, sieben, Johnny war vierzehn und Stevie sechzehn.

»Ich bin wirklich dankbar für alles, was ich habe«, sagte ich. Ich dachte an meine Studierenden, meine Sitze in den Vorständen der League of Women Voters und einer Chicagoer Organisation, die junge Erwachsene in Pflegefamilien unterstützte, meine Wahlbeobachtungsfunktion. »Die meiste Zeit ist alles gut«, fuhr ich fort. »Aber hin und wieder tut sich dieses klaffende Loch namens Einsamkeit auf.«

»Manchmal tut sich dieses klaffende Loch namens Einsamkeit sogar auf, wenn ich mit meinem Mann und den Kindern in ein und demselben Zimmer bin«, sagte Maureen. »Manchmal tut es sich auf, wenn Meredith buchstäblich auf mir sitzt.« Dann rief sie: »Johnny, ich kann dich sehen! Du weißt, dass ich dich sehen kann, oder? Lass deine Schwester in Ruhe!« Wieder an mich gewandt fuhr sie fort: »Entschuldige, wo waren wir stehen geblieben? Ach ja, richtig, klaffende Einsamkeit. Soll ich also für Bill stimmen oder nicht?«

»Erst muss er durch die Vorwahlen kommen, bevor wir uns darüber den Kopf zerbrechen. Wenn du an meiner Stelle wärst, würdest du Reportern gegenüber nette Dinge über ihn sagen?«

»Nein.«

»Ernsthaft?« Ihre Direktheit überraschte mich.

»Warum solltest du?«

»Ich glaube, wenn er sein Verhalten hätte kontrollieren können, hätte er das getan.«

»Sagen die Leute das auch von einer Frau, wenn sie tut, was er getan hat?«

Ich seufzte. »Falls es mir gelingt, ein paar Stunden zu arbeiten, kann ich dann gegen fünf mit einer Flasche Wein bei dir vorbeikommen?«

Ich konnte Maureen durch das Telefon grinsen hören. »Ich dachte schon, du würdest nie fragen.«

Im Februar 1976, acht Monate nachdem ich Fayetteville den Rücken gekehrt hatte, hatte mich in Chicago ein Brief von Barbara Overholt erreicht.

> »Bill trifft sich mit einer Frau namens Sarah Grace Hebert, und ich denke, er wird ihr bald einen Antrag machen. Ich wollte, dass Du es von jemandem erfährst, der Euch beide mag.«

Ich wohnte damals zusammen mit einer Freundin von Maureen in einem Apartment in Lincoln Park. In jener Nacht begann ich, sobald ich mein Nest gebaut hatte, eine Antwort an Barbara zu schreiben, doch schon während der ersten Zeilen wurde mir klar, dass ich nicht in der Lage war, auch nur eine der Fragen, die mir durch den Kopf spukten, zu Papier zu bringen; ob dieser Widerwille auf meine Ausbildung als Anwältin zurückzuführen war oder auf die Armseligkeit der Fragen, war schwer zu sagen. Die erste lautete: Wie ist sie? Die zweite war: Liebt er sie ebenso sehr, wie er mich geliebt hat? Und die dritte: Ist er ihr treu?

Nachdem ich Arkansas verlassen hatte, war ich natürlich todunglücklich gewesen. Auf meiner Fahrt Richtung Norden hatte ich darüber nachgegrübelt, was ich den Leuten sagen sollte, wenn sie fragten, warum Bill und ich uns getrennt hatten – gewiss konnte ich nicht sagen: »Weil er mich betrogen hat«, geschweige denn: »Weil er vielleicht jemanden vergewaltigt hat« –, und erst im Westen von Ohio ging mir auf, dass *ich* es war, die sich fragte, warum wir uns getrennt hatten. War es wegen der Anschuldigung der Frau oder wegen Bills Warnung gewesen? Wenn ich glaubte, dass Bill und die Frau eine wie auch immer geartete körperliche Begegnung gehabt hatten, glaubte ich dann auch, dass das gegen ihren Willen geschehen war? Auf dem Pennsylvania Turnpike begriff ich plötzlich, dass ich mich nicht entscheiden musste, was ich glauben sollte. Wenn ich nicht länger seine Freundin war und niemals seine Frau sein würde, war ich nicht für sein Verhalten verantwortlich, auch nicht im weiteren Sinne. Diese Absolution war meine Belohnung dafür, ihn verloren zu haben; in den darauffolgenden Jahren schien mir das manchmal die einzige Belohnung. Wie das Leben so spielt, wollte niemals irgendwer wissen, warum Bill und ich uns getrennt hatten, nicht einmal die Leute, die ihr Mitgefühl ausdrückten.

Sechsunddreißig Stunden nachdem ich aus Fayetteville aufgebrochen war, kam ich bei Gwen und Richard in New Haven an. Ich quartierte mich eine Woche lang bei ihnen im zweiten Stock ein, schlief in einem Einzelbett und benutzte morgens das Bad der Zwillinge im ersten Stock, dessen Toilettenschüssel und Fliesen mit Kleine-Jungs-Pipi gesprenkelt waren. Ich verbrachte mehrere Tage im Bett, heulend und am Boden zerstört, und wenn Gwen am späten Nachmittag aus ihrem Büro in der Klinik nach Hause kam, streichelte sie mir über den Rücken und tröstete mich mit den Worten: »Das ist die beste Entscheidung, die du je getroffen hast. Jetzt gehört dein Leben wieder dir allein.«

Ich hatte geplant, entweder wieder für Gwen zu arbeiten oder mir einen Job in Washington zu suchen. Aber schon bald begriff ich, dass überall in New Haven die Geister der Vergangenheit lauerten, dass es überall Orte und Menschen gab, die mich an Bill erinnerten. Und selbst in Washington, wo es nicht ganz so schlimm war, würde ich ständig Leuten über den Weg laufen, die uns beide kannten, und sollte Bill weiterhin für politische Ämter kandidieren, würde er wohl regelmäßig dort auftauchen und irgendwann vielleicht sogar dorthin umziehen. Als ich mich Hilfe suchend an meinen ehemaligen Kollegen aus der Zeit der Impeachment-Ermittlungen wendete, der erwähnt hatte, dass Law Schools weibliche Professoren suchten, empfahl er mich seiner Schwester, die mich wiederum ihrem Kontakt bei der Association of American Law Schools weiterempfahl. Schnell wurde ich zu Vorstellungsgesprächen in Harvard, an der University of Pennsylvania und der Northwestern eingeladen. Als ich die Stelle an der Northwestern annahm, tat ich das nicht, weil sie in der Nähe meiner Eltern lag, obwohl es mich in gewisser Weise anrührte, dass es sich um ebenjenen Ort handelte, den meine Mutter nicht hatte besuchen dürfen; die Wahrheit war, dass ich die Positionen in Harvard und an der Penn nicht bekommen hatte.

Ich zog Ende August nach Chicago um, begann im September zu unterrichten, und bald schon entwickelte sich ein regelmäßiges Muster von Wochenendbesuchen bei meinen Eltern und Maureens Familie. Ich begann zu joggen und nahm an den Treffen der Ortsgruppe der League of Women Voters sowie den Bibelstunden der Methodistenkirche in meinem Viertel teil. Den ganzen Herbst merkte ich, dass ich mich zu allem zwingen musste, dass ich alles wie zum Schein tat; ständig brachten mich die harmlosesten Dinge zum Weinen, und ich musste mich auf leeren Korridoren oder in Toilettenräumen verstecken.

Manchmal dachte ich mit echtem Abscheu an Bill, froh darüber, diesem Schicksal entronnen zu sein. An anderen Tagen trauerte ich um uns beide, unsere Beinahe-Kompatibilität. Gewiss hatten wir beide unser Bestes gegeben und alles versucht. Und dann wieder, und dies war das aufrichtigste und am wenigsten verfälschte Gefühl, vermisste ich ihn wie verrückt. Wäre er in meinem Büro aufgetaucht oder hätte an meine Wohnungstür geklopft, ich hätte für sein Lächeln und seine Stimme, seine Hände, seinen Geruch, seine komplizierte, unvorhersagbare Intelligenz und die Art, wie sich sein Körper an meinem anfühlte, all meine Prinzipien und jegliche Logik über Bord geworfen. Wenn ich eh verdammt war, ob ich es nun tat oder nicht, warum sollte ich dann nicht weiterhin mit ihm schlafen, selbst wenn ich ihn mit anderen Frauen teilen musste? Ich war mir sicher, dass Tennyson mit seinem Bonmot »Besser geliebt und verloren als überhaupt nicht geliebt« falschgelegen hatte, denn anders als früher wusste ich jetzt, was mir entging. Vielleicht wäre ich letzten Endes doch besser auf die Harvard Law gegangen.

Weil wir über alles geredet hatten, erinnerte mich nun alles an ihn: Linda Ronstadts neues Album, das köstliche Crêpes-Rezept meiner Mitbewohnerin, der Kollege, der mich belehrt hatte, Familienrecht sei ein zweitrangiger Studienbereich, und Präsident Fords Entscheidung, dem Bürgerkriegsgeneral Robert E. Lee posthum die vollständigen Bürgerrechte zurückzugeben. Selbst abwesend blieb Bill die interessanteste Person, um über ein Buch, eine Eilmeldung oder das absurde Verhalten eines Freundes, Bekannten, Familienmitglieds oder Fremden zu diskutieren.

Und dann, an Heiligabend, während ich von Lincoln Park aus in meinem Buick zu meinen Eltern fuhr, um mit ihnen in die Kirche zu gehen, wurde mir plötzlich bewusst, dass ich schon seit einigen Tagen nicht mehr an Bill gedacht hatte. Das war angesichts der Tatsache, dass ich früher einmal geglaubt hatte, ich würde Weihnachten bis ans Ende meiner Tage mit ihm verbringen, gewissermaßen ein doppelter Erfolg.

An jenem Abend im Februar, an dem ich Barbaras Brief in Händen hielt, war es bereits kurz nach halb zehn, als ich beschloss, sie anzurufen, was zwar hart an der Grenze, aber gerade noch vertretbar war. Ich bewahrte mein Adressbuch in der Schublade des Schreibtischs in meinem Schlafzimmer auf und kroch aus meinem Nest, um es zu holen.

Ihre Stimme zu hören wirkte seltsam aufbauend; es erinnerte mich daran, wie sehr ich sie mochte. Wir plauderten erst ein Weilchen – sie werde, erzählte sie mir, während des Spring Break ihre Schwester besuchen –, bevor sie sagte: »Ich nehme an, du hast meinen Brief erhalten.«
»Ja. Kann ich dich ein paar Dinge fragen?«
»Natürlich.«
»Ich möchte dich keinesfalls in eine unangenehme Lage bringen.«
»Ich werde dir alle deine Fragen beantworten. Ich war mir nur nicht sicher, wie viel du wirklich wissen willst.«
Ich holte tief Luft. »Wie ist sie?«
»Sie ist sanft. Süß. Sie ist in Texarkana aufgewachsen und ist Grundschullehrerin. Ich würde sie nicht unbedingt als die weltgewandteste Person bezeichnen.«
»Wie alt ist sie?«
»Dreiunddreißig oder vierunddreißig, schätze ich.«
Ich war zum Zeitpunkt dieses Gesprächs achtundzwanzig.
»Sie sieht zu Bill auf, würde ich sagen«, fuhr Barbara fort. »Ich vermute, er ist der erste Mensch mit politischen Ambitionen, dem sie jemals begegnet ist.«
Es hätte mich zweifellos mehr aufgeregt, wenn er eine andere Frau mit einem Abschluss in Rechtswissenschaften gefunden hätte oder eine Absolventin der Eliteuniversität Vassar oder vom anspruchsvollen Mount Holyoke College.
»Wie sieht sie aus?«, fragte ich mit unsicherem Lachen. »Nur um wirklich endgültig banal zu werden.«
»Sie hat hellrotes Haar, und ich würde sagen, sie ist nicht unbedingt umwerfend, aber ganz hübsch. Und sie ist zierlich.«
»Heißt das klein oder dünn oder beides? Oder ist dir die Frage zu blöd, um sie zu beantworten?«
»Nein, ist sie nicht. Und ja, beides … klein und dünn. Sie ist klein, und er ist so groß, dass sie neben ihm winzig erscheint.«

»Wie hat er sie kennengelernt?«

»Sie waren beide letzten Herbst in einer neuen Pizzeria in der Nähe des Campus. Ich habe gehört, dass sie mit ihren Eltern dort war.«

Bedeutete das einerseits nicht, dass Bill sie für sehr hübsch gehalten haben musste, im Gegensatz zu nur durchschnittlich hübsch? Andererseits, musste eine Frau außerordentlich hübsch sein, damit Bill ein Auge auf sie warf? Und obschon manche Männer gezögert hätten, eine Frau im Beisein ihrer Eltern anzusprechen, gehörte Bill vermutlich nicht zu dieser Sorte Mann.

»Und du denkst also, er wird ihr einen Heiratsantrag machen, was bedeutet ... es muss etwas Ernstes sein.«

Barbaras Ton war unendlich mitfühlend, als sie sagte: »Hillary, sie sind bereits verlobt. Die Verlobung fand am selben Tag statt, an dem ich dir den Brief geschrieben habe.«

Wieso hätte ich überrascht sein sollen, wieso hätte mich diese Nachricht treffen sollen, wo wir uns doch einzig aus diesem Grund unterhielten? Und trotzdem versetzte sie mir einen Schlag – von einer Sekunde zur nächsten fühlte ich mich elend. »Wow«, sagte ich leise.

»Ich glaube, er mag sie«, meinte Barbara. »Und ich schätze, er möchte Ordnung in sein Leben bringen, bevor er verkündet, dass er Generalstaatsanwalt werden will. Außerdem gibt es da noch etwas.« Barbara schwieg kurz. »Sie ist schwanger. Er hätte ihr auf jeden Fall einen Antrag gemacht, darauf wette ich, aber das war gewiss ein zusätzlicher Anreiz.«

Dass er so offensichtlich in der Lage war, ohne mich weiterzumachen – au, das tat weh!

»Wann ist sie so weit?«

»Ende September, glaube ich. Sie ist im dritten Monat.«

Ein paar Sekunden lang sagten weder ich noch Barbara etwas. Mir wurde zum ersten Mal klar, dass ich, als ich aus Fayetteville abgefahren war, nicht geglaubt hatte, Bill und ich würden unsere

Beziehung für immer aufgeben. Ich hatte gehofft, wir würden wieder zusammenfinden, sobald uns die Zeit und der Abstand ausreichend verändert hätten. Unsere Telefonate und Briefe nach meiner Abreise aus Arkansas – in manchen hatte er angeboten, nach Chicago zu kommen, doch ich hatte das abgelehnt – waren mir vorgekommen wie eine Fortsetzung unserer Geschichte; sie waren mir daher verfrüht erschienen. Aber ohne es mir selbst offen einzugestehen, war ich davon ausgegangen, dass wir, sagen wir, zwei Jahre warten und dann einen Neuanfang wagen würden.

Schließlich sagte Barbara: »Sarah Grace ist eine nette junge Frau, und ich hoffe, Bill zeigt sich dieser Situation gewachsen. Aber ich würde mir an deiner Stelle keinen Kopf wegen des Zeitpunkts machen oder weil es so schnell geht. Ich glaube, als er begriffen hat, dass er nie wieder jemanden wie dich finden wird, hat er beschlossen, einfach weiterzumachen.«

Ich wollte auf keinen Fall weinen, solange wir noch telefonierten, und meine Stimme zitterte nur leicht, als ich fragte: »Das, womit er und ich zu kämpfen hatten ... Meinst du, er kämpft immer noch damit?«

»Oh, damit wird Bill immer zu kämpfen haben«, erwiderte Barbara damals.

Nach Bills Anruf wegen seiner Präsidentschaftskandidatur und meinem anschließenden Gespräch mit Maureen machte ich mich auf den Weg ins Büro. Obwohl sich der Campus der Northwestern in Evanston befand, lag die Law School in der Stadtmitte, nur zehn Minuten von meiner Wohnung entfernt, und meistens kam ich dort um Viertel nach acht an. Als ich an diesem Sommermorgen endlich in der Levy Mayer Hall eintraf, fiel mir auf, dass die Tür von James' Büro geschlossen war, obwohl es schon nach zehn war. Normalerweise war er schon vor mir da, bei weit geöffneter Tür, es sei denn, er telefonierte, doch man hörte keinen Laut. Bedeutete seine Abwesenheit, dass er verreist war, oder hatte er nur einen Zahnarzttermin? Ich wollte mich mit ihm über Clarence Thomas' Ernennung unterhalten, wollte ihm berichten, was Gwen gesagt hatte.

Obschon ich durch Bills Anruf und das Ausschauhalten nach James abgelenkt war, kam ich mit meinem Fallbuch ganz gut voran. Am Nachmittag schaute ich, bevor ich ging, im Institutsbüro vorbei, um nach meiner Post zu sehen. In meinem Fach fand ich eine Einladung vor, im Januar im Rahmen einer Tagung der University of Texas über Familienrecht und den Vierzehnten Verfassungszusatz zu sprechen, außerdem die neueste Ausgabe des Alumni-Magazins der rechtswissenschaftlichen Fakultät von Yale, eine Hausmitteilung, dass am Freitag das Wasser im Gebäude abgestellt werden würde, sowie eine Aktenmappe. In der Mappe befand sich der Mikrofiche-Ausdruck eines Zeitungsfotos in Schwarz-Weiß: Eine schwarze Frau in hochhackigen schwarzen Schuhen und einem schicken Mantel und ein schwarzer schnurrbärtiger Mann in Anzug und Mantel schritten mit ernsten Mienen nebeneinanderher. Zur Linken des Mannes sah man eine Traube von Menschen und im Hintergrund ein riesiges, imposantes Gebäude mit einer Säulenreihe. Am Rand des Bildes klebte ein Post-it, auf dem stand:

»Hillary, das ist besagtes Bild von Thurgood Marshall und Autherine Lucy, das mich immer begleitet hat. Herzlichst, James.«

Neben den würfelförmigen Postfächern stehend, nur ein paar Schritte vom Schreibtisch unserer Institutssekretärin Sheila entfernt, durchzuckte mich ein Schauer; das Blatt Papier zu betrachten fühlte sich an wie etwas, das ich besser heimlich tun sollte. Natürlich würde man heutzutage in Sekundenschnelle auf dieses Foto stoßen, wenn man ein paar Begriffe bei Google eingibt, aber bedeutete diese Kopie zu jener Zeit etwa nicht, dass James in einer Bibliothek danach gesucht hatte, dass er einige Mühen in Kauf genommen hatte? Was genau zu jenen Dingen gehörte, die ich für jemanden getan hätte, in den ich verliebt war, obwohl mich die Erfahrung schon vor langer Zeit gelehrt hatte, dass niemand sonst auf diese Art flirtete. Und ja, er war ein verheirateter Mann. Trotzdem war es schön zu wissen, dass eine Person, an die ich gedacht hatte, auch an mich gedacht hatte.

Ich besuchte Maureen und Steve so oft in ihrem Haus in Skokie, dass ich den Sommer über sogar einen Badeanzug, einen marineblauen Einteiler, sowie ein gestreiftes Strandkleid aus Leinen dort deponierte. Als ich mich in ihrem Bad im Erdgeschoss umzog, stellte ich verärgert fest, dass ich wieder einmal vergessen hatte, mir die Beine zu rasieren, und meine Waden von blonden Stoppeln geziert wurden. Was soll's, dachte ich. Die Mitglieder der Familie Rymarcsuk sahen das ja nicht zum ersten Mal.

Als ich zu Maureen auf die Terrasse kam, planschte Meredith im Pool, Alf, der Familienhund, schnüffelte aufgeregt unten am Zaun zum Nachbargarten, und Maureen hatte uns beiden ein Glas von dem Wein eingeschenkt, den ich mitgebracht hatte. Ich machte es mir auf dem Polstersessel neben dem ihren bequem. Über uns wölbte sich ein leuchtend blauer Himmel, und die saftig grünen Blätter an den Bäumen raschelten im heißen Wind. Gewiss, es waren weit über dreißig Grad, aber dennoch – es war himmlisch.

»Wie herrlich«, sagte ich.

»Abgesehen von meinen unkooperativen Kindern, meinem furzenden Hund und dem katastrophalen Chaos in meinem Haus.«

»Nein, das eingeschlossen.«

»Wie geht's dir mit Bill und der Reportersache?«

»Ich versuche nicht daran zu denken.«

»Na dann, vergiss es am besten. Ich hätte da jemanden, mit dem ich dich verkuppeln könnte, aber die Sache ist die: Ich kenn den Kerl nicht, und es ist Steves Idee. Er ist ein frisch geschiedener Kollege von Steve namens Chuck.«

»Hat er Kinder?«

»Zwei, glaube ich, vom Alter her zwischen Meredith und Johnny ... Mittelschulalter?«

Ich trank einen Schluck Wein. »Ist Steve der Meinung, wir haben irgendwelche Gemeinsamkeiten, oder ist das eine dieser Geschichten nach dem Motto: Chuck ist Single und ich bin Single, und er gehört zur Gattung Mensch und ich gehöre zur Gattung Mensch?«

Maureen lachte. »Was, wenn wir ihn zu unserer Grillparty am Labor Day einladen? Wäre das nicht zwangloser als ein Abendessen bei Kerzenschein?«

Gelegentlich freute ich mich darüber, verkuppelt zu werden – vor allem im Januar, wenn ich gute Vorsätze fürs neue Jahr gefasst hatte –, aber inzwischen betrachtete ich eine Heirat eher als mögliches denn als wahrscheinliches Szenario. Zu meiner eigenen Überraschung war ich im Alter zwischen dreißig und vierzig mit einer stattlichen Anzahl an Männern, mindestens einem Dutzend, ausgegangen, aber meist hatte unsere Verbindung nur ein paar Monate und ein einziges Mal länger als ein Jahr gehalten. Nach meiner Beziehung mit Bill hatte ich größeres und kleineres Selbstvertrauen gleichermaßen, außerdem war mir eine neue Rücksichtslosigkeit beziehungsweise Gleichgültigkeit geblieben. Ich interessierte mich nicht mehr in demselben Maß für diese anderen Männer, denn sie waren nicht er, und dieses mangelnde Interesse machte mich augenscheinlich attraktiver. Einige der Männer, mit denen ich etwas anfing, waren intelligent, einige waren interessant (normalerweise umso weniger, je mehr Zeit verstrich), und einige sahen gut aus. Doch keiner besaß alle drei Eigenschaften, und keiner war so intelligent, interessant und gut aussehend wie seinerzeit Bill. Keiner spielte je nackt Saxofon für mich. Ich dachte nur insofern über sie als potenzielle Heiratskandidaten nach, als ich mich fragte, ob es sich tatsächlich lohnte, jemanden zu heiraten, von dem man nicht überwältigt war, nur um Mutter zu werden.

Die Person, mit der ich am längsten zusammen war, ganze vierzehn Monate, war ein Futures-Händler namens Larry, den ich über meinen Bruder Hughie kennengelernt hatte. Larrys Figur kam der von Bill von allen Männern, auf die ich mich einließ, am nächsten, und manchmal, nach zwei Gläsern Wein, konnte ich mir im Dunklen etwas vormachen. Obwohl Larry und ich nicht zusammenblieben, fand ich es großartig, dass er fünftausend Dollar meines Ersparten in Erdgas und Rohöl investiert hatte und ich vier Jahre später, als die Verträge ausliefen, neunundzwanzigtausend Dollar zurückbekam.

Schließlich war ich hinsichtlich Heirat und Kindern derart zwiegespalten gewesen, dass ich es als echte Erleichterung empfunden hatte, vierzig zu werden. Zwei Wochen nach meinem Geburtstag hatte ich meine sechsmonatige Beziehung mit Pranath beendet, dem Partner einer Großkanzlei in der Stadtmitte, weil sie sich einfach totgelaufen zu haben schien. Seit fast vier Jahren nun verabredete ich mich kaum mehr mit Männern und war darüber auch nicht allzu traurig.

»Ich würde mich freuen, Chuck am Labor Day kennenzulernen«, sagte ich zu Maureen. »Danke.«

»Mom und Hillary«, rief Meredith. »Guckt mal!« Sie stand in einem Badeanzug mit einem Aufdruck von C-3PO aus *Star Wars* vorne auf dem Bauch auf dem Sprungbrett, wippte und machte dann mit angezogenen Beinen eine Arschbombe. Als sie wieder an der Oberfläche auftauchte, fragte sie: »Das war super, oder?«

Obwohl ihr älterer Bruder mein Patenkind war, gehörte mein Herz insgeheim Meredith; den ganzen Sommer über inszenierten wir regelmäßig imaginäre Teegesellschaften im Pool, bei denen wir beide mit britischem Akzent sprachen.

»Du bist spitze«, sagte ich.

Mein Freund Greg Rheinfrank, der Politstratege, rief mich im Büro an und sagte: »Ich möchte dich mit einer Idee vertraut machen, und antworte mir bitte nicht gleich. Lass es dir erst eine Weile durch den Kopf gehen.«

»Sind wir noch immer zum Abendessen nächste Woche verabredet?«, fragte ich.

»Ja, aber ich sag dir das jetzt, damit du Gelegenheit hast, darüber nachzudenken. Falls Dixon für die Ernennung von Clarence Thomas als Richter am Supreme Court stimmt, solltest du in den Vorwahlen gegen ihn antreten.«

»Ich soll für den Senat kandidieren?«

»Mir sind Gerüchte zu Ohren gekommen, das Republican National Committee habe Dixon wissen lassen, dass sie, wenn er für Clarence Thomas stimmt, bei der Hauptwahl einen schlagbaren Gegenkandidaten aufstellen.«

Alan Dixon war der Senior Senator von Illinois, ein Demokrat der Mitte, den ich im Lauf der Jahre bei einigen Benefiz-Veranstaltungen getroffen hatte und eigentlich ganz in Ordnung fand. Tatsächlich hatte er ein derart offenes Ohr für die Wählerinnen und Wähler, dass er als »Kumpel Al« bekannt war.

»Woher weißt du das?«

»Hillary, du kennst mich doch, ich bin die Verschwiegenheit in Person.«

»Richtig. Und ich bin ein Supermodel.«

»Ich hab's von meinem Freund Wallace aus Senator George Mitchells Büro gehört.«

»Klar hab ich schon darüber nachgedacht, für ein Amt zu kandidieren. Aber gleich beim ersten Versuch einen Sitz im Senat ins Auge zu fassen ...«

»Darf ich dir die Gründe aufzählen, warum du genau das tun solltest? Erstens kennst du Gott und die Welt hier, und alle respektieren dich. Zweitens ist es haarsträubend lächerlich, dass es im Jahr 1991 insgesamt nur zwei weibliche Senatoren gibt. Drittens ist Dixon auf dem besten Weg, sich in einen Verräter der Demokraten zu verwandeln.«

»Sollte Dixon wirklich für Thomas stimmen, ist das eine Sache. Falls er es aber nicht tut, gibt es aus meiner Sicht keinen besseren Weg, sich Feinde zu machen.«

»Da sind wir uns einig«, sagte Greg. »Jetzt denk aber erst einmal in Ruhe darüber nach.«

James war auch an diesem Tag nicht im Büro und blieb den Rest der Woche verschwunden, was vermutlich hieß, er war mit seiner Familie verreist. Wahrscheinlich hatte Sheila Einblick in seinen Terminkalender, aber sie danach zu fragen wäre mir komisch vorgekommen. Wozu auch?

Als ich am Mittwoch nach der Arbeit nach Hause kam, fand ich auf dem Anrufbeantworter eine Nachricht von Nick Chess vor, meinem ehemaligen Yale-Studienkollegen und jetzigen Medienberater von Bill, der sagte, er hoffe, mir gehe es gut, er wisse, dass Bill und ich vor Kurzem miteinander gesprochen hätten, und er wolle fragen, ob er bezüglich dessen, was Bill und ich besprochen hatten, seine direkte Unterstützung anbieten oder einfach nur als Feedbackgeber dienen könne. Ich mochte Nick, aber ich wollte nicht unter Druck gesetzt werden. Obwohl ich seine Nummer auf dem Block, den ich neben dem Anrufbeantworter liegen hatte, notierte, rief ich ihn nicht zurück.

In meinem Nest und beim Joggen dachte ich während der ganzen Woche über Gregs Vorschlag nach. Zunächst einmal war es ungeheuerlich, dass Dixon vielleicht Clarence Thomas in den Supreme Court verhelfen würde. Thomas würde die Stimmen sämtlicher Republikaner und zudem die von sieben Demokraten benötigen, aber ich konnte keine Anzeichen erkennen, warum Dixon einer dieser Demokraten sein sollte.

Grundsätzlich war es mir nie schwergefallen zu verstehen, warum jemand für ein Amt kandidierte, doch was mich persönlich anging, war ich mir diesbezüglich weniger sicher. Gesetze zu verändern, das Leben der Menschen zu verbessern – beides war ungeheuer wichtig, keine Frage. Aber ich zweifelte, ob das öffentliche Getöse des Wahlkampfs etwas für mich war, die Bauchpinseleien, das Ertragen gewisser Idioten. Bevor Greg mit seinem Vorschlag an mich herangetreten war, hatte ich bereits zweimal die Möglichkeit einer Kandidatur in Erwägung gezogen, und in beiden Fällen hatte ich mich dagegen entschieden.

Im Februar 1983 hatte Harold Washington die demokratischen Bürgermeistervorwahlen in Chicago gewonnen, was ihm unter normalen Umständen den sicheren Sieg bei der Hauptwahl zwei Monate später garantiert hätte. Aber Washington war schwarz, die Stadt hatte noch nie einen schwarzen Bürgermeister gehabt, und die Gegenreaktionen auf seinen Sieg bei den Vorwahlen kamen prompt und waren hässlich, nicht nur seitens der Republikaner, sondern auch vieler weißer Demokraten. Unterstützer des republikanischen Gegners Bernie Epton trugen T-Shirts mit der Aufschrift »Wählt weiß, wählt richtig« und Buttons, die entweder eine durchgestrichene Wassermelone zeigten oder einfach nur weiß waren; Flugblätter wurden verteilt, die Washington »Mr Pavian« nannten. Und in der West Side und der South Side, wo überwiegend Schwarze wohnten, tauchten anonym finanzierte Plakate auf, die in riesigen Buchstaben verkündeten: »Wahlbetrug ist ein Verbrechen«. Zusammen mit einigen meiner Studierenden von der Northwestern nahm ich Kontakt zu einer Werbefirma auf, die in ebendiesen Stadtteilen gratis Schilder mit einer anderen Botschaft verteilte: »Hey Chicago, Wählen ist ein Recht, kein Verbrechen«. Unsere Gegenbotschaft löste ein landesweites Medienecho aus, was damit endete, dass ich Dutzende Interviews geben musste; die Aufmerksamkeit erinnerte mich an die Zeit nach meiner Wellesley-Abschlussrede, nur dass sie diesmal noch größer war. Am Tag der Bürgermeisterwahl, dem 12. April, arbeitete ich zum ersten Mal als ehrenamtliche Wahlbeobachterin – ich war eine der Anwältinnen und Anwälte, die an vorderster Front riskante

Wahllokale überwachten und an Washingtons Wahlkampfzentrale berichteten, was sie sahen – und als Washington Epton mit einem Vorsprung von 3,7 Prozent schlug, war ich überglücklich.

Danach regten ein paar Leute sowohl auf der nationalen als auch auf der bundesstaatlichen Parteiebene an, ich solle für die Illinois General Assembly kandidieren, aber das reizte mich nur wenig. Ich hatte eine feste Anstellung, war sechsunddreißig und Single. Während ich einst im Glauben, wir würden dort ein gemeinsames Leben beginnen, für Bill nach Fayetteville gezogen war, wollte ich in diesem Moment meines Lebens weder die Hälfte meiner Zeit in einem schäbigen Apartment in Springfield verbringen noch verlangte mich danach, ständig vier Stunden zwischen Springfield und Chicago zu pendeln.

Aber ein Gespräch blieb mir im Gedächtnis. Eine Frau namens Bitsy Sedgeman Corker, die ich kurz zuvor flüchtig kennengelernt hatte, lud mich zum Mittagessen ein. Die Sedgemans waren eine alteingesessene Chicagoer Großfamilie, die ein Vermögen mit Transport- und Schienenverkehrstechnik gemacht und Millionen von Dollars für diverse progressive Projekte gespendet hatte. Bitsy, die zufälligerweise sechs Jahre vor mir ihren Abschluss am Wellesley gemacht hatte, war eine Großspenderin für die Non-Profit-Organisation Planned Parenthood. Beim Lunch ermutigte sie mich ebenfalls, für das Repräsentantenhaus oder den Senat von Illinois zu kandidieren. »Irgendwann«, sagte sie, »würden Sie eine großartige Gouverneurin abgeben.« Und als ich verhalten reagierte, meinte sie: »Ich bin gespannt, ob Sie das wissen. Männer stellen sich überwiegend zur Wahl, weil sie beschließen, dass sie das wollen, Frauen hingegen kandidieren meist nur, wenn jemand anders es vorschlägt.«

»Das ist mir neu«, erwiderte ich, »aber es überrascht mich nicht.«

»Lassen Sie uns in Kontakt bleiben«, sagte Bitsy. Sie hatte schwarzes, zu einem Bubikopf geschnittenes Haar, und an jenem Tag im Jahr 1984 trug sie eine schwarz-weiß gepunktete Bluse mit passender Hose. »Und bitte behalten Sie im Kopf, dass, wenn ich einen Kandidaten unterstütze, der Rest des Sedgeman-Clans sich mir anschließt, abgesehen von unserer verrückten republikanischen Tante Henrietta.«

Ein zweites Mal hatte ich sechs Jahre später über eine Kandidatur nachgedacht. Die Jugendhilfe-Organisation, in deren Vorstand ich war, half jungen Erwachsenen, die wegen ihres zu hohen Alters nicht mehr in Pflegefamilien unterkamen, nicht den Boden unter den Füßen zu verlieren, da gerade Mitglieder dieser Gruppe überproportional oft ohne Schulabschluss, ohne Job und ohne ein Dach über dem Kopf endeten. Hand in Hand mit den Büros von drei Bundessenatoren arbeitete ich an Gesetzesentwürfen, damit Einträge im Strafregister von Jugendlichen aus Pflegefamilien zukünftig gelöscht und sich dadurch ihre Chancen auf eine feste Anstellung erhöhen würden. Mein enger Kontakt mit den Senatoren und ihren Referenten, der darin gipfelte, dass ich nach Einbringung der Gesetzesvorlage in Springfield bei einer Anhörung aussagte, brachte mich ins Grübeln, ob meine frühere Entscheidung gegen eine Kandidatur nicht vielleicht kurzsichtig gewesen war. Aber dieses Gefühl war damals bereits auf meiner Fahrt zurück nach Chicago verflogen, und zwar aus einem fast schon peinlich banalen Grund: Ich hatte mein Herz wirklich an den Ort verloren, an dem ich lebte, an meine Wohnung und mein Viertel.

Jetzt wollte ein Teil von mir Bill anrufen und ihn bezüglich Greg Rheinfranks Vorschlag, für den Senat zu kandidieren, um Rat fragen, aber gewiss entsprang dieser Impuls nur unserem neuerlichen Kontakt; ich war fast vollständig davon genesen, alles mit ihm diskutieren zu wollen. Stattdessen rief ich Gwen an.

»Wenn du auch nur eine winzige Chance hast zu gewinnen, dann ja«, sagte sie. »Hast du die?«

»Eine winzige Chance hab ich bestimmt. Mehr aber auch nicht.«

»Nun, warum versuchst du's nicht?«

Und dann sah ich am Montag, als ich aus dem Aufzug trat, dass James' Bürotür offen stand, und mein Herz begann schneller zu schlagen. Was lächerlich war, denn schließlich war er ein verheirateter Kollege, den ich kaum kannte. Ich ging in mein Büro, und während ich all die Dinge tat, die ich normalerweise tat, fühlte ich mich bei jedem Handgriff – meine lederne Aktentasche neben dem Schreibtisch abstellen, den Computer, das Radio und die Kaffeemaschine einschalten – wie eine Schauspielerin in einem Stück ohne Publikum. Ich wartete darauf, dass er in der Tür erscheinen würde, eine Erwartung, die, als nichts dergleichen geschah, noch zunahm. Mit gespitzten Ohren lauschte ich auf jedes leise Geräusch aus seinem Büro, doch das Radio übertönte alles. Nachdem ich ungefähr anderthalb Stunden an meinem Fallbuch gearbeitet hatte, hielt ich es plötzlich nicht mehr aus. Ich stand auf und ging die paar Meter von meinem Schreibtisch zur Tür seines Zimmers. Er sah von seinem Schreibtisch auf und erhob sich umgehend.

»Hillary, wie geht es Ihnen?«

»Waren Sie verreist?«

»Wir waren bei Susies Eltern oben in Michigan. Wir besuchen sie immer in der Woche nach dem 4. Juli.«

»Oh, schön.«

Stille trat ein, dann begannen wir gleichzeitig zu sprechen und schwiegen beide erneut. »Bitte«, meinte er. »Fahren Sie fort.«

»Ich wollte gerade nur fragen, wo genau in Michigan.«

»Petoskey. Kennen Sie sich in der Gegend aus?«

»Nein, obwohl ich gehört habe, dass es dort wunderschön sein soll.« Es war nicht so, als hätte einer von uns etwas Ungehöriges gesagt, und dennoch lag etwas quälend Peinliches in der Luft. War das mein Fehler oder seiner?

»Und Sie waren in Washington, D. C.?«, fragte er.

»Ja, und meine Freundin Gwen glaubt nicht, dass die NAACP Clarence Thomas unterstützen wird.«

Den Blick auf seinen Schreibtisch gerichtet sagte James: »Entschuldigung, dass ich das Bild in Ihr Postfach gelegt habe. Sie haben sich bestimmt gefragt, was ich mir dabei gedacht habe.«

Rührte die peinliche Stimmung etwa daher, dass er verlegen war?

»Nein, überhaupt nicht«, erwiderte ich. »Es war interessant.«

»Ich dachte nur, da Sie Richter Marshall offensichtlich bewundern ...«

»Nein, ich hab mich gefreut.«

»Es war albern«, sagte er.

»Nun, ganz gleich, was passiert, es ist mehr als eindeutig, dass Clarence Thomas kein Thurgood Marshall ist.« Wieder senkte sich Stille herab, bevor ich sagte: »Dann will ich Sie mal nicht weiter stören.«

Was, bitte, hatte das gerade zu bedeuten gehabt? Ein Teil von mir begriff jedoch auf eine Art, wie es mir in jüngeren Jahren, in denen ich eine solche Begegnung als kränkend empfunden hätte, nicht möglich gewesen wäre. Es hatte bedeutet, dessen war ich mir fast sicher, dass wir beide die gemeinsam verbrachte Zeit an jenem Tag, als wir die Pressekonferenz von Thurgood Marshall verfolgt hatten, allzu sehr – nicht unerhört, aber doch über die Maßen – genossen hatten. Etwas, das nicht direkt Flirten, sondern eher eine Art gegenseitiger Anerkennung und gleichzeitig doch kein Nicht-Flirten gewesen war, hatte stattgefunden, und nun wichen wir beide davor zurück.

Das sollte, dachte ich, kein großer Verlust sein – das kurze Aufflackern und Erlöschen einer überraschenden Übereinstimmung mit dem sanften, förmlichen James. Ich musste weiterarbeiten.

Im Szechuan Wok bestellten Greg und ich Mai Tais, Shrimpsbällchen, Schweinefleisch Mu-Shu, Rind und Brokkoli. Sobald uns die Bedienung den Rücken gekehrt hatte, platzte ich heraus: »Ich habe viel über die Senatsidee nachgedacht«, und Greg sagte im gleichen

Moment: »Hast du gehört, dass Bill Clinton vielleicht als Präsident kandidieren will?« Greg lachte. »Oh Mann, wir haben so viel zu besprechen.«

»Was meinst du, wie viel Geld müsste ich zusammenbekommen?«

»Drei Millionen für die Hauptwahl und noch mal die Hälfte für die Vorwahlen.« Greg sprach so gelassen, als würde er mir erzählen, wie viel ein Liter Milch kostet. Ich verzog wohl das Gesicht, denn er fügte hinzu: »Du brauchst auf jeden Fall die Unterstützung von einem oder zwei extrem reichen Spendern. Du stehst doch in engem Kontakt mit Bitsy Sedgeman Corker, oder?«

»Eng würde ich nicht unbedingt sagen, aber wir sind miteinander bekannt. Und ich kenne Pete Duvel. Er engagiert sich als Absolvent der Northwestern sehr für die Uni.« Pete Duvel hatte als Anwalt mehrere große Sammelklagen gewonnen und richtete neben seinen Spenden für die Law School regelmäßig Spendengalas für demokratische Kandidaten in Chicago aus.

»Dann hast du noch die League of Women Voters in der Hinterhand«, sagte Greg. »Und wie du weißt, kenne ich Ivo Burgmund. Kennst du irgendjemanden von der Rainbow Coalition?« Ivo Burgmund war der Vorsitzende der Demokraten in Illinois, und die Rainbow Coalition war Jesse Jacksons Organisation.

»Bei der Coalition kenne ich Kevin und Martine«, überlegte ich.

»Und dann brauchen wir noch einen Gewerkschaftsführer. Vielleicht Hal Scott. Oh, und was für eine Sorte Christ bist du noch gleich?«

»Methodistin, aber sollte ich nicht zum Katholizismus konvertieren? Kleiner Scherz. Wenn Thomas' Anhörungen voraussichtlich Ende September abgeschlossen sind und die Bewerbungsfrist am 2. März abläuft, wann würde ich es bekannt geben?«

»Je nachdem, wie sich die Anhörungen entwickeln, würde ich sagen, Anfang bis Mitte November.«

»Ich will nicht, dass Dixon für Thomas stimmt. Aber du klingst erschreckend überzeugend.«

Greg lachte – er hatte feines blondes Haar und große weiße Schneidezähne und war der einzige Mensch, den ich kannte, der Zahnaufheller benutzte – und sagte: »Wir tun also so, als müsstest du überzeugt werden? Na dann, ich bin dabei.« Unsere Mai Tais wurden serviert, und Greg hielt sein Glas hoch: »Auf Senatorin Rodham.«

Ich lachte. »Auf die Außenseiter«, sagte ich und stieß mit ihm an, bevor ich fortfuhr: »Um auf deine Frage zurückzukommen, ja, ich hab gehört, dass Bill Clinton kandidiert. Er hat mich letzte Woche angerufen, um mich zu fragen, ob ich Reportern gegenüber ein Loblied auf ihn singen könne.«

»Das macht doch Freude, was?«

Ich überlegte kurz, ob ich ihm widersprechen sollte, ließ es dann aber bleiben. Nach dem Parteitag der Demokraten '88 in Atlanta, auf dem Greg bei Bills Rede im Omni Coliseum vor Ort gewesen war, hatte ich ihm erzählt, dass Bill während der Law School mein Freund gewesen war, aber nie erwähnt, warum wir uns getrennt hatten. »Glaubst du, Bill könnte Bush schlagen?«, fragte ich.

Greg seufzte theatralisch. »Nein, es sei denn, die Amerikaner begreifen, dass der Golfkrieg nichts anderes als ein Griff nach dem Öl ist.«

Am Sonntagnachmittag, bevor ich zum Abendessen zu meinen Eltern fuhr, rief ich meine Wellesley-Freundin Phyllis an. Nach dem Abschluss ihres Medizinstudiums und einer Facharztausbildung in Onkologie war Phyllis in eine Praxis in New York eingetreten. Anfang der Achtziger war nach nur drei Jahren ihre kinderlos gebliebene Ehe geschieden worden, und sie und ich vertrauten uns oft Dinge rund um unser Single-Dasein an. Kurz nachdem ich mit Pranath Schluss gemacht hatte, hatte Phyllis auf meine leicht verlegene Frage, ob sie einen Vibrator besitze, geantwortet: »Wie, ich hab dir noch nie gesagt, du sollst dir einen kaufen? Mein Gott, das ist ein Freundschaftsvergehen.«

An diesem Augustnachmittag also telefonierten wir bereits seit fünfzehn Minuten, um uns gegenseitig auf den neuesten Stand zu bringen, als ich sagte: »Ich muss dich was fragen. Hast du schon mal mit einem verheirateten Mann geschlafen?«

»Aber ja.« Sie klang amüsiert. »Du etwa nicht?«

»Machst du Witze, oder meinst du das ernst?«

»Ich habe mehr Einladungen ausgeschlagen als angenommen. Aber ich bitte dich, du hast doch bestimmt auch schon Millionen von Angeboten bekommen.«

»Nicht wirklich. Du weißt doch, dass ich noch nie eine ...« – ich versuchte eine Formulierung zu finden, mit der ihr nicht zu nahe trat – »... sexy Ausstrahlung hatte. Waren das Beziehungen oder One-Night-Stands für dich?«

»Sowohl als auch.«

»Bin ich dermaßen naiv? Spiele ich etwa nach völlig anderen Regeln als der Rest?«

»Nun, du hast die Bibel bestimmt gründlicher gelesen als ich. Aber es ist nicht so, dass die Menschen sich eindeutig einer Kategorie zuordnen ließen, was Sex oder die Ehe angeht.«

Ich dachte an das Gespräch, das ich vor vielen Jahren mit Barbara Overholt im Walker Park geführt hatte. »Hast du dich schuldig gefühlt?«

»Ich wüsste nicht, warum die Frau von jemand anderem in meinen Zuständigkeitsbereich fallen sollte.«

»Ich schätze, Bills Verhalten damals hat mich zur Annahme verleitet, ich würde nie eine Affäre haben.«

»Na schön, aber du kennst bestimmt Leute, die eine hatten.«

Mir waren Gerüchte über zwei frisch geschiedene Politikwissenschaftsprofessoren, einen Mann und eine Frau, die ich kannte, zu Ohren gekommen. »Mag sein«, sagte ich.

»Nein, hundertprozentig. Glaub mir. Es trifft nicht auf alle zu, aber auf ziemlich viele. Mit welchem verheirateten Mann gedenkst du zu schlafen?«

Ich lachte. »Ich hab nie gesagt, dass ich das will.«

»Richtig«, sagte Phyllis. »Das war auch gar nicht nötig.«

Am Freitag vor dem Labor-Day-Wochenende hatte Bill seine Präsidentschaftskandidatur noch immer nicht öffentlich bekannt gegeben, und ich haderte nach wie vor mit mir, was ich antworten würde, wenn mich ein Reporter anrief. Was schuldete ich ihm? Abgesehen davon, was war meine Pflicht als Wählerin und Bürgerin? Konnten meine Worte die Wahl tatsächlich ein klein wenig beeinflussen? Sicherlich war ich kein Fan von George Bushs Kriegstreiberei und seinem ständigen Hin und Her beim Thema Abtreibung.

Den Samstag und den Sonntag verbrachte ich fast durchweg damit, die Kurspläne für das kommende Semester fertigzustellen. Die Grillparty der Rymarcsuks, bei der ich Steves Kollegen treffen sollte, würde Montagnachmittag um vier beginnen. Ich rief Maureen an, um zu fragen, was ich mitbringen sollte, woraus sich ein halbstündiges Gespräch über dies und jenes entspann, und irgendwann sagte ich: »Hast du jemals aus Steve herausbekommen, ob dieser Chuck und ich irgendwas gemeinsam haben?«

Ohne ihren Tonfall zu verändern, sagte Maureen: »Steve, warum wolltest du Hillary und Chuck noch gleich verkuppeln?« Die Erkenntnis, dass er sich bei ihr im Zimmer befand, vielleicht schon seit Beginn unserer Unterhaltung, fühlte sich an wie der typische kleine Verrat der verheirateten Freundin, die ihren Mann zwar häufig kritisiert, zugleich aber die alltägliche häusliche Nähe zu ihm in Szene setzt. »Steve sagt, Chuck ist nicht so klug wie du, aber er ist hervorragend im Lösen von Kreuzworträtseln.«

Auf der Fahrt zu ihrer Party fiel mir auf, dass ich wieder einmal vergessen hatte, mir die Beine zu rasieren. Ich trug einen Strohhut, eine kurzärmlige rosa Leinenbluse, eine türkisfarbene Culotte und Sandalen, und das Problem war der stachelige Abschnitt zwischen dem Saum meiner kurzen Hose und meinen Knöcheln.

Bei den Rymarcsuks traf ich Maureen in der Küche an, wo sie gerade die Frischhaltefolie von einer Platte mit gefüllten Eiern nahm. Ich stellte den Sechserpack Bier ab, den ich mitgebracht hatte, und wir umarmten uns. Sie griff nach dem Ärmel meiner Bluse und rieb ihn zwischen Daumen und Zeigefinger. »Sehr schön.«

»Aber schau mal.« Ich streckte ein Bein aus.

»Was?«

»Meine haarigen Beine.«

»Wenn das deine Vorstellung von haarigen Beinen ist, dann bin ich ein Pavian.«

Ich senkte die Stimme. »Was, wenn meine Stoppel Chuck davon abhalten, sich in mich zu verlieben?« Obwohl ich mich diesbezüglich in einem feministischen Dilemma befand, hatte ich bereits beschlossen, dass ich nicht schwimmen gehen würde, falls ich Chuck süß fand. Im Großen und Ganzen war ich mit meinem Körper zufrieden. Ich ging dreimal die Woche joggen – an den Sommerwochenenden entlang des Sees, ansonsten auf dem Laufband in einem Fitnessstudio im Souterrain meines Wohnhauses –, und wenn ich merkte, dass ich zunahm, machte ich zwei Wochen lang eine Scarsdale-Diät. Aber dennoch verlangte mich nicht danach, einem Mann bei unserem ersten Kennenlernen meine massigblassen Oberschenkel zu offenbaren.

»Willst du hochgehen und sie dir schnell oben im Bad rasieren?«, fragte Maureen.

»Lohnt Chuck die Mühe?«

Maureens Gesichtsausdruck wurde nachdenklich.

»Na toll«, sagte ich. »Dann ist es mir egal.«

Gut zwanzig Leute saßen oder standen auf der Terrasse, und im Pool schwammen ein paar Kinder. Ich begrüßte die Nachbarn der Rymarcsuks und Maureens Mutter, dann legte Maureen mir eine

Hand auf den Rücken und sagte: »Hillary, das ist Chuck. Er arbeitet mit Steve zusammen.« Steve und der fragliche Mann standen, beide mit einer Dose Budweiser in der Hand, neben dem Grill. Chuck war weder besonders gut aussehend noch hässlich – er hatte grau meliertes Haar und dunkle Augenbrauen und war ein paar Zentimeter größer als ich.

»Schön, dich kennenzulernen«, sagte er steif. »Ebenfalls«, erwiderte ich lächelnd. »Was machst du bei LaSalle?« Die Kurzfassung seiner Antwort lautete: Ich bin Executive Vice President des Geschäftsbereichs Privatkunden. Die lange Version, die sich über die folgenden achtzehn Minuten erstreckte, bestand überwiegend aus einem Lamento über seine Pendelstrecke und über die schlechte Qualität der Stifte, die man im Büro zur Verfügung stellte – die Druckkugelschreiber waren so billig gemacht, dass sie oft brachen –, worüber er sich bei der Büroleiterin auch beschwert habe, der dies völlig gleichgültig zu sein schien, was vermutlich teils damit zusammenhänge, dass sie vor Kurzem ihr viertes Kind bekommen habe, und nicht, dass er ein Sexist sei, aber er könne nur schwer nachvollziehen, wie eine Frau vier Kinder haben und dabei noch kompetent ein Büro leiten könne.

Ich brauchte einige Sekunden, um zu begreifen, dass er das mit den Stiften ernst meinte. Ich hatte den starken Verdacht, dass er keine Gegenfrage stellen würde, aber nur um sicherzugehen, schwieg ich und ließ Stille aufkommen.

»Netter Pool, hm?«, sagte er.

»Weißt du was?«, meinte ich. »Ich glaub, ich geh schwimmen. Jetzt gleich. Hey, Meredith.« Maureens Tochter planschte mit auf und ab wippendem Kopf, das Haar wie das einer Meerjungfrau nach hinten geklatscht, auf unserer Seite des Pools. »Soll ich zu dir reinkommen?«

Sich mit der Furchtlosigkeit einer amerikanischen Siebenjährigen in britischem Akzent versuchend sagte sie: »Mein Butler hat bereits eine Kanne Tee für uns zubereitet.«

»Oh, sehr gut. Ich bin nämlich wahnsinnig durstig.«
»Ich bin die Königin von England, und du bist Darth Vader.«
»Hervorragend. Gib mir eine Minute. Ich geh mir nur schnell meinen Badeanzug anziehen.« Ich holte ihn aus der Waschküche, wo ich ihn die Woche zuvor aufgehängt hatte, und zog mich auf der Toilette neben der Küche um. Das Strandkleid ließ ich, wo es war. Nachdem ich meine Kleider, Schuhe und den Strohhut als ordentlichen Haufen auf einem Küchenstuhl gestapelt hatte, marschierte ich durch die Hintertür hinaus, den Blicken der Welt oder zumindest einiger Dutzend Gäste einer Grillparty in Skokie, Illinois, die stoppeligen Waden und fröhlich wabbelnden, blassen Oberschenkel einer Dreiundvierzigjährigen preisgebend. Ich stieg über die Treppe auf der flachen Seite des Pools bis zur Hüfte ins Wasser und tauchte mit einem Hechtsprung unter. Das Gefühl, der Kontrast zwischen der warmen Luft und dem kalten Wasser, war herrlich.

Plötzlich kam mir Bill Clinton in den Sinn, und ich dachte: Ich werde nicht für dich mit Reportern reden. Wie könnte ich, wenn du Gefahr läufst, jederzeit öffentlich der Vergewaltigung bezichtigt zu werden? Und vielleicht sogar zu Recht? Im Lauf der Jahre hatte ich mich gelegentlich an die Frau vom Chouteau's-Parkplatz erinnert, ohne mir je klar darüber zu werden, was ich glauben sollte. Dies war das erste Mal, dass ich, wenn auch nur in Gedanken, das Wort Vergewaltigung benutzt hatte.

Donnerstagnachmittags hielt ich ein Seminar in Familienrecht ab, und am Ende der ersten Sitzung fragte mich ein Student, ob er mit mir reden könne. Er war schätzungsweise Mitte zwanzig und trug kakifarbene Hosen und ein hellblaues Poloshirt. Ich wusste, dass er Rob Newcomb hieß, weil ich mir wie üblich die Namen aller Teilnehmerinnen und Teilnehmer eingeprägt hatte.

»Mir ist aufgefallen, dass in Ihrem Kursplan die Probleme von Frauen eindeutig im Mittelpunkt stehen«, sagte er.

Es war nicht das erste Mal, dass ich diese Rückmeldung von einem Studenten bekam. »Das Geschlecht spielt im Familienrecht eine wichtige Rolle«, erwiderte ich.

»Aber es gibt einen Unterschied zwischen, nun ja, feministischer Bewusstseinsbildung und konstruktiver rechtswissenschaftlicher Diskussion.«

»Ja. Den gibt es.«

»Ich habe bemerkt, dass es vier verschiedene Lektüren zum Thema Abtreibung gibt.«

»Reproduktive Rechte sind ein komplexes Gebiet.«

»Ich bezahle keine zwölftausend Dollar im Jahr, nur um mir veritables Männer-Bashing anzuhören.«

»Dann sind wir wohl unterschiedlicher Auffassung«, sagte ich. »Ich habe gleich ein Meeting, aber ich freue mich auf lebhafte Diskussionen im kommenden Semester.«

»Nicht alles in den Rechtswissenschaften hängt mit der Unterwerfung der Frauen zusammen«, sagte er. »Und verdrehen Sie nicht die Augen meinetwegen.«

Ich war so überrascht, dass ich lachte.

»Ich meine das ernst. Sie haben gerade die Augen verdreht.«

»Ich muss zu meinem Meeting«, sagte ich. »Bis nächste Woche.«

Während ich von der McCormick Hall zur Levy Mayer Hall zurückging, war mir unbehaglich zumute. Ich war schon früher aufsässigen männlichen Studenten begegnet, aber wenn so etwas schon zu Beginn des Semesters geschah, war das ein schlechtes Zeichen. Ich hoffte, er würde die Atmosphäre im Kurs nicht vergiften.

Als ich im dritten Stock aus dem Aufzug trat, stieß ich beinahe mit James zusammen. »Entschuldigung, Hillary«, stammelte er. »Nein, das war mein Fehler«, entgegnete ich, um gleich darauf herauszuplatzen: »Einer meiner Studenten hat mir gerade gesagt, ich solle nicht seinetwegen die Augen verdrehen.«

James sah mich erschrocken an. »Wie bitte?«

»Er kam nach der Stunde zu mir, um mir zu erklären, mein Kursplan sei zu feministisch.«

»Was für ein aufgeblasener Idiot. Ich wette, zu einem männlichen Professor würde er niemals sagen, er solle nicht die Augen verdrehen.«

»Keine Frage.« Gedehnt fügte ich hinzu: »Ich bin mir nicht völlig sicher, ob ich nicht *doch* die Augen verdreht habe. Ich glaube es zwar nicht, aber er hat meine Geduld ziemlich auf die Probe gestellt.«

»Wen kümmert's? Er ist Student, und Sie sind die Professorin, und Sie haben ihm die Höflichkeit erwiesen, ihm zuzuhören. Das Einzige, was er hätte sagen dürfen, wäre Danke gewesen.«

Es war ausgesprochen untypisch für einen meiner männlichen Kollegen, die Geschlechterdynamiken zu erkennen, die oft bis in die Klassenräume vordrangen, geschweige denn sich darüber zu empören. Und weil James so höflich war, hätte ich von ihm mehr noch als von jedem anderen erwartet, dass er mir raten würde, ich solle mich beruhigen oder den diplomatischen Weg einschlagen.

»Sind Sie auch auf dem Weg zur Fakultätssitzung?«, fragte ich.

»Ja.«

»Geben Sie mir eine Minute, damit ich meine Aktentasche abstellen kann, dann begleite ich Sie.«

Am Samstag wollten meine Mutter und ich uns eine Inszenierung von *Così fan tutte* ansehen, aber morgens um acht rief sie mich an und sagte: »Liebes, es tut mir schrecklich leid, aber Dad ist nicht ganz auf der Höhe, und ich muss zu Hause bleiben. Ich hoffe, die Karten waren nicht allzu teuer.«

»Willst du abwarten, ob es ihm im Lauf des Tages besser geht?«

»Ich glaube nicht, dass das was bringt. Er hustet ganz schön.«

»Wie wär's dann, wenn ich zu euch komme, dich abhole und wir zusammen im Taco Casa zu Mittag essen? Ich könnte dich eine Stunde später wieder zu Hause abliefern.«

Um Viertel nach zwölf saßen wir einander gegenüber und aßen Enchiladas.

»Köstlich«, sagte meine Mutter. »Sie schmecken hier einfach großartig.«

»Mom, fändest du es verrückt, wenn ich für den Senat kandidieren würde?«

»Nun, du warst schon immer eine Anführerin.«

»Nicht der hiesige Senat. Der US-Senat.«

»Das hab ich mir schon gedacht.«

»Mein Freund Greg hat gehört, dass Alan Dixon eventuell für die Ernennung von Clarence Thomas stimmen wird, ich würde es also nur in diesem Fall machen. Aber sieht es nicht aus wie ... Ich weiß nicht ... wie Hybris von meiner Seite? Auf nationaler Ebene zu kandidieren, wenn ich vorher noch nie in irgendein Amt gewählt wurde?«

Sie war ruhig und ehrlich, nicht sarkastisch, als sie sagte: »Männer tun so was.«

Ich lachte. »Ja, aber sie sind Männer. Mom, es tut mir leid, dass ... Ich hoffe ...« Ich stolperte über die Worte, die mir spontan in den Sinn gekommen waren. »Es tut mir leid, dass ich dir keine Enkel geschenkt habe. Ich hoffe, Hughie oder Tony werden es tun, denn du wirst eine wundervolle Großmutter sein.« Zur Zeit dieser Unterhaltung war Hughie einundvierzig und Tony siebenunddreißig.

»Wenn du Kinder wolltest, ist es ein Jammer, dass du keine bekommen hast.« Meine Mutter sah mich direkt an. »Aber dein Leben ist erfüllter, als meines es je war, mit deiner Stelle als Juraprofessorin und deiner Arbeit als Wahlbeobachterin und deinen Freunden überall im Land. Wenn du nach Washington gehst, kannst du die Stimme all jener Leute sein, die keine haben.« Sie nahm einen Bissen und fügte hinzu: »Es gibt nichts an dir, das ich mir anders wünschte.«

Kaum war ich nach meinem nächsten Familienrechtsseminar wieder zurück in meinem Büro, erschien James in der Tür und fragte: »Wie war der Idiot?«

»Sie meinen den Studenten, der mir gesagt hat, ich solle nicht die Augen verdrehen?«

»Hat er sich heute zu Ihrem Tonfall geäußert? Oder vielleicht zu Ihrer Frisur?«

»Gott sei Dank nicht. Es kam mir vor, als würde er grinsen, aber er hat sich zurückgehalten. Haben Sie heute unterrichtet?«

»Vertragsrecht, und es war ereignislos. Ich lass Sie dann mal weiterarbeiten, aber ich freue mich, dass der Blödmann mehr Respekt gezeigt hat.«

Wir schenkten uns ein herzliches Lächeln, und als James in sein Büro zurückging, fragte ich mich, ob wir gerade eine geschickte und wechselseitige Form von Sublimierung praktiziert hatten oder ob die Verlegenheit zwischen uns, das unterdrückte Flackern der Anziehung, nur in meiner Einbildung existiert hatte.

Ich rief Greg in seinem Büro an – es lag im dreiundvierzigsten Stock eines Gebäudes in der Dearborn Street – und sagte: »Rein hypothetisch, wenn ich kandidieren würde, wo würde ich es bekannt geben?«

»Nichts für ungut, aber ich sehe dich nicht bei einer großen Feier am Navy Pier, denn im Augenblick würdest du dich schwertun, ein großes Publikum zu bekommen. Mir schwebt eine Veröffentlichung über die Medien vor, angefangen mit einem Interview bei einem Radiosender wie WBEZ oder bei der *Chicago Tribune*.«

»Wärst du denn bereit, mein Kommunikationsdirektor zu werden?«

»Ich würde dich sabotieren, wenn du mir das nicht anbieten würdest. Du weißt, dass als Wahlkampfmanagerin Stephanie Crouppen hervorragend geeignet wäre?« Stephanie war erfolgreich an den Wahlkämpfen einiger Kongressabgeordneter aus

Illinois beteiligt gewesen. »Wir können noch über andere Namen nachdenken, aber Stephanie ist meine erste Wahl.«

»Außerdem würde ich noch einen Schatzmeister, einen politischen Direktor, einen Field Director, Stellvertreter für alle und einen Medienstrategen brauchen ... Wen hab ich vergessen?«

»Das sind die Wichtigsten, aber du brauchst noch Budget für einen Meinungsforscher. Und einen Leibwächter. Oder eine Leibwächterin?«

»Ich bin für die Wächterin. Rein hypothetisch, natürlich.«

»Halt mich auf dem Laufenden«, sagte Greg. »Rein hypothetisch.«

Die Anhörungen zur Ernennung von Clarence Thomas begannen am Dienstag, den 10. September, und ich verfolgte sie, wenn ich konnte, in James' Büro. Direkt nach der Eröffnungsrede von Thomas, in der er schilderte, wie er im ländlichen armen Pin Point, Georgia, aufgewachsen war, und Thurgood Marshall seinen Respekt aussprach, musste ich zu meiner Lehrveranstaltung Internationales Privatrecht. Nach dem Unterricht stellte ich nur kurz meine Aktentasche hinter der Tür meines Büros ab und ging gleich wieder hinüber zu James. »Was habe ich versäumt?«

Wie immer stand James auf, als er mich sah. »Sie machen gerade Pause, aber Thomas war sehr ausweichend. Er würde nicht einmal seinen Standpunkt zu den Naturgesetzen kundtun.« James zeigte auf den linken Stuhl vor dem Fernseher. »Das ist Ihrer. Sie sind herzlich willkommen, jederzeit fernzusehen, egal ob ich hier bin oder nicht.«

»Ich habe einen Termin mit einem Studenten, danach bin ich gleich wieder zurück. Lassen Sie es mich wissen, wenn es spannend wird.«

Als ich eine Stunde später zurück in sein Büro kam, stand er erneut auf und sagte, noch bevor ich etwas fragen konnte: »Wie gehabt. Schwadronierende Senatoren, ausweichender Kandidat.«

»Haben sie ihn noch irgendwas zum *Roe*-Fall gefragt?«
James schüttelte den Kopf. »Die Demokraten sind zurückhaltend, vor allem Kennedy. Die Vorstellung, Ted Kennedy sei ein Vorkämpfer der Frauen, ist einfach ...« Er zog eine Grimasse. »Es ist eine Farce. Er sollte wirklich zurücktreten.«
»Da werde ich Ihnen nicht widersprechen.«
Auf dem Bildschirm wurde um Ruhe gebeten, und als die Senatoren wieder im Saal erschienen, nahm ich Platz. Die Antworten von Clarence Thomas machten in der Tat einen hölzernen und einstudierten Eindruck – unglaublicherweise behauptete er, den *Roe*-Fall während des Studiums nie diskutiert zu haben, da er seinerzeit bereits verheiratet und Vater gewesen sei –, und die demokratischen Senatoren fassten ihn zudem mit Samthandschuhen an.
Ich überlegte, ob ich James erzählen sollte, dass Thomas Pornohefte in seinem Overall mit sich herumgetragen hatte, fürchtete aber, dadurch erneut eine peinliche Situation heraufzubeschwören. Stattdessen sagte ich: »Meine Freundin Gwen hat mir erzählt, dass Thomas in Yale wegen seiner Schweinigeleien berüchtigt war. Haben Sie schon mal davon gehört?«
James schüttelte den Kopf.
»Ich auch nicht, aber laut Gwen soll er es lieben, äußerst plastisch über Sex zu reden.« Sobald ich mich selbst hörte, fragte ich mich, ob das, was ich soeben gesagt hatte, auch nur einen Deut *weniger* peinlich war.
»Ich will nicht voreingenommen klingen«, sagte James, »aber Thomas scheint nicht allzu intelligent zu sein.«
»Oder er wurde übermäßig gecoacht.«
Während der nächsten Pause fragte ich: »Wie gefällt es Ihnen an der Northwestern?« James lachte, und ich meinte: »Ist das eine komische Frage?« Ich war in der Berufungskommission gewesen, die ihn eingestellt hatte; er war von der rechtswissenschaftlichen Fakultät der Wake Forest University in North Carolina gekommen

und leitete neben seiner Lehrtätigkeit das Center for Law and Finance der Northwestern.

»Es läuft gut«, sagte er. »Auf jeden Fall herrscht hier mehr Wettbewerb.«

»Unter den Studenten oder an der Fakultät?«

»Ich nehme an, beides. Meine größte Sorge im Zusammenhang mit dem Umzug waren Susie und David, aber sie haben sich schneller eingelebt als ich selbst. Wir haben ein Haus in Naperville gekauft, und die beiden haben schnell Freunde in der Umgebung gefunden. Ich fürchte, ich bin einer dieser Klischeemänner, die nicht besonders gut darin sind, Kontakte zu knüpfen. In Winston-Salem habe ich in einer Squash-Liga gespielt, und das vermisse ich am meisten, so albern das vielleicht klingen mag.«

»Warum sollte das albern klingen?«

Auf dem Bildschirm klopfte Senator Biden mit dem Hammer auf den Tisch. »Fortsetzung folgt«, sagte James.

Die Anhörungen – besser gesagt die erste Runde der Anhörungen, was wir zu jenem Zeitpunkt aber noch nicht wussten – waren oft ermüdend, mit langen, verklausulierten Fragen seitens der Senatoren. Sie dauerten über eine Woche, und mir ging kurz durch den Kopf, sie meinen Studierenden irgendwann einmal als Beispiel gelebter Demokratie zu zeigen, doch sie hatten weder direkt mit Familienrecht noch mit Internationalem Privatrecht zu tun.

In Familienrecht sagte Rob Newcomb während einer Diskussion zum Thema Grundrechte mit Blick auf Abtreibungsfinanzierung: »Schön und gut, wenn eine Sozialschmarotzerin dreizehn Abtreibungen haben will, aber es ist nicht Aufgabe des Staates, dafür zu bezahlen.«

Oft – und so war es auch diesmal – brauchte ich im Unterricht einem Studenten nicht selbst zu antworten, weil das jemand aus dem Kreis seiner Kommilitonen für mich übernahm. Eine junge Frau namens Cathy Fernandez sagte: »Die dauerschwangere schwarze Sozialschmarotzerin – das ist ein rassistischer Mythos der Republikaner, der von Reagan verfestigt wurde, um die öffentliche Unterstützung für staatliche Sozialleistungen zu untergraben.«

Am 27. September stimmte der Rechtsausschuss mit sieben zu sieben – ein klassisches Patt – über die Frage ab, ob er die Ernennung von Clarence Thomas dem Senat gegenüber unterstützen solle, dann stimmte er dreizehn zu eins dafür, Thomas' Ernennung ohne Empfehlung an den Senat weiterzuleiten. Dies war eine seltsame und überraschende Entwicklung, über deren Bedeutung James und ich Mutmaßungen anstellten.

Und dann erfuhr ich, als ich am Nachmittag des 3. Oktober 1991 *All Things Considered* hörte, wie eine x-beliebige Fremde aus dem Radio von Bill Clintons offizieller Präsidentschaftskandidatur. Zu diesem Zeitpunkt waren – neben Paul Tsongas – bereits sechs weitere Demokraten im Rennen, einschließlich Tom Harkin und Bob Kerrey. Am Abend wollte ich auf keinen Fall *NBC Nightly News* versäumen, die von Tom Brokaw moderiert wurden.

In der Aufzeichnung sprach Bill vor dem Old State House Museum in Little Rock, eine Reihe von Flaggen im Rücken, zu Unterstützern, die Schilder mit der Aufschrift »Clinton for President« und »Clinton '92« schwenkten. Während er über die vergessene Mittelklasse, soziale Verantwortung und republikanische rassistische Hetze redete, stand seine Familie ein paar Schritte entfernt zu seiner Linken: Sarah Grace, mit der er seit fünfzehn Jahren verheiratet war, ihr fünfzehnjähriger Sohn Ricky und ihre zwölfjährige Tochter Alexis. Sarah Grace hatte einen hellen Teint und rotblondes, vermutlich dauergewelltes Haar und trug, wie auch Alexis, ein geblümtes Kleid mit kurzen Puffärmeln und einem Spitzenkragen. Ricky trug ein kurzärmliges weißes Button-down-Hemd mit Krawatte. Bill sah gut aus – fast schon unverschämt gut – in seinem dunklen Anzug, dem hellblauen Hemd und einer blau gestreiften Krawatte.

Ich sah in der Küche fern und aß nebenher zu Abend: Erdnussbuttertoast, ein paar Apfelschnitze und ein Glas Weißwein. Es mutete beinahe surreal an, allein mitten in Chicago zu sitzen und Bill in Little Rock zu sehen, wie er seinen Lebenstraum und einen Plan in die Tat umsetzte, von dem ich einst geglaubt hatte, ich würde einmal eine wesentliche Rolle darin spielen. War es wirklich nur eine jugendliche Illusion gewesen, dass unsere Begegnung schicksalhaft gewesen war, dass wir im jeweils anderen etwas Einzigartiges gefunden hatten? Ich versuchte mir mich selbst anstelle von Sarah Grace vor dem Old State House vorzustellen. Ich hatte keine Kleider im Schrank wie das, das sie trug, da ich Hosenanzüge bevorzugte, aber existierte womöglich in einem Paralleluniversum eine Version von mir, die in der Zwischenzeit die Gebräuche von Arkansas, einschließlich der modischen, angenommen hatte? Wenn ich Bill geheiratet hätte, wäre ich nun Hillary Clinton? Oder Hillary Rodham-Clinton? Wäre ich die Mutter eines fünfzehnjährigen Jungen und eines zwölfjährigen Mädchens?

Wäre die Bekanntgabe online abrufbar gewesen, hätte ich sie mir gewiss in voller Länge angesehen, vielleicht sogar ein zweites Mal, aber die Medien und die Technologie der damaligen Zeit ersparten mir solche Anwandlungen von Gründlichkeit oder Masochismus. Nach nur einer Minute war Tom Brokaw bereits zu einem Bericht über eine Meinungsverschiedenheit zwischen dem Weißen Haus und dem Energieministerium übergegangen.

Vermutlich hatte Bill seine Bekanntgabe mit Blick auf die Senatsabstimmung über Clarence Thomas' Ernennung geplant, die für den 8. Oktober angesetzt war. Bill hatte die Amerikaner aufgefordert, sich vorzustellen, wie sich der Supreme Court unter ihm gestalten werde und wie er sich im Gegensatz dazu unter Bush weiter verändern könnte. Hätte er jedoch gewusst, was als Nächstes passieren würde, hätte er seine Kandidatur mit Sicherheit nicht zu diesem Zeitpunkt verkündet. Nur drei Tage später, an einem Sonntag, erfuhr das Land, dass eine fünfunddreißigjährige schwarze Juraprofessorin bereit war, unter Eid auszusagen, Clarence Thomas habe sie sexuell belästigt, als er – ausgerechnet – bei der Equal Employment Opportunity Commission ihr Chef gewesen sei.

Ich hörte Anita Hills Namen zum ersten Mal aus den Nachrichten der *Weekend Edition* auf NPR; sie hatte auch in Yale studiert, wo sie 1980 ihren Abschluss gemacht hatte.

Sobald die Meldung endete, rief ich Gwen an und fragte: »Kennst du sie?«

»Das Seltsame ist, dass mir zu Ohren gekommen ist, jemand werde ihn beschuldigen, sich ungebührlich verhalten zu haben, aber es ging nicht um sie«, sagte Gwen. »Ich hoffe, das bedeutet, sie wird nicht die einzige Zeugin bleiben. Aber ich kenne sie nicht. Wir sind damals aus New Haven weggezogen, als sie dort ankam.«

»Das muss das Aus für Thomas' Ernennung sein.«

»Ich bin vorsichtig optimistisch. Mit Betonung auf *vorsichtig*, nicht *optimistisch*. Sollte Thomas seine Nominierung zurückziehen, würdest du dann erst abwarten wollen, auf wen Bushs Wahl als Nächstes fällt, bevor du dich entscheidest, für den Senat zu kandidieren?«

Genau diese Frage hatte ich mir bereits selbst gestellt. »Ich denke ja. Und wie Dixon abstimmt.«

»Was hältst du von Bills Bekanntgabe?«

»Ich weiß, deine Stimme wird er nie bekommen. Ich versuche mir darüber klar zu werden, ob ich ihm meine geben werde.«

»Weißt du, was mir durch den Kopf geschossen ist, als ich gehört habe, dass er kandidiert? Ich dachte, Gott sei Dank geht dieser Kelch an Hillary vorbei.«

Am Montagmorgen schloss ich eben meine Bürotür auf, da erschien James und sagte: »Da haben wir's – Schweinigeleien!«

»Ich weiß!« Ich hatte vorgehabt, bei ihm vorbeizuschauen, sobald ich meine Aktentasche abgestellt hatte.

»Sie haben es vorhergesagt! Können Sie sich vorstellen, dass ihre Anwälte nur etwa, hm, vier Tage haben, um sich vorzubereiten?«

Wir sahen einander an, und freudige Erregung erfasste uns – teils war es die freudige Erregung zweier Demokraten, die hofften, eine Nominierung der Republikaner würde platzen. Aber ich glaube, es war nicht nur das.

Solange ich lebe, werde ich nie vergessen, wie ich vor dem Fernseher Anita Hills Eröffnungsstatement verfolgte: ihr aquamarinblaues Kostüm, ihre Gefasstheit und Ernsthaftigkeit, ihre elementare Einsamkeit, als sie den vierzehn weißen, männlichen Senatoren und den vielen, vielen Kameras gegenüberstand. Nachdem sie die rechte Hand erhoben und geschworen hatte, die Wahrheit zu sagen, setzte sie sich wieder und begann ihre Erklärung vorzulesen: »Herr Vorsitzender, Senator Thurmond, Mitglieder des Ausschusses: Mein Name ist Anita F. Hill, und ich bin Professorin der Rechtswissenschaften an der University of Oklahoma. Ich wurde 1956 auf einer Farm in Okmulgee County, Oklahoma, geboren. Ich bin das jüngste von dreizehn Kindern ...«

Nach einer Zusammenfassung ihrer Ausbildung, Kirchenzugehörigkeit und Berufserfahrung beschrieb sie, wie sie Clarence Thomas kennengelernt hatte und erst im Bildungsministerium und später in der Equal Employment Opportunity Commission seine Assistentin gewesen war. Drei Monate nachdem sie begonnen hätten zusammenzuarbeiten, sagte sie, habe er sie zum Essen ausführen wollen, doch sie habe die Einladung ausgeschlagen. »Was als Nächstes geschah und der Welt davon zu erzählen sind die beiden schmerzlichsten Erfahrungen meines Lebens. Erst nach langer, qualvoller Überlegung und nach unzähligen schlaflosen Nächten bin ich heute in der Lage, über diese unangenehmen Themen mit jemand anderem als meinen engsten Freunden zu sprechen.«

Abgesehen davon, dass er sich ständig mit ihr habe verabreden wollen, fuhr sie fort, habe er ihr gegenüber andauernd das Thema

Sex zur Sprache gebracht: Er habe sich über pornografische Filme ausgelassen, die Frauen mit riesigen Brüsten und Männer mit großen Penissen, Sex mit Tieren, Gruppensex oder Vergewaltigungen zeigten. Er habe sich mit seiner sexuellen Leistungsfähigkeit und seiner Vorliebe für Oralsex gebrüstet. Im Büro habe er einmal eine Getränkedose hochgehalten und gefragt: »Wer hat Schamhaare auf meine Coke gelegt?«

Es war ungeheuerlich – bizarrer und vulgärer und eindeutiger, als ich es mir je vorgestellt hätte, und in seiner Bizarrheit und eindeutigen Vulgarität besaß es die Textur der Wahrheit.

Natürlich sah ich in James' Büro fern und merkte, wie er auf seinem Stuhl hin und her rutschte, auch wenn ich nicht hätte sagen können, ob vor Erstaunen oder Unbehagen. In regelmäßigen Abständen sagten entweder er oder ich: »Was?«, oder: »Oh mein Gott«, oder wir schnappten nur nach Luft. Die meiste Zeit jedoch hörten wir schweigend zu.

Irgendwann, sagte Hill, habe sie wegen akuter Magenschmerzen, die, wie sie glaubte, durch den Stress in der Arbeit ausgelöst worden seien, ins Krankenhaus gemusst. Ein Jahr später habe sie die Equal Employment Opportunity Commission verlassen, um Juraprofessorin in Oklahoma zu werden. Vor ihrem Abschied habe Thomas zu ihr gemeint, sollte sie jemals irgendwem von seinem Verhalten erzählen, werde das seine Karriere ruinieren. »Das war weder eine Entschuldigung noch war es eine Erklärung«, sagte sie.

Nachdem sie ihren gelegentlichen Kontakt mit ihm in den folgenden Jahren eingeräumt hatte, war ihre Stimme sowohl leidenschaftlich als auch beherrscht, als sie sagte: »Ich hege keine persönlichen Rachegelüste Clarence Thomas gegenüber. Ich versuche dem Ausschuss nur Informationen an die Hand zu geben, die er als relevant erachten könnte. Es wäre bequemer gewesen, Stillschweigen zu wahren. Ich habe nicht die Initiative ergriffen, irgendjemanden zu informieren. Aber als ich von einem Vertreter dieses Ausschusses gebeten wurde, von meinen Erfahrungen zu berichten, spürte ich, dass ich die Wahrheit sagen musste. Ich konnte nicht weiter schweigen.«

Sie hörte zu sprechen auf und ordnete den Stapel Blätter vor sich auf dem Tisch. Nach ein paar Sekunden wurde klar, dass sie fertig war.

Anders als bei den früheren Anhörungen saßen James und ich an diesem Tag gemeinsam mit mehreren Kollegen vor dem Fernseher; ein größerer Apparat war zudem in einem freien Seminarraum aufgestellt worden. Es war ein Freitag, was bedeutete, dass nur wenig Unterricht stattfand. Hills Zeugenaussage mit den teils skeptischen, teils völlig respektlosen Fragen der Senatoren dauerte und dauerte. Die Tür von James' Büro stand offen, und ein Kollege namens Eli Disterhoft steckte den Kopf herein und kommentierte: »Unfassbar, was die ihr zumuten, nicht wahr?« Er gesellte sich für die nächste Stunde zu uns.

Gegen Mittag blieb ein älterer Kollege, ein Mann namens Edmund Lynham, im Vorbeigehen stehen und sagte: »Ich glaube ihr kein einziges Wort. Sie ist jahrelang freiwillig mit ihm in Kontakt geblieben.«

»Sie hat ihn als persönliche Referenz gebraucht«, gab Eli zurück.

Während ich in einer Pause mit James zur Mensa ging, um Sandwiches zu holen, meinte er: »Ich denke, sie sagt die Wahrheit.«

»Welchen Vorteil würde es ihr bringen zu lügen? Sie hat sich zur Zielscheibe für gehässige Kritik aus den Reihen der Rechten und einiger Leute aus der schwarzen Community gemacht.«

»Aber wie konnte Thomas so unvorsichtig sein? Wie konnte er glauben, damit durchzukommen?«

Ich dachte an Bill, die Spannung zwischen seinem privaten Verhalten und seinen öffentlichen Ambitionen. »Wenn ich das nur wüsste.«

Als Anita Hills Zeugenaussage endete, war es kurz vor neunzehn Uhr – nach Ostküstenzeit beinahe zwanzig Uhr –, und James und ich waren die Letzten im dritten Stock. Es schien ein idiotisches Zugeständnis seitens der Demokraten zu sein, aber Thomas erhielt die Erlaubnis, sofort zu antworten. Mit heftiger Entrüstung leugnete er alles; Hills Behauptungen bezeichnete er als »Hightech-Lynchmord«.

Um halb zehn endete die Anhörung schließlich, allerdings nur, um am nächsten Morgen fortgesetzt zu werden. »Ich war davon ausgegangen, dass es für eine Fortsetzung etwas Großes bräuchte, aber Allmächtiger!«

Wir saßen beide auf unseren üblichen ungemütlichen Stühlen, und ich war überdreht und erschöpft zugleich, als hätte ich selbst den ganzen Tag als Zeugin ausgesagt. Auf dem Bildschirm diskutierten Experten das Verfahren.

»Ein Freund von mir«, sagte ich, »der sehr aktiv bei den Demokraten ist, hat mir erzählt, ihm sei zugetragen worden, Alan Dixon plane, für Thomas zu stimmen. Ich überlege mir, gegen Dixon zu kandidieren, wenn er das tut.«

»Für den Senat?« James schaute entgeistert.

»Ich war jahrelang Wahlbeobachterin in Illinois und habe davor bei einigen Wahlkampagnen mitgearbeitet. Es ist nicht so weit hergeholt, wie es klingt.«

»Sie würden bei der Wahl '92 kandidieren?«

»Es kursiert das Gerücht, die Republikaner würden Dixon tatsächlich hofieren, aber ich kann mir nicht vorstellen, dass er sich nach heute noch überzeugen lässt.«

Noch während ich sprach, zog James ein Gesicht, als hätte er gerade in eine Zitrone gebissen. »Du kannst nicht für den Senat kandidieren, denn du würdest gewinnen und ich würde dich nie mehr wiedersehen«, sagte er schließlich, unvermittelt zum Du übergehend.

Unsere Kollegialität – war sie gerade geborsten und hatte die wahren, im Verborgenen brodelnden Gefühle freigelegt? Ich versuchte ihn anzulächeln, obwohl ich den leisen Verdacht hegte, dass meine Mimik eher panisch als sinnlich wirkte.

»Ich hab dich furchtbar gern, Hillary«, fuhr er fort.

Mit stur auf den Fernseher gerichtetem Blick erwiderte ich: »Ich hab dich auch furchtbar gern.« Die krampfhaft aufrechterhaltene Unschuld zwischen uns – ich hatte sie mir also doch nicht eingebildet, zumindest den krampfhaften Teil.

Nach einer kurzen Pause sagte er: »Wenn ich keine Familie hätte, würde ich bestimmt ...« Er stockte. »Ich würde liebend gern mit dir ausgehen. Würdest *du* das denn auch wollen?«

»Ja. Aber angesichts der Tatsache, dass du eine Familie hast ...« Ich verletzte eine meiner persönlichen Regeln, nämlich kein wichtiges Gespräch zu führen, ohne das gewünschte Ergebnis vor Augen zu haben.

»Angesichts der Tatsache, dass ich eine Familie habe«, wiederholte er, um gleich darauf eine Minute lang zu schweigen. Dann hob er erneut an: »Du bist so klug und interessant und hübsch. Nach unseren Gesprächen denke ich jedes Mal, was für ein Glück ich habe, dich zu kennen.«

In früheren Phasen meines Lebens hatten Männer, wenn sie in leichten Variationen »Du bist so klug und interessant und hübsch« gesagt hatten, das im Sinne einer Erklärung dafür gemeint, warum sie *nicht* mit mir ausgehen wollten; wie seltsam, dass sich ein Gefühl mit der Zeit ins Gegenteil verkehren konnte.

»Mich während der letzten Monate ab und an fünf Minuten mit dir zu unterhalten«, sagte ich, »hat mir jedes Mal den Tag versüßt. Aber ich schätze, ich habe versucht, nicht allzu sehr darüber nachzudenken, warum.«

»Ich habe mit zweiundzwanzig geheiratet«, meinte James. »Aus heutiger Sicht erscheint das lächerlich, wie etwas, das nicht erlaubt sein dürfte. Susie ist eine hingebungsvolle Mutter. Sie ist ein guter Mensch. Aber ich wünschte ... Ich habe gehört, dass manche Paare zusammenwachsen, aber das geschieht offenbar viel seltener als das Gegenteil.«

Ich dachte an Maureen und Steve. »Das stimmt, obwohl ich beileibe keine Expertin bin.«

»Wenn ich nochmals die Wahl hätte, würde ich mir jemanden wie dich aussuchen. Jemanden, mit dem ich mich unterhalten kann.«

Mit einem Mal verspürte ich Trauer, eine aus vielen Facetten bestehende Trauer. Ich war traurig, weil ich keinen echten Partner hatte, mit dem ich das Bett, die Tiefschläge des täglichen Lebens und Insiderwitze teilen konnte. Ich war traurig, weil die meisten Ehen schon nach wenigen Jahren nicht mehr besonders glücklich zu sein schienen. Ich war traurig, weil im Hintergrund meines Lebens der Mann, für den ich einst flammende Begeisterung empfunden hatte, ein Mensch geworden war, dem ich besser nie begegnet wäre. Und ich war traurig, dass im Vordergrund meines Lebens der Mann, den zu küssen ich mir sehnlichst wünschte, mit einer anderen Frau verheiratet war.

Aus all diesen Gründen ergriff ich James' Hand. Die Geste war keineswegs kokett oder provokant gemeint, sondern bedauernd. Vermutlich wünschte ich mir, auch wenn wir uns einig schienen, dass nichts Romantisches geschehen würde, einfach ein wenig Intimität zum Trost.

Doch es wurde sofort klar, dass James das, was ich getan hatte, eher als Ouvertüre denn als Klage deutete. Er streichelte mir mit dem Daumen über den Handrücken, dann legte er die andere Hand auf meine. Würden wir uns, endlich, küssen?

Aber wir saßen einfach nur mehrere Minuten Hand in Hand da, lange genug, dass der körperliche Kontakt sich von schockierend und aufregend über verwirrend letztlich in ein winziges bisschen langweilig wandelte. Außerdem, hatte er nicht einen langen Nachhauseweg nach Naperville? Also drückte ich ihm die Hand und sagte: »Wir sollten jetzt beide los. Lass uns versuchen, das wann anders zu klären.« Ich entzog ihm meine Hand und stand auf. »Ich hol schnell meine Sachen, dann können wir zusammen gehen.«

Im Aufzug nach unten und auf dem Weg hinaus aus der Mayer Levy Hall plauderten wir über Belanglosigkeiten. Nach zehn an einem Freitagabend im Oktober lag der Campus der Law School dunkel und verlassen da. Weil ich wusste, dass er zur Parkgarage musste, wies ich zur Straße und sagte: »Ich gehe den Lake Shore Drive entlang.«

»Du willst doch um diese Zeit nicht ernsthaft zu Fuß gehen? Bitte, lass mich dich fahren.«

»Es ist sicher. Wirklich.«

Wir standen ein paar Sekunden lang da, und abermals fragte ich mich, ob wir uns gleich küssen würden, direkt hier vor dem Gebäude, in dem wir arbeiteten. Schließlich trat ich vor und umarmte ihn, ziemlich lang sogar. Doch als ich endlich allein war, links neben mir die endlose glitzernde Dunkelheit des Lake Michigan, verspürte ich Erleichterung. Der Tag war von Nervenkitzeln unterschiedlichster Art erfüllt gewesen, und ich war erschöpft.

»Warte eine Sekunde«, sagte Maureen, als ich sie von zu Hause aus anrief. »Dein Kollege hat dich während Anita Hills Zeugenaussage angebaggert? Ich hatte zwar keine Eins in Englisch, aber lautet so nicht die Definition von Ironie?«

»In gewisser Weise hab ich ihn angebaggert. Und technisch gesehen war Anita Hill schon fertig. Bist du geschockt?«

»Nun, ich denke, das sagt nichts Gutes über den Zustand seiner Ehe aus.«

Ich liebte Maureen. Aber ich war – nicht zum ersten Mal – verblüfft, wie gleichgültig und entschieden verheiratete Frauen die Ehe abtaten, solange ihre intakt war.

Am Samstagmorgen ging ich eine Runde laufen, und als ich wieder nach Hause kam, hatte ich zwei neue Nachrichten.

Eine war von Greg: »Erinnerst du dich an diese brodelnde Wut in dir, als du Anita Hill zugehört hast? Unzählige andere Frauen haben sie auch gespürt.«

Die andere von meinem Bruder Tony: »Wer hat Schamhaare auf meine Coke gelegt?«

Die wiedereröffnete Anhörung hatte sich über das gesamte Wochenende hingezogen und endete erst in den frühen Morgenstunden des Montags. Auf dem Weg zur Universität an jenem Morgen hoffte ich, dass der ganze Tumult das, was sich am Freitagabend zwischen James und mir ereignet hatte, entweder überdecken oder davon ablenken würde. Aber schon ein paar Minuten, nachdem ich im Büro angekommen war, erschien James in der Tür. »Hast du kurz Zeit?«

»Klar«, sagte ich.

Er kam herein, schloss die Tür und sagte: »Du bist mir das ganze Wochenende über nicht aus dem Kopf gegangen.« Wie üblich trug er Anzug und Krawatte, an diesem Tag eine braune mit dunkelblauen Streifen.

Ich saß an meinem Schreibtisch und lächelte. »Du mir auch nicht.«

»Du siehst bezaubernd aus heute.«

»Gerade hab ich gedacht, wie gut du heute aussiehst.«

»Wäre es in Ordnung, wenn ich dich jetzt in den Arm nehme?«

Ich lachte, dann schlug ich die Hand vor den Mund. »Ich lach dich nicht *aus*. Es ist nur ... Du bist unglaublich süß.«

Er kam auf mich zu, ich erhob mich, und als er die Arme um mich schlang, konnte ich spüren, wie er den Geruch meiner Haare einsog. Ich verlor mich in einem Nebel aus verschwommenen Gefühlen – wie ungewohnt und tröstlich zugleich sein Körper war. Dass er mich diesmal küssen würde, schien unvermeidbar, selbst wenn es Montagmorgen zwanzig nach acht in meinem Büro war. Es schien unvermeidbar, bis er mich noch einmal drückte und dann einen Schritt zurücktrat. »Ich muss zum Rektor«, sagte er. »Ich kann es kaum erwarten, dich später wiederzusehen.«

Am 15. Oktober wurde Clarence Thomas mit zweiundfünfzig zu achtundvierzig Stimmen bestätigt. Es war das knappste Wahlergebnis in der Geschichte des Supreme Court, und in der namentlichen Abstimmung war Alan Dixon einer von elf Demokraten, die mit Ja votierten. Normalerweise wäre ich zum Zeitpunkt dieser Entscheidung – es war kurz nach siebzehn Uhr – im Büro gewesen, aber James hatte Unterricht, und ich wollte nicht allein schauen, also hatten Greg und ich früher aufgehört zu arbeiten und uns in seiner Wohnung getroffen.

In Gregs Wohnzimmer, nach der offiziellen Bekanntgabe des Votums, empfand ich zweierlei: tiefes Unbehagen, dass Clarence Thomas in den Supreme Court aufsteigen würde, und unbändige Neugier, ob diese Tatsache mein persönliches Schicksal verändern würde. Ich wendete mich zu Greg. »Gibst du mir achtundvierzig Stunden, um mich zu entscheiden?« Zufälligerweise waren wir in zwei Tagen zum Abendessen im Szechuan Wok verabredet.

»Solange du weißt, dass es nur eine richtige Antwort gibt.«

»Glauben diese zweiundfünfzig Senatoren Anita Hill wirklich nicht, oder ist es ihnen egal?«

Greg schüttelte unglücklich den Kopf. »Republikaner sind skrupellose Arschlöcher, und das ist das Einzige, wofür ich sie bewundere.«

Am nächsten Morgen stand plötzlich James in der Tür und meinte: »Bitte sag mir, dass du nicht für den Senat kandidierst.«

»Hin und wieder machen kluge Frauen, mit denen man interessante Gespräche führen kann, solche Sachen.« Das war als Scherz gemeint, doch als ich seinen gekränkten Blick sah, fügte ich hinzu: »Ich denke noch darüber nach.«

Er schloss meine Bürotür hinter sich, kam zu mir an den

Schreibtisch, nahm mich an der Hand und zog mich zu sich. Dann umarmte er mich fest, und in diesem Moment begriff ich, dass er niemals etwas tun würde, das nicht ich zuerst getan hatte. Dass ich ihn an der Hand genommen und ihn umarmt hatte, hieß, er würde mich an der Hand nehmen und mich umarmen. Weiter würde er allerdings nicht gehen.

War diese Passivität auf seine ehelichen Schuldgefühle zurückzuführen? Auf seine Angst, ich könnte ihn für unverschämt halten?

Wollte er oder wollte er nicht, dass ich erneut die Initiative ergriff? Glaubte er, dies seien die Regeln, auf die wir uns geeinigt hätten?

Einerseits fühlte sich diese Beinahe-Keuschheit albern an. Wir waren beide über vierzig. Ich hatte seit drei Jahren keinen Sex mehr gehabt, und er war ein attraktiver Mann. Und falls er fürchtete, seine Frau zu verletzen oder zu verärgern, konnte ich mir kaum vorstellen, dass sie durch das, was wir bereits taten, weniger verletzt oder verärgert sein würde.

Andererseits barg diese Zurückhaltung ein verlockend glaubhaftes Dementi in sich. Sollte zum Beispiel ein Zeitungsreporter irgendwann einmal herausfinden, was wir zueinander gesagt oder miteinander getan hatten, würde das dann als Affäre zählen? Eher nicht.

Im Szechuan Wok platzte ich, kaum hatte Greg sich gesetzt, heraus: »Ich bin dabei.«

»Ich habe gute und schlechte Neuigkeiten. Carol Moseley Braun stellt sich ebenfalls zur Wahl.«

»Wow. Oh. Du meine Güte. Ich meine ... Nun, das wäre auf jeden Fall ausgleichende Gerechtigkeit.« Carol leitete das Katasteramt des Cook County, davor war sie stellvertretende Fraktionsführerin der demokratischen Mehrheit im Repräsentantenhaus von Illinois gewesen, und sie war schwarz, was hieß, sie würde im Fall eines Wahlsiegs die erste schwarze Senatorin sein. »Jetzt kann ich nicht mehr kandidieren. Oder doch?«

»Es verändert die Lage.«

»Glaubst du, sie kann gewinnen?«

»Sie wird eine Außenseiterin sein, und zwar auf andere Art, als du es wärst. Aber sie hat dieses gewisse Etwas. Jeder, der sie kennenlernt, ist von ihr begeistert, wie du bestimmt auch schon mitbekommen hast.«

»Ich hab sie ein paarmal beim IDA Dinner sprechen hören.« Das IDA Dinner war ein alljährlich stattfindendes Event, das von der Illinois Democrats Association ausgerichtet wurde.

»Dann weißt du, was ich meine«, sagte Greg.

»Lass uns nicht um den heißen Brei herumreden. Du denkst, sie kann einen besseren Draht zu den Wählern aufbauen als ich.«

»Deine professorale Aura ist eine Stärke, solange du gegen Männer antrittst, aber ich fürchte, im direkten Vergleich mit ihr würde sie überheblich oder elitär wirken.«

»Es ist eine Schande, dass so wenige Frauen für nationale Ämter kandidieren. Mich schaudert, wenn ich an die Schlagzeilen vom Zickenkrieg denke.«

»Ha, das wäre der unterhaltsame Teil.«

Ich seufzte. »Wenn sie schon einmal gewählt wurde und ich nicht und wenn ihre Wahl ein Meilenstein wäre ... dann würde meinem Versuch, sie aufzuhalten, ein übler Beigeschmack anhaften.«

»Ich wünschte, ich könnte dir widersprechen«, meinte Greg, offenbar nicht halb so geknickt meinetwegen, wie ich erwartet hätte. »Hey, hast du Clintons Interview in der *Times* gelesen? Er ist ein echter Witzbold.«

»Nein, das ist mir entgangen«, erwiderte ich. Wenn ich nicht für den Senat kandidiere, dachte ich, werde ich definitiv mit James schlafen.

Doch auch in den darauffolgenden Wochen schlief ich nicht mit James. Tat ich es nicht, weil ich seine Ehe respektierte? So lächerlich diese Frage auf den ersten Blick scheinen mochte, in gewissem Sinne war es genau so. Tat ich es nicht, weil die Methodistenkirche, deren Gottesdienste ich sonntags besuchte, zwar progressiv, aber sicherlich nicht auf *diese* Weise progressiv war? Ja. Tat ich es nicht, weil ich befürchtete, ich könnte mich, wenn wir Sex hätten, einseitig verlieben, und stattdessen lieber dieses wonnige Fegefeuer genoss? Ebenfalls ja.

Oft wurde ich mir gewahr, dass, wenn in einem unserer Büros ein Sofa gestanden hätte, Sex unausweichlich gewesen wäre. Und manchmal fiel es mir, ungeachtet der unbequemen Stühle, schwer, nicht auf seinen Schoß zu klettern oder ihn einfach in meine Wohnung einzuladen. Hätte er mich leidenschaftlich geküsst oder mir unter den BH gefasst, ich wäre entzückt gewesen und hätte ihm passend geantwortet. An manchen Tagen allerdings war seine Zurückhaltung, offen gestanden, abtörnend. Aber meist genügte es – nein, es war herrlich –, Händchen mit diesem zuvorkommenden, intelligenten, freundlichen Mann zu halten. Als die kältere Jahreszeit kam, wurde jene Sehnsucht, die ich seit Kindertagen verspürt hatte, vielleicht gerade dann, wenn wir nicht beisammen waren, durch das zärtliche und beruhigende Gefühl gemildert, James im Herzen zu tragen und zu wissen, dass er mich in seinem trug. Dem war nicht nur so, wenn ich profane Aufgaben erledigte, wie den Abfall zum Müllschlucker am Ende des Flurs bringen, sondern auch in Momenten, in denen ich mich normalerweise besonders einsam gefühlt hatte, wie kurz vor dem Zubettgehen oder wenn mir der Geruch von verbranntem Herbstlaub in die Nase stieg.

Einmal, kurz bevor ich zu meinem Seminar für Internationales Privatrecht aufbrechen musste, begann James, während er mich in den Arm nahm – wir hatten uns noch nie geküsst und taten es auch an diesem Tag nicht –, zu weinen.

»James«, flüsterte ich, eng an ihn geschmiegt, und streichelte ihm über den Rücken. »Schatz.«

Er angelte nach einem Papiertaschentuch und tupfte sich die Augen trocken. »Entschuldigung, dass ich mich so kindisch benehme.«

»Das tust du nicht.«

»Ich wünschte mir so sehr, die Dinge wären anders.«

»Ich auch«, erwiderte ich.

An einem anderen Tag sagte er, während wir spätnachmittags nebeneinander in seinem Büro saßen: »Das ganze erste Jahr über war ich eingeschüchtert von dir.« Ich lachte, und er fuhr fort: »Du bist immer so gelassen und selbstbewusst bei den Fakultätssitzungen. Die Art, wie du dem Dekan bezüglich der Anforderungen fürs erste Studienjahr widersprochen hast ... weißt du noch?«

Jetzt, wo er mich daran erinnerte, fiel es auch mir wieder ein.

»Und einmal habe ich mitbekommen, wie du dich mit Sheila über eine Parisreise mit deinen Wellesley-Freundinnen unterhalten hast. Ich habe mir ausgemalt, du würdest eines dieser aufregenden Single-Leben führen, mit Jetset-Trips in europäische Städte.«

»Wenn du mit Jetset-Trips meinst, alle drei oder vier Jahre in der Bretterklasse nach Europa zu fliegen, dann ja.«

»Als du Thurgood Marshalls Pressekonferenz in meinem Büro ansehen wolltest, konnte ich mein Glück kaum fassen.«

»Warst du etwa in mich verliebt?«, fragte ich scherzhaft.

»Unsterblich. Ich wollte es zwar nie vor mir selbst zugeben, aber wie, bitte schön, hätte das gehen sollen?« Eine solche Treuherzigkeit, eine solch jungenhafte Aufrichtigkeit bei einem distinguierten Juraprofessor zu finden, berührte mich zutiefst.

»Tja, das ist alles sehr schmeichelhaft, aber niemand außer dir sieht mich so. Eigentlich bin ich ein Mann ehrenhalber.«

Er sah mich irritiert an. »Was heißt das?«

»Das ist der Preis dafür, in den Herrenclub eingelassen zu werden. Die Welt hat sich weitergedreht seit meinen ersten Jahren als

Professorin, und ich bin mir sicher, das wird sie auch in Zukunft.«
Er blickte noch immer derart verwundert, dass ich hinzufügte: »Du brauchst mir jetzt nicht zu sagen, dass ich hübsch bin oder so. Ich erwarte keine Komplimente. Das sind einfach nur Fakten.«
»Hübsch? Du bist wunderschön.«
Ich lächelte. »Ich hoffe, du bist immer noch eingeschüchtert von mir.«
Er drückte mir die Hand. »Absolut.«
Und einmal, an einem Freitagnachmittag, sagte er: »Ich weiß, es ist nicht fair, aber es würde mich fertigmachen, wenn ich wüsste, dass du dieses Wochenende eine Verabredung hast.«
»Ich hab dieses Wochenende keine Verabredung«, sagte ich.

Tatsächlich war ich an diesem Abend bei Maureen zum Essen eingeladen. Steve und die Jungs hatten Tickets für ein Spiel der Bulls bekommen, und Maureen und ich aßen gemeinsam mit Meredith Pizza. Als sie ins Fernsehzimmer verschwand, um *Die kleine Meerjungfrau* anzusehen, blieben wir in der Küche.
»Bist du in ihn verliebt?«, wollte Maureen wissen.
»Nein«, antwortete ich automatisch. Im selben Moment wurde mir klar, dass dieses reflexartige Nein James schwer getroffen hätte, und ich ergänzte: »Das geht nicht, unter den gegebenen Umständen.«
»Ich hab nicht gefragt, ob es eine gute Idee ist, in ihn verliebt zu sein.«
»Wenn er Single wäre, könnte ich mir vorstellen, was mit ihm anzufangen. Aber ich zerbreche mir nicht den Kopf darüber, ob ich ihn heiraten würde, oder irgendwas in der Art.«
»Wie ist der Sex?«
»Nein, nein. Wir haben nicht mehr getan, als Händchen zu halten.«
»Du machst Witze.«
»Wir haben uns noch nicht mal geküsst.«

»Was? Habt ihr, du weißt schon ...« Sie wedelte mit der Hand durch die Luft. »Heftiges Petting oder so?«

»Wir haben uns lange in den Arm genommen, mehr nicht.«

Sie sah aus, als könnte sie nur mit Mühe ernst bleiben. »Bekommt er einen Steifen?«

»Manchmal, aber dann geht er auf Abstand.« Abermals kam mir der Gedanke, ob es ein Verrat an James war, diese Details weiterzugeben. »Ehrlich, es ist schockierend unschuldig. Als wären wir in der Grundschule.«

»Du denkst das nicht wirklich, oder?« Maureens Blick war skeptisch geworden.

»Ich sag dir die volle Wahrheit. Es ist fast nichts geschehen.«

»Hillary, diese Version ist noch weit schlimmer, als wenn ihr miteinander schlafen würdet. Ich bin auf deiner Seite, aber aus Sicht seiner Frau ... Diese tiefe Wir-sind-auf-einer-Wellenlänge-Freundschaft, bei der er zugleich auch noch vernarrt in dich ist, ist entschieden bedrohlicher.«

»Findest du, ich sollte es beenden?«

»Kannst du das denn? Für mich klingt es, als hätte sich die ganze Sache inzwischen verselbstständigt.«

»Ich könnte es versuchen.«

»Ich schätze, wenn du nicht bald jemand anderen kennenlernst, wodurch euch das Nebeneinander eurer Büros unangenehm werden wird, wirst du früher oder später mit ihm schlafen. Ich kann mir nicht vorstellen, dass zwei Erwachsene, die sich gegenseitig gestanden haben, wie anziehend sie sich finden, bis in alle Ewigkeit händchenhaltend dasitzen.«

»Er ist nicht so wie viele andere Männer. Er ist ...«, ich suchte nach dem richtigen Wort, »... ehrbar. Nicht auf selbstgerechte Art. Er ist einfach ein herzensguter, anständiger Mensch. Und er ist wirklich süß.«

Sie lachte, aber eher mitfühlend als spöttisch. »Ein Glück, dass du nicht verliebt in ihn bist.«

Eineinhalb Wochen vor Thanksgiving gab Carol Moseley Braun von einem privaten Terminal des Midway Airports aus ihre Kandidatur bekannt. Aus meiner Sicht eine seltsame Bühne – die Logik dahinter war offenbar, dass sie sich unmittelbar danach auf eine Rundreise durch den Bundesstaat begeben würde, um sich den Wählerinnen und Wählern persönlich vorzustellen –, aber sie machte einen souveränen und warmherzigen Eindruck. »Ich kandidiere für die Senatsvorwahlen der Demokratischen Partei, weil ich – wie alle anderen auch – gesehen habe, wie mein Senator im Sitzungssaal des Senats stand und sagte, es sei ihm egal, was ich denke. Ich habe gesehen, wie er sich auf die Seite jener Leute schlug, die uns so schlecht regiert haben wie auch er wieder und wieder und wieder.«

Es wäre gelogen gewesen, wenn ich behauptet hätte, nicht neidisch und enttäuscht zu sein, und zwar weit mehr, als ich es je mit Blick auf Bills Wahlkampf gewesen war. Meine Zweifel bezüglich einer eigenen Kandidatur – es war vernichtend und beflügelnd zugleich, von Carol den Spiegel vorgehalten zu bekommen und zu erkennen, wie hausgemacht sie waren. Ob ich wohl jemals für irgendein Amt antreten würde? Oder würden die Zeichen niemals günstig für mich stehen? Eigentlich wollte ich meine Zeit nach wie vor nicht in Springfield absitzen. Zufälligerweise war einen Tag vor Carol ein weiterer Demokrat namens Albert Hofeld, ein wohlhabender, auf Körperverletzung spezialisierter Anwalt, der noch nie ein politisches Amt bekleidet hatte, ebenfalls in das Rennen eingestiegen.

Nachdem ich mich entschlossen hatte, nicht anzutreten, hatte ich Gwen angerufen, um es ihr mitzuteilen, und am Abend von Carols Bekanntgabe meldete sie sich aus Washington bei mir. »Ich ziehe meinen Hut vor deiner Entscheidung. Ich will, dass du das weißt.«

Am nächsten Morgen schickte ich einen Scheck über hundert Dollar an Carols Wahlkampfzentrale.

An Thanksgiving fuhr ich mit einem Kürbis- und einem Pecan-Pie im Gepäck zu meinen Eltern. Als ich meiner Mutter die beiden Schachteln aus der Bäckerei überreichte, stichelte mein Vater: »Gott sei Dank hast du die nicht selbst fabriziert, sonst müssten wir zuletzt noch den Giftnotruf alarmieren.«

Meine Brüder und meine Schwägerin kamen ebenfalls, und gegen Mittag spielten die Bears gegen die Detroit Lions; die Bears verloren, was die Laune meines Vaters nicht gerade hob. Wir aßen früh, und als ich danach mit ihm Scrabble spielte, meinte er: »Ich wünschte, Carol Moseley Braun wäre meine Tochter.«

»Ich auch«, gab ich zurück.

Ich hatte meiner Mutter schon vor einigen Wochen während eines Telefonats erzählt, dass ich wegen Carol nun doch nicht für den Senat kandidieren werde, und sie hatte erwidert: »Das leuchtet mir ein, Schatz.« Daher war ich mir fast sicher, dass sie das Thema meinem Vater gegenüber nie erwähnt hatte; er hatte einfach eine weitere prominente Frau gefunden, mit der er mich zu meinen Ungunsten vergleichen konnte.

Gegen acht Uhr abends war ich wieder zu Hause, und als das Telefon klingelte, stellte ich erschrocken fest, dass es James war. »Meine Schwiegermutter hat mich zum Supermarkt geschickt, um Sahne zu kaufen. Ich bin an einem Münztelefon und habe neunzig Sekunden. Und die will ich nutzen, um dir mitzuteilen, dass ich nicht aufhören kann, an dich zu denken.«

»Löblicher Entschluss!«, meinte ich, und er lachte.

»Ich vermisse dich«, sagte er.

»Ich vermisse dich auch.« Wir hatten uns zuletzt vor anderthalb Tagen, am Dienstagnachmittag, gesehen. Ein paar Sekunden lang schwiegen wir beide, während im Hintergrund vorbeifahrende Autos zu hören waren. »Es ist wirklich schön, deine Stimme zu hören«, meinte ich schließlich. »Es freut mich, dass du angerufen hast.«

Obwohl die Bewertungen seitens der Studierenden anonym waren, fiel es mir nicht schwer, die von Rob Newcomb zu identifizieren. Er hatte geschrieben:

»Dieser Kurs ist von Anfang bis Ende Zeitverschwendung. Die Schuld an allen sozialen Missständen den Männern in die Schuhe zu schieben führt zu rein gar nichts. Den Studenten wäre mehr geholfen, wenn Professor Rodham ihre analytischen Fähigkeiten und ihr Verständnis für die rechtlichen Rahmenbedingungen fördern würde, anstatt zu versuchen, uns ihre feministische Agenda einzutrichtern.«

Nachdem die Winterferien in Merediths Grundschule begonnen hatten, kamen Mutter und Tochter in die Stadt, und wir trafen uns, wie jedes Jahr, zum Mittagessen und besichtigten danach die Weihnachtsschaufenster von Marshall Field's. Die State Street wimmelte von Menschen, obwohl es bitterkalt war, und Meredith machte uns aufgeregt darauf aufmerksam, dass eine der Elfen im Schaufenster Rollerskates trug.

Als wir zum nächsten Fenster gingen, sagte Maureen zu mir: »Meine Freundin Sophia Dyson und ihre Schwester Evalyn organisieren Anfang Januar so ein Spenden-Lunch-Ding für Carol Moseley Braun und wollen mich als Mitgastgeberin dabeihaben. Wäre das okay für dich?«

Maureen wusste logischerweise von meiner kurzlebigen Idee, für den Senat zu kandidieren.

»Natürlich«, erwiderte ich. »Dafür brauchst du mich doch nicht um Erlaubnis zu fragen.«

»Wirst du kommen?«

»Gib mir Bescheid, wann es stattfindet, und ich schau in meinem Kalender nach.« In der Regel vermied ich es, mich tagsüber mit nicht berufstätigen Frauen zu treffen. Selbst wenn mein Terminplan flexibel war, hatten sie ein anderes – weniger gehetztes – Verhältnis zur Zeit als ich. Aber ich war positiv überrascht, dass Maureen bei einer Veranstaltung für Carol mitwirkte. Dass Carol in den Kreisen weißer Frauen aus den wohlhabenden Vorstädten im Norden Fuß fasste, war ein gutes Omen für sie.

»Ach, übrigens«, Maureen winkte mich mit dem Finger näher zu sich heran, wohl weil sie nicht wollte, dass Meredith mithörte, »ich habe einen Artikel über das gelesen, was du tust«, flüsterte sie. »Es wird als emotionale Affäre bezeichnet.«

Niemand hatte erwartet, dass Bill – im Gegensatz zu Harkin oder Kerrey – in der Woche vor Weihnachten die Probeabstimmung während des Parteitags der Demokraten in Florida gewinnen würde, aber als es ihm gelang, klopften schon am nächsten Tag die Reporter bei mir an. Ob sie mich von sich aus gefunden hatten oder ob Bill sie im Glauben, ich werde ihn unterstützen wollen, an mich verwiesen hatte, wusste ich nicht. Der Erste, der eine Nachricht hinterließ, war ein Journalist von der *L. A. Times*, und ich reagierte auf keinen seiner drei Anrufe. Die Zweite war eine Reporterin von der *Arkansas Gazette*, und auch sie rief ich nicht zurück. Der Dritte war von der *Washington Post*, und diesmal – es war noch die Zeit vor der Rufnummernerkennung – nahm ich zufälligerweise ab. »Wenn Sie ein paar Minuten Zeit hätten, würde ich Ihnen gern einige kurze Fragen über Bill Clinton und Ihre gemeinsame Zeit an der Law School stellen.«

»Ich habe kein Interesse daran, ein Interview zu geben«, antwortete ich.

»Es dauert nur wenige Minuten.«

»Es hat nichts mit Zeit zu tun. Ich möchte nicht zitiert werden.«

»Glauben Sie, Bill Clinton wäre ein guter Präsident?«

»Ich habe zu tun.«

»Wir können auch im Vertrauen sprechen, wenn Ihnen das lieber wäre. Das heißt, ich würde Ihren Namen nicht erwähnen.«

»Bitte rufen Sie mich nicht mehr an.«

Letzten Endes beschloss ich nicht aus zwei, sondern aus drei Gründen, zu dem von Maureen mitorganisierten Lunch für Carol Moseley Braun zu gehen: Er fand zwar mitten unter der Woche statt, aber ich hatte noch immer Winterferien; Maureen war daran beteiligt; und ich wollte Carol dabei unterstützen, Alan Dixon zu schlagen. Als Mindestspende wurden fünfzig Dollar empfohlen.

Die Veranstaltung sollte um zwölf Uhr mittags beginnen, und als ich einige Minuten später ankam, parkten bereits zahlreiche Autos entlang der Straße, in der Maureens Freundin Sophia wohnte. Ihr Haus entpuppte sich als weitläufiges weißes Gebäude im Kolonialstil, in dessen Eingangsbereich, Wohnzimmer und Esszimmer sich unzählige Frauen unterschiedlichsten Alters tummelten, die Steppjacken oder Walkblazer und Perlen trugen. Ich beschriftete ein Namensschild, befestigte es an meiner Bluse und machte mich auf, um mir beim Barkeeper im Esszimmer ein Glas Wein zu holen. Dort traf ich Sophia, die ich bereits kannte – über Maureen, nicht über politische Kreise –, und dankte ihr für die Einladung. Anschließend plauderte ich mit einer Highschool-Direktorin und drei offensichtlich nicht berufstätigen Frauen, und als sie sich etwas zu essen vom Buffet holten, entdeckte ich Maureen.

»Die Beteiligung ist ja überwältigend«, sagte ich. »Das müssen an die hundert Leute sein.«

Aber Maureen machte ein säuerliches Gesicht. »Carol sollte vor einer Dreiviertelstunde hier sein, und keine von uns hat etwas von ihr oder ihrem Team gehört. Wir werden jetzt mit dem Programm beginnen.«

»Sie ist vermutlich im Stau stecken geblieben oder kommt von einer anderen Versammlung.«

»Wenn du an meiner Stelle wärst, würdest du anfangen, dir Sorgen zu machen?«

Ich warf einen Blick auf meine Uhr, die 12:32 anzeigte. »Erst in zwanzig Minuten.« Carols Verspätung befremdete mich – gerade in einer Situation wie dieser hier war jede Minute, die man nicht mit Small Talk verbrachte, eine verpasste Gelegenheit für Fundraising –, aber Bill war bei seiner ersten Kongresskandidatur bestimmt auch manchmal zu spät gekommen.

Um Viertel vor eins, als die ersten Gäste aufbrachen, rief Carols Wahlkampfleiter vom Münztelefon einer Tankstelle aus Sophia an, um mitzuteilen, dass sie gegen ein Uhr eintreffen würden. Maureen holte mich zu einer geheimen Besprechung mit Sophia und deren Schwester Evalyn in die Küche – um uns herum richteten Catering-Mitarbeiter in schwarzen Schürzen Brownies und Cookies auf Tabletts an –, und ich sagte: »Wenn ihr wollt, kann ich die Zeit gern mit einer Rede überbrücken, bis sie hier ist. Soll ich?«

»Das würdest du wirklich tun?«, fragte Evalyn.

Es gab kein Mikrofon, aber durch den Unterricht war ich es gewohnt, laut zu sprechen. Sophia und ich postierten uns im Eingangsbereich zwischen Wohn- und Esszimmer, und ich stellte mich zuerst als Professorin der Rechtswissenschaften an der Northwestern, langjähriges Mitglied der League of Women Voters und Wahlbeobachterin vor. Dann fuhr ich fort, während ich abwechselnd nach links und rechts blickte: »Falls Ihnen mein Name bekannt vorkommt, dann vermutlich deshalb, weil ich mich während Harold Washingtons erstem Bürgermeisterwahlkampf massiv gegen die Einschüchterung und Unterdrückung von Wählerinnen und Wählern eingesetzt habe.« Spontaner Beifall brandete auf, und ich war überrascht, wie gut sich das anfühlte. »Heute möchte ich darüber sprechen, warum Ihre Stimme für Carol Moseley Braun, die in wenigen Minuten erscheinen wird, nicht nur eine historische Chance, sondern zugleich die Botschaft an alle Amtsinhaber von Illinois ist, dass sie die Anliegen von uns Frauen ernst nehmen müssen.« Ich erklärte gerade, dass Wirtschafts- und Gesundheitsfürsorgethemen Frauenthemen seien, weil alle Themen Frauenthemen seien, als sich die Tür hinter mir öffnete und, zusammen mit einem Schwall kalter Luft, Carol und ihr Drei-Mann-Gefolge hereinkamen.

»Und hier ist sie!«, rief ich. »Unser Ehrengast!«

»Oh Gott, es tut mir *so leid*«, sagte Carol laut. »Der Highway aus der Stadt war ein Albtraum. Aber ich freue mich riesig, jetzt hier bei all diesen wunderbaren Frauen zu sein.« Wieder wurde begeistert geklatscht, und Carol klatschte ebenfalls und sagte, nachdem der Jubel verebbt war: »Nein, der Beifall gilt *Ihnen*.« Sie umarmte Sophia und mich, dann ging sie sofort zu ihrer Wahlkampfrede über: Warum sie sich entschlossen habe zu kandidieren, wie sehr sie die Blockade in Washington satthabe, denn schließlich sollten die Amtsträger dort doch für das amerikanische Volk arbeiten und nicht umgekehrt. Sie sprach über ihre Kindheit und Jugend in der South Side, über die Bedeutung einer guten schulischen Ausbildung für ihr eigenes Leben und das aller Kinder, über ihren Abschluss an der Law School der University of Chicago, über den Tod ihres geliebten Bruders durch eine Überdosis im Jahr 1983 und über ihren Sohn im Teenageralter. Die Zuhörerinnen hingen ihr an den Lippen, während sie beschrieb, wie sie während ihrer Zeit als Volksvertreterin in Springfield als das Gewissen des Repräsentantenhauses bekannt gewesen sei. »Die Macht mit der Wahrheit zu konfrontieren ist immer wichtig«, fuhr sie fort. »Aber gerade jetzt ist es wichtiger denn je.«

Binnen Sekunden hatte ich erkannt, dass sie das gleiche Charisma besaß wie Bill. Sofort hatte ihr die Menge ihre Verspätung verziehen und nickte und lächelte und runzelte die Stirn und jubelte in genau den Momenten, in denen sie nicken und lächeln und die Stirn runzeln und jubeln sollte. Und es war überaus beeindruckend, mit welcher Leichtigkeit sie eine Verbindung zu ihrem Publikum schuf, trotz unterschiedlicher ethnischer Zugehörigkeit und Erziehung. Ich sah, wie einige Frauen ihr Scheckbuch zückten, noch bevor Carol ihre Rede beendet hatte.

Doch zugleich konnte ich mich, während ich ein paar Schritte neben ihr stand, eines Gedankens nicht erwehren: *Ich* wäre niemals über eine Stunde zu spät bei einer Spendenparty für mich aufgetaucht. Ja, Bill hatte solche Dinge getan und tat sie vielleicht noch immer. Aber wusste Carol nicht – sollte sie es nicht wissen –, wie vorsichtig Frauen sein mussten?

Am Wochenende vor Semesterbeginn ging ich mit meinem Bruder Tony ins Kino – wir sahen uns *Bugsy* mit Warren Beatty in der Hauptrolle an –, und als wir danach Cheeseburger aßen, meinte er: »Hast du gehört, dass Dad auf dem Parkplatz vor Menards jemandem reingefahren ist?«

»Ich dachte, er fährt nicht mehr.«

»Das hat er dir erzählt?« Tony lachte spöttisch. »Nachts vielleicht, aber tagsüber fährt er nach wie vor.«

»Ist jemand verletzt worden?«

»Nicht, dass ich wüsste.«

»Ich glaube nicht, dass er die Fahrprüfung bestehen würde, wenn er sie heute noch mal machen müsste. Du etwa?«

»Nie und nimmer.« Tony biss in seinen Cheeseburger. »Soll ich ihm den Führerschein aus seiner Brieftasche klauen, wenn wir alle bei Hughie sind?«, fragte er mit vollem Mund. Unser Bruder und seine Frau gaben jedes Jahr anlässlich des Superbowl, der kommendes Wochenende stattfinden würde, eine Party.

»Als ob das was helfen würde«, erwiderte ich, und Tony lachte. Ich musste ebenfalls lachen, nicht, weil es lustig war – zu hören, dass unser Vater immer noch Auto fuhr, war beängstigend –, sondern weil es stimmte. Und außerdem, weil es schön war, mit meinem Bruder unterwegs zu sein, zusammen Cheeseburger zu essen.

Bitsy Sedgeman Corker rief mich im Büro an. »Ich war gerade mit Ivo Burgmund beim Lunch, und er hat mir erzählt, Sie trügen sich mit dem Gedanken, bei den Senatsvorwahlen zu kandidieren. Was kann ich tun, um Sie zu überzeugen?«

Der Parteivorsitzende der Demokraten hatte einer seiner wichtigsten Großspenderinnen erzählt, ich würde vielleicht für den

Senat kandidieren? »Ich hatte darüber nachgedacht, bevor Carol sich für eine Kandidatur entschieden hat«, erklärte ich. »Inzwischen tue ich es nicht mehr.«

»Ich mag Carol. Aber ihre Kampagne ist eine absolute Katastrophe. Sie sind wahnsinnig schlecht organisiert, und der Wahlkampfleiter ist ein äußerst dubioser Südafrikaner, mit dem sie angeblich ein Verhältnis hat.«

»Ich war bei einer Fundraising-Veranstaltung für sie in Skokie. Sie kam eine Stunde zu spät, aber kaum war sie da, war sie umwerfend.«

»Sie kommt zu allem zu spät. Hören Sie. Ich bin keine Rassistin. Carol ist eine nette Person, und wenn ich glauben würde, dass sie gewinnen kann, würde ich sie unterstützen. Aber ich glaube nicht, dass sie gewinnen kann.«

»Interessant, dass Sie das sagen.«

»Und ich will eine Frau auf diesem Posten. Ob Alan Dixon, Joe Biden oder George Bush, ich bin es dermaßen leid, dass diese idiotischen Männer die Regeln für den Rest von uns aufstellen. Sie sind nicht klüger. Sie sind nicht netter. Sie haben nicht das bessere Urteilsvermögen. Sie sind einfach nur Männer.«

Sobald Bitsy aufgelegt hatte, rief ich Greg an. »Hast du mitbekommen, dass Carols Wahlkampf nicht gut läuft?«

»Ja, das wollte ich dir auch schon erzählen.«

»Wenn die Vorwahlen in vier Monaten stattfinden, ist es jetzt zu spät zu kandidieren, oder?«

»Könntest du dich dieses Semester beurlauben lassen?«

»Jetzt nicht mehr.«

»Wie viele Stunden unterrichtest du momentan?«

»Acht pro Woche.«

»Mann, ich wäre auch gern Juraprofessor.«

»Was für ein Zufall. Ich wäre gern politische Strategin.«

Wenn Carol Moseley Brauns Wahlkampf auf tönernen Füßen stand, war sie damit nicht allein. Einen Tag nach meinem Gespräch mit Bitsy veröffentlichte ein Boulevardblatt einen Artikel über eine Nachtclubsängerin aus Little Rock, die behauptete, zwölf Jahre lang ein Verhältnis mit Bill gehabt zu haben. Außerdem behauptete sie, Aufnahmen ihrer jüngsten Telefonate zu besitzen, darunter einige, in denen er sie gedrängt habe, ihre Affäre abzustreiten. In einer Stellungnahme erklärte Bills Pressesekretär, Bill und Sarah Grace würden die Frau tatsächlich kennen, aber ihre Behauptungen seien falsch und sie sei von der Boulevardzeitung bezahlt worden.

Als ich diese Nachricht im Radio hörte, empfand ich keinerlei Schadenfreude oder gar Genugtuung, sondern vielmehr Trauer und Unbehagen. War dem so, weil ich, zum ersten Mal in meinem Leben, nicht nur verstand, wie organisch sich eine Affäre entwickeln konnte, sondern auch, wie außergewöhnlich und süß – und kein bisschen schmutzig – sie den beiden Menschen erscheinen konnte, die sich in ihr verstrickt hatten?

Dennoch: zwölf Jahre? Ich wollte mir vorgaukeln, dass ich etwas Derartiges niemals hingenommen hätte. Aber war es nicht ich gewesen, die letzten Endes eingewilligt hatte, Bill zu heiraten, und das, obwohl ich seine Schwächen gekannt hatte? Er war es, der mich davor gerettet hatte.

»Ich muss dir was erzählen, das vielleicht seltsam klingt«, sagte ich zu James. Wir saßen auf unseren Stühlen in seinem Büro und hielten uns an den Händen. »Kennst du Bill Clinton?«

»Nicht persönlich.«

»Lustig, dass du das so formulierst. Ich war während der Law School und noch ein paar Jahre danach mit ihm zusammen.«

»Der Gouverneur von Arkansas, der Präsident werden will und in einen Sexskandal verwickelt ist ... Der war dein Freund?«

»Nun, damals war er noch nicht Gouverneur und gewiss kein

Präsidentschaftskandidat. Aber die erste Law School, an der ich unterrichtet habe, war die der University of Arkansas.«

James war augenscheinlich verblüfft. »Wenn man bedenkt, was für ein glamouröses Leben du hättest führen können ...«

»Ich kann dir versichern, dass Fayetteville, Arkansas, Mitte der Siebziger alles andere als glamourös war.«

»Glaubst du, die Anschuldigungen des Callgirls sind wahr?«

»Sie ist Nachtclubsängerin, kein Callgirl, trotzdem ja. Aus dem Grund hab ich ihn auch nicht geheiratet ... weil er chronisch untreu war.«

»Sonst wärst du seine Frau geworden?« In James' Stimme schwang ein Hauch von Eifersucht mit.

Ich wollte ihn nicht verstimmen, aber ich wollte auch nicht lügen. »Das ist ewig her«, sagte ich.

»Ebenfalls rein hypothetisch«, sagte ich am Telefon zu Greg, »sollte ich mich entschließen, doch noch in den Senatswahlkampf einzusteigen, wie vernichtend wäre es, wenn ich einen Kollegen, einen verheirateten Juraprofessor mit Kind, hätte und wir beide würden im Büro Händchen halten und uns umarmen? Aber wir hätten keinen Sex und wir hätten uns noch nie geküsst.«

Nach einer kurzen Pause sagte Greg: »Wie viele Leute wissen davon?«

»Außer uns nur meine Freundin Maureen, glaube ich.«

»Frag ihn, ob er es irgendjemandem erzählt hat, und sorg dafür, dass Maureen den Mund hält.«

»Das wird sie.«

»Lass es dir bestätigen. Wie lange geht das schon?«

»Dreieinhalb Monate.«

»Ihr befummelt euch also nur gegenseitig?«

»Nicht einmal das. Wirklich, wir umarmen uns nur und halten uns an den Händen, und auch nur im Büro hinter verschlossener Tür.«

»Ich hab ja schon viel gehört«, sagte Greg, »aber dass ein Steifer jugendfrei sein kann, ist mir bislang entgangen. Hör sofort auf damit. Die Öffentlichkeit kann sich schon kaum eine Senatorin vorstellen, und so sicher wie das Amen in der Kirche wird sie niemals eine Senatorin dulden, die den Mann einer andern bumst.«

»Ich bin weit davon entfernt, ihn zu bumsen.«

»Diese Feinheiten werden auf taube Ohren stoßen. Hör auf damit.«

»Übrigens, der Grund, warum Bill Clinton und ich damals, 1975, Schluss gemacht haben, war der, dass er mich ständig betrogen hat.«

»Welch Ironie. Freust du dich schon auf *60 Minutes*?« Der Wirbel um die Vorwürfe der Nachtclubsängerin nahm kein Ende, und Bill und Sarah Grace würden in einer Ausgabe des Nachrichtenmagazins, die nach dem Superbowl ausgestrahlt werden würde, Rede und Antwort zu diesem strittigen Thema stehen.

»Ich weiß nicht, ob ich es sehen kann«, meinte ich. »Meine ganze Familie trifft sich bei meinem Bruder, und ich werde mir das Interview mit Bill auf keinen Fall im Beisein meiner Eltern anschauen.«

»Dann komm zu mir, und wir bestellen was Leckeres bei Szechuan Wok.«

»Ich weiß nicht, ob ich es sehen *will*.«

»Hillary, ich werde nicht eine Sekunde meiner Zeit verschwenden und so tun, als wäre das eine ernsthafte Diskussion. Ich hasse Football, also komm während des letzten Innings oder wie auch immer das heißt, zu mir.«

Als ich meinen Eltern eröffnete, dass ich nicht zu Hughie gehen würde, bemerkte mein Vater mit offensichtlichem Vergnügen: »Sieht so aus, als sei dein Kommunistenfreund diesmal richtig am Arsch, was?«

Sarah Grace und Bill saßen auf einem hellen Zweiersofa in einer Hotelsuite in New Hampshire, und ihr Gesprächspartner hatte ihnen gegenüber in einem Sessel Platz genommen; hinter dem Rücken des Reporters prasselte ein Feuer im Kamin. Sarah Grace trug ein ähnliches Kleid wie seinerzeit bei Bills Bekanntgabe seiner Kandidatur, diesmal in zartem Rosa mit Puffärmeln und Bubikragen. Sie machte einen unglaublich nervösen Eindruck.

Als der Interviewer Bill Fragen über die Nachtclubsängerin zu stellen begann – »Woher kennen Sie sie? Wie würden Sie Ihre Beziehung beschreiben?« –, schaute Sarah Grace starr und ohne zu lächeln geradeaus.

»Ihr Kleid ist ein bisschen zu viel *Unsere kleine Farm*«, meinte Greg. »Sie sollte ein Kostüm tragen.«

»Und sie sitzen zu weit auseinander«, sagte ich. Zwischen den beiden war gut eine Handbreit Luft. »Sie müssen sich als geschlossene Front präsentieren.«

Die Sängerin sei eine gute Bekannte gewesen, sagte Bill, aber ihre Behauptung, sie hätten zwölf Jahre lang eine Affäre gehabt, sei falsch. Sarah Grace kenne sie ebenfalls, und als die Medien ihre Hetzjagd auf die Sängerin begonnen hätten, habe Sarah Grace sich Sorgen um sie gemacht, weil sie sich ausgemalt habe, wie erschrocken sie wegen der Lügen und der negativen Publicity sein müsse. Sarah Grace blickte grimmig zwischen dem Interviewer und Bill hin und her.

»Er muss sie selbst zu Wort kommen lassen«, sagte Greg. »Sie sollte das alles sagen, nicht er.«

Just in diesem Moment fragte der Interviewer Sarah Grace, ob das, was Bill gesagt habe, richtig sei.

Sarah Grace nickte. »Mir hat die Frau leidgetan.«

Ich rümpfte die Nase. »Unglückliche Wortwahl.«

Mit sanfter Stimme, den Blick zu Boden gerichtet, fügte sie hinzu: »Ich glaube, Bill ist ein großartiger Gouverneur für den Staat Arkansas.«

»Menschenskinder!«, sagte ich. »Hat ihr denn niemand ein Medientraining gegeben?«

Sie war so – es gab kein anderes Wort dafür – schwach. Bill brauchte eine ebenbürtige Partnerin, die, selbst wenn er Affären gehabt hatte, mit einem lässigen »Was soll's?« reagierte. Weil sie beide kultiviert und stark waren und sie die einzige Person war, der er Rechenschaft schuldete, und weil es, solange sie damit klarkam, niemanden sonst etwas anging; herrje, vielleicht hatte sie ja selbst schon Affären gehabt. Natürlich würde die amerikanische Öffentlichkeit eine solche Frau nicht mögen, aber das war nicht von Belang. Er war derjenige, der kandidierte, und wahrscheinlich hätte ihm eine solche Frau sogar Sympathiestimmen gebracht.

Der Moderator fragte Bill, was er damit gemeint habe, als er kürzlich von Eheproblemen gesprochen habe – bedeute das Kommunikationsprobleme? Ehebruch? Trennung?

»Ich glaube«, erwiderte Bill, »das amerikanische Volk, zumindest diejenigen, die lange verheiratet sind, wissen, was das bedeutet, und kennen das gesamte Spektrum der Dinge, die es bedeuten kann.«

»Gute Antwort«, kommentierte Greg.

»Aber sie hätte ihm beipflichten müssen«, sagte ich. »Er darf nicht immer nur allein für sich sprechen.«

Für die nächsten paar Minuten sprach er weiter nur allein für sich.

Als der Reporter fragte, ob er bereit sei zu bestätigen, dass er nie eine Affäre gehabt habe, erwiderte Bill: »Das, was ich heute Abend bereit bin zu sagen, ist, dass ein verheiratetes Paar das niemals mit jemand anderem als dem eigenen Partner diskutieren sollte. Ich habe zugegeben, einen Fehler gemacht zu haben. Ich habe zugegeben, dass ich unserer Ehe Schaden zugefügt habe. Ich habe Ihnen und dem amerikanischen Volk heute Abend Dinge gesagt, die vor mir noch kein amerikanischer Politiker gesagt hat. Ich denke, die meisten Amerikaner, die heute Abend zuschauen, wissen, was wir sagen wollen. Sie werden es verstehen, und sie werden spüren, dass wir offen waren.«

Der Interviewer wendete sich an Sarah Grace. »Wenn Ihr Ehemann neben Ihnen sitzt und in seinen Antworten nicht explizit abstreitet, dass er eine außereheliche Affäre hatte ... Wie fühlt sich das an?«

»Ich liebe Bill über alles«, sagte Sarah Grace mit zitternder Stimme, und dann brach sie in Tränen aus.

»Oh Gott«, entfuhr es mir, und Greg sagte: »Was für ein Desaster.«

»Und ich liebe Sarah Grace«, sagte Bill und legte ihr den Arm um die Schulter. »Und beide können wir es kaum erwarten, uns endlich wieder den wirklichen Problemen dieses Landes zuzuwenden, sprich Millionen von Amerikanern zur Verwirklichung ihrer Träume und zu Stabilität und Wohlstand zu verhelfen.« Glaubte Bill in diesem Augenblick etwa, beschützend, tröstend – wie ein guter Ehemann – zu wirken?

»Ruf einen Priester«, spottete Greg. »Bills Kandidatur braucht die Letzte Ölung.«

»Greg«, sagte ich, und er sah mich an. »Ich will für den Senat kandidieren.«

Obwohl ich meine Kandidatur erst drei Wochen später, am 18. Februar, bekannt gab, begannen schon tags darauf fieberhafte Aktivitäten, die bis zum Tag der Vorwahl nicht mehr aufhörten: Ich knüpfte Kontakte zu Großspendern und einflussreichen Parteimitgliedern, stellte ein Team zusammen, ersuchte den Dekan der Law School und den Rektor der Universität darum, mich von meiner Mitarbeit in Ausschüssen und von anderen Aufgaben freizustellen.

Wie von Greg empfohlen, plante ich, meine Kandidatur über ein Interview mit einem Reporter der *Tribune* zu verkünden. Das Gespräch sollte in der Redaktion in der Michigan Avenue stattfinden, und während wir auf dem Weg dorthin im Taxi saßen – Gregs Assistentin Jill und ich auf der Rückbank und Greg, halb umgedreht mit dem Gesicht zu uns, vorne auf dem Beifahrersitz –, sagte er plötzlich: »Mein Gott, Hillary. Wann hast du dir zum letzten Mal die Beine rasiert?«

Ich trug ein schwarzes Wollkostüm und eine Feinstrumpfhose – in meinem Fall offenbar niemals eine glückliche Kombination –, und bei einem Blick auf meine Waden musste ich tatsächlich feststellen, dass sich gut sichtbar unter den Nylonstrümpfen blonde Härchen kringelten.

»Halten Sie kurz an«, sagte Greg zum Taxifahrer. »Jill, spring schnell bei Walgreens rein und kauf Rasierschaum und einen Rasierer.«

Als Jill wieder in den Wagen zurückkam, reichte sie mir eine Plastiktüte, aber Greg meinte: »Nein. Mach du das für sie, Jill.«

»Ich soll Hillary die Beine rasieren?« Jill klang verunsichert. »Jetzt?«

»Nein, das mach ich schon selbst«, sagte ich.

»Zieh die Strumpfhose aus, Hillary«, befahl Greg. »Und nein, du machst das nicht selbst. Ich will, dass du dich konzentrierst, während wir deine Antworten noch mal durchgehen.«

Mein Leben hatte sich über Nacht verändert, und das war aus mir geworden – eine Person, deren Beine von jemand anderem rasiert wurden, in einem Taxi. Hätte ich verloren, wäre meine späte Senatskandidatur wohl bestenfalls naiv und schlimmstenfalls beschämend gewesen. Da ich jedoch gewann – da ich bei den Vorwahlen Dixon, Albert Hofeld und Carol Moseley Braun und bei der Hauptwahl Richard Williamson schlug –, bekam meine Entscheidung, für den Senat zu kandidieren, im Nachhinein den Nimbus der Unausweichlichkeit. Aus öffentlicher Sicht, indem sie – insbesondere von Journalistinnen und Journalisten – wie die Erfüllung eines Schicksals gedeutet wurde, das mit meinem Abschluss in Wellesley seinen Anfang genommen hatte. Aber auch aus privater Sicht, da ich sie mir als Erklärung für mein Leben hinbog. Dies, so legte ich es mir zurecht, war der Grund, warum ich nie geheiratet oder Kinder bekommen hatte; dies war der Grund, warum James und ich nicht auf unsere gegenseitige Anziehungskraft reagiert hatten; dies war der Grund, warum ich als Professorin und Ehrenamtliche geschuftet und wichtige Beziehungen geknüpft hatte, sodass ich im Alter von fünfundvierzig einen Lebenslauf vorweisen konnte, der es mir erlaubte, für den US-Senat zu kandidieren.

Ich versuchte so vielen Freunden und Bekannten wie möglich frühzeitig von meinem Vorhaben zu erzählen – Freunden, weil ich aufgeregt war, und Bekannten, damit sie sich geschmeichelt und wichtig fühlten und somit spendierfreudig waren.

Selbstredend war Gwen eine der Ersten, die ich anrief. »Es hat eine kleine Planänderung gegeben. Ich werde für den Senat kandidieren.«

»Was ist mit Carol Moseley Braun?«

»Ihr Wahlkampf hat ernsthafte Schwierigkeiten, und es kann sein, dass sie noch vor den Vorwahlen ausscheidet. Wenn ich eine realistische Chance sehen würde, dass sie gewählt wird, würde ich sie nicht herausfordern.«

»Meine Freundin von der Rainbow Coalition hat mir erzählt, sie sei ein Liebling der Medien und würde eine Menge Spenden einsammeln.«

»Ja und nein. Offenbar ist ihr Wahlkampfleiter ein Fehlgriff, und Carol hält ihre Termine nicht ein. Ich habe es selbst bei einer Veranstaltung erlebt. Ich glaube nicht, dass sie durchhält.«

»Warum wartest du nicht einfach ab? Wenn sie es nicht schafft, kandidierst du einfach beim nächsten Mal.«

»Die Gunst der Stunde nach der Anita-Hill-Sache ... Wenn Carol daraus kein Kapital schlägt, sollte jemand anders es tun.«

Ich war nicht auf den eisigen Ton vorbereitet, in dem Gwen sagte: »Das überzeugt mich nicht, Hillary. Das Argument, ihr Wahlkampf stecke in Schwierigkeiten ... Das klingt in meinen Ohren wie eine fadenscheinige Ausrede, um zu tun, was du tun willst.«

»Nur um eines klarzustellen, es hat nichts mit der Hautfarbe zu tun.«

»Ja, sicher.« In ihrer Stimme lag eine Schärfe, die ich nie zuvor gehört hatte, nicht einmal als sie versucht hatte, mich von meinem Umzug nach Arkansas abzubringen. »Für dich hat es nichts mit der Hautfarbe zu tun.«

Ich wusste schon im Voraus, dass das Gespräch mit James nicht gut verlaufen würde. Händchenhaltend dasitzend – ich hatte mir vorgenommen, dies würde das letzte Mal sein, und ehrlich gestanden hatte sich Gregs Verachtung bereits in diesen Akt eingeschlichen, hatte ihn zu etwas leicht Törichtem gemacht –, begann ich: »Es ist zwar ein bisschen kurzfristig, aber ich habe beschlossen, doch noch für den Senat zu kandidieren.«

James schaute genauso bestürzt wie bei unserer ersten Unterhaltung diesbezüglich. »Aber warum?«

Erwartete er eine echte Antwort? »Weil unsere Regierung zahllose wichtige Entscheidungen trifft und ich gern in diesen Prozess miteinbezogen wäre.«

»Aber Politik ist ein dermaßen schmutziges Geschäft, und du bist ein so liebenswürdiger Mensch.«

Sollte ich mich wegen seines unterschwelligen Dünkels oder Paternalismus aufregen, oder würde es den Abschied leichter machen, wenn ich ein paar Fehler an ihm entdeckte?

»Es ist alles andere als sicher«, sagte ich, »dass ich Dixon schlagen werde, aber egal wie es ausgeht, könnte das für uns beide eine Chance sein.«

James sah mich verdutzt an. »Inwiefern?«

»Du kannst dich wieder auf deine Ehe konzentrieren, und ich kann …«, ich machte eine Pause, »… einen Schritt zurücktreten und mich neu orientieren. Ich fand es unglaublich schön mit dir. Ich bereue keine Minute. Aber vielleicht ist es jetzt an der Zeit, neue Wege zu gehen.«

Als er sprach, war seine Stimme gefasst, aber belegt vor Rührung. »Was ich für dich empfinde, ist die tiefste Verbindung, die ich je zu einem anderen Menschen gefühlt habe. Vielleicht war das nur einseitig, aber für mich war es immer mehr als nur schön.«

»Natürlich ist das nicht einseitig, James, ich liebe dich über alles. Es ist nur ... mit Susie ... und David ...«

»Wenn ich Susie verlasse, wirst du dann auf die Kandidatur für den Senat verzichten? Wenn du mich darum bittest, tu ich es.«

Ich schluckte, bevor ich erwiderte: »Das würde ich nie von dir verlangen.«

»Leute lassen sich scheiden.«

»Aber gewiss nicht, weil ich darum gebeten hätte.«

Dies war der Moment, in dem er mir seine Hand entzog und aufstand.

»James, es tut mir leid. Die Tatsache, dass ich für den Senat kandidiere, bedeutet nicht, dass ich unsere Freundschaft nicht schätze.«

Wütend und kurz davor, in Tränen auszubrechen, schüttelte er den Kopf. »So was zu der Person zu sagen, die dich liebt, ist einfach nur gemein!«

Nachdem ich die Vorwahlen gewonnen hatte, stand das Ergebnis der Hauptwahl angesichts der politischen Verhältnisse in Illinois bereits fest. Die Wahlnacht 1992 war trotzdem aufregend, weil – fast schon eine Sensation – vier weitere Frauen einen Senatssitz gewannen, darunter Barbara Mikulski, die in Maryland wiedergewählt wurde. Nancy Kassebaum aus Kansas mitgezählt, waren nun insgesamt sechs Frauen Senatorinnen, und im Jahr darauf sollte Kay Bailey Hutchison bei einer Sonderwahl in Texas gewinnen. Zu dieser Zeit hatten die Medien das Jahr 1992 bereits zum Jahr der Frauen ernannt, ein Titel, den ich als albern und ermutigend zugleich empfand. Natürlich war die Wahlnacht 1992 auch ernüchternd, weil George Bush wiedergewählt wurde.

Zwanzig Minuten nach Schließung der Wahllokale um neunzehn Uhr war das Rennen entschieden. Die Party zu meinem Wahlsieg fand im Hyatt Regency am East Wacker Drive statt. Ich trug ein rotes Kostüm – Rot war damals noch nicht die Farbe der Republikaner – und hielt um zwanzig nach acht eine Rede, umringt von meinen Eltern, Brüdern und meiner Schwägerin, von Maureen und ihrer Familie, einigen Freundinnen aus Wellesley und vielen Freiwilligen, darunter auch Jurastudenten und Erstsemestern der Northwestern.

»Ich glaube aus tiefstem Herzen, dass Illinois eine strahlende Zukunft bevorsteht«, sagte ich in das Mikrofon. »Und ich bin überzeugt, dass wir sie gemeinsam mit Fleiß und Optimismus erreichen werden.«

Natürlich gab es damals vieles, das ich nicht über die Zukunft wusste. Wenn Journalisten oder Wähler mir heute Fragen zu meiner ersten Kandidatur stellen, kommt mir weniger der Wahlkampf in den Sinn, der sich offen gestanden mit den nachfolgenden Kampagnen zu einem Einheitsbrei vermischt hat, als vielmehr zwei Bilder aus dem Herbst 1991. Das erste ist das von Anita Hill bei ihrem Eröffnungsstatement – ihr aquamarinblaues Kostüm, ihre Gefasstheit und Einsamkeit. Sie trug zwar keinen Sieg in dem Sinn davon, dass sie Clarence Thomas' Ernennung verhindert hätte. Aber, und dessen bin ich mir sicher, sie veränderte den Lauf der Geschichte.

Das zweite Bild ist das der gerahmten Fotografie neben James' Fernseher, die Rugby-Shirts seiner Familie, ihr Lächeln und die bunten Herbstblätter im Hintergrund. Ich glaube nicht, dass James im Dezember 1993, elf Monate nach meiner Vereidigung als Senatorin, Selbstmord beging, weil ich ihm das Herz gebrochen hatte. Ich glaube, dass sich eine Person nur das Leben nimmt, wenn sie ernsthafte psychische Probleme hat.

Und was die äußeren Umstände angeht, wog wohl die Tatsache, dass er kurz zuvor im Herbst beschuldigt worden war, in seiner

Rolle als Direktor des Center for Law and Finance Gelder veruntreut zu haben, weit schwerer als ich. Während einer College-Besichtigungstour mit seinem Sohn hatte James anscheinend Mietwagen, Restaurantbesuche und Hotelzimmer mit einer Kreditkarte der Universität bezahlt. Ich kann mir das nur so erklären, dass es ein echtes Versehen war – er war gewissenhafter und ethischer als die meisten anderen Menschen –, und ich nehme an, es beschämte ihn zutiefst. Es kam in den Nachrichten und kostete ihn seinen Direktorenposten, obwohl er weiterhin als Professor hätte arbeiten können.

Ich werde wohl nie ganz darüber hinwegkommen, dass James sich erhängt hat, an einem Balken im Keller seines Hauses. (Ich vermutete, dass er für seine Tat absichtlich einen Morgen gewählt hatte, an dem eine Putzfrau da war, damit sie ihn finden würde und nicht Susie oder David.) Ich erfuhr von seinem Tod, als ich nach der Abstimmung über einen Verkehrsgesetzesentwurf wieder in mein Senatsbüro zurückkehrte; mein Kollege Eli von der Law School hatte mir eine Nachricht auf Band hinterlassen.

Mein Vater starb ebenfalls im Jahr 1993, schon im April. Obwohl ich natürlich um ihn trauerte, hätte ich nicht zu sagen gewusst, wie sich unser Verhältnis anders hätte gestalten lassen. So dankbar ich ihm für die Lektionen war, die er mir erteilt hatte, so sehr deprimierte mich die Feindseligkeit, mit der sie einhergegangen waren.

Was wiederum James angeht, plagen mich noch heute, fünfundzwanzig Jahre später, Gewissensbisse. Ich wünschte, ich hätte die Verbindung zu ihm aufrechterhalten, nachdem ich die Northwestern verlassen hatte, hätte ihn an einem Wochenende, wenn ich wieder einmal in Chicago war, zum Lunch eingeladen oder angerufen, um Hallo zu sagen. Aber zu jener Zeit erneut Kontakt zu ihm aufzunehmen hätte sich angefühlt, als würde man ein versiegeltes Kuvert öffnen. Jetzt jedoch, mit über siebzig, weiß ich, dass nur sehr weniges aus der Vergangenheit wahrhaftig versiegelt ist.

Bill war vier Tage nach dem Interview bei *60 Minutes* aus dem Wahlkampf ausgeschieden. Vier Monate später, am Morgen nach den Senatsvorwahlen, rief er mich um halb sieben an. Ich hatte nur drei Stunden geschlafen und lag noch im Bett.

»Gratulation«, sagte er. »›Frau Senatorin‹ klingt gut.«

»Danke, auch wenn ich vorhabe, erst noch die Hauptwahl hinter mich zu bringen. Das mit deiner Kampagne tut mir leid. Wie geht es dir?« Ich war versöhnlich gestimmt, als müsste ich ihn nicht mehr bestrafen, da mir das Schicksal zuvorgekommen war.

»Die ganze Kiste ist nur schiefgegangen, weil du nicht öffentlich erklären wolltest, was für ein super Typ ich bin.« Er lachte, bevor er fortfuhr: »Scherz beiseite, ich glaube, für mich ist es an der Zeit, dem Politikgeschäft den Rücken zu kehren. Ich sag das nicht, um dich zu entmutigen, aber im Vergleich zu früher ist es deutlich fieser geworden. Es ist gehässiger und macht viel weniger Spaß.«

»Was willst du stattdessen tun?«

»Gute Frage. Wie's aussieht, kannst du dich jahrzehntelang mit Leib und Seele einem Staat verschreiben, nur um zum Schluss zur Persona non grata zu werden. Soll ich dir was sagen? Die können mich mal kreuzweise!« Aha, da war es wieder – sein Selbstmitleid und sein Groll, als wären die Anschuldigungen der Nachtclubsängerin eine Naturkatastrophe gewesen, die sich gänzlich seiner Kontrolle entzog.

»Wie geht es deiner Familie?«

»Sarah Grace ist erleichtert, dass ich aus dem Rennen bin. Sie wollte nie im Weißen Haus leben, und für Ricky gilt dasselbe. Aber Alexis hat es härter getroffen. Ich denke, du und Alexis, ihr würdet euch mögen. Sie ist ein Hitzkopf.«

Das Anklopfsignal war wiederholt ertönt, während Bill geredet hatte, und ich sagte: »Bill, vergib mir, aber ich muss diesen anderen Anruf entgegennehmen.«

»Oh, Hillary«, erwiderte er. »Du warst nie diejenige, der man vergeben musste.«

Es gab mindestens eine Person, die Bills Feststellung widersprochen hätte. Carol Moseley Braun hatte mich am Abend zuvor um zehn nach acht angerufen, um sich geschlagen zu geben, nachdem sich schon Alan Dixon und Albert Hofeld gemeldet hatten. Die Party meines Vorwahlsieges fand ebenfalls im Hyatt Regency statt, und als Carol mich anrief, war ich gerade mit Maureen, die mir bei meinem Make-up half, dort in einer Suite.

»Glückwunsch, Hillary«, sagte Carol.

»Ich danke Ihnen. Ihr Wahlkampf hat mich sehr beeindruckt, und ich würde in Zukunft gern mit Ihnen zusammenarbeiten, denn wir verfolgen ja wohl offensichtlich ganz ähnliche Ziele. Sie verstehen bestimmt, dass ich tun musste, was aus meiner Sicht das Beste für den Staat Illinois ist.«

Carol lachte, und im ersten Moment dachte ich, es sei ein aufrichtiges Lachen. Doch dann meinte sie: »Mir ist klar, dass Sie das sagen müssen, wenn Kameras in der Nähe sind. Aber um Himmels willen, Hillary, lassen Sie uns nicht so tun, als würde eine von uns beiden diesen Mist wirklich glauben.«

TEIL III
DIE SPITZENKANDIDATIN

Amerikanische Präsidenten und Vizepräsidenten, gewählt zwischen 1988 und 2012

1988: George H. W. Bush und Dan Quayle
1992: George H. W. Bush und Dan Quayle
1996: Jerry Brown und Bob Kerrey
2000: John McCain und Sam Brownback
2004: John McCain und Sam Brownback
2008: Barack Obama und Joe Biden
2012: Barack Obama und Joe Biden

KAPITEL 5

2015

**IOWA
26. APRIL 2015
17.23 UHR**

Während der Wahlkampfveranstaltung in Cedar Rapids stand sie in der zweiten Reihe und hielt ein Schild hoch, auf dem stand: »Selbst Krebs kann mich nicht abhalten, Sie zu wählen!!!« Obwohl das Publikum nicht gerade ausflippte, brach sie nach jedem positiven Satz oder politischen Versprechen aus meinem Mund in Beifallsrufe aus. Sie war um die vierzig, hatte langes dunkles Haar, trug einen grauen Hoodie mit dem Aufdruck »Old Navy« auf der Vorderseite und befand sich in Begleitung zweier dunkelhaariger Mädchen, die vermutlich ihre Töchter waren. Die Ältere der beiden, ein Teenager, sah aus, als wäre sie lieber woanders, und die vielleicht Neun- oder Zehnjährige stimmte ab und zu in den Jubel ihrer Mutter ein. Die Veranstaltung fand in einer Versammlungshalle statt, und dies war der zweite Tag eines viertägigen Besuchs in Iowa. Zwei Wochen zuvor hatte ich verkündet, dass ich – zum dritten Mal – für das Amt des Präsidenten kandidieren werde.

Ich eröffnete meine Wahlkampfrede grundsätzlich damit, dass ich ein lokales Ereignis oder Thema aufgriff – diesmal war es ein neunzehnjähriges Gesangstalent aus dem nahe gelegenen Shueyville, das es unter die drei Finalisten einer Castingshow geschafft hatte, die mein Reisepressesekretär Clyde liebte –, danach dankte ich stets den lokalen Amtsträgern und dem Organisationsteam.

Schließlich sprach ich über die Wirtschaft, Arbeitsplätze, Bildung und die nationale Sicherheit. Je länger ich in Cedar Rapids sprach, umso mehr konnte ich spüren, wie der Elan in der Halle verflog, außer bei der Frau in der zweiten Reihe. Tatsächlich begannen einige Leute, nachdem sie ein paarmal als *Einzige* in Jubel ausgebrochen war, amüsiert auf ihre überschwänglichen Beifallsrufe oder ihr »*Jaaa*, Hillary!« zu warten. Dank dieser Dynamik verbesserte sich die Stimmung zwar etwas, wenngleich nicht genug.

Es lag nicht unbedingt daran, dass das Publikum gelangweilt gewesen wäre – das hier waren Leute, die sich neunzehn Monate vor dem Wahltag dazu entschlossen hatten, einen Sonntagnachmittag auf einer politischen Veranstaltung zu verbringen –, sondern war vermutlich eher der Tatsache geschuldet, dass die Halle mit vierhundert Menschen nur halb voll war. Und wie auf einer Party ist der offenkundigste Faktor, wie aufregend ein politisches Event sich anfühlt, das Verhältnis von Körpern zum Raum.

Ungefähr fünfundsiebzig Prozent der Anwesenden waren weiblich, was bei meinen Auftritten Standard war: hier und da ein paar kleine Mädchen in Tutus und Glitzershirts (am Tag zuvor, in Waterloo, hatte eine Sechsjährige einen blauen Hosenanzug getragen, und ich hatte mir gewünscht, meiner möge ebenfalls blau sein anstatt grün); Teenager, die normalerweise als die am wenigsten emotionale Wählergruppe galten, aber man konnte nie wissen; souveräne junge Erwachsene in den Zwanzigern und Dreißigern; meine übersättigten, aber trotzdem hoffnungsvollen Gleichaltrigen, denen ich mich selbstredend besonders verbunden fühlte; und schließlich Frauen, die zwanzig oder dreißig Jahre älter waren, die sogenannten Seniorinnen, die ihrer Begeisterung, dass ich kandidierte, oftmals am hemmungslosesten freien Lauf ließen. Da ich mich in Iowa befand, war die Mehrheit des Publikums weiß.

Am Ende meiner Rede ermutigte ich alle, sich selbst oder, falls bereits geschehen, andere für die Wahl registrieren zu lassen, zu gegebener Zeit für mich zu stimmen und daran zu denken, dass jede Spende, egal in welcher Höhe, helfe. Noch bevor der Applaus verebbt war, dröhnte aus den Lautsprechern der fröhliche Popsong einer jungen Künstlerin.

Als meine Reisestabschefin Theresa, meine Leibwächterin Kenya und Darryl, einer meiner Sicherheitsagenten vom Secret Service, mich die Treppe hinab zur Absperrung führten, gab ich der Veranstaltung eine Zwei, vielleicht eine Zwei plus wegen des Charmes der jubelnden Frau. Die Absperrung bestand wie üblich aus hüfthohen Eisengittern, hinter denen sich Mitglieder des mitreisenden Pressekorps einschließlich der Kameramänner und Tontechniker unter die Leute aus Iowa mischten. (Unter den Journalisten befanden sich zunehmend Frauen, doch Kamera und Ton waren nach wie vor eine Männerdomäne.) Kurz bevor ich mich über die Barriere lehnte, um einer betagten Dame im Rollstuhl die Hand zu schütteln, flüsterte mir Theresa ins Ohr: »Mary Witberg. Sie ist einhundertzwei.«

»Ich danke Ihnen vielmals für Ihr Kommen«, sagte ich laut, während ich ihr die Hand reichte. »Ich freue mich, dass Sie hier sind.«

Mit zittriger Stimme, die ich nur mit Mühe verstehen konnte, sagte Mary Witberg: »Ich war sechs Jahre alt, als der Kongress den Frauen das Wahlrecht gab. Seitdem warte ich auf Sie.«

Ich merkte, wie Darryl hinter mir mich am Hosenbund packte, weil ich mich zu weit vorbeugte. Ich ignorierte die Demütigung – gewiss nicht die einzige des Tages – und sagte zu Mary Witberg: »Nun, Sie waren sehr geduldig. Ich werde nie vergessen, wann der Neunzehnte Verfassungszusatz verabschiedet wurde, denn es ist der Geburtstag meiner Mutter.«

Sichtlich bewegt meinte Mary Witberg: »Ich wünsche mir aus tiefstem Herzen, dass Sie gewählt werden.«

»Ich auch«, gab ich zurück. »Sehr sogar. Nochmals vielen Dank, dass Sie gekommen sind.«

Neben ihr stand eine Frau, die vergleichsweise jugendliche achtzig zu sein schien. Meine Mutter, die im Jahr 2011 gestorben war und an die ich jeden Tag dachte, hätte vom Alter her zwischen den beiden Frauen gelegen – sie wäre fünfundneunzig gewesen. Die Achtzigjährige fragte: »Wie lange bleiben Sie in Cedar Rapids?«

»Ich fahre gleich im Anschluss weiter nach Iowa City. Ich mache eine viertägige Tour durch zwanzig Countys des Staates, und es ist wundervoll, all die verschiedenen Orte kennenzulernen.«

»Wie das? Bei zwanzig Bezirken in vier Tagen haben Sie doch kaum Zeit, sich irgendwo umzusehen.«

Ich lachte. »Ich weiß, aber ich verspreche Ihnen, ich werde zurückkommen. Danke, dass Sie uns dabei helfen, den Wahltag zu erreichen.«

Eine Frau in den Fünfzigern wollte wissen, wie ich die Opioid-Epidemie einzudämmen plante, eine Mittvierzigerin fragte mich nach meiner Position bezüglich der Keystone XL Pipeline, und eine Zwölfjährige erzählte mir, dass sie Geld für aidskranke Waisenkinder in Äthiopien sammelte. Die Nächste in der Reihe war die Frau, die das Krebs-Schild hochgehalten hatte. »Hillary, ich liebe Sie!«, platzte sie heraus. Ihre Töchter standen hinter ihr, und die Ältere sah aus, als wollte sie vor Scham im Boden versinken.

Da ich wohl kaum »Ich liebe Sie auch!« antworten konnte, schenkte ich ihr stattdessen ein besonders warmes Lächeln und sagte: »Vielen, vielen Dank für Ihre Unterstützung. Ich fühle mich geehrt, dass Sie heute hier sind.« Obwohl es mir nie geglückt war, die Medien davon zu überzeugen, mochte ich andere Menschen für gewöhnlich, und sie mochten mich. Ich mochte ihre Eigenheiten, ihre oft unmoderne Kleidung, ihren Akzent und Enthusiasmus und die Dinge, die ihnen wichtig genug waren, um mich aufzusuchen und mir davon zu erzählen. Und ich mochte ihren Glauben daran, dass ich in der Lage sei, ihnen spürbar zu helfen. Ich wollte – das hatte ich immer schon gewollt –, dass dieser Glaube niemals enttäuscht würde.

»Sie sehen in echt so viel hübscher aus als auf Bildern! Ihre Augen sind so blau«, rief die Frau.

Diese Bemerkung über mein Aussehen hörte ich täglich, manchmal sogar stündlich, und ich fasste sie in dem Sinne auf, in dem sie vermutlich gemeint war. »Danke. Mir ist Ihr Schild aufgefallen. Wie geht es Ihnen?«

»Oh mein Gott, Hillary, wenn ein Republikaner an die Macht kommt, bin ich geliefert, denn die wollen nur Obamacare wieder rückgängig machen.«

»Sind Sie denn krankenversichert?«, fragte ich.

»Ja, aber wegen der Operation sind alle meine bezahlten Krankheitstage bereits weg, und die Chemo hat noch nicht einmal begonnen. Mir mussten beide Brüste entfernt werden, Hillary.« Brustkrebs also; ich hatte es als unangebracht empfunden, danach zu fragen.

»Es tut mir leid, dass Sie das durchmachen müssen«, sagte ich.

»Ich bin eine alleinerziehende Mutter, aber ich bin stark, wie Sie. Meine Schwester hilft uns ein bisschen, aber sie lebt in Dubuque.«

»Wohnen Sie in Cedar Rapids?« Als sie nickte, fragte ich: »Haben Sie sich mit dem örtlichen Hilfsdienst in Verbindung gesetzt? Die American Cancer Society kann oft Unterstützung leisten.« Ich wies nach rechts. »Diese Dame hier, Kenya, gehört zu meinem Team. Geben Sie ihr doch bitte Ihren Namen und Ihre Kontaktdaten.«

»Hillary, Sie müssen gewinnen!«, sagte die Frau. »Ich meine, auch um ein Vorbild für meine beiden Töchter hier zu sein.«

»Ich werde mein Bestes geben.« Ich lächelte. »Danke für Ihren Enthusiasmus heute.« Bevor ich mich der nächsten Person zuwendete, drehte ich mich zu Theresa um und murmelte: »Bringen Sie sie hinter die Bühne.«

1993

Ich hatte gedacht, Senatorin zu sein würde mir gefallen; tatsächlich liebte ich es. Meine allererste Rede im Senat handelte von gerechten Wohnbedingungen, und der erste Gesetzesentwurf, an dem ich je mitwirkte, war der Improving America's Schools Act im Jahr 1993. Außerdem liebte ich es, die Probleme, die mich zeit meines Erwachsenenlebens beschäftigt hatten, ganz konkret und praktisch anzugehen. Ich liebte es, mich in Themen einzuarbeiten, die mir weniger vertraut waren, wie Auslandsbeziehungen, Energie oder Mittelzuweisungen, und mir auszusuchen, worauf ich meinen Fokus richten wollte. Ich liebte es, Politikszenarien zu analysieren und mit meinem Stab, mit Kollegen und sachkundigen Experten zu diskutieren – wie sich herausstellte, waren die Experten meist nicht nur bereit dazu, sondern wirkten erfreut, dass eine Senatorin sie ausfindig gemacht hatte –, ich liebte es, zur Vorbereitung von Ausschusstreffen und Anhörungen die vorbereiteten Briefing-Unterlagen zu lesen, und ich liebte es, an Ausschusstreffen und Anhörungen teilzunehmen. Die meisten meiner Kollegen waren klug und interessant, manche waren lustig und charmant – sogar die Republikaner. Es gab einen notorisch rassistischen und sexistischen achtundsiebzigjährigen Senator aus South Carolina, der einmal im Aufzug zu mir sagte: »Ich habe gehört, Sie seien eine Emanze, aber niemand hat mir gesagt, wie süß Sie sind«, und mir zuzwinkerte und den ich trotz meiner Sorge, damit den Feminismus zu untergraben, fortan als netten Opa sah. Ich liebte die Kameradschaft bei den wöchentlichen Lunches der Parteiführung, bei denen die demokratischen Senatorinnen und Senatoren zusammenkamen, um unseren Vorsitzenden zu lauschen und sich an einem Buffet mit Hühnchen, Salat und rotem Jell-O gütlich zu tun, und ebenso liebte ich die Zweiparteiendinner für Senatorinnen, die Barbara Mikulski Anfang '93 ins Leben rief. Diese Abendessen fanden meist in einem bescheidenen Raum im Kapitol statt, und wir diskutierten auch dort über Politik, manchmal jedoch auch über Dinge wie den Pool nur für Männer, in dem unsere Senatskollegen nackt schwammen (einen Pool nur für Frauen gab es nicht), oder darüber, dass viele von uns, während sie Senatsausschüssen vorsaßen, dieselbe, von einem Pagen überbrachte anonyme Nachricht mit der Aufforderung erhalten hatten, den Ausschnitt zu verdecken.

Normalerweise liebte ich es, Leute aus Illinois zu empfangen – es sei denn, sie waren provokant oder auf unangenehme Art versponnen –, die in meinem Büro im Hart Senate Office Building vorbeischauten, die Familien und Girl-Scout-Gruppen und Pensionäre. Ich genoss es, an den Wochenenden oder während der Sitzungspausen des Senats nach Chicago zu fahren und wieder in mein früheres Leben einzutauchen – bei meinen Eltern oder Maureen und ihrer Tochter Meredith vorbeizuschauen, in meinen Lieblingsrestaurants essen zu gehen – oder durch den Bundesstaat zu reisen und mich in Rathäusern und bei Paraden sehen zu lassen und in Supermärkten Hände zu schütteln. Ich liebte es, an Orte zu kommen, die ich andernfalls nie besucht hätte, mich unter Leute zu mischen, die ich andernfalls nie kennengelernt hätte. Obwohl ich nicht in Springfield hatte leben wollen, geschweige denn in einer der wirklich kleinen Städte weiter unten im Süden von Illinois, machte es Spaß, sie abzuklappern.

Meine ehrgeizige Agenda als Senatorin ließ mich rückblickend erkennen, dass in meinem Leben zuvor eine gewisse Nachlässigkeit geherrscht hatte, was vielleicht aber auch daran lag, dass ich meine Tage früher selbst strukturiert hatte und sie nun von äußeren Faktoren bestimmt wurden. Ich war auf positive Art ausgelastet. Außerdem, obschon es widerwärtig geklungen hätte, das laut zu sagen, fühlte ich mich wichtig. Es war nicht so, dass ich von Fans umschwärmt worden wäre – tatsächlich kennen die meisten Amerikaner weder die Namen noch die Gesichter ihrer Senatoren –, und gewiss hatte ich auch Gegner. Aber ich empfand dasselbe wie damals als Co-Kapitänin des Ordnungsdienstes in der fünften

Klasse oder während meiner Wellesley-Abschlussrede: dass meine individuellen Kompetenzen anerkannt und geschätzt wurden.

Fundraising hingegen war mir zuwider. Es lief für gewöhnlich so ab, dass ich mich, wie es die Gesetze gegen Wahlkampfaktivitäten in öffentlichen Gebäuden verlangten, mit einer Referentin in einen gesichtslosen Raum eines Bürogebäudes ein paar Blocks vom Kapitol entfernt begab, das eigens für diese Zweck vom Democratic Senatorial Campaign Committee angemietet worden war, mich mit einer Anrufliste an einen Schreibtisch setzte und mehrere Stunden lang Fremde, Bekannte oder Freunde um Geld anbettelte. Es war mir von Anfang an zuwider, und die Zeit, die es beanspruchte, wurde im Lauf der Jahre nicht weniger, im Gegenteil. Aber auch in diesem Fall war ich Mittwestlerin genug, um die Schattenseite einer jeden Situation nicht nur zu akzeptieren, sondern sogar Erleichterung zu empfinden, wenn ich sie kennenlernte; das Leben war eben nicht immer perfekt.

IOWA
26. APRIL 2015
17.44 UHR

Hinter der Bühne ist es fast überall ausgesprochen unglamourös. Ich habe einen Großteil meines politischen Lebens in den Katakomben von Mehrzweckhallen, in unterirdischen Parkgaragen, Lastenaufzügen, Umkleiden von Stadien verbracht, bin unzählige Treppen zu Laderampen hinaufgestiegen oder habe in fensterlosen Korridoren mit Wänden aus Betonsteinen – unendlich vielen fensterlosen Korridoren – darauf gewartet, auf das Podium gerufen zu werden. Selbst wenn es saubere Garderoben gibt, sind sie in der Regel eher zweckmäßig als nobel eingerichtet: ebenfalls oft fensterlos, mit angeschlagenen Möbeln und alten Teppichen und manchmal einem angeschlossenen Badezimmer, das meist nicht einmal eine eigene Tür hat. Frisches Obst ist Luxus, und Blumen sind nachgerade dekadent.

Die Garderobe der Halle von Cedar Rapids war keine Ausnahme. Sie besaß einen großen Spiegel, ein paar stapelbare Metallstühle und ein »Buffet« mit Wasserflaschen und einigen Päckchen Wheat Thins Cracker. Binnen zwölf Minuten traf ich eine ortsansässige Multimillionärin (die siebzigjährige Witwe eines Saatgutunternehmers) – der ich meine Dankbarkeit ausdrückte und mit der ich gemeinsam für ein Foto posierte – und ihre Schwiegertochter, zwei Stadtratsmitglieder und etliche meiner lokalen Wahlkampfmanager und ihre Stellvertreter.

Diesmal lernte ich die Frau mit dem Krebs-Schild hinter der Absperrung ganz offiziell kennen. Mit einladender Geste sagte Theresa: »Und Sie erinnern sich an Misty LaPointe, Senatorin. Sie ist Schalterangestellte in einer Bank hier in Cedar Rapids, und dies sind ihre Töchter, Lauren und Olivia.«

Ohne die Absperrung zwischen uns fiel mir Misty sogleich um den Hals. Sie schien sowohl glücklich als auch kurz davor, in Tränen auszubrechen, was während einer Wahlkampftour beides nicht ungewöhnlich war. Unzählige Male am Tag wurde ich von fremden Armen umschlungen, übers Haar gestreichelt, an Händen und Armen gepackt. Manchmal musste ich meine Bluse oder Jacke wechseln, weil der Lippenstift oder das Make-up einer Frau Spuren auf dem Stoff hinterlassen hatte, meist auf Schulterhöhe.

»Wenn es Ihnen nichts ausmacht, erzählen Sie mir doch ein bisschen mehr über Ihre Situation. Wann haben Sie die Diagnose bekommen?«, sagte ich.

»Es ist BRCA1.« Ihr Ton war unvermittelt ernst geworden. »Ich wusste nicht einmal, was das war, aber am Weihnachtstag habe ich einen Knoten entdeckt. Es war einfach furchtbar, Hillary. Ich hatte solche Angst.«

»Ich nehme an, Sie werden eine unterstützende Chemotherapie bekommen?«

Sie nickte. »Immer freitagnachmittags, damit ich mich über das Wochenende erholen kann und nicht noch mehr Fehltage in der Arbeit habe.«

»Wissen die Ärzte, wie lange die Chemo dauern wird?«

»Sie sagen, mindestens sechs Monate. Hillary, oh mein Gott, Entschuldigung, aber kann ich ein Foto mit Ihnen machen?«

»Natürlich.«

Misty reichte Theresa ihr Telefon, und wir manövrierten uns schnell in die richtige Position. Ich stand zwischen Misty und Lauren, dem Teenager, die Arme um die beiden geschlungen. Olivia, die vor uns stand, warf mir einen Blick über die Schulter zu und fragte: »Werden Sie gewinnen?«

»So lautet der Plan«, erwiderte ich, und alle Erwachsenen in Hörweite lachten. Während Theresa mehrmals auf den Auslöser drückte, lächelte ich, obwohl das, was Misty mir erzählt hatte, erschreckend war. Es traf mich stets aufs Neue, wie ungerecht Glück und Unglück verteilt waren, selbst wenn man die Klassenzugehörigkeit einbezog, wobei das vielleicht unangemessen war. Als wir wieder auseinandertraten, sagte ich zu Misty: »Meine Mitarbeiterin Kenya wird den Kontakt zwischen Ihnen und einer Referentin aus meinem Senatsbüro herstellen, und die wird Ihnen dabei helfen, ein paar Unterstützungsleistungen zu bekommen, wenn Sie zum Beispiel jemanden brauchen, der Sie zu einem Arzttermin fährt. Aber ich möchte, dass wir in Verbindung bleiben. Lassen Sie Kenya doch bitte wissen, wie es Ihnen am ersten Tag der Chemo ergangen ist, und sie wird mir die Nachricht weiterleiten. Ich meine das ernst. Ich drücke Ihnen die Daumen.«

»Senatorin, wir müssen los«, sagte Theresa. »Misty, vielen herzlichen Dank für Ihr Kommen.«

»Und dafür, dass Sie Ihre wundervollen Töchter mitgebracht haben«, ergänzte ich. Ich wurde bereits zur Tür bugsiert, hinaus in einen Korridor mit Wänden aus Betonsteinen, der in ein Treppenhaus führen würde, das zu einem Hinterhofparkplatz führen würde. Doch im letzten Moment reckte ich die Faust in die Höhe und rief: »Gemeinsam sind wir stark!« Als Antwort jubelten alle Anwesenden.

Im Treppenhaus wendete ich mich Kenya zu. »Ruf Frieda von der American Cancer Society an und frag nach, welche Unterstützung sie in Cedar Rapids anbieten.«

1994

Von Beginn an pflegten die Presse und ich ein herzliches, wenn nicht inniges Verhältnis zueinander. Als eine der Protagonistinnen des Jahrs der Frauen hatte ich anfangs eine Welle der Aufmerksamkeit ausgelöst, die jedoch, nachdem ich mein Amt angetreten hatte, im Lauf weniger Monate fast vollständig verebbt war. Dank meiner Herkunft wurde ich offenbar als fleißige Macherin, pragmatische Anhängerin der politischen Mitte und Langweilerin aus dem Mittleren Westen wahrgenommen. Als ich eine der ersten Befürworterinnen eines Gesetzesentwurfs für die Offenlegung von Regierungsverträgen und Auftragsvergaben war, brachte die *Sun-Times* eine Karikatur von mir als Schuldirektorin, die ihre Zöglinge ermahnt, ihr Gemüse zu essen; in derselben Woche bezeichnete mich die *New York Times* als eine »unerschütterliche Demokratin mit dem typischen Mittwestern-Akzent«. Und im Januar 1994 war ein Artikel in der *Tribune* über mein erstes Jahr im Amt übertitelt mit »Unbeirrt uninteressant, unbeugsam unelegant: Hillary Rodham hat kein Problem mit ihrer Uncoolness«. Ich war amüsiert und gekränkt zugleich; bevor mir diese Schlagzeile untergekommen war, hatte ich mich niemals als unbeirrt, uninteressant, unbeugsam, unelegant oder uncool betrachtet.

Besonders eine Reporterin der *Tribune*, eine Frau Anfang zwanzig namens Erin Calhoun, verrannte sich in die Idee, ich hätte einen ausgesprochen teuren Geschmack hinsichtlich Restaurants,

Friseurbesuchen, Kleidern, Ferienzielen und Kulturveranstaltungen. Die Botschaft zwischen den Zeilen lautete, meine Vorlieben würden hervorragend zu denen einer Person passen, die am Wellesley und in Yale gewesen war, aber im Widerspruch zu denen meiner Wähler, vor allem jener im Süden, stehen. Was mich am meisten an Erin Calhouns Beschäftigung mit meinen Finanzen ärgerte, war ihr Ton. Obwohl ich zwanzig Jahre älter war, klang sie unterschwellig, als geißle sie die Extravaganz einer Gleichaltrigen: »Am Labor-Day-Wochenende grillen manche von uns Würstchen im Lincoln Park, und andere – ja, ich meine Sie, Hillary Rodham – lassen es sich bei Steak Tatar und Kaviar im angesagten *Trio* gut gehen ...« Von einer meiner Referentinnen erfuhr ich, dass Erin Calhoun wie ich die öffentliche Highschool einer Mittelschicht-Vorstadt, in ihrem Fall Buffalo Grove, besucht hatte, bevor sie auf die Loyola University in Rogers Park gegangen war. Ich begegnete ihr einmal auf der Illinois State Fair, der jährlichen Landwirtschaftsschau in Springfield. Sie war ein unscheinbarer Typ, mit mittelbraunem Haar, fülliger Figur und einer gewissen Selbstgefälligkeit. Vermutlich kreuzten sich unsere Wege auch auf anderen Veranstaltungen, doch wir redeten nie miteinander. Ich hoffe, es wurde ihr nie zugetragen – und es ist mir heute noch peinlich, es zu gestehen –, dass es eine Zeit gab, in der ich mich im Kreis meiner engsten Vertrauten regelmäßig zehn bis fünfzehn Minuten lang über Erin Calhoun ereiferte. Jahre später kam mir meine Verärgerung dilettantisch, ja verschroben vor, da ihre Kritik im Grunde relativ harmlos war und sich vor allem einer konkreten Person zuordnen ließ, deren Namen, Alter und Werdegang ich kannte.

Das seltsamste Gerücht über mich, das in den Neunzigern erstmals vom alternativen Wochenmagazin *Chicago Reader* verbreitet wurde, lautete, ich sei noch immer Jungfrau. Anderen Stimmen zufolge war ich lesbisch, aber die Jungfrau schien mehr Zugkraft zu haben. Ich selbst wurde zwar in keinem Interview je direkt darauf angesprochen, meine Kommunikationsdirektorin dafür umso häufiger, weshalb sie sich schließlich eine Standardantwort zurechtlegte: »Solch eine Frage ist es nicht wert, kommentiert zu werden.« Kurioserweise kolportierte der *Reader* die Jungfrauen-Theorie zunächst in einem Artikel, der seine eigene These widerlegte, indem er die Namen einiger Männer nannte, mit denen ich angeblich etwas gehabt hatte. Obwohl zwei der Namen stimmten, war zu meiner Erleichterung der meines Kollegen James von der Northwestern nicht dabei. Tatsächlich war mir nach meinem Amtsantritt elf Jahre lang nicht bewusst, wie glücklich ich mich in Bezug auf die Medien schätzen konnte. Ich hatte nicht die leiseste Ahnung, wie schmutzig die Dinge werden konnten.

IOWA
26. APRIL 2015
20.17 UHR

Mein Wahlkampfauftritt in Iowa City, zu dem ungefähr hundert Teilnehmerinnen und Teilnehmer mehr als in Cedar Rapids erschienen waren, fand an der Universität, im Gebäude der Student Union, statt, und zwar in Form einer auf erfrischende Weise gehaltvollen Fragestunde: Etliche Zuhörerinnen und Zuhörer fragten mich nach meinen politischen Vorhaben und der Budgetierung im Bereich der psychischen Gesundheitsvorsorge, ob ich den Kreis der Familien erweitern werde, die Anspruch auf Studienförderung durch das Pell-Grant-Programm hätten, und wie ich dem Klimawandel begegnen wolle. Im vorderen Drittel des Gangs sagte ein Mann in den Zwanzigern in das Standmikrofon: »Sie behaupten, die Reform der Wahlkampffinanzierung zu unterstützen, dabei schwimmen Sie selbst in Schwarzgeld. Sie sind eine Heuchlerin«, und aus dem Publikum waren gleichzeitig Beifall und Buhrufe zu vernehmen. Wobei die Buhrufe vermutlich eher Gehänsel waren und seinem Akzent, eindeutig nicht aus dem Mittleren Westen, und dem Fehlen einer echten Frage galten als seinem durchaus legitimen Anliegen.

»Ich verstehe die Ungereimtheiten, die Sie monieren«, entgegnete ich. »Und ich verspreche Ihnen, dass ich ernsthaft und aufrichtig entschlossen bin, Gelder von Interessenvertretern aus unserem politischen System zu verbannen. Unglücklicherweise ist das System momentan so aufgebaut, dass ich, wenn ich in diesem Wahlzyklus die Zuwendungen des Political Action Committee nicht annehmen würde, schlicht und ergreifend Konservative ans Ruder kommen ließe, deren dunkle Machenschaften zum Beispiel darauf abzielen, Umweltvorschriften rückgängig zu machen oder den Amerikanern staatliche Sozialleistungen zu kürzen. Ich bin eine Pragmatikerin, und ich habe es mir immer zur Aufgabe gemacht, den Wandel aus dem Inneren des Systems heraus voranzutreiben. Aber Sie haben natürlich recht. Ich glaube, unbegrenztes Fundraising gefährdet unsere Demokratie, und als Ihre Präsidentin werde ich rigoros dagegen vorgehen.«

Inzwischen war es bereits nach zwanzig Uhr, und ich hielt diesen Wortwechsel für den emotionalen Höhepunkt der Veranstaltung. Was er, zumindest den öffentlichen Teil betreffend, vermutlich auch war. Doch fünfzehn Minuten später an der Absperrung kam der große Knall. Ein weißhaariger Mann in einer Windjacke mit dem Emblem der Iowa Hawkeyes hatte gerade erklärt: »Es ist ein Unding, dass gierige Wall-Street-Banker aus ihrem Schlamassel gerettet werden, während der Rest von uns darum kämpft, über die Runden zu kommen.«

Bevor ich antworten konnte, rief ein Fernsehreporter hinter ihm, ein Mann namens Tiff, den ich nicht besonders mochte – er erinnerte mich an einen großen Schuljungen mit einem Hang zur Selbstüberschätzung –, über den Tumult hinweg: »Senatorin Rodham, was sagen Sie zu den Gerüchten, dass Bill Clinton morgen seine Präsidentschaftskandidatur verkünden wird?«

Worüber, zum Teufel, sprichst du?, dachte ich. Im Lauf der Jahre hatte es immer wieder solches Gerede gegeben, doch in den letzten Wochen oder Tagen war mir nichts dergleichen zugetragen worden. Ich ignorierte sowohl die Frage als auch das Mikrofon, das vor meiner Stirn baumelte. Stattdessen sagte ich zu dem weißhaarigen Mann: »Ich finde das auch untragbar. Und wenn Sie auf meine Webseite gehen, können Sie genau nachlesen, wie meine wirtschaftlichen Pläne aussehen, um der Mittelschicht zu helfen.«

Der Fernsehreporter wiederholte: »Senatorin Rodham, wie lautet Ihr Kommentar zu den Gerüchten, dass Bill Clinton morgen seine Präsidentschaftskandidatur verkünden wird?« Die Stimme des Reporters hatte den Klang gequälter Belustigung angenommen, als würde er mit Verachtung gestraft, wo doch er es war, der unhöflich ein Gespräch unterbrach.

Ich warf Theresa über die linke Schulter einen Blick zu. Keine von uns beiden sagte etwas, und ich war mir ziemlich sicher – schließlich arbeiteten wir seit achtzehn Jahren zusammen –, dass sie mir mit diesem Schweigen signalisierte: Keine Ahnung, wovon er spricht.

Der Fernsehreporter rief: »Hat Gouverneur Clinton Sie vorab von seiner Entscheidung in Kenntnis gesetzt?«

»Banken sollten genauso zur Rechenschaft gezogen werden wie unsereins«, sagte der Weißhaarige. »Sie sollten keine Sonderbehandlung bekommen.«

»Sie haben recht. Ich werde das angehen. Außerdem werde ich viele neue Arbeitsplätze schaffen, den Mindestlohn erhöhen und dem eine Ende machen, dass Multimillionäre weniger Steuern zahlen als alle anderen.«

Der Fernsehreporter rief: »Wird die Tatsache, dass Sie und Bill Clinton ein Paar waren, Auswirkungen auf den Wahlkampf haben?«

1997

Als Meredith, Maureens Tochter, ungefähr zehn war, begann sie, ein paarmal im Jahr für ein oder zwei Nächte bei mir zu übernachten – für gewöhnlich, wenn Maureen und Steve verreisten (Merediths Brüder waren damals schon auf dem College), manchmal aber auch nur, weil wir beide uns gut verstanden. Dass sie eine Art Ersatztochter für mich war, brauchte zwischen Maureen und mir nicht erwähnt zu werden, so offensichtlich war es, wobei die Betonung auf Tochter – mit anderen Worten dem Kind – und nicht auf »Ersatz« lag. Meredith war das absolute Gegenteil von all den dauerverpflichteten, neurotischen und zynischen Erwachsenen, mit denen ich in Kontakt war. Natürlich hatte auch Meredith Verpflichtungen, doch die lauteten, mit britischem Akzent zu sprechen, als Siegerin aus *Vier gewinnt* hervorzugehen und mich zu überzeugen, ihr mehrmals am Tag ein Eis zu kredenzen.

Eines Abends im August 1997, während der Sitzungspause des Senats, hatten wir beide es uns im Fernsehzimmer meiner Chicagoer Wohnung mit Mint-Chocolate-Chip-Eis (ihres war mit Gummibärchen verziert, meines nicht) gemütlich gemacht und schauten uns ein Interview mit einer berühmten Popsängerin an. Die Künstlerin würde demnächst vierzig werden, war geschieden und hatte ein Kind. Gegen Ende des Interviews fragte der Moderator des Nachrichtenmagazins: »Kurz vor Ihrem runden Geburtstag sind Sie inzwischen eine internationale Ikone. Die Verkaufszahlen Ihrer Alben sprengen alle Rekorde, Sie haben unzählige Auszeichnungen erhalten und haben Hunderte Millionen auf Ihrem Konto. Aber verraten Sie mir doch bitte eines: Sind Sie einsam?«

Die Sängerin musterte ihn mit ironisch-kühlem Blick – falls sie dachte, die Frage sei idiotisch, waren wir einer Meinung – und sagte: »Nun, einsame Spitze. Natürlich.«

»Einsame Spitze«, wiederholte der Moderator. »Was meinen Sie damit?«

»Manchmal fühle ich mich einsam, weil es mich nur einmal gibt. Aber das Gute an der Sache ist« – lächelnd (sie trug knallroten Lippenstift und eine ärmellose, tief ausgeschnittene schwarze Bluse) beugte sie sich vor –, »es gibt mich nur einmal. Ich wurde mit meinen besonderen Talenten geboren, meiner besonderen Kreativität, und wären wir im Jahr 1850, hätte ich Pech gehabt. Aber wir schreiben das Jahr 1997, und nach oben gibt es keine Grenzen mehr. Ich habe zwanzig Jahre lang Stadien gefüllt. Ich *kann* das, was ich tue, und ich *tue* es.«

Während ich ihr zuhörte, bekam ich Gänsehaut. In diesem Moment wurde mir klar, dass ich irgendwann für das Präsidentenamt kandidieren würde – wobei das vielleicht nicht ganz der Wahrheit entspricht, denn tief in meinem Inneren war mir, als wüsste ich das bereits, als hätte ich es immer gewusst. Zu sagen, es war der Moment, in dem ich mir offen eingestand, was ich längst wusste, träfe es vermutlich besser.

Meredith war damals dreizehn. Sie zeigte auf den Bildschirm und nuschelte, den Mund voller Eis und Gummibärchen: »Hillary, die ist wie du.«

IOWA
26. APRIL 2015
21.40 UHR

Zu meinem Reiseteam, also jener elfköpfigen Truppe, die in einem gepanzerten Kleinbus durch den Bundesstaat fuhr, gehörten außer mir: Theresa, die nicht nur meine Reisestabschefin, sondern auch stellvertretende Wahlkampfleiterin war; mein Reisepressesekretär Clyde; Diwata, die für die Organisation der Wahlkampftour verantwortlich war; meine Leibwächterin Kenya; meine Hairstylistin Veronica; meine Visagistin Suzy; eine junge Videoregisseurin namens Ellie; ein nicht ganz so junger Fotograf namens Morty; und schließlich Darryl und Phil, die beiden Agenten des Secret Service, die sich als Fahrer abwechselten. Aus dieser Gruppe rief ich Theresa, Clyde und Diwata zu einem Treffen in meine Suite im Marriott in Davenport.

Ich war bereits im Pyjama, wenngleich ich noch einen BH trug – ich hätte es als allzu grausam empfunden, meine Teammitglieder in ihren Zwanzigern und Dreißigern mit gewissen Gesetzen der Schwerkraft und der Zeit zu konfrontieren – und mir eine Fleecejacke übergezogen hatte.

Wir saßen im Wohnzimmer der Suite, Clyde und ich in den beiden Sesseln, Theresa auf dem Sofa und Diwata auf dem Schreibtischstuhl, den sie in unsere Blickrichtung gedreht hatte. »Ich denke, unser Kommentar sollte einfach lauten, dass Bills Kandidatur immer im Bereich des Möglichen lag«, sagte ich.

»Ich werde Hintergrundgespräche mit der Presse und den Netzwerken und Kabelsendern führen«, meinte Clyde.

»Entschuldigung, aber ›Bills Kandidatur lag immer im Bereich des Möglichen‹ wird die Mitreisenden für gerade mal eine Minute zufriedenstellen«, warf Diwata ein. Als »die Mitreisenden« bezeichneten wir die Journalistinnen und Journalisten, die uns begleiteten.

»Punkt Nummer eins: Er hat jeglichen Bezug zu den durchschnittlichen Amerikanern verloren«, sagte Theresa. »Und er ist raus aus der politischen Praxis.«

»Zahlreiche Leute betrachten ›raus aus der politischen Praxis‹ als Empfehlung«, warf ich ein, und Clyde sagte im selben Augenblick: »Er wird sich mit Sicherheit als Außenseiter präsentieren, und wir dürfen das nicht noch glaubwürdiger machen.«

»Wird er sich nicht vor allem als geschäftstüchtiger Philanthrop nach Art eines Daddy Warbucks präsentieren?«, fragte Diwata.

Diwata war achtundzwanzig, Clyde war zweiunddreißig, und Theresa war neununddreißig, was bedeutete, dass alle drei Bill eher als Tech-Milliardär denn als Politiker kannten; sie waren zwischen fünf und sechzehn gewesen, als seine Präsidentschaftskandidatur wie ein Kartenhaus in sich zusammengefallen war. Ich fragte mich, ob sie sich jemals das *60 Minutes*-Interview angesehen hatten. Natürlich wusste Theresa von meiner Vergangenheit mit Bill – sie wusste sogar als eine von ganz wenigen von meinem Besuch in seinem Penthouse in San Francisco im Jahr 2005 –, und auch Clyde und Diwata waren höchstwahrscheinlich darüber im Bilde, dass ich mit ihm zusammen gewesen war. Ich hatte dieser Tatsache einen Absatz in meinem 2002 veröffentlichten Memoirenplus-Wahlkampf-Buch *Mittwestler-Werte* gewidmet. Allerdings hatte ich diese Information nicht eingefügt, um mich zu brüsten, sondern vielmehr, um dieses bescheuerte Jungfrauen-Gerücht zu zerstreuen. Dennoch wurde ich hin und wieder bei Auftritten oder Interviews auf meine Liaison mit Bill angesprochen, wobei sich der Unterhaltungswert dieser Fragen wohl aus der Annahme speiste, dass es sich um eine so belanglose wie unwahrscheinliche Lappalie gehandelt haben musste. *Dass* unsere Beziehung als unwahrscheinlich wahrgenommen wurde, lag vielleicht an der öffentlich empfundenen Diskrepanz zwischen seinem und meinem Äußeren oder daran, dass Bill mittlerweile mit leidlich berühmten, strahlend schönen Frauen in ihren Dreißigern oder Vierzigern an seiner Seite in Klatschblättern auftauchte – Fernsehmoderatorinnen, Wellness-Gurus, Schauspielerinnen aus der Riege der B-Promis. Einmal, während einer Podiumsdiskussion im Rahmen einer Frauenkonferenz in San Diego im Jahr 2006, hatte meine temperamentvolle Gesprächspartnerin gesagt: »Ich kann nur sagen, Sie müssen an der Law School ein ganz schön heißer Feger gewesen sein!«

In Davenport sah ich von Diwata zu Clyde. »Haben Sie Bill je kennengelernt?«

Beide schüttelten den Kopf.

»Haben Sie ihn je reden hören?«

»Ich habe ihn in einem Interview gesehen«, sagte Clyde.

»Im schlimmsten Fall«, sagte ich, »ist er langatmig und pedantisch, und im besten Fall ist er überwältigend. Er kann einen ganzen Raum in seinen Bann schlagen, aber er kann auch auf sehr emotionale, intuitive Art eine ganz persönliche Verbindung zu seinem Gegenüber herstellen.«

»Ich verstehe, was Sie meinen«, sagte Diwata. »Aber nach Obama? Er ist eben, Sie wissen schon ...« Sie verstummte, und ich hob die Augenbrauen. »Männlich, blässlich, ältlich?«, fuhr sie fort. Diwata selbst war Tochter eines afroamerikanischen Vaters und einer philippinischen Mutter.

Ich lachte – mit meinen siebenundsechzig war ich gerade einmal ein Jahr jünger als Bill und ebenso weiß. »Noch mal«, sagte ich. »Manche betrachten das als Empfehlung.«

Mit tiefer Stimme sagte Theresa: »Irgendwas an ihm kommt mir ungemein präsidial vor. Ich kann nur nicht sagen, was.«

Mit ebenfalls tiefer Stimme – das war unser Running Gag – antwortete ich: »Ich würde ihn gern mal auf ein Bier einladen.«

Clyde, der sonst immer in schrillem Falsett sprach, bellte: »Vielleicht könnten wir zusammen auf die Jagd gehen.«

Ich sah zu Diwata. »Einspruch stattgegeben«, sagte ich.

Mit normaler Stimme sagte Clyde: »Ich glaube, dass Clintons Wahlkampf ein Rohrkrepierer wird, und wissen Sie, warum? Nicht nur, dass er während seiner Ehe fremdgegangen ist. Er hatte auch schon eine Klage wegen Vergewaltigung am Hals.« Er tippte hastig auf seinem Handy herum und meinte dann: »Na bitte, da haben wir's schon. '93 wurde der Fall, den eine Staatsbedienstete aus Arkansas vor Gericht gebracht hatte, nach einer Zahlung von 850 000 Dollar beigelegt.«

»Und dann noch so was wie wilde Orgien?«, warf Diwata ein.

Ich merkte, wie Theresa verstohlen zu mir herüberblickte, und sah sie direkt an. »Hatten unsere Researcher Bill überhaupt auf dem Radar?«, fragte ich.

»Ich werde dem nachgehen«, meinte sie, »aber ich schätze, bisher eher nicht.«

Ich kannte nicht einmal den Namen des Unternehmens, dem mein Wahlkampfteam die Meinungsforschung oder das Sammeln belastender Informationen über meine potenziellen demokratischen oder republikanischen Gegner übertragen hatte. Und das mit Absicht. Wenn meine Mitarbeiterinnen und Mitarbeiter pikante Details an Reporter weitergeben wollten, geschah dies über Dritte, und wenn mir pikante Details zugetragen wurden, dann durch meine Chef-Researcherin, eine Frau namens Gigi Anderson, die in Washington lebte.

»Bevor wir lange um den heißen Brei herumreden«, sagte ich. »Ich schätze, Sie alle wissen, dass Bill und ich während der Law School und später ein Paar waren. Wir standen kurz davor zu heiraten.« Den Teil mit der Heirat hatte ich in den *Mittwestler-Werten* geflissentlich übersprungen, aber keiner der drei schien überrascht.

Beiläufig fragte Clyde: »Haben Sie momentan Kontakt zu ihm?«

»Nicht oft. Ab und zu per Mail.« Ich sah von einem zur anderen. »Ich möchte auf keinen Fall die Zeit bis zu den Vorwahlen damit verbringen, Fragen über mein Liebesleben während der Law School zu beantworten. Angenommen, er gibt seine Kandidatur morgen bekannt« – inzwischen verbreitete sich das Gerücht im Internet wie ein Lauffeuer –, »dann lassen Sie uns mit zwei oder drei unverfänglichen Sätzen kommen und sie bis zum Erbrechen wiederholen.«

»Möchten Sie die noch heute Abend oder gleich morgen in der Früh?«, fragte Clyde.

»Morgen früh reicht«, sagte ich. Ich bemerkte, dass Theresa sich auf die Lippen biss, was sie immer tat, wenn sie unter Stress stand. Sie war bemerkenswert kaltblütig, aber diese Geste verriet sie.

»Rein aus Neugier«, sagte Diwata, »lag Bill Clintons Kandidatur für uns tatsächlich immer im Bereich des Möglichen?«

»Alles ist zu jeder Zeit möglich«, erwiderte ich. »Von der Minute an, als er der Politik den Rücken kehrte, hat er immer wieder mit einem Comeback geliebäugelt. Irgendwann, schätze ich, habe ich begonnen, ihn nicht mehr ernst zu nehmen.«

»Wie wär's damit?«, schlug Clyde vor. »Sie thematisieren die Beziehungsgeschichte während eines Interviews in einer Talkshow. Ob tagsüber oder abends, egal, Hauptsache, sie kommt unterhaltsam und im Plauderton rüber.«

Theresa nickte. »Das könnte funktionieren.«

»Es ist nur völlig verrückt«, sagte Diwata.

Wir sahen sie alle an. »Was ist völlig verrückt?«, fragte ich.

Sonst immer zu Scherzen aufgelegt antwortete Diwata mit ernster Miene: »Es ist verrückt, dass Sie kurz davor waren, Bill Clinton zu heiraten, denn er scheint Ihrer so unwürdig.«

1997

An jenem Abend, als Meredith und ich das Interview mit der Popsängerin gesehen hatten, saß ich, nachdem Meredith in meinem Gästezimmer eingeschlafen war, in meinem Nest und machte mir Notizen auf einem Schreibblock. Mir war klar, dass ich die Amerikaner schrittweise für mich einnehmen musste, dass es nahezu unmöglich war, erstmals für das Präsidentenamt zu kandidieren und sofort gewählt zu werden. Zu jener Zeit war Jerry Brown seit eineinhalb Jahren im Weißen Haus. Aufgrund seiner niedrigen Beliebtheitswerte – von Anfang an war es den Konservativen gelungen, ihn als wirtschaftsfeindlich und exzentrisch darzustellen –, sah ich zwei mögliche Wege. Beide begannen damit, dass ich erstmals 2004 kandidieren würde; das würde mein Probelauf sein. Sollte es Jerry gelingen, ein zweites Mal ins Amt gewählt zu werden, würde '04 wahrscheinlich ein Republikaner gewinnen, und ich würde somit '08 erneut antreten können, diesmal gegen den republikanischen Amtsinhaber – wieder als eine Art Probelauf. Schließlich, im Jahr 2012, würde ich mit der realistischen Hoffnung auf einen Wahlsieg als Kandidatin antreten können. Zu diesem Zeitpunkt würde ich vierundsechzig sein und könnte, meine Wiederwahlen als Senatorin vorausgesetzt, auf zwanzig aktive Jahre in der Politik zurückblicken. Sollte Jerry kein zweites Mal gewählt werden oder einem Republikaner nur eine Amtsperiode vergönnt sein, würde ich versuchen, '08 als Vizepräsidentschaftskandidatin der Demokraten nominiert zu werden und '16 als Präsidentschaftskandidatin anzutreten. Dieses Szenario schien mir am besten geeignet, um die Wählerinnen und Wähler mit dem Gedanken an eine Präsidentin vertraut zu machen. In dieser Variante würde ich am Wahltag neunundsechzig sein.

Gleich am Montag rief ich Deb Strom an, die geschäftsführende Direktorin des Victoria Project, eines nach Victoria Woodhull benannten politischen Aktionskomitees, das sich für die Wahl demokratischer Abtreibungsbefürworterinnen auf nationaler Ebene einsetzte. Auf die Empfehlung meiner Spendensammlerin Bitsy Sedgeman Corker hin hatten sie mich '92 unterstützt und mir entscheidend beim Fundraising geholfen, und in den vergangenen sechs Jahren hatte ich im Gegenzug für andere vom Victoria Project unterstützte Kandidatinnen Wahlkampf betrieben und mich mit Deb angefreundet.

Als sie abnahm, sagte ich: »Ich wünsche mir was, und ich glaube, du wünschst es dir auch, und ich frage mich, ob du es mit mir in die Tat umsetzen würdest. Ich möchte Präsidentin werden.«

»Oh Gott, Hillary«, sagte Deb. »Ich bekomm ganz weiche Knie! Wir haben uns intern schon darüber unterhalten, aber wir wollten bis zu deiner Wiederwahl nächstes Jahr warten, um es dir vorzuschlagen.«

Während der nächsten Monate trafen wir uns zu sechst zu einer Reihe von vertraulichen Besprechungen im Büro des Victoria Project im Washingtoner Stadtteil Dupont Circle: Deb, ihre Stellvertreterin, meine Stabschefin, Greg Rheinfrank, der noch immer als Berater in Chicago arbeitete und dem ich nach wie vor nahestand,

Bitsy Sedgeman Corker und natürlich ich. Wenn wir unter uns waren, aber nur dann, bezeichnete Greg uns als das »Itsy Bitsy Titsy Committee«. Im Großen und Ganzen entsprach die Strategie, die wir entwarfen, derjenigen, die ich mir in meinem Nest zurechtgelegt hatte, obwohl unser gemeinsamer Plan mehr spezifische Eckpunkte umfasste: welchen Senatsausschüssen ich angehören oder welche Gesetzesentwürfe ich unterstützen sollte, um mir Referenzen für die Präsidentschaft zu erwerben; wie viel Geld ich bis wann einsammeln müsste. Wir beschlossen, dass ich ausgewählte Journalistinnen und Journalisten hofieren, Allianzen mit bestimmten Kongressmitgliedern schmieden und noch vor 2004 ein Buch schreiben sollte.

An einem Märzabend meinte Greg, während wir nach einer Besprechung gemeinsam die Connecticut Avenue Richtung Norden entlanggingen, um in einer Bar im Kalorama-Viertel in der Nähe meiner Wohnung noch etwas zu trinken: »Hättest du manchmal nicht gern eine Kristallkugel, um zu sehen, ob wir es schaffen, dich zum EWP zu machen?«

»Was heißt EWP?«, fragte ich. Nur um gleich darauf zu sagen: »Ach so.«

IOWA
26. APRIL 2015
23.04 UHR

Und dann, als ich im Marriott in Davenport in meinem Bett lag und E-Mails auf meinem iPad beantwortete, klingelte mein Handy, und auf dem Display erschien der Name »Bill«. Ich kannte viele Bills, es gab sogar einen siebenundzwanzigjährigen Bill in meinem Redenschreiberteam, einen Mann, mit dem ich häufig zu tun hatte, aber in meinen Kontakten stand nur ein Bill ohne Nachname. Obwohl ich nicht oft mit diesem Bill sprach, behielt er diesen Sonderstatus.

Als ich abnahm, sagte er herzlich: »Hillary, ich bin's, Bill Clinton. Wie geht es dir?«

»Danke, gut. Und dir?«

»Einfach bestens.« Es war der Tonfall dieser zwei Wörter – freundlich, aber distanziert, nahezu unpersönlich –, der mir alles sagte, noch bevor er weiterredete. Er war gut gelaunt, aber nicht an einem wirklichen Gespräch interessiert; das hier war rein oberflächlich, ich war eine Verpflichtung und ein Punkt auf seiner Liste, den es abzuhaken galt. Er rief mich an, um mir mitzuteilen, dass die Gerüchte, er werde als Präsidentschaftskandidat gegen mich antreten, der Wahrheit entsprachen.

»Hör mal«, sagte er. »Du weißt, ich habe größten Respekt vor dir.«

Im Lauf der Jahrzehnte hatte ich gelernt, dass die Leute ihrem Respekt vor allem dann Ausdruck verleihen, wenn ihr Verhalten das Gegenteil beweist.

»Du bist eine fantastische Frau«, fuhr er fort, »und du bist eine großartige Kandidatin. Aber ich bin mir sicher, du stimmst mir zu, dass ein gesunder Wettbewerb in den Vorwahlen nur von Vorteil ist. Wie sich einige Demokraten '08 ins Zeug gelegt haben, war beeindruckend« – er spielte natürlich auf Barack Obamas Nominierung durch die Partei, sprich seinen Sieg über mich, an –, »und deshalb werfe ich meinen Hut in den Ring.«

Ich schwieg. »Du hast doch nicht etwa aufgelegt, oder?«, fragte er scherzhaft.

Mir war nach allem anderen als nach Scherzen zumute. »Wie endgültig ist dein Entschluss?«

»Wirklich? Keine Glückwünsche?«

»Wann willst du es bekannt geben?«

»Morgen. Zwölf Uhr mittags Westküstenzeit.«

Ich spürte Wut in mir aufsteigen – Wut auf diesen fadenscheinigen Anstandsanruf in letzter Minute, auf Bills unbekümmerten Ton, auf sein unverschämtes persönliches Glück, dank dessen er eine solche Entscheidung treffen konnte, ohne sein Blatt vor der Zeit aufdecken zu müssen, indem ein Erkundungskomitee vorab die Fühler hinsichtlich Spenden ausstreckte. Und, wenn ich ehrlich war, Wut auf mich selbst, weil ich nicht nachdrücklicher oder früher versucht hatte, diese Möglichkeit zu unterbinden.

Aus all diesen Gründen bemühte ich mich, bei meinen nächsten Worten verbindlich zu klingen. »Ich weiß, es ist schon eine Weile her, aber du erinnerst dich doch bestimmt noch daran, wie zermürbend die Wahlkampftour ist, oder? Unzählige Stunden Arbeit, schlechter Schlaf, ungesundes Essen? Nicht zu vergessen diese Leute, auch Journalisten genannt, deren Aufgabe darin besteht, alles aufzuschreiben, was du gesagt hast, und auf diesen einen hingeworfenen Kommentar zu warten, der etwas schief geraten ist, um ihn umgehend als Aufmacher in den Nachrichten zu bringen. Und die dann bei der nächsten Veranstaltung geschockt sind, dass du dich nicht freust, sie zu sehen.«

Bills Ton war so jovial wie meiner. »Wenn ich es nicht besser wüsste, würde ich glauben, du versuchst mich gerade einzuschüchtern.«

»Ich bezweifle, dass das möglich wäre. Das sind nur gut gemeinte Mahnungen. Diese Journalisten lieben es auch, in der Vergangenheit herumzustochern. Sie haben ein gutes Gedächtnis.«

»Auch wenn es dir vielleicht schwerfällt, das zu glauben, aber ich vermisse den Wahlkampf. Natürlich erinnere ich mich Punkt für Punkt an die Dinge, die du aufgezählt hast, aber vergiss nicht den Spaß. Die Kameradschaft, das Händeschütteln, die Geschichten all dieser echten Menschen. Du wirst mir sicherlich recht geben, dass dieser Teil mir immer mehr gelegen hat.«

Ich ignorierte den Seitenhieb. »Wie's aussieht, stehst du gerade auf der Sonnenseite des Lebens«, sagte ich. »Ich bin überrascht, dass du das aufgeben willst.«

»Du meinst, ob es schön ist, die Früchte meiner Arbeit zu genießen? Klar, und wie. Aber das Leben besteht aus mehr als

Konferenzräumen und Eiweiß-Smoothies. Und du und ich, wir sind nicht mehr die Jüngsten. Es heißt jetzt oder nie.«

»Kein Zweifel, du hast dich immer zum Dienst an der Allgemeinheit hingezogen gefühlt. Ich glaube nicht, dass du das jemals wirklich hinter dir gelassen hast.« Natürlich glaubte ich, dass er es hinter sich gelassen hatte, aber ich wusste von Spendenbeschaffern aus dem Silicon Valley, dass kaum etwas einen Tech-Milliardär mehr erfreute als das Märchen, seine Innovationen würden das Leben gerechter und bedeutsamer machen. »Und deshalb«, fügte ich hinzu, »würde ich dir gern einen Posten in meiner Regierung anbieten. Als Botschafter oder im Kabinett ... Du wärst der geborene Bildungsminister oder Minister für Wohnungsbau und Stadtentwicklung.«

»Oh, Hillary.« Er lachte leise. »Wie unglaublich großzügig von dir.«

»Ich meine es ernst. Warum mühsam, wenn's auch einfach geht? Ich bin momentan in Davenport, Iowa. Mein Abendessen bestand aus einem kalten Burrito.«

»Du glaubst tatsächlich, ich sei eine Zimperliese geworden, was?«

»Ich bin mir nicht sicher, ob ich beurteilen kann, wer du geworden bist. Denn dieser Blödsinn über gesunden Wettbewerb ... Muss ich dich daran erinnern, dass das der perfekte Weg ist, um Jeb Bush ins Amt zu heben? Oder Mitt Romney?« Obschon keiner der beiden bisher seine Kandidatur bekannt gegeben hatte, waren das die mutmaßlichen Spitzenkandidaten der Republikaner. »Wenn dir dein Vermächtnis wirklich am Herzen liegt, dann verhilf der ersten Frau ins Präsidentenamt. Tu es für Alexis und die anderen hundertfünfundfünfzig Millionen Mädchen und Frauen in diesem Land. Steh mir nicht im Weg.«

»Sagt die Frau, deren politische Karriere damit begann, dass sie Carol Moseley Braun ausbootete.« Sein Tonfall war nach wie vor gelassen. »Weißt du was? Du und ich, wir werden eine Menge Spaß haben, und das amerikanische Volk ebenfalls. Ich habe unsere Diskussionen immer gemocht, und jetzt wird das ganze Land sie live auf dem Bildschirm verfolgen können.«

Du Arschloch, fluche ich innerlich, du beschissenes Arschloch! Laut erwiderte ich: »Na dann, viel Glück.«

1998

Acht Monate nach meiner Vereidigung als Senatorin im Januar 1993 war ein Brief von Barbara Overholt in meiner Wohnung in Chicago angekommen, in dem sie geschrieben hatte:

»Es ist noch nicht offiziell, aber Bill und Sarah Grace haben sich getrennt und werden sich noch dieses Jahr scheiden lassen.«

Ich verbrachte gerade ein Wochenende in Chicago, und die Nachricht regte mich furchtbar auf, weil ich denken wollte: Na und?, und stattdessen dachte: Moment mal, Bill ist wieder Single? Aber ich schrieb einzig zurück:

»Danke für die Information. Ich wünschte, ich könnte dieses Jahr mit Dir die Frauenrechtskonferenz besuchen und wir könnten uns in einer geschmacklosen Hotelbar neben einigen Kunstfarnen bei einem Drink gegenseitig auf den neuesten Stand bringen.«

Ich war gerührt gewesen, dass Barbara und Ned jeweils tausend Dollar – den damaligen Höchstbetrag – für meine Kampagne gespendet hatten.

Ein paar Monate nach meinem Briefwechsel mit Barbara erfuhr ich aus dem *Wall Street Journal*, dass Bill ins Silicon Valley gezogen war, um Geschäftsführer und achter Mitarbeiter eines der ersten Internetdienstleister zu werden – ein Posten, den er offensichtlich nicht wegen seiner Fachkenntnisse im Programmieren bekommen hatte, sondern wegen seiner Fähigkeit, andere in seinen Bann zu ziehen und ihnen Vertrauen einzuflößen. Der Internetdienstleister hatte einen dümmlich klingenden Namen, der am Tag seines Börsengangs im Jahr 1996 plötzlich etwas weniger dümmlich klang, als die Aktien zu einem Preis von vierundzwanzig Dollar ausgegeben wurden und bei zweiundvierzig Dollar schlossen. Von diesem Augenblick an sahnte Bill ab, soweit ich es beurteilen konnte. Wie so viele unwahrscheinliche Ereignisse bekam auch sein Status des Tech-Tycoons rückblickend den Nimbus der Unausweichlichkeit.

Wir schrieben das Jahr 1997, als ich aus einem Nebensatz in einem Artikel über Bills Führungsstil im Wirtschaftsteil der *New York Times* erfuhr, dass er mit einer Frau namens Evangeline Cole verlobt war. Trotz redlicher Bemühungen seitens Bills Unternehmen war das Internet 1997 noch nicht das weltumspannende und schnell zugängliche Labyrinth, zu dem es sich heute entwickelt hat. Also bat ich meine persönliche Referentin Joanna, die eine couragierte Collegestudentin namens Theresa als Praktikantin hatte, verlegen, aber auf ihre Diskretion meinem restlichen Stab gegenüber vertrauend, herauszufinden, wer genau Evangeline Cole sei. Die Antwort lautete: die achtunddreißigjährige Tochter eines legendären Musikproduzenten und Managers aus Los Angeles, mit anderen Worten eine reiche Erbin, die vermutlich noch jung genug war, um Kinder zu bekommen. Sie hatte einen Harvard-Abschluss, war nie verheiratet und nie wirklich erwerbstätig gewesen, obwohl sie arbeitsähnlichen Beschäftigungen nachgegangen war, zum Beispiel als Producerin für einen Dokumentarfilm über Elefantenwilderei im Tschad.

Ein Jahr später befand ich mich auf dem Flug von Denver nach Jackson Hole, um auf der Sommerkonferenz einer progressiven Denkfabrik an einer Podiumsdiskussion teilzunehmen. Mehrere

Hundert Redner – nicht nur Akteure aus der Politik, sondern auch aus der Wissenschaft, dem Gesundheitswesen, der Tech-Branche und der Kunst – würden vor einem Publikum aus steinreichen Spendern sprechen. Ich war in Begleitung Theresas, die ich nach ihrem Abschluss an der Temple University von der Praktikantin zur persönlichen Referentin befördert hatte, sowie meiner Spendenreferentin Delaney Smith. Während des unruhigen Flugs mit malerischer Aussicht las ich die von Delaney vorbereiteten Briefing-Unterlagen durch. Sie enthielten Fotos und Kurzlebensläufe der Spender, die auf der Konferenz anwesend sein würden und mit denen mich Delaney bekannt zu machen plante, in der Hoffnung, sie würden die Arbeit einer unbeugsam uneleganten gemäßigten Demokratin mit Mittwestern-Akzent unterstützen. Als ich beim Umblättern auf zwei nebeneinander angeordnete Fotos von Bill und Evangeline Clinton im Jahrbuchstil stieß, stockte mir der Atem.

Obwohl '98 ein Wahljahr für mich war, hatte ich Bill wohlweislich nicht um Geld gebeten, weder in letzter Zeit noch überhaupt jemals. Kurz vor der Landung erklärte ich Delaney, dass ich Bill zwar kenne, dass manche Anfragen aber unterbleiben müssten, weil sie einfach zu vorbelastet seien.

Als ich im Hotel eingecheckt hatte und das Konferenzprogramm durchlas, stellte ich fest, dass Bill und ich am nächsten Morgen zur gleichen Zeit an unterschiedlichen Podiumsdiskussionen teilnehmen würden. Seine Podiumsdiskussion hatte die »digitale Kluft« zum Thema, meine frühkindliche Bildung und Erziehung. Ich war erleichtert, dass ich dank der Überschneidung seinem Auftritt nicht beiwohnen musste, ja dass ich mich nicht einmal entscheiden musste, ob ich anwesend sein sollte. Doch vor Theresa platzte ich auf fast peinliche Art, bei der ich mich ein wenig wie eine Siebtklässlerin fühlte, damit heraus, wie grotesk ich es fand, dass Bill vor Ort war.

»In gewisser Weise war er die Liebe meines Lebens«, sagte ich. Im Versuch, meine Verlegenheit zu überspielen, wobei ich wohl eher das Gegenteil erreichte, fragte ich sie: »Haben Sie einen Freund?« Theresa war damals zweiundzwanzig und ich einundfünfzig.

»Ja. Bryan. Aber er wohnt noch in Philadelphia.«

»Studiert er?«

»Er arbeitet im Bauunternehmen seines Bruders. Wir sind zusammen auf die Highschool gegangen. Danach hat er sich am Community College eingeschrieben, bald darauf aber beschlossen, lieber einen Job anzunehmen.« So unbefangen sie das erzählte, wusste sie doch genau, dass mich diese Informationen etwas überraschten.

»Sind Sie beide seit der Highschool ein Paar?«

Sie lachte. »Meine Mutter hätte mir niemals erlaubt, einen Freund zu haben.« Ich wusste bereits, dass Theresa die älteste von sechs Schwestern war. »Bryan und ich waren Kumpel, aber wir waren nicht zusammen, bis ich im College war.«

Theresa war so hervorragend in ihrem Job – so organisiert und ruhig und angenehm im Umgang –, dass ich bis zu diesem Moment nicht bemerkt hatte, wie hübsch sie war, obwohl wir seit einem Jahr zusammenarbeiteten. Sie hatte fein gezeichnete Gesichtszüge und dunkles Haar, das sie zu einem Knoten aufgesteckt trug.

»Wenn er das nächste Mal nach Washington kommt, würde ich mich freuen, ihn kennenzulernen.«

Das Dinner an diesem Abend in Jackson Hole fand in einem ausladenden weißen Zelt im Garten eines riesigen Hauses im Chalet-Stil statt und war eine dieser Veranstaltungen, bei denen mehr Prominente als Nichtprominente zu Gast waren. Hinter uns erhob sich der Grand Teton, ein Jazz-Quartett spielte auf einer Terrasse am Ufer eines Baches, Servierkräfte reichten in Speck gewickelte Datteln und Thunfischtatar, und wo man auch hinsah, wurde heftig genetzwerkt und katzbuckelnd geplaudert.

Nachdem wir uns am opulenten Buffet bedient hatten, setzten

Delaney, Theresa und ich uns an einen der runden Achtertische zum ehemaligen Botschafter in Irland und dem CEO eines Unternehmens für nachhaltige Sportbekleidung sowie deren Ehefrauen; Delaneys Anweisungen folgend, hatte ich mir den CEO als Tischnachbarn ausgesucht. Wir hatten uns gerade erst ein paar Minuten unterhalten, als eine freundliche, rauchige Stimme mit Südstaaten-Akzent sagte: »Sind hier noch zwei Plätze frei?«

»Oh mein Gott, Bill«, sagte ich. »Na so was.« Ich freute mich aufrichtig, ihn zu sehen, es war viel weniger seltsam, als ich befürchtet hatte. Als er '92 aus dem Präsidentschaftswahlkampf ausgeschieden war, hatte es geschienen, als zahlte er einen hohen Preis für seine diversen Vergehen; denn wegen seiner falschen Entscheidungen würde er nie das Leben führen, das er sich am meisten wünschte. Als er sich jedoch sofort umorientierte und anfing, im privaten Sektor Millionen zu scheffeln, schien der Preis mit einem Mal recht moderat.

Ich stand auf, während er einen randvoll beladenen Teller abstellte. »Frau Senatorin«, sagte er herzlich. »Oh, bitte«, wiegelte ich ab, und er küsste mich auf die Wange. Dann reckte er den Hals, um das ganze Zelt überblicken zu können, und raunte, sodass nur ich es hören konnte: »Also, wenn das mal keine eins a elitäre Riesenscheiße ist.«

Delaney gab ihren Stuhl frei, damit Bill neben mir sitzen konnte, und ich beschrieb ihm gerade die Podiumsdiskussion, an der ich teilnehmen würde, als eine große, dünne – und ich meine sogar dünn nach den Maßstäben wohlhabender Wohnorte am Rande der Santa-Cruz-Berge – Frau mit langem braunen Haar hinter Bill auftauchte. Sie trug ein leuchtend blaues Cocktailkleid. Noch bevor sie irgendjemanden am Tisch begrüßte, zeigte sie auf Bills Teller, auf dem sich neben einem Berg grünem Salat und Reisnudelsalat zwei dicke Scheiben Entrecote und ein Klacks ausgesprochen sahniger Kartoffelgratin türmten. In gereiztem Ton sagte sie: »Bill, wir haben Donnerstag. Du wolltest doch Fisch essen.«

Bill schmunzelte und wies auf mich. »Evangeline, das ist Senatorin Hillary Rodham.«

Sie musterte mich kühl und sagte nur: »Hi.« Manche Menschen sind nervös oder eingeschüchtert, wenn sie einem Senator begegnen; Evangeline gehörte nicht zu dieser Kategorie. Hätte ich nicht bereits gewusst, dass sie privilegiert aufgewachsen war – das hier wäre der Beweis gewesen. Als Theresa aufstand, um Evangeline ihren Platz anzubieten, bedankte sie sich nicht einmal bei ihr.

Mit Bills Ankunft war das Tischgespräch deutlich lockerer geworden; Bill stellte Fragen in die Runde oder an einzelne von uns; er dozierte über etwas, aber auf unterhaltsame Art; er machte sachkundige Bemerkungen zur irischen Wirtschaft, zum Licancabur, einem Vulkan in Bolivien, den der CEO vor Kurzem bestiegen hatte, und zum Programm der staatlichen Arbeitsvermittlung im Rahmen des Workforce Investment Act, den ich unterstützte. Die ganze Zeit über saß Evangeline schweigend da und stocherte in ihrem Essen herum. Vor dem Dessert brachte die Gastgeberin, in deren Garten wir uns befanden und die in den Achtzigern und Neunzigern ihr Vermögen mit einer Frozen-Yogurt-Kette gemacht hatte, einen Toast aus, in dem sie uns allen, sich selbst eingeschlossen, zu unserer Großartigkeit gratulierte. Noch bevor der Applaus nach ihrer kurzen Ansprache verstummt war, legte Evangeline eine Hand auf Bills Unterarm und formte tonlos mit den Lippen: *Lass uns gehen.* Es dauerte noch weitere fünfzehn Minuten, bis sie wirklich aufbrachen, weil Bill sich ausführlich von unserem und dem benachbarten Tisch verabschiedete; lobenswerterweise ging er sogar noch zu Theresa am Nachbartisch, um sich wegen ihres Umzugs bei ihr zu entschuldigen und sie zu fragen, wo sie aufgewachsen sei und wie lange sie schon mit mir zusammenarbeite.

Kaum waren er und Evangeline außer Sicht, sagte ich zu Theresa: »Wow.«

»Tja, es ist nun mal Donnerstag«, erwiderte Theresa. »Was offensichtlich ein Fischtag ist.«

»Anscheinend will er das so. Nachdem er sich die Frauen immer hat aussuchen können.«

Wie seltsam, dass Bill schließlich eine Frau geheiratet hatte, die ihn eindeutig hasste! Zugegeben, er betrog sie wahrscheinlich, und sie wusste es wahrscheinlich. Aber diese ausgeprägte Abneigung ließ vermuten, dass sie ihn nie stark genug geliebt hatte, um über seine Fehler hinwegzusehen.

Delaney, Theresa und ich blieben noch eine weitere Stunde auf der Party. Ich plauderte mit einem weltberühmten Geiger und einem Genetiker, der Professor in Princeton war, bis mich Delaney, wie es ihre Aufgabe war, taktvoll unterbrach, ein paar Schritte nach links zeigte und murmelte: »Das ist der Reederei-Erbe Karl Zinsser. Er ist wie besessen von Sonnenkollektoren.«

Danach stiegen wir in einen der Shuttlebusse, die vor dem Eingang des Chalets abfuhren. Auf dem Weg zum Hotel, das nur zwei Meilen entfernt lag, musste der Fahrer zweimal anhalten, weil Schwarzbären auf der Straße herumtollten. Ein Dramatiker, der im Frühjahr zuvor den Pulitzerpreis gewonnen hatte, war derart betrunken, dass er aus dem Bus aussteigen und sich den Bären vorstellen wollte, was ihm der Fahrer jedoch ausreden konnte, und ich wurde von einem seltsamen Glücksgefühl erfasst, weil mein Leben mich an so viele interessante Orte führte.

**IOWA
27. APRIL 2015
6.45 UHR**

Ich hatte Diwata per SMS geschrieben, sie möge doch bitte, bevor wir uns alle unten in der Lobby trafen, kurz in meiner Suite vorbeischauen, allerdings erst, nachdem mir meine Haarstylistin Veronica das Haar geföhnt habe; gegen den Lärm des Föhns anzubrüllen war nicht gerade meine bevorzugte Art der Konversation.

Als Diwata erschien, saß ich auf dem Schreibtischstuhl im Wohnzimmer und las auf meinem iPad Zeitung, während Veronica mir Styling-Creme ins Haar gab. Suzy, meine Visagistin, saß, den Blick aufs Handy gerichtet, auf dem Sofa. Diwata begrüßte uns alle und sagte: »Und, fühlen Sie sich ethanolig, Boss?«

»Tja, immer. Aber heute ganz besonders.« Mein Terminplan für die nächsten vierzehn Stunden sah am Vormittag den Besuch einer Ethanolfabrik vor, am Nachmittag einen runden Tisch mit Studierenden eines Community College und einen kurzen Zwischenstopp in einem Wollgeschäft, um mit dessen Inhabern über meinen Vorschlag eines Steuerabschlags für Kleinbetriebe zu diskutieren. Wie sehr, fragte ich mich, würde Bills Eintritt in den Wahlkampf die mediale Aufmerksamkeit auf sich ziehen? »Bei unserer Besprechung gestern Abend«, meinte ich zu Diwata, »haben Sie auf Orgien angespielt, und ich wusste nicht, ob das ein Witz war. Was genau haben Sie gemeint?«

Diwata rümpfte angewidert die Nase, sagte aber in sachlichem Ton: »Angeblich besucht Bill Clinton zusammen mit anderen stinkreichen Typen Silicon-Valley-Sexpartys mit Drogen und Gruppensex.«

»Allmächtiger. Und alle außer mir wissen davon?«

»Vor ein paar Monaten gab es mal einen Bericht, der, nun ja … recht plastisch war. Clinton wurde darin nur beiläufig erwähnt, aber ich schicke Ihnen den Artikel.«

»Denken Sie, die Männer haben miteinander Sex? Oder sind auch Frauen dabei?«

Diwata grinste süffisant. »Es sind definitiv Frauen dabei. Junge, heiße Dinger, wenn ich es richtig verstanden habe.«

Über den Spiegel am Schreibtisch nahm ich Blickkontakt zu Veronica auf. »Haben *Sie* schon mal davon gehört?«

»Bis jetzt nicht.« Veronica war Mitte vierzig, Mutter eines Sohns im Teenageralter und lesbisch und lebte in Chicago, wo sie mich ebenfalls manchmal frisierte. Suzy, die mich schminken würde, sobald Veronica fertig war, war Mitte fünfzig, arbeitete an Film- und Fernsehsets rund um die Welt und war eine Frau, deren Reputation durch ihre eigene strahlende Haut unterstrichen wurde. Jedes Mal, wenn unser Wahlkampfflieger landete, sprühte sie mir – und wem auch immer, der zufällig neben mir saß – Mineralwasser ins Gesicht. Die zusätzliche Zeit für Schönheitspflege, die Politikerinnen den allgemeinen Erwartungen entsprechend aufbringen mussten, auch als »Pink Tax« bekannt, betrug in meinem Fall bis zu einer Stunde pro Tag, aber ich hatte auf die harte Tour gelernt, dass sie unerlässlich war. Wann immer ich in der Vergangenheit nicht professionell geschminkt oder frisiert gewesen war, hatten die Medien darüber spekuliert, ob ich krank oder erschöpft sei.

»Suzy«, sagte ich, und sie sah von ihrem Telefon auf, »ist Ihnen dieses Sexparty-Gerücht schon mal zu Ohren gekommen?«

Sie verzog den Mund. »Ich hab tatsächlich so was läuten hören.«

Am liebsten hätte ich den Kopf geschüttelt, aber ich wollte Veronicas Meisterwerk nicht zerstören. »Wissen Sie«, sagte ich, »wann wir endlich echte Gleichberechtigung haben werden? Wenn Frauen mit solchen Leichen im Keller die Chuzpe besitzen, für ein Amt zu kandidieren.«

2004

Am 9. August 2003 verkündete ich in einem Freizeitcenter in der Chicagoer South Side, umringt von Kindern unterschiedlicher Altersgruppen und Hautfarben, dass ich für das Amt des Präsidenten kandidieren würde. Ich war nicht die erste Frau in der jüngeren Geschichte, die diesen Schritt wagte – Pat Schroeder war '87 für kurze Zeit in den Wahlkampf eingestiegen und Elizabeth Dole im Jahr 2000 –, und versuchte mein Geschlecht eher als nebensächliche Selbstverständlichkeit denn als relevantes Detail zu behandeln. »Die Menschen in diesem Land sind bereit für den Wandel«, sagte ich ins Mikrofon auf der Bühne. »Für eine allgemeine Gesundheitsfürsorge und bessere Schulen und niedrigere Steuern für die Mittelschicht. Ich bin eine stolze Mittwestlerin, und ich bringe den Unternehmungsgeist des Mittleren Westens mit, um für das Amt des Präsidenten zu kandidieren, weil ich das Leben aller Amerikanerinnen und Amerikaner verbessern möchte.«

Ein paar Hundert Unterstützer waren erschienen und schwenkten Schilder mit der Aufschrift »Hillary for President«. Meine Kampagne hatte einem Berater bereits fünfzehntausend Dollar für die Erkenntnis gezahlt, dass mein Nachname zu hart klang, vor allem in Kombination mit meiner harten beruflichen Vorgeschichte (in diesem Fall war mit »hart« wohl »in einer Männerdomäne« gemeint), es aber andererseits meine Seriosität untergrub, wenn ich beim Vornamen genannt wurde. Da wir demnach so oder so ein Problem hatten, entschieden wir uns für den Vornamen.

Unter den Unterstützern war auch meine Mutter, die mir nach meiner Rede einen Sechserpack Energieriegel in die Hand drückte und sagte: »Steck die mal ein, Liebes, denn unterwegs wirst du bestimmt nicht immer Zeit haben, etwas zu essen.«

Bald schon machte ich die Erfahrung, dass der Präsidentschaftswahlkampf für eine zwar angesehene, aber nicht landesweit bekannte Senatorin kein Selbstläufer, sondern eher demütigend war. Bei den ersten Veranstaltungen in Iowa und New Hampshire sprach ich gewöhnlich vor Gruppen aus weniger als zwanzig Menschen in Diners, Bars und Bowlingcentern. Die Devise lautete, bis zum Super Tuesday im Rennen zu bleiben; sollte ich Anfang März ausscheiden, würde ich noch die Einreichungsfrist für meine dritte Senatskandidatur einhalten können.

Wie sich herausgestellt hatte, war Jerry Brown tatsächlich nur eine Amtszeit als Präsident beschieden gewesen. Im Jahr 2000 hatte John McCain ihn geschlagen. Obwohl mein geheimer Beraterstab meine Kandidatur für 2004 nach dem 11. September nochmals überdachte – gewiss würden einige heuchlerisch argumentieren, es sei unpatriotisch oder schlicht waghalsig, nach den tragischen Anschlägen einen Veteranen herauszufordern –, hielt ich an meinem Vorhaben fest. Und mein langfristiger Plan ging auf. Die Zeichen wiesen zunehmend darauf hin, dass 2008 ein Demokrat gewinnen würde, wodurch mein Ziel, die Präsidentschaft über die Hintertür der Vizepräsidentschaft zu erlangen, konkrete Gestalt annahm.

Von dem Moment an, als ich 2003 meine Kandidatur bekannt gab, gehörte die Kritik an meiner Stimme, meiner Kleidung und meinem Aussehen zu meinem Alltag. Zeitungsredakteure wählten oft Fotos von mir mit geöffnetem Mund aus, die den Eindruck vermittelten, ich würde schreien. Ich wurde nach der Marke meiner Hosenanzüge gefragt, die meine Uniform geworden waren, danach, ob ich als kinderloser Single überhaupt in der Lage sei, die Probleme der normalen Amerikaner zu verstehen, und ob das Land bereit sei für eine Präsidentin. Aber noch war das alles eine Art sexistisches Hintergrundrauschen. Wenn ich glaubte, meine Feuertaufe bereits erlebt zu haben, täuschte ich mich gewaltig.

In einem Feld von acht demokratischen Kandidaten stand ich in Iowa auf dem sechsten Platz, als mir sechs Wochen vor dem Super Tuesday das Geld auszugehen drohte. Der Wahlkampf war abwechselnd demoralisierend und inspirierend – demoralisierend, weil mir die geringen Teilnehmerzahlen vor Augen führten, wie viel Arbeit noch vor mir lag, um eine Chance auf den Sieg zu haben, und inspirierend, weil mir die direkten Gespräche mit den Leuten stets ins Gedächtnis riefen, warum sich die Arbeit lohnte. Außerdem hatte ich zum Zeitpunkt des Iowa-Caucus fünfmal bei Debatten mit meinen männlichen Rivalen auf der Bühne gestanden. War der Samen also nicht gelegt, selbst wenn er erst in acht Jahren aufgehen würde?

Doch auch das Wissen, dass das Jahr 2004 der Grundstein für die Zukunft war, machte die Ergebnisse der Vorwahlen in New Hampshire, die wir in meiner Wahlkampfzentrale, einem Ladenlokal in einer Einkaufsstraße in Manchester, mitverfolgten, nicht weniger deprimierend als die aus Iowa. An solchen Abenden fühlte ich mich in Gesellschaft meines Teams fast schon unwohl. Bei eindeutigen Niederlagen anderer neigen wir Menschen dazu, den Blick peinlich berührt abzuwenden, und von Stunde zu Stunde wurde das Unbehagen meines Stabs und der Freiwilligen immer offenkundiger. Nach und nach wurden unsere Gespräche knapper und sachlicher – ich hatte erst 5,4 Prozent, dann 5,1 Prozent und schließlich 5,2 Prozent der Delegiertenstimmen erhalten –, und ich zog mich mit Theresa und Greg Rheinfrank in ein Hinterzimmer zurück, bevor ich gegen einundzwanzig Uhr wieder auftauchte, um vor ungefähr dreißig Unterstützern zu sprechen. Ich wolle, sagte ich, den Kampf fortführen.

Am nächsten Morgen fing uns auf dem Parkplatz des Hilton Garden Inn in Manchester ein Nachrichtenkorrespondent von CBS News namens Pierre Bouce ab, der mit einem Kamerateam neben einem Kleinbus stand. »Frau Senatorin«, sagte er, »dürfen wir Ihnen ein wenig Ihrer kostbaren Zeit rauben?« Es war ein eisiger, wolkenverhangener Tag, und ich befand mich mit meinem Team auf dem Weg zum Flughafen und dann weiter zu einer Wahlkampfveranstaltung in Phoenix. Ich denke, Pierre hatte mich spontan abzupassen versucht; in jenen Tagen war ich nicht leicht zu erwischen.

Als die Kamera lief, sagte Pierre: »Der gestrige Abend war ein herber Rückschlag für Ihren Wahlkampf. Wie geht es Ihnen heute?«

»Wie ich meinen Unterstützern bereits gesagt habe, konzentriere ich mich voll und ganz auf den Super Tuesday. Ich habe so viele Wählerinnen und Wähler getroffen, die sich Lösungen wünschen und ihr Vertrauen in mich als erfahrene, vernünftige Stimme setzen, um alle Amerikaner anzuführen.«

»Realistisch gesehen sind Ihre Chancen momentan ...« Pierre schwieg und forderte mich mit einer Handbewegung auf zu antworten.

Ich hatte verkappte Halbfragen immer als Ausdruck von Faulheit betrachtet, als hätte der Sprecher keine Lust, die abschließenden Worte zu formulieren, und erwarte von seinem Gegenüber, seinen vagen verbalen Andeutungen Sinn zu verleihen. Vielleicht lag es auch daran, dass diese Halbfrage, obschon berechtigt, beleidigend war, aber dieses eine Mal biss ich nicht an. Ich starrte Pierre nur an.

»Viele Leute schauen auf Sie und fragen sich, warum Sie kandidieren«, meinte er.

Ich hob die Brauen. »Das fragen sich viele Leute?«

»Ich denke, ja«, erwiderte er seelenruhig.

»Wissen Sie ...«, ich stockte, »ich bevorzuge Fragen wie ›Was ist Ihre Vision?‹ oder ›Was wird sich unter Ihrer Präsidentschaft ändern?‹ Diese Grundsatzfrage, dieses Verlangen nach einer Rechtfertigung ... Pierre, warum, glauben Sie, stellen Sie diese Frage mir, aber nicht meinen Rivalen? Warum sollte ich mich *nicht* für das Amt des Präsidenten bewerben? Ich kann auf zwei Amtszeiten als Senatorin zurückblicken. Ich liebe dieses Land, und ich setze mich dafür ein, dass es noch stärker und gerechter wird.« An dieser Stelle hätte ich einen Punkt machen können – wie die Aufnahme zeigt, tat ich es nicht. Stattdessen fuhr ich fort: »Sicher, ich hätte heiraten und Kinder bekommen können. Ich hätte vermutlich zu Hause bleiben, Kekse backen und Teegesellschaften geben können. Aber ich habe mich anders entschieden, nämlich für meinen Beruf. Meine Arbeit als Anwältin, als öffentliche Fürsprecherin für gesellschaftliche Belange zielte stets darauf ab sicherzustellen, dass Frauen ihre eigene Wahl treffen können, sei es eine Vollzeitkarriere, eine Vollzeitmutterschaft oder eine wie auch immer geartete Kombination aus beidem.«

Unzählige Videoclips und Artikel stürzten sich auf jene dreißig Wörter, auf jene drei Sätze, die mit »Sicher« begannen und mit »Beruf« endeten; die Sätze, die ihnen vorangingen und folgten, ließen sie unter den Tisch fallen. Durch meine Präsidentschaftskandidatur war mein Name bisher noch nicht in aller Munde gewesen, doch dank meines Kommentars in New Hampshire änderte sich das schlagartig. Dank der Witze zahlreicher Moderatoren in Late-Night- und Talk-Shows und ausführlicher Zeitungskommentare wurde ich dem ganzen Land als hochnäsiges, familienfeindliches Miststück vorgestellt. Eine Kolumnistin des *Wall Street Journal* erklärte, aufgrund meiner diversen abschreckenden Eigenschaften werde mein Wahlkampf es zukünftigen weiblichen Kandidaten nur schwerer machen. Eine Mutter von drei Kindern in South Carolina sagte dem *Time Magazine*: »Ich wollte für Hillary Rodham stimmen, aber jetzt, da ich weiß, dass sie denkt, ich hätte nichts Besseres zu tun, als Teegesellschaften zu geben, habe ich es mir anders überlegt.«

Sogar als mich Selbstzweifel überkamen, bestätigte mich der Wirbel allein schon deshalb in meinem Beschluss, nicht aufzugeben, weil ich nicht den Eindruck vermitteln wollte, ich sei aus Angst oder Schwäche aus dem Rennen ausgeschieden. Mit Ach und Krach, das heißt mithilfe eines politischen Aktionskomitees namens Hillary for America, das Bitsy Sedgeman Corker quasi im Alleingang finanzierte, hielt ich bis zum Super Tuesday durch. Einen Tag später verkündete ich auf einer Pressekonferenz in Chicago, dass ich meine Bewerbung zurückziehen und ab sofort Dick Gephardt unterstützen werde.

Rückblickend denke ich hin und wieder, dass mir sowieso früher oder später einmal eine ungeschickte Bemerkung herausgerutscht wäre und dass sie zu einem späteren Zeitpunkt wahrscheinlich nicht weniger Schaden angerichtet hätte. Oder vielleicht doch – vielleicht hätte mich die Öffentlichkeit bereits besser gekannt, und die Bemerkung wäre nur ein Mosaiksteinchen des großen Ganzen gewesen, das als meine Identität wahrgenommen wurde.

Manchmal wünsche ich mir, ich hätte mein Zimmer im Hilton Garden Inn in Manchester nur ein paar Minuten später verlassen, hätte Verstopfung gehabt oder mir Kaffee über die Hose geschüttet. Und manchmal denke ich, dass ich – im Gegensatz zu gewissen männlichen Politikern, deren Unmengen an abgestrittenen oder spontan in Vergessenheit geratenen Ausrutschern und Regelverletzungen in der kollektiven Wahrnehmung zu einem einzigen undefinierbaren Brei verschwimmen – so wenig Fehler gemacht habe, dass sich die Leute an jeden einzelnen erinnern. Je weniger Mist man baut, umso mehr stürzt sich die Öffentlichkeit auf jeden Irrtum.

Es war Gregs Idee, den Politikredaktionen der drei großen Sender und einiger Kabelkanäle Kekse zu schicken. Außerdem trat ich in einer Late-Night-Show nicht nur live mit einem Teller Kekse auf, sondern trug auch noch, nachdem ich mich zehn Minuten mit Greg gestritten hatte, eine Schürze. Mit anderen Worten, er hatte den Streit gewonnen.

An jenem Morgen in New Hampshire konnte ich förmlich spüren, wie sich der Wind drehte: das heimliche Entzücken des Reporters, das heimliche Entsetzen von Theresa und Greg, die außerhalb des Aufnahmebereichs standen. Ich wusste sofort, dass ich Mist gebaut hatte, obwohl ich nicht wusste, wie gravierend die Folgen sein würden, und vermutlich ging es Pierre und meinem Stab nicht viel anders.

Als hätte ich alles im Griff, fügte ich damals an: »Und jetzt würde ich gern wieder dazu übergehen, mit den Wählerinnen und Wählern in Missouri, South Carolina und Arizona über die Dinge zu sprechen, die ihnen wirklich am Herzen liegen, zum Beispiel wie wir den Haushalt im Sinne aller Amerikaner ausgleichen können.«

Pierre nickte mit gespieltem Ernst, der seine Aufregung über den unerwarteten saftigen Brocken, den ich ihm hingeworfen hatte, nicht zu übertünchen vermochte, und sagte: »Ich danke Ihnen für Ihre Zeit, Senatorin Rodham.«

IOWA
27. APRIL 2015
10.44 UHR

Wir nahmen den Clip vor der Ethanolfabrik in Mount Joy, Iowa, auf. Die Aufgabe meiner Videoregisseurin, der sechsundzwanzigjährigen Ellie, bestand darin, jeden witzigen, herzerwärmenden oder inspirierenden Moment der Wahlkampftour festzuhalten oder notfalls auch zu inszenieren und dann in der Hoffnung, damit viral zu gehen, zu posten.

Um halb elf hatte ich einen grünen Schutzhelm aufgesetzt, die Fabrik besichtigt, mich sowohl mit langjährigen Betriebsangehörigen als auch Zeitarbeitern unterhalten, mein Engagement für eine bundesweit einheitliche Norm für regenerative Energieträger bekräftigt und mich für zweihundert Selfies zur Verfügung gestellt. Kurz bevor ich zusammen mit meinem Team in den Kleinbus stieg, filmte Ellie mich mit ihrem iPhone auf dem Parkplatz mit den großen weißen Tanks und Schornsteinen der Fabrik im Hintergrund. Ich trug noch immer den grünen Helm.

Im ersten Video sagte ich: »Hallo, Iowa. Ich bin hier bei Mount Joy Renewables, und es ist fantastisch zu sehen, wie Maiskörner uns helfen können, die Treibhausgasemissionen zu senken!« Im zweiten sagte ich: »Ist dieser Hut nicht kernig?« Im dritten improvisierte ich: »Ist dieser Hut nicht on fleek?« Tags zuvor hatte Diwata im Bus das Akronym »Yolo« verwendet, das ich noch nie gehört hatte, was zu einer Diskussion über die Sprache der Millennials geführt hatte. Als ich vor der Ethanolfabrik »on fleek« sagte, brach mein gesamtes Team, einschließlich der Sicherheitsagenten, in Lachen aus; das war das einzige Video, das auf Anhieb im Kasten war.

2005

Das nächste Mal lief mir Bill auf der protzigen Fünfzigjahrfeier eines Hochglanzmagazins in Manhattan über den Weg. Es war im September 2005, ungefähr ein Jahr nach Beginn meiner dritten Amtszeit als Senatorin und achtzehn Monate nach meiner ersten Präsidentschaftskandidatur. Wieder einmal tummelten sich in den Räumen unzählige Prominente aus allen Sparten – Hollywoodschauspielerinnen, Olympioniken, Grammy-Preisträger –, neben denen die Politiker meist alt aussahen, und plötzlich stand, nur ein paar Schritte entfernt, Bill vor mir, vergnügt mit dem Bürgermeister von Los Angeles schwatzend. Er hatte schneeweißes Haar und war so schlank, wie ich ihn noch nie gesehen hatte, nicht einmal in längst vergangenen Studientagen. Ich überlegte, ob er vielleicht krank war, aber er wirkte gleichzeitig so fröhlich, dass ich den Gedanken sofort wieder verwarf. Er hatte erst kürzlich dem Internetdienstleister den Rücken gekehrt und war Partner einer Venture-Capital-Gesellschaft in Menlo Park geworden.

Diesmal war ich diejenige, die auf ihn zuging. Als sein Blick auf mich fiel, begann er zu strahlen. »Hillary!«, rief er und umarmte mich derart überschwänglich, dass ich fürchtete, ihm Champagner über das Jackett zu schütten. Ich hätte schwören können, dass er mit dieser Umarmung eine Spur seiner Unbeschwertheit auf mich übertrug.

Der Bürgermeister von Los Angeles wurde bald in ein anderes Gespräch verwickelt, und Bill und ich blieben allein zurück. »Einer von uns beiden könnte also letzten Endes im Weißen Haus landen«, sagte er. Wegen des Lärms und Trubels auf der Party mussten wir einander direkt ins Ohr sprechen; sein Atem war warm und roch, wie meiner vermutlich auch, nach Champagner.

»Wie kommt's, dass du mich nicht vorgewarnt hast, wie hart so eine Präsidentschaftskandidatur sein kann?«, fragte ich.

Er lachte. »Aber irgendwie auch aufregend, was? Eigentlich

müsste das jeder mindestens einmal im Leben machen. Manchmal juckt es mich, es noch mal zu versuchen, doch dann fallen mir die republikanischen Schwachköpfe und die Aasgeier von der Presse ein, und ich denke, ihr könnt mich alle mal. Aber du bist '08 wahrscheinlich wieder dabei. '04 war nur die Generalprobe, stimmt's?«

»Weißt du, ein weiser Mann hat mir vor vielen Jahren verraten, woran man erkennen kann, ob eine Person tatsächlich für das Präsidentenamt kandidieren möchte. Sie wird es niemals zugeben, bevor sie es nicht verkündet hat.«

»Ha!«, sagte er. »Touché!« Er schien geradezu entzückt. »Hey, wer sammelt für dich Spenden im Silicon Valley ein? Er soll meinen Assistenten anrufen, und wir arrangieren was. Ich würde dir gern behilflich sein.«

Selbst nach unserer angenehmen Begegnung in Jackson Hole vor sieben Jahren hatte ich Bill nicht um Geld ersucht. Aber dass er es von sich aus *anbot,* und das auch noch auf dem Höhepunkt seiner Karriere – ich empfand aufrichtige Dankbarkeit. »Er heißt Danny Welch, und ich kann dir gar nicht sagen, wie dankbar ich dir bin. Wie heißt dein Assistent?«, erwiderte ich. Wir zogen beide unsere Blackberrys heraus, und er meinte: »Und darf ich dich zum Abendessen einladen, wenn du das nächste Mal in der Bay Area bist?«

»Was, wenn ich dich beim Wort nehme und dir sage, dass ich schon in zwei Wochen da sein werde? Ich werde in der Law School in Stanford sprechen.«

»Fantastisch. Ich sage Raj, er soll uns was reservieren. Mit wem bist du heute Abend hier?«

»Mit meiner stellvertretenden Stabschefin, Theresa Ramirez. Ihr seid euch damals in Jackson Hole begegnet.«

»Ja, richtig.« Er nickte. »Aus Philadelphia, stimmt's? Die älteste von sechs Schwestern?« Er war einfach unglaublich; mir gelang so etwas, weil ich vorbereitet war, er schüttelte das einfach aus dem Ärmel.

»Ist Evangeline auch hier?«, fragte ich.

»Wie, weißt du das noch gar nicht? Wir sind geschieden.« Sein Gesichtsausdruck mochte Verlegenheit, leise Belustigung, beides oder keines von beidem widerspiegeln.

»Oh, das tut mir leid.«

Mit spitzbübischem Grinsen sagte er: »Weißt du, was mir von diesem Abend in Jackson ebenfalls in Erinnerung geblieben ist? Dass sie traumhaftes Entrecote serviert haben, und das sage ich mit der Sehnsucht des Veganers.«

»Du machst Witze.«

Er hob die rechte Hand. »Gott ist mein Zeuge.«

»Ist es taktlos, wenn ich gestehe, dass mich der Veganer mehr überrascht als die Scheidung?« Er blieb die Antwort schuldig, da plötzlich ein Riese von Mann, der beinahe so groß wie Bill war, auftauchte und sich zwischen uns drängte. Der Kerl kehrte mir den Rücken zu, und das Erste, was mir auffiel, war sein goldenes Haar. Das Zweite, was ich bemerkte, als ich einen Schritt zurücktrat, war, dass es sich um Donald Trump handelte. Ich war ihm noch nie begegnet. »Bill Clinton, schön, Sie zu sehen«, sagte er mit dröhnender Stimme, und die beiden Männer schüttelten sich kräftig und ausgiebig die Hände.

»Donald, wie geht es Ihnen?«, fragte Bill herzlich.

»Wann spielen wir Golf? Kommen Sie in meinen Golfclub, dann spielen wir. Es ist ein großartiger Golfclub, er ist neu eröffnet, jeder, der dort spielt, sagt, es ist der großartigste Golfplatz der Welt.«

Bill und Donald schüttelten sich noch immer die Hände. Dann legte mir Bill den Arm um die Schulter und sagte: »Donald, das ist Senatorin Hillary Rodham, die, wie Sie ja wissen, als Präsidentin kandidiert hat.«

Donald drehte sich zu mir um und musterte mich mit unverhohlen abschätzigem Blick. Er dachte nicht daran, mir die Hand zu geben. Vielmehr fragte er skeptisch: »Präsidentin von was?«

»Präsidentin der Vereinigten Staaten«, erwiderte ich und fügte, da er mich noch immer herablassend taxierte, hinzu: »Ich bin US-Senatorin und vertrete Illinois.«

»Und sie macht ihre Sache hervorragend«, ergänzte Bill. »Eine wahre Führungsfigur der Demokraten.«

»Jeden Tag bitten mich die Leute, als Präsident zu kandidieren«, sagte Donald. »Ich denke ernsthaft, sehr ernsthaft darüber nach. Ich wäre der großartigste Präsident, den dieses Land je gesehen hat. Aber ich weiß nicht, ob ich darauf Lust habe. Ich glaube nicht.«

Ich fragte mich, ob er sich einen Spaß erlaubte, indem er eine Art Parodie männlicher Egomanie zum Besten gab, aber allem Anschein nach meinte er es ernst. »Nun, niemand sollte für das Amt des Präsidenten kandidieren, wenn er keine Lust darauf hat«, sagte ich und konnte Bills Belustigung förmlich spüren.

»Wenn ich mich als Kandidat aufstellen lassen würde, würde ich gewinnen«, sagte Donald. »Niemand könnte einen besseren Job machen.«

Theresa hatte Blickkontakt zu mir hergestellt und hielt die rechte Hand hoch, um zu signalisieren, dass sie mich jemandem vorstellen wollte; im gleichen Moment hatte ein Fotograf einen Schnappschuss von Bill, Donald und mir gemacht und bat uns nun um ein Gruppenbild, auf dem ich zwischen den beiden Männern stand, als wären wir dicke Freunde. Ich war so viel kleiner als die beiden, dass ich mir fast wie ein Kind vorkam. Der Blitz der Kamera war eben erloschen, da lief hinter dem Fotografen eine atemberaubende Schönheit Mitte zwanzig – eine Schauspielerin, deren Namen ich allerdings nicht kannte – vorbei, die ein schulterfreies schwarzes, bis zum Oberschenkel geschlitztes Kleid trug. Ich merkte, wie Bill neben mir munter wurde, und auf der anderen Seite hörte ich Donald sagen: »Das ist mal was fürs Auge, was?«, um sich gleich darauf selbst zu antworten: »Ja. Das ist was fürs Auge.«

Bill wendete sich mir zu. »Ich muss noch Henry Kissinger begrüßen … Also dann, bis in zwei Wochen, Hillary?«

»Ich verlass mich darauf«, erwiderte ich, und er beugte sich herab, um mich auf die Wange zu küssen.

Donald verabschiedete sich nicht von mir, aber als Theresa näher kam, hörte ich ihn zu Bill sagen: »Kommen Sie zu meinem großartigen Golfplatz. Sie werden nicht glauben, wie großartig er ist.«

Erst später, während die Gäste einem beliebten Rockstar zusahen, wie er seine größten Hits spielte, und dabei Pannacotta mit Waldbeerensauce aßen, wurde mir bewusst, dass mir innerhalb von fünf Minuten zwei verschiedene Männer erklärt hatten, für eine Präsidentschaftskandidatur sei ihnen ihre Zeit zu schade.

**IOWA
27. APRIL 2015
11.40 UHR**

Ellie hatte das vor der Ethanolfabrik aufgenommene »On fleek«-Video, wie mein Team es nannte, in den sozialen Netzwerken gepostet, während wir mit dem Kleinbus nach Muscatine fuhren; als wir eine knappe Stunde später bei dem Community College ankamen, war das Video bereits mehr als vierhunderttausend Mal auf sieben verschiedenen Plattformen aufgerufen worden, aber anstatt sich zu freuen, wirkten Clyde, Diwata und Ellie sichtlich nervös. »Denkst du, es schadet mehr, als es nützt?«, fragte Clyde Theresa.

»Müsste man das nicht erkennen können?«, meinte ich. »Was steht in den Kommentaren?«

Jede Person des öffentlichen Lebens mit einem Fünkchen Verstand weiß selbstverständlich, dass man keine Kommentare liest, und tut es dann doch.

Ellie scrollte schnell auf ihrem Handy herum. »Die Meinungen tendieren in die Richtung ...«, sagte sie, bevor sie schwieg.

Es war Diwata, die den Gedanken zu Ende führte. »Sie meckern,

Sie würden zu dick auftragen, wie eine Art Hipster-Oma. Sie verstehen nicht, dass Sie sich selbst auf den Arm nehmen.«

»Hm, liegt das daran, dass ich keinen Sinn für Humor habe?«

Diwata reichte mir ihr Smartphone mit der geöffneten Snapchat-App, die Kommentare beinhaltete wie: »einfach nur nein« und »mir kommen die Tränen / mir kommen die Tränen ... vor Lachen« und »ist *irgendwas* weniger on fleek als hills rotz in iowa?«, gefolgt von drei Emojis mit geschlossenen Augen und herausgestreckter Zunge.

Ellie schaute fragend von Theresa zu Clyde. »Sollen wir ...?«

Bestimmt sagte Theresa: »Lasst uns nicht weiter darüber nachdenken. Das Kind ist bereits in den Brunnen gefallen.«

2006

Eines Nachmittags, als Theresa und ich mit der senatseigenen U-Bahn vom Senat zum Kapitol fuhren, um auf der *Markup*-Sitzung eines Ausschusses abschließend eine Gesetzesvorlage zu diskutieren, bemerkte ich, dass sie ein verquollenes, rotes Gesicht hatte. Auf meine Frage, ob alles in Ordnung sei, antwortete sie mit gepresster Stimme, sie und Bryan, ihr langjähriger Freund, hätten am Wochenende beschlossen, sich zu trennen. »Darf ich fragen, warum, oder möchten Sie lieber nicht darüber sprechen?«

»Er will, dass wir heiraten.«

»Und Sie wollen das nicht?«

»Ich bin und bleibe ein Workaholic.«

Auch wenn es sich offensichtlich nicht um einen Scherz handelte, musste ich lachen. »Ernsthaft?«

»Ich wollte noch nie Kinder. Ich bin mir absolut sicher. Weil ich die Älteste war, hab ich schon, als ich in der ersten Klasse war, Windeln gewechselt und Pausenbrote für meine Geschwister geschmiert und ihnen die Schuhe gebunden. Alle denken immer, keine Kinder zu wollen sei eine vorübergehende Phase, was dermaßen herablassend ist. Ich hab nichts gegen Kinder, aber ich will keine eigenen«, sagte sie und blinzelte dabei die Tränen weg.

»Und Bryan will welche?«

»Es ist für ihn in Ordnung, keine zu haben, aber er hat mir vor Kurzem einen Heiratsantrag gemacht.« Theresa war neunundzwanzig.

»Helfen Sie mir auf die Sprünge. Wenn es für ihn in Ordnung ist, keine Kinder zu bekommen, warum heiraten Sie ihn dann nicht?«

Sie schielte zu mir herüber. »Sie haben auch nicht geheiratet.«

»Oh. Also, nein. Aber nicht, weil ich aus theoretischer Sicht Einwände gegen die Institution der Ehe hätte.«

»Sie ist schlecht für die Frauen. Wegen der Hausarbeit, wegen der Gefühle, einfach wegen allem.«

»Statistisch gesehen, ja, aber nicht unbedingt im Einzelfall. Ist es bei Ihnen momentan nicht Bryan, der kocht und putzt?« Er war vor Jahren von Philadelphia nach Washington gezogen und wohnte zusammen mit Theresa in Capitol Hill. Er arbeitete noch immer im Baugewerbe, was bedeutete, dass er früher nach Hause kam als sie. Zudem war er, wie ich mehrfach – unter anderem als ich bei ihnen zum Abendessen eingeladen gewesen war – festgestellt hatte, ein warmherziger, humorvoller Mensch, der sie eindeutig liebte.

»Aber was, wenn sich das ändert?«, fragte Theresa.

»Könnten Sie ihm zu verstehen geben, dass Sie das nicht möchten?« Wir hatten das Kapitol erreicht und standen auf. »In meinem Leben hat es nur eine einzige Person gegeben, die ich heiraten wollte, und es gab Warnsignale, dass das eine schlechte Idee wäre. Viele Warnsignale. Ich will Sie nicht umstimmen, aber ich glaube nicht, dass Sie nur um des Verzichts willen auf die Ehe verzichten müssen.« Als wir aus der U-Bahn stiegen, flüsterte ich, um sie aufzuheitern: »Sicher, ich hätte heiraten, Kinder bekommen und zu Hause bleiben und Kekse backen können, aber ich habe mich für meinen Beruf entschieden.« Es funktionierte – Theresa lachte.

Vier Monate später, an Neujahr, durfte ich Theresa und Bryan trauen. Die Zeremonie fand in ihrer Wohnung im Beisein von nur vierzig Gästen, die meisten davon Familienmitglieder, statt.

IOWA
27. APRIL 2015
13.48 UHR

Guter Treffer von Kris Bryant gestern Abend, hatte mein Bruder Hughie in einer Kurznachricht geschrieben, die ankam, als unser Bus hinter einem Wollgeschäft in Des Moines parkte. Umgehend hatte mein Bruder Tony geantwortet: *Joe Maddon wendet wieder seine Hippie-Magie an!*

Seit mehreren Jahren hatten meine Brüder und ich einen Gruppenchat, der sich zu neunzig Prozent um die Cubs und zu zehn Prozent um den Rest der Welt drehte. Vom Frühjahrstraining im März bis zur World Series Ende Oktober diskutierten wir über Baseball; von November bis Februar hatten wir, abgesehen von der Frage, ob wir uns an Thanksgiving oder Weihnachten treffen würden, wenig Kontakt. Ich schaute fast nie ein ganzes Spiel, versuchte aber nach Möglichkeit, immer beim neunten Inning dabei zu sein. Oft entdeckte ich, wenn ich an Abenden, an denen die Cubs spielten, nach einer Rede oder einem Spendendinner mein Telefon checkte, dreißig oder vierzig Nachrichten meiner Brüder, die meisten davon nach dem Muster: *Ooooooh SHIT!*

Diese Saison lässt sich gut an, aber ich versuche mir noch keine Hoffnungen zu machen, tippte ich. Gleich darauf, weil mich meine Rednererfahrung gelehrt hatte, dass es einen pessimistischen Gesamteindruck hinterließ, wenn ein Satz mit zwei gegensätzlichen Aussagen mit der negativen Botschaft endete, löschte ich, was ich geschrieben hatte, und tippte stattdessen: *Ich versuche mir noch keine Hoffnungen zu machen, aber diese Saison lässt sich gut an.*

2008

Zwischen jenem Tag im Jahr 2004, als ich aus dem Präsidentschaftswahlkampf ausschied, und dem Tag, als ich in den für 2008 eintrat – ich gab meine Kandidatur im Januar 2007 bekannt –, hofierte ich privat so viele reiche Demokraten wie möglich, die bereit waren, mit mir zu sprechen, und startete zugleich eine öffentliche Charmeoffensive. Zum Zeitpunkt der offiziellen Bekanntgabe meiner Kandidatur hatte ich in einem Bravourstück aus harter Arbeit und sorgfältiger Abstimmung zwischen meinem Team und dem Victoria Project zehn Millionen Dollar eingesammelt und plante noch weitere siebzig Millionen Dollar zu beschaffen. Währenddessen nahm ich fast jede Einladung wahr, um in Iowa, New Hampshire oder einem der anderen Swing States zu reden, wobei ich penibel darauf achtete, dass diese außerplanmäßigen Aktivitäten weder meine Arbeit im Senat beeinträchtigten noch mich aus Washington fernhielten, wenn dort Abstimmungen anstanden. Eine Referentin erstellte mehrere Profile in den sozialen Medien für mich. Gemeinsam mit einer Ghostwriterin schrieb ich ein zweites Buch, *Mittwestler-Optimismus* – diesmal standen eher politische Inhalte als persönliche Erinnerungen im Vordergrund –, und klapperte auf einer Lesereise vierzehn Städte ab, darunter Cleveland, Columbus *und* Cincinnati. In einer Late-Night-Show ließ ich mir vor laufenden Kameras von einem beliebten schwulen Stylisten die Haare schneiden; in einer anderen tanzte ich mit dem Moderator Tango (ein Lehrer namens Raoul hatte mir in meinem Senatsbüro einen einstündigen Crashkurs gegeben, bevor der Moderator und ich noch kürzer am Set in New York probten, und obwohl diese Aktion nie publik wurde, bereute ich sie – ich hatte die Stunde zwar aus eigener Tasche bezahlt, aber noch heute denke ich, es wäre besser gewesen, Raoul in meiner Wohnung und nicht im Büro zu treffen). Außerdem kroch ich nicht nur fortwährend vor der Keksbäckerinnen-Front zu Kreuze, sondern tat auch noch so, als fände ich das jedes Mal zum Schreien komisch.

Trotz meiner mannigfaltigen Bemühungen war ich Anfang 2007 sowohl erstaunt als auch hocherfreut über meine Umfragewerte. Ich bekam außergewöhnlich gute *und* schlechte Beurteilungen – es war die Zeit, in der mir die Medien fast schon obligatorisch das Etikett »kontrovers« und »polarisierend« anhefteten –, aber meine Kandidatur wurde deutlich ernster genommen als seinerzeit 2004. Ich rechnete nicht wirklich damit, 2008 zur Präsidentin gewählt zu werden, aber die Chancen für das Amt der Vizepräsidentin standen gut, vor allem wenn der demokratische Spitzenkandidat Chris Dodd oder Joe Biden heißen würde.

Kurz gesagt, ich machte mir niemals Illusionen über die launische Natur des Wahlkampfs. Es war nicht so, dass ich Außenseiter grundsätzlich übersehen hätte. Ich übersah nur den Aufstieg von Barack Obama.

Vielleicht unterschätzte ich Barack, weil er mir besonders nahe und vertraut gewesen war. 2005 war er als Vertreter von Illinois in den US-Senat gewählt worden, wo er Dick Durbins Sitz übernommen hatte, nachdem dieser als einziger Demokrat in John McCains Kabinett berufen worden war. Barack und ich saßen freitagnachmittags oder -abends regelmäßig im selben Flieger von Washington nach Chicago – wir flogen damals beide Touristenklasse –, und ich schätzte sowohl seinen Humor als auch seine bei männlichen Senatoren selten anzutreffende Gabe, zuhören zu können. Mir war auch klar, dass in ihm eine Art unterdrückter Ehrgeiz brodelte; hätte ich um dessen Ausmaß gewusst, hätte ich seine Gesellschaft wohl weniger genossen.

Als Barack im April 2007 seine Präsidentschaftskandidatur verkündete, ärgerte ich mich zwar, sah aber – wegen seiner relativ geringen Erfahrung auf nationaler Ebene, seiner ethnischen Zugehörigkeit, seiner ungewöhnlichen Kindheit und seines seltsamen Namens – keine Gefahr. Gewiss zollte ich seinem rhetorischen

Talent und seinem Charisma Respekt, und ich hatte nie an der Möglichkeit gezweifelt, dass er eines Tages vielleicht Präsident sein würde. Aber ich dachte, 2008 würde für ihn die schmerzhafte Initiation werden, die 2004 für mich gewesen war. Außerdem war er vierzehn Jahre jünger als ich. Am Abend der Vorwahlen in Iowa, als ich auf dem ersten Platz landete und er auf dem zweiten, wurde mir auf einen Schlag klar, dass Baracks Wahlkampf kein Testlauf war. Fünf Tage später, als er in New Hampshire Erster und ich Zweite wurde, war ich gleich doppelt irritiert. Erneut erschrak ich, wie gut es für mich lief, aber mehr noch erschrak ich, wie gut es für *ihn* lief.

Ich schätze, die Simultaneität unserer historischen Kampagnen fügte uns beiden Schaden zu und brachte uns ebenso Vorteile. Einerseits pushten wir uns gegenseitig, da es sich dank unseres parallelen Auftretens nicht mehr von der Hand weisen ließ, dass sich das Land veränderte, während nur einer allein von uns beiden als Ausreißer oder Treppenwitz der Geschichte wahrgenommen worden wäre. Andererseits stahlen wir uns natürlich gegenseitig Stimmen. Und bei Wählerinnen und Wählern, die sich gegen jede Veränderung im Land sträubten, riefen wir eine solch heftige Abneigung hervor, wie es uns einzeln nie gelungen wäre. Vermutlich richtete sich die Abneigung hauptsächlich gegen mich, einfach nur, weil ich ich war.

Nach Iowa jedoch brachen alle Dämme, und die Berichterstattung wurde erbarmungslos; ich betrat eine zweigeteilte Welt, der ich nie mehr entkommen bin, eine Schwarz-Weiß-Welt, in der ich entweder gefeiert oder in Stücke gerissen wurde. Ständig wurde mein Keks-Kommentar bemüht, normalerweise vor oder nach Spekulationen über meine Beliebtheit respektive deren Nichtvorhandensein. Dutzende von Enthüllungsjournalisten diverser Zeitungen verbrachten Monate ihres Lebens damit zu klären, ob die neunundzwanzigtausend Dollar, die ich dank meines Freundes Larry aus den Achtzigern, des Futures-Händlers, mit meiner Investition verdient hatte, unrechtmäßig erworben waren. Larry war

1998 für fünf Jahre wegen Anlagebetrugs im Gefängnis gelandet, weshalb das Interesse, das er weckte, durchaus nachvollziehbar war. Dennoch war und blieb es mir ein Rätsel, warum ungeachtet dessen, dass die Antwort letztendlich jedes Mal Nein lautete, immer schon der nächste Reporter in den Startlöchern stand, um aufs Neue nachzubohren.

Ebenfalls im Jahr 2008 schnellte der Umsatz einer Textil- und Nippesproduktion sprunghaft in die Höhe, deren Existenz sich meiner Grauenhaftigkeit verdankte: T-Shirts mit meinem Gesicht und den Worten »Reimt sich auf *witch* ...« oder Spielereien wie »HilLIARy« darauf; Nussknacker nach meinem Vorbild, mit Plastikbeinen, die als Griffe dienten. Und im Februar 2008 erhielt ich meine erste – und beileibe nicht letzte – ernst zu nehmende Morddrohung. Sie stammte von einem zweiundzwanzigjährigen Pizzakurier aus Florence, South Carolina, der eine Schusswaffe besaß und häufig in einem Online-Forum seinem Ärger über den sogenannten radikalen Islam und die angeblich jüdisch unterwanderte Regierung freien Lauf ließ. Wenige Stunden bevor ich an einem Gebetsfrühstück in Louisville teilnehmen sollte, hatte er in besagtem Forum auch seinen Plan verkündet, dort aufzutauchen und mich mitsamt meinen anwesenden Stabsmitarbeitern umzubringen. Weil zu Beginn des Frühstücks niemand wusste, wo er sich gerade befand, ließ ich es schließlich ausfallen. Gleichwohl nahm ich den Rest des Tages an anderen geplanten Veranstaltungen teil, angetan mit einer kugelabweisenden Weste – der Gesetzesvollzug bezeichnete sie nie als kugelsicher –, was bedeutete, dass ich meine lockersten Kleider tragen musste: einen langen Blazer in A-Linie und einen um den Hals geschlungenen, geblümten Schal, der mir über den Rücken hinabfiel. Dies war auch der Tag, ab dem mir auf Kosten der amerikanischen Steuerzahler rund um die Uhr ein Personenschutzkommando zugeteilt wurde. Noch am selben Abend wurde der Mann verhaftet. Am nächsten Morgen gingen unzählige Artikel und Fernsehsendungen, die meine kugelabweisende

Weste fälschlicherweise als Gewichtszunahme deuteten, der Frage nach, warum es für Präsidentschaftskandidaten so schwierig sei, sich unterwegs ausgewogen zu ernähren. Die drei Moderatoren eines Morgennachrichtenmagazins diskutierten pseudomitfühlend über das, was einer von ihnen als »Hillarys veränderte Physis« bezeichnete, und hatten sogar einen Ernährungsexperten ins Studio eingeladen, der Tipps für gesunde Zwischenmahlzeiten gab. Es stellte sich – oh, Wunder! – heraus, dass Hummus und Karotten sowohl Proteine als auch Ballaststoffe lieferten und dass in einer Handvoll Mandeln weniger Zucker steckte als in einem Müsliriegel. Wohl wissend, dass Drohungen dieser Art oft Trittbrettfahrer inspirierten, dementierte niemand aus meinem Team die Geschichte von der Gewichtszunahme.

Und dann war da noch das öffentliche Interesse an meiner Freundschaft mit James, die erstmals in der *Tribune* zur Sprache kam. Die Gerüchte, wir hätten eine Affäre gehabt, hielten sich hartnäckig, und ich las einige Artikel, auch in seriösen Zeitungen, in denen nicht namentlich genannte frühere Kollegen von der Northwestern schworen, es sei wahr – im Herbst 1991 seien die Türen von James' und meinem Büro ständig geschlossen gewesen, während wir miteinander geschlafen hätten. Zu schade, dachte ich manchmal, dass wir es nie getan hatten. Freilich war ich auch erleichtert, dass ich es in den seltenen Fällen, wenn ich direkt gefragt wurde, aufrichtig verneinen konnte. Noch heikler wurde die Situation dadurch, dass James' Witwe Susie, wie ihren offiziellen Kommentaren zu entnehmen, eindeutig überzeugt war, dass wir ein Verhältnis gehabt hatten, und eindeutig Republikanerin war.

Was mich allerdings wirklich sprachlos machte, waren die Andeutungen, ich hätte James umgebracht, entweder eigenhändig oder durch einen Mittelsmann. Wie konnte jemand, der bei klarem Verstand war, solch einen Mist nur glauben? Aber die Leute glaubten es; sie glaubten es ernsthaft. Und diese Wahnvorstellungen hatten den seltsamen Effekt, dass James zum Symbol wurde: in den

Augen mancher Leute für meinen bis ins Mark verdorbenen, amoralischen Charakter und in meinen Augen für die Paranoia und die Ignoranz gewisser Wähler. Im einen wie im anderen Fall war er seines Menschseins beraubt, seiner persönlichen Eigenschaften und Gewohnheiten, die ihn zu dem gemacht hatten, was er war – seines formellen Kleidungsstils und seiner Höflichkeit, seiner Intelligenz, seiner Liebenswürdigkeit und seines trockenen Humors. Zum ersten Mal hatte ich ihn verloren, als ich für den Senat kandidierte; dann hatte ich ihn verloren, als er starb; und nun verlor ich ihn ein letztes Mal, als er zum politischen Kanonenfutter wurde.

Kaum zu glauben, dass ich einst von einer vierundzwanzigjährigen Reporterin genervt gewesen war, die mich kritisiert hatte, weil ich teure Opernkarten gekauft hatte!

**IOWA
27. APRIL 2015
13.53 UHR**

Die Inhaber des Wollgeschäfts in Des Moines waren zwei Herren Mitte sechzig, die seit vierzig Jahren ein Paar waren. Der eine, Henry, war groß und schlank, mit einem grauen Schnurrbart, der andere, Norman, war klein und korpulent, mit einem schwarzen Schnurrbart. Während wir uns noch die Hände schüttelten, packte Norman mich an der Schulter, sah mir tief in die Augen und sagte in beschwörendem Ton: »Hillary Rodham, Sie bildschöne Göttin, ich flehe Sie an, nutzen Sie Ihre überirdische Macht, um die Plage Mitt Romney oder mit wem auch immer die Republikaner uns strafen wollen, abzuwenden!«

Ich lachte schallend – die Begegnung wurde von einem guten Dutzend Zeitungs- und Fernsehreportern sowie Fotografen festgehalten – und sagte: »Ich freue mich sehr, Sie kennenzulernen. Erzählen Sie mir etwas über Ihr Geschäft.«

Der Laden war klein, ungefähr drei auf sechs Meter, und die Journalistinnen und Journalisten besetzten, dicht an dicht kniend oder stehend, mehr als die Hälfte des Raums. Mein Team hatte sich um ein großes Regal voller leuchtend bunter Wollknäuel verteilt.

Norman, der deutlich redegewandter war als Henry, betonte, wie wichtig meine Steuergutschrift für die Krankenversicherung sei, und nachdem er mir von ihrer aus recycelten Plastikflaschen hergestellten Wolle erzählt hatte, kaufte ich einen kleinen Strickbären. Seit Jahren trug ich kein Portemonnaie mehr bei mir; für das Bezahlen war meine Leibwächterin Kenya zuständig, die jede Ausgabe akribisch vermerkte.

Zurück im Bus saß ich wie immer in der zweiten Reihe, mit Theresa an meiner Seite. Clyde, der in der Reihe hinter mir neben Ellie saß, sagte: »Frau Senatorin, ich möchte Sie nur schnell auf den neuesten Stand bringen.« Sein Ton machte mich hellhörig, und ich fragte mich, ob es etwa eine Schießerei an einer Schule gegeben hatte. Stattdessen teilte er mir mit, dass das »On fleek«-Video mehr als eine Million Mal angesehen worden war, unzählige Memes nach sich gezogen und meinem Social-Media-Team in der Chicagoer Wahlkampfzentrale eine Flut von Anrufen beschert hatte, die allesamt ignoriert wurden.

Ich hatte mich zu ihm nach hinten umgedreht, während er redete, und warf Ellie einen Blick zu. »Sei vorsichtig mit dem, was du dir wünschst, nicht wahr? Was meinen Sie, wie oft wäre das Video abgerufen worden, auf dem ich über die Senkung der Treibhausgasemissionen gesprochen habe?«

»Es tut mir leid, dass ich falschgelegen habe«, sagte Ellie.

»Nein, das war keine rhetorische Frage.«

»Ein paar Tausend Mal vielleicht?«, sagte sie, dann brach sie in Tränen aus. Darryl fuhr gerade vom Parkplatz hinter dem Wollgeschäft, und plötzlich war es totenstill im Bus.

»Aber nicht doch, Ellie!«, sagte ich. »Alles halb so wild. Ich hab schon viel Schlimmeres überstanden.«

Sie schniefte vernehmlich, was mich wieder einmal daran erinnerte, wie jung sie war. Ich verglich die Mitglieder meines Teams gern mit Maureens Tochter Meredith, die inzwischen einunddreißig war – fünf Jahre älter als Ellie.

»Ehrlich«, sagte ich. »Das ist nur Hintergrundrauschen. Glauben Sie mir, wenn es Nussknacker gibt, die aussehen wie Sie, dann können Online-Kommentatoren, die behaupten, Sie seien uncool, Sie nicht mehr aus der Fassung bringen.«

Aus der dritten Reihe warf Diwata ein: »Zumindest Norman aus dem Wollgeschäft scheint einen Narren an Ihnen gefressen zu haben, Boss.«

Inmitten des Gelächters der anderen wisperte Ellie zerknirscht: »Im Ernst. Es tut mir *so* leid.« Die widerstreitenden Gefühle in ihrem Inneren standen ihr ins Gesicht geschrieben, die Verlegenheit, vor uns allen geweint zu haben, und ihre aufrichtige Reue.

»Soll ich Ihnen was verraten?« Ich wusste, dass dies leider der Wahrheit entsprach. »Kein Mensch wird sich mehr dafür interessieren, wie ›on fleek‹ ich bin, sobald Bill seine Kandidatur verkündet.«

2008

Ich schied Anfang Juni 2008 aus dem Rennen aus, und am 4. November wurde Barack, wie alle Welt weiß, zum Präsidenten gewählt. Obwohl ich zuletzt intensiv Wahlkampf für ihn betrieben hatte, tat ich mir den Gefallen, sowohl seiner Wahlsiegrede im Grant Park, der nur eine Meile von meiner Wohnung entfernt lag, als auch der anschließenden Feier in einem Hotel fernzubleiben. Am Wahltag war ich morgens fotografiert worden, wie ich in Begleitung Theresas in der Ogden Elementary School meine Stimme abgab. Danach brachten uns zwei Mitglieder meines Personenschutzkommandos, Darryl und Chris, zum Chicago Executive

Airport, auf dem Bitsy Sedgeman Corkers Privatjet bereitstand, um uns vier nach New Mexico zu fliegen. Dort angekommen fuhren wir weiter nach Taos, wo Bitsy in ihrem Lehmziegelhaus auf einer achttausend Hektar großen Ranch schon auf uns wartete. Ab dem späten Nachmittag verfolgten Theresa und ich zusammen mit Bitsy und ihrer Tochter Sally, die in Theresas Alter war und sich zu uns gesellt hatte, in Bitsys Arbeitszimmer im Fernsehen die Auszählungen. Ab und zu brachte uns Bitsys Haushälterin Fernanda aus der Küche, wo eine spanische Fernsehsendung lief, die nichts mit der Wahl zu tun hatte, erst Tabletts mit Carne Asada und Salat, dann Kekse und Obst. Außerdem füllte sie ständig unsere Weingläser nach.

Als ein Moderator auf MSNBC über die überraschend hohe Zahl von Südstaaten sprach, in denen Barack vorne lag, sagte Sally: »Und ich hab die ganzen Jahre über geglaubt, die Amerikaner seien eher Rassisten als Sexisten.«

»Wirklich?«, fragte ich. »Angesichts dessen, dass das Wahlrecht für afroamerikanische Männer schon 1870 in der Verfassung verankert wurde und das für Frauen erst 1920?«

Einige meiner Unterstützer waren verärgert oder enttäuscht, dass Barack mich nicht zur Vizepräsidentschaftskandidatin erklärt hatte, aber mir war von vornherein klar gewesen, dass er das nicht tun würde. Ich hatte gewusst, dass sich nicht nur meine Hoffnung auf das Amt des Präsidenten, sondern auch auf das des Vizepräsidenten in dem Moment zerschlagen würde, in dem er sich die Parteinominierung sicherte. Wie hätte ein Illinois-Senator einen anderen küren können? Oder, genau genommen, ein historischer Kandidat einen anderen? Viele Wähler brauchten noch immer die beruhigende Präsenz eines weißen Mannes auf dem Wahlschein. Ich hätte ihn ebenso wenig gebeten, mein Vizepräsident zu sein.

Wie auch immer, so sehr es um Sexismus ging, ging es 2008 ebenso um die Macht der Daten, für deren Auswertung Obamas

Team ein erschreckendes Talent bewies. Gott sei Dank beherrschte es die Datenanalyse auch besser als das Team von Vizepräsident Sam Brownback, dem Kandidaten der Republikaner.

Kurz nach neunzehn Uhr Mountain Time holte Barack New York, Michigan, Minnesota, Wisconsin und Rhode Island. »Das muss hart für Hillary Rodham sein, wo auch immer sie sich aufhält«, sagte einer der Kommentatoren auf MSNBC. »Dass die heutige Nacht in die Geschichte eingehen wird, aber nicht auf die Art, wie sie es sich erhofft hat.«

»Hm«, sagte Bitsy, an den Experten auf dem Bildschirm gerichtet. »Du und deine Kollegen, ihr wart daran ja völlig unbeteiligt, nicht wahr?«

Eine andere Koryphäe, diesmal eine Frau, meinte: »Nun, Hillary, verzagen Sie nicht. Es gibt immer noch 2016, nicht wahr?«

Zu den seltsamen Begleiterscheinungen des Ruhms gehört, dass einen Fernseh- oder Zeitungsleute in ihren Berichten persönlich ansprechen, offenkundig ohne darüber nachzudenken, dass man ihre Botschaft vielleicht nie sehen oder lesen wird.

Ihre Studiokollegen stöhnten, und einer sagte: »Bringen wir erst einmal die heutige Nacht hinter uns, okay, Sheena?«

Wenige Minuten nach einundzwanzig Uhr verkündeten die Fernsehsender: Barack Obama war zum Präsidenten der Vereinigten Staaten gewählt worden. Bitsy, Sally, Theresa und ich sahen einander an. Sally brach in Tränen aus, und auch der Rest von uns war überwältigt. Es war ein außergewöhnlicher Moment. Ich spürte, dass sie es mir überließen, die Bedeutung und Tragweite dieser Nacht in Worte zu fassen; sie überließen es mir, weil ich die Politikerin war, weil sie mich liebten und mich als Baracks ehemalige Rivalin nicht brüskieren wollten. Also lächelte ich und sagte: »Das ist ein bedeutsamer Meilenstein. Ich freue mich für unser Land.« Nach ein paar Sekunden fügte ich hinzu: »Und für Barack.«

Ich bemerkte, dass Darryl, einer meiner beiden Secret-Service-Agenten, die uns nach New Mexico begleitet hatten, von der

Türschwelle des Arbeitszimmers aus auf den Bildschirm schaute, und als ich zu ihm hinübersah, trafen sich unsere Blicke. Darryl war schwarz, und sein Partner auf dieser Reise, Chris, war weiß. Ich stand auf, ging zu ihm und umarmte ihn. »Ich gratuliere«, sagte ich. Er antwortete mit einem knappen Kopfnicken, offensichtlich nur mühsam seine Rührung verbergend, blieb jedoch stumm. Personenschützer sind meist nicht sehr gesprächig.

Zu seiner Konzessionsrede nach der Wahlniederlage stand Sam Brownback gemeinsam mit seinem Vizepräsidentschaftskandidaten Jim Gilmore, dem Gouverneur von Virginia, auf der Bühne eines Hotels in Topeka. Brownback und ich waren beide Senatsmitglieder gewesen, und er war einer jener Männer, die höflich genug waren, um sich direkt mit einem zu unterhalten. Zugleich aber war er in Fragen der Steuer, Gesundheitsvorsorge, Reproduktions- und LGBTQ-Rechte derart konservativ, dass seine Verachtung für jeden, der nicht so dachte wie er, an Grausamkeit grenzte. Wie bei solchen Männern zudem oft üblich, war er streng religiös. Vor vielen Jahren hatte eine meiner juristischen Mitarbeiterinnen diesen Typus Mann, der stets Ende fünfzig, stets weiß und stets nur mittelmäßig intelligent war, einmal als Sportlehrerpolitiker bezeichnet – was natürlich eine Beleidigung für jeden Sportlehrer war.

Nach Brownbacks Rede, die angesichts der Umstände recht gnädig war, schaltete MSNBC wieder zurück ins Studio, wo die Runde weiter über die historische Dimension dieser Nacht diskutierte. Einige der Kommentatorinnen und Kommentatoren waren selbst sichtlich bewegt. Dann wurde die Bühne im Grant Park eingeblendet, auf der in Kürze Barack erscheinen würde. Amerikanische Flaggen säumten den Hintergrund und die Seiten, und das Rednerpult war von Panzerglasscheiben umgeben. Obama trat in Begleitung seiner Familie zwischen den Fahnen hindurch von hinten auf die Bühne und wurde von donnerndem Applaus begrüßt; den Schätzungen zufolge hatten sich mehr als zweihunderttausend

Menschen im Park versammelt, sprich eine fünfzehn Mal größere Menge, als ich sie jemals hatte mobilisieren können. Die in Rot- und Schwarztönen gehaltene Kleidung der Obamas war perfekt aufeinander abgestimmt: Baracks dunkler Anzug und die rot gestreifte Krawatte, Michelles schwarzes Kleid mit roten Farbtupfern über und unter der Taille, Malias rotes Kleid und Sashas schwarzes. Barack hielt Sasha, die jüngere der beiden Töchter, an der Hand und Michelle Malia, und beide winkten, als die Menge zu rufen begann: »Yes, we can!«

Was für ein bittersüßer Anblick! Obwohl wir Politiker es alle gewohnt sind, unsere Rollen zu spielen, strahlte ihre Familie eine Nähe und Herzlichkeit aus, die nicht vorgetäuscht sein konnten. Wie es wohl war, fragte ich mich, als Sasha die Hand ihres Vaters umklammerte, beides zu haben, eine Familie *und* das Präsidentenamt? Bei allen seinen Vorgängern war es ebenfalls so gewesen, außer bei James Buchanan und, hundertvierzig Jahre später, bei Jerry Brown, wobei dessen Freundin die Rolle der First Lady übernommen hatte. Selbst Grover Cleveland, der als alleinstehender Mann gewählt worden war, hatte während seiner ersten Amtszeit die einundzwanzigjährige Tochter eines Freundes geheiratet und schließlich fünf Kinder gehabt.

Und doch konnte ich mir nicht vorstellen, auf einer Bühne wie dieser zu stehen, neben diesen jungen Menschen mit ihren charakteristischen Persönlichkeiten und Vorlieben, ihren Lieblingsfernsehsendungen und -snacks, ihren Utensilien für den Schwimmunterricht.

Hätte ich mich, trotz Kinderfrauen, nicht immer gefragt, ob sie unter meinem Ehrgeiz leiden mussten, ob es gerecht war, sie an die Öffentlichkeit zu zerren, ob ich zu lange abwesend war und ihnen damit schadete? Stellten Männer sich solche Fragen? Offenbar nicht in dem Maße, dass es sie gelähmt oder an ihrem Aufstieg gehindert hätte. Und selbst wenn ich meinen Frieden mit meinen Entscheidungen geschlossen hätte, wären die Medien dazu nicht imstande gewesen – sie hätten sich diese Fragen an meiner statt gestellt, unablässig.

Auf der Bühne winkte und strahlte Michelle Obama. Ich hatte sie schon gekannt, bevor Barack ein öffentliches Amt übernahm – in den Neunzigern hatte sie als Beraterin für den Bürgermeister von Chicago gearbeitet und später für eine Non-Profit-Organisation für junge Leute –, und war, wie jedermann, begeistert von ihr. Aber wie ging es jetzt für sie weiter? Ich hatte gelesen, dass sie, bevor sie ihren Vorstandsposten am Medical Center der University of Chicago aufgegeben hatte, mehr als das Doppelte der 157 000 Dollar verdient hatte, die Barack und ich als Senatoren bekamen, und dass ihr als First Lady kein Gehalt zustand. Mir war klar, ich sollte nicht von mir auf andere schließen, aber wollte sie sich wirklich nur um die Weihnachtsdekoration im Weißen Haus kümmern, Baracks Anhängsel sein? Vielleicht war ihr die Gelegenheit, allein schon durch ihre Existenz hässliche Stereotype zu widerlegen, das persönliche Opfer wert, oder vielleicht betrachtete sie die Möglichkeit, aus dem Hintergrund die Strippen der Politik zu ziehen, nicht als zweitklassig. Sie jedoch dort oben auf der Bühne zu sehen war seltsamerweise, als sähe ich eine jüngere Version meiner selbst – eine größere, viel glamourösere, afroamerikanische Version –, und ich war kein bisschen neidisch. Wobei, vielleicht war ich doch neidisch, als sie und Barack sich mit Küsschen auf die Wange voneinander verabschiedeten, bevor sie ihre Töchter hinter die Bühne geleitete und er seine Rede begann. Aber nicht auf sie. Ich war neidisch auf ihn.

Als die Kamera über die riesige jubelnde Menge schwenkte, entdeckte ich in der Nähe der Bühne drei berühmte Obama-Unterstützer, die ich kannte: Oprah Winfrey, Richard Greenberger und Gwen Greenberger.

Bitsy hielt mir ihr Weinglas entgegen. Als wir anstießen, sagte sie: »Auf 2016.«

IOWA
27. APRIL 2015
14.41 UHR

Natürlich sahen wir uns Bills Bekanntgabe seiner Präsidentschaftskandidatur an – wir verfolgten sie im Bus auf Clydes iPad –, und natürlich dauerte sie viel zu lang. Ich selbst hatte meine Kandidatur in Form eines knappen und – wenn sogar ich das sagte! – zauberhaften sechsminütigen Videos verkündet, das mit mir an Maureens Küchentisch begann und mit einer von einem fröhlichen Popsong unterlegten Montage aus diversesten Amerikanerinnen und Amerikanern endete, die jung und alt, heterosexuell und homosexuell und von unterschiedlichster Hautfarbe waren. Bill hingegen hielt auf den Stufen des Rathauses von San Francisco eine fünfundzwanzigminütige Rede, in der er erst versprach, Themen wie Klimawandel, Bildung und Schaffung von Arbeitsplätzen mit dem Innovationsgeist des Silicon Valley anzugehen, und dann genüsslich ein paar weitschweifige Anekdoten über seine erfolgreichen Start-ups und seine hervorragenden Beziehungen zu Oberhäuptern anderer Länder zum Besten gab. Schließlich warf ihm die versammelte Presse mit Fragen wie der nach einer Kürzung des Präsidentengehalts harmlose Bälle zu.

Bill stand in einem kurzärmligen hellblauen Button-down-Hemd ohne Krawatte hinter einem Rednerpult; er sah ausgesprochen kalifornisch aus, was hoffentlich gegen ihn arbeiten würde, obwohl Männer so gut wie nie ernsthafte Kritik wegen ihres Aussehens zu fürchten hatten.

»Ich wünschte, es gäbe ein Wort für *selbstgefälliger San-Francisco-Milliardär*«, stichelte Theresa.

»Veganer?«, schlug Suzy vor.

»Ich schwöre bei Gott«, meinte Clyde, »das erste Mal, wenn er den Begriff *pflanzliche Ernährung* fallen lässt, feiern wir das bei KFC.«

»Und tweeten ein Bild von mir, wie ich einen Hähnchenschenkel abnage?«, schlug ich vor.

»Nein, nein«, warf Diwata ein. »Pflanzen*basiert*.«

»Wenn er ›pflanzenbasiert‹ sagt«, erwiderte Clyde, »öffnen wir eine Flasche Veuve Clicquot, und zwar *ohne* es zu tweeten.«

Doch während ich ihn auf dem Bildschirm beobachtete, hatte ich nicht den leisesten Schimmer, was Bill Clinton antrieb. Ehrlicher Patriotismus und Idealismus? Oder eher Langeweile? War das Amt des Präsidenten ein Punkt, den er noch auf seiner Liste abhaken musste? War seine Wahlniederlage im Jahr 1992 das, was er am meisten bedauerte? Wenn meine Kandidatur nach siebzehnjähriger Vorbereitung die Gleichstellung der Geschlechter anbot, stand seine als Angebot – wofür? Für eine Nostalgiereise? Mit Sicherheit unterschätzte er, wie sehr sich die Medien, nicht nur die sozialen, verändert hatten – vielleicht kannte er sie aus Sicht des Risikokapitalgebers, aber nicht aus der des Präsidentschaftskandidaten. Wie leicht die Menschen heutzutage aufzeichnen konnten, was man sagte und tat, wie direkt heutzutage jedermann anonym Kontakt zu einem Journalisten aufnehmen konnte, wie schnell sich Gerüchte verbreiteten und wie reflexartig sie sogar von glaubwürdigen Stellen weitergereicht wurden. Oder war das alles in Bills Fall egal? Gab es Gesetze, die zwar für mich galten, aber nicht für ihn, wegen seines Charismas, seines Reichtums und seines Geschlechts?

Gleichwohl war ich überrascht, als ich mich selbst laut sagen hörte: »Der Grund, warum er nicht Präsident werden sollte, lautet nicht, dass er Veganer ist. Der Grund lautet, er ist ein sexuelles Raubtier.«

KAPITEL 6

2015

Die Zuschauer im Studio begrüßten mich mit tosendem Applaus, als ich am Set von *Beverly Today* in Burbank, Kalifornien, erschien. Ich ging zum Sessel gegenüber dem der Gastgeberin der Talkshow, Beverly Collins, die ich seit fast zwanzig Jahren kannte. Bevor ich mich setzte, winkte ich mit breitem Lächeln ins Publikum, das noch immer jubelte und klatschte. Selbst nachdem ich Platz genommen hatte, ebbte der Beifall erst langsam ab. Als es endlich ruhig genug war, sagte Beverly zu mir: »Man könnte fast meinen, sie freuen sich, dass Sie hier sind.«

Wieder begannen die Zuschauer frenetisch zu applaudieren, und obwohl wir etwas warten mussten, bis sich alle wieder beruhigt hatten, muss ich gestehen, dass ich es genoss, mich auf »freundlichem Boden« zu befinden.

Abermals an mich gewandt fuhr Beverly fort: »Sie waren 2014 das letzte Mal in der Show. Was haben Sie seitdem gemacht?«

Erneut brach die Menge in Beifall aus.

Eine weitere Minute verstrich, bevor ich antworten konnte: »Beverly, ich weiß nicht, ob Sie es schon mitbekommen haben, aber ich kandidiere für das Amt des Präsidenten.«

Wieder ohrenbetäubender Jubel. »Wie fühlt sich das an?«, fragte Beverly.

»Es macht unglaublich viel Spaß. Haben Sie es schon mal in Erwägung gezogen?«

»Jetzt, wo Sie es erwähnen, werde ich das vielleicht. Es scheint aber auch an den Kräften zu zehren. Nicht wahr?«

»Manchmal ja. Aber es schenkt einem auch neue Energie. Jeden Tag lerne ich so viele wunderbare Menschen kennen, so viele Amerikanerinnen und Amerikaner, die hart arbeiten und die voller Optimismus an eine bessere Zukunft glauben.«

»Wie war das noch gleich?«, sagte Beverly. »Sie sind die Einzige, die für das Präsidentenamt kandidiert?«

Die Zuschauer lachten.

»Nun«, erwiderte ich, »so läuft das nicht in den Vereinigten Staaten. Tatsächlich habe ich drei demokratische Rivalen, und bei den Vorwahlen der Republikaner könnten es zehn oder zwölf Kandidaten sein.«

Dass sie die naive Unwissende spielte, war natürlich geplant, aber es funktionierte besser, als ich erwartet hatte; ich spürte, wie sehr es dem Publikum gefiel.

Ich war erstmals 1998, als ich für eine weitere Amtszeit im Senat kandidiert hatte, zu Gast in ihrer in Chicago beheimateten Kochshow *Beverly Collins Cooks!* gewesen, und wir waren schnell Freundinnen geworden, sowohl vor als auch hinter der Kamera. An besagtem Tag hatte ich Beverly geholfen, eine Deep Dish Pizza zuzubereiten. Wir standen beide in identischen gelben Schürzen mit dem Gesicht zum Publikum hinter einer Küchentheke, und als ich Oregano direkt aus der Dose über die Zwiebeln streute, die in der Pfanne simmerten, rief sie ehrlich erschrocken: »Um Gottes willen, kennen Sie etwa keine Messlöffel?« Ein paar Minuten später, als ich den Mozzarella rieb, floss Blut, als auch mein Fingerknöchel dran glauben musste. »Die geheime Zutat«, kommentierte Beverly kichernd. Während ich mit einem Pflaster um den Finger gemeinsam mit ihr auf den Teig einschlug, um ihn von Luftblasen zu befreien, sagte sie: »Seien Sie ehrlich ... haben Sie gerade Newt Gingrich vor Augen?« Der republikanische Sprecher des Repräsentantenhauses war unter anderem wegen außerehelichen Affären in Verruf geraten. Nach Aufzeichnung der Sendung sagte ein Producer mit einem Headset backstage zu ihr: »Die Newt-Sache,

Beverly ... besser nicht, okay?« Worauf Beverly erwiderte: »Aber er ist ein widerlicher Gnom!«

In den Jahren nach meinem ersten Auftritt hatte Beverlys Show von Chicago aus den Markt in Dutzenden anderen Städten erobert und hatte sich von einer halbstündigen Live-Kochshow zu einer einstündigen Talkshow mit dem neuen Namen *Beverly Today* gemausert, die in Kalifornien aufgezeichnet wurde. Aber wir kochten und backten immer wieder gemeinsam, wenn ich in die Sendung kam, bis hin zu Blaubeer-Erdbeer-Muffins an einem 4. Juli. Diesmal ließ ich den gläsernen Messbecher in den laufenden Standmixer fallen, woraufhin Glassplitter kreuz und quer durch die Luft schossen. Niemand wurde verletzt, und Beverly und ich brachten dreißig Sekunden lang vor Lachen kein Wort heraus. Schließlich sagte Beverly, während ihr die Tränen über die Wangen liefen: »Bei Keksen wäre das natürlich nicht passiert, wo Sie die doch so gern backen.«

Im Jahr 2008 outete sich Beverly in einem Artikel des *People Magazine* als Lesbe, und 2010, als sie eine Kinderärztin namens Sheila heiratete, war ich auf ihrer Hochzeit in Vermont zu Gast. Es war die erste Hochzeit eines homosexuellen Paares, an der ich teilnahm.

Am Set in Burbank fragte Beverly gerade: »Wer außer Ihnen kandidiert noch aufseiten der Demokraten?«

»Insgesamt sind wir zu viert. Zum einen ich. Dann Jim Webb, ein ehemaliger Senator aus Virginia. Weiter Martin O'Malley, der Gouverneur von Maryland war. Und Bill Clinton, vormals Gouverneur von Arkansas.« Ein Meinungsforscher namens Henry Kinoshita hatte anhand von repräsentativen Testgruppen ermittelt, wie ich über Bill sprechen sollte. »In homöopathischen Dosen«, lautete die wenig überraschende Antwort, aber wenn es sich gar nicht vermeiden ließ, sollte ich wenigstens auf die Begriffe »Milliardär«, »Unternehmer« und sogar auf »Geschäftsmann« verzichten.

»Nun, das ist interessant«, sagte Beverly. »Mir ist das Gerücht zu Ohren gekommen, dass Sie und Bill Clinton früher einmal ein Paar waren. Stimmt das?«

Wie oft in den letzten Tagen hatten Clyde, Theresa und ich diesen Moment geprobt? »Gelegentlich ist an den Gerüchten, die Ihnen während des Wahlkampfs zu Ohren kommen, tatsächlich etwas dran.« Ich schwieg gut gelaunt, zumindest sollte dieser Eindruck vermittelt werden. »Aber wirklich nur gelegentlich. Ja, ich war mit Bill Clinton zusammen, aber wissen Sie, was das Verrückte an der Sache ist? Das ist mehr als dreißig Jahre her.«

Tatsächlich hatte er vor fünfundvierzig Jahren im Museumshof den Kopf an meine Schulter gelehnt; vierzig Jahre waren vergangen, seit ich aus Fayetteville weggefahren war. Aber mein Team hatte sich für dreißig Jahre entschieden, um mein Alter nicht allzu sehr zu unterstreichen.

»Wir waren damals beide auf der Law School«, fuhr ich fort, und auf einem Bildschirm im Studio erschienen nebeneinander ein riesiges Foto von mir hinter einem Rednerpult, allerdings nicht aus meiner Zeit in Yale, sondern von meiner Abschlussfeier in Wellesley, und eines von Bill, das aus den Tagen seines Rhodes-Stipendiums stammte, wie ich erkannte. Mein Team hatte die Bitte von Beverlys Producern um ein Law-School-Foto von Bill und mir ausgeschlagen.

Als wären Bill und ich süße Hundewelpen, ertönte ein einstimmiges »Ooooh« aus dem Publikum.

»Sehen Sie sich nur diese beiden jungen Leute an«, sagte Beverly. »Ist es nicht seltsam, jetzt gegen ihn anzutreten?«

»Wissen Sie«, gab ich zurück, »das ist wirklich kein großes Thema für mich. Ich konzentriere mich so sehr auf die Frage, auf welche Weise ich das Leben der Amerikanerinnen und Amerikaner durch neue Arbeitsplätze, Bildung und Gesundheitsfürsorge verbessern kann, dass ich kaum Gedanken an Dinge verschwende, die vor drei Jahrzehnten geschehen sind. Das ist, als würde ich zu

Ihnen sagen: ›Denken Sie noch oft an die Person, mit der Sie zum Highschool-Abschlussball gegangen sind?‹« Auch das war abgesprochen gewesen, und als ein Abschlussballfoto von Beverly auf dem Bildschirm eingeblendet wurde – ihr Begleiter trug einen braunen Smoking –, grölten die Zuschauer vor Vergnügen. Beverly und ich sahen uns lächelnd an, und ich empfand tiefe Dankbarkeit. Es war immer wieder erstaunlich, mit welcher Großzügigkeit und Professionalität beruflich erfolgreiche Frauen meines Alters einander helfend die Hand reichten.

Und auch Beverly stellte als Nächstes keine Frage wie: Okay, aber was, wenn Sie plötzlich gegen Ihr Date vom Abschlussball als Präsidentschaftskandidatin antreten?

Stattdessen sagte sie: »Ich denke oft an meinen Abschlussballpartner, Evan Gustafson. Ich wette, er vermisst mich.« Die Zuhörer lachten und klatschten, und Beverly fuhr fort: »Hillary, ich weiß, es wird Sie niederschmettern, das zu hören, aber wir haben heute keine Koch-Einlage in der Show.«

»Wie schade, Beverly.«

»Oh, wirklich?« Sie grinste süffisant. »Das war nämlich gelogen. Natürlich haben wir eine Koch-Einlage. Hey, Ryan …« Ein Vorhang wurde zurückgezogen, und eine Küche erschien, auf deren Arbeitsplatte bereits alle Zutaten für einen Apple Pie auf uns warteten. Wieder applaudierte das Publikum ekstatisch.

Jedes Mal, wenn ich nach einer Reise meine Wohnung betrat, kam mir mein eigenes Zuhause erschreckend sauber, ruhig und vertraut vor. Die Zimmereinrichtung erschien mir ausgesprochen geschmackvoll, als hätte ich sie nicht selbst ausgewählt: die sonnengelben Wände im Wohnzimmer und das breite Hussensofa mit seinem Muster aus riesigen roten und rosa Rosen, das perfekt zu den Vorhängen passte; der helle Ahornesstisch, an dem mein Stab und ich unsere Besprechungen abhielten; mein Schlafzimmer mit dem gesteppten Kopfteil am Bett und den Wurfkissen. 1999 hatte ich die kleinere Wohnung direkt neben meiner gekauft und die Trennwand herausgerissen, sodass ich nun drei Gästezimmer hatte, in denen oft Mitglieder meines Stabs übernachteten, wenn sie nach Treffen, die bis in die frühen Morgenstunden dauerten, völlig übermüdet waren.

Wann auch immer ich nach Hause kam, war meine Hauswirtschafterin Ebba wach, um mich zu begrüßen und mir, so oft ich auch beteuerte, es sei unnötig, eine kleine Mahlzeit anzubieten. An diesem speziellen Samstag Anfang Mai fuhren meine Leibwächterin Kenya und ich, nachdem unser Flieger aus Los Angeles morgens um zwanzig vor drei gelandet war, mit meinem Sicherheitsagenten Phil am Steuer in einem gepanzerten Geländewagen durch den warmen Regen, und ich betrat meine Wohnung um halb vier. Kenya hatte Ebba eine Kurznachricht geschickt, um ihr zu sagen, dass wir gleich da sein würden, und Ebba öffnete uns die Tür und führte uns in die Küche. (Vorbei an dem entzückenden Esszimmer und Wohnzimmer – was für einen guten Geschmack die Frau hatte, die hier lebte!) Auf dem Küchentresen standen ein Teller mit gemischten Nüssen und einer geviertelten Orange sowie zwei Gläser Wasser. Ich stürzte das Wasser hinunter und aß Ebba zuliebe auch ein Stück Orange. Ebba arbeitete seit zwanzig Jahren für mich und war ungefähr in meinem Alter, und wie immer – selbst jetzt, mitten in der Nacht – trug sie eine schwarze Hose und eine schwarze Bluse. »Möchten Sie, bevor Maureen morgen früh um halb zehn kommt, frühstücken oder nur einen Kaffee?«, fragte sie.

»Ich stelle meinen Wecker auf neun und hätte gern ein Gemüse-Omelett«, sagte ich. »Kenya, Sie können gern hier übernachten.«

Kenya schüttelte den Kopf. »Nein, danke. Aber brauchen Sie noch etwas, bevor ich gehe?«

»Haben Sie was von Misty LaPointe in Iowa gehört? Sie wollte sich nach ihrer ersten Chemo-Sitzung melden.«

»Nein, nichts. Soll ich mal nachhaken?«

»Schicken Sie mir nur ihre Kontaktdaten.« Ich gähnte. »Das Einzige, was wir jetzt alle eindeutig brauchen, ist Schlaf.«

Um Viertel vor vier nahm ich die Kontaktlinsen heraus, schminkte mich ab und putzte die Zähne, während mein Blick wie gewöhnlich auf Barbara Overholts Venus-von-Willendorf-Replik ruhte. Sie hatte mir die Statue, die einen Ehrenplatz auf dem Waschtisch bekommen hatte, nach meiner Wahl in den Senat geschickt, begleitet von einer Karte, auf der stand:

»Ein Hurra auf die taffen Frauen!«

Barbara war inzwischen weit über neunzig und litt an Demenz; ich hatte schon länger keinen direkten Kontakt mehr zu ihr, tauschte jedoch gelegentlich E-Mails mit ihrer Tochter aus.

Im Schlafzimmer hatte Ebba bereits die Decke zurückgeschlagen und meine White-Noise-Einschlafhilfe eingeschaltet. Das Nächste, was ich wahrnahm, war das Auf und Ab der Windspielklänge, mit denen mein Handy mich weckte. Ebba, die zwangsläufig nicht länger als ich geschlafen hatte, bereitete mir ein Omelett mit Spinat und Pilzen zu. Während ich aß, las ich die Briefings meines Stabs, doch ausnahmsweise musste ich mich weder frisieren und schminken lassen noch Energie sammeln, um eine Rede zu halten, Hände zu schütteln oder für Fotos mit Hunderten von Leuten zu lächeln, die ich noch nie getroffen hatte. Es war ein Samstag, und am Abend würde ich bei einem Spendenempfang in einem Country Club in Lake Forest zu Gast sein, aber bis ungefähr vier Uhr nachmittags hatte ich frei, was sich fast schon erschreckend dekadent anfühlte; während der ersten Stunden meiner Auszeiten war es jedes Mal befremdlich, Theresa, Clyde, Diwata und Kenya nicht um mich zu haben. Mit wem sollte ich scharfsinnige oder absurde Tweets teilen, die ich las, oder Gedanken, die ich mir gerade über Infrastrukturfinanzierung gemacht hatte? Zugegeben, als Maureen eintraf, hatte ich bereits mit allen gechattet, und darüber hinaus auch noch mit Greg und mit meiner Wahlkampfleiterin Denise Jacobs.

»Ich kann dir gar nicht sagen, wie fantastisch du bei *Beverly* warst. Du warst perfekt«, meinte Maureen, als wir uns umarmten.

Ich grinste. »Welch Glück, dass du kein bisschen parteiisch bist. Aber jetzt zeig mir erst mal die Bilder von Nates Geburtstag.«

Maureen hatte inzwischen sechs Enkel – Meredith hatte noch keine Kinder, ihre Brüder jedoch jeweils drei – und sah ihre Kinder und Enkel mehrmals in der Woche. Sie wohnten alle in der Nähe, und freitags hütete sie die Kleinste, ein zweijähriges Mädchen namens Harper.

Maureen zog ihr Handy heraus und scrollte durch die Bilder ihrer Foto-App. Nate war gerade fünf geworden und hatte eine Piratenparty gefeiert, wobei ich, ehrlich gestanden, weniger auf die Fotos der Kinder als vielmehr auf die von Maureen mit Dreispitz, Augenklappe und Pluderhemd gespannt war. Die Bilder übertrafen meine Erwartungen.

»Das ist *unglaublich*«, staunte ich. »Und du hast den Hut wirklich selbst gebastelt?«

»Ich bin nur der Anleitung auf einer Internetseite gefolgt. Aber den Haken hab ich gekauft. Der ist aus Plastik.«

»Oh mein Gott. Der ist mir noch gar nicht aufgefallen.« Ich vergrößerte das Bild: Der Teil, der ihre Hand bedeckte, war schwarz, und der gebogene Haken selbst war silbern.

»Ach, übrigens«, meinte Maureen, »hast du in letzter Zeit mit Meredith gesprochen?«

»Seit ein paar Wochen nicht mehr. Warum, ist etwas?«

»Nein, alles in Ordnung. Ich war nur neugierig. Also, wenn du willst, kann ich dir einen Piratenhut basteln. Den kannst du dann bei einer wichtigen Rede oder etwas Ähnlichem aufsetzen.«

Ich lachte. »Das hat mir erstaunlicherweise noch nie jemand angeboten.«

Maureen und ich hatten zusammen Pilates-Stunden bei einer Trainerin namens Nora, die regelmäßig zu mir nach Hause kam, wenn ich in Chicago war. Wir trainierten barfuß im Wohnzimmer, wo Ebba jedes Mal zuvor den Glastisch zur Seite schob. Nachdem ich erstmals in den Senat gewählt worden war, hatten Maureen und ich unsere Freundschaft ein paar Jahre lang unter den veränderten Vorzeichen neu ausloten müssen. Aus meiner Sicht waren die Veränderungen rein logistischer Natur. Ja, ich war beschäftigter, aber die Nähe zwischen uns war mir wichtiger denn je, seit ich den Blicken der Öffentlichkeit ausgesetzt war. Erst nach einem hochemotionalen Gespräch, das wir im Sommer 1993 an Maureens Pool führten, begriff ich zumindest teilweise, dass sie verletzt war, weil ich nicht mehr ständig verfügbar war, und meine Freundschaft mit Bitsy Sedgeman Corker als Bedrohung empfand.

Am Ende dieser Unterhaltung, als wir beide weinten, sagte Maureen: »Ich wollte deine reiche Freundin sein. Aber jetzt, wo es Bitsy gibt, muss ich mich wohl damit zufriedengeben, deine älteste Freundin zu sein.«

»Maureen, du bist meine *beste* Freundin«, erwiderte ich.

In den über zwanzig Jahren seither hatten Maureen und ich kaum jemals länger als ein oder zwei Tage nichts voneinander gehört, sei es per Telefon, Mail oder Chat. An diesem Samstag Anfang Mai blieben wir, nachdem uns Nora durch die Übungen und den Cool-down geführt hatte, rücklings auf dem cremefarbenen Wohnzimmerteppich liegen. »Nora, ich bin dermaßen tiefenentspannt dank Ihnen, ich denke, ich werde einfach für den Rest des Tages hier liegen bleiben«, meinte Maureen.

»Hervorragende Idee«, sagte Nora. »Ich finde allein hinaus.« Sie sammelte ihre Sporttaschen und Bälle ein und ging, und während ich sie noch draußen im Eingang mit Ebba reden hörte, flüsterte ich Maureen zu: »Bei den Hundert hab ich mir ein bisschen in die Hose gepinkelt.«

»Ich bitte dich. Ich pinkle mir ein bisschen in die Hose, seit ich 1975 ein Kind bekommen habe.«

»Machst du Beckenbodentraining?«

»Ich sollte. Du kennst doch die Artikel, in denen es heißt: ›Trainieren Sie Ihren Beckenboden, wann und wo Sie wollen! Keiner wird was davon mitkriegen‹, oder? Als Steve und ich nach Oahu geflogen sind, hätte ich schwören können, dass die Frau vor mir in der Schlange vor der Security es gemacht hat, es sei denn, sie hat nur ständig ihren Hintern zusammengekniffen.«

Ich lachte. »Vielleicht sollte der Ratschlag lauten: ›Trainieren Sie Ihren Beckenboden, wann und wo Sie wollen, außer Maureen mit den Adleraugen steht hinter Ihnen.‹«

»Apropos, ich habe gestern auf CNN einen Ausschnitt aus Bills Wahlkampfveranstaltung gesehen. Wer auch immer verantwortlich für seine Schönheitsoperationen ist, er verdient eine Medaille. Ich kann ihn weiß Gott nicht leiden, aber da hat jemand tadellose Arbeit geleistet.«

»Bills Wahlkampfveranstaltung war im Fernsehen?« Ich wusste, dass er einen Auftritt in Oakland gehabt hatte, und ich wusste, dass zweitausend Leute – mehr als erwartet – teilgenommen hatten, aber dass CNN sie übertragen hatte, war mir neu.

»Ich hab mir nur ein paar Minuten angesehen, ich weiß also nicht, ob sie komplett ausgestrahlt wurde«, sagte Maureen.

Ich wollte mir noch ein wenig das gute Gefühl bewahren, das mir Pilates und die Zeit mit Maureen beschert hatten, aber die für den Wahlkampf typische nervöse Wachsamkeit hatte schon wieder die Oberhand gewonnen, als ich noch auf dem Boden meines Wohnzimmers lag. Maureen würde in ein paar Minuten gehen, und ich zwang mich zu warten, bis sie fort war – was mir nur mit Müh und Not gelang –, bevor ich Theresa, Clyde und Greg simste: *Wie, zur Hölle, hat BC seine Oakland-Veranstaltung bei CNN untergebracht?*

Über die Telefonnummer, die Kenya mir gegeben hatte, schickte ich Misty LaPointe am Samstagnachmittag eine SMS; mich schriftlich zu melden schien mir passender, als anzurufen, da ich sie nicht in einem ungünstigen Moment erwischen wollte. *Misty, ich bin's, Hillary Rodham*, schrieb ich. *Seit wir uns kennengelernt haben, denke ich immer wieder an Sie und frage mich, wie es Ihnen mit Ihrer ersten Chemo-Sitzung ergangen ist.*

Die Antwort kam postwendend: *GTFO wer bist du wirklich und was willst du*

Nachdem ich GTFO gegoogelt hatte, tippte ich: *Ich bin es wirklich*, und fügte ein Smiley hinzu, das einzige Emoji, das ich jemals benutzte.

Misty: *Okay dann erzählen Sie was, das nur Hillary wissen kann*

Ich: *Nun, viele Informationen über mich sind frei verfügbar, wie wär's also damit: Als wir uns kennengelernt haben, waren Ihre Töchter dabei, und Sie haben mir gesagt, in Wirklichkeit würde ich viel hübscher aussehen als auf Bildern?*

Diesmal vergingen etwa drei Minuten, bevor Misty antwortete: *Miss Hillary es tut mir so leid. Ich hoffe Sie nehmen meine aufrichtige Entschuldigung aus tiefstem Herzen an konnte einfach nicht glauben dass Sie es sind*

Ich: *Bitte, das macht überhaupt nichts. Wie lief Ihre Chemo?*

Sie: *Ganz okay*

Ich: *Soweit ich weiß, hat Leslie aus meinem Washingtoner Büro Ihnen mitgeteilt, dass die American Cancer Society Sie an einen Finanzberater vermitteln kann, der sich mit der Budgetplanung von Behandlungskosten auskennt.*

Sie: *Ja vielleicht*

Ich: *Und eine gemeinnützige Organisation in Cedar Rapids bietet für Kranke dreimal die Woche einen kostenlosen Essenslieferdienst an.*

Sie: *Ja aber meine Mädels mögen mein Essen* ☺

Wollte sie mir damit sagen, ich solle sie in Ruhe lassen?

Sie: *Ich hab Sie bei Beverly gesehen, LOL*

Sie: *Ist sie im echten Leben genauso lustig*

Ich: *Ja, Beverly ist sehr lustig.*

Ich: *Ich fürchte, meine Kochkünste würden Ihre Töchter kein bisschen beeindrucken.*

Ich: *Wenn Sie daran denken, schreiben Sie mir in ein paar Wochen und lassen mich wissen, wie es Ihnen geht.*

Sie: *Haha wenn ich daran denke ja ich hab das Gefühl ich werd dran denken*

Sie: *Im Ernst ich kann nicht glauben dass Sie mir geschrieben haben das ist unglaublich Miss Hillary*, und dann folgten etliche Emojis, ein Gesicht mit Herzaugen, ein Geburtstagshut, eine amerikanische Fahne, ein angespannter Bizeps.

Ich: *Bitte nennen Sie mich einfach Hillary.*

Meine Wahlkampfzentrale befand sich im zehnten Stock des Prudential Plaza, in einem weitläufigen Großraumbüro mit meinem Logo an der Wand, auf die der Blick der Besucher als Erstes fiel, wenn sie aus dem Aufzug traten. Ein paar ältere Stabsmitglieder arbeiteten in Fensterbüros, und viele jüngere Mitarbeiter saßen hinter Kabinenschreibtischen oder auf Sitzsäcken, die aufgeklappten Laptops vor sich. Normalerweise waren ein bis drei Hunde anwesend, überall an den Wänden hingen – neben Schnickschnack wie Pins oder Stabmasken mit meinem Namen oder Gesicht – gedruckte und selbst gebastelte Schilder von Wahlkampfveranstaltungen, und manchmal kam aus einer der Abteilungen Musik.

Mit anderen Worten, die Zentrale war ein quirliger, umtriebiger Ort, an dem ich mich so gut wie nie sehen ließ, außer es galt die Stimmung zu heben. Des Weiteren hatte ich ein kleines, unscheinbares Büro in ebenjenem Hochhaus in der Dearborn Street, in dem sich Greg Rheinfrank seit Jahren eingemietet hatte. Aber auch dort hielten wir unsere Lagebesprechung nicht ab. Stattdessen trafen wir uns am Sonntagmorgen in kleiner Runde im

Esszimmer meiner Wohnung: Theresa; Greg, der als mein Chefstratege und Medienberater fungierte; meine Wahlkampfleiterin Denise; Aaron Villarini, mein Kommunikationsdirektor; und Gigi, meine Chef-Researcherin. Das Meeting war einberufen worden, um Bills Schwachstellen zu analysieren.

»Ich werde von relativ harmlos zu explosiv gehen«, sagte Gigi. »Da wäre erst einmal das Offensichtliche. Er war zweimal verheiratet. Er steht mit beiden Ex-Frauen und den zwei Kindern aus erster Ehe in gutem Einvernehmen. Zurzeit ist er mit einer Frau namens Kristin Bowen liiert, einer vierzigjährigen Programmiererin. Hier wird es interessant. Zumindest bis vor Kurzem hatten sie eine offene Beziehung und haben auch, ich zitiere, ›experimentiert‹, bis hin zu Dreiern mit anderen Frauen.«

Im Raum herrschte Schweigen, während meine Angestellten und Vertrauten diese Informationen über einen Mann verdauen mussten, von dem sie wussten, dass er nicht nur mein politischer Rivale, sondern auch mein Exfreund war. Gefasst sagte ich: »Ich bin beeindruckt, dass er die Energie dafür hat.«

In ruhigem Ton fuhr Gigi fort: »Die Gerüchte über die sogenannten Orgien oder Sexpartys im Silicon Valley sind ebenfalls wahr. Manchmal dauern die Partys ein paar Stunden, manchmal ein paar Tage, aber grundsätzlich sind es superreiche, verheiratete und unverheiratete Männer des öffentlichen Lebens, außerdem noch Paare, und es gibt junge Frauen. Die Partys finden in schicken, sehr privaten Locations statt, jeder nimmt Ecstasy, manchmal zusammen mit anderen Drogen, und es findet viel Sex statt. Oft gipfelt es in etwas, das Kuschelparty genannt wird.«

Einigen von uns entfuhr gleichzeitig ein Aufschrei, und Denise sagte: »Ich glaub, ich kotz gleich.«

»Aber«, warf Greg ein, »das Problem ist, dass er den Traum vieler amerikanischer Männer auslebt.« Er sah in die Runde am Esstisch. »Oder etwa nicht? Auch wenn ich kein Experte in Sachen Heterosexuelle bin.«

»Gigi, bitte fahren Sie fort«, sagte ich.

»Es herrscht ein strenger Vertraulichkeitskodex, aber nicht, weil sich die Leute schämen. Wenn überhaupt, sind sie, wie Greg gerade angedeutet hat, stolz. Die Männer begreifen sich selbst als Vorreiter der Disruption, als würden sie die Sexualität und die monogame Ehe genauso zerlegen, wie sie die Taxi- und die Hotelindustrie zerlegt haben.«

Rund um den Tisch wurde gespottet und gelacht, und Aaron sagte: »Nur damit ich das richtig verstehe. Diese Leute konsumieren Drogen, haben Gruppensex, und dann treffen sie sich ein paar Tage später alle wieder in einem Konferenzraum?«

»Ganz offensichtlich«, bestätigte Gigi. »Und es gibt noch andere Experimente, zum Beispiel Bondage.«

»Handelt es sich bei den jungen Frauen um Prostituierte?«, fragte ich.

»Meistens nein. Sie sind vielleicht dort, um Verbindungen beruflicher Natur zu knüpfen, aber normalerweise werden sie nicht direkt bezahlt.«

»Nennt mich prüde«, sagte Aaron, »aber ich glaube nicht, dass die Disruption der monogamen Ehe in Iowa oder New Hampshire gut ankommen wird. Außerdem passt das genau zu den Dingen, die Clinton '92 zerlegt haben.«

»Aber haben sich die Konventionen seitdem nicht massiv gewandelt?«, gab Greg zu bedenken.

»Können wir nochmals kurz zurückgehen?«, bat ich. »Ecstasy ist MDMA, richtig?« Als Gigi nickte, sagte ich: »Wie hoch ist die Strafe für den Besitz von MDMA im Bundesstaat Kalifornien?«

»Der Besitz ist eine Ordnungswidrigkeit, die mit einem Bußgeld bis tausend Dollar und einem Jahr Gefängnis bestraft werden kann. Was aber eher selten geschieht«, meinte Gigi.

»Ist Ecstasy heute das«, fragte ich, »was früher Gras war?«

»Anscheinend, es hängt davon ab, mit wem man spricht«,

meinte Denise. »Aber seit Obama zugegeben hat, dass er Kokain genommen hat, hat sich die Lage etwas verändert.«

»Aber in Baracks Fall war das lange bevor er kandidiert hat«, sagte ich.

»Glauben Sie mir«, versprach Gigi, »wir tun alles, was in unserer Macht steht, um Zeugen zu finden, die bestätigen können, dass Clinton Ecstasy genommen oder Gruppensex gehabt hat. Wir haben ein paar potenzielle Kandidaten, unter anderem eine junge Frau und einen Caterer, der auf einer der Partys gearbeitet hat. Aber niemand hat sich bis jetzt zu einer Aussage bereit erklärt. Lassen Sie mich ein wenig ausholen. 1993 einigte sich Clinton bei einer Klage wegen sexueller Belästigung gütlich mit einer früheren Staatsbediensteten aus Arkansas namens Sharalee Mitchell. Die mutmaßliche Begegnung fand 1990 statt, als Mitchell fünfundzwanzig war, und mehrere Mitglieder seines Personenschutzkommandos waren dabei, als er sie in sein Hotelzimmer mitnahm, wo sie sich, wie sie später aussagte, erst ein paar Minuten unterhielten, bevor er seine Genitalien vor ihr entblößte. Seine Worte sollen gelautet haben: ›Küss ihn!‹«

Wieder stöhnten oder schüttelten sich einige im Raum. Ich war dankbar, dass Gigi in sachlichem Ton weitersprach. »Dies ist ein anderer Fall als der der Nachtclubsängerin, die '92 behauptete, sie und Clinton hätten zwölf Jahre lang eine Affäre gehabt. Bis heute ist Mitchell die einzige Frau, die auf Schadenersatz klagte. Letzten Endes willigte Clinton ein, 850 000 Dollar zu zahlen. Beide Frauen waren in der Vergangenheit bereit, Interviews zu geben, teils gegen Geld.«

Hätte Bill tatsächlich im Kommandoton »Küss ihn!« befohlen, einfach so, ohne jede Schmeichelei oder Selbstironie? Aus meiner Sicht hätte er wohl eher in einer Mischung aus echter und gespielter Verlegenheit gesagt: »Wie wär's mit einem Küsschen?« Ja, er war ein selbstbewusster Mann, aber musste man für solch eine Order nicht ein Rohling sein? Andererseits hatte er, obwohl sie sich erst seit ein paar Minuten kannten, die Hose geöffnet und ihr seinen vermutlich erigierten Penis gezeigt. Hatte er es nicht kapiert oder war es ihm egal gewesen, dass sie ihn nicht sehen wollte? Ich dachte daran, wie ich Bill Clintons Penis tatsächlich geküsst hatte, und zwar mehr als einmal, und normalerweise ohne Aufforderung. Hieß das, dass er mich respektvoller behandelt hatte als die Staatsbedienstete? Dass sie mehr kritischen Verstand oder weniger Glück gehabt hatte als ich?

»Zugegeben«, sagte Denise gerade, »Männer, die für ein Amt kandidieren, haben weit mehr Spielraum als Frauen, aber kann ihn die Kombination aus alldem nicht zu Fall bringen? Ehebruch plus Beilegung einer Klage wegen sexueller Belästigung plus Sexpartys plus Drogen? Es sei denn, er ist aus Teflon.«

»Ihr wisst schon, dass eben erst zweitausend Teilnehmer bei seinem Wahlkampfauftritt in Oakland waren, oder?«, meinte Greg.

Ich wendete mich an Gigi. »Sind Sie sicher, dass er neben Alexis und Ricky nicht noch weitere Kinder hat? Ich meine nicht von seiner zweiten Frau, sondern von jemand anderem.«

»Es kursieren hartnäckige Gerüchte. Vor Jahren soll er zum Beispiel in Arkansas ein schwarzes Kind gezeugt haben, aber es gibt keine Beweise.«

»Mir ist einmal zu Ohren gekommen, er habe sich als Samenspender für ein lesbisches Paar oder eine alleinstehende Frau zur Verfügung gestellt«, sagte ich. »Er könnte der Samenspender oder der Freund der Frau gewesen sein.«

»You say tomato, I say tomahto«, sang Greg.

»Ich geh der Sache nach«, sagte Gigi. »Das letzte Gerücht, dem wir auf der Spur sind, besagt, er habe in den Siebzigern eine Frau aus Fayetteville, Arkansas, vergewaltigt. Sie heißt Vivian Tobin, ist inzwischen sechsundsiebzig und war damals Freiwillige bei seinem Wahlkampf für den Kongress.«

Ich schnappte, wie Denise neben mir, hörbar nach Luft, allerdings nicht, wie sie vermutlich, wegen des Vergewaltigungsteils, sondern wegen des Namens der Frau, den ich nach all diesen Jahren nun endlich erfuhr.

»Sie hat nie Anzeige erstattet«, berichtete Gigi, »und ich habe den Eindruck, sie hat keine Lust, mit den Medien zu reden, aber sie hat es ein paar Freundinnen erzählt, nachdem es passiert war. Und seien wir ehrlich, wer sich einmal sexuell an einer Frau vergriffen hat, der hat sich in der Regel auch an anderen vergriffen. Wenn diese Frau also nicht kooperieren will, finden wir womöglich andere.«

Es war erschreckend, Gigis Worte zu hören, ihren leidenschaftslosen, ja geradezu optimistischen Ton. *Finden wir womöglich andere.* Die Anschuldigung der Frau – Vivian Tobins Anschuldigung – war das Geheimnis meines Erwachsenenlebens gewesen, die eine Sache, die ich niemandem außer Lyle Metcalf, Bills damaligem Wahlkampfmanager, je erzählt hatte. Vor vierzig Jahren hatte ich mir verzweifelt gewünscht, sie möge lügen oder zumindest übertreiben. Und heute, wünschte ich mir da, sie möge die Wahrheit gesagt haben? Das alles war so schmutzig, so traurig. Und ich glaubte wirklich, dass Bill in jener Nacht, als er mich gedrängt hatte, Arkansas zu verlassen, von seinen Worten aufrichtig überzeugt gewesen war – dass er sich niemals jemandem aufgezwungen habe. Was jedoch keineswegs bedeutete, dass er es nicht doch getan hatte.

Theresa wartete, bis die anderen die Wohnung verlassen hatten. Als wir bis auf Ebba, die in der Küche hantierte, allein waren, fragte sie mich: »Wie geht es Ihnen?«

Ich zuckte mit den Schultern. »Ich würde das nicht unbedingt als das beste Meeting meines Lebens einstufen.«

»Ja, verständlich.«

»Dieses Vergewaltigungsgerücht ... Ich hab davon nicht zum ersten Mal gehört. Sie hat mir zwar nie ihren Namen genannt, aber die Frau, die Gigi erwähnt hat, diese Vivian Tobin, hat mich damals kurz vor dem Wahltag während Bills erster Kongresskandidatur auf einem Parkplatz angesprochen, als ich allein war. Sie sagte, er habe sich ihr, ich zitiere, ›aufgezwungen‹. Es handelt sich bestimmt um dieselbe Frau, oder? Großer Gott.« Ich schüttelte den Kopf.

»War das, als Sie noch in Fayetteville gewohnt haben?«

»Ein paar Monate nachdem ich dort hingezogen war.« Ich lachte düster. »Erinnern Sie sich noch, wie ich Ihnen erzählt habe, es habe Warnsignale bezüglich der einzigen Person gegeben, die ich je heiraten wollte? Und in den Siebzigern wusste ich noch nicht einmal, wie selten Vergewaltigungsvorwürfe erfunden sind.« Tatsächlich hatte ich diese Erkenntnis erst ziemlich spät, im Lauf der letzten Jahre, gewonnen, als zwei meiner Kolleginnen im Senat einen Gesetzesentwurf einbrachten, um das Problem sexueller Übergriffe im Militär anzugehen. »Aber ich muss gestehen«, ergänzte ich, »dass ich mich noch immer frage, ob manches nicht vielleicht auch damit zusammenhängt, dass damals noch andere Zeiten herrschten. Oder ob Bill es getan hat, aber eben nur ein einziges Mal.«

»Ich wünschte, ich könnte eine dieser Fragen beantworten.«

»Was meinen Sie, soll ich Gigi erzählen, dass ich vor vierzig Jahren mit der Frau gesprochen habe? Und ich habe damals Bills Wahlkampfmanager von ihr erzählt. Soll ich Gigi *seinen* Namen geben?«

Theresa biss sich auf die Lippen. Schließlich sagte sie: »Die einzige Gefahr, wie Sie in die Sache hineingezogen werden könnten, besteht aus meiner Sicht darin, dass die Frau Sie in einer Aussage erwähnt und Sie sich dadurch angreifbar machen. Die Leute könnten Ihnen vorwerfen, Sie hätten die Geschichte so lange auf sich beruhen lassen, bis Sie daraus Kapital schlagen konnten, und die Frau sei Ihnen egal gewesen. Ich an Ihrer Stelle würde im Moment nichts zur Sprache bringen, auch nicht Gigi gegenüber. Das alles ist hochbrisant, aber wenn die Frau sowieso nicht mit Reportern sprechen will, ist die Frage vielleicht müßig.«

»Es wäre unfair, mir vorzuwerfen, ich hätte die Geschichte all die Jahre auf sich beruhen lassen und die Frau sei mir egal.« Ich schwieg kurz, dann fügte ich hinzu: »Aber ich muss leider zugeben, völlig unfair wäre es auch nicht.«

Die Harriet Tubman Leadership Academy war eine freie Schule in North Philadelphia für die siebte bis zwölfte Jahrgangsstufe, die überwiegend von naturwissenschaftlich begabten Mädchen aus Minderheitenfamilien besucht wurde. Dort stellte ich an einem Dienstagmorgen in der Sporthalle mein Bildungsprogramm vor, das eine generelle Einführung des Informatikunterrichts, die Modernisierung von Schulgebäuden und eine geringere Fokussierung auf standardisierte Tests beinhaltete.

Das Sportlehrerbüro diente als Garderobe. Ellie fotografierte mich für die sozialen Medien neben dem gerahmten Poster eines Basketballs, der gerade im Korb landete, mit dem Slogan »Gewinner geben niemals auf«. Zuerst posierte ich lächelnd und mit erhobenem Daumen, dann nochmals ohne erhobenen Daumen, aber mit hochgezogenen Brauen, um eine Art wissende Ironie anzudeuten. Vielleicht, dachte ich im Stillen, die wissende Ironie einer Siebenundsechzigjährigen, die ein gebranntes Kind war, weil sie den Ausdruck »on fleek« benutzt hatte.

Die Schulrektorin, gut zehn Jahre jünger als ich, führte mich in die Hauptturnhalle, wo die Energie von vierhundert Mädchen in weißen Poloshirts und dunkelblauen Hosen die Luft vibrieren ließ. Die quasselnden Schülerinnen drängten sich in den Reihen der Zuschauertribüne, ein Gewoge aus jugendlichem Überschwang und Gelächter, dazwischen saßen versprengt einige Lehrerinnen und Lehrer. Als ich hinter der Rektorin und abgeschirmt durch zwei Sicherheitsagenten und Theresa zur Bühne ging, kam ich am Pressekorps vorbei, das seitlich der Tribüne stand.

Ich wartete neben der Bühne, während die Rektorin hinaufstieg, die Arme hob und dreimal beidhändig mit den Fingern schnippte.

Erstaunlich schnell kehrte Ruhe in der Halle ein, während die Schülerinnen ebenfalls mit den Fingern schnippten. Die Rektorin sprach klar und deutlich, als sie alle begrüßte und die Geschichte und den Auftrag der Schule beschrieb. Sie stellte eine Zwölftklässlerin namens Aisha Ilwaad vor, die Schülersprecherin war und die wiederum mich vorstellen würde. Ein Mädchen in einem langärmligen weißen Poloshirt und einem Hidschab aus der vordersten Reihe kam, begleitet vom lebhaften Applaus der anderen Teenager, aufs Podium.

Sie war einige Zentimeter größer als die Rektorin und musste daher erst das Mikrofon höherstellen. Mit lauter und lebhafter Stimme begann sie: »Hier an der Harriet Tubman Leadership Academy geht es vor allem darum, uns zu starken Frauen zu machen.« Sie sah mich direkt an. »Ich danke Ihnen, Hillary Rodham, dass Sie eine starke Frau sind.« Hier brach das junge Publikum in einen Begeisterungssturm aus.

Der Jubel war noch nicht völlig verebbt, als Aisha weitersprach: »Meine Mitschülerinnen wollen Ärztinnen und Rechtsanwältinnen, Ingenieurinnen und Programmiererinnen werden. Ich selbst habe vor, Bürgermeisterin von Philadelphia zu werden.« Neuer Jubel setzte ein, und ich applaudierte ebenfalls. »Jedem Jungen oder Mann, der sagt, ein Mädchen könne nicht programmieren oder ein Mädchen könne nicht führen, sage ich nur eines: ›Schau mich an.‹« An dieser Stelle johlten und applaudierten wir alle – alle außer den Presseleuten natürlich.

»Ich bin sechzehn Jahre alt«, sagte Aisha. »Ich wurde am 2. Oktober 1998 geboren, und ich weiß, dass auch Sie, Ms Hillary Rodham, im Oktober Geburtstag haben. Ich werde einen Monat vor der Wahl 2016 achtzehn. Und wollen Sie wissen, wen ich wählen werde, wenn ich zum ersten Mal meine Stimme abgeben darf?« Der Jubel wurde ohrenbetäubend, und Aisha nickte der Menge zu, grinsend und unerschütterlich; abgesehen davon, dass sie eine bessere Rednerin als ihre Rektorin war, war sie auch eine bessere

Rednerin als ich. »Hillary Rodham«, sagte sie, »ich werde Sie wählen!«

Vierhundert Mädchen sprangen auf und ließen ihrem Jubel freien Lauf. Der Anblick dieser unzähligen Reihen von Schülerinnen – dünne und dicke, kleine und große, dunkelhäutige und hellhäutige, mit Kopftüchern und Pferdeschwänzen und Flechtzöpfchen, allesamt voller Begeisterung und Hoffnung – in ihren identischen Poloshirts und Hosen war atemberaubend. Sie waren, ging mir durch den Kopf, nicht viel jünger als ich damals bei meiner Abschlussrede in Wellesley.

Ich spürte es nicht immer auf meiner Wahlkampftour, aber ich spürte es an diesem Tag – wie nahe wir der Barriere waren, die oft als Gläserne Decke bezeichnet wurde, wobei ich mir diese Barriere eher als ein riesiges grasbewachsenes Feld vorstellte, dessen gegenüberliegende Seite ich – dank einer Mischung aus Fügung und Ehrgeiz – höchstwahrscheinlich als Erste erreichen würde. Und ich dachte, ich könnte es schaffen, aber ich war mir nicht sicher; es gab keine Garantie, es stand nicht allein in meiner Macht. In Momenten wie diesem waren sowohl die Nähe dieser Barriere als auch die Dringlichkeit, sie zu überwinden, greifbar. Es gab so viele von uns, die das wollten, und wir wollten es so sehr. Ich war unzählige Male gefragt worden, *warum* ich für das Präsidentenamt kandidiere, und ich hatte unzählige Male geantwortet, anscheinend niemals zur Zufriedenheit aller. Das Problem war wohl, dass Journalisten und Wähler eine persönliche Frage stellten, die eine kollektive Antwort erforderte. Ich wollte den Menschen helfen, und ich wollte so vielen Menschen wie möglich helfen. Ich liebte es, ein Amt auszuüben, ich liebte es, Dinge zu tun, in denen ich gut war, und ich liebte es, Anerkennung dafür zu bekommen, dass ich Dinge tat, in denen ich gut war. Aber so sehr ich selbst Präsidentin werden wollte, so wichtig war es mir, dass eine Frau dieses Amt bekleiden würde – ich wollte das, weil Mädchen und Frauen die Hälfte der Bevölkerung ausmachten und weil wir es als absolutes Grundrecht und um der Gerechtigkeit willen verdienten, in unserer Regierung gleichermaßen vertreten zu sein. Doch ließ sich dies nur schwer erklären, denn kein Mann hatte sich je aus diesem Grund um die Präsidentschaft beworben; selbst Barack, der teils bestimmt wegen der Rassismus-Variante meiner Motivation angetreten war, hatte sich meines Wissens nie solcherart geäußert. Natürlich war es manchen Präsidenten wichtig, die Welt zu einem besseren Ort zu machen, und sie alle waren starke Persönlichkeiten; aber keiner von ihnen hatte je kandidiert, weil er im Namen eines ganzen Geschlechts an die Spitze der Macht zu gelangen suchte. Ja, ich war ich, Hillary, aber ich war auch Werkzeug und Stellvertreterin.

Ich stieg die drei Stufen zum Podium hinauf und umarmte Aisha, und nachdem sie zurück auf der Zuschauertribüne war, jubelte das Publikum noch eine Weile, was mir Zeit gab, mich zu sammeln. Ich tupfte mir kurz die Augenwinkel. Dieses Bild wurde später zigfach verbreitet, vielleicht weil meine Stimme noch ganz leicht bebte, als ich schließlich zu sprechen begann, und stieß eine Diskussion über meine Aufrichtigkeit an.

»Vielen Dank, Harriet Tubman Leadership Academy, und vielen Dank, Aisha«, sagte ich. »Ich bin überzeugt, Sie werden eine fantastische Bürgermeisterin abgeben, aber sollten Sie sich jemals entscheiden, für ein nationales Amt zu kandidieren, würde ich Ihnen ebenfalls mit Freuden meine Stimme geben.«

Es geschah erstmals während Bills Wahlkampfveranstaltung in Youngstown, Ohio, die zwei Tage später stattfand. Bills drei vorhergehende Auftritte – in Oakland, dann in Des Moines, schließlich in Manchester – waren live von den Kabelsendern übertragen worden, was es den Moderatorinnen und Moderatoren erlaubte, über die wachsenden Teilnehmerzahlen zu staunen: viertausend Menschen in Des Moines, fünftausend in Manchester und jetzt siebentausend in Youngstown. Noch alarmierender war, dass laut einer neuen Umfrage einunddreißig Prozent der Demokraten in Iowa für Bill und achtunddreißig Prozent für mich stimmten, während mich zwei Wochen zuvor, als Bill noch nicht angetreten war, dreiundvierzig Prozent unterstützt hatten.

Ich verfolgte die Veranstaltung in Youngstown nicht live – ich war wieder zurück in Iowa, wo ich einen Milchbauernbetrieb besichtigte –, sah jedoch später am selben Tag auf der Fahrt von Sioux City nach Council Bluffs einen Ausschnitt. Sie fand in einer Sporthalle auf dem Campus der Youngstown State University statt, und Bill stand auf einer Bühne mit einem Wappen auf der Front. Hinter ihm, auf einer Tribüne, schwenkten Zuschauer Schilder, auf denen in roten Buchstaben auf blauem Grund »Bill!« stand. Die Menge war jung – viele trugen Baseballkappen und Hoodies und sahen aus wie Collegestudenten – und in der Mehrzahl weiß und männlich. Die Teilnehmer grinsten und nickten und klatschten und johlten voller Begeisterung. Bill schien mit seiner bloßen Präsenz zu vermitteln, dass es sowohl für ihn als auch sein Publikum in diesem Moment keinen besseren Platz auf Erden gab, und sein Selbstvertrauen machte es wahr. Ich konnte nicht so tun, als würde mich das überraschen, denn hatte er mir nicht einst dasselbe vermittelt, und hatte ich es nicht geglaubt?

Er sprach in seiner Bill-typischen Art, ausschweifend und klug, aber jovial, mit scheinbar spontanen, vom Skript abweichenden Einschüben, die ebenso gut formuliert und scharfsinnig waren wie der Rest seiner Rede. Seine Hauptpunkte lauteten, dass Orte wie Youngstown genauso innovativ, dynamisch und erfolgreich sein könnten wie das Silicon Valley; jeder hier, ob Bergmann, Fabrikarbeiter oder Student, besitze bereits das intellektuelle Rüstzeug, um Programmierer und, zum Teufel noch mal, auch Unternehmer zu werden. Gewiss, vielleicht brauche es ein wenig Fortbildung, aber deine Arbeitsmoral und deine Intelligenz warteten nur darauf, genutzt zu werden. Das war die Botschaft, für die die Bewohner von Youngstown, wie's aussah, höchst empfänglich waren.

Nach stürmischem Beifall sagte er: »Nun, ich bin nicht der einzige Demokrat, der sich zur Wahl stellt. Und ich respektiere meine Gegner. Allen voran aber eine Gegnerin. Sie war jahrzehntelang in Washington. Und ich denke, es ist Zeit für Veränderungen, für ein Ende der Weiter-so-Politik. Wenn wir an den ewig gleichen Lobbyisten und den ewig gleichen Interessengemeinschaften kleben bleiben, werden wir die ewig gleichen Ergebnisse erhalten.«

Buhrufe wurden laut.

»Ich bin ein Selfmademan, und ich bin mein eigener Herr. Ich bin niemandem verpflichtet. Ich kandidiere nicht für *mich*, ich kandidiere für *Sie*.«

Ich saß in der zweiten Reihe unseres Kleinbusses neben Theresa und sah mir den Auftritt auf einem iPad an. Die implizite Botschaft, dass ich im Gegensatz zu Bill eine Egomanin ohnegleichen sei, ließ mich wütend schnauben.

Von hinten sagte Diwata: »Warten Sie ab.«

»All die großartigen Dinge, die mir während meiner Karriere widerfahren sind«, sagte Bill, »ich will, dass all diese Dinge auch Ihnen widerfahren. Ich will, dass Sie Ihren gerechten Anteil am amerikanischen Traum abbekommen. Sie hören viel Gerede seitens meiner Gegner zur Wirtschaft, viele schicke Begriffe und komplizierte Maßnahmen. Aber was bedeutet das alles für *Sie*, die hart arbeitenden Menschen, die das Rückgrat unserer Gesellschaft bilden?«

In diesem Moment geschah es – jemand aus dem Publikum rief: »Fuck Hillary!« Man konnte es im Video nicht hören, aber den Tweets und anschließenden Berichten der Reporter vor Ort zufolge war der Urheber ein Mann mittleren Alters gewesen.

Bill schüttelte den Kopf. »Na, na«, sagte er, doch schon in diesen ersten Sekunden (ob es auch Leuten auffiel, die ihn weniger gut kannten als ich?) grinste er leicht. »Wissen Sie, warum wir nicht persönlich werden müssen? Weil wir sie mit ihren eigenen Themen schlagen können. Vielleicht fragen Sie sich, worüber sie spricht, wenn sie Dinge wie kurzfristige Kapitalgewinne oder Steueroptimierungsmodelle erwähnt. Diese komplizierten Begriffe, mit denen sie um sich wirft ...«

Die Person, die »Stopft ihr das Maul!« rief, war nicht dieselbe, aus deren Mund »Fuck Hillary!« gekommen war. Diesmal war es ein jüngerer Mann, und auch seine Verbalattacke war in der Aufnahme nicht zu hören. Bill ignorierte das »Stopft ihr das Maul!« und redete weiter. »Ich verspreche Ihnen, ich werde nicht nur Klartext mit Ihnen reden, sondern ich werde Worte durch Taten ersetzen und den Status quo durch Innovationen.« Doch mehr und mehr Zuhörer griffen das »Stopft ihr das Maul!« auf, begleitet von erneuten Buhrufen. Beim Betrachten der Aufzeichnung hätte ich nicht unbedingt verstanden, was sie riefen, wenn man es mir nicht gesagt hätte. Mit einem Mal gingen die einzelnen Rufe in einen gemeinsamen Sprechgesang über, und geschlagene zehn Sekunden lang skandierte eine Turnhalle in Youngstown, Ohio, »Stopft ihr das Maul!« und meinte dabei mich. Auf Bills Gesicht zeichnete sich Überraschung ab. Als die Kameras über die Menge schwenkten, vermittelten die Sprechchöre einen ebenso fröhlichen Eindruck, als würden sie gerade ihr Team bei einer Sportveranstaltung anfeuern. Wer waren diese Leute? Waren das Demokraten? Republikaner? Unabhängige? Libertäre?

»In Ordnung, das reicht«, sagte Bill, »in Ordnung, das reicht.« Er musste es viermal wiederholen, bevor die Menge sich beruhigte. Theresa tippte auf den Bildschirm, um das Video anzuhalten.

»Wow«, sagte ich.

»Es ist beinahe, als würde aus Subtext Text werden«, bemerkte Clyde sarkastisch, und ich erwiderte: »Ja, beinahe.«

Vermutlich war ich nicht die Einzige, die wegen der plötzlichen medialen Aufmerksamkeit für Bill frustriert war. Obwohl ich als Erste im Feld der Demokraten meine Präsidentschaftskandidatur verkündet hatte, war ich eigentlich die dritte Bewerberin gewesen –

sowohl Ted Cruz als auch Rand Paul hatten ihre Absichten eine Woche vor mir bekannt gegeben, und einen Monat später waren vier weitere Republikaner ihrem Beispiel gefolgt, darunter Marco Rubio und Carly Fiorina. »Sie segelt in Ihrem Windschatten«, sagte Clyde. Ich hatte Carly, die eine ausgewiesene Wirtschaftsexpertin war und noch nie ein öffentliches Amt bekleidet hatte, im Lauf der Jahre einige Male getroffen und konnte weder sie noch ihr politisches Programm leiden – sie war eine militante Abtreibungsgegnerin und Hardlinerin. Mehrere Medien, meist Frauenmagazine, kamen mit der Idee daher, Carly und ich sollten einen identischen Fragebogen ausfüllen, damit unsere Antworten direkt nebeneinanderstanden, eine Anfrage, die mein Kommunikationsdirektor Aaron mit den Worten kommentierte: »Träum weiter, Carly.«

Was Ted, Rand und Marco Rubio – alle drei Senatskollegen von mir – anging, strahlte Marco jugendlichen Elan aus, aber Ted und Rand waren offensichtlich ziemlich daneben, mit anderen Worten, sie waren unwählbar. Ted war aus meiner Sicht ein durchtriebener Unsympath, und Rand war egoistisch und einfach nur schräg. Meine größte Bedrohung als Gegner waren Marco, Mitt Romney und Jeb Bush, wobei die beiden Letztgenannten ihre Kandidatur Mitte Mai noch immer nicht bekannt gegeben hatten. Mitt und Jeb waren beides Persönlichkeiten, die ich mir in einem Paralleluniversum als Ehemänner oder Freunde hätte vorstellen können. Egal, wie perfide ihre Politik war, sie wussten sich in der Öffentlichkeit zu benehmen. Aber keiner dieser Männer besaß Bills magische Anziehungskraft – nicht einmal ansatzweise.

Seit meinem Chat mit Misty LaPointe waren ein paar Wochen vergangen, als ich sie erneut kontaktierte: *Hallo Misty, ich bin's, Hillary Rodham. Wie geht es Ihnen?*

Sie: *Geht so hatte die dritte Chemo mir fallen die Haare aus* ☹

Sie: *Aber soll ich Ihnen was sagen ich hab eine Schwester überzeugt dass sie Ihnen ihre Stimme gibt!!!*

Ich: *Oh mein Gott, das ist mehr, als ich je von jemandem verlangen könnte. Ich danke Ihnen!*
Ich: *Können Sie denn noch ganztags arbeiten?*
Sie: *Bin seit der OP nicht mehr voll erwerbsfähig nachdem meine Krankheitstage aufgebraucht waren also 40% Lohnkürzung ... das heißt nein*
Ich: *Hätten Sie Lust, mich bei einer Veranstaltung vorzustellen, wenn ich wieder in Iowa unterwegs bin? Kein Problem, falls Sie nicht wollen, aber Sie haben eine so bewegende Geschichte und so viel Energie.*
Sie: *OMG ja ... ich wäre furchtbar nervös ... aber ja!!*
Sie: *Bin mir nicht sicher wie viel Energie ich gerade habe*
Sie fügte ein Emoji hinzu, dessen Bedeutung ich nicht kannte, eine Art verlegenes Gesicht. Ich bedauerte meine Wortwahl.
Ich: *Das kann ich verstehen. Ich hoffe, es entwickelt sich weiterhin alles zum Besten für Sie, und bitte halten Sie mich auf dem Laufenden. Jemand aus meinem Team wird sich wegen der Einführung bei Ihnen melden.*

Zum zweiten Mal ertönten die Sprechchöre, als Bill in Nashua, New Hampshire, sprach; wieder begannen sie vereinzelt und gewannen dann an Wucht. Kameras schwenkten über den Hörsaal des Community College, wo einige Zuhörer mit erhobenem Zeigefinger in die Luft peitschten und ihre »Bill!«-Schilder schwenkten. »Stopft ihr das Maul! Stopft ihr das Maul!«

Nicht, dass jeder einzelne in der Menge einen verwirrten oder fanatischen Eindruck gemacht hätte; manche sahen auf ihr Handy, andere wiederum standen schweigend da. Wenn überhaupt, beteiligte sich die Hälfte am Sprechgesang. Und was, wenn die Wirrköpfe und Fanatiker etwas anderes gerufen hätten, etwas, das sich nicht auf mich bezogen hätte, ob ich sie dann einfach für leidenschaftlich gehalten hätte? Was, wenn sie skandiert hätten: »Schluss mit Kohle!« Oder vielleicht: »Weg mit Kirche und Patriarchat!

Her mit Frauen im Senat!« Aber natürlich hätten sie das nie getan.

Und dann war da noch die Sache mit Bills Gesichtsausdruck – was *war* da? Selbstbewusstsein mit einer Spur von Vergnügen. Auch (war das möglich?) Koketterie. Er lächelte wie ein erfolgreicher Mann, dem eine attraktive Frau sagt, er sei der bestaussehende Mann der Welt. Er ist sich nicht sicher, ob es stimmt. Er weiß, dass dem vermutlich nicht so ist. Aber er freut sich dennoch, es zu hören.

»Wir brauchen sie nicht …«, sagte Bill, »wissen Sie was? Wir schlagen sie einfach bei den Vorwahlen in neun Monaten! Die sind schneller da, als Sie glauben.«

Viel später, mitten in der Nacht, ging mir ein Licht auf, auch wenn ich bis zum Morgen wartete, um die Aufzeichnung nochmals anzuschauen und mich zu vergewissern. Als die ersten Sprechgesänge erklungen waren, hatte er eine Pause gemacht. Er hätte weitersprechen können, aber er hatte eine Pause gemacht, um sie anschwellen zu lassen.

In derselben Nacht hatte ich ihm nach dreiundzwanzig Uhr aus einem Impuls heraus, ohne mich mit meinem Stab abgesprochen zu haben, von meinem Hotelzimmer in Denver aus eine Textnachricht geschrieben. *Können wir kurz vertraulich miteinander reden?*

Ein paar Sekunden später schrieb er zurück: *Wann?*

Jetzt, antwortete ich.

Mein Telefon klingelte. »Du musst die Sprechchöre unterbinden«, sagte ich.

Er lachte. »Danke, mir geht's gut. Und wie geht's dir?«

»Es ist ekelhaft. Und überleg mal, welche Botschaft es Mädchen und jungen Frauen vermittelt, die für ein politisches Amt kandidieren wollen.«

»Darüber machst du dir Sorgen? Über Mädchen und junge Frauen?« Ich schwieg, und er fuhr fort: »Ehrlich gesagt gefällt es mir genauso wenig wie dir. Aber ich halte es für das Beste, die Sache zu ignorieren, anstatt einen großen Wirbel zu veranstalten und sie noch anzuheizen.«

»Die Frau, die mich 1974 auf dem Parkplatz vor Chouteau's angesprochen hat ...«, ich machte eine kurze Pause. »Ich nehme an, du weißt, dass ein paar Leute ihren Namen kennen.«

»Drohst du mir etwa, Hillary?« Er klang halb angewidert, halb belustigt.

»Ich bin nur erstaunt, dass du dich benimmst wie jemand, der nichts zu verbergen hat. Dass du so dermaßen unbekümmert bist.«

»Ich *bin* jemand, der nichts zu verbergen hat. Hör mal ...« Wenn wir im selben Raum gewesen wären, hätte er in diesem Moment höchstwahrscheinlich mit dem Finger auf mich gezeigt. »Du behauptest, irgendwer hätte dir vor vierzig Jahren irgendwas Belastendes über mich erzählt. Und trotzdem warst du noch monatelang mit mir zusammen, hast meinen verdammten Heiratsantrag angenommen, und mit Blick auf 2005 sieht es doch ziemlich danach aus, als hättest du nie aufgehört, nach mir zu schmachten. Zuzugeben, dass ich ein netter Kerl bin, solange es um nichts geht, aber zu behaupten, ich sei eine Beleidigung für den Feminismus, wenn es deinen Zwecken dient ... Ich bitte dich, Hillary. Hab ein bisschen Selbstachtung.«

Vermutlich hatte ich gewusst, dass es ein Fehler war, ihn zu kontaktieren; ich hatte mit niemandem aus meinem Stab gesprochen, weil sie mir dringend davon abgeraten hätten.

»Eine Beleidigung für den Feminismus ist eine interessante Art, eine Vergewaltigung zu beschreiben«, sagte ich.

Aaron, mein Kommunikationsdirektor, hatte mich überzeugt, dass es an der Zeit sei, ein vertrauliches Hintergrundgespräch mit den mitreisenden Medienvertretern zu führen. Obwohl Aaron normalerweise vom Chicagoer Büro aus arbeitete, war er an diesem Donnerstagmorgen zu uns nach Miami geflogen. Am Mittag sprach ich auf einer nationalen Konferenz für Menschen mit Entwicklungsstörungen und ihre Betreuer, am Nachmittag besichtigte ich eine Brauerei, und am Abend nahm ich an einem Tausend-Dollar-pro-Kopf-Empfang auf Belle Isle teil.

Im Anschluss an den Spendenempfang verließ ich gegen einundzwanzig Uhr zusammen mit Aaron, Theresa, Clyde und zwei Personenschützern meine Suite im neunten Stock unseres Hotels, um mich auf der Terrasse des Lobby-Restaurants zu einem guten Dutzend Mitreisenden zu gesellen. Wir hofften, dass – anders als in einem, sagen wir, Applebee's in Iowa – die warme Brise der Biscayne Bay die Griesgrämigkeit der Presseleute mildern und vielleicht sogar ihrem elitären Selbstverständnis schmeicheln würde. Politikjournalisten liebten es, ihre Artikel und Sendungen mit Lokalkolorit zu würzen (Fleischspieß auf einem Jahrmarkt, Polka-Bands, Caucus-Abstimmungen in einem Waffengeschäft oder einem Getreidespeicher), und zwar im umgekehrt proportionalen Verhältnis dazu, wie sehr sie solche Spektakel in ihrem echten Leben, außerhalb ihrer Arbeit, verabscheuten. Eine Reporterin hatte mir einmal erzählt, dass sie, wenn sie allein unterwegs war und zu Abend essen wollte, ein Restaurant suchte, indem sie die Postleitzahl und »Kale Salad« bei Google eingab.

Es war nicht so, dass ich etwas gegen die Presse gehabt hätte, wie ihre Vertreter oft berichteten; vielmehr misstraute ich ihr zutiefst. Die meisten Journalisten waren witzig, aufmerksam und intelligent – viele hatten Abschlüsse von renommierten Universitäten –, und ich wusste, dass sie hart arbeiteten, denn die meiste Zeit hatten sie buchstäblich denselben Terminkalender wie ich. Sie besuchten dieselben Wahlkampfveranstaltungen, klapperten dieselben Kleinstädte in Iowa oder New Hampshire ab, nahmen ebenfalls Flüge am frühen Morgen und am späten Abend (wenngleich nicht im selben Flugzeug – in dieser Phase der Kampagne flog mein Team noch mit einer relativ kleinen Gulfstream, und erst vor der Hauptwahl, so Gott wollte, würden sie in eine eigens für den Endspurt des Wahlkampfs geleaste 737 eingeladen werden).

Doch die meisten Politikjournalisten waren unfassbar kindisch und ließen sich allzu leicht von Glitzerdingen in Form von Fehltritten oder Knüllern oder willkürlichen Details, denen sie fiktive Bedeutungen andichteten, ablenken. Ihr Wunsch, sich nicht zu langweilen, war förmlich mit den Händen zu greifen, aber ein Wahlkampf war, wie das echte Leben, oft langweilig. Also lasen sie in ihrem Hunger nach Neuigkeiten aus unwichtigen Personalien wechselnde Allianzen und Feindschaften heraus, beschrieben mutmaßliche Gedanken, die sie aus Körperhaltung, Gestik und Mimik ableiteten, stritten sich untereinander um belanglose Brocken, die sie als Eilmeldungen präsentieren konnten. Sie schufen ausgefeilte Berichte, die auf unzureichenden Beweisen gründeten. Außerdem waren sie selbstgerecht und voll des Eigenlobs; sie gingen davon aus, dass sie in anderen Bereichen ein Vielfaches ihres aktuellen Gehalts verdienen würden, glaubten jedoch, Journalismus diene einem höheren Zweck. Und dennoch waren sie allesamt Leute, die sich tagtäglich um Steckdosen rauften, und durchweg besessen von ihrer – und meiner – Gewichtszunahme während des Wahlkampfs *und* der Verfügbarkeit von Mahlzeiten und Snacks. Sie zogen schamlos über mein Erscheinungsbild her, während sie offenkundig (und das galt für Männer wie Frauen) tagelang mit ungewaschenen Haaren und ein und denselben Klamotten durch die Gegend liefen. Wie Kinder wollten diese Journalisten nicht nur alles über mich sagen und schreiben, was ihnen in den Sinn kam, sondern erwarteten auch noch, dass ich mich freute, sie zu sehen, dass ich sie *mochte*. Anders als Kinder tranken sie viel und hatten Affären untereinander.

Mein Team und ich traten aus dem Aufzug, durchquerten die Lobby und wurden vom Oberkellner des Restaurants auf die Terrasse geleitet, wo im Hintergrund, durchschnitten von den

Lichtern zweier Brücken, die tiefschwarze Wasseroberfläche der Bucht glitzerte. Vier kleine runde Tische waren kleeblattförmig zusammengeschoben worden, und alle Stühle bis auf zwei waren besetzt. »Hallo, zusammen«, sagte ich mit gezwungener Heiterkeit. »Ist hier noch ein Platz für mich frei?« Clyde setzte sich auf den anderen leeren Stuhl, während Aaron und Theresa zusammen mit den Sicherheitsagenten am Rand der Terrasse stehen blieben.

Sofort begannen alle durcheinander auf mich einzureden. Nach ein paar Sekunden überließen sie einer Frau namens Elise von der *Washington Post* das Feld, die sagte: »Frau Senatorin, konnten Sie eine Wellness-Behandlung des Hotels genießen?«

»Leider nein. Irgendjemand von Ihnen?«

»Nein, aber Caitlin und ich haben an einer Zumba-Stunde im Fitnessstudio weiter unten in der Straße teilgenommen«, sagte Helena. Sie arbeitete für ein Online-Magazin, für das sie einmal einen vierzehn Absätze langen Artikel über einen Hustenanfall von mir während einer Wahlkampfveranstaltung verfasst hatte. »Haben Sie schon mal Zumba gemacht?«

»Ich hatte bisher noch keine Gelegenheit, es auszuprobieren.« Ich lächelte. »Ich war etwas beschäftigt.«

»Die Sprechchöre bei Gouverneur Clintons Veranstaltungen«, sagte David, ein Reporter von der *New York Times*. »Was hat es Ihrer Meinung nach damit auf sich?«

Ich hob unverbindlich die Brauen. »Was hat es *Ihrer* Meinung nach damit auf sich?«

Nur mäßig betreten meinte David: »Ich habe Sie zuerst gefragt.«

»Nun, natürlich war es komisch, sie zu hören. Dafür hat es mich heute auf der Konferenz ungemein ermutigt, Menschen mit Entwicklungsstörungen kennenzulernen. Ich fand die Frage dieses zehnjährigen Jungen zur Selbstbestimmung großartig.«

»Um noch mal auf Davids Frage zurückzukommen«, sagte Helena. »Sind Sie überrascht, wie rasant Bill Clintons Wahlkampf an Fahrt aufgenommen hat?«

»Wissen Sie, normalerweise gibt es immer einen anfänglichen Schub, wenn jemand seine Kandidatur verkündet. Und gerade in Bills Fall kommt auch eine Art Nostalgie mit ins Spiel. Wir werden sehen, wie lange das anhält.« Ein Mojito tauchte vor mir auf, vermutlich bestellt von Theresa, und ich dankte der Kellnerin mit einem Nicken, bevor ich einen kleinen Schluck nahm. Der Cocktail war so köstlich – und die Umgebung so zauberhaft –, dass ich mir wünschte, ich könnte ihn mit echten Freunden oder wenigstens allein mit meinem Team genießen.

»Wird es befremdlich sein, gemeinsam mit Bill Clinton während einer Debatte auf der Bühne zu stehen? Emotional befremdlich?« Das kam von Tiff, dem geschniegelten Korrespondenten von *ABC*.

»Ich konzentriere mich auf wichtigere Themen«, erwiderte ich. »Es geht bei dieser Wahl hinsichtlich Wirtschaft, Bildung, Klimawandel um derart viel, dass« – ich malte mit den Fingern Anführungszeichen in die Luft – »›emotional befremdlich‹ für mich nicht wirklich eine Rolle spielt.« Ich ließ den Blick über ihre Gesichter gleiten. »Mir hat auch der Besuch der Harriet Tubman Leadership Academy gefallen, und ich freue mich schon auf Ihre Artikel über mein Bildungsprogramm. Ich würde mit größtem Vergnügen weitere Fragen diesbezüglich beantworten.«

Einige lachten leise, dann sagte ein Mann namens Roberto von einem wöchentlich erscheinenden Nachrichtenmagazin: »Der Zufall, dass Sie mit Gouverneur Clinton zusammen waren ... sehen Sie das als Beweis dafür, dass die Law Schools der Eliteuniversitäten Kaderschmieden sind? Zeigt das nicht, dass die demokratische Partei frisches Blut braucht?« Es hätte mich nicht gewundert zu erfahren, dass sie die Stoßrichtung ihrer Fragen vor meiner Ankunft abgestimmt hatten.

»Roberto«, gab ich zurück, »ich weiß nicht, ob Sie die Gelegenheit hatten, *Beverly Today* anzuschauen, aber ich habe wirklich alles gesagt, was es zu diesem Thema zu sagen gibt.«

»Ernsthaft, Leute«, schaltete Clyde sich ein, »gibt es nicht *irgendwas* anderes, über das Sie reden wollen?«

»Ihr Gastgeber heute beim Empfang auf Belle Isle...«, kam von Helena. »Ist es ein Problem für Sie, dass er Ende der Achtzigerjahre wegen Steuerhinterziehung in drei Fällen verurteilt wurde?«

»Helena, das ist doch unter Ihrem Niveau, oder?«, sagte Clyde.

Mein Kommunikationsdirektor Aaron stand nur knapp drei Meter entfernt, aber ich konnte keinen Blickkontakt zu ihm aufnehmen, weil er auf sein Handy sah und tippte. Ich fragte mich, ob er dieses informelle Gespräch noch immer für eine gute Idee hielt oder ob es bereits mehr geschadet als genützt hatte.

»Bei allem Respekt, aber da sind wir wohl unterschiedlicher Meinung. Die finanzielle Vergangenheit eines Großspenders ist keineswegs unwichtig«, widersprach Helena. »Aber in Ordnung ... werfen wir einen Blick auf die republikanischen Kandidaten. Gibt es da jemanden, gegen den Sie besonders gern oder ungern antreten würden?«

»Ich bin bereit, es mit jedem aufzunehmen, den die Republikaner stellen. Dank der vielen Amerikanerinnen und Amerikaner, mit denen ich während der Wahlkampftour gesprochen habe, fühle ich mich voller Tatendrang. Aisha in Philadelphia hat mich vom Hocker gerissen, genauso wie die beiden Kleinunternehmer Leticia und Igor Arias heute mit ihrer Brauerei.« Ich bemerkte, wie sich Helena und Caitlin einen Blick zuwarfen, dessen Gehässigkeit, wie ich hätte schwören können, übelsten Siebtklässlerinnen alle Ehre gemacht hätte. Hatte ich den kubanischen Namen zu ihrem Missfallen falsch ausgesprochen? Hatten sie sich gerade wieder an mein »On fleek«-Desaster erinnert?

»Wenn es Ihnen nichts ausmacht«, meldete sich eine Frau namens Anna von der *Tribune* zu Wort, »würde ich gern noch einmal auf die Sprechchöre bei Bill Clintons Auftritten zurückkommen. Sollte das wieder passieren ...« Aber Theresa war bereits vorgetreten und sagte: »Hey, Leute, wir haben heute Abend noch eine Überraschung. David, wie wir erfahren haben, ist morgen ein wichtiger Tag für Sie.« In diesem Moment erschien die Kellnerin von vorhin auf der Terrasse, einen Kuchen mit brennenden Kerzen vor sich hertragend, und wir alle begannen *Happy Birthday* zu singen.

Als der Kuchen vor ihm stand, holte David tief Luft, um die Kerzen auszublasen, doch Caitlin, die ihm gegenüber rechts von mir am Tisch saß, sagte: »Halt, einen Moment noch ...« Sie zog ihren Ehering vom Finger, beugte sich vor und ließ ihn über eine der noch brennenden Kerzen fallen. Dank Theresa kannte ich das Motto »Fahrwerk rauf, Ringe runter«, das gleichermaßen für Journalisten, Secret-Service-Agenten und Wahlkampfstabsmitglieder auf Dienstreisen galt – wenngleich nicht für Theresa, wie sie mir versichert hatte.

David blies die Kerzen aus, und Tiff fragte: »Was soll das eigentlich, dieses Ring-Ding?«, und Helena meinte: »Damit werden Ihre Wünsche wahr«, woraufhin Elise sagte: »Ich dachte, es reicht, die Kerzen auszupusten, damit die Wünsche in Erfüllung gehen.«

»Ich bitte Sie, Elise«, sagte ich, »Sie wissen doch, dass es eine gute Fee namens Fleiß ist, die unsere Wünsche in Erfüllung gehen lässt.« Zu meiner Freude lachten alle.

Als David den Kuchen anschnitt, sagte Anna: »Frau Senatorin, wo waren *Sie* an Ihrem vierzigsten Geburtstag?«

»Oh Gott. So weit kann ich mich kaum zurückerinnern.« *Das* wäre mir in einer offiziellen Gesprächssituation nie herausgerutscht, wo ich sorgsam darauf achtete, die Aufmerksamkeit nie auf mein Alter zu lenken. »Also, damals war ich Professorin. Am Geburtstag selbst habe ich mit meiner Familie zu Abend gegessen, und am Wochenende davor war ich mit ein paar College-Freundinnen in Virginia auf dem Land.« Ich sah in die Runde. »Wer von Ihnen ist noch über vierzig?«

Drei von ihnen hoben die Hand; wie sich herausstellte, waren sie alle unter fünfundvierzig, und eine von ihnen hatte an ihrem vierzigsten Geburtstag 2011 vom Tahrir-Platz aus berichtet.

Davids Kuchen war eine Schokoladentorte mit dunkler Glasur, und ich genehmigte mir nur zwei Bissen, da ich, wenn ich das ganze Stück aß und den Mojito trank, sicherlich Kopfschmerzen bekommen würde. Als ich meine Gabel ablegte, fiel mir plötzlich auf, dass ein Teil der anfänglichen Aggressivität verflogen war. Aaron hatte also doch recht gehabt. »David«, sagte ich, »schön, dass Sie geboren sind.«

Aber jene Frage bezüglich der Sprechchöre, die Anna in Miami nicht hatte zu Ende bringen können – womöglich war sie die einzige relevante Frage des Hintergrundgesprächs gewesen. Denn die Sprechchöre kehrten wieder, ein drittes und ein viertes Mal, und wurden schließlich als normaler Bestandteil von Bills Wahlkampfveranstaltungen wahrgenommen. Rasch verwandelten sie sich von einer schockierenden Anomalie zur neuen Norm.

Wurde ich diesbezüglich etwas gefragt, zuckte ich mit den Schultern und sagte: »Für das Amt des Präsidenten zu kandidieren ist nichts für zarte Gemüter.« Ich sah mir die Sprechgesänge ein drittes Mal an – diesmal ertönten sie in Waterloo, Iowa, und waren wieder von der gleichen Mischung aus pöbelhaftem Blutrausch und Banalität geprägt wie zuvor – und dann nicht mehr. Aber ich muss gestehen, dass ich mich, so sehr mich das Phänomen einerseits beunruhigte, andererseits auch bestätigt fühlte. Gemeinhin galten Beschwerden über Sexismus als lästig. Beweise waren Mangelware, die jeweiligen Situationen ließen Spielraum für Interpretationen. Doch war das hier nicht der schlagende Beweis?

Bill wurde ebenfalls darauf angesprochen. Während eines Exklusivinterviews mit CNN sagte er: »Wissen Sie, ich bin eher ein Gentleman. Ich kämpfe lieber auf sachlicher Ebene gegen Hillary.«

Zu dem Interview hatte Bill ein schiefergraues, leicht glänzendes Hemd getragen, das eine Spur zu weit aufgeknöpft war, um noch als geziemend durchzugehen. Wobei mir das vermutlich gar nicht erst aufgefallen wäre, wenn die sozialen Medien, allen voran Twitter, nicht danach oder besser gesagt schon während des Interviews förmlich besessen davon gewesen wären, wie gut Bill in dem Hemd aussah: Memes und Hashtags schossen wie Pilze aus dem Boden, und Twitter-Nutzer jeden Alters und Geschlechts machten ihm Liebeserklärungen. Innerhalb einer Stunde kursierten im Netz Artikel mit Schlagzeilen wie »Bill Clinton hat mich 18 Mal nass gemacht« und »Bill Clinton, sei mein Sugarzaddy!«. Natürlich musste mir Diwata erklären, dass *nass* für geil stand und es sich bei einem »Zaddy« um den Traummann schlechthin handelte. Der Hammer jedoch war eine Kolumnistin, deren Arbeit ich in der Vergangenheit sehr geschätzt hatte und die twitterte: *Vergewaltige MICH, Bill Clinton!* Kaum weniger ungeheuerlich war der Tweet einer Schauspielerin einer Realityshow (ihre Arbeit hatte ich in der Vergangenheit nicht sonderlich geschätzt), die schrieb: *Neugierig auf Kuschelparty dm me.*

»Es ist also nicht so, dass sie über seine Vorgeschichte mit Frauen nicht Bescheid wüssten«, sagte ich zu Clyde. Wir saßen wieder im Flugzeug, auf dem Weg nach Cincinnati zu einer abendlichen Spendenveranstaltung und einem von Planned Parenthood ausgerichteten Frühstück am nächsten Morgen. »Es ist ihnen nur völlig egal.«

Die Nachricht auf meiner Mailbox war von Meredith, Maureens Tochter. Mit ihrem wenig überzeugenden, aber eifrig bemühten und mir wohlbekannten britischen Akzent sagte sie: »Hallo, Darth Vader. Hier spricht die Königin von England, und ich melde mich bei Ihnen wegen *sehr, sehr* aufregender Neuigkeiten. Rufen Sie mich alsbald zurück.«

Von meinem Hotelzimmer in Cincinnati aus versuchte ich sie sofort zu erreichen, und als sie ans Telefon ging, sagte ich: »Darth Vader am Apparat. Was gibt's?«

»Ich bin schwanger.«

»Oh mein Gott, ich fass es nicht! Wie weit bist du?«

»In der zehnten Woche, deshalb haben wir's noch nicht rumerzählt, aber ich hab schon sieben Pfund zugenommen. Was vielleicht mehr an den Schokoriegeln als an der Schwangerschaft liegt. Der Geburtstermin ist der 2. Januar.«

»Wie fühlst du dich?«

»Wahnsinnig müde. Ich gehe jeden Abend gegen acht ins Bett, aber bis jetzt musste ich noch nicht kotzen.«

»Wie geht's Ben?« Ben war Merediths Mann. Er arbeitete für eine Anlageberatung, und sie war Immobilienmaklerin, und die beiden wohnten nur zwei Blocks von ihrem Elternhaus in Skokie entfernt.

»Er ist nervös und ganz aus dem Häuschen. Wusstest du, dass man für ›schwanger sein‹ auch ›einen Braten in der Röhre haben‹ sagt? Was, wenn man mal darüber nachdenkt, so viel geschmackloser ist, als einfach nur ›schwanger‹ zu sagen.«

Ich lachte. »Ich habe schon ›Mutterfreuden entgegensehen‹ oder ›guter Hoffnung sein‹ gehört, aber ›einen Braten in der Röhre haben‹ ist mir noch nie untergekommen. Witzigerweise hab ich vor ein paar Wochen in einem Wollgeschäft in Iowa einen kleinen Strickbären gekauft, einfach so, weil ich ihn süß fand. Jetzt weiß ich endlich auch, für wen.«

»Oh, das gefällt mir. Du hattest eine Vorahnung. Aber hör mal, ist es nicht irre, dass ein Embryo entstehen, sich in ein Baby verwandeln, heranreifen und geboren werden kann und es dann trotzdem *immer noch* zehn Monate bis zur Wahl sind?«

»Wem sagst du das«, seufzte ich.

Am nächsten Morgen, in Cincinnati, lief nebenher der Fernseher, während ich mich anzog, und zufälligerweise war Donald Trump zu Gast in einer Nachrichtensendung. Nach unserer Begegnung auf der Gala des Hochglanzmagazins im Jahr 2005 hatte ich nie mehr mit ihm gesprochen, obwohl wir beide 2011 beim Korrespondentendinner im Weißen Haus gewesen waren, wo er sowohl von Präsident Obama als auch vom Gast-Comedian auf offener Bühne wegen seiner »Birther«-Behauptungen, Obama sei kein gebürtiger Amerikaner, mit Hohn und Spott überschüttet worden war.

Die Moderatoren der Nachrichtensendung waren ein Mann und eine Frau, die sich manchmal weitere Experten und Gäste ins Studio holten; ich selbst war ein paarmal eingeladen gewesen. An diesem Morgen, um 6.15 Uhr Ostküstenzeit, unterhielten sie sich mit Donald erst darüber, ob er seine Realityshow fortführen wolle, dann über eine Twitter-Fehde mit einer Sitcom-Schauspielerin, in die er verwickelt war, und schließlich sagte der Mann in präventiv ironischem Ton: »Dürfen wir uns auf eine eventuelle Trump-Präsidentschaft freuen? Ich weiß, Sie denken seit Jahren darüber nach, und vielleicht möchten Sie diesen Moment unter Freunden ja nutzen, um dem amerikanischen Volk etwas zu verkünden.«

Donald grinste hämisch. »Das würde Ihnen gefallen, was? Gut für Ihre Einschaltquote, oder?«

»Zugegeben«, sagte der Moderator. »Wenn Sie als Präsident kandidieren, wird das für uns alle ein Wahnsinnsritt.«

»Jeder fragt«, sagte Donald. »Die ganze Presse, meine ganzen Leute von der Wall Street, sie sagen: ›Wir brauchen Sie, wir wollen Sie, können Sie kandidieren?‹ Und ich denke darüber nach. Aber ich habe viele große Sachen vor, große Geschäfte, China will, dass wir dreißig, vierzig Hotels bauen. Dann ist da noch meine Fernsehshow. Ich weiß es also nicht.«

»Wenn Sie kandidieren würden«, fragte die Moderatorin, »dann als Unabhängiger? Oder als Republikaner? Oder könnten Sie sich vorstellen, als Demokrat neben Hillary Rodham und Bill Clinton anzutreten?«

Donald streckte die Hände in Richtung Kamera, die Handflächen einander zugewandt. »Sie sind alle schlecht«, sagte er. »Die Demokraten sind schwach, sie sind weich. Ich sollte das nicht sagen, aber ich werde es sagen. Sie sind dumm. Dieses Land steckt in Schwierigkeiten, und wir brauchen eine echte Führung, keine Dummheit.«

»Kennen Sie einen der beiden, Clinton oder Hillary Rodham?«, fragte der Moderator.

»Er ist ein richtiger Frauenheld.« Donald hob die Brauen und schürzte zweideutig die Lippen. »Ich kenne ihn, er wollte mich immer in meinen Golfclubs besuchen, aber wissen Sie was? Manchmal muss man eben anstehen. Sorry, Bill! Sie ... Hillary ... Sie habe ich nie kennengelernt. Sie lebt irgendwo da draußen, wo auch immer, irgendwo mitten im Land. Sie ist nicht so der New-York-Typ.«

Dass Donald sich offensichtlich nicht mehr an unsere Begegnung erinnerte, überraschte mich weit weniger als die Tatsache, dass er Bill kritisch zu sehen schien. Auf der Gala des Modemagazins war Donald derjenige gewesen, der Bill angefleht hatte, Golf mit ihm zu spielen.

»Das ist wahr«, sagte die Moderatorin. »Bill Clinton ist ein smarter Typ, er ist steinreich, und ich weiß, dass viele ihn als Silberfuchs sehen. Aber wenn Sie seinen Namen irgendeiner Frau in meinem Alter gegenüber erwähnen, woran denken wir sofort?«

»Ich nehme an, Sie spielen auf das *60 Minutes*-Interview an«, sagte der Moderator.

»Das *60 Minutes*-Interview, genau!«, wiederholte die Frau. »Es war ein absolutes Debakel. Und früher konnte man über so etwas vielleicht noch Gras wachsen lassen, aber heutzutage kann es jeder, der es beim ersten Mal versäumt hat, in drei Sekunden auf YouTube finden.«

»Bill Clinton hat ein paar schlechte Entscheidungen getroffen, aber die Sache mit den Frauen ... Ist das so ein Verbrechen? Wenn das ein Verbrechen ist, ich sag Ihnen was, dann sind verdammt viele von uns Verbrecher«, erwiderte Donald vergnügt.

Alle drei lachten, auch die Frau. Und während ich auf dem Bettrand saß und die Nylonfüßlinge anzog, die ich in hohen Schuhen trug, dachte ich plötzlich: Was, wenn Donald wirklich als Präsident kandidiert? Unmöglich, ihn als Kandidaten ernst zu nehmen, mit seinem Geschwätz und seinem lächerlichen Haar, aber was, wenn er aus Eitelkeit kandidierte? Wenn er und Bill es mit männlicher Begeisterung und um des Medienwirbels willen untereinander ausfochten und ich bei der Schlacht ein Zaungast blieb? Bestand die Möglichkeit, dass sie sich gegenseitig erledigen würden? Dass irgendeine unselige Testosteronmagie, eine flammende Eruption Bill in ein Häufchen Asche verwandeln, meinen eigenen Wahlkampf jedoch unbeschadet lassen würde? Denn waren die beiden im Grunde nicht zwei Seiten derselben Medaille, war Donald nicht einfach nur eine deutlich unangenehmere Version von Bill? Reich und narzisstisch, geschwätzig, charismatisch und faszinierend? Bill war viel smarter, aber war er wirklich weniger anrüchig?

Mutmaßungen über die Konsequenzen einer Trump-Kandidatur anzustellen glich einem Strategiespiel. Gezielt darauf hinzuarbeiten, dass es wahr wurde – zu versuchen, ihn über eine Reihe von Stellvertretern zu überzeugen, in das Rennen einzusteigen –, war ein viel zu riskanter Schachzug. Allein der Gedanke daran trieb meinen Puls in die Höhe. Ich hörte ein Klopfen an der Tür und die Stimme meines Sicherheitsagenten Darryl, der sagte: »Ma'am, Veronica und Suzy sind wegen Ihrer Haare und Ihres Make-ups hier.«

»Schicken Sie sie herein«, rief ich.

Die Nachricht kam von Nick Chess: *Was, verdammt noch mal, denkt sich Bill?*

Nick und ich standen seit unserem fünfundzwanzigsten Alumnitreffen der Law School im Jahr 1998 – Bill hatte nicht daran teilgenommen, da er ein Jahr unter uns gewesen war – wieder in Kontakt. Ich war damals in meiner ersten Amtszeit im Senat gewesen, und Nick hatte der Politik den Rücken gekehrt, war von Arkansas zurück in seine Heimatstadt Short Hills, New Jersey, gezogen und hatte als Autor von Justizthrillern einen Neuanfang gewagt. Ende 1992, ein paar Monate nach dem Aus für Bills Präsidentschaftskampagne, hatte Nick für das *New York Times Magazine* einen schonungslos offenen und desillusionierten Essay über seine Arbeit für Bill verfasst. Seitdem, hatte Nick mir bei dem Treffen erzählt, herrsche Funkstille zwischen ihnen.

Nicks Nachricht zu erhalten war angesichts der Wahlkampfberichterstattung, die komplett durchzudrehen schien, außerordentlich wohltuend – denn ja, auch *ich* las Zeitungsartikel und sah Fernsehbeiträge und fragte mich: Was, verdammt noch mal, denkt sich Bill?

Ich versuchte Nick telefonisch zu erreichen, und nachdem er tatsächlich abgenommen hatte, meinte er: »Unter dem Vorbehalt, dass ich damals, als ich für Bill gearbeitet habe, vor vielen Dingen als Überlebensstrategie die Augen verschlossen habe, helfe ich dir gern, wo immer ich kann.«

»Sagt dir der Name Vivian Tobin was?«

»Ja.«

»Glaubst du, es ist wahr?«

Nick zögerte. »Vermutlich?«

»Glaubst du, es war eine Ausnahme oder eher die Regel?«

»Ich möchte ganz, ganz ehrlich glauben, dass es eine Ausnahme war.«

Ich seufzte. »Ich auch, trotz allem.«

»Es ist irgendwie seltsam«, meinte Nick. »Erinnerst du dich noch, wie wir beide zugehört haben, als Bill in der Mensa der Law School über Wassermelonen gesprochen hat? Bevor ich ihn kannte, hielt ich ihn für ein Arschloch. Dann lernte ich ihn kennen und kam zum Schluss, dass er wirklich außergewöhnlich war. Dann begann ich für ihn zu arbeiten und kam zum Schluss, nein, ich hatte von Anfang an recht ... er ist ein Arschloch. Wenn ich jetzt sein selbstgefälliges Gesicht auf dem Bildschirm sehe, während er die Geschlossenheit der Demokraten aufs Spiel setzt, nur damit ihm die Medien einen runterholen, denke ich nur noch, das ist eine Steilvorlage für einen republikanischen Abräumer.«

»Würde es dir was ausmachen, das alles in eine Marmortafel meißeln zu lassen und mir zu schicken? Nur damit ich es zu meinem eigenen Vergnügen betrachten kann.«

»Ich werde gleich zwei in Auftrag geben, eine für jeden von uns«, meinte Nick.

Wieder zurück in Chicago lud ich Greg zu mir in die Wohnung ein. »Ich weiß, das mag weit hergeholt klingen«, sagte ich, »aber was, wenn wir versuchen, Donald Trump zu einer Kandidatur zu bewegen, damit er Bill die Aufmerksamkeit stiehlt?«

»Wow«, sagte Greg. »Das ist nicht ganz das, womit ich gerechnet hätte.«

»Natürlich nicht auf eine Art, die auf unsere Leute zurückfallen könnte. Unabhängig davon, ob es machbar wäre, was, wenn eines Morgens alle aufwachen würden und Donald Trump seine Kandidatur bekannt gegeben hätte?«

»Natürlich habe ich seine Drohungen zu kandidieren gehört, aber ich habe sie ihm nie abgenommen. Lass mich kurz was nachsehen.« Greg tippte auf seinem Handy, dann sagte er: »Na bitte, dacht ich's mir doch ... früher hat er den Demokraten mehr gespendet als den Republikanern, aber seit 2011 ist es umgekehrt. 8500 Dollar für die Demokraten und 630 000 Dollar für die Republikaner.«

»Ich schätze, politisch gesehen ist er ein Fähnchen im Wind. Mir geht es hier darum, Feuer mit Feuer zu bekämpfen. Einen reichen Wichtigtuer mit einem reichen Wichtigtuer zu bekämpfen.«

»Funfact am Rande«, sagte Greg. »Soweit ich weiß, war Trump nicht wirklich reich, bis er wegen seiner Realityshow zum Fernsehstar wurde. Seine Immobiliengeschäfte sind nur Schall und Rauch.«

»Hältst du die Idee für einen Rohrkrepierer?«

»Mir gefällt ihre Hinterhältigkeit, das muss ich dir lassen. Aber ich befürchte, es gibt zu viele Faktoren, die wir nicht unter Kontrolle haben. Und wenn Obama Wind davon bekommt, dann war's das mit seiner Unterstützung für dich.«

»Eine Frage ... weißt du etwas von einer Art Fehde zwischen Bill und Donald? Ich habe Donald kürzlich im Fernsehen gesehen, und er schien nicht gut auf Bill zu sprechen zu sein.«

»Wie erfreulich«, meinte Greg, doch dann seufzte er. »Das macht mich nervös.«

»Zumindest ist es ein interessantes Gedankenexperiment, was?«

»Ganz wie damals '92 die Frage, ob du für den Senat kandidieren solltest. Du erinnerst dich, wie das ausging?«

»Es ging großartig aus«, sagte ich.

Am Morgen wurde ich von einer Nachricht von Theresa geweckt: *Nur zur Info Gwen Greenberger hat für heutige Wash Post Gastkommentar zugunsten Kamala Harris geschrieben.* Zu meiner eigenen Überraschung stiegen mir die Tränen in die Augen. Kamala Harris, die ich nur einmal getroffen hatte, war Generalstaatsanwältin von Kalifornien, hatte ihre Kandidatur für den Senat im Januar bekannt gegeben und hatte schwarze und indische Vorfahren.

Anfang 1992 hatte ich von Gwen Greenberger – eine Woche nachdem ich ihr mitgeteilt hatte, dass ich für den Senat kandidieren werde, es aber noch nicht öffentlich gemacht hatte – einen langen Brief bekommen.

»Ich bitte Dich inständig, Deine Entscheidung, in den Vorwahlen gegen Carol Moseley Braun anzutreten, nochmals zu überdenken. Dies ist eine Gelegenheit für Dich, nicht nur einer anderen Frau, sondern einer schwarzen Frau zum Aufstieg zu verhelfen. Gegen sie anzutreten ist ein Verrat an Deinen Prinzipien und untergräbt Dein Engagement sowohl für die Rechte von Minderheiten als auch den Feminismus.«

Dieser Brief hatte mich bis ins Mark getroffen – es gab niemanden, dessen Meinung ich mehr respektierte als Gwens –, aber er änderte nichts an meiner Entscheidung, und zwar aus dem Grund, den ich Gwen bereits genannt hatte: Obwohl ich Carol mochte, glaubte ich einfach nicht, dass sie eine Chance hatte, Alan Dixon in den Vorwahlen zu schlagen. Genau das schrieb ich Gwen auch zurück, und danach hatten wir erst nach knapp einem Jahr wieder Kontakt. In meinen Flyern und später meinen Wahlwerbespots wurde zwar meine Zeit bei der National Children's Initiative erwähnt, aber ich bat Gwen nie um irgendeine finanzielle oder persönliche Unterstützung noch erhielt ich sie je. Als Deb vom Victoria Project vorschlug, wir sollten Gwen bitten, als Co-Gastgeberin einer Fundraising-Veranstaltung in Washington zu fungieren, hatte ich erklärt, dazu fühle ich mich nicht in der Lage. Während verschiedener Schlüsselmomente des Wahlkampfs – als ich die Vorwahlen gewann, als ich die endgültige Wahl gewann – hatte ich gedacht, Gwen würde sich melden; ich hatte gehofft, der Lauf der Dinge werde meine Argumente untermauern.

Schließlich war ich diejenige, die den Kontakt wiederaufnahm; im Dezember '92 schickte ich den Greenbergers eine Weihnachtskarte zusammen mit einem Brief an sie allein.

»Es tut mir so leid, dass wir bezüglich meiner Kandidatur für den Senat nicht einer Meinung waren. Die Vorstellung, nach Washington zu ziehen (heute in drei Wochen!) und Dich nicht regelmäßig sehen zu können, bricht mir das Herz. Darf ich Dich, nachdem ich angekommen bin, bitte zum Mittagessen einladen und Dir persönlich sagen, wie wichtig Du mir bist? Ich bin zutiefst überzeugt, dass unsere Freundschaft über jedwede politische und persönliche Unstimmigkeit erhaben ist.«

Gwens Antwort bestand aus zwei maschinengeschriebenen Sätzen:

»Hillary, da ist nichts, was es noch zu diskutieren gäbe. Ich hoffe, Deine Zeit im Senat wird Dir helfen, Dich auf die Ideale zu besinnen, die Du als junge Frau vertreten hast.«

Aber ich wusste, früher oder später würde ich sowohl Gwen als auch Richard über den Weg laufen, und tatsächlich besuchten Gwen und ich gut sechs Wochen nach meiner Vereidigung denselben Empfang für einen Lehrerverband. Ich ging zu ihr, umarmte sie aber absichtlich nicht, obgleich es absurd schien, so zu tun, als würden wir uns nicht gut kennen. »Du kannst mir nicht für immer aus dem Weg gehen«, sagte ich in freundlichem Ton, und sie musterte mich mit jenem verächtlichen Blick, den ich bereits von ihr kannte, der aber nie mir gegolten hatte. »Und ob ich das kann«, erwiderte sie. Von da an machte ich bei den zwei oder drei Gelegenheiten pro Jahr, wenn wir am selben Ort waren, einen großen Bogen um sie. Wie auch um Richard, obwohl er sich wenigstens ein Nicken abrang. Einige Jahre später fand ich mich in der fast schon surreal anmutenden Situation wieder, Gwen zu befragen, als sie vor dem Senatsausschuss für Gesundheit, Bildung, Arbeit und Renten aussagte, dessen Mitglied ich war. Gwen trat als Sachverständige bezüglich der Wiederaufnahme des Nationalen Schulspeisungsprogramms auf. Ich saß auf dem hufeisenförmigen Podium und sprach sie mit »Dr. Greenberger« an – mehr als eine Universität hatte ihr die Ehrendoktorwürde verliehen –, und sie saß hinter dem Zeugentisch und gebrauchte die Anrede »Senatorin Rodham«. Ich dachte daran, wie wir zwanzig Jahre zuvor gemeinsam nach Fayetteville gefahren waren und ich mich zwischen ihr und Bill hin und her gerissen gefühlt hatte; hätte man mir damals erzählt, dass meine Beziehung zu beiden zwei Jahrzehnte später irgendwo zwischen distanziert und inexistent angesiedelt sein würde, es wäre mir unbegreiflich gewesen.

Nach weiteren zehn Jahren ließ der Schmerz über die Entfremdung zwischen uns nach, ohne je zu verschwinden. Auf einer langen Fahrt während meiner ersten Präsidentschaftskampagne erzählte ich Theresa in der Hoffnung, es würde kathartisch wirken, die Geschichte meiner Freundschaft mit Gwen, doch stattdessen wurde ich erneut von Trauer ergriffen. Einige Tage später gab Theresa mir ein Buch, das sie gelesen hatte: die Memoiren einer Afroamerikanerin, die in ihrer Jugend nahezu rein weiße Privatschulen besucht hatte und die schließlich als erste schwarze Anwältin Partnerin einer Kanzlei in Manhattan geworden war. Obwohl Theresa sie nicht markiert hatte, entdeckte ich die entscheidende Passage, in der die Autorin beschrieb, wie schwierig es für sie war, eng mit weißen Frauen befreundet zu sein, wie verraten sie sich fühlte, wenn jene die für sie komplexe Problematik der ethnischen Zugehörigkeit mit ein paar Worten leichthin abtaten. Ich las die Passage mehrere Male.

Im Lauf der nächsten Dekade begann ich den Streit zwischen Gwen und mir in einem neuen Licht zu sehen. Ein Auslöser hierfür war, dass Barack Obamas Wahl – ungeachtet der oberflächlichen Prophezeiungen – eben *nicht* der Beginn einer postrassistischen Utopie war und ich aus nächster Nähe mitverfolgen konnte, wie er mit weniger Respekt als seine Vorgänger behandelt wurde. Ich war aufrichtig schockiert, als ein republikanischer Abgeordneter aus South Carolina 2009 während einer Rede Obamas vor dem Kongress, in der dieser für seine Reformpläne im Gesundheitswesen warb, dazwischenrief »Sie sind ein Lügner!«. Auch die zunehmend in den Blick der Öffentlichkeit geratenen Fälle von Polizeigewalt gegen unbewaffnete schwarze Männer und Jungen, die immer häufiger mit Handykameras dokumentiert wurden, ließen mich umdenken. Nach den tödlichen Schüssen im Jahr 2013 auf einen sechzehnjährigen schwarzen Teenager im Chicagoer Stadtteil Fuller Park hatte ich an einem von der Trinity United Church of Christ initiierten Gemeindedialog teilgenommen. Eine Woche später schrieb ich Gwen einmal mehr.

»Es tut mir leid, dass ich Dir 1992, als ich Dich angerufen habe, um Dir zu erzählen, dass ich in die Senatsvorwahl einsteigen werde, diese Neuigkeit nicht schonender beigebracht habe. Damals hielt ich mich, nicht zuletzt wegen meiner Zusammenarbeit mit *Dir*, für nahezu immun gegen Rassismus, und ich dachte, mein Hinwegsetzen über Carols Kandidatur habe rein gar nichts mit der Frage der Hautfarbe zu tun. Im Lauf der Jahre bin ich zu der Einsicht gelangt, dass es nichts gibt, bei dem die Hautfarbe keine Rolle spielt.«

Ich erhielt keine Antwort und begriff, dass ich es kein weiteres Mal versuchen würde.

Gwens neuesten Artikel in der *Washington Post* zu lesen hätte mir das Herz gebrochen. Ich begann damit, kam aber nicht über die ersten Sätze hinaus. Doch die Tatsache, dass wir das Jahr 2015 schrieben und Kamala Harris, wenn sie denn gewählt wurde, die erste schwarze Senatorin aller Zeiten sein würde – diese Tatsache, wurde mir endlich klar, bestätigte weit mehr Gwens Sicht der Dinge, meine einstige Senatskandidatur betreffend, als meine eigene, obschon ich seinerzeit die Wahl gewonnen hatte.

Diesmal nahmen Theresa und meine Wahlkampfmanagerin Denise gemeinsam mit Greg an der Diskussion teil, wie man versuchen könne, Donald Trump zu einer Kandidatur zu bewegen. Das Treffen fand in meinem Esszimmer statt.

»Ich erkenne die Logik dahinter«, sagte Denise. »Keine Frage. Aber ist er nicht im wahrsten Sinn des Wortes ein Krimineller? Ein windiger Geschäftemacher, der seine Kunden bescheißt?«

»Was, wenn die Leute ihn ernst nehmen?«, wendete Theresa ein. »Und er tatsächlich Unterstützer findet?«

»Genau darum geht es ja«, sagte ich. »Er stiehlt von Bills Basis. Egal, ob er als Demokrat oder Republikaner antritt.«

Eine am Vortag veröffentlichte Umfrage zeigte, dass vierunddreißig Prozent der Demokraten in Iowa für Bill waren und fünfunddreißig Prozent für mich, und die Werte in New Hampshire sahen ähnlich aus. Mit anderen Worten, die Zahlen entwickelten sich in die falsche Richtung.

Greg räusperte sich. »Apropos. Ich habe herausgefunden, warum Trump Clinton nicht ausstehen kann. 2011 war Clinton bei *Good Morning America* und hat auf eine Frage bezüglich Trumps ›Birther‹-Behauptungen geantwortet, Trump sei moralisch bankrott. Um gleich darauf hinzuzufügen: ›Und finanziell bankrott ebenfalls, wie ich gehört habe.‹ Trump ist beinahe ausgeflippt auf Twitter.«

»Na bitte!«, sagte ich. »Sollen sie sich doch gegenseitig zerfleischen, und wir sehen ihnen einfach vom Rand aus zu.«

»Ich frage mich nur, wie Jeb Bush das Ganze aufmischen wird«, meinte Denise. Es wurde erwartet, dass Bush am Mittwoch seine Kandidatur verkünden würde, und es kursierten Gerüchte, er habe bereits an die achtzig Millionen Dollar eingesammelt.

»Da ist nur eine Sache«, sagte Greg. »Wer macht es? Wer rekrutiert Trump?«

Alle schwiegen. »Ich könnte es versuchen«, sagte ich schließlich.

»Und wie passt das zu deiner Nur-keine-Fingerabdrücke-hinterlassen-Strategie?«, spottete Greg.

»Was, wenn Donald und ich uns rein zufällig über den Weg laufen? Auf dem Rollfeld eines Flughafens, oder ich habe an einem Tag, an dem wir wissen, dass er vor Ort ist, einen Spendenlunch in einem seiner Clubs. Ich werde sorgfältig auf meine Worte achten, aber sein Ego wahnsinnig bauchpinseln.«

»Was, wenn er sich umdreht und es brühwarm der *New York Post* erzählt?«, sagte Denise.

»Würde ihm das irgendwer abnehmen?«, fragte ich.

»Aber es wäre wahr«, sagte Theresa. »Und vermutlich gäbe es Zeugen.«

»Dann behaupte ich einfach, er habe mich missverstanden. Warum in aller Welt sollte ich versuchen, Donald Trump zu einer Kandidatur zu bewegen?«

»Nehmen wir mal für einen Moment an, es würde dir gelingen«, sagte Greg. »Du überzeugst ihn anzutreten, doch niemand hat auch nur den leisesten Schimmer, dass du es warst. Clinton und Trump brüllen sich gegenseitig an, und das Ganze wird zu einem Affenzirkus, der alle anderen Stimmen übertönt, auch deine.«

War ich tatsächlich größenwahnsinnig? War mir plötzlich oder im Lauf meiner letzten Kampagnen das rechte Augenmaß abhandengekommen?

»Ich glaube nicht, dass Trump mehr als eine Debatte überstehen würde, also würde er spätestens Mitte August ausscheiden. Bis dahin dürfte er genug Schaden angerichtet haben«, sagte ich trotzdem.

»Wir können ein paar Umfragen durchführen«, schlug Greg vor. »Trumps Namen unter die Namen anderer Außenseiter wie Mark Cuban mischen.«

»Wisst ihr, woran mich das erinnert?«, sagte Theresa. »An den Versuch, bei Hearts den Mond abzuschießen. Entweder man sammelt tatsächlich alle Strafkarten komplett ein und gewinnt haushoch, oder man sitzt zum Schluss mit zwölf von dreizehn Herzkarten und der Pikdame als Verlierer da.«

Ich sah zwischen ihnen hin und her. »Wenn alle hier im Raum überzeugt sind, dass die Idee mies ist, vergesse ich sie. Aber wir dürfen uns nicht mehr so sklavisch an die Spielregeln halten. Ich möchte keine Wiederholung von '08.«

Ich hatte erlebt, wie Barack Obama mir meine Energie, mein Momentum genommen hatte, und es hatte sich verwirrend, unangenehm und ungewohnt angefühlt. Nun erlebte ich, wie Bill Clinton dasselbe tat, und wieder fühlte es sich verwirrend und unangenehm an. Aber nicht mehr ungewohnt.

Greg seufzte tief. »Männer sind solche Arschlöcher«, sagte er.

Sowohl Clyde als auch Theresa erzählten mir, dass mein Auftritt bei *Hey From My Mom's Basement*, kurz *Hey FMMB*, bereits vor Wochen und nicht als Reaktion auf die Sprechchöre geplant worden sei. Es war reiner Zufall, wenngleich ein glücklicher, dass das Stammpublikum der Satellitenradioshow – wie auch der Moderator selbst, ein einunddreißigjähriger Comedian namens Danny Danielson – ausgesprochen hemdsärmelig war. Die Show hatte durchschnittlich 1,2 Millionen Zuhörer, in der Mehrzahl weiße Männer zwischen achtzehn und fünfunddreißig. Zur Vorbereitung auf mein Interview hörte ich mir zwei frühere Sendungen an, in denen Danielson einen Hollywoodschauspieler sowie einen befreundeten Comedian zu Gast gehabt hatte.

Trotz ihres Namens wurde die Show nicht in einem Keller produziert, weder in dem von Danny Danielsons Mutter noch in dem von jemand anderem, sondern in einem Büro im ersten Stock eines Gebäudes in Downtown Los Angeles. Sie wurde sowohl live ausgestrahlt als auch aufgezeichnet und auf YouTube gestellt.

Ein Producer machte Danny Danielson mit meinem Team bekannt, und als wir uns die Hände schüttelten, begrüßte Danny mich mit »Hey«. Er trug ein verwaschenes schwarzes T-Shirt, Jeans und Flipflops und verströmte den Geruch von Gras. Gleich darauf im Studio saßen Danny und ich uns an einem Tisch gegenüber, die Mikrofone vor uns, und hinter einer Scheibe war der Aufnahmeleiter zu sehen. Theresa, das einzige Mitglied meines Stabs im Studio, saß hinter mir an der schallgedämmten Wand auf einem Stuhl. Danny und ich trugen Kopfhörer, und ich sagte gehorsam auf, was ich zum Frühstück gegessen hatte – ein Gemüseomelett mit Chilisauce –, damit der Aufnahmeleiter meine Lautstärke einstellen konnte.

»Heeeyyy, Kellernation«, begann Danny, als die Aufnahme startete, und ich fragte mich, wie bekifft er war. »Ihr kennt sie vielleicht als das Keksmonster. Heute haben wir Hillary Rodham in der Show, aber bevor wir dazu kommen, hab ich noch was andres

Cooles für euch.« Erst verscherbelte er Tickets für eine Liveshow in Austin, dann machte er Reklame für einen Lieferdienst. Schließlich sah er mir zum ersten Mal, seit wir saßen, in die Augen.

»Frau Präsidentin.« Er legte eine Kunstpause ein. »Das ist ein Oxymoron, richtig? Wie Riesenzwerg? Oder wie einvernehmliche Scheidung?«

»Um unser Land zu führen, kommt es auf Qualitäten an wie Erfahrung, Einsatzbereitschaft und die Fähigkeit zuzuhören. Keines der Geschlechter hat ein Monopol auf diese Eigenschaften. Und ich wette, Sie wissen, dass in vielen anderen Ländern Frauen Staatsoberhäupter sind oder waren, wie zum Beispiel in Deutschland, England, Indien oder Liberia«, erwiderte ich in beschwingtem Ton.

»Haben Sie sich jemals einen Tampon von Nancy Pelosi geborgt?«

Ich war mir nicht sicher, ob mein Medienteam mir geraten hätte zu lächeln, oder ob Danny noch abgedrehter war, als sie erwartet hatten. »Wissen Sie, Danny«, sagte ich. »Sprecherin Pelosi versteht es, über Parteigrenzen hinweg viele Dinge für das amerikanische Volk zu erreichen, und das ist etwas, womit auch ich viel Zeit verbracht habe.«

»Huh. Flechten Sie sich ab und zu gegenseitig Zöpfchen?«

»Nein, gewiss nicht«, sagte ich kühl.

»Na, wer weiß, vielleicht sollten Sie?« Die Art, wie er die Augen aufriss, die Nasenflügel blähte und mit hämisch nach unten gezogenen Mundwinkeln grinste, verriet, dass seine Vorstellung nichts mit mir zu tun hatte, sondern einzig dem Vergnügen seines Publikums diente. In gewisser Hinsicht war das bei Entertainern und Politikern immer schon der Fall gewesen, aber im aktuellen Wahlzyklus, in dem die sozialen Medien die Oberhand gewonnen hatten, kam es deutlicher denn je zum Vorschein.

»Wenn Sie Bill Clinton sehen«, sagte Danny, »denken Sie dann so: *Alter, der Typ hat mich genagelt*? Und wenn ja, wo liegt der

Unterschied zwischen Ihnen und den meisten anderen Amerikanerinnen?«

In die Show zu kommen war ein Fehler gewesen; er war einfach zu widerwärtig. Ich überlegte kurz, ob ich die Kopfhörer abnehmen und das Studio verlassen sollte. Bei mehr als tausend Interviews hatte ich das noch nie getan. Und ich tat es auch in diesem Augenblick nicht, obwohl ich mich über die Schulter zu Theresa umsah, die sich so stark auf die Lippen biss, dass sie fast nicht mehr zu sehen waren.

Stattdessen sagte ich: »Ich weiß, Sie sind Comedian, und ich vermute, das ist Ihre Vorstellung von Humor. Aber sind Sie ganz sicher, dass Sie keine Fragen zu meinem Programm für das Gesundheitswesen und für Kleinunternehmen haben? Ich schätze, Sie sind selbstständig, und vielleicht ist Ihre Show eine Limited Liability Company.«

»Netter Versuch.« Danny grinste. »Sie und Bill Clinton haben sich auf der Law School kennengelernt. Hatten Frauen in den Siebzigern Orgasmen?«

Ich sah ihn direkt an. »Ich finde das äußerst unangebracht.«

»Ist das ein Nein?«

»Ich wurde 1992 in den US-Senat gewählt. Damals war ich eine von sechs Frauen in diesem Amt. Ich habe mich während meiner gesamten Karriere dem Ziel verschrieben, das Leben von Frauen, Kindern und wirklich allen Amerikanern zu verbessern. Ich habe mich immer leidenschaftlich dafür eingesetzt, unser Land für alle lebenswerter zu machen. Und das werde ich auch als Präsidentin tun. Ich werde Ausbildungsprogramme einführen, ich werde Colleges bezahlbar machen, ich werde die Steuervorteile für Reiche angehen. Ich werde für sauberere Luft und sauberes Wasser und den Schutz vor Terroristen kämpfen.« Ich funkelte ihn wütend an, und es scherte mich keinen Deut. »Und soll ich Ihnen was sagen? Was Sie machen, ist keine Parodie des Sexismus. Sie sind einfach ein Sexist. Ich weiß, heutzutage hat der Spott

Hochkonjunktur, aber wenn Sie Wahlen für bedeutungslos halten und glauben, es gebe keinen Unterschied zwischen mir und jedem anderen, der Präsident werden könnte, dann veräppeln Sie nur sich selbst.«

Natürlich hoffte ein winziger Teil von mir, ich könnte ihn überzeugen. Aber ich hätte es besser wissen müssen. »Ooooh Fuck!«, sagte er. »Haben die Männer, mit denen Sie zusammenarbeiten, Angst vor Ihnen? Ich nämlich schon.«

Der Grund, weshalb ich mir gestattete, meine Kopfhörer abzunehmen und das Studio zu verlassen, war, dass ich ihm, wenn ich noch länger geblieben wäre, höchstwahrscheinlich ins Gesicht gesagt hätte, er solle sich ins Knie ficken. Dennoch wurde ich nicht laut, als ich mich erhob. »Für Sie mag das hier keine Zeitverschwendung sein«, sagte ich. »Aber mir ist meine Zeit für so etwas definitiv zu schade.«

Zitternd drehte ich mich um – Theresa war ebenfalls aufgestanden – und stieß die Tür des Studios auf. Im Gang warteten Clyde, Diwata, Ellie, Kenya und meine Sicherheitsagenten. »Bringt mich sofort hier raus«, sagte ich.

»Warten Sie kurz, im Ernst jetzt?«, hörte ich Danny sagen.

»Ich kümmere mich um ihn«, sagte Clyde. Er ging in das Studio (was bedeutete, es würde einen Cameo von ihm im YouTube-Video geben), und der Rest von uns machte sich auf den Weg zu den Aufzügen, verfolgt vom Aufnahmeleiter.

»Senatorin Rodham, wenn wir eine kurze Pause machen und dann nochmals von vorne …«, begann der Aufnahmeleiter, der ebenfalls um die dreißig war, doch Diwata hielt ihn auf, indem sie stehen blieb, um mit ihm zu sprechen, während ich weiterging. Als sich die Aufzugtüren hinter Theresa, Ellie, mir und den Agenten schlossen, sahen Theresa und ich uns an, und ich sagte: »Ich hoffe inständig, dass ich nicht gerade einen neuen New-Hampshire-Vorwahlen-Moment geschaffen habe. Aber ich konnte einfach nicht mehr … ihm gegenüberzusitzen …«

Theresa griff nach meiner Hand und drückte sie. »Fuck Danny Danielson!«, sagte sie.

»Finden Sie einen Weg, dass ich Donald Trump treffen kann.«

Unter den Schlagzeilen im Netz waren wenige Stunden nachdem wir das Studio verlassen hatten: »Hillarys Kernschmelze«, »Hillarys Koller«, »Hillarys Tirade«, »Hillarys schlechteste Woche aller Zeiten?«, »Schrillary schreit Comedian nieder«. Und von der *New York Times*: »Dem einen oder anderen kann Hillary es nie recht machen«. Oft war es die Pseudo-Objektivität der *Times*, die mich am meisten ärgerte, ihre Fassade aus Eleganz und Zurückhaltung, mit der sie (den einen oder anderen!) Leser dahin lenkte, etwas zu missbilligen. Ich liebte es, Artikel der *Times* zu lesen, die nicht von mir handelten, was ihren negativen Bericht nur umso schmerzhafter machte.

Andererseits: Vor allem auf Twitter und Facebook feierten Frauen meine Antwort an Danny. Innerhalb von vierundzwanzig Stunden waren zwei Videos mit meinen längsten Kommentaren viral gegangen. In einem sang ein glatzköpfiger und in einen pinkfarbenen Dreiteiler gekleideter Schwarzer aus Atlanta eine Gospelversion meiner Worte, und im anderen tanzte und verbog sich eine gelenkige junge Weiße aus Dallas, die eine blonde Perücke und einen Hosenanzug trug, auf einem beigen Teppich und sang meine Worte im Playback zu einem Technobeat.

Manche dachten also, es sei ein katastrophaler Akt der Selbstzerstörung gewesen, während andere es für einen Moment von überragender Bedeutung hielten. Meist hatten mich die Bewunderer schon zuvor bewundert – Frauen, die alt genug waren, um während ihrer eigenen Karriere Demütigungen erfahren zu haben, sprich Frauen quer durch alle Altersgruppen –, wobei ich offensichtlich einige neue weibliche (aber keine männlichen) Bewunderer unter den Millennials hinzugewonnen hatte. *Spüre sie förmlich, diese neue IDGAF Hillary*, hatte eine Twitter-Nutzerin mit dem User-Namen @PictureofWhorianGray geschrieben, und das Erstaunliche war nicht, dass ich dieses Buchstabengewirr als Satz identifizierte, sondern dass ich es tatsächlich als *I don't give a fuck* entziffern konnte. Dennoch, ohne ihren Gefühlen allzu nahetreten zu wollen, lag @PictureofWhorianGray falsch. Wenn mir alles scheißegal gewesen wäre, hätte ich mich nicht als Präsidentschaftskandidatin beworben.

Als Maureen zum Pilates zu mir kam, überreichte sie mir eine große gelbe Papiertüte, aus der hellblaues Seidenpapier herauslugte.
»Was ist das?«, fragte ich, und sie grinste.
»Du musst es schon auspacken.«
Ich schob das Seidenpapier beiseite und sah ein weiches, dunkles Material, das ich zuerst für ein T-Shirt hielt. Nachdem ich es herausgezogen hatte, hielt ich jedoch einen Piratenhut in der Hand, komplett mit Totenkopf und überkreuzten Knochen auf der Krempe. Ich musste laut lachen, und Maureen sagte: »Aye, Maat! Setz ihn auf.« Ich tat, wie befohlen. »Perfekt«, meinte sie. »Und jetzt sag: ›Grrr!‹«
»Grrr!«, machte ich. »Aber was, wenn du ihn wieder brauchst?«
»Ich hab dir einen eigenen gemacht. Es hat ungefähr fünfzehn Minuten gedauert.«
»Du bist der Hammer.«
Diesmal war sie es, die lachte. »Ich weiß. Trotzdem danke.«
Wir waren in meinem Wohnzimmer und warteten auf Nora, unsere Trainerin, die bald eintreffen würde. Als Maureen sich setzte, um die Schuhe aufzubinden, sagte sie: »Diesen Wichser von dem Podcast ... den hast du großartig abgefertigt.« Obwohl *Hey FMMB* eigentlich kein Podcast war, wusste ich, dass sie Danny Danielson meinte.
»Hast du dir das ganze Ding angesehen?«, fragte ich.
»Jede Sekunde, und ich habe einen Freudenschrei ausgestoßen, als du rausmarschiert bist.« Maureen zog sich die Schuhe aus,

dann fuhr sie fort: »Ich musste an deine Dinner-Einladung bei Bill in seinem Penthouse in San Francisco denken. In welchem Jahr war das noch gleich?«

Ich verzog das Gesicht und sagte: »2005.« Maureen war neben Theresa die Einzige, die alles über besagten Abend wusste.

»Ist das der Grund, weshalb er kandidiert? Weil er wütend auf dich ist?«

»Oh.« Ich schwieg kurz. »Das kann ich mir nicht vorstellen. Wenn überhaupt ... also, ich kandidiere ganz sicher nicht deswegen, aber der Versuch, ihn zu schlagen, motiviert mich natürlich zusätzlich.«

»Du glaubst nicht, er versucht sich zu rächen?«

Es war bizarr, dass Bill mein demokratischer Gegner war, beinahe unbegreiflich. Aber wenn ich darüber nachdachte, war es ebenso bizarr, dass ich für das Präsidentenamt kandidierte. Zum dritten Mal! »Ich glaube kaum«, erwiderte ich, »dass ich in Bills Leben eine ausreichend große Rolle spiele, um in ihm den Wunsch nach Rache zu wecken.«

Der Plan war, dass ich Donald Trump zufällig im Aufenthaltsraum jener Talkshow begegnen sollte, die ich damals gesehen hatte, als mir die Idee gekommen war, ihn für unsere Zwecke einzuspannen. Die Sendung wurde in New York, in einem Studio in Midtown Manhattan, produziert.

»Ich weiß, du hältst ihn für nicht ganz normal«, sagte Greg, als wir, nur in Begleitung Theresas und meiner Sicherheitsagenten, mit dem Aufzug hoch zum Studio fuhren. »Und jetzt stell dir vor, für wie nicht ganz normal du ihn hältst, und nimm das mal zehn. Er ist die Egomanie in Person.«

»Ich bin ihm schon begegnet. Ich schaff das schon.«

»Er ist besessen von seinen Einschaltquoten. Sollte es irgendwelche Probleme geben, lenk das Gespräch einfach darauf.« Nachdenklich fügte Greg hinzu: »Ich frage mich, ob wir uns gerade an der Stelle im Film befinden, wo dem Wissenschaftler ein wenig radioaktiver Schleim auf den Laborboden tropft.«

Als sich die Aufzugtür öffnete, sagte ich: »Danke für diese überwältigende Vertrauensbekundung.«

Ich war mehrmals die ersten Worte durchgegangen, die ich zu Donald sagen würde – eine Strategie, die ich mir für einen professionellen Umgang mit Männern antrainiert hatte, um nicht versehentlich in eine Dynamik zu schlittern, die sie kontrollierten. Ich hatte vor, ihm fest die Hand zu schütteln und zu sagen: »Donald, was für ein wunderbarer Zufall. Gratulation zu Ihren bisherigen Erfolgen, vor allem der diesjährigen Staffel von *The Apprentice*.« Als Vorbereitung auf diesen Moment hatte ich mir eine Folge der Show angesehen und sie pompös und dämlich gefunden.

Aber ich stellte schnell fest, dass ich mir umsonst Gedanken wegen der Dynamik gemacht hatte. Er stürmte mit zwei Assistenten im Schlepptau in den Warteraum, und von der ersten Sekunde an war klar – auf eine Art, die zehn Jahre zuvor auf der Gala des Hochglanzmagazins von der Menge verschleiert worden war –, dass er ein Kraftfeld war. Betreten berühmte Persönlichkeiten einen Raum, ist es oft so, als würde ein Segelboot krängen – die Stimmung im Raum ist mit einem Mal von ihnen abhängig, die Unterhaltung ist eine Übung in Respekt. Dieses Phänomen konnte auch in meinem Fall auftreten, allerdings erst seit '08, nachdem ich den Iowa-Caucus gewonnen hatte, und ich war noch immer bereit und in der Lage, in die Rolle des Beta-Tiers zu schlüpfen.

Er war so groß, wie ich ihn in Erinnerung hatte, beinahe so groß wie Bill, und hatte einen seltsamen pfirsichfarbenen Teint. Das war nicht weiter überraschend, da er gerade auf Sendung gewesen war, aber er war viel stärker geschminkt als ich. Er hatte große Zähne, und sein Haar war, was die Frisur anging, eigenartig, aber (ich habe das einigen Freunden gegenüber erwähnt, doch niemand will mir glauben) von der Struktur und Farbe her ziemlich hübsch, ein leuchtendes rapunzeliges Blond; zweifellos war es so kostspielig gefärbt wie meines. So wie manche Menschen Gelassenheit ausstrahlten, strahlte er eine selbstgefällige, fiebrige Ungeduld aus. Er kam auf mich zu und sagte laut: »Hillary Rodham. Sie wollen also die erste Präsidentin der Vereinigten Staaten werden, hab ich gehört.«

Ich hatte mich erhoben, als er hereingekommen war, und er umschloss meine Hand mit festem Griff und schüttelte sie heftig.

»Ich hoffe, ja«, sagte ich.

»Viele Leute wollen, dass ich als Präsident kandidiere«, sagte er. »Ich würde eindeutig gewinnen, ich wäre der großartigste Präsident aller Zeiten.«

Wie kindisch er war! Er erinnerte mich an einen Jungen in meiner Grundschule, Roger Hobson, der mir in der dritten Klasse während einer Exkursion zum Museum of Science and Industry erklärt hatte, er könne, wenn er sich konzentriere, nur mit dem kleinen Finger eine der riesigen Säulen am Eingang des Museums umstoßen.

Noch immer meine Hand schüttelnd und über mir aufragend fuhr Donald fort: »Aber ich bin zu beschäftigt. Ich habe eine Fernsehshow, deren Einschaltquoten alle Rekorde brechen. Ich muss Hotels und Golfplätze überall auf der Welt bauen. Haben Sie von meinem neuen Hotel in Vancouver gehört?«

»Gratulation zu alldem«, sagte ich. »Vor allem zu der diesjährigen Staffel von *The Apprentice*.«

Die Spannung in ihm beziehungsweise um ihn herum ließ spürbar nach; sei es bewusst oder unbewusst, hatte er auf ein Signal gewartet, ob ich Freund oder Feind war. Endlich ließ er meine Hand los.

»Staffel vierzehn war fantastisch, was?«, sagte er. »So hohe Einschaltquoten. NBC war begeistert, sie denken, es ist die beste Show aller Zeiten. Die Leute lieben sie. Sie ist gewaltig.«

»Ich weiß«, erwiderte ich, abermals voller Enthusiasmus. »Das ist sie in der Tat. Aber sagen Sie, denken *Sie* nicht auch manchmal über eine Präsidentschaftskandidatur nach? Vielleicht sollten Sie das.« Ich getraute mich nicht, Blickkontakt mit Theresa und Greg aufzunehmen, aus Angst, einen Lachanfall zu bekommen.

Donald sah mich mit schmalen Augen und zusammengekniffenem Mund misstrauisch an. »Wollen Sie nicht gewinnen?«, fragte er dann.

»Oh, ich will unbedingt gewinnen. Aber die Wählerinnen und Wähler verdienen ein breiteres Angebot. Und Sie bringen etwas mit, das keiner der anderen republikanischen Kandidaten bieten kann – Ihre Art, freiheraus zu sagen, was Sie denken, Ihre Leidenschaft und Ehrlichkeit.« Er starrte mich noch immer an, als ich fortfuhr: »Ich würde nicht kandidieren, wenn ich nicht glauben würde, dass ich die Richtige für diese Aufgabe bin. Aber sagen wir einmal, ich werde nicht gewählt. Ich verbringe nicht viel Zeit damit, darüber nachzudenken, aber wenn dem so wäre, will ich auf keinen Fall, dass die Person, die gewählt *wird*, einer von diesen ...«, ich brachte es kaum über die Lippen, »... einer von diesen Versagern ist. Ich sehe mir einige der Republikaner an und frage mich, ob sie stark genug sind. Haben sie wirklich den Mumm, die nötige Intelligenz?«

»Sie und Bill Clinton. Sie waren zusammen, was?«

Ich lachte. »Das ist Jahre her.«

Eine Produktionsassistentin öffnete die Tür des Warteraums und sagte: »Senatorin Rodham, Sie sind in zwei Minuten dran.« Theresa erhob sich.

»Haben Sie noch immer was für Clinton übrig?«, wollte Donald wissen.

Ich überging die Frage und meinte stattdessen: »Offen gesagt sehe ich ihn nicht als ernsthafte Konkurrenz in diesem Rennen. Er hat gerade diesen anfänglichen Höhenflug, aber ich nehme an, das wird in ein paar Wochen nachlassen. Er ist keiner, der eine tiefe emotionale Bindung zum amerikanischen Volk herstellen kann. *Sie* dagegen ...« Es war erstaunlich und beeindruckend, sogar für mich selbst, wie viel Bockmist ich von mir geben konnte. Und dann tat ich etwas, wovon ich bis heute nicht weiß, ob ich stolz oder beschämt darüber sein soll: Ich führte die rechte Hand zur Stirn und salutierte wie ein einfacher Soldat vor einem Offizier. »Ich weiß, als Topmanager und TV-Star haben Sie kaum Zeit. Aber versprechen Sie mir, darüber nachzudenken.«

Normalerweise habe ich kein Problem damit, mich in oder auch außerhalb einer Sendung auf meine Gesprächspartner zu konzentrieren, doch während des folgenden Fernsehinterviews fiel es mir ziemlich schwer; ich war noch immer aufgeputscht vom Adrenalin. Nachdem wir das Studio verlassen hatten, fragte ich im Aufzug: »Habe ich meinen moralischen Kompass verloren?«

»Sie wollen gewinnen«, erwiderte Theresa.

»Das war mehr als schräg«, meinte Greg. »Aber ich glaube, niemand, der seinen moralischen Kompass verloren hat, fragt sich, ob er seinen moralischen Kompass verloren hat.«

Die Versammlungshalle von Bettendorf, Iowa, befand sich in einer Synagoge, und als ich die Garderobe betrat, rief Misty LaPointe: »Hillary!«, und warf sich mir in die Arme. Dann trat sie einen Schritt zurück, griff sich ins Haar und meinte: »Kann man sehen, dass das eine Perücke ist?«

»Sie sehen bezaubernd aus«, sagte ich. »Danke für Ihre Teilnahme an der Veranstaltung heute.«

»Ich bin so nervös. Ich glaub, ich fall gleich in Ohnmacht. Ich habe eine Million Mal geprobt, aber ich glaub immer noch, ich fall gleich in Ohnmacht.«

»Sie werden fantastisch sein. Seien Sie einfach nur Sie selbst.« In den sechs Wochen seit unserer ersten Begegnung hatte Misty deutlich an Gewicht verloren. Damals war sie pummelig gewesen, nun war sie hager. Ihre Perücke hatte langes glattes, fast schwarzes Haar und einen dicken Pony. Sie trug ein blau-weiß gestreiftes Kleid und hielt in der Linken zusammengerollte Blätter, vermutlich mit ihren einleitenden Worten. Obwohl ich sie nicht gelesen hatte, wusste ich, dass sie von zwei meiner Redenschreiber überprüft – und wahrscheinlich überarbeitet – worden waren. Diwata hatte mir gerade mitgeteilt, dass ungefähr dreihundert Leute im Publikum saßen; mein Medienteam hatte keinen Sender dafür gewinnen können, die Veranstaltung in ganzer Länge zu übertragen, weshalb sicherlich niemand außerhalb der Synagoge Mistys Einleitung je sehen würde. Doch das erwähnte ich ihr gegenüber nicht, aus Furcht, sie dadurch eher zu verunsichern als zu beruhigen. Stattdessen fragte ich: »Sind Ihre Töchter heute auch hier?«

»Sie sitzen mit meiner Schwester in der ersten Reihe. Lauren sollte eigentlich arbeiten, aber ich hab gesagt: ›Erklär deinem Chef, dass du einen freien Tag brauchst, wenn deine Mom die unglaubliche Hillary Rodham vorstellt.‹«

Ich lächelte. »Wie geht es Ihnen?«

Ein Schatten huschte über ihr Gesicht, ein Schatten, der nichts mit der Angst vor ihrem öffentlichen Auftritt zu tun zu haben schien. Doch sie sagte: »Gerade geht's mir gut.«

Theresa, Clyde und Diwata begleiteten uns von der Garderobe der Synagoge seitlich vor die Bima mit dem Rednerpult. Nach einem beschwingten Wahlkampfvideo zur Einstimmung, das die Kernbotschaft meiner Kampagne variierte, stellte meine Regionalleiterin für den Mittleren Westen Misty vor. Während sie sprach, griff ich nach Mistys Hand und drückte sie; ich spürte, dass sie zitterte. Dann ging Misty, wie auch ich es schon viele Male getan hatte, allein auf das Podium.

Der Applaus hielt sich in Grenzen – noch wusste niemand, wer sie war –, aber sie zögerte noch ein paar Sekunden, bevor sie ins Mikrofon sprach. »Guten Tag, meine Damen und Herren«, sagte sie. »Danke, dass Sie heute hier sind. Mein Name ist Misty LaPointe. Ich bin in Cedar Rapids, Iowa, geboren und aufgewachsen und arbeite als Bankangestellte. Ich hätte nie gedacht, dass ich mich jemals in der Situation befinden würde, in der ich gerade bin. Ich bin dreiundvierzig Jahre alt, und ich kämpfe um mein Leben.« Wieder machte sie eine kurze Pause, bevor sie weitersprach. »Ich bin die stolze alleinerziehende Mutter von Lauren, die sechzehn ist, und Olivia, die am Donnerstag zwölf wird. Sie sind beide heute hier.« Erneut schwieg sie und lächelte zittrig, und diesmal klatschte das Publikum. Dann fuhr sie fort: »Olivia macht Gymnastik, und Lauren arbeitet als Verkäuferin bei Cinnabon, und beide bringen nur gute Noten nach Hause. Wir sind eine kleine, aber fest zusammengeschweißte Familie. Mein Ziel ist es, meinen Töchtern einen Collegeabschluss zu ermöglichen, und ich dachte immer, das zu bezahlen würde meine größte Herausforderung werden. Aber der erste Weihnachtsfeiertag 2014 hat alles verändert. An diesem Tag habe ich zum ersten Mal einen Knoten in meiner rechten Brust gespürt.

Zwei Wochen später, nach einer Biopsie, erklärte mir ein Arzt, mir müssten so schnell wie möglich beide Brüste entfernt werden. Die Mastektomie wurde im Februar vorgenommen, und Ende April begann ich eine Chemotherapie. Weil ich nach meiner Operation fünf Wochen nicht zur Arbeit gehen konnte und seitens meines Arbeitgebers nur achtzig Stunden im Jahr krankgeschrieben werden kann, musste ich mich, nachdem meine Krankheitstage aufgebraucht waren, erwerbsunfähig melden. Obwohl die Chemotherapie noch sieben Monate dauern wird, kann ich mir keine Auszeit mehr leisten. Ich lege die Termine für die Chemo auf die Freitagnachmittage, damit ich mich übers Wochenende erholen kann. Mein Arzt empfiehlt mir, ich solle drei Tage hintereinander nach der Chemo dreimal täglich acht Milligramm des Medikaments Ondansetron einnehmen, aber meine Krankenversicherung bezahlt nur sieben Vier-Milligramm-Tabletten pro Monat. Das bedeutet, ich bekomme nur die Hälfte der Medizin gegen Übelkeit, die ich benötige.« Inzwischen war es in der Synagoge sehr still geworden. »Im Gegensatz zu den Republikanern, die den Affordable Care Act abschaffen wollen, will Hillary Clinton ihn noch stärken. Wenn es nach ihr geht, werde ich eine Steuerrückerstattung bekommen, um Medikamentenkosten zu decken. Ich werde weniger für meine verschreibungspflichtigen Medikamente bezahlen, weniger Zuzahlungen und weniger Selbstbehalt. Ich werde wissen, dass jemand im Weißen Haus sitzt, der sich um Leute wie mich kümmert.« Wieder gab es Beifall, und nachdem er sich gelegt hatte, sagte Misty: »Ich will keine Almosen. Ich erwarte keinen Blankoscheck. Aber krank zu werden ist nichts, das sich steuern lässt. Über anderthalb Millionen Amerikaner bekommen jedes Jahr die Diagnose Krebs. Wir brauchen Anführer, die für uns alle kämpfen, und deshalb unterstütze ich Hillary Rodham als Präsidentin der Vereinigten Staaten von Amerika.«

Es gab stehende Ovationen, und kurz bevor ich auf die Bühne ging, um Misty zu umarmen und meine Wahlkampfrede zu halten, beugte Clyde sich zu mir. »Wow«, flüsterte er. »Das war heftig.«

Früher einmal hätte ich es für unmöglich gehalten, bei einem Spendenevent mit zehn Personen zweieinhalb Millionen Dollar einzusammeln, und hätte insofern recht gehabt, als so etwas bis 2010 illegal gewesen war. Aber nach der Entscheidung des Supreme Court im Fall *Citizens United vs. Federal Election Commission*, die die indirekte Unterstützung eines Wahlkampfes durch Finanzmittel kommerzieller und nichtkommerzieller Organisationen erlaubte, war das Fundraising im Grunde der Anarchie anheimgegeben, und obgleich mir das missfiel – ich hätte es so oder so, ob legal oder nicht, als obszön empfunden, zehn Leuten zweieinhalb Millionen Dollar aus der Tasche zu ziehen –, war ich doch, wie ich dem Fragesteller bei meiner Veranstaltung in Iowa City erklärt hatte, Pragmatikerin.

Dieses spezielle Dinner fand in Truro auf Cape Cod statt, und Theresa, Kenya, die Personenschützer, meine Finanzchefin Emma Aguilera und ich glitten an einem Frühsommernachmittag im

Landeanflug auf den winzigen Flughafen von Provincetown über den Atlantik. Manchmal schüttelte ich über Absperrungen hinweg Wählerinnen und Wählern die Hände, für die ich die berühmteste, wenn nicht gar die einzige berühmte Person war, die sie je getroffen hatten. Bei Fundraising-Veranstaltungen, die 250 000 Dollar pro Person kosteten, waren die Gäste an Ruhm gewöhnt. Gastgeber dieses besagten Dinners war ein achtunddreißigjähriger Hedgefondsmanager namens Harris Fulkerson, der ein Ferienhaus im Wert von zehn Millionen Dollar direkt am Meer besaß. Wir kannten uns bereits aus New York, und er hatte mich eingeladen, nach dem Essen in einem Privatflügel seines Hauses zu übernachten, was ich jedoch wegen einer angeblichen Terminüberschneidung ausschlug. Ich wusste, Bill liebte solche Gelegenheiten, bei denen sich die Bande festigen ließen, indem man gemeinsam im Pyjama Rührei verspeiste, aber mich stresste der Gedanke, gemeinsam mit einer aberwitzig reichen Person im Pyjama Rührei zu verspeisen, bei der ich nur so tat, als sei ich mit ihr befreundet.

Das Haus war riesig, aber minimalistisch, ein schindelverkleideter Quader mit einer Einfahrt aus weißen Muschelschalen. Als mein Team und ich aus dem Geländewagen stiegen, der uns vom Flughafen hergebracht hatte, wartete Harris bereits mit einem Begrüßungscocktail in der Hand auf uns – einem Hillarytini, wie er verkündete, nachdem er mich auf die Wange geküsst hatte. Er war groß und trug ein grün-weißes Seersucker-Sakko über einem weißen T-Shirt. Er führte uns seitlich am Haus vorbei und über ein paar Stufen auf eine Terrasse, die eine atemberaubende Sicht auf den Ozean bot. Die neun anderen Gäste warteten schon. »Darf ich vorstellen, Hillary Rodham, die erste Präsidentin der Vereinigten Staaten«, sagte Harris, und sie klatschten.

Ich hielt meinen Hillarytini hoch und sagte: »Ihr Wort in Gottes Ohr, Harris.« Trotz der überschaubaren Gästeliste ging ich dann, wie es von mir erwartet wurde, zu einer Wahlkampfrede über, die kürzer und etwas saftiger als üblich war; der etwas saftigere Teil, in dem ich mich deutlich offener über meine Gegner ausließ, als ich es öffentlich getan hätte, war der Grund, weshalb keine Presse zugelassen war. Überhaupt war das gesamte Ambiente mit dem Meeresrauschen im Hintergrund und dem zauberhaften Licht in seiner Schönheit zu elitär, als dass Ellie es für die sozialen Medien hätte dokumentieren können, weshalb auch sie nicht zugegen war.

Nachdem ich gesprochen hatte, gab es eine Fragerunde mit allen Gästen, bei der ein Mann, der ungefähr in meinem Alter war und Albert Boyd hieß, Fragen zur Transpazifischen Partnerschaft stellte. Während des Abendessens saß ich zwischen Harris und Albert, der mich wissen ließ: »Ich muss Ihnen sagen, meine Frau Marjorie war ein großer Fan von Ihnen.« Dass ihre Frauen ein Fan von mir seien, hatte ich von Männern mindestens so oft gehört wie den Satz, dass ich in echt hübscher aussehe, wobei Ersteres fast ausschließlich von weißen Männern und Letzteres fast ausschließlich von Frauen, homosexuellen Männern und People of Color kam. Doch dann fuhr Albert fort: »Und ihr ist es zu verdanken, dass ich ein ebenso großer Bewunderer von Ihnen wurde. Marjorie ist 2011 gestorben, nach einem zehnjährigen Lungenkrebsleiden.«

»Mein Beileid«, sagte ich.

»Danke. Sie war eine wunderbare Frau und politisch überaus aktiv. Im Krankenhaus wollte sie, dass ich ihr laut vorlese, und eines der Bücher, das wir lasen, war Ihre Autobiografie. Ich weiß, dass es eine Hörbuchversion gibt, in der Sie es lesen, und ich bin mir sicher, Ihre Lesung ist viel professioneller als meine, aber es hat mir wirklich Spaß gemacht.«

»Wie schön. Ich fühle mich geehrt.«

»Biografien von Politikern werden oft als Propaganda schlechtgeredet, aber ich finde sie hochinteressant. Wie Menschen ihr Leben gestalten, von wem sie beeinflusst werden, all diese Dinge.«

»Da bin ich ganz Ihrer Meinung. Obwohl ich vielleicht ein winziges bisschen voreingenommen bin.«

Er lachte. »Unmöglich!«

»Haben Sie Verbindungen zum Cape?«, fragte ich.

Noch immer lächelnd sagte er: »Ich freue mich, heute Abend welche zu haben.« *Flirtete* er etwa mit mir? Und war es ein Zufall, dass mir in diesem Moment zum ersten Mal auffiel, wie gut er aussah? Er war nahezu kahl, mit einem kurz geschnittenen silbernen Haarkranz, und hatte lebhafte haselnussbraune Augen. »Marjorie und Harris' Mutter«, fuhr er fort, »waren Zimmergenossinnen am Vassar College, und er ist mein Patensohn. Ich besuche Harris hin und wieder, aber ich lebe außerhalb von New York. Auch wenn es vielleicht schrecklich nach WASP klingt, meine Familie verbringt den Sommer seit etlichen Generationen in Maine, in Biddeford. Waren Sie jemals dort?«

»Leider nein. Aber ich hatte das Vergnügen, viele schreckliche WASPs kennenzulernen.«

»Ich bin neugierig … fühlt sich die Präsidentschaftskandidatur wie eine Variante der Senatskandidatur an, oder ist das ein vollkommen eigenes Ding?«

»Sowohl als auch. Natürlich ist der Rahmen viel größer, die gesamte Infrastruktur der Kampagne. Aber, und das ist nicht nur so dahergesagt, es ist faszinierend. Ich meine, abgesehen davon, am großen demokratischen Experiment mitwirken zu können, haben wir heute beim Landeanflug einen Wal gesehen.«

»Oh, ich liebe es, wenn das passiert. Ist Ihr Pilot runtergegangen?« Er war jemand, mit dem man sich seltsam einfach unterhalten konnte, mit anderen Worten, ich fühlte mich seltsam wohl. In jener Lebensphase war es eher ungewöhnlich, dass sich jemand, den ich gerade erst kennengelernt hatte, normal mit mir unterhielt, mit Rede und Gegenrede – wegen meines hohen Bekanntheitsgrades war es für die meisten Leute kaum vorstellbar, mich etwas zu fragen, das sich nicht auf sie oder ihre Bedürfnisse bezog, kaum vorstellbar, dass ich eine Persönlichkeit hatte, die sich nicht mit ihrem Bild von mir bei unserem flüchtigen Kontakt deckte. »Nun, wäre es taktlos«, sagte er gerade, »wenn ich mir eine Kritik an Bill Clinton erlauben würde?«

»Da weit und breit keine Journalisten zu sehen sind, wäre das, denke ich, in Ordnung.« Fühlte ich mich etwa zu ihm *hingezogen*? Falls ja, lag es an meinem inzwischen schon zweiten Hillarytini oder an den Hormonen? Welche Hormone hatte ich überhaupt noch?

»Er könnte die Sprechchöre unterbinden«, meinte Albert.

»Das könnte er absolut.«

»Ich weiß, Politik war schon immer ein erbarmungsloses Geschäft, und die Sehnsucht nach anständigeren Zeiten ist eher illusorisch, aber die Sprechchöre sind aus meiner Sicht wirklich grausam.«

»Onkel Albert«, unterbrach uns Harris, »du musst sie leider mit dem Rest von uns teilen. Nach dem Hauptgericht wechseln alle außer der Frau Senatorin die Plätze.«

Albert sah mir tief in die Augen. »Wie bedauerlich, aber auch verständlich«, und als Nächstes erinnere ich mich daran, wie ich zwischen dem COO eines Technologieunternehmens in Cambridge und dessen Frau saß. Mein Blick schweifte jedoch ständig zu Albert hinüber, der drei Plätze weiter zu meiner Linken saß. Ich fragte mich – was ich eigentlich schon lange nicht mehr tat –, ob ich bereits zum letzten Mal einen Mann geküsst hatte. Denn wer hätte, abgesehen von den logistischen Schwierigkeiten, etwas mit einer Frau anfangen wollen, deren Äußeres als Vorlage für Nussknacker diente?

Mein Team und ich waren die ersten Gäste, die aufbrachen, doch bevor ich ging, schüttelte ich noch Hände und posierte für Fotos mit allen. Als ich bei Albert ankam, sagte er: »Ich hatte vorhin nicht die Gelegenheit zu erwähnen, dass wir eine gemeinsame Bekannte haben. Ihre Freundin aus Wellesley, Nancy, war auch mit meiner Frau befreundet.«

»Die Welt ist klein! Wissen Sie, dass sich Nancys Sohn vor Kurzem verlobt hat?«

»Ich bin im Oktober zu ihrer Feier eingeladen. Sie auch?«

»Zur Verlobungsfeier kann ich leider nicht kommen, weil sie direkt vor der ersten Fernsehdebatte stattfindet. Aber ich plane, bei der Hochzeit dabei zu sein.« Das würde im April sein.

Albert lächelte. »Ich freue mich schon, Sie dort wiederzusehen.«

Ich tat mein Bestes, auf eine gute Schlafhygiene zu achten und nicht mitten in der Nacht elektronische Geräte zu benutzen, aber gegen zwei Uhr morgens, in einem Hotelzimmer in Boston, machte ich eine Ausnahme. In einer E-Mail an Nancy schrieb ich:

»Ich habe gerade Albert Boyd bei einem Spendendinner kennengelernt. Ich will nicht klingen, als wären wir wieder im Schlafsaal in Wellesley, und bitte sag niemandem, dass ich gefragt habe, aber ... hat er eine Freundin? Oder wie auch immer das heißt, wenn man Mitte sechzig ist?«

Nancy schrieb um sieben Uhr morgens zurück:

»Keine Freundin, soweit ich weiß. Aber ich werde mich mal unauffällig umhören. Nur fürs Protokoll, ich mochte schon die Wellesley-Hillary, und die 2015-Hillary mag ich noch mehr.«

Greg rief mich am Nachmittag desselben Tages an. »Trump wird nicht kandidieren. Er hat Angst, alle könnten denken, er tue es nur, weil ihn ein Mädchen dazu aufgefordert hat.«

»Kapiert er denn nicht, wie das Spiel läuft? Dass andere einen anwerben? Oder dass man zumindest so tut, als hätten sie es getan? Nach dem Motto ›Alle rufen nach Hillary for America‹?«

»Ich denke, wir können die Unsicherheit des Kerls nicht hoch genug einschätzen, und offenbar besitzt gerade *du* etwas, das ihn einschüchtert.«

»Meine X-Chromosomen?«

»Mein Gefühl sagt mir, deine Glaubwürdigkeit«, entgegnete Greg. »Wenn du den Leuten erzählst, seine Kandidatur war deine Idee, werden sie dir glauben.«

»Zuallererst war es *seine* Idee! Er spricht schon, wie lange ... dreißig Jahre davon? Und, du meine Güte, ich würde die Hälfte meiner Basis verlieren, wenn bekannt würde, dass ich ihn dazu ermutigt habe.«

»Ja, aber wenn du deine Tage damit verbringen könntest, auf einem vergoldeten Klo zu sitzen, Nutten zu ficken und Millionen zu kassieren, indem du ein paar Minuten im Fernsehen auftrittst, würdest *du* dann als Präsident kandidieren? Wusstest du, dass *The Apprentice* im Trump Tower gedreht wird? Wenn ich an seiner Stelle wäre, würde ich nicht kandidieren. Aber jetzt wird's erst richtig schräg. Bist du bereit?«

»Vermutlich nicht.«

»Er will dein *surrogate* sein. Keine Ahnung, ob er das Wort kennt, aber er will als dein Ersatzmann bei Veranstaltungen auftreten und vor den Medien für dich werben.«

»Du machst Witze.«

»Er hat die Aufmerksamkeitsspanne eines Flohs, also vergisst er es vielleicht wieder, aber du musst zugeben, die Idee hat was.«

»Ich werde Donald Trump auf gar keinen Fall erlauben, bei meinen Veranstaltungen aufzukreuzen.«

»Sagen wir, ihr wärt niemals auf derselben Bühne. Ich dachte, du wolltest Testosteron mit Testosteron bekämpfen.«

»Nein. Das geht einfach nicht. Im Übrigen, was springt für Donald dabei heraus? Er hat zweifellos noch nie etwas aus reiner Herzensgüte gemacht.«

»Du weißt, dass er die Rechte am Miss-Universe-Wettbewerb besitzt? Es klingt, als schwirrten ihm markenübergreifende Visionen durch den Kopf, aber wir ...«

»Spinnst du?«

»Ich sage ja nicht, dass wir es machen. Ich sage, wir führen ihn an der Nase herum.«

»Vielleicht könnte ich nach meinem Wahlsieg während der Rede zur Lage der Nation als Preisrichterin für den Badeanzug-Wettbewerb fungieren. Nur als Vorschlag.«

»Sag mir, du erkennst die Ironie darin, dass wir beide die Rollen getauscht haben.«

»Ich wollte ihn als Bremser von Bill! Nicht als meinen Busenfreund. Bei aller Liebe, Greg, nein.«

»Wenn du wüsstest, dass es funktioniert ... würdest du es tun? Donald Trump unterstützt deine Kandidatur, ein bisschen was von seinem ranzigen Geruch bleibt an dir hängen, aber du schlägst Clinton in den Vorwahlen und gewinnst schließlich die Hauptwahl?«

»Und wie würde ich Barack erklären, dass ich Donalds Unterstützung akzeptiere?«

»Wir aus Chicago wissen doch, dass Barack nicht so unschuldig ist, wie wir alle tun. Außerdem darf man nichts davon persönlich nehmen, und er würde eher dich wählen als Jeb Bush. Die letzten Umfragen ...«

Ich schnitt ihm das Wort ab. »Mir ist bewusst, dass Bill und ich Kopf an Kopf liegen, aber das ist Wahnsinn.«

»Nein«, sagte Greg. »Vor ein paar Minuten haben wir die neuesten Zahlen bekommen. Bill hat in Iowa zwei Punkte Vorsprung.«

Tagsüber konzentrierte ich mich auf Konkretes: auf das, was gerade geschah, anstelle von dem, was vielleicht geschehen könnte, auf das, was ich tun konnte, um gewisse Ergebnisse zu beeinflussen. Manchmal stellte ich mir die Ereignisse eines Tages, einer Woche oder einer Saison als Welle vor, die über mich hinwegspülte. Das Wasser war nicht ohne. Andererseits war es nur Wasser. Selbst wenn es mich umwarf, konnte ich wieder aufstehen. Ich war noch immer ich selbst, und ich war widerstandsfähig.

Manchmal jedoch schreckte ich nachts in einem fremden Hotelzimmer plötzlich aus dem Schlaf hoch und fragte mich, ob es eine schlechte Idee war, für das Amt des Präsidenten zu kandidieren. Ich zweifelte nicht an meinen Fähigkeiten. Schließlich wusste ich, wie die Regierung funktionierte. Ich war in der Lage, anderen Leuten zuzuhören, achtete andere Kulturen und Länder. Ich konnte Stress aushalten. Ich war, vor allem für eine Siebenundsechzigjährige, gesund und voller Tatendrang.

Aber den ganzen Mist und die Gemeinheiten, die Kämpfe mit Journalisten und Republikanern, den Schwachsinn in den sozialen Medien – das alles stellte ich infrage. Aus dem Alumni-Magazin des Wellesley College, das ich regelmäßig las, wusste ich, dass viele meiner Kommilitoninnen, einschließlich jener, die ein interessantes Leben geführt hatten und beruflich erfolgreich gewesen waren, sich nun zur Ruhe setzten, von größeren Häusern in Wohnungen zogen, sich in ihren Gärten oder im Kreis ihrer Enkel entspannten oder nach, sagen wir, China reisten, um die Panda-Aufzuchtstation in Chengdu zu besuchen. Während ich für einen achtundvierzigstündigen Staatsbesuch nach China reisen würde, um Präsident Xi zu treffen und mit ihm über den Handel, Nordkorea und Menschenrechte zu sprechen. Massiv unter Schlafentzug leidend würde ich an spätabendlichen zeremoniellen Abendessen und frühmorgendlichen Besprechungen teilnehmen und für Tausende Fotos, auf denen ich dem Präsidenten die Hand schüttelte, posieren. Wenn ich die Verbotene Stadt besuchen würde, dann nur so lange, wie es brauchte, um das Filmmaterial zusammenzutragen, das dokumentierte, dass ich die Verbotene Stadt besucht hatte.

War jemand anders, jemand, der extrovertierter war, womöglich besser für solche Aufgaben geeignet? Jemand wie Bill Clinton? In politischer Hinsicht unterschieden Bill und ich uns kaum, kam es letztendlich also nicht auf das Temperament an, darauf, wer von uns beiden präsidialer war? Oder wählbarer? Oder sympathischer?

Würde er womöglich, wenn er gewählt wurde, weniger polarisieren als ich, würde er die weißen Männer der Arbeiterklasse aus ländlichen Regionen, die zu den Republikanern übergelaufen waren, zurück in den Schoß der Demokraten holen? Andererseits: War es tatsächlich wichtiger, weiße Männer der Arbeiterklasse aus ländlichen Regionen zu besänftigen, als Frauen und Mädchen zu inspirieren? Ich hatte einmal gehört, dass kleine Mädchen Bücher lasen und Fernsehsendungen sahen, in denen entweder Mädchen oder Jungen die Hauptrolle spielten, während kleine Jungen männliche Protagonisten bevorzugten, und dass dieses Phänomen die kreativen Entscheidungen der Autoren und Fernsehproduzenten beeinflusste. Wie konnten solche Muster etwas anderes als selbstverstärkend sein? Wie sympathisch musste eine Frau sein, um sich das Recht auf eine Kandidatur zu verdienen und nicht beschuldigt zu werden, die eigene Partei zu untergraben?

Und war dieses endlose Nachgrübeln darüber, ob ich sympathisch war, nicht schon an sich etwas, das nur eine Frau tat? Machten sich Bill – oder Ted Cruz oder Rand Paul – je Gedanken darüber, ob sie sympathisch waren, oder machten sie einfach, was sie wollten? Dachte Bill je darüber nach, wer von uns beiden qualifizierter war, hinterfragte er seine eigenen Motive, deretwegen er angetreten war? Die Idee war lächerlich. Und gütiger Himmel, seine Vergangenheit in Bezug auf Frauen würde eine Frage der nationalen Sicherheit sein.

Aber es gab oft mehr als eine Wahrheit. Es konnte wahr sein, dass ich in meinem tiefsten Inneren wusste, dass ich für das Amt des Präsidenten qualifizierter war als Bill, und es konnte ebenso wahr sein, dass aus Gründen, die nichts mit dieser Wahl zu tun hatten, ein Teil von mir ihn verachtete.

Damals, 2005, nachdem Bill und ich uns bei der Gala des Hochglanzmagazins über den Weg gelaufen waren, hatte er tatsächlich seinen Plan weiterverfolgt, mich bei meinem Besuch in der Bay

Area zwei Wochen später zum Abendessen auszuführen. Sein Assistent hatte uns einen Tisch in einem Restaurant reserviert, dann hatte Bill mir in einer E-Mail geschrieben:

> »Weißt Du was, scheiß auf dieses spießige französische Essen, ich werde Dir bei mir zu Hause ein Dinner servieren. Gesünder und intimer.«

Ich war in meinem Washingtoner Büro und hatte gerade eine vierte Klasse aus Danville, Illinois, begrüßt, als ich die E-Mail bekam. Es durchfuhr mich wie ein Blitz, als ich dieses eine Wort – nicht *scheiß* – las, das sowohl meilenweit entfernt war von meinem momentanen Leben als auch zutiefst vertraut. Sollte das etwa ein Date werden? Hieß das, dass wir beide die Fühler ausstreckten, uns gegenseitig neu abtasteten?

In den dreizehn Jahren, in denen ich im Senat gewesen war, hatte ich hinsichtlich Beziehungen oder Sex herzlich wenig erlebt. Obwohl es vermutlich nicht als Tipp für die breite Masse taugt, ist die Senatoren-Laufbahn für eine Frau tatsächlich eine respektable Methode, auf romantischer Ebene den Druck herauszunehmen. Obwohl ich ständig Männer kennenlernte, kamen nur wenige infrage. Natürlich hatte ich meine Bewunderer: Ich bekam Briefe von Wählern, Schwerverbrechern oder – im Fall von Haftentlassungen auf Bewährung – beides in einem.

> »Liebe Hillary, Sie sind eine solch schöne, besondere und attraktive Frau, ich weiß, wir würden uns wirklich gut verstehen, wenn ich Sie zum Abendessen ausführen dürfte.«

Wenn sie nicht eine Sicherheitsbedrohung darstellten oder von meinem Stab als urkomisch betrachtet wurden, bekam ich diese Briefe überhaupt nicht zu Gesicht. Manchmal flackerte in mir Interesse für den, sagen wir, Stabschef Mitte sechzig eines anderen

Senators auf, der in einer Besprechung scharfsinnige Argumente angeführt hatte, ohne sich dabei aufzuspielen, bis ich den Ehering an seiner linken Hand bemerkte. Oder ein unerwartet gut aussehender Fotograf wurde von einem Magazin vorbeigeschickt, um ein Bild von mir am Schreibtisch zu machen, wir scherzten herum, bis mir klar wurde, dass er fünfundzwanzig Jahre jünger war als ich.

Zu Silvester 1996 hatte ich Bitsy Sedgeman Corker in ihrem Ferienhaus in Hobe Sound, Florida, besucht – nicht zu verwechseln mit ihrem Ferienhaus in Taos oder mit ihrem wieder anderen Ferienhaus im Norden von Wisconsin –, wo sich unter dem Dutzend Gäste der Silvesterfeier auch ihr geschiedener Cousin Charles befand, der in Minneapolis wohnte. Charles war ein großer, schlanker Mann mit schütter werdendem blonden Haar und einem Hang zu rosafarbenen Oxford-Hemden. Ich kann nicht leugnen, dass die Vorstellung, etwas mit einem Mitglied der Familie Sedgeman anzufangen, sowohl seltsam als auch faszinierend war – würde ich nie mehr Spenden sammeln müssen? Es endete damit, dass wir uns um Mitternacht küssten und, nachdem wir uns ein paar Wochen E-Mails geschrieben hatten, miteinander schliefen, als er mich in Washington besuchte. Es war mein erster Sex nach der Menopause, und ich stellte entzückt fest, dass ich den Dreh noch immer raushatte, solange Gleitmittel in Reichweite war. Ein paar Jahre lang sahen Charles und ich uns alle drei oder vier Monate für ein oder zwei Nächte, was selten genug war, um meine baldige Erkenntnis, dass er mich langweilte, nicht zum Problem werden zu lassen. Wir versuchten auch miteinander zu telefonieren, aber bei einem unserer ersten Gespräche schlief ich ein, während er mir vom außergewöhnlichen Design der klassischen Bugattis vorschwärmte, und als ich wieder aufwachte, deutete nichts darauf hin, dass er etwas bemerkt hatte. Obwohl, wenn ich ehrlich war, gegen Charles' Monologe über Oldtimer weniger einzuwenden war als gegen seine offenkundig apolitische Einstellung. Einmal, als ich von Slobodan Milošević sprach, schien er nicht zu wissen, wer das war. Als ich Bitsy gegenüber vorsichtig andeutete, dass die Sache zwischen mir und Charles wohl nicht von langer Dauer sein werde, sagte sie: »Oh, Charles ist eine entsetzliche Schlaftablette. Keiner von uns hat geglaubt, dass das lange halten würde.«

Zu jener Zeit, als Bill und ich unser Abendessen planten, waren weitere vier Jahre verstrichen, in denen ich keinen Sex gehabt hatte. Was, wenn Bill und ich uns wie beim Umrunden eines Globus so weit in entgegengesetzte Richtungen bewegt hatten, dass wir uns unter für beide günstigen Umständen wiedertreffen konnten? War diese Vorstellung absurd oder vernünftig? Am Abend bevor ich mit Theresa von Washington nach San Francisco fliegen sollte, kam mir der weise Gedanke, nicht nur Gleitgel, sondern auch Kondome zu besorgen; mir bei Bill Clinton Chlamydien zu holen war nicht Teil meines Plans. Eine andere alleinstehende Senatorin, in deren Bundesstaat sich eine für ihre Liberalität berühmte Stadt befand, hatte mir einmal erzählt, dass sie bei Gay-Pride-Paraden ganz unverkrampft, wenn nicht gar begeistert Kondome sammle. In Anbetracht der Tatsache, dass meine Verabredung mit Bill kurz bevorstand, entfiel diese Option. Natürlich hätte ich selbst in eine Drogerie gehen können und wäre vermutlich mit einer achtundneunzigprozentigen Chance nicht erkannt worden. Aber die anderen zwei Prozent, vor allem nach meinem Keks-Kommentar-Debakel – es wäre erniedrigend, in der Klatschspalte einer Zeitung davon lesen zu müssen.

Im Lauf unserer vielen gemeinsamen Jahre hatte Theresa schon Pepto-Bismol gegen Durchfall für mich gekauft und mich angewiesen, mir die Nase zu putzen, bevor ich auf die Bühne trat. In unserem Hotel in San Francisco händigte sie mir, als wir nach einer Nachmittagsrede in Stanford und einem anschließenden Spendenempfang in einer Privatwohnung in Menlo Park wieder zurück in der Stadt waren, mit einer Nonchalance, als würde sie mir ein Händedesinfektionsmittel reichen, eine Tüte von Walgreens mit zwei

Sorten Kondomen und einer großen Tube K-Y Jelly aus. Mein Essen mit Bill war für den nächsten Abend angesetzt, und als ich das Licht ausmachte, musste ich daran denken, wie ich im Mai 1971, vor vierunddreißig Jahren, mit ihm in Berkeley angekommen war: an seinen orangefarbenen Kombi und unser gemietetes Apartment in dem Stuckgebäude auf dem Hügel; was hatte ich es geliebt, mit ihm zusammenzuwohnen und gemeinsam die Bay Area zu erkunden; wie verzweifelt war ich gewesen, als ich ihn erwischt hatte, wie er die Tochter meines Chefs küsste. Wir waren beide so jung gewesen damals, und wir hatten so vieles nicht gewusst. Ob ihn wohl ungebetene Erinnerungen an jenen Sommer heimgesucht hatten, als er nach Kalifornien gezogen war? Falls ja, waren sie in den letzten zehn Jahren gewiss durch Geschehnisse seines jetzigen Lebens ersetzt worden oder zumindest nebensächlich geworden.

Am nächsten Morgen frühstückte ich gemeinsam mit zwei Unternehmern, die über Vorschriften im Transportwesen diskutieren wollten, im Hotel. Den restlichen Vormittag verbrachte ich auf meinem Zimmer, um potenzielle Spender anzurufen. Als Theresa uns beiden zum Mittagessen einen Salat holen ging, bat ich sie, auf meinem die rohen Zwiebeln wegzulassen, und gab ihr außerdem den Auftrag, eine Flasche Weißwein zu kaufen. Um vier Uhr ging ich auf das Hotellaufband, dann duschte ich, putzte mir besonders gründlich die Zähne und spülte mit Mundwasser nach. Die Vorstellung, jemanden zu küssen, *Bill* zu küssen, fühlte sich fast so folgenschwer an wie die Vorstellung, Sex zu haben. Würden unsere Lippen sich tatsächlich berühren, oder war das alles nur ein Hirngespinst von mir? Vor dem Duschen hatte ich meine schönsten Dessous, einen blauen Spitzen-BH und ein passendes Unterwäscheset, meinen hübschesten Hosenanzug sowie eine ärmellose Bluse auf der weißen Daunendecke des gemachten Bettes drapiert. Noch im Bademantel schminkte ich mich. Beim Ankleiden fiel mein Blick auf mein Spiegelbild: An meinen Oberarmen und zwischen BH-Trägern und Achseln waren mehr Pölsterchen, als mir lieb war. Obwohl ich mich weigerte, das Wort »Cellulitis« in den Mund zu nehmen, weil es ein pseudowissenschaftlicher, von der Kosmetikindustrie erfundener Begriff war, wünschte ich mir etwas straffere Oberschenkel. Würde ich in ein paar Stunden nackt im Bett mit Bill liegen? Als ich die Hose hochzog, stellte ich fest, dass ich noch immer eine hübsche Taille hatte und dass mein goldblondes Haar kunstvoller denn je geschnitten und koloriert war. Und obgleich mein Hals vor allem unter dem Kinn von krepppartiger Beschaffenheit war, gegen die kein Dermatologe ankam, war mein Gesicht dank der Botoxbehandlungen, denen ich mich wie fast jede in der Öffentlichkeit stehende Frau meines Alters alle vier Monate unterzog, glatter, als ich es eigentlich erwarten durfte. Zudem hatte ich vor einigen Jahren eine umfassende, schmerzhafte Laserhaarentfernung über mich ergehen lassen, also war ich zumindest diesbezüglich vorbereitet. Ich hielt mich keineswegs für schön, aber im Großen und Ganzen war ich, wie ich fand, attraktiv.

Um halb sieben schickte Theresa mir eine Nachricht auf meinen Blackberry: *Ihr Wagen wartet draußen.*

Verlasse gerade das Zimmer, antwortete ich.

Viel Spaß, schrieb sie zurück.

Während ich auf der Fahrt vom Union Square zu welchem Abenteuer auch immer vom Fond der Limousine aus durch das Fenster auf einen sonnigen Septemberabend blickte, spürte ich zu meiner Überraschung dieses Gefühl, jene von anderen wichtigen Momenten meines Lebens her vertraute Bürde: die Vorwegnahme und Konzentration, das Ausblenden jeglicher Verpflichtungen und flüchtigen Alltagsdinge, die Fokussierung auf diesen Moment. Auf dem Gehweg an der Ecke Grant Avenue und Pine Street schob eine dunkelhaarige Frau in Sportkleidung einen Buggy, in dem ein Kind saß, das ich nur von den Knien abwärts sehen konnte, und zwar in Form einer kleinen Jeans und zwei nackten Knöcheln sowie Füßen in braunen Lederschühchen. Die Frau unterhielt sich angeregt mit dem Kleinen, und ich dachte an die winzigen und spezifischen Details in unser aller Leben, wie eng wir im Augenblick verhaftet sind, so flüchtig er auch sein mag.

Bills Domizil war ein Penthouse in Nob Hill. Als ich aus dem Aufzug trat, der allein schon geräumig genug für eine Sitzbank und schick genug für einen Kronleuchter war, stand ich in einem weitläufigen Raum, der links zu einer Küche und rechts zu einem Wohnzimmer führte. Direkt gegenüber von mir gaben deckenhohe Panoramafenster den Blick auf den Financial District einschließlich der Transamerica Pyramid und dahinter die San Francisco Bay, die Bay Bridge und Oakland frei.

»Da bist du ja endlich!« Bill kam aus der Küche auf mich zu. Er trug eine leuchtend blaue Schürze über einem Anzughemd und Jeans und sah unverschämt gut aus: groß und schlank und weißhaarig, mit diesem vertrauten Lächeln. Ich stellte meine Handtasche neben einer roten Porzellanlampe auf einem verschnörkelten Holztisch ab, und während ich noch die Flasche Wein in der Hand hielt, die Theresa ausgesucht hatte, beugte er sich herab, um mich zu umarmen, und küsste mich auf den Scheitel. Im Hintergrund lief leichte klassische Musik, zweifellos auf einer hochmodernen Anlage, und der süße Duft von etwas, das im Ofen backte, erfüllte die Luft.

»Nette Aussicht, die du da hast«, sagte ich und reichte ihm den Wein.

Er grinste. »Nicht schlecht für einen Jungen aus Hope, Arkansas, was?«

Ich grinste zurück. »Funktioniert deine Junge-vom-Land-Show etwa immer noch?«

»Besser denn je. Aber nicht bei jedem natürlich. Du siehst übrigens fantastisch aus.«

»Du auch. Kalifornien scheint dir gutzutun.«

Er öffnete eine Flasche seines eigenen Weins, eines roten, wobei er kundtat: »Das ist einer meiner Lieblingsweine, sehr samtig, aber strukturiert.« Als unsere Blicke sich trafen, schob er hinterher: »Klinge ich kultiviert oder wie ein Arschloch, wenn ich das sage?«

»Sowohl als auch?«, erwiderte ich, und er lachte. »Scherz beiseite«, fuhr ich fort. »Du klingst nicht wie ein Arschloch, und ich hätte liebend gern ein Glas von etwas Samtigem und Strukturiertem.«

Nachdem er uns beiden eingeschenkt hatte, stießen wir an. »Auf die Vergangenheit *und* die Gegenwart«, sagte er, und ich antwortete: »Hört, hört.«

Ich saß auf einem Barhocker an der Kochinsel aus Granit, während er mir gegenüberstand, die Bucht im Rücken, und auf einem Schneidebrett eine Zwiebel würfelte. Auf der Bühne sind Barhocker grauenhaft, schlimmer noch als Regiestühle, selbst wenn man seinen Lieblingshosenanzug trägt – man muss sich rücklings hochstemmen und im Sitzen die Beine übereinanderschlagen, die bei mir oft nach zwanzig Minuten zu zittern beginnen. Aber in Bills Küche konnte ich mich mit den Armen auf den Tresen stützen und fühlte mich rundum wohl. Verschiedene Appetithappen waren angerichtet: ein Schälchen Oliven, eine Schale Salzstangen, zwei pastellfarbene Dips, vermutlich Hummus-Variationen. Der Sonnenuntergang über dem Wasser war beinahe herzzerreißend schön anzusehen.

Bill goss Olivenöl in einen Topf und stellte ihn auf den Herd; nach einer Minute gab er mithilfe des Messers die gewürfelte Zwiebel hinzu, und es zischte leise. Als Nächstes schnitt er Auberginen, Zucchini und rote Paprika klein.

»Wann hast du kochen gelernt?«, fragte ich.

»Nach meiner zweiten Scheidung hab ich beschlossen, keiner dieser Junggesellen mit nichts als einem Sechserpack Bier und einem Glas Senf im Kühlschrank zu werden. Und dann stellte sich plötzlich heraus, dass Kochen Spaß macht.«

»Ich wette, ich hab seit zehn Jahren keinen Herd mehr angerührt.«

»Möchtest du, dass das heute *dein* Abend wird?«

Ja, dachte ich, aber nicht am Herd. »Du siehst aus, als hättest du alles im Griff. Übrigens, was machst du überhaupt?«

»Hast du schon mal eine Ratatouille-Tarte gegessen?«

Ich schüttelte den Kopf.

»Wirst du gleich.«

»Das klingt köstlich.«

»Ich gestehe, der Teig, der gerade im Ofen backt, wurde von meiner Haushälterin Elena vorbereitet. Ich will aber trotzdem noch, dass du von meinem Schnipseln und Würfeln beeindruckt bist.«

»Ich bin *überaus* beeindruckt.«

»Ich nehme an, es kommt selten vor, aber wenn du ganz allein zu Hause bist, was isst du zu Abend?«

»Wenn ich absolut faul bin, Hüttenkäse. Wenn ich nur mäßig faul bin, Erdnussbuttertoast und dazu Babykarotten. Wenn ich mich nicht irre, deckt das die meisten Lebensmittelgruppen ab.«

»Und es ist praktisch vegan.«

»Auf den Gedanken bin ich noch gar nicht gekommen.«

»Verbringst du deine Abende immer noch in deinem Nest?«

Etwas in mir krampfte sich zusammen. So oft lassen einen die Menschen im Stich; so oft entpuppt sich eine Situation als enttäuschend. Aber hin und wieder erkennt jemand dein innerstes, wahres Selbst, würdigt es.

»Die kurze Antwort ist Ja«, sagte ich.

»Und wie lautet die lange?«

»Nun, es sind Briefing-Unterlagen mit im Spiel. Und elektronische Geräte. Es ist weniger unschuldig, als es früher war.«

Er lachte leise. »Sind wir das nicht alle?«

Der Teigduft aus dem Ofen wetteiferte auf angenehme Weise mit dem pikanten Geruch des brutzelnden Gemüses. Ich war zwar hungrig, aber zu aufgeregt, um von den Oliven und Salzstangen vor mir zu naschen. Und natürlich wollte ich keinen vollen Bauch haben, für den Fall, dass wir miteinander schlafen würden. Ich nahm noch einen Schluck Wein und sagte: »Wenn es je eine Zeit gegeben hat, in der du unschuldig warst, Bill, war das wohl lange bevor wir uns kennengelernt haben.« Er schaute etwas pikiert, weshalb ich schnell nachschob: »Aber ich bin zu dem Schluss gekommen, dass Unschuld überbewertet wird. Weißt du, woran ich gerade denken musste? Erinnerst du dich noch, wie du mir mal erzählt hast, dass du in deinem ersten Jahr in Yale mit Kirby Hadey über Thanksgiving zu seinen Eltern gefahren bist? Du warst zutiefst beeindruckt, dass ihr Penthouse einen eigenen Aufzug hatte, und jetzt sieh dich an.«

»Lustig, dass du das sagst, denn ich glaube, ich werde wohl niemals hier hochfahren, ohne daran zu denken.« Er sah mich aufmerksam an. »Was du und ich hatten ... Das habe ich bei niemandem sonst gefunden. Ich habe dem unzählige Jahre nachgetrauert.«

»Ich auch.«

»Und eigentlich müsste es sich verdammt komisch anfühlen, dir direkt gegenüberzustehen, aber es ist irgendwie völlig normal.«

»Stimmt.« Die Intensität seines Blicks machte es schwer, ihm weiter in die Augen zu sehen. »Schildere mir einen Tag im Leben des Bill Clinton um das Jahr 2005 herum«, sagte ich betont beiläufig.

»Ich wette, der ist tausendmal uninteressanter als ein Tag im Leben der Hillary Rodham.«

»Überlass es mal mir, das zu beurteilen. Fang damit an, wenn du aufwachst.«

»Ich habe eine Yoga-Lehrerin, die dreimal die Woche um sieben Uhr zu mir kommt. Meistens Vinyasa, ein bisschen Kundalini. Geht das zu sehr ins Detail?«

Ich schüttelte den Kopf. »Obwohl ich nicht so tun werde, als wüsste ich, was welcher Yoga-Stil ist.«

»Vinyasa ist sportlicher, Kundalini spiritueller. Aber auch Kundalini ist ein gutes Training. Hast du Yoga noch nie ausprobiert? Es ist fantastisch.«

»Ich hab im Lauf der Jahre ein paar Kurse gemacht, mich dabei aber immer gelangweilt und unbehaglich gefühlt. Erinnerst du dich an meine Freundin Maureen? Sie hat mich zu Pilates gebracht, was Yoga aus meiner Sicht recht nahekommt.«

»Du weißt schon, dass Yoga langweilig zu finden und sich dabei unbehaglich zu fühlen bedeutet, man soll es mehr praktizieren, ja? Man soll die Langeweile und das Unbehagen annehmen.«

Ich lachte. »Soll ich höflichkeitshalber so tun, als würde ich deinen Ratschlag beherzigen?«

»Ich bitte darum.« Er lachte ebenfalls.

»Zurück zu deinem Tagesablauf, danach ...«

»Bis Menlo Park braucht man morgens ungefähr eine Stunde, das heißt, ich bin um halb zehn oder zehn im Büro. Ich habe einen Fahrer.« Er lächelte verschämt. »Ich gebe zu, manches von dem macht mich dir gegenüber verlegen. Aber viele unserer Träume sind wahr geworden, stimmt's? Auch deshalb ist es schön, dich zu sehen, denn es erinnert mich daran, wie viel Glück wir beide gehabt haben.«

»Oder ist es eher ...« Ich schwieg kurz, bevor ich weitersprach: »Mir gefällt die Empfindung, die du beschreibst. Aber bin ich zu analytisch, wenn ich sage, es ist etwas komplizierter? Es ist, als wären Träume, die wir nicht einmal kannten, wahr geworden. Was den Teil mit dem Glück angeht, widerspreche ich dir nicht.«

»Das ist es, was ich gemeint habe, dass wir beide in unseren Bereichen ganz oben angekommen sind. Oder, in deinem Fall, kurz davor stehen. Mein Gott, ich weiß, '04 hat es nicht geklappt, aber wenn du jemals Präsidentin wirst, Hillary, dann wird das verdammt großartig. Du wirst fabelhaft sein, und denk nur, auf diese Art Geschichte zu schreiben. Ich kann nicht leugnen, dass ich neidisch sein werde.«

»Ehrlich gesagt versuche ich nicht zu sehr in diesen Kategorien zu denken. Es gibt mir das Gefühl, alles, was aus meinem Mund kommt, müsste in Kalligrafie geschrieben sein, mit einem

Federkiel, und das ist lähmend. Denn ich bin nicht George Washington, wie du weißt.«

»Nicht einmal Georgia Washington?« Bill grinste.

»Ist das die Schwester von George?«

»Oder er, wenn er die Perücke abnimmt?«

Wir lächelten beide, und ich sagte: »So gut wie jeder meiner Berater empfiehlt mir, alles, was mit Geschlecht oder einem ersten Mal zu tun hat, herunterzuspielen.«

»Aber Symbolik ist das, was die Menschen mitreißt. Sicher, es gibt Leute, die keine Frau wählen, selbst wenn die Hölle zufriert. Und dann gibt es Leute, die überredet werden müssen. Aber es gibt auch Leute, für die bist du ein wahr gewordener Traum.«

»Unglücklicherweise zeigen die Umfragen, dass die Gruppe der Begeisterten nur siebzehn oder achtzehn Prozent der Bevölkerung ausmacht. Es stimmt, was du sagst, aber der Anteil der Wankelmütigen liegt bei fast dreißig Prozent. Und was das Überreden angeht, warst du immer besser als ich.«

»Darin war ich gut, oder?«, sagte er zärtlich, während er nebenher eine Dose Tomaten öffnete und den Inhalt dann zum Gemüse in den Topf gab.

»Kennst du den wichtigsten Prädiktor dafür, ob eine Frau die Idee eines weiblichen Präsidenten befürwortet?«, fragte ich.

»Ein Collegeabschluss?«

»Das ist ein Faktor, aber nicht der entscheidende. Nein, ausschlaggebend ist, ob sie verheiratet ist, und es besteht eine inverse Korrelation. Verheiratete Frauen stimmen wie ihre Ehemänner.« Ich beobachtete Bill, wie er etwas Oregano in die Handfläche schüttete und in die Mischung fallen ließ. »Zurück zu deinem Tag«, sagte ich. »Es ist halb zehn oder zehn, und du kommst im Büro an. Dann was?«

»Dann Meetings. Meetings, Meetings und nochmals Meetings.«

»Mit Leuten, die dir ihre Start-up-Ideen vorstellen, weil sie wollen, dass du sie finanzierst?«

»Oder wir haben sie bereits finanziert, und sie berichten uns von ihren Fortschritten, oder sie versuchen von ihrer Seed-Phase in die Series A zu kommen.«

»Sind diese Meetings interessant?«

»Manche Gründer sind brillant. Und es ist aufregend, schon vorab einen Blick auf eine Technologie werfen zu können, die achtzehn oder sechsunddreißig Monate später jeder verwenden wird. Manchmal weißt du bei einem Pitch aber schon nach zehn Sekunden, dass nichts dabei herauskommen wird, und musst noch weitere zwanzig Minuten absitzen.«

»Es ist eine Männerwelt, nicht wahr? Von den Quoten her?«

»Ja, und das müssen wir in Zukunft besser machen. Wir haben nicht nur ein Pipeline-Problem, wenn nur ein Viertel der Informatikabsolventen Frauen sind, sondern auch noch das Leaky-Pipeline-Problem, sprich, wie können wir die wenigen Frauen halten.«

»Weil sie kündigen, wenn sie Kinder bekommen?«

»Oder weil sie nicht richtig zu einer bestimmten Firmenkultur passen. Die Tischtennisplatten und was weiß ich noch alles. Hey, mir ist zu Ohren gekommen, dass Tara und Pete Fourgeaud gestern bei sich zu Hause einen Spendenabend für dich ausgerichtet haben.«

»Das hat sich ja schnell herumgesprochen.«

»Die Fourgeauds sind tolle Leute. Ich war eingeladen, aber ich hatte einen anderen Termin und dachte, zum Teufel, heute Abend beim Dinner hab ich dich ganz für mich allein.«

In diesem Moment übermannte mich ein Gefühl des Glücks, reinen, heißen, unzweideutig animalischen Glücks; ich genoss es einfach maßlos, mich in Bills Gesellschaft zu befinden.

Und mit einem Mal, dort auf seinem Barhocker sitzend, seiner klassischen Musik lauschend, dachte ich: Was, wenn ich nicht noch einmal für die Präsidentschaft kandidieren würde? Was, wenn ich nach dieser Amtszeit nicht einmal mehr für den Senat kandidieren würde? Soll doch eine andere Frau Geschichte schreiben, während man ihre Kleider, ihre Stimme, ihren Intellekt, ihre Wahlergebnisse niedermacht. Lasst mich großartigen Sex und anregende Gespräche haben; lasst mich in fremde Länder reisen, nicht um mich mit Würdenträgern zu treffen und in Ballsälen Hühnchen zu essen, sondern um in schicken Pools von teuren Hotels zu schwimmen und auf riesigen Matratzen Romane zu lesen. Lasst mich eine gut bezahlte Anwältin oder Beraterin oder Lobbyistin sein, lasst mich wieder Bill Clintons Freundin und irgendwann seine Frau sein.

Laut sagte ich: »Richtig. Heute Abend hast du mich ganz für dich allein.«

Und dies war der Augenblick, in dem er meinte: »Ich glaube, ich hab eine Geschichte für dich, die dir gefallen dürfte.« Er griff nach der Weinflasche und füllte mein Glas auf. »Vielleicht hast du gehört, dass ich eine Stiftung ins Leben gerufen habe. Wir stehen noch auf etwas wackligen Beinen, aber wir haben sämtliche großen Themen im Fokus. Klimawandel, Armut, biomedizinische Forschung. Vor achtzehn Monaten habe ich eine Frau namens Kira Duncan eingestellt, um die Stiftung zu leiten. Sie hat einen phänomenalen Lebenslauf, sie hat in Stanford studiert und dort auch ihren Abschluss an der Business School gemacht. Danach hat sie für einen Interessenverband gearbeitet, der sich für Schwulenrechte einsetzt, ich nehme also an, sie ist lesbisch, obwohl sie bildhübsch ist. Langes rotes Haar, milchweißer Teint, gertenschlank.«

Ernsthaft?, dachte ich. Langes rotes Haar, milchweißer Teint, gertenschlank? Trocken erwiderte ich: »Ich habe gehört, dass eine Frau bildhübsch und lesbisch zugleich sein kann.«

Er lachte. »Warte ab. Nun, normalerweise bin ich nicht im Stiftungsbüro, aber Kira und ich sprechen fünf-, sechsmal die Woche miteinander. Sie ist echt auf Zack, immer gut vorbereitet, unermüdlich bei der Arbeit. Sie erinnert mich in vielerlei Hinsicht an dich. Und sie ist ziemlich zugeknöpft, was ihr Privatleben angeht, aber ab und zu sickern ein paar Details durch. Sie ist tatsächlich mit einer Frau zusammen, einer gewissen Louise. Vor einer Weile sind Kira und ich gemeinsam nach Haiti geflogen, um uns mit Dan Jacobs zu treffen, der die Global Health Mission leitet. Kennst du Dan?«

»Ja. GHM leistet großartige Arbeit.«

»Dan ist fantastisch. Ich sag dir, wenn ich einen Gesundheitsminister auswählen müsste, stünde er ganz oben auf meiner Liste.«

»Vielleicht sind wir unserer Zeit gerade ein bisschen zu weit voraus«, sagte ich. »Aber gut zu wissen.«

»Auf Haiti erzählt sie mir, sie und Louise wünschten sich ein Kind. Sie würden hin und her diskutieren, wer es austragen und wer der Samenspender sein solle. Wenn das nicht das Problem der Moderne schlechthin ist, was?«

»Nun, Meinungsverschiedenheiten beim Thema Kinder hat es schon immer gegeben.« Obwohl ich, wie ich hoffte, interessiert klang, begann ich mich zu langweilen. Ich wollte wieder zurück zu dem Moment, als er gesagt hatte: »Heute Abend hab ich dich ganz für mich allein.«

»Nun, kurz darauf habe ich Louise kennengelernt«, fuhr er fort. »Sie ist clever, aber ein schroffer Typ. Sehr maskulin. Ein paar Wochen später laden Kira und Louise mich zu sich zum Brunch ein und sagen, sie müssten mich etwas Wichtiges fragen. Sie hätten beschlossen, dass Kira das Baby austragen werde, und sie wollten mich als Samenspender.«

»Was hast du ihnen geantwortet?« War Bill der biologische Vater eines Bay-Area-Babys? Entwickelte sich just in diesem Moment ein Bill-Baby in utero? Ich versuchte nachzurechnen – hatte er nicht gesagt, er habe Kira vor achtzehn Monaten eingestellt?

»Ich kann nicht leugnen, dass ich mich geschmeichelt fühlte. Allerdings, obwohl ich es den beiden gegenüber anders formuliert habe, hieße das in meinen Augen auch, die Büchse der Pandora zu öffnen. Ihnen schwebt vor, dass ich so etwas wie ein Patenonkel wäre, ohne finanzielle Verpflichtungen, geschweige denn Windelwechseln. Nun, ich wäre blöd, wenn ich nicht wüsste, dass Gesetze sich ändern können und ich vielleicht irgendwann mit

Studiengebühren dasitze oder was in zwanzig Jahren noch so anfallen kann. Klar. Andererseits, wir reden davon, dass sie Eltern werden, vom Wunder des Lebens.«

»Wie alt sind deine Kinder noch gleich?«

»Alexis ist sechsundzwanzig und Ricky neunundzwanzig. Ja, das war auch eine Überlegung, auf jeden Fall ... Was würden sie davon halten? Ricky ist unglaublich entspannt, sehr tolerant, aber Alexis kann ziemlich voreingenommen sein. Ich sag also zu Kira und Louise: ›Gebt mir eine Woche, um darüber nachzudenken.‹«

Warum widerstrebte mir die Wendung so sehr, die unser Gespräch genommen hatte? War es Eifersucht? Weil es mich an mein Alter erinnerte? Oder an Bills Narzissmus? Als ob sein Sperma – das Sperma eines Neunundfünfzigjährigen – von einzigartigem Wert wäre.

»Am Tag nach dem Brunch ruft Kira mich schluchzend an«, fuhr er fort. »Sie weint so heftig, dass ich sie kaum verstehen kann, aber ich reime mir zusammen, dass Louise ihr vorgeworfen hat, sie wolle mich als Spender, um auf diese Weise näher an mich heranzukommen. Schließlich meint sie: ›Als Louise das gesagt hat, wurde ich wahnsinnig wütend. Ich bin stinksauer joggen gegangen, und dabei wurde mir klar, dass sie recht hat. Ich liebe dich.‹ Sie hat angeboten, fristlos zu kündigen, was ich jedoch abgelehnt habe.«

»Wow«, sagte ich. »Und wie stehen die Dinge jetzt?« Wenigstens war das Rätsel gelöst, warum es mir widerstrebte, mir das alles anzuhören.

»Wir gehen das Ganze langsam an. Genießen es einfach, zusammen zu sein, treffen keine überstürzten Entscheidungen.«

»Moment mal. Du und Kira, ihr seid zusammen?«

»Sie hat es nicht so mit Schubladendenken. Da haben wir sie, die fluid-sexuelle Persönlichkeit. Sie war mit keinem Mann mehr zusammen, seit sie ein Teenager war. Aber die Energie zwischen uns, die Verbindung, es ist einfach unglaublich. Die Art, wie Kira die

Welt sieht, ihre Kreativität und ihre Empathie sind außergewöhnlich. Hoffentlich schaut sie später noch vorbei und ich kann euch beide bekannt machen.«

»Sie schaut *heute Abend* vorbei?«

Er sah auf seine Uhr. »Sie hat noch ein geschäftliches Abendessen, also vermutlich nicht vor neun.«

»Und ist sie schwanger oder nicht?«

»Was das angeht, haben wir gerade die Pausentaste gedrückt. Wir fahren im November zusammen nach Namibia und werden uns darüber unterhalten, wenn wir wieder zurück sind.«

Eine der wichtigsten Lektionen, die das Leben mich gelehrt hat, lautet: Akzeptiere niemals voreilig ein Nein. Betrachte deine Anfrage niemals als sinnlos, bevor sie nicht offiziell abgelehnt worden ist. Wie so viele andere Lektionen, in denen Beteuerungen mit im Spiel sind, gilt diese weit mehr für Frauen als für Männer. Also nahm ich einen Schluck Wein und sagte: »Kira und du, ihr seid doch bestimmt nicht monogam.«

Er zwinkerte.

»Deine Tarte riecht köstlich«, sagte ich. »Aber lass uns doch, um mehr Zeit für uns zu haben, jetzt gleich ins Bett gehen und danach essen.«

Er blinzelte, dann lächelte er vorsichtig, fragend.

»Um der guten alten Zeiten willen«, sagte ich. »Völlig unverbindlich, einfach so aus Spaß. Wie schon gesagt, ich bin zu dem Schluss gekommen, dass Unschuld überbewertet wird.«

»Ich bin geschmeichelt. Und überrascht.«

»Wirklich?«

»Hillary, du weißt, du hast immer einen besonderen Platz in meinem Herzen eingenommen. Dass du jetzt hier bei mir bist, freut mich aufrichtig. Ich habe im Lauf der Jahre so oft an dich gedacht.«

Ich überlegte, ob ich aufstehen und um die Granitinsel herumgehen sollte.

Doch in diesem Moment sagte er: »Aber dass irgendetwas Körperliches zwischen uns passiert, das geht von meiner Seite aus einfach nicht.«

Nun also *war* meine Anfrage offiziell abgelehnt worden. Es gab noch andere Dinge, die ich in diesem Augenblick und später dachte, aber mein Hauptgedanke war, was für eine beschissene Zeit- und Energieverschwendung, sich über den Kauf von Kondomen und Gleitgel den Kopf zu zerbrechen. Das war der Mann, dessentwegen ich vor nicht einmal fünf Minuten in Erwägung gezogen hatte, meine Präsidentschaftsambitionen, meine gesamte Karriere aufzugeben? Abgesehen davon, was mit ihm nicht stimmte, was stimmte mit *mir* nicht?

Und obwohl oder vielleicht eben weil ich aus dem Gleichgewicht war, verspürte ich den Drang, mehr Fakten zu erfahren. Ich hörte mich selbst fragen: »Was genau an dieser Geschichte von dir und Kira hat dich zur Annahme verleitet, sie könnte mir besonders gefallen?«

Er klang gut gelaunt, aber auch wachsam – offenbar konnte er nicht abschätzen, ob wir uns auf dünnes Eis begaben oder es gerade verließen –, als er erwiderte: »Zum einen der feministische Blickwinkel. *Sisters Are Doin' It For Themselves.* Und ihre Direktheit, ihr fehlendes Taktiervermögen. Oder sollte ich besser sagen ›weibliche Gerissenheit‹?« Er grinste. »Ich erinnere mich noch, wie sehr dich die eng gesteckten Erwartungen an Frauen frustriert haben, als wir auf der Law School waren.«

»Und was hast du dir von heute Abend erwartet? Warum bin ich hier?«

Er biss sich auf die Unterlippe, und ich konnte sehen, dass ihm meine Meinung wichtig war, dass er sich ehrlich meine Zustimmung wünschte oder zumindest meinen Tadel fürchtete. Aber war das nicht Bills Genialität als Politiker gewesen, dass er sich jedem gegenüber auf diese Weise verhielt? Und es war immer ehrlich. »Ich lerne es von Jahr zu Jahr mehr zu schätzen«, sagte er,

»wenn zwei alte Freunde die Gelegenheit haben, sich wiederzutreffen. Und wir hatten doch eine schöne Zeit.« »Alte Freunde« – ich hätte nicht sagen können, welches der beiden Wörter kränkender war. Dann fügte er hinzu: »Ich wollte auch vorfühlen, ob du bereit wärst, Mitglied des Stiftungsrats zu werden. Wie schon gesagt, fehlt in diesen Bereichen oft die weibliche Führung, die weibliche Perspektive. Aber ich wollte weiß Gott keine Verwirrung stiften.«

»Nur aus Neugierde, wie alt war die älteste Frau, mit der du je geschlafen hast?«

»Ich wüsste nicht, was das zur Sache tut.«

»Fünfundvierzig? Vierzig?«

»Evangeline war vierundvierzig, als wir uns letztes Jahr getrennt haben.« Er senkte den Kopf. »Wenn ich dir den Eindruck vermittelt habe, dieses Dinner sei romantischer Natur, tut mir das leid.«

»Ist dir in den letzten Tagen einmal der Gedanke durch den Kopf geschossen, wir könnten heute Abend Sex haben?« Angesichts der heiklen Natur der Frage drückte ich mich so neutral wie möglich aus.

»Ich habe einfach ... In diesen Kategorien hab ich nicht gedacht. Wo ich gerade in einer brandneuen Beziehung bin.«

Die Uhr am Backofen piepte, und keiner von uns sagte etwas, während er einen Topfhandschuh anzog, den Tarteboden aus dem Backrohr holte und auf eine Herdplatte stellte. Dann gab er, während wir noch immer schwiegen, die Ratatouille auf den Teig und sagte schließlich, als er fertig war: »Das sieht doch gar nicht so schlecht aus, oder?«

Aber ich wollte seine Tarte nicht essen. Ich wollte kein Mitglied seines Stiftungsrats werden. Ich wollte nicht in seinem Penthouse und ich wollte nicht in seiner Gegenwart sein. Es wäre ein Leichtes, dachte ich, weiterhin mit ihm befreundet zu bleiben; es würde kaum Mühe kosten, diese Situation zu retten. Vielleicht hätte er in der Zukunft insgeheim sogar ein schlechtes Gewissen und würde großzügiger für meinen Wahlkampf spenden oder beim Anwerben anderer Geldgeber helfen. Nur wäre es für *mich* kein Leichtes zurückzurudern, wieder einen auf Freundschaft zu machen. Sich mit Bill Clintons Bockmist zu arrangieren – hatte ich mir nicht das Recht verdient, das nie wieder tun zu müssen? Manchmal hat es seinen Preis zu sagen, was man denkt, was nicht bedeutet, dass es den nicht wert wäre.

»Zugegeben, du hast heute Abend nichts getan, was vor Gericht gegen dich verwendet werden könnte«, sagte ich. »Was deine Spezialität ist. Aber ich glaube, du hast mir etwas vorgemacht. Es ist komisch, denn ich weiß noch, wie ich vor vielen Jahren, als du mir einen Heiratsantrag gemacht hast, dachte: Er wird zwar nie treu sein, aber er wird sich auch nie nicht zu mir hingezogen fühlen. Er liebt eben Frauen und Sex. Aber heute denke ich, das war ein Irrtum. Du hättest mich irgendwann, wenn wir geheiratet hätten, gegen ein neueres Modell ausgetauscht.«

Er wurde rot. »Wie unsere Ehe ausgesehen hätte, ist belanglos, und zwar einzig und allein wegen dir. Ich war bereit, mein Bestes als dein Ehemann zu geben. War mein Bestes, *ist* mein Bestes perfekt? Nein. War es dir genug? Wieder nein. Deshalb geht es dich nichts mehr an, mit wem ich seitdem zusammen war oder bin.«

»Es sei denn, du hast beschlossen, mich zu einem intimen Dinner einzuladen.« Ich machte eine ausladende Geste in Richtung Tarte, Musik und Aussicht. »Wolltest du dir alle Möglichkeiten offenhalten, aber jetzt, wo ich hier sitze, bin ich dir zu faltig? Ist mein Teint nicht milchweiß genug?«

Er biss sich wieder auf die Lippe – er hatte zwei Arten, sich auf die Lippe zu beißen, eine nachdenkliche und eine wütende, und das war die wütende Version –, bevor er sagte: »Du hast nie begriffen, dass das menschliche Herz keine Verhandlungssache ist.«

»Verschon mich.« Ich rutschte vom Barhocker. »Wir sind zwar nicht bis zum Ende eines typischen Tages von dir gekommen, aber ich hoffe, dass in deinem Kalender normalerweise eine

Therapiesitzung steht, denn du bist fraglos ein Narzisst. Und das meine ich im klinischen Sinn.«

»Welche Diagnose würdest du einer Frau stellen, die erfolglos versucht, einen Narzissten zu verführen?« Auch wenn er in diesem Moment noch nicht brüllte, war er doch kurz davor.

»Leck mich doch«, sagte ich.

»Nein, danke. Ich dachte, das hätte ich klargestellt.«

»Nun, wenn du versuchst, mich zu demütigen, schäme ich mich *wirklich* vor mir selbst. Aber nicht, weil ich geglaubt habe, du fändest mich attraktiv. Ich schäme mich, weil du mir über so viele Jahre hinweg so viele Beweise geliefert hast, was für ein Stück Scheiße du bist, und ich es wieder einmal ignoriert habe.« Ich wandte mich zur Tür. »Leb wohl, Bill.« Anstatt auf seine Antwort zu warten, ging ich zielstrebig Richtung Aufzug.

»So meinst du also, funktioniert das?«, brüllte er. »Ich heiße dich in meiner Wohnung willkommen, und wenn es nicht haargenau so läuft, wie du es dir ausgemalt hast, stellst du meinen Charakter infrage?«

Ich warf ihm über die Schulter einen Blick zu. »Ich stelle deinen Charakter nicht infrage. Das tust du schon ganz allein.«

Hätten wir uns im Erdgeschoss befunden, hätte sich mein Abgang weitaus dramatischer gestalten lassen. So aber musste ich, nachdem ich mir meine Tasche von dem Tisch geschnappt und den Liftknopf gedrückt hatte, ein paar Sekunden warten, was die Situation – ich mit dem Rücken zu ihm und dieser riesigen Fensterfront – irgendwie absurd machte. Hinter mir hörte ich ihn sagen: »Du warst schon immer eine Meisterin darin, mir ein schlechtes Gewissen zu machen. Mich an deinen unerreichbaren Maßstäben zu messen und dann zur Schnecke zu machen, wenn ich ihnen nicht gerecht werde. Weißt du, was du bist? Eine selbstgerechte Fotze.«

Ich sah über die Schulter und erwiderte: »Und du bist ein selbstsüchtiges, verzogenes Bürschchen.«

Das war der Moment, in dem er den Vorlegelöffel warf. Wollte er etwa *mich* treffen? Ich hatte ihn nie gewalttätig erlebt, obgleich ich ihn auch noch nie derart wütend gesehen hatte. Der Löffel prallte gegen die rote Porzellanlampe auf dem Tisch, die zu Boden fiel und zerbarst. Ich war geschockt – und er nicht minder, wie mir schien, als ich ihn ansah.

Die Aufzugtür öffnete sich, und ich stieg ein, dann drehte ich mich um. Sie noch kurz am Schließen hindernd sagte ich: »Wie hieß deine Haushälterin noch gleich, Elena? Andere Leute dein Chaos beseitigen zu lassen, darin bist du doch ein Meister.«

Der Moderator der Morgenshow, in deren Warteraum ich eine Woche zuvor gesessen hatte, sagte zu Donald Trump: »Sind Sie ein offizieller Unterstützer von Hillary Rodham?«

»Was Sie über mich wissen müssen«, sagte Trump, »ist, dass ich immer ein Feminist war. Ob es meine wunderschöne Tochter Ivanka ist, die Mädchen in meinen Schönheitswettbewerben oder die Frauen, die in meinen Hotels für mich arbeiten, niemand unterstützt Frauen mehr als ich. Als Mentor, als Boss … niemand. Ich kann die Zahl der Mädchen und Frauen gar nicht zählen, die zu mir sagen: ›Mr Trump, niemand in meinem Leben hat mir jemals solche Möglichkeiten geboten wie Sie.‹ Sie sagen das, und ihnen laufen dabei wirklich die Tränen über das Gesicht.«

»Wow«, sagte ich. »Jetzt ist die verdammte Katze aus dem Sack.«

»Wenn ich höre, wie er *Feminist* ausspricht, hab ich das Gefühl, sofort unter die Dusche zu müssen«, sagte Diwata.

Wir saßen auf dem Weg nach Greenville, South Carolina, im Flugzeug und verfolgten die Sendung auf dem iPad.

»Aber unterstützen Sie Hillary nun, ja oder nein?«, fragte die Co-Moderatorin.

»Nein, nein.« Donald lächelte süffisant. »Wenn sie das will, muss sie schon etwas dafür tun, Sie wissen schon, was ich meine? Aber wir stehen uns schon seit einiger Zeit recht nahe. Ich bin einer ihrer zuverlässigsten Berater.« Ich wartete darauf, dass sie ihn an seine Aussage, er sei mir noch nie begegnet, erinnern würde, die er vor längerer Zeit in ihrer Show gemacht hatte. Stattdessen erschien auf dem Bildschirm das Foto aus dem Jahr 2005 von der Gala des Hochglanzmagazins, auf dem Arm in Arm, schick gekleidet und freudestrahlend Bill, Donald und ich in der Mitte zu sehen waren.

»Oh mein Gott«, sagte ich.

»Was meinen Sie mit ›sehr nahe‹?«, fragte der Moderator. »Heißt das private Abendessen? Gemeinsames Golfen in Mar-a-Lago?«

»Das alles«, bestätigte Donald.

»Wenn Sie beide zusammen sind, worüber unterhalten Sie sich?«, fragte die Frau scheinheilig. »Gesundheitsfürsorge? Außenpolitik?«

»Genau.« Donald nickte mit Nachdruck. »Sie sagt zu mir: ›Was soll ich mit den Unternehmen machen, was soll ich mit der Wirtschaft machen?‹ Und ich sage zu ihr: ›Machen Sie sich keine Sorgen. Machen Sie, was ich Ihnen sage, ich kann Sie ins Weiße Haus bringen.‹«

Die nächsten Worte vom iPad waren unmöglich zu verstehen, weil Diwata, Theresa, Clyde, Kenya und ich gleichzeitig aufstöhnten.

»Hatte ich gerade einen psychotischen Schub?«, fragte Clyde.

»Stellt ihm die rudimentärste Wirtschaftsfrage, bitte! Fordert ihn auf, das Haushaltsverfahren zu definieren«, flehte ich.

»Aber wissen Sie was?«, meinte Theresa. »Wenn er nicht mehr als einen Satz zuwege bringt, ohne über sich selbst zu sprechen, kann er Ihnen auch keine Worte in den Mund legen.«

Auf dem Bildschirm fragte der Moderator gerade: »Donald, haben Sie sich die Hintertür einen winzigen Spalt offengehalten, um selbst zu kandidieren?«

»Hören Sie«, sagte Donald, und seine Freude, dass man ihm diese Frage gestellt hatte, war förmlich mit Händen greifbar. »Ich wäre fantastisch darin. Ich wäre besser als Hillary, wenn ich ehrlich bin.

Aber ich muss mich um andere Dinge kümmern, um so viele Dinge, fantastische Geschäfte.« Er beugte sich verschwörerisch vor, als würde dieses gesamte Gespräch nicht im Fernsehen ausgestrahlt. »Bill Clinton ist ein Drecksack. Er ist ein Drecksack, und soll ich Ihnen sagen, woher ich das weiß? Weil ich genauso bin. Männer wie wir, wir lieben Frauen, und das ist großartig. Aber man kann keine Dreier mit Models haben, wenn man Präsident ist.«

»Ich könnte schwören, dass ich ihn vor ein paar Wochen gehört habe, wie er Bills Frauengeschichten verteidigt hat.«

»Oh, er ist völlig inkonsequent. Aus seinem Mund kommt, was auch immer aus seinem Mund kommt«, sagte Diwata.

»Keine Perverslinge erlaubt im Oval Office«, sagte Donald. »Ich hab die Regeln nicht gemacht.«

»Natürlich«, meinte Clyde, »werden wir eine massive Kommunikationsoffensive starten, um Ihren Unterstützern zu signalisieren, dass Sie ihn instrumentalisieren.«

»Wer war noch gleich der Bluesmusiker, der seine Seele angeblich dem Teufel verkauft hat?«, fragte ich.

Diwata lachte. »Robert Johnson, aber haben Sie sein Zeug je gehört? Das war es absolut wert.«

KAPITEL 7

2015

Den Sommer über beriet sich mein Team in etlichen Strategiesitzungen zur ersten TV-Debatte der Demokraten, aber einen Probelauf machten wir erst am Donnerstag, den 8. Oktober – fünf Tage bevor Bill Clinton, Martin O'Malley, Jim Webb und ich gemeinsam auf einer Bühne im Wynn Las Vegas Resort erscheinen würden. Damit ich mich bestmöglich konzentrieren konnte, waren bis zur Debatte sämtliche Termine aus meinem Kalender gestrichen worden, und wir hatten, wie schon 2008, in einem Hotel am Rande Chicagos neben einigen Konferenzräumen ein Auditorium mit zweihundert Plätzen angemietet. Am Morgen um halb neun gab meine Politikreferentin Clarissa Jovicich, die federführend für die Vorbereitung der Debatte zuständig war, mir und drei Dutzend Stabsmitarbeitern einen Überblick über die Logistik und das Format. Kurz nach neun hatten die Männer, die meine Gegner spielten, und ich hinter der Bühne Aufstellung genommen, um einer nach dem anderen aufzutreten: Ein Referent namens Clay mimte Martin O'Malley, der laut den Umfragen in Iowa derzeit bei vier Prozent lag, ein weiterer Referent namens Bob fungierte als Jim Webb, der bei einem Prozent lag, und Nick Chess, mein Kommilitone aus längst vergangenen Yale-Zeiten, übernahm die Rolle von Bill, der aktuell die Stimmen von vierzig Prozent der Wähler in Iowa bekommen hätte. Ich spielte mich selbst, und für mich hätten momentan dreiundvierzig Prozent der Wähler aus Iowa gestimmt, mit anderen Worten, ich hatte dort – wie auch in New Hampshire – wieder einen hauchdünnen Vorsprung vor Bill. Die echte Debatte würde von vier CNN-Korrespondenten moderiert werden. Zu Gregs Entzücken durfte er Anderson Cooper verkörpern.

Im Grunde mochte ich Debatten; sie fühlten sich fast ein wenig an wie die Tests während meines Studiums, für die ich schwer geschuftet hatte. Und da es derart viel unbegründete Kritik an meiner Person gab, da die Amerikaner, die wenig von mir hielten, *derart* wenig von mir hielten, zeigten die Umfragen nach Debatten in der Regel, dass ich einige Zuschauer allein dadurch für mich gewonnen hatte, dass ich mich nicht wie eine Oberlehrerin oder eine Hexe aufgeführt hatte. Clarissa wollte, dass wir ohne Unterbrechung durchspielten, unabhängig davon, wie viele Fehler uns unterliefen: angefangen beim Betreten der Bühne über das Händeschütteln zwischen den Kandidaten und dem Einnehmen unserer Plätze hinter den Rednerpulten bis hin zu den Eröffnungsstatements und dem Feuerwerk aus Fragen.

Um der Authentizität willen hatte ich Clay, Bob und Nick bis zu dem Moment, als sie bereits in ihre Rollen geschlüpft waren und wir uns alle hinter der Bühne begegneten, nicht mehr zu Gesicht bekommen. Ich konnte mir das Lachen kaum verbeißen, als ich Nick sah, der im echten Leben einen dünnen, hippieartigen Pferdeschwanz hatte, an diesem Morgen jedoch eine weiße Perücke trug, die Bills Haar ähneln sollte, sowie eine rote Krawatte mit dem Bild eines Razorbacks-Ebers mit Hauern und allem Drum und Dran. Ich wusste die Bemühungen zu schätzen, und tatsächlich trug ich selbst einen Hosenanzug aus Seide. Ich trat als Dritte auf die Bühne, und die Stabsmitarbeiter applaudierten wie wild – der Klang von ungefähr vierzig jubelnden Menschen in einem Auditorium für zweihundert Personen ist ein besonderer –, und ich winkte und strahlte und zeigte auf imaginäre Gäste aus dem Publikum. Wie in einer echten Debatte stand vorne auf der Bühne, vom Publikum abgewandt, eine kastenförmige Uhr, um die Sekunden, die uns für unsere Antworten zur Verfügung standen, in digitalen roten Ziffern herunterzuzählen.

In meinem Eröffnungsstatement, das nach etlichen Diskussionsrunden von zwei Redenschreibern verfasst worden war, sprach ich über Beschäftigung, Bildung und saubere Energie, wobei ich vor allem versuchte, warmherzig und positiv zu wirken. Nick alias Bill konzentrierte sich auf die vor uns liegenden, nie da gewesenen Probleme und Chancen und stimmte ein Loblied auf die gerade beginnende technologische Revolution an. Zudem imitierte er Bills selbstbewusste, weitschweifige Art zu reden und seinen Hang, die Hände zu benutzen und regelmäßig den Zeigefinger zu heben. Bob alias Jim Webb nahm Bezug auf seine Militärlaufbahn, und Clay alias Martin O'Malley sprach darüber, wie sehr ihn seine Zeit als Bürgermeister und Gouverneur für das Amt des Präsidenten qualifiziere.

Dann stellte uns Greg alias Anderson Cooper gemeinsam mit drei anderen falschen Moderatoren Fragen zu Wirtschaft und Waffenkontrolle, zu Immigration und Finanzreformen, zu Reproduktionsrechten, klimaneutraler Energie und der Terrormiliz IS. Als ich auf eine Frage zur Gesundheitsfürsorge antwortete, erwähnte ich Misty LaPointe, die eine meiner drei Ehrengäste – allesamt Menschen, die ich während des Wahlkampfs kennengelernt hatte – im Publikum sein würde; die anderen beiden waren ein Lehrer und Veteran aus Lebanon, New Hampshire, und ein Bauarbeiter aus Chicago.

CNN hatte für die Debatte Facebook als Kooperationspartner mit ins Boot geholt, und einige Fragen würden aus den Reihen der Wähler kommen. In den letzten Minuten der Probedebatte schlüpften einige Stabsmitglieder in deren Rolle und kündigten ihre Fragen per Handzeichen an. Eine Anwältin namens Maryanne sagte: »Gouverneur O'Malley, Sie haben einen seltsamen Akzent, den ich nicht einordnen kann. Sind Sie ein Halbelf?« Mein Kommunikationsdirektor Aaron wollte wissen: »Senatorin Rodham, Donald Trump ist nun sowohl Ihr Busenfreund als auch Ihr spiritueller Berater. Können Sie mir aus erster Hand sagen, ob seine berühmte Toilette vergoldet oder aus reinem Gold ist?« Und eine Wahlkampfberaterin namens Rebecca meinte: »Gouverneur Clinton, wie wir wissen, lieben Sie Orgien. Benutzen Sie Viagra?«

Doch abgesehen von den Albernheiten war es erfrischend, die echten Fragen zu beantworten. Im Flugzeug und abends im Bett, in meinem Nest, hatte ich über grünen Ordnern mit Briefings zu jedwedem politischen Thema gebrütet. In manchen Fällen hatte ich zusätzliche Fragen gestellt und weitere Informationen bekommen; möglicherweise würde Bill in der Debatte besser abschneiden als ich, aber es war unmöglich, dass er sorgfältiger vorbereitet sein würde.

Schließlich sagte Greg alias Anderson Cooper: »Ich danke sowohl Ihnen, verehrte Kandidaten, als auch Ihnen, liebe Wählerinnen und Wähler, für Ihre Teilnahme«, und alle klatschten jubelnd Beifall.

»Sie waren fantastisch, Senatorin«, sagte Clarissa, und Greg alias Greg sagte: »Das war echt beeindruckend.« Ich wusste, dass die Komplimente das Vorspiel zu einem Hagel an Kritik waren.

Noch mit Bills Akzent meinte Nick Chess: »Hillary, klang meine Stimme für dich auch so zuckersüß wie für mich?«, und alle lachten. Ich stand noch immer auf der Bühne, als meine Stabsmitglieder nacheinander auf ihre Telefone schauten und sich dann gegenseitig Blicke zuwarfen. Da ich mein Handy vor der Probedebatte Kenya gegeben hatte, fragte ich: »Ist was passiert?«

Ich fixierte Theresa, die in der ersten Reihe des Auditoriums saß und erst zu Clarissa und dann zu mir sah. Es war jedoch Denise, meine Wahlkampfmanagerin, die das Wort ergriff. »Vor ein paar Minuten ist auf *American Truth* ein Artikel erschienen, der behauptet, Sie hätten Anfang der Neunziger ein Mitglied Ihres Stabs sexuell belästigt.«

»Scheiße!«, entfuhr es mir. »Hat der Kerl, der das behauptet, wirklich für mich gearbeitet?« *American Truth* war eine abstruse, ultrakonservative Website.

»Tatsächlich handelt es sich um eine Frau namens Jill Perkins.« Denise stand die Verlegenheit ins Gesicht geschrieben. »Sie sagt, Sie hätten sie während Ihres ersten Senatswahlkampfs gezwungen, Ihnen die Beine zu rasieren.«

Ich hörte Greg sagen: »Augenblick mal, meinen Sie Jill Rossi?« Obwohl ich mich weder an den Vor- noch an den Nachnamen der jungen Frau erinnern konnte, die mir 1992 auf dem Weg zu meinem Interview mit der *Chicago Tribune* in einem Taxi die Beine rasiert hatte, verwandelte sich der aufsteigende Ärger, den ich wenige Sekunden zuvor verspürt hatte, in angewidertes Entsetzen. Ein Teil von mir wollte lachen, weil die Situation derart absurd war. Aber das Körnchen Wahrheit in dieser Verdrehung der Tatsachen und die schillernde Natur dieser Geschichte, die Ironie und das Timing – all diese Faktoren bedeuteten, dass sie höchstwahrscheinlich hängen bleiben würde. Die Gemeinheit, Unbarmherzigkeit und Illoyalität in der Politik kannten wirklich keine Grenzen.

»Jill Rossi, du billige Schlampe«, fluchte Greg. »Du nichtsnutzige konservative Marionette.«

»Ganz ruhig, Greg«, sagte ich.

»Erinnern Sie sich an sie?« Denise sah zwischen uns hin und her.

»Sie war für ungefähr zehn Minuten meine Assistentin, bevor ich sie wegen himmelschreiender Inkompetenz gefeuert habe«, sagte Greg.

Wir mussten den Probelauf bewerten, während wir ihn noch alle frisch im Gedächtnis hatten, denn die echte Debatte würde das wohl wichtigste Ereignis des gesamten Wahlkampfs sein. Und wir mussten hinsichtlich dieses aufkeimenden Skandals auch Maßnahmen zur Schadensbegrenzung ergreifen. Und wir mussten beides sofort tun.

Ich atmete, wie es mir meine Pilates-Trainerin Nora beigebracht hatte – ein durch die Nase, aus durch den Mund. »Lasst uns alle zehn Minuten Pause machen«, sagte ich.

»Hören Sie«, meinte Bill zu einem der Reporter, die seine Wahlkampftour begleiteten, nach einer Veranstaltung mit achttausend Teilnehmern in Madison, Wisconsin, die natürlich in ganzer Länge von mehreren Fernsehsendern übertragen worden war. »Hat Hillary ein schlechtes Urteilsvermögen bewiesen? Aber ja. Ist sie ein schlechter Mensch? Definitiv nein. Die Zeiten haben sich geändert, und wie sich die Leute vor zwanzig Jahren oder, zum Teufel, noch vor zehn Jahren verhalten haben, das geht heute einfach nicht mehr. Und ja, damit meine ich auch mich selbst. Mutige Menschen, die sich aus der Deckung wagen und den Mund aufmachen, helfen unserer Gesellschaft, sich gemeinsam fortzuentwickeln, und das ist gut so. Abgesehen davon, kennen Sie jemanden, der noch nie einen Fehler gemacht hat? Ich glaube, nein.« Er machte eine Pause und lächelte. »Wer unter euch ohne Sünde ist, der werfe den ersten Stein, nicht wahr?«

Die Debattenvorbereitung war gegen vier Uhr nachmittags, nach acht Stunden, zu Ende gegangen, und ich war zusammen mit Kenya, Theresa und Denise in meinem gepanzerten Geländewagen auf dem Weg zu meiner Wohnung, wo wir uns mit weiteren ranghohen Stabsmitgliedern zu einer Strategiesitzung treffen würden. Als wir Bills Interview zu Ende geschaut hatten, sagte Denise mit simuliertem Südstaaten-Akzent und künstlich rauchiger Stimme: »Nennen Sie mich einfach Ich-hab's-nicht-so-mit-logischer-Äquivalenz-Clinton.«

Offensichtlich war der Skandal von Bills Wahlkampfteam eingefädelt worden, und offensichtlich hatten sie ihn erschaffen, um eventuellen Anschuldigungen wegen sexueller Belästigung oder gar Vergewaltigung ihm gegenüber zuvorzukommen. Tatsächlich kursierten Gerüchte, die *Vanity Fair* werde demnächst ein umfangreiches Interview mit einer jungen Frau bringen, die auf einer Silicon-Valley-Sexparty eine intime Begegnung mit Bill gehabt habe. Die niederträchtige Raffinesse seines Teams machte mich wütend und nötigte mir zugleich einen merkwürdigen Respekt ab.

Die Medien hatten bereits einen Namen für den Skandal gefunden. Sie nannten ihn Rasurgate.

Wir saßen zu siebt um meinen Esstisch, und Gigi war uns aus Washington über Theresas iPhone, das in der Mitte des Tisches lag, zugeschaltet. Es herrschte allgemeiner Konsens, dass ich es kategorisch dementieren müsse, jemals irgendeine Person auf welche Weise auch immer sexuell belästigt zu haben. Ich hatte allen Anwesenden geschildert, was sich vor dreiundzwanzig Jahren in dem Taxi ereignet hatte, und von diesem Moment an benutzte niemand mehr am Tisch das Wort »Lüge«. Natürlich nicht.

Die Frage war, wo, wann und wie dieses kategorische Dementi lanciert werden sollte: Aaron, mein Kommunikationsdirektor, konnte eine Pressemitteilung veröffentlichen, in der er die Behauptungen als unbegründet zurückwies. Ich konnte »spontan« mit einem Reporter sprechen, wie es Bill nach seiner Veranstaltung in Madison getan hatte, auch wenn ich vor der TV-Debatte keine öffentlichen Auftritte mehr hatte. Ich konnte in ein oder zwei Tagen eine Pressekonferenz geben, auf der ich meine Sicht der Dinge einfließen lassen würde.

Aber Pressekonferenzen liefen oft nicht gut für mich – es fiel mir schwer, meinen Ärger über die lächerlichen Fragen der Journalistinnen und Journalisten zu verbergen. Wir konnten die Geschichte auch einfach ignorieren und hoffen, sie würde in Vergessenheit geraten, vor allem wegen ihres zweifelhaften Ursprungs. Grundsätzlich verschaffte man Anschuldigungen so gut wie immer Legitimation und ein längeres Leben, wenn man sie, auch in Form eines Dementis, direkt ansprach. Schließlich konnten wir so tun, als würden wir die Geschichte ignorieren, während andere sie für uns abstritten.

Es war kurz vor zwanzig Uhr, und mein Esstisch war mit Papptellern voller Pizzarändern sowie Cola- und Cola-light-Dosen übersät. Meine Mitarbeiterinnen und Mitarbeiter rund um den

Tisch sahen so müde aus, wie ich mich fühlte. An Theresas iPhone gerichtet sagte ich: »Gigi, können Sie uns sagen, was Sie über Jill Rossi Perkins wissen?«

»Wir graben weiter, aber die groben Umrisse bisher sind, sie ist achtundvierzig, verheiratet mit einem Zahnarzt, Mutter von drei Teenagern. Nachdem Greg sie gefeuert hat, war sie sieben Jahre lang bis zur Geburt ihres ersten Kindes bei der PR-Agentur Blaise Cartwell, danach blieb sie zu Hause. Von 2005 bis 2009 schrieb sie für eine in Chicago ansässige Elternzeitschrift eine Kolumne. Die Kolumnen drehen sich darum, wie sie ihre Kinder zum Sport fährt oder wie überdreht sie waren, als sie sich an Halloween mit Süßkram vollgestopft haben, und solche Sachen.«

»Das klingt fesselnd«, sagte ich.

»Obwohl sie regelmäßig zur Wahl gegangen ist, sieht es nicht so aus, als hätte sie sich aktiv in irgendeiner Kampagne engagiert. Allerdings, Frau Senatorin, hat sie '98 Ihrem republikanischen Gegner zweihundertfünfzig Dollar gespendet.«

»Das ist extrem unbefriedigend«, sagte Greg. »Können Sie nichts darüber finden, dass sie Dope aus ihrem Kombi heraus verkauft?«

»Entschuldigen Sie, wenn ich unterbreche«, meldete sich Denise zu Wort, »aber ich habe gerade eine SMS von jemandem von ABC bekommen, und die schlechte Nachricht lautet, dass Jill Perkins und ihr Anwalt morgen bei *Good Morning America* sein werden.«

Ich seufzte. »Und wie lautet die gute Nachricht?«

Denise sah mich verwirrt an. »Wie meinen Sie das?«

»Wenn das die schlechte Nachricht ist, was ist dann die gute?«

»Es tut mir schrecklich leid«, sagte Denise, »aber ich fürchte, es gibt gerade keine.«

Schnell sprang Theresa ihr bei: »Die gute Nachricht ist, dass Sie kurz davor sind, als Spitzenkandidatin der Demokraten nominiert zu werden.«

An jenem Septemberabend 2005, als ich nach unserem katastrophal fehlgeschlagenen Dinner Bills Penthouse verlassen hatte, rief mir der Portier des Gebäudes ein Taxi. Während der Fahrt stritten sich Scham, Wut und vor allem Fassungslosigkeit in mir. Ich war bestürzt, dass mich meine Gefühle im Vorfeld getrogen hatten. Mein Weitblick, auf den ich mich seit meiner Jugend hatte verlassen können, hatte versagt. Ich hatte gedacht, etwas Gutes und Besonderes würde geschehen, und ich hatte mich getäuscht. Ich überlegte, Maureen anzurufen, fürchtete aber, beim Klang ihrer Stimme einen Zusammenbruch zu erleiden. Also schickte ich ihr lieber eine E-Mail von meinem Blackberry. Ich tippte:

»Wie sich herausgestellt hat, gibt es eine Frau auf Erden, mit der Bill nicht schlafen will. Diese Frau bin ich.«

Es vergingen fünf Jahre, bis ich Bill bei einer großen, exklusiven Veranstaltung, diesmal einer Konferenz für Cybersicherheit in San Diego, wiederbegegnete. Wir standen keine zehn Meter voneinander entfernt, ohne miteinander zu sprechen. Bei seinem Anblick bekam ich wacklige Knie, doch nicht aus freudiger Erregung. Ich war mir nicht sicher, ob er mich bemerkt hatte. Zehn Monate später, bei einem Technologiegipfel im Weißen Haus, sahen wir uns direkt in die Augen und sprachen wieder nicht miteinander. Am nächsten Tag fand ich in meinem Posteingang eine E-Mail von ihm:

»Ich dachte, das könnte Dir gefallen, falls Du es noch nicht kennst.«

Der Anhang war ein Weißbuch zu künstlicher Intelligenz und Populismus.

Ab da traten wir zu meiner Überraschung in eine neue Ära des distanzierten, aber kollegialen Kontakts ein, in der wir uns alle zwei bis drei Monate E-Mails mit einem Anhang oder Link auf das Forschungsergebnis einer wissenschaftlichen Studie oder einen Artikel aus dem *New Yorker* oder der *New York Times* schickten. Die Themen reichten von Steuervorschriften über grenzwertige Bedingungen in Bundesgefängnissen bis zur Zukunft der NATO. Stets beinhalteten die Mails in leichten Abwandlungen den Satz: »Ich dachte, das könnte Dich interessieren.« Der Empfänger las den Artikel innerhalb von ein oder zwei Tagen – manchmal hatte ich das, was er mir schickte, bereits gelesen und sogar überlegt, es ihm zu senden – und tat in einer ähnlich kurzen Antwort die eigene Meinung kund:

»Scharfsinnige Analyse der Nulltoleranzpolitik« oder »Verkennt Chinas Rolle als Waffenlieferant«.

Dieser Kontakt, mit seinem Fokus auf die Außenwelt und seiner Regelmäßigkeit, die keine Häufigkeit war, bewirkte etwas, das mir bisher kaum gelungen war: Er entmystifizierte Bill. Als ich ihn 2013 in Davos sah, plauderten wir zehn Minuten, und der Einsatz fühlte sich zum Glück auf nie da gewesene Weise gering an. Im Jahr 2014 war ich gerade auf dem Crosstrainer im Fitnessraum der Senatorinnen, als mir einfiel, dass ich vergessen hatte, auf eine E-Mail von ihm zu antworten, die er mir vor mehr als einer Woche geschickt hatte. War dieser Fauxpas nicht der Beweis, dass ich – endlich – über ihn hinweg war? Und vielleicht hatte mein Weitblick in jener Nacht in San Francisco doch nicht versagt; vielleicht *war* diese Nacht von Bedeutung gewesen, denn sie war der Beginn meiner wahren Befreiung von Bill gewesen.

Unser vorwiegend digitaler Kontakt in den vergangenen Jahren war es auch, der mich hatte glauben lassen, ich würde es rechtzeitig im Voraus erfahren, sollte er sich je für die Präsidentschaftskandidatur entscheiden. Ich hatte nicht nur Artikel mit ihm ausgetauscht, ich hatte ihn auch wachsam im Auge behalten.

Jill Perkins hatte welliges dunkelbraunes Haar, trug eine cremefarbene Bluse und kam auf eine aufrichtig wirkende Art ängstlich rüber, als sie sagte: »Nachdem ich gesehen habe, wie Hillary Rodham sich als Vertreterin der Frauen aufspielt, konnte ich nicht länger still bleiben. Egal, wer oder was Sie sind, es gibt Ihnen nicht das Recht, andere Leute zu missbrauchen.«

Sie und ihr Anwalt, ein Mann mit einem akkurat getrimmten braunen Bart, saßen gemeinsam auf einer schmalen Couch, und die Moderatorin, die sie interviewte, saß links neben ihnen auf einem Stuhl und mimte Besorgnis; obwohl es an der Ostküste zwanzig nach sieben in der Früh war, trug sie etwas, das aussah wie ein türkisfarbenes Cocktailkleid. »Sie behaupten, vor mehr als zwanzig Jahren habe Hillary Rodham Sie, als Sie Assistentin bei ihrem ersten Senatswahlkampf waren, schwerwiegender und andauernder sexueller Belästigung ausgesetzt. Eine Ihrer provokantesten Anschuldigungen lautet, Senatorin Rodham habe einmal von Ihnen verlangt, ihr die Beine zu rasieren. Können Sie uns darüber ins Bild setzen, wie es dazu kam?«

Jill Perkins warf ihrem Anwalt einen Blick zu, der einmal nickte, bevor sie mit zitternder Stimme sagte: »Wir waren in einem Taxi. Hillary Rodham trug einen Rock und Nylonstrumpfhosen, und sie bemerkte, dass sie sich die Beine nicht rasiert hatte und man die Haare sah. Sie befahl mir, auf den Taxiboden zu knien und ihr die Beine zu rasieren. Das war mir vom ersten Moment an unangenehm, aber ich dachte, ich hätte keine Wahl. Ich fühlte mich erniedrigt und vergewaltigt.«

»Jill war damals fünfundzwanzig«, schaltete sich der Anwalt ein.

Denise, Theresa und Kenya hatten nach unserer Besprechung bei mir übernachtet, und bevor wir uns wieder der Debattenvorbereitung zuwendeten, sahen wir uns das Interview auf dem Fernseher meines Arbeitszimmers an. Mit ihnen an meiner Seite schämte ich mich noch mehr über das Bild, das vor den Augen der ganzen Nation von mir gezeichnet wurde. Waren meine

Stabsmitarbeiterinnen, die ich mochte und respektierte, entsetzt über mich? Identifizierten sie sich mit Jill Perkins? Gleichzeitig war ich wütend über Jill Perkins' Verschlagenheit, darüber, wie sie die Stimmung jenes Moments falsch wiedergab, wie sie die Tatsachen verdrehte, wie sie Gregs Anwesenheit und seine Rolle als Anstifter des Ganzen unterschlug. Ironischerweise würde diese falsche Darstellung hilfreich für ein Dementi sein – bislang hatte mein Wahlkampfteam noch keines abgegeben –, und ich ordnete in Gedanken bereits reflexartig die passenden Worte. (»Die Geschichte, die Ms Perkins erzählt hat, ist schlichtweg falsch ...«) Doch zugleich empfand ich Reue. Ich wusste nicht, ob ich als Fünfundzwanzigjährige der Aufforderung meiner Chefin, ihr die Beine zu rasieren, Folge geleistet hätte – wie ein Stich durchzuckte mich der Gedanke an Gwen Greenberger, obwohl mir der Gedanke an Gwen natürlich immer einen Stich versetzte –, doch ich hätte die Aufforderung auf jeden Fall als ekelhaft und äußerst peinlich empfunden. Gut möglich, dass Jill Perkins deshalb aufrichtig erschien, weil sie es war.

»Aber, Jill, erlauben Sie mir eine Frage«, sagte die Moderatorin. »Warum ist das eher sexuelle Belästigung als Mobbing am Arbeitsplatz?«

Es war der Anwalt, der anstelle von Jill antwortete. »Senatorin Rodham legte ein Muster sexuell anzüglicher Verhaltensweisen und Bemerkungen an den Tag. Der physische Aspekt dessen, was sie verlangte, der ungewollte und unangemessene Hautkontakt ... Sie war eine Person in einer Machtposition, die unwürdige Arbeitsbedingungen für eine Untergebene schuf.« Die eingeblendete Bauchbinde beschrieb ihn als »Rob Newcomb, Anwalt der Rodham-Anklägerin«. Der Name kam mir bekannt vor, aber ich konnte ihn nicht einordnen; vielleicht war ich inzwischen so vielen Leuten begegnet, dass mir jeder Name bekannt vorkam.

»Wenn Sie von ›Muster‹ sprechen, können Sie andere Beispiele nennen?«, fragte die Moderatorin.

Wieder sah Jill Perkins zu dem Anwalt, bevor sie sprach. »Ich habe mich nie sicher gefühlt. Ich begriff schnell, dass für Hillary Rodham arbeiten hieß, immer auf der Hut zu sein. Ich wusste nie, was sie als Nächstes tun würde, ob sie versuchen würde, mich zu küssen oder …« Sie machte eine Pause. »Etwas anderes.«

»Oh, wow«, sagte ich. »Subtil.«

Auf dem Stuhl neben mir bemerkte Theresa trocken: »Wie hält es die Frau nur mit sich selbst aus?«

Die Interviewerin hakte weiter nach. »Sie arbeiteten nur zwei Wochen für Rodhams Wahlkampf. Ist das der Grund, weshalb Sie gegangen sind?«

»Ich fühlte mich einfach nicht sicher. Ich war einfach … die Art, wie Hillary Rodham ist … an eine Frau wie sie war ich einfach nicht gewöhnt.«

»Huch«, sagte Denise. »Tu dir keinen Zwang an, Jill.«

Mein Handy hatte wiederholt gesummt, und als ich einen Blick darauf warf, war die neueste SMS von Greg: *Willkommen im Team Homo!* Ich fand das wenig witzig und fragte mich außerdem, ob Greg sich bei mir entschuldigen würde, weil er mitverantwortlich für die aktuelle Misere war. Ich hätte seinen Vorschlag, dass Jill mir die Beine rasierte, nicht annehmen sollen, aber er hätte es gar nicht erst vorschlagen dürfen.

»Jill«, sagte die Moderatorin, »ich danke Ihnen, dass Sie diese Geschichte mit uns geteilt haben, und ich danke auch Ihnen, Rob. Wir alle werden Rasurgate weiter mit großem Interesse verfolgen. Es war ohnehin schon ein ungewöhnlicher Präsidentschaftswahlkampf, und es sieht nicht so aus, als würde sich das bald ändern.«

»Oh mein Gott«, sagte ich. »Ihr Anwalt … Rob Newcomb … er ist einer meiner früheren Studenten. Er war Anfang der Neunziger an der Northwestern, und er hat mich schon damals gehasst.«

Aber es war nicht nur so, dass ich lesbisch war; anscheinend hatte ich über Jahre eine heimliche Liebesaffäre mit Beverly Collins, der befreundeten Fernsehmoderatorin, gehabt. Keine Stunde nach dem Interview bei *Good Morning America* kursierten überall im Internet Standfotos von meinen unzähligen Auftritten in Beverlys Talkshows – Bilder, auf denen wir gemeinsam lachten oder uns liebevoll ansahen. Die Mainstreammedien übten hinsichtlich meiner vermeintlichen Homosexualität ein Quäntchen mehr Zurückhaltung als die Websites des rechten Flügels, indem sie Behauptungen durch Andeutungen ersetzten:

»Es gibt vieles in Hillarys Privatleben, das wir nie erfahren haben.« – »Rodham, die ihr ganzes Erwachsenenleben Single gewesen ist …« – »Ihre langjährige enge Freundin Beverly Collins …«

In dem Hotel, in dem die Vorbereitung auf die Debatte stattfand, sagte ich, während wir alle mit einer Tasse Kaffee in der Hand herumstanden und auf Clarissas Zeichen warteten, dass es losgehen konnte, zu Greg: »Wissen die Leute, dass Beverly verheiratet ist?«

»Ein vernachlässigbares Detail«, meinte Greg. »Denn wenn du darüber nachdenkst, ist die Geschichte merkwürdig stringent. Du und Bill, ihr wart ein paar Jahre zusammen, aber du hast ihn verlassen, weil du lesbisch bist. Das ist der Grund, warum er schließlich geheiratet und sich vermehrt hat, während du nie mehr wirklich mit jemandem zusammen warst.«

»Autsch.«

Greg lachte. »Auf dem größten Mist gedeihen die schönsten Blumen.«

»Schön und gut, aber widerspricht die Tatsache, dass ich lesbisch bin, nicht der, dass ich meinen verheirateten Geliebten umgebracht habe?«

Obwohl er meinen Kollegen James von der Northwestern nie getroffen hatte, war Greg einer der wenigen Menschen, die wirklich wussten, was zwischen uns gewesen war. Und obwohl ich dachte,

ich hätte einen Witz gemacht, um meine Dickfelligkeit unter Beweis zu stellen, war ich bestürzt, als Greg erwiderte: »Hilf mir auf die Sprünge ... hast du ihn erschossen oder erstochen, oder was?«
Glaubte er etwa, ich hätte kein Herz, oder hatte er keins? Abermals wunderte ich mich, warum er sich noch immer nicht für seine Beteiligung an dem Zwischenfall mit Jill Perkins entschuldigt hatte. Wir sahen einander an – wir waren seit ewigen, guten wie schlechten, Zeiten befreundet –, und ich merkte, dass ich kurz davor stand, in Tränen auszubrechen. Was denkbar ungünstig war, da mein gesamtes Debattenvorbereitungsteam um mich herumwuselte.
Ob aus Zufall oder Notwendigkeit – mein Verstand rettete mich. »Halt«, sagte ich. »Ich hab eine Idee.«

Die Idee beinhaltete ein Telefonat. Bevor ich diesen Anruf jedoch tätigen konnte, galt es gewisse Nachforschungen anzustellen, und währenddessen bekam ich ein Debatten-Feedback von einer Linguistin, mit der ich im Lauf der Jahre oft zusammengearbeitet hatte. Nan Abelson, ihres Zeichens Professorin und Autorin, war aus Seattle eingeflogen, um die Probedebatte am Vortag zu beobachten und mich nicht nur hinsichtlich meiner Wortwahl zu beraten, sondern mir auch Tipps zu geben, wann ich was betonen, wie ich die Lautstärke variieren, und sogar, wie ich atmen sollte. Ursprünglich hatte ich Nan ausfindig gemacht, nachdem meine Stimme im Wahlkampf 2004 als schrill, durchdringend, nasal und kreischend bezeichnet worden war.
An diesem Morgen hielt sie eine vierzigminütige PowerPoint-Präsentation, die alles in allem in der Empfehlung mündete, ich solle mehr Geschichten sowohl über mich selbst als auch meine Wählerinnen und Wähler erzählen. »Ich fände es gut, Senatorin Rodham, wenn Sie sogar schon in Ihrem Eröffnungsstatement über Ihre Eltern oder Großeltern sprächen. Gestalten Sie es von der ersten Sekunde an richtig persönlich.«

Nur halb im Scherz fragte Clarissa: »Wer ist Ihr ärmster Vorfahre?«

»Außerdem fände ich es gut«, fuhr Nan fort, »wenn Sie schon bei der Eröffnung den historischen Charakter Ihres Wahlkampfs betonten. Nicht in aller Ausführlichkeit, sondern in ein bis zwei Sätzen, in denen Sie den Leuten Respekt zollen, für die das von Bedeutung ist.«

Während meines ersten Gesprächs mit Nan am Telefon vor zehn Jahren hatte ich ihr erklärt: »Das Problem ist, dass mir gesagt wird, ich würde nicht taff wirken, wenn ich nicht laut und deutlich spreche. Aber wenn ich es tue, heißt es, ich sei wütend.«

»Meine Diagnose lautet«, hatte Nan erwidert, »Sie sind eine Frau. Aber Spaß beiseite, Sie müssen vor allem eines begreifen. Die Leute meinen, charakteristische Eigenheiten Ihrer Person zu entdecken, dabei sind sie es einfach nicht gewohnt, einen Präsidentschaftskandidaten mit der Stimme einer Frau sprechen zu hören. Haben Sie schon einmal jemanden mit einem Gesichtstattoo gesehen?«

»Ein- oder zweimal vielleicht.« Die Frage war mir seltsam erschienen.

»Sehen Sie es aus dieser Perspektive. Die Leute, die Ihre Veranstaltungen besuchen, haben sich freiwillig dafür entschieden und sind Ihnen überwiegend wohlgesinnt. Aber wann immer Sie im Fernsehen auftreten, müssen Sie sich vorstellen, Sie hätten ein riesiges Tattoo im Gesicht. Während Sie über Gesundheitsfürsorge sprechen, sind die Zuschauer kaum in der Lage, Ihnen zuzuhören, weil sie dermaßen damit beschäftigt sind zu denken: Was hat sie nur geritten, sich dieses Tattoo stechen zu lassen? Ähnlich fremd ist den Wählern eine Frau, die für das Präsidentenamt kandidiert.«

Im Auditorium sagte Nan: »Senatorin, wie immer, sprechen Sie nicht so schnell, und haben Sie keine Angst, die Männer zu unterbrechen.«

»Hatten wir gestern nicht entschieden, dass ich sie besser nicht unterbreche, weil das aggressiv und abschreckend wirkt?«

»Unterbrechen Sie sie auf ruhige Art«, sagte Nan.

Aaron, mein Kommunikationsdirektor, sagte: »Der Beweis für herausragende Intelligenz ist die Fähigkeit, sich zwei gegensätzliche Ideen gleichzeitig zu merken und trotzdem weiterhin eine perfekte Darbietung zu liefern.«

»Außer rückwärts«, sagte Rebecca, die Wahlkampfberaterin. »Und in High Heels, um mit Ginger Rogers zu sprechen.«

Rasurgate-Lesbenskandal ist ein Sturm im Wasserbett!, schrieb Donald Trump um 0.34 Uhr auf Twitter. *Tut mir leid, es ist nicht PC, aber alle jr. Angestellten arbeiten sich mit Aufgaben hoch, die kein Spaß sind.*

»Autokorrektur kann jeden erwischen, aber ganz ehrlich, ich versteh nicht, was zwischen ihm und seinem Telefon abgeht«, ätzte Theresa.

In den letzten vier Monaten seit seiner eigenmächtigen Ernennung zu meinem Ersatzmann hatte Donald in schöner Regelmäßigkeit wundersame Erklärungen zu meiner und Bills Person abgegeben, die dann von den Medien mit kaum verhohlenem Entzücken bis zum Überdruss durchgekaut wurden. In der morgendlichen Talkshow, in der er erstmals erklärt hatte, mich zu unterstützen, hatte er gesagt: »Hillary ist keine Schönheit. Sie ist keine Schönheit. Aber sie ist clever, und so jemanden brauchen wir als Präsident.« Er hatte auch gesagt: »Wenn Hillary jünger wäre, hätte ich Angst, dass sie einmal im Monat ausflippt. Sie wissen schon, was ich meine. Jeder weiß das! Aber sie ist alt, sie hat das alles hinter sich.« Tag und Nacht schrieb er Tweets, die nicht nur unfassbar plump, sondern schamlos scheinheilig waren.

Um 3.12 Uhr am 17. Juli 2015: *Jeder weiß, dass der betrügerische Bill Lügen über seine Ehen erzählt hat, warum sollten wir irgendwas glauben, was er über die Wahl sagt?*

Um 13.01 Uhr am 10. August 2015: *Schmieriger Bill Clinton muss aus dem Wahlkampf ausscheiden, außer Sie wollen Blowjobs im Oval Office!*

Um 23.43 Uhr am 4. September 2015: *Knallharte Hillary ist eine großartige Anführerin, für sie kommt unsere Wirtschaft zuerst. Stimmen Sie nicht für den betrügerischen Bill!*

Anfangs waren mein Team und ich fast erstickt in Anfragen zu meinem Verhältnis zu Donald. Wie seinerzeit, als ich mich zu meiner Beziehung mit Bill hatte erklären müssen, gab ich einen einmaligen Kommentar ab, um von diesem Moment an verärgert, was ich nicht zu spielen brauchte, zu wiederholen: »Auf diese Frage bin ich bereits in der Vergangenheit eingegangen, und ich kann Sie nur auf das verweisen, was ich bereits gesagt habe.« Meine Worte – vor laufender Kamera einem ABC-Korrespondenten gegenüber beim Verlassen einer Stadthalle in Mason City, Iowa – hinsichtlich Donald hatten gelautet: »Ich freue mich über die Unterstützung eines jeden, der erkennt, dass ich die am besten vorbereitete Kandidatin bin, um es mit den Herausforderungen aufzunehmen, vor denen unser Land heute steht.« An jenem Abend hatten sich während einer Veranstaltung in einer lutherischen Kirche in Charles City, Iowa, zwei Frauen mit selbst gebastelten Schildern vor dem Gebäude postiert: Eines zeigte Trumps Gesicht mit dem Satz »Schäm dich, Hillary« darunter, und auf dem anderen stand: »Der Feind meines Feindes ist *nicht* mein Freund.«

Während manche Medien begannen, meine gestiegenen Umfragewerte in Iowa und New Hampshire als Trump-Effekt zu bezeichnen, wurde mir klar, dass Donald in der Öffentlichkeit mit unserer Vertrautheit protzen wollte, aber offenbar keinen direkten Kontakt zu mir wünschte. Greg stand lose in Verbindung mit einem Kommunikationsberater aus Trumps Dunstkreis, aber Donald und ich hatten nie miteinander telefoniert, und mein Team hatte wohlweislich nie versucht, ihn in Bezug auf seine Tweets zu beeinflussen, weil dieser Schuss nach hinten hätte losgehen können.

Irgendwann, nahm ich an, würde er sich derart hetzerisch äußern, dass ich mich öffentlich von ihm würde distanzieren müssen, und in diesem Moment würde ich mir seinen Zorn zuziehen – vielleicht würde er sogar überlaufen und ein Unterstützer von Bill werden –, aber noch war es nicht so weit.

Im Auditorium holte Greg sein Handy hervor und las Donalds neuesten Tweet. »Das sollte der Titel der Memoiren einer in einen Politikskandal verwickelten Escortdame werden«, sagte er. »*Sturm im Wasserbett.*«

Im Lauf der letzten Stunden hatte Theresa über jemanden aus meinem Finanzteam die Mailadresse von Albert Boyd, meinem Tischnachbarn beim Spendendinner auf Cape Cod im Juni, ausfindig gemacht und schriftlich bei ihm angefragt, ob er Zeit habe, mit mir zu sprechen. Inzwischen hatte Gigi in Erfahrung gebracht, dass er weder Vorstrafen noch hohe Schulden hatte und es keine vernichtenden Beiträge in den sozialen Medien über ihn gab. Zu meiner größten Beruhigung hatte sie mit meiner Wellesley-Freundin Nancy gesprochen, die sich für seinen Charakter verbürgt hatte.

Als ich ihn aus einem leeren Konferenzraum des Hotels, in dem wir uns auf die Debatte vorbereiteten, anrief, meldete er sich bereits nach dem ersten Klingeln mit »Albert am Apparat«.

»Hallo, Albert«, sagte ich. »Hier spricht Hillary Rodham. Ich glaube, meine Referentin Theresa hat meinen Anruf angekündigt.«

»Wie schön, von Ihnen zu hören!« Das klang äußerst liebenswürdig, wenn man bedachte, dass er höchstwahrscheinlich annahm, ich würde ihn um eine weitere Spende für meinen Wahlkampf bitten, zusätzlich zu dem, was er für das Dinner bezahlt hatte – wer eine Viertelmillion Dollar erübrigen konnte, hatte zweifellos noch mehr auf der hohen Kante.

»Ich rufe aus einem etwas albernen Grund an«, sagte ich. Obwohl ich mir, bevor ich den grünen Anrufbutton gedrückt hatte, eine Minute Zeit genommen hatte, um mir meine Worte zurechtzulegen, zögerte ich ein paar Sekunden. »Bestimmt sind Ihnen einige Gerüchte zu Ohren gekommen, die sich um meinen Wahlkampf ranken. Mein Team und ich haben uns diesbezüglich unterhalten, und wir denken … nun, das klingt jetzt vielleicht ein wenig seltsam, aber wir haben überlegt, dass es gut für mich wäre, ein paarmal mit jemandem auszugehen, der glaubhaft mein fester Freund sein könnte. Und dabei sind mir sofort Sie eingefallen.« Gegen meinen Willen tauchte aus den tiefsten Tiefen meines Gedächtnisses der Brieftext empor, den ich 1960 an Bruce Stappenbeck geschrieben hatte:

»Wenn Du mich fragst, ob ich Deine Freundin sein will, werde ich Ja sagen.«

Ich überlegte, ob ich, indem ich Albert Boyd kontaktierte, nicht eine unglaubliche Dummheit beging – ob ich diesen Gefallen nicht eher von jemandem hätte erbitten sollen, für den ich keine echten Gefühle hegte. Es war beschämend und interessant zugleich zu beobachten, wie unfähig in Liebesdingen ich selbst nach fünfundfünfzig Jahren noch war.

Da sagte Albert: »Ich würde wahnsinnig gern ein paarmal mit Ihnen ausgehen.«

»Wirklich?«

»Nun, wer würde das nicht?«

Ich lachte. »Ich wüsste da spontan ein paar Namen.«

»Ich möchte nicht dreist erscheinen, aber das ähnelt mehr als nur flüchtig der Handlung eines Films, den meine Tochter Carson zigmal angeschaut hat, als sie zwölf war. Darin ging es um zwei Teenager von der Highschool, die so getan haben, als würden sie miteinander gehen.«

»Soll ich fragen, wie die Sache für die beiden ausging?«

»Was halten Sie davon, wenn ich Ihnen das bei unserer Verabredung erzähle?«

»Abgemacht. Um mit offenen Karten zu spielen, wenn ich Rasurgate sage, wissen Sie, was damit gemeint ist?«

»Ja, und es klingt nach Blödsinn.«

Ich zog eine Grimasse, weil er nicht *völliger* Blödsinn gesagt hatte. »Was auch noch dazugehört, nur damit Ihnen das klar ist ... Ich freue mich übrigens riesig, dass Sie bereit sind mitzumachen, also nur damit Ihnen das klar ist ... Wenn wir zusammen draußen unterwegs sind, werden Fotos von Ihnen, von uns in den Zeitungen rund um die Welt erscheinen. Ich übertreibe nicht. Und Sie werden einiges von Ihren Freunden zu hören bekommen, die nicht verrückt nach mir sind, von Republikanern wie Demokraten.«

»Wissen Sie, ich bin viel zu alt, um mich mit solchen Dingen zu belasten.« Dank Gigis Recherchen kannte ich seinen Geburtstag – 26. April 1947, was bedeutete, er war auf den Tag genau sechs Monate älter als ich –, doch diese Tatsache behielt ich lieber für mich.

Stattdessen meinte ich: »Eine Frage hätte ich noch. Ich kenne Ihren Terminkalender nicht, aber anvisiert ist, dass wir so bald wie möglich miteinander ausgehen, idealerweise schon am Wochenende.« Es war Freitagnachmittag, als wir telefonierten. »Gibt es den Hauch einer Chance, dass Sie morgen nach Chicago fliegen könnten? Mein Team würde Flug und Unterkunft für Sie buchen.«

»Eigentlich sollte ich morgen auf einer wahnsinnig langweiligen Cocktailparty erscheinen, und das liefert mir die perfekte Entschuldigung, nicht hinzugehen.«

War er eigens für mich in einem Labor gezüchtet worden? Oder war er insgeheim ein republikanischer Agent, der meine Bloßstellung und Demütigung im Sinn hatte?

»Theresa wird sich bei Ihnen melden, aber ich gebe Ihnen auch meine Nummer. Ich glaube, sie wird Ihnen nicht angezeigt.« Nachdem ich ihm die Ziffern diktiert hatte, sagte ich: »Ich kann Ihnen gar nicht genug danken. Ich freue mich wirklich auf unser Treffen und weiß es auch sehr zu schätzen.«

»Ich fühle mich geehrt. Das klingt nach einem großen Spaß.«

Natürlich sprach ein Argument gegen das Ganze: Wenn ich ihn ernsthaft mochte, war das Letzte, das ich tun sollte, ihn der gründlichen Überprüfung auszusetzen, die unsere Verbindung mit sich brachte. Dafür wiederum sprach, dass ich nicht nur den idealen Weg gefunden hatte, ihn zu sehen, sondern vielleicht den einzigen.

Unter meinen E-Mails waren an diesem Abend eine von Beverly Collins und eine von meiner Wellesley-Freundin Nancy.
Von Beverly:

»Nichts für ungut, Hillary, aber Du warst nie mein Typ.«

Von Nancy:

»Jetzt bin ich durcheinander ... werden die Informationen über Albert Boyd gesammelt, weil er Dein Freund werden soll oder Dein VP??«

Das Ziel war, im Lauf der Debatte einen viralen Moment zu erzeugen, und zu diesem Zweck hatte mein Team – wir waren wieder im Auditorium des Hotels – versucht, geistreiche Bemerkungen für mich zu entwickeln, die ich gegen Bill einsetzen konnte. Ich stand hinter meinem Rednerpult, und Greg spielte Bill, während die Rollen von Jim Webb und Martin O'Malley nicht besetzt waren – da wir noch eine weitere Probedebatte abhalten würden, hatten meine anderen Ersatzgegner den Samstagmorgen freibekommen.

Jemand hatte vorgeschlagen, dass ich, wenn Bill seine Sympathie für, sagen wir, die entlassenen Kohlearbeiter bekunden würde, leise lachen und erklären sollte: »Und das aus dem Mund von jemandem, der zum einen Prozent der Superreichen gehört, da kann ich nur sagen ... reichlich dreist!«

Ich brachte den Satz in verschiedenen Varianten – witzig,

sarkastisch, vorwurfsvoll –, und sie gingen alle daneben. »Das ist zu gestellt«, sagte ich.

Wir hatten bereits »Mir das Maul stopfen? Wie wäre es, die Pläne für die Keystone XL Pipeline in den Schredder zu stopfen?« verworfen.

Aus der ersten Reihe des Saals sagte Dave, ein unter den Demokraten beliebter Debattenexperte: »Ich gebe Ihnen recht, Frau Senatorin, keiner dieser Sätze ist perfekt. Aber vergessen Sie nicht Ihre weiblichen Stärken. Noch wichtiger als das, was Sie sagen, sind Ihre Reaktionen, und ein abschätziger Gesichtsausdruck, wenn die Männer sich beharken oder Clinton etwas Lächerliches behauptet, könnte zu einer Sensation werden. So in etwa, Mutti ist stinksauer und hat genug von diesem Scheiß.« Zu Demonstrationszwecken hob Dave die Brauen und schürzte die Lippen.

Skeptisch wiederholte ich hinter meinem Lesepult: »Mutti ist stinksauer und hat genug von diesem Scheiß?«

»Entschuldigung natürlich auch wegen der Geschlechterstereotype.«

»Welche Geschlechterstereotype meinen Sie? Sie verwenden so viele auf einmal, dass sich das kaum mehr sagen lässt.«

Niemand gab einen Laut von sich.

Ich senkte die Stimme und hob an, laut in den Zuschauerraum hineinzusprechen, in dem vielleicht zwanzig Stabsmitarbeiter saßen, meist mit einem oder zwei freien Plätzen zwischen sich: »Was für eine Schande, dass Hillary Rodham so unsympathisch ist, nicht wahr? Ich würde gern eine Frau als Präsidentin wählen, aber *sie* zu wählen, kann ich mir einfach nicht vorstellen. Sie ist so ehrgeizig und machthungrig. Welche Frau würde lieber Karriere in der Politik machen, als eine Familie zu gründen? Oder konnte sie vielleicht keinen Ehemann finden? Und dann erst ihre Ausstrahlung … Sie ist kalt und vollkommen humorlos. Und sie ist verklemmt, wie meine Highschool-Direktorin. Wobei … meine Highschool-Direktorin war wenigstens ehrlich, und Hillary traue ich nicht über den Weg. Wie ist sie wirklich zu dem Geld gekommen, von dem sie behauptet, sie hätte es in den Achtzigern über Futures verdient? Was verheimlicht sie uns? Was weiß eine Frau, die Eliteschulen besucht hat und in Streeterville lebt, vom täglichen Kampf des Durchschnittsamerikaners? Ich finde es völlig in Ordnung, wenn Männer reich sind, aber wenn eine Frau Geld hat, fühlt sich das einfach falsch an.«

Mein Stab starrte mich alarmiert an; sie wussten nicht, was als Nächstes geschehen würde, und ehrlich gestanden wusste ich es selbst nicht. Noch immer mit künstlich tiefer Stimme sagte ich: »Kann ich Ihnen etwas über das Abstimmungsverhalten von Hillary erzählen? Nein. Kann ich Ihnen sagen, in welchen Unterausschüssen sie gedient hat? Nein. Habe ich jemals eine ihrer Reden in ganzer Länge angehört? Nun, sie werden nicht im Fernsehen übertragen, aber selbst wenn, ihre Stimme ... Sie klingt so hart in meinen Ohren. Ernsthaft, wenn ich über Hillary nachdenke, dann denke ich ...« Ich ließ meinen Blick über den Saal schweifen, holte tief Luft und sagte: »Stopft ihr das Maul! Stopft ihr das Maul! Stopft ihr das Maul!«

Auf beiden Seiten der Bühne waren Treppen; Theresa kam die rechte und Denise die linke herauf, und beide erreichten mich gleichzeitig. Sie reagierten, als wäre ich betrunken. Denise drehte das Mikrofon von mir weg – ich hinderte sie nicht daran –, und Theresa legte mir den Arm um die Schulter.

Denise sagte ins Mikrofon: »Im Konferenzraum A gibt es Sandwiches. Um dreizehn Uhr treffen wir uns alle wieder hier.«

Nicht weniger als siebzig E-Mails waren innerhalb von vierundzwanzig Stunden von acht meiner Stabsmitglieder dazu ausgetauscht worden, wie Albert und ich unsere Verabredung am Samstagabend gestalten sollten: das Ballett, ein Symphoniekonzert und ein Sushi-Restaurant wurden als zu elitär eingestuft. Eine Bluegrass-Show galt sicherheitstechnisch wegen der Raumaufteilung des Veranstaltungsortes als zu riskant. Mexikanisches Essen wurde, da ich kurz darauf nach Nevada reisen würde, als allzu anbiedernd verworfen. Ich wies auch Bowling als anbiedernd zurück, und selbst wenn es das nicht gewesen wäre, hätte ich mich mit der Begründung geweigert, ich wünsche mein Hinterteil nicht vor den Augen der Öffentlichkeit in die Luft zu strecken. Ein Veto wurde auch gegen den Besuch eines exklusiven Hamburger- oder Fried-Chicken-Restaurants eingelegt, der sich zu einem Eigentor entwickeln konnte, wenn die Presse später darauf hinwiese, dass ich lieber einen Cheeseburger vom Weiderind für siebzehn Dollar verspeist hatte als einen Royal TS mit Käse für drei Dollar neunundsiebzig bei McDonald's zwei Blocks weiter.

Schließlich wurde ein Tisch in einem Bistro mit amerikanischer Küche in Lincoln Park reserviert, wo ich Hähnchenschenkel vom Grill (fünfzehn Dollar) und ein Glas Cabernet der Hausmarke (acht Dollar) bestellen würde. Nach einigem Hin und Her beschloss mein Stab, es sei okay, es Albert selbst zu überlassen, was er bestellte.

Donald verschickte den Tweet um 16.02 Uhr Central Time, als ich vom Auditorium zurück in meine Wohnung fuhr, um mich für mein Treffen mit Albert herzurichten: *Knallharte Hillary steigt zur Debatte im Trump Las Vegas ab und das ist nicht alles. Wichtige Bekanntmachung folgt!*

An Theresa gerichtet, die neben Kenya mit mir im Geländewagen saß, sagte ich: »Kommt er etwa zur Debatte? Wo hat er die Tickets her, hat ihm die jemand aus dem Democratic National Committee gegeben?«

»Das haben wir gleich.« Theresa tippte bereits auf ihrem Handy herum. »Keine Sorge, Sie wohnen im Caesars Palace.«

»Weiß er überhaupt, dass man Tickets braucht?«, fragte Kenya.

»Stimmt«, sagte ich. Mein Telefon summte wegen eines eingehenden Anrufs von Aaron.

»Wie's aussieht, hat Trump den Leuten erzählt, Sie wollten seine Tochter Ivanka in Ihr Kabinett berufen, das könnte also die sogenannte Bekanntmachung sein«, meinte Aaron. »Greg ruft gleich seinen Trump-Kontakt an.«

»Wow«, sagte ich. »Ist er verrückt oder ein pathologischer Lügner?«

Aaron lachte leise. »Mit Trump bekommen Sie beides zum Preis von einem.«

Albert Boyd sollte gegen sieben auf ein Glas Wein zu mir in meine Wohnung kommen. Um halb acht würden wir zum Restaurant gefahren werden, um neun würden wir es wieder verlassen. Ich erinnerte mich kaum noch, was man tat, um sich auf eine Verabredung einzustimmen, aber die Analyse von Donald Trumps Tweet gehörte gewiss nicht dazu.

In meinem begehbaren Kleiderschrank, der auch als Ankleideraum diente, kümmerten sich Suzy und Veronica um mein Makeup und meine Frisur, Theresa und Kenya schlenderten unbekümmert herein und hinaus, während sie telefonierten, und ich bat Ebba, zwei Flaschen Weißwein für uns alle zu öffnen. Ich las absichtlich keine E-Mails oder Schlagzeilen auf meinem iPad, auch wenn es mich beinahe physische Kraft kostete, mich zurückzuhalten.

Nachdem Suzy und Veronica gegangen waren, rief ich Maureen an. »Nur eins versteh ich nicht ganz«, meinte sie. »Sieht er es als echte Verabredung oder als Scheinverabredung?«

»Gute Frage.«

»Vielleicht ist eine Scheinverabredung besser. Der ganze Spaß ohne das ganze Chaos.«

Ich hörte die Sicherheitsagenten und wie Ebba Albert hereinließ. »Ich bin gerade aufgeregter als damals 2008 vor meiner Rede auf dem Parteitag der Demokraten.«

Maureen lachte. »Klar bist du das.«

Theresa und Kenya blieben unsichtbar – sie würden in meiner Wohnung warten, um mich nach meiner Rückkehr auszuquetschen –, und als ich mich auf den Weg ins Wohnzimmer zu Albert machte, durchflutete mich ein überraschendes und echtes Glücksgefühl. Albert trug eine kakifarbene Hose, ein blau-weiß gestreiftes Hemd und ein blaues Sakko und sah unglaublich gut aus. Er stand auf, wir gaben uns die Hand und küssten uns auf die Wangen.

»Danke, dass Sie mitspielen«, sagte ich, und er erwiderte: »Es ist mir ein Vergnügen.«

Ich nahm auf einem Sessel Platz und er auf dem Sofa. Ebba hatte eine Schüssel mit gemischten Nüssen und ein Brettchen mit Käse und Crackern hingestellt, wovon wir weder das eine noch das andere anrührten, und brachte ihm – ich hatte noch meines von vorhin – ein Glas Wein. Ich erkundigte mich nach Alberts Flug, und er erzählte mir von dem Buch, das er im Flugzeug gelesen hatte – einem Sachbuch, das auf der Shortlist für den Pulitzerpreis gestanden hatte und von dessen Autor ich zwar einige Artikel, nicht aber sein Buch gelesen hatte.

»Waren Sie auf Johns und Kates Verlobungsfeier?«, fragte ich. Die beiden waren der Sohn und die zukünftige Schwiegertochter unserer gemeinsamen Freundin Nancy, und die Feier hatte am Wochenende zuvor in New York stattgefunden.

»Ja«, sagte er. »Wissen Sie, wie die zwei ein Paar wurden?«

»Da muss ich passen.« (Was für eine Wohltat, jemanden aus Iowa nicht um seine Stimme für mich anzubetteln!)

»Offenbar haben sie über ein Datingportal Kontakt geknüpft und beschlossen, sich in einer Bar in Brooklyn zu treffen. Beide erschienen zur verabredeten Zeit am verabredeten Ort, begannen zu plaudern und verstanden sich bestens. Nachdem sie sich bereits zwanzig Minuten unterhalten hatten, wurde ihnen klar, dass er eigentlich eine andere Frau namens Kate und sie einen anderen Mann namens John hätte treffen sollen. Sie nahmen an, ihre jeweiligen Pendants müssten ebenfalls in der Bar sein, also machten sie

sie ausfindig und beschlossen, ein Doppeldate daraus zu machen. Doch die Würfel waren gefallen. John und Kate hatten sich bereits ineinander verguckt. Bei der Feier brachten sie einen sehr lustigen gemeinsamen Toast aus, in dem sie zugaben, dass sie, nachdem sie die Verwechslung entdeckt hatten, unabhängig voneinander überlegt hätten, dem anderen vorzuschlagen, sich still und leise in eine andere Bar davonzumachen.«

»Wahnsinn.«

»Man fängt an, sich Gedanken über das Schicksal zu machen, nicht wahr?«

»Glauben Sie an das Schicksal?« Unsere Blicke trafen sich, und ich ergänzte: »Nur als harmloses Geplänkel vor dem Essen.«

Er lachte. »Sicher gibt es Zufälle, die sich kaum anders erklären lassen.«

»Wobei ich vermute, Sie spielen auf glückliche Zufälle an. Ich habe allerdings so viele Leute in derart verzweifelten Situationen kennengelernt, dass mir die Behauptung, ihre Probleme seien gottgewollt, herzlos erscheint. Und noch dazu wenig methodistisch. Gehen Sie in die Kirche?«

»Nur an Weihnachten und Ostern. Ich weiß, Sie gehen regelmäßig.« Er schaute verlegen. »Ich bin klar im Vorteil, was? Ich meine, was die Fülle an Informationen über Sie da draußen angeht.«

Ich lächelte. »Ich weiß nicht, ob es Sie verunsichern oder beruhigen wird, aber mein Research-Team hat Sie gründlich durchleuchtet.«

»Hoffentlich hat sich die Mühe gelohnt. Ich fürchte, ich bin etwas langweilig.«

»So wirken Sie gar nicht auf mich.« Zu meiner eigenen Überraschung verspürte ich ein ähnliches Hochgefühl wie seinerzeit auf Cape Cod, jenes erstaunliche Gefühl, dass es zwischen mir und Albert eine echte Verbindung gab. In diesem fast schon ironisch unpassenden Moment! »Selbst wenn ich mich gegen die Idee der

Vorbestimmung sträube, mache auch ich mir so meine Gedanken ... Ich kann solche Dinge nicht öffentlich diskutieren, aber wenn ich gewählt werde, dann ist das sicherlich das Resultat der Entscheidungen, die ich getroffen habe. Aber war meine Fähigkeit, diese Entscheidungen zu treffen, eine Form von Schicksal? Es fängt damit an, zur richtigen Zeit am richtigen Ort geboren worden zu sein.«

»Ich überlege gerade«, sagte Albert, »wie das mit dem Gefühl zusammenpasst, das fast jeder von uns kennt, nämlich, dass es da draußen weitere Leben gibt, die wir hätten führen können, wenn die Umstände minimal anders gewesen wären. Mein Mitbewohner am Dartmouth kam aus dem Central Valley in Kalifornien, und nach seinem Abschluss wollte er mich überreden, mit ihm nach San Francisco zu gehen. Ich war versucht, aber dann entschied ich mich doch für den deutlich konventionelleren Weg, indem ich nach Manhattan zog und bei Morgan Stanley zu arbeiten begann. Dort lernte ich dann auch Marjorie kennen, die Sekretärin war, wie man es damals nannte.«

»War sie Ihre Sekretärin?«

Er schüttelte den Kopf. »Bei Morgan hatte ich keine. Ich war nur zwei Jahre dort, bevor ich zu Citicorp wechselte.«

»In meinem anderen Leben wäre ich Astronautin geworden«, sagte ich. »In der achten Klasse schrieb ich an die NASA, und die teilte mir mit, das Raumfahrtprogramm nehme keine Frauen.«

Albert lächelte. »Das wäre dann wohl auf andere Art bahnbrechend gewesen.«

»Hat sich Ihre Ehe angefühlt, als wäre sie vom Schicksal vorherbestimmt? Ich hoffe, diese Frage ist nicht zu persönlich.«

»Lassen Sie mich überlegen, wie ich antworten soll.« Er zögerte kurz, schien mir meine Neugier aber nicht übel zu nehmen. »Wir hatten, alles in allem, eine gute und harmonische Ehe. Wir ergänzten uns auf diese alltägliche Art, die das Leben leichtgängig macht. Aber ich glaube nicht, dass es illoyal Marjorie gegenüber ist, wenn ich sage, es sah nicht danach aus, als hätten nur wir einander glücklich machen können. Ich weiß, manche Menschen sprechen von Seelenverwandten, aber ich glaube nicht, dass Marjorie uns als solche bezeichnet hätte.«

»Ironischerweise habe ich geglaubt, Bill Clinton und ich wären Seelenverwandte«, sagte ich. »Nicht in den letzten Jahren, aber als ich in meinen Zwanzigern war.«

»Und heute?«

»Gibt es nicht einen Country-Song, der Gott für unerhörte Gebete dankt?« Wir lachten beide. »Womit wir wieder beim Thema Schicksal oder freier Wille wären. Gibt es ein Paralleluniversum, in dem ich Bill geheiratet habe, und wenn ja, sind wir verheiratet geblieben? Wenn Sie 1969 nach San Francisco gegangen wären, hätte es Sie nach einem Jahr zurück an die Ostküste gezogen und Sie hätten Marjorie trotzdem kennengelernt? Oder würden Sie jetzt vielleicht eine Weinkellerei in Sonoma County leiten?«

»Genau. Trotzdem fühlt es sich an, als wäre meine Tochter Carson der vorbestimmte Sinn meines Lebens, als sollte genau *sie* mein Kind sein. Ich nehme an, aus diesem Grund ist Elternliebe so intensiv. Haben Sie sich jemals Kinder gewünscht?«

»Absolut. Es gibt ein paar junge Frauen, die ich fast als meine Ersatztöchter betrachte« – höchstwahrscheinlich war Theresa, die sich zusammen mit Kenya irgendwo in meinem Apartment aufhielt, außer Hörweite, sicher war ich mir jedoch nicht –, »und eigene Kinder zu bekommen war ursprünglich schon Teil meines Lebensentwurfs. Aber ich habe meinen Frieden damit gemacht, dass ich nicht diesen Weg eingeschlagen habe. Ich schätze, als Mutter wären mir andere Dinge verwehrt geblieben. Auch wenn die Amerikaner eine unverheiratete oder kinderlose Frau mit Argwohn betrachten, nehme ich an, sie wünschen sich oder halten es sogar für notwendig, dass die erste Frau, die jemals das Präsidentenamt bekleiden wird, sich von anderen Frauen unterscheidet.«

»Als Strafe für ihren Ehrgeiz oder als Beweis für ihre Einzigartigkeit?«

»Vermutlich beides.« Ich versuchte, beiläufig zu klingen, als ich fragte: »Waren Sie schon einmal auf einem dieser Datingportale wie Kate und John?«

»Carson hat mich dazu ermuntert, aber die Vorstellung, mich mit einer wildfremden Person bei Starbucks zu treffen ... Es hört sich vielleicht jämmerlich an, aber da verbringe ich den Abend lieber mit meinem Golden Retriever. Ich nehme an, Sie konnten Online-Dating, selbst wenn Sie es gewollt hätten, noch nie ausprobieren.«

»Ein paar meiner Stabsmitarbeiterinnen haben mir die Apps auf ihren Handys gezeigt, und ich fand sie aus anthropologischer Sicht interessant, war aber nie neidisch. Es scheint recht anstrengend zu sein. Übrigens, wie heißt Ihr Hund?«

»Sie heißt Annabel. Und sie ist, zu meiner Verteidigung, eine wunderbare Gesellschaft. Gerade passt ein Haussitter auf sie auf.«

»Leben Sie und Annabel in einem Haus oder einer Wohnung?«

»Immer noch in demselben Haus, das Marjorie und ich 1971 gekauft haben. Carson hat mir geraten, es zu verkaufen, aber ich liebe den vielen Platz, den Garten. Vielleicht kann ich es Ihnen irgendwann einmal zeigen.«

»Sehr gern.« Es war beinahe Zeit, aufzubrechen und zum öffentlichen Teil unserer Verabredung überzugehen. »Weiß Carson hiervon? Oder Ihr Patensohn?«, fragte ich und deutete mit einer vagen Geste in den Raum.

»Carson hat sich sehr amüsiert, und Harris soll es selbst herausfinden. Aber, Hillary, auf die Gefahr hin, wie ein Angeber dazustehen, das wird nicht meine erste Viertelstunde des Ruhms sein. Vor Jahren, vor einem Schneesturm, ging ich in einem Supermarkt Milch holen und wurde von einem Reporter von der *Times* interviewt. Er hat mich mit etwas Tiefgründigem wie ›Ich hoffe, der Strom fällt nicht aus‹ zitiert.« Er beugte sich vor, um sein Weinglas auf dem Tisch abzustellen, und sah mich eindringlich an. »Als ich am Telefon gesagt habe, diese Verabredung klinge nach einem großen Spaß, da wollte ich nur ... Wissen Sie, ich war davon ausgegangen, Sie seien viel zu beschäftigt damit, Geschichte zu schreiben, um mit einem normalen Mann aus dem Westchester County auszugehen. Andernfalls hätte ich Sie schon direkt nach unserer Begegnung in Truro eingeladen.«

Wie liebenswürdig er war, und wie schön es war, das zu hören. »Nun, im selben Geist der Offenheit, der heutige Abend ist für mich keine rein geschäftliche Angelegenheit, die sich als etwas Emotionales tarnt. Wenn überhaupt, ist es etwas Emotionales, das sich als rein geschäftliche Angelegenheit tarnt.« Liefen Dates so ab, wenn man Ende sechzig war – dass man auf Spielchen verzichtete? Oder lag das speziell an Albert? Ich wies mit dem Kopf Richtung Eingang. »Wollen wir?«

Mit meinem Sicherheitsteam, dem sichtlich verlegenen Personal und den anderen Gästen, die pseudounauffällig mit ihren Handys Fotos machten, um mich herum im Restaurant zu sitzen fühlte sich an wie ein Theaterstück. Wir blieben eine Stunde und zehn Minuten, Albert bestellte einen Scotch und gebratenen Lachs, und obwohl nicht klar war, ob man uns an den Nebentischen hörte, unterhielten wir uns, als könnte man es – wir sprachen über Essen und Reisen und renommierte Fernsehshows, von denen ich keine einzige kannte. Als wir aus dem Restaurant in die Oktobernacht hinaustraten, wurden wir vom Blitzlichtgewitter der Kameras geblendet. Obschon meine Agenten Darryl und Phil uns hastig in den Fond des wartenden gepanzerten Geländewagens bugsierten, war es nicht so, als hätte ich mich über die Paparazzi beklagen wollen. Schließlich war das vordergründig Sinn und Zweck der Verabredung gewesen, und die Fotografen hatten von den Leuten meines Medienteams einen Tipp bekommen, wenngleich das Date vermutlich auch von den anderen Gästen live getweetet worden wäre.

Als die Türen geschlossen waren und der Geländewagen losfuhr, sagte ich: »Alles in Ordnung?«

»Das ... Das war heftig.« Er klang leicht geschockt.

Und dann, gerade als ich ihm die linke Hand auf den Unterarm legen wollte, griff er nach ihr. Während wir uns an den Händen hielten, überkam mich, trotz allem, eine tiefe innere Ruhe. Mit gedämpfter Stimme – vielleicht fühlte er sich durch die beiden Sicherheitsagenten auf den Vordersitzen dazu genötigt – sagte Albert: »Ich weiß nicht, wann genau Sie üblicherweise zu Bett gehen, aber wenn Sie möchten, könnten wir zu Ihnen fahren und noch eine dieser Fernsehshows ansehen. Ich habe einen Streaming-Account bei Hulu.« Nach einer kurzen Pause fügte er hinzu: »Natürlich versuche ich Eindruck bei Ihnen zu schinden, indem ich das erwähne.«

Ich lachte. »Ich bin überaus beeindruckt. Und ich wünschte, das könnten wir. Aber ob Sie es glauben oder nicht, ich habe heute Abend noch eine Besprechung.« Wir waren noch keine fünfundvierzig Minuten beim Abendessen gewesen, da war mein Handy beinahe explodiert vor Nachrichten, und als ich sie gecheckt hatte, selbstverständlich nicht ohne mich zu entschuldigen, hatte ich von meinen Brüdern erfahren, dass die Cubs bei einem Spiel der Playoffs gegen die Cardinals im zweiten Inning fünf Runs erzielt hatten, und von Denise, dass um halb zehn ein Meeting in meiner Wohnung anberaumt worden war. Letzteres war eindeutig kein gutes Zeichen. »Aber was halten Sie davon, wenn wir uns so bald wie möglich nach der Debatte wiedersehen?«, sagte ich.

»Das klingt perfekt«, meinte Albert.

»Wollen Sie mir derweil erzählen, wovon der Lieblingsfilm Ihrer Tochter handelt?«

»Ach ja. Es geht um einen Nerd, der eine wunderschöne Cheerleaderin dafür bezahlt, dass sie vorgibt, seine Freundin zu sein. Soll ich Ihnen verraten, was passiert, oder die Spannung lieber nicht verderben?«

»Natürlich sollen Sie es mir verraten.«

»Unter ihrer Anleitung wird er cool, und das steigt ihm zu Kopf.«

»Logisch.«

»Er beginnt sich so fies zu benehmen, dass sie schließlich allen an der Schule ihre Abmachung enthüllt. Aber nachdem der Junge seine gerechte Strafe bekommen hat, erinnert er sich daran, wer er wirklich ist, und sie verlieben sich ineinander.« Er schwieg kurz. »Falls es nicht schon klar ist«, fuhr er fort, »der Nerd hier bin natürlich ich.«

»Das ist sehr ritterlich, aber ich glaube, da liegen Sie falsch.«

»Dann sind wir womöglich beide wunderschöne Cheerleader.« Als ich lachte, beugte er sich zu mir und flüsterte mir ins Ohr: »Wenn wir allein wären, würde ich dich jetzt zu küssen versuchen.«

Ich wendete ihm das Gesicht zu; unsere Lippen fanden sich. Es war berauschend – köstlich! –, diesen Mann zu küssen. Darryl und Phil vor uns zeigten keinerlei Regung.

Denise hatte die Besprechung einberufen, weil Donald Trump mich offiziell unterstützen wollte. Die Erklärung wünschte er im Vorfeld der TV-Debatte im Trump Las Vegas mit mir an seiner Seite abzugeben. Und erstaunlicherweise war mein Stab mehrheitlich, wenngleich nicht einstimmig, der Meinung, ich solle kooperieren. Ein paar Minuten zuvor hatten mich Theresa und Kenya in der Tiefgarage meines Apartmenthauses erwartet. Ich hatte mich im Wagen von Albert verabschiedet und war mit Darryl ausgestiegen; Phil würde Albert zum Hotel bringen. Als ich meine Wohnung betrat, saßen neun Stabsmitglieder um meinen Esstisch.

»Das Internet überschlägt sich fast vor Aufregung wegen Ihres Dates«, sagte Aaron. »Das war genial.«

»Aber um auf Trump zurückzukommen ... der Ablauf wäre wie folgt«, sagte Greg. »Anstatt am Dienstagmorgen nach Las Vegas zu fliegen, sollten ein paar von uns schon am Montag dort sein. Am Montagnachmittag kneifst du den Hintern zusammen und zeigst dich zehn Minuten lang gemeinsam mit Trump, während er ein

Loblied auf dich singt. Die weißen Arbeiterklasse-Jungs in Michigan, Wisconsin und Pennsylvania beschließen: Hey, was gut genug für Donald Trump ist, ist auch gut genug für mich! Du wäschst dir Trumps Bazillen von den Händen, und am Dienstag verpasst du Bill einen Tritt in den Arsch.«

»Und was könnte eventuell schiefgehen?«, fragte ich, und an Denise gewandt: »Sind Sie hierbei mit an Bord?«

Doch es war Aaron, der antwortete: »Die Medien lieben unmögliche Freundschaften, und wenn Sie und Trump auch nur einmal gemeinsam erscheinen, wird sie das, nehme ich an, bis zum Ende der Vorwahlen beschäftigen.«

»Ich will Obamas Unterstützung«, sagte ich.

»Obama wird den Spitzenkandidaten der Demokraten unterstützen«, sagte Greg. »Wenn du nominiert wirst, wird er dich unterstützen. Wir werden die Trump-Sache mit ihm später schon deichseln.«

»Das fühlt sich an wie eine Art Geiselnahme. Der Gedanke, dass Donald mich dazu bringen kann, mit ihm aufzutreten, und dann auch noch in seinem Hotel ...« Ich brach ab, und Ben, mein Politikdirektor, sagte: »Ich sehe das auch so. Es schafft einen gefährlichen Präzedenzfall.«

Denise räusperte sich und meinte: »Lasst uns kurz Henrys Meinung hören.«

Ich hatte bereits bemerkt, dass einer meiner besten Meinungsforscher, Henry Kinoshita, mit am Tisch saß, was insofern erstaunlich war, als er nicht direkt zum inneren Kreis zählte. »Zusammengefasst laufen die Zahlen darauf hinaus, dass der Trump-Effekt funktioniert«, sagte er. »Zwischen Juni und September haben sich Ihre Werte in Kategorien wie ›bereit, gegensätzliche Standpunkte anzuhören‹, ›kann die Wirtschaft verbessern‹ und ›zeigt große Führungsstärke‹ derart signifikant verbessert, dass wir eine weitere, speziell auf Trump zugeschnittene Umfrage durchgeführt haben, denn das sind seine Hauptthemen, wenn er über

Sie spricht. Daran beteiligt waren 811 registrierte Wählerinnen und Wähler, davon 430 Demokraten und 381 Republikaner, bei einer Fehlerquote von 2,2 Prozent. Auf die Frage ›Lassen Donald Trumps Tweets Rodham in einem besseren oder schlechteren Licht erscheinen?‹, sagten 72 Prozent, in einem besseren. Für ›Eine Freundschaft zwischen Hillary Rodham und Donald Trump ist …‹ stellten wir positive Adjektive wie ›witzig‹ und ›ermutigend‹ und negative wie ›scheinheilig‹ und ›unmoralisch‹ zur Auswahl, und die Zustimmungswerte für die positiven Adjektive gingen durch die Decke. In Richtung 77 Prozent, 82 Prozent und so weiter. Die Zahlen für schwarze Wählerinnen und Wähler sind nicht berauschend, und bei den Latinx sieht es kaum besser aus, aber die für die Weißen sind unglaublich.«

Wieder einmal dachte ich an Gwen Greenberger und daran, was sie wohl denken würde, wenn sie mich neben Donald stehen sah.

»Die Sache ist die«, sagte Greg. »Wir können uns stundenlang den Kopf darüber zerbrechen, warum amerikanische Wähler manchmal Vollidioten sind, oder wir können es zu unserem Vorteil nutzen. Das soll nicht heißen, du hättest keine Wahl. Wir können Trump mitteilen, du seist begeistert, dass er dich unterstützen will, aber leider erlaube dir dein Terminkalender nicht, persönlich in seinem Hotel aufzutauchen. Was er daraufhin tut – oder twittert –, steht natürlich in den Sternen. Und wenn du mich fragst, würdest du dir ins eigene Knie schießen. Letztendlich ist es jedoch deine Entscheidung.«

»Aber wo ist die Grenze?«, fragte ich. »Aaron, Sie schlagen vor, ich solle ein einziges Mal an Donalds Seite auftreten, aber was, wenn er über Twitter verkündet, ich würde eine Spendengala in Mar-a-Lago geben?«

»Das wäre ein Sechser im Lotto«, sagte Denise.

»Gut, dann also was, wenn er auf die Idee kommt, mein Vizepräsident sein zu wollen?«

Ich hatte das nicht als Witz gemeint, aber alle am Tisch lachten, selbst Theresa.

»Donald Trump«, sagte Greg, »würde *niemals* einwilligen, dein Vizepräsident zu werden.«

Bevor ich zu Bett ging, überflog ich die Nachrichten meiner Brüder – *Wir schaffen das! Looos, Jorge Soler!!! World Series, wir kommen!!!* – und übersah beinahe die letzte, die von Tony kam und nichts mit Baseball zu tun hatte: *Hillary, hast Du etwa einen Freund?*

Ich schrieb zurück: *Vielleicht?*

Am Sonntagmorgen waren Hunderte, wenn nicht Tausende Artikel über meine Verabredung online. Mein Favorit – für den mein Kommunikationsteam inoffiziell weitere Details zur Verfügung gestellt hatte – stand auf der Website des reichweitenstärksten Boulevardmagazins im Land. »Fünf Fakten, die man über Hillary Rodhams Freund wissen muss«, verkündete die Schlagzeile, und die Fakten lauteten:

»Er unterstützt die Demokraten!«
»Er liebt Hunde!«
»Sie kann sich mit ihm über Wirtschaftspolitik unterhalten (er war Mitbegründer eines Finanzberatungsunternehmens)!«
»Er ist Witwer und Vater!«
»Sie lernten sich bei einer Spendenveranstaltung im letzten Sommer kennen!«

Selbstverständlich hatte sich niemand aus meinem Team zu dem Betrag geäußert, den Albert für die Teilnahme an dem Spendendinner bezahlt hatte, obwohl ich annahm, dass auch das, wie so viele andere delikate Details, die ich gern für mich behalten hätte, früher oder später die Runde machen würde.

Ich wollte bis neun Uhr warten, sprich bis ich im Auditorium des Hotels angekommen war und er eine halbe Stunde später abgeholt und für seine Rückkehr nach New York zum Flughafen gebracht werden würde, um Albert eine SMS zu schicken. Ich hatte vor, ihm nochmals für die Verabredung zu danken, zu wiederholen, wie schön ich es gefunden hatte, und ihn zu fragen, ob er die Berichterstattung gesehen hatte, und wenn ja, wie es ihm damit ging. Aber schon um zwanzig nach acht erhielt ich eine Nachricht von ihm, während ich noch auf dem Weg zur Debattenvorbereitung war: *Liebe Hillary! Bitte antworte nicht hierauf, wenn Du beschäftigt bist, was sicher der Fall ist. Aber ich muss Dir einfach sagen, wie sehr ich den gestrigen Abend genossen habe. Albert*

»Liebe Hillary!« Und echte Interpunktion! Und eine Unterschrift! In einer SMS! Was für ein reizender Mann Albert doch war.

Lieber Albert, schrieb ich sofort zurück. *Ich fand den Abend ebenfalls wunderschön. Ich kann Dir gar nicht genug danken. Ich hoffe, Du hast eine gute Reise. Gibst Du mir Bescheid, wenn Du heute Nachmittag an der Ostküste angekommen bist? H*

»Es tut mir leid, aber ich habe gerade erfahren, dass Misty LaPointe nicht zur Debatte kommen kann«, teilte mir Theresa zu Beginn der Mittagspause mit. »Es geht ihr wieder deutlich schlechter. Diwata arbeitet daran, jemanden aus Las Vegas mit ähnlichen demografischen Eigenschaften als Ihren Ehrengast zu finden, aber ich weiß, Sie haben Misty gern.«

»Danke für die Information.« Ich war gerade in einem der Garderobenräume neben dem Auditorium auf der Toilette gewesen und beschloss, Misty eine Nachricht zu schicken, bevor ich mit den anderen zum Essen ging. Ich ließ mich auf einem durchgesessenen Sofa nieder und schrieb: *Misty, es tut mir leid zu hören, dass Sie nicht zur Fernsehdebatte kommen können, obwohl ich das natürlich verstehe.*

Normalerweise antwortete sie direkt, aber diesmal vergingen mehr als zwei Stunden, bevor ihre Nachricht eintraf: *Im Krankenhaus seit Do. Mir geht's nicht gut.*

Ich: *Das tut mir aufrichtig leid.*

Sie: *Die Ärzte haben was in meinen Eierstöcken entdeckt.* Sie fügte ein weinendes Emoji hinzu.

Ich: *Oh Mann, das ist ganz schön viel, was Sie da wegstecken müssen.* Das klang nach einer katastrophalen Entwicklung, und ich überlegte zu fragen, wann sie diese neue Diagnose bekommen hatte oder wie es ihren Töchtern ging. Aber ich war mir nicht sicher, ob es hilfreich war, wenn sie ihre Kräfte darauf verwendete, mich über solche Dinge aufzuklären. Also schrieb ich: *Ich hoffe, Sie fühlen sich bei Ihren Ärzten und Krankenschwestern in guten Händen.*

Sie antwortete nicht, und ich erwog, es ihr nicht zu sagen, tat es dann aber doch; andere Erkrankte, die ich kennengelernt hatte, waren trotz ihrer Krankheit fast immer an Klatsch interessiert gewesen. Ich schrieb: *Wenn Sie einen Moment Zeit haben, muntert es Sie vielleicht auf zu sehen, dass ich gestern Abend ein Date hatte! Sein Name ist Albert Boyd.*

Sie: *OMG*

Dreißig Sekunden später: *Er ist süüüüüüß*

Und: *Bravo*

Und: *Machen Sie weiter mit Ihrem bösen Ich*, gefolgt von einem zwinkernden Emoji.

Ich stand neben der Bühne, und es war an der Zeit, mein Eröffnungsstatement nochmals zu proben. Doch bevor ich mich hinter das Rednerpult stellte, sagte ich zu Theresa: »Können Sie Misty LaPointe etwas aus Las Vegas schicken, wenn wir dort sind? Oder nein, rufen Sie ein Blumengeschäft an und schicken Sie ihr einen Kaktus.«

Unser Flugzeug startete am Montagmorgen um elf in Chicago und landete drei Stunden später, um zwölf Uhr zwanzig Ortszeit, in Las Vegas. Veronica und Suzy hatten mich auf unserem Weg gen Westen in der Kabine frisiert und geschminkt, und kurz vor der Landung sprühte Suzy erst mir und dann Theresa, Kenya und schließlich Greg Mineralwasser ins Gesicht. Auf dem Rollfeld stiegen mein Team und ich in drei schwarze Geländewagen. So unbegreiflich es war, befanden wir uns auf dem Weg zum Trump Las Vegas, wo Donald Trump zu einer Pressekonferenz um vierzehn Uhr eingeladen hatte.

Der endlos weite Himmel hinter den Scheiben leuchtete blassblau, und hinter der Skyline der Stadt erhoben sich graubraun die Berge. Wie genau war ich an diesen Punkt gelangt? War ich pragmatisch oder einfach nur hochgradig zynisch?

Erbaut im Jahr 2008 war das Trump Las Vegas, dessen Glasfassade angeblich echtes Gold enthielt, eines der höchsten Gebäude der Stadt. Obwohl das Hotel kein Casino beherbergte, hätte sein Eingang kaum protziger sein können: Über goldgerahmten Glastüren prangte in riesigen goldenen Lettern Trumps Name auf einem goldglänzenden Architrav. Selbst von außen konnte man erkennen, dass in der Lobby chaotisches Gewimmel herrschte, und draußen auf den Parkplätzen standen Übertragungswagen mit Satellitenschüsseln. Wir fuhren am Haupteingang vorbei zum rückwärtigen Teil des Gebäudes und betraten das Hotel über eine Laderampe.

In meinen Ohren knackte es, als wir mit dem Aufzug hoch zu dem Penthouse fuhren, wo ich Donald vor unserem öffentlichen Auftritt treffen würde. Und dann stand ich auch schon zusammen mit acht meiner Stabsmitarbeiter, darunter mein Personenschutzkommando, in einem Wohnzimmer mit Blick auf den Las Vegas Strip einschließlich der Eiffelturm-Kopie. Die Einrichtung des Raums war exklusiv, aber uninspiriert: viele beigefarbene Möbel und eine rosa-weiße Orchidee auf einem gläsernen Couchtisch.

Wir waren von einem Mann in einer weiß-goldenen Livree hereingeführt worden, den Greg fragte: »Ist Ashley da?« Anscheinend war Ashley Donalds Assistentin.

Der Mann in Livree begab sich auf die Suche nach ihr, während wir auf dem Sofa und den Stühlen Platz nahmen und alle unsere Handys herausholten. Uns war weder etwas zu trinken noch zu essen angeboten worden, nicht einmal Wasser. Vierundsechzig Stockwerke über der Erde war es mucksmäuschenstill in der Wohnung. Wo war Donalds Stab?

Die Minuten verstrichen. Mein Team witzelte, ich solle die Zeit doch nutzen, um potenzielle Spender anzurufen, und Kenya bot mir einen Energieriegel an, während die anderen darüber diskutierten, ob sie etwas beim Zimmerservice bestellen sollten. Greg hatte Ashley mehrere Nachrichten geschickt und zu guter Letzt die Antwort erhalten, sie werde jeden Moment eintreffen. Als weitere Minuten ins Land zogen, wurde mir angst und bang.

Schließlich kam Ashley zu ebenjener Tür herein, durch die wir die Wohnung betreten hatten. Sie schien Anfang zwanzig zu sein und sah aus wie ein Model – groß, schlank, mit glänzendem, langem kastanienbraunen Haar. Sie dankte uns für unser Kommen und fragte, ob wir etwas bräuchten. In schnippischem Ton sagte Greg: »Ein bisschen Wasser wäre nett.«

»Sicher.« Sie zählte uns durch, verschwand in einem Korridor und tauchte mit Styroporbechern wieder auf, mit Wasser, aber ohne Eis; diese verteilte sie immer paarweise, ohne jede Entschuldigung, als wäre mein Team eine Vorstadtfamilie, die sich aus ihrem Haus ausgesperrt hat und der die Nachbarin von nebenan erlaubt, in ihrer Küche zu warten. Diwata ging auf Ashley zu und sprach mit gedämpfter, aber eindringlicher Stimme, und ein paar Sekunden später hörte ich Ashley sagen: »Was für ein Ablaufplan?«

Donald betrat das Penthouse fünf Minuten vor zwei, groß und bullig, übernatürlich blond, das Gesicht gepudert und orangefarben. Er trug einen dunkelblauen Anzug, ein weißes Hemd und eine rote Krawatte und wurde von nur einer weiteren Person begleitet, einem jungen Mann.

»Hillary Rodham«, sagte er mit dröhnender Stimme. »Gefällt Ihnen mein fantastisches Hotel? Es ist fantastisch, nicht wahr?« Er trat auf mich zu, schüttelte mir kräftig die Hand und donnerte: »Schaffen wir das? Wir schaffen das. Wir schaffen es, dass Sie gewählt werden, und danach gibt es nach oben keine Grenzen mehr.«

Donalds Präsenz veränderte die Gesetze der Zeit, katapultierte die Sekunden und Minuten nach vorne. Mit einem Mal fuhren wir mit dem Aufzug wieder nach unten, zur Lobby. Die Fahrstuhltüren öffneten sich hin zu einem Pandämonium: eine Menschenmenge, die mit Sicherheit gegen die Brandschutzbestimmungen verstieß, mit unzähligen Leuten, die ihre Handys hochhielten, um diesen Augenblick zu filmen; aus Lautsprechern dröhnend der Song *Rockin' in the Free World*; eine Reihe amerikanischer Flaggen mit einem Podium davor, zu dem ich, flankiert von meinen Sicherheitsagenten, Donald folgte. Als wir Seite an Seite vor dem Podium standen, als Hunderte Blitzlichter aufflammten, bemerkte ich den Pomp der Lobby – die Kronleuchter, die unzähligen mit Marmor und Spiegeln verkleideten Oberflächen, das Gold und Weiß und Gold und Weiß. Die Menge tobte. Instinktiv lächelte und winkte ich, während ich aus dem Augenwinkel sehen konnte, wie Donald beide Daumen in die Höhe reckte. Dann griff er nach dem Mikrofon und legte los: »Wow. Uuuh. Was für eine Menge Leute. Tausende.

Es ist großartig, im Trump Las Vegas zu sein. Es ist großartig, in einer fantastischen Stadt zu sein. Und es ist eine Ehre, Sie alle hier zu haben. Das übertrifft alle Erwartungen. Eine Menge wie die hier gab es noch nie.

Unser Land steckt in ernsthaften Schwierigkeiten. Wir haben keine Siege mehr. Früher hatten wir welche, aber wir haben keine Siege mehr. Wann hat jemand zum letzten Mal gesehen, wie wir, sagen wir, China in einem Handelsabkommen besiegt haben? Sie bringen uns um. Ich besiege China andauernd. Andauernd.

Wann besiegen wir Mexiko an der Grenze? Sie lachen über uns, über unsere Dummheit. Und jetzt besiegen sie uns wirtschaftlich. Amerika ist ein Abladeplatz für die Probleme von anderen geworden. Wenn Mexiko seine Leute schickt, schickt es nicht seine besten. Sie schicken die Leute, die viele Probleme haben. Sie bringen Drogen mit. Sie bringen Kriminalität mit. Sie sind Vergewaltiger. Und manche, nehme ich an, sind gute Menschen.

Der islamistische Terror frisst große Teile des Nahen Ostens auf. Gerade haben sie ein Hotel in Syrien gebaut. Können Sie das glauben? Wenn ich ein Hotel baue, muss ich Zinsen zahlen. Sie müssen keine Zinsen zahlen, denn sie haben sich das Öl genommen, von dem ich gesagt habe, dass wir es nehmen sollen, als wir aus dem Irak abgezogen sind. Unsere Feinde werden stärker und stärker, und wir als Land werden schwächer. Sogar unser Atomwaffenarsenal funktioniert nicht.

Jetzt braucht unser Land einen wirklich großen Anführer, und wir brauchen jetzt einen wirklich großen Anführer. Wir brauchen einen Anführer, der unsere Arbeitsplätze zurückbringen kann, der unsere Industrie zurückbringen kann, der unser Militär zurückbringen kann, der sich um unsere Veteranen kümmern kann. Man hat unsere Veteranen im Stich gelassen. Und wir brauchen einen neuen Cheerleader. Wir brauchen jemanden, der die Marke USA nehmen und wieder groß machen kann. Deshalb, meine Damen und Herren ... ich unterstütze offiziell Hillary Rodham als Präsidentin der Vereinigten Staaten, und sie wird unser Land wieder groß machen.

Wir müssen unsere Infrastruktur wieder aufbauen, unsere Brücken, unsere Straßen, unsere Flughäfen. Wenn man in LaGuardia ankommt, ist es, als wäre man in einem Drittweltland. Man sieht die Flicken und den vierzig Jahre alten Boden. Und ich komme aus China, und ich komme aus Katar, und ich komme von den unterschiedlichsten Orten, und sie haben die unglaublichsten Flughäfen der Welt.

Leider ist der amerikanische Traum tot. Aber wenn Hillary zur Präsidentin gewählt wird, wird sie ihn zurückbringen, größer und besser und stärker als je zuvor, und sie wird Amerika wieder groß machen.

Ich danke Ihnen. Ich danke Ihnen vielmals.«

Ich stand unter Schock. Ich stand unter Schock und begriff im selben Moment, dass ich etwas sagen musste. Ich beugte mich vor – er bewegte sich nicht von der Stelle, als nähme er meine Gegenwart gar nicht wahr – und bog das Mikrofon herab. »Wow«, sagte ich. »Wow, das war wirklich unvergesslich. Donald, Sie und ich, wir sind solch unterschiedliche Persönlichkeiten, aber ich freue mich, dass wir darin einer Meinung sein können, welches Versprechen dieses großartige Land bereithält. Nun, aus meiner Sicht, und es gibt zahlreiche Daten, die das untermauern, helfen Einwanderer der amerikanischen Wirtschaft und begehen tatsächlich weniger Straftaten als Menschen, die in den Vereinigten Staaten geboren wurden. Ich bin felsenfest davon überzeugt, dass Vielfalt eine Stärke ist, und die Vorstellung, wir müssten die Wahl treffen zwischen finanzieller Sicherheit und offenen Grenzen ... Solch eine Entscheidung wäre der falsche Weg. Des Weiteren sind andere Nationen unsere Verbündete, nicht unsere Feinde. Meine Regierung wird Bündnisse schließen und pflegen, um die Probleme anzupacken, die uns alle angehen, wie den Klimawandel. Einer unserer amerikanischen Kernwerte, an dem ich als Präsidentin unter allen Umständen festhalten werde, lautet, dass jeder Mensch, egal wer er oder sie ist oder wo er oder sie geboren wurde, es verdient, mit Würde behandelt zu werden.«

Donald stieß mich mit dem Ellbogen an und bemächtigte sich wieder des Mikrofons. Feixend sagte er: »Leute, sie muss das sagen. Wenn Sie Politiker sind, müssen Sie der Parteilinie folgen.« Er grinste in die Menge. »Wenn Sie ein Star sind, können Sie tun, was immer Sie wollen.«

Dann packte er meine Hand und riss meinen Arm in die Höhe.

Am Dienstag standen vor der Debatte keine Termine in meinem Kalender. Dennoch besuchten Diwata, Theresa, Ellie und ich die Hotelwäscherei des Caesars Palace, wo ich mich den Angestellten vorstellte, ihnen dankte und sie ermutigte, sich umgehend für die Wahl registrieren zu lassen und beim Caucus im Februar ihre Stimme abzugeben. Wie es der Zufall wollte, waren alle fünf Einwanderer, und zumindest eine von ihnen wusste nicht, wer ich war. Ellie postete das Gruppenfoto, das sie von uns gemacht hatte, sofort in den sozialen Medien.

Abgesehen davon blieb ich in meiner Suite, probte mein Eröffnungsstatement und ging nochmals meine Unterlagen in den grünen Ordnern durch. Die Debatte würde um siebzehn Uhr dreißig Westküstenzeit beginnen. Zu Mittag aß ich Salat und Hähnchenbrust; eine Stunde später hatte ich, was ich insgeheim als meine rituelle Prädebatten-Diarrhö bezeichnete. Ich machte eine fünfminütige angeleitete Meditation auf meinem iPad, aß eine Handvoll gemischte Nüsse und trank ein Glas Wasser, putzte mir die Zähne. Ab zwei Uhr kümmerten sich Veronica und Suzy um meine Frisur und mein Make-up. Um drei waren mein Team und ich in unseren schwarzen Geländewagen auf dem Sammy Davis jr. Drive Richtung Norden unterwegs.

In der Vergangenheit war ich an Debattentagen manchmal mit besagtem Gefühl – dem der Vorwegnahme, Konzentration und Einsamkeit, dem Gefühl, in Kürze selbst mein Schicksal zu bestimmen – erwacht, doch nicht an diesem Morgen. Ich hatte zwar *ein* seltsames Gefühl, als ich das Wynn betrat, aber es war nicht *das* Gefühl; was ich spürte, war das Bewusstsein, dass Bill gerade unter demselben Dach sein, dieselbe Luft atmen könnte. Dass er, wenn er noch nicht in einem der Aufenthaltsräume war, es bald sein würde.

In meinem Aufenthaltsraum überprüfte ich nochmals die Notizen, die ich mit auf die Bühne nehmen würde, und trank ein paar Schluck Wasser; Veronica frischte meine Frisur auf und Suzy mein Make-up. Kurz darauf wurde ich durch ein Labyrinth aus

Korridoren seitlich zur Bühne geführt, war Sekunden davor, Bill zu Gesicht zu bekommen (und natürlich auch Martin O'Malley und Jim Webb, die mir jedoch herzlich egal waren), und mit einem Mal standen alle vor mir, die Kandidaten, ihre Referenten und eine Popsängerin, die die Nationalhymne vortragen würde und eine Hose aus Nappaleder trug. Ich durfte Zeugin werden, wie Bill sich beinahe herabgebeugt hätte, um mich aus einem Impuls heraus oder aus Gewohnheit auf die Wange zu küssen, sich dann aber fing. »Schön, dich zu sehen, Hillary«, sagte er so beiläufig, als wären wir ehemalige Kollegen. »Du und Trump also, hm? Politik gebiert wahrlich seltsame Verbündete.«

»Oh, ich glaube kaum, dass das die größte Überraschung dieses Wahlkampfs ist.«

Ein seltsamer Effekt meiner Begegnung mit Donald tags zuvor war, dass mir Bill vergleichsweise kultiviert und intellektuell erschien. So körperlich abstoßend Donald war, so attraktiv war Bill. Dennoch fühlte ich mich nicht mehr zu ihm hingezogen. Wir hatten uns einst unglaublich nahegestanden, leidenschaftlich nahe, und diese Nähe war vergiftet worden. Doch selbst wenn sie unwiederbringlich verloren war, empfand ich diese Unwiederbringlichkeit anders als in früheren Zeiten nicht mehr als tragisch. Ich hatte fast mein ganzes Leben dafür gebraucht, aber endlich fiel es mir schwerer zu glauben, dass Bill und ich je eine Beziehung gehabt hatten, als dass wir uns getrennt hatten.

Und dann schüttelte ich anderen Leuten die Hände, Martin O'Malley, seinem Stabschef, der Popsängerin. Obwohl es sich bei der Sängerin nicht um jene aus dem Fernsehinterview handelte, das ich vor vielen Jahren gesehen hatte – jene andere, inzwischen ältere Künstlerin war immer auf eine Art umstritten gewesen, die es unwahrscheinlich machte, dass man sie jemals als Interpretin der Nationalhymne zu einer TV-Debatte einladen würde –, dachte ich flüchtig: einsame Spitze. Würde ich das Ziel erreichen, das ich mir selbst gesteckt hatte, als ich 1997 mit Meredith ferngesehen hatte? Wie auch immer, hatte ich es nicht versucht, versuchte ich es nicht mit ganzer Kraft?

Wir gingen genauso auf die Bühne, wie ich es geübt hatte, und wegen der hellen, auf uns gerichteten Scheinwerfer war es unmöglich, das Publikum zu sehen. Das Auditorium im Wynn fasste eintausendvierhundert Personen, eine Masse schemenhafter Körper. Nachdem wir alle vier auf das Podium getreten waren – der Applaus für mich war von anderer Intensität als der für Jim oder Martin, und der Applaus für Bill war von anderer Intensität als der für mich –, trat die Sängerin auf. Ein riesiger Bildschirm links auf der Bühne zeigte eine wehende amerikanische Flagge, zu der wir alle, die Hand auf dem Herz, blickten, während sie sang.

Nachdem wir unsere Plätze hinter den Rednerpulten eingenommen hatten, erklärte Anderson Cooper die Regeln der Debatte – eine Minute, um die Fragen zu beantworten, dreißig Sekunden für Nachträge oder Gegenargumente –, dann hielten wir unsere Eröffnungsstatements. Jim Webb war voll und ganz im Sportlehrer-Modus. Martin O'Malley war gewinnender, aber irgendwie trivial oder schablonenhaft, wie die Filmversion eines Präsidenten. Abgesehen davon klang er *tatsächlich* wie ein Halbelf. Beide beriefen sich auf ihre Kinder, von denen Jim sechs und Martin vier hatte. Bill folgte als Dritter, und der Unterschied zwischen ihm und den beiden anderen Männern – seine Gelassenheit, sein Selbstvertrauen und seine Redegewandtheit – war nicht zu übersehen, als er erklärte, beim amerikanischen Traum sei es seit jeher um Innovation gegangen.

Und dann war ich an der Reihe. Ich stellte mich als die Enkelin eines Fabrikarbeiters vor. Ich sprach über Kinder, die ihre Potenziale ausschöpften, über ein gerechteres Amerika für Familien, in dem es weniger Steuerschlupflöcher und dafür mehr bezahlten Urlaub geben würde. Und ich schloss mit den Worten, dass es Vätern, wenn sie mich wählten, möglich sein würde, ihren Töchtern zu sagen: Auch du kannst Präsidentin werden.

Oft war die erste Frage einer Debatte mit einem aktuellen Ereignis verknüpft und richtete sich an alle. Anderson indessen stellte jedem von uns individuell auf unsere jeweilige Kandidatur zugeschnittene Fragen, die gleich auf den Punkt kamen. Er begann mit Bill, indem er darauf aufmerksam machte, dass ein Prozent der amerikanischen Haushalte vierzig Prozent des landesweiten Vermögens besäßen, und fragte, ob ein Milliardär die Notlage jener Wählerinnen und Wähler verstehen könne, die täglich darum kämpften, ihre Lebensmittel zu bezahlen. Bill schilderte seine bescheidene Kindheit, wie er bei seinen Großeltern in Hope aufgewachsen sei, während seine Mutter ihre Pflegeausbildung in New Orleans gemacht habe, um ihn als Alleinerziehende unterstützen zu können. Es sei wichtig, den Mindestlohn zu erhöhen, sagte er, aber er wolle nicht, dass die Amerikaner einfach nur über die Runden kämen; er wolle, dass sie es zu Wohlstand brächten. Zu guter Letzt fügte er hinzu: »Nun, sollte jemand von Ihnen das nicht wissen, wäre es unverantwortlich von mir, nicht zu erwähnen, dass in Hope, Arkansas, die süßesten Wassermelonen angebaut werden. Ich habe seit meiner Kindheit nichts Köstlicheres mehr gegessen.« Das Publikum lachte.

»Senatorin Rodham, vor gut vierundzwanzig Stunden standen Sie neben Donald Trump, und er verkündete seine Unterstützung für Sie«, sagte Anderson. »In seiner Rede verunglimpfte er Einwanderer, nachdem er von vielen als diffamierend betrachtete Tweets über Präsident Obama und über Frauen verbreitet hat. Sind Sie bereit, diese Aussagen von Donald Trump öffentlich zu verurteilen, und wenn ja, wie können Sie seine Unterstützung annehmen?«

»Lassen Sie mich eines unmissverständlich klarstellen«, sagte ich. »Anzudeuten, Barack Obama sei außerhalb der Vereinigten Staaten geboren, und damit die Legitimation seiner Präsidentschaft infrage zu stellen, ist erbärmlich. Fremdenfeindlichkeit und Rassismus jeglicher Art sind erbärmlich. Sexismus ist erbärmlich. Dies vorausgeschickt, ist es Grund zur Freude, wenn sich die

Anschauungen von Menschen weiterentwickeln und aufgeklärter werden. Wir alle sind das Produkt besonderer Umstände, Zeiten, Orte und Denkweisen, aber unser Verstand und unser Herz lassen sich öffnen. Wenn Donald Trump sich den Feminismus zu eigen machen will, begrüße ich diesen Fortschritt. Ich halte nichts davon, jemanden dauerhaft wegen der Dinge, die er oder sie in der Vergangenheit gesagt oder getan hat, abzuschreiben.« Ich fand meine Antwort in Ordnung, hatte jedoch keine Zeit, weiter darüber nachzudenken; Anderson wendete sich erst Jim und dann Martin zu, und ich musste aufmerksam jedes Wort mitverfolgen.

Schnell stellte sich ein Rhythmus ein, wobei die Mehrzahl der Fragen an Bill oder mich ging. Wenn Jim oder Martin versuchten zu unterbrechen oder sich sogar offen über die ungleiche Verteilung der Redezeit beschwerten, unterstrich dies vor allem ihre Bedeutungslosigkeit. Wir waren bereits seit vierzig Minuten auf Sendung, als Anderson sagte: »Senatorin Rodham, eine Frau namens Jill Perkins hat Sie kürzlich der sexuellen Belästigung bezichtigt. Unter anderem sollen Sie im Jahr 1992 verlangt haben, dass sie Ihnen in einem Taxi die Beine rasierte. Hat es diesen Vorfall tatsächlich gegeben, und war es sexuelle Belästigung?«

In den Vorbereitungssitzungen hatten wir uns für folgende Position entschieden: »Jill Perkins' Anschuldigungen sind definitiv falsch. Ich habe weder sie noch irgendjemanden sonst jemals sexuell belästigt und im Gegenteil zahlreiche Gesetzesvorlagen unterstützt, die Belästigung und Diskriminierung am Arbeitsplatz bekämpfen und Opfer sexueller Belästigung und Diskriminierung schützen ...« Aber auf einmal spürte ich dieses Gefühl, das bis eben nicht da gewesen war – das Wellesley-Gefühl, den Drang, ein Risiko einzugehen, das vielleicht mein Schicksal entscheiden würde.

»Ich bin etwas verwirrt, dass ich zusammen mit einem Mann auf der Bühne stehe, gegen den eine Klage wegen sexueller Belästigung erhoben und mit einer Zahlung von 850 000 Dollar beigelegt wurde, und dennoch diejenige bin, der Fragen zu diesem Thema gestellt werden. Aber ich werde versuchen, hier oben etwas Radikales zu tun. Ich will versuchen, einen komplizierten Sachverhalt auf ehrliche Weise darzulegen.

Im Februar 1992, an dem Tag, als ich bekannt gab, dass ich vom Staat Illinois aus für den Senat kandidieren werde, fuhr ich in einem Taxi zur *Chicago Tribune*, um ein Interview zu geben. Mit mir im Taxi saßen ein Mann namens Greg Rheinfrank, der damals mein Kommunikationsdirektor war, und eine Frau namens Jill Rossi, später verheiratete Perkins, die Gregs Assistentin war. Ich trug eine dünne Feinstrumpfhose, und Greg fiel auf, dass ich mir die Beine seit ein paar Tagen nicht rasiert hatte. Aus Sorge, dies könne ungepflegt oder peinlich wirken, bat er den Taxifahrer anzuhalten. Er schickte Jill Perkins in eine Drogerie, um einen Rasierer und Rasierschaum zu kaufen, und als sie zurückkam, schlug Greg vor, sie solle mir die Beine rasieren, damit ich mich darauf konzentrieren konnte, meine Antworten für das bevorstehende Interview zu üben. Heute wünschte ich mir aus vielerlei Gründen, ich hätte mir die Beine selbst rasiert oder hätte sie unrasiert gelassen. Ich entschuldige mich bei Jill Perkins, dass ich sie in diese unangenehme Situation gebracht habe. Ich kann ihre Gefühle verstehen. Seinerzeit war ich mir nicht gewahr, dass das, was ich tat, Belästigung war, geschweige denn sexuelle Belästigung. Tatsache ist, dass eine zwischenmenschliche Interaktion große körperliche Nähe beinhalten kann und dennoch nicht unangemessen ist, wie bei einem Arzt oder einer Krankenschwester oder auch bei einem Herrenfriseur, der einem Mann den Bart rasiert. Oder wie heute Abend, als eine Haarstylistin, Veronica Velasquez, und eine Visagistin, Suzy Gunther, mir bei der Vorbereitung geholfen haben. Dennoch gebe ich zu, dass ich in jenem Taxi eine falsche Entscheidung getroffen habe, und das bedaure ich. Es war ein einmaliges Ereignis, und niemals sonst in meiner langjährigen Laufbahn als Juraprofessorin oder Amtsträgerin ist etwas vorgefallen, das damit auch nur im Entferntesten vergleichbar wäre.

Habe ich einen Fehler gemacht? Ja. Wir alle machen Fehler. Aber ich glaube aus tiefstem Herzen, dass ich nicht allzu viele Fehler begangen habe, dass ich aus ihnen gelernt habe und dass ich meinen Mitmenschen grundsätzlich respektvoll begegne.

Nun, es gibt aber noch ein wichtigeres Thema, das ich ansprechen möchte. Ich möchte Sie, die Sie heute Abend hier in Las Vegas sind, wie auch Sie, die Sie zu Hause vor dem Fernseher sitzen, bitten, sich daran zu erinnern, wann Sie meinen Namen zum ersten Mal gehört haben. Wenn Sie nicht aus Illinois sind, dürfte das vermutlich im Jahr 2004 gewesen sein. Damals zog eine Bemerkung von mir darüber, dass ich lieber berufstätig war, statt zu Hause zu bleiben, um Kekse zu backen, einen nationalen Aufschrei nach sich. Wahrscheinlich gab es keine Zeit, in der Sie von meiner Existenz wussten, ohne zugleich zu wissen, dass ich angeblich umstritten, nicht vertrauenswürdig oder unsympathisch bin. Und es ist völlig normal, dass wir, wenn man uns über Jahre hinweg wieder und wieder sagt, eine Person sei nicht vertrauenswürdig oder unsympathisch, das schließlich glauben.

Aber warum sind die Amerikanerinnen und Amerikaner so darauf fixiert, ob ich sympathisch bin? Fragen wir uns je, ob Jim Webb sympathisch ist, ob Martin O'Malley sympathisch ist, ob Bill Clinton sympathisch ist? Wenn Sie jemanden suchen, der witzig ist, können Sie in einen Comedy-Club gehen. Wenn Sie jemanden suchen, der attraktiv ist, können Sie sich einen Hollywoodfilm anschauen. Wenn Sie mit jemandem ein Bier trinken wollen, können Sie gemeinsam mit Ihrem Freund in eine Kneipe gehen. Aber wenn Sie jemanden suchen, der sich für die Interessen des amerikanischen Volkes einsetzt, für Ihre Familie, für *Sie* – jemanden, der sich mit Wirtschaft und Bildung, mit Gesundheitsfürsorge und Außenpolitik auskennt, jemanden mit gesundem Menschenverstand und Anstand, jemanden, der *nicht* glaubt, dass die allgemeingültigen Regeln und Gesetze nur für andere gelten – dann stimmen Sie für mich. Sie können für mich stimmen, weil es Sie begeistert, eine Frau zur Präsidentin zu wählen, aber Sie können auch einfach nur für mich stimmen, weil ich gute Arbeit leisten werde. Ich verspreche Ihnen, dass ich bei jeder Gelegenheit, für so viele Amerikanerinnen und Amerikaner, wie ich kann, auf so viele Weisen, wie ich kann, darum kämpfen werde, Ihr Leben besser zu machen.«

Ich hatte meine Redezeit um mehr als zwanzig Sekunden überschritten, und Anderson hatte mich nicht unterbrochen. Als ich ausgeredet hatte, gab es Applaus, den stürmischsten Applaus, den ich an diesem Abend erhielt. Ich will nicht lügen: Ich fühlte mich wie berauscht, aber auch unsicher. Eine Art Nebel hatte sich gelichtet, etwas Schemenhaftes hatte sich zu einer Art Essenz verdichtet, und ich war nicht sicher, wie das Publikum reagieren würde.

Später, im Aufenthaltsraum, sagte Greg: »Danke, dass du mich den Wölfen zum Fraß vorgeworfen hast.« Und gleich darauf: »Gut gemacht, Rodham.«

»Danke, dass du mich dazu ermutigt hast, für den Senat zu kandidieren«, erwiderte ich. »Und noch für ein paar Dinge mehr.«

Anscheinend war es, wie etliche Experten später hervorhoben, eine Premiere, dass das Wort »Feinstrumpfhose« auf der Bühne einer Präsidentschaftsdebatte verwendet worden war.

Das Narrativ meines letztendlichen Wahlsiegs und meiner Präsidentschaft lautet, dass es diese erste Fernsehdebatte der demokratischen Kandidaten war, bei der ich meine Stimme fand, eine Authentizität und Aufrichtigkeit offenbarend, die mir jahrzehntelang verwehrt geblieben waren. Ich hege meine Zweifel an dieser Deutung, doch rückblickend – seit jenem Abend sind mehr als zwei Jahre vergangen und seit meiner Amtseinführung mehr als ein Jahr – sind mir die Tage nach der Debatte als der Zeitpunkt in Erinnerung geblieben, an dem ich begonnen habe, meinen Sieg für wahrhaft möglich zu halten, eine Art Zuversicht oder Optimismus zu verspüren, die zuvor in weiter Ferne gewesen waren. Ab diesem

Augenblick begann ich mich vertrauensvoll auf mich selbst zu verlassen. Doch darüber hinaus, dass meine Offenheit in Sachen Jill Perkins einen Wendepunkt in der Wahl 2016 markierte, wurde ich plötzlich noch aus einem sowohl konkreteren als auch heikleren Grund authentisch. Unter den fünfzehn Millionen Zuschauerinnen und Zuschauern der Debatte war an jenem Abend auch Vivian Tobin, die Frau vom Chouteau's-Parkplatz. Die Kombination aus meiner öffentlichen Entschuldigung bei Jill Perkins und meinem Schuldeingeständnis habe sie, so sagte sie später, ermutigt, aus dem Schatten zu treten und zu erzählen, was sich unzählige Jahre zuvor zwischen ihr und Bill Clinton ereignet hatte. Sie möge mich nicht, erzählte Vivian Tobin den Reportern, aber sie *hasse* Bill. Sie beschloss – zu einem hohen persönlichen Preis –, alles in ihrer Macht Stehende zu tun, um seine Präsidentschaft zu verhindern. Ich werde ihr zeitlebens dankbar sein, obwohl ich nur den Kopf schütteln konnte, wenn ich wieder einmal ihren gern zitierten inoffiziellen Kommentar hörte, ihr echter Wunschkandidat sei Donald Trump.

Obwohl ihn eine Frau glaubhaft der Vergewaltigung beschuldigte, fochten Bill und ich unseren Kampf bis Anfang Juni 2016 aus, als die Mehrheit der Delegierten mir offiziell ihre Stimme gab und ich die designierte Spitzenkandidatin der Demokraten wurde. Die Schlacht im Vorfeld der Hauptwahl war so hässlich wie die vor den Vorwahlen. Mein republikanischer Rivale war tatsächlich Jeb Bush, und die Medien folgten seinem Beispiel und taten so, als gehörten wir nur deshalb, weil er fünf Jahre jünger war als ich, zwei unterschiedlichen Generationen an. Es gab Gerüchte, ich hätte Parkinson, ein Schädel-Hirn-Trauma und Syphilis, und Jeb höchstpersönlich, den die Presse regelmäßig zu seinen untadeligen WASP-Manieren beglückwünschte, wurde nicht müde zu erklären, ich würde »erschöpft« wirken.

Im August 2016 kam es außerdem zu einem Skandal, als Bitsy Sedgeman Corkers so missratener vierzigjähriger Sohn Jesse, der einer meiner Großspender war, wegen fahrlässiger Tötung verhaftet wurde, nachdem einer seiner Freunde, dem er Opioide beschafft hatte, an einer Überdosis gestorben war. Natürlich löste dies eine neue Welle von Gerüchten über meinen Kollegen James von der Northwestern und meine mutmaßliche Rolle bei seinem Tod aus.

Und Donald Trump blieb mir bis zum Wahltag ein Stachel im Fleisch. Als das Rennen am 8. November gegen neun Uhr abends Ostküstenzeit entschieden war, twitterte er: *Knallharte Hillary, die ihren Sieg mir verdankt, ist Präsidentin. Aber wo bleibt mein »Danke«, Hillary?* Nun, nachdem in New York eine Anklage wegen Steuerhinterziehung gegen ihn erhoben wurde – sein Prozess wird erst in ein paar Monaten stattfinden –, ist er wie besessen von der Idee, ich müsse ihn begnadigen, was ich auf keinen Fall tun werde.

Dennoch wurde alles einfacher und vorhersehbarer, als Bill endlich aus dem Wahlkampf ausgeschieden war. Der Schlagabtausch mit Jeb war deutlich weniger anstrengend als der mit Bill; Jeb war weniger charismatisch, weniger intelligent, und ich hatte nie mit ihm geschlafen. Außerdem hatten seine Unterstützer bei seinen Wahlkampfveranstaltungen niemals »Stopft ihr das Maul!« skandiert. Manchmal, wenn ich Jeb und seinen designierten Vizepräsidentschaftskandidaten John Kasich, den Gouverneur von Ohio, sah, musste ich an Diwata denken, wie sie Bill als männlich, blässlich und ältlich tituliert hatte. Obwohl ich ernsthaft überlegt hatte, Baracks Minister für Wohnungsbau und Stadtentwicklung Julián Castro für das Amt des Vizepräsidenten zu nominieren, entschied ich mich schließlich doch für Terry McAuliffe, den Gouverneur von Virginia, was bedeutet – Terry ist zehn Jahre jünger als ich –, wir sind genauso blässlich und ältlich. Aber ich mag Terrys Energie und seinen Humor, und er ist ein begnadeter Spendensammler.

Manchmal schien es, als würde der Wahltag nie mehr kommen, und dann war er plötzlich da. Am Ende gewann ich mit einer Mehrheit von 2,9 Millionen Stimmen.

Im Weißen Haus, an einem typischen Abend unter der Woche, richte ich mir mein Nest im Wohnzimmer meiner Privatwohnung ein, das sich zwischen dem Präsidentenschlafzimmer und dem Yellow Oval Room befindet. Anscheinend haben viele Präsidenten nicht das Bett mit ihrer First Lady geteilt, und das Wohnzimmer wurde unter anderem von Mary Todd Lincoln, Harry Truman und John F. Kennedy als Schlafzimmer genutzt. Die Innendesigner, mit denen ich zusammenarbeitete – um ehrlich zu sein, war es in erster Linie Maureen, die für mehrere Monate nach Washington kam, um sich um die neue Einrichtung zu kümmern –, stellten kein Bett in den Raum, sondern fanden ein riesengroßes, bequemes Stoffsofa, auf dem ich es mir abends gemütlich mache, um Tee zu trinken und dabei Briefing-Unterlagen aus einer Ledermappe oder Zeitungsartikel auf meinem iPad zu lesen. Zur weiteren Einrichtung des Raums zählen ein aus der National Gallery of Art entliehenes Stillleben mit einer Obstschale aus dem siebzehnten Jahrhundert, zwei Porzellanpferde auf dem Kaminsims, die Ulysses S. Grant von einem chinesischen Diplomaten geschenkt bekam, außerdem ein Mahagonitisch, auf dem die weiße Häkeltischdecke der Familie Suarez aus dem Jahr 1971 liegt, auf der wiederum die gerahmten Fotografien meiner Familie und Freunde stehen, sowie bodenlange Toile-de-Jour-Vorhänge in zauberhaftem Meerschaumgrün. Ich versuche gegen elf ins Bett zu gehen, wo ich zur Entspannung noch eine Viertelstunde in einem Andachtsbuch lese und gegen zwanzig nach elf das Licht ausschalte.

Meine Tage sind derart hektisch und anregend und kommunikativ, derart gnadenlos, dass ich mich, wenn ich diesen privaten abendlichen Frieden nicht hätte, vermutlich in eine Art Automat verwandeln würde, in eine ihres Ichs beraubte Galionsfigur. Allein diese Zeit schenkt mir die Ruhe, mich nicht nur auf meine Gefühle, sondern auch auf meine Erfahrungen zu besinnen. Natürlich werde ich mich davor hüten, die Öffentlichkeit davon überzeugen zu wollen, dass Politik ganz im Sinne Wordsworths gleich der Dichtung aus dem »spontanen Überfluss mächtiger Gefühle« hervorgehen kann. Ich weiß, dass die Leute etwas noch lange nicht glauben müssen, nur weil es wahr ist.

Und doch, auch wenn mein Nest im Wohnzimmer unverzichtbar für mein inneres Gleichgewicht ist und die Präsidentschaft zwangsläufig Einsamkeit bedeutet, bin ich privat weit weniger allein als die meiste Zeit meines Erwachsenendaseins. In den letzten beiden Jahren hat sich die Beziehung zwischen Albert und mir auf überraschend normale Art weiterentwickelt. Er kommt fast jedes Wochenende aus New York zu Besuch und steht mir sogar als Begleiter bei Staatsbanketten und Empfängen im Weißen Haus rund um die Feiertage zur Seite. Obwohl ich es anfangs vermied, ihn auf Auslandsreisen mitzunehmen, bin ich diesbezüglich mittlerweile lockerer geworden, und kürzlich hat er mich unter anderem nach Italien zum G-7-Gipfel begleitet. Albert ist außerordentlich geduldig, was meinen Terminkalender betrifft, und ich könnte nicht sagen, ob dem so ist, weil ich Präsidentin bin und er im Ruhestand ist, oder ob er auch schon so gewesen wäre, wenn wir uns früher und unter anderen Umständen kennengelernt hätten. Wir haben diese Frage erörtert – zu den Dingen, die ich am meisten an ihm mag, gehört, dass wir über alles reden können – und mussten beide zugeben, dass wir es nicht wissen. Wir genießen einfach die Gegenwart des anderen, und ich denke, wir sind beide freudig überrascht und dankbar, echte Kameradschaft zu erleben. Und – obgleich ich das außer Maureen niemals jemandem gegenüber erwähnt habe – fabelhaften Sex. Er beinhaltet keinerlei Akrobatik, wohl aber Gleitmittel, und in Alberts Armen, unter der Decke, erfahre ich ein ganz besonderes körperliches Glück, von dem ich geglaubt hatte, es längst hinter mir gelassen zu haben. Warum brauchte es mehr als fünfzig Jahre, einer Person zu begegnen, die freundlich und interessant und attraktiv ist; die treu ist; und Single? Auch wenn ich mich darüber gelegentlich wundere, kann ich mit Fug und Recht behaupten, dass ich selbst weniger erstaunt bin als die Heerscharen von Journalistinnen und Journalisten, die sich millionenfach in Spekulationen darüber ergangen haben, was in meinem Herzen vorgeht.

Abends geht Albert früher schlafen als ich. Wenn er in New York ist, schickt er mir kurz vor dem Zubettgehen, während ich in meinem Nest sitze, noch eine Nachricht mit Variationen der immer gleichen Botschaft: *Gute Nacht, mein Schatz, träum schön.* (Obwohl ich das süß fand, verzichtet er in seinen Nachrichten inzwischen auf die Begrüßung oder Verabschiedung, doch Satzzeichen verwendet er nach wie vor. Außerdem weigert er sich aus Prinzip, auch nur den Versuch zu machen, Albert-Boyd-Hardcore-Fans zu verstehen.) Morgens werde ich normalerweise um Viertel nach sechs durch den Anruf eines Kammerdieners geweckt, und deshalb stellt Albert seinen Wecker auf zehn nach sechs. Auf diese Weise erwartet mich, kaum dass ich aufgewacht bin, neben meinen Briefing-Unterlagen immer eine Nachricht von ihm. Normalerweise lautet sie: *Guten Morgen, mein Schatz, ich hoffe, Du hast gut geschlafen.*

Ich betrachte die Bandbreite und die Tiefe nicht nur meiner Freundschaften, sondern auch meiner vielen Arbeitsbeziehungen als eines der größten Geschenke meines Lebens; natürlich hätte ich, auch wenn ich Albert nicht begegnet wäre, dieses Glück immer noch empfunden. Aber dass eine andere Person sich um einen sorgt, wenn man abends zu Bett geht und morgens aufwacht – nicht, weil sie etwas von einem will, sondern weil sie einen liebt –, ist etwas vollkommen Neues für mich. Dem wohnen eine Wärme und ein Trost inne, die ich keineswegs für selbstverständlich erachte.

Meine Amtseinführung fand am 20. Januar 2017 statt. Ich trug einen dunkelgrauen Hosenanzug, dessen lilafarbenes Revers und das lilafarbene Top darunter die Verschmelzung des blauen und roten Amerika symbolisierten. Es war unnatürlich, fast frühlingshaft warm in Washington. Ich weiß, dass vielen Frauen und auch einigen Männern die Tränen kamen, als sie mir zusahen, wie ich die linke Hand auf eine Bibel legte, die meine Mutter als Teenager bekommen hatte, und den Eid wiederholte, der mir vom Vorsitzenden Richter des Supreme Court John Roberts abgenommen wurde: »Ich, Hillary Rodham, gelobe feierlich, dass ich das Amt des Präsidenten der Vereinigten Staaten getreulich ausführen und die Verfassung der Vereinigten Staaten nach besten Kräften wahren, schützen und verteidigen werde, so wahr mir Gott helfe.«

Ich hatte mir schon vor langer Zeit vorgenommen, nicht zu weinen. Die Präsidentschaft ist eine seltsame Mischung aus Bürokratie und Symbolik, und der Inauguration Day war der Gipfel der Symbolik; das Zeremoniell war geradezu filmreif, was nicht heißen soll, dass es gestellt war. Auf der Westseite des Kapitols zu stehen, mit Blick sowohl auf das Washington Monument als auch auf das Lincoln Memorial, öffentlich die friedliche Machtübergabe zu zelebrieren, die das Kennzeichen einer Demokratie ist – es war zutiefst bewegend.

Obgleich andere Präsidenten während des Amtseids von ihren Familien flankiert worden waren, beschloss ich, allein dazustehen. Auf den nächstgelegenen Plätzen jedoch saßen auf der einen Seite des Gangs meine Brüder, ihre Ehefrauen und Tonys Kinder und auf der anderen Seite Maureen und Meredith mit ihren Ehemännern und der kleinen Hillary, Merediths einjähriger Tochter. Ebenfalls in meiner Nähe waren Theresa, Greg, Denise, Clyde, Diwata und weitere Stabsmitarbeiter sowie meine Wellesley-Freundinnen Nancy und Phyllis. Albert und seine Tochter Carson saßen neben Nancy. Der Amtseid selbst dauerte ungefähr dreißig Sekunden und meine Rede danach dreiundzwanzig Minuten. Noch während der Musikdarbietungen vor dem Schwur hatte ich an die vielen Menschen gedacht, die diesen Tag herbeigesehnt hatten, ihn aber nicht mehr hatten erleben dürfen: die Vorreiterinnen der Frauenbewegung natürlich wie Susan B. Anthony, Elizabeth Cady Stanton und der Abolitionist Frederick Douglass; die erst kürzlich, im Mai 2016, verstorbene Misty LaPointe; und dazwischen meine Mutter, die an dem Tag im Jahr 1919 das Licht der Welt erblickt hatte, als der Kongress den Frauen das Wahlrecht gab. Oh, Dorothy Rodham, dachte ich. Oh, Mom. Ich wünschte mir so sehr, du könntest hier sein. Mich hat der Aphorismus vom Sinn des Lebens, den zumindest zu begreifen beginne, wer Bäume pflanze, wohl wissend, dass er nie in ihrem Schatten sitzen werde, immer besonders berührt.

Ich wusste am Tag der Amtseinführung, dass eine Zeit voller Herausforderungen vor mir lag, einschließlich Blockaden im Kongress und einer gespaltenen Wählerschaft. Solche Herausforderungen lassen mich mit noch größerem Stolz auf die Gesetze blicken, die meine Regierung ohne Unterstützung der Republikaner verabschiedet hat: die Rückgängigmachung des Hyde Amendment, um bedürftigen Frauen wieder Zugang zu Schwangerschaftsabbrüchen über Medicaid zu ermöglichen; die Schaffung eines Einbürgerungsverfahrens für Einwanderer ohne irgendwelche Papiere; die Übererfüllung der Vereinbarungen des Pariser Klimaabkommens; die verpflichtende Zuverlässigkeitsüberprüfung bei sämtlichen Waffenverkäufen. Selbstverständlich gab es auch Enttäuschungen und Misserfolge. Nichts von alledem war einfach, nicht einmal die Erfolge. Es gab gute und schreckliche Tage.

Aber das riesige grasbewachsene Feld, das ich mir im Wahlkampf oft vorgestellt habe – ich bin auf der anderen Seite angelangt. Es ist unglaublich! Oder ist das Unglaubliche eher, wie schnell es sich normal anzufühlen begann? Anfangs, wenn die Reporter auf NPR oder ABC »Präsidentin Rodham« sagten, klang dieses Wortpaar, die respektvolle Anrede und mein Nachname, seltsam, aber schon nach wenigen Tagen hatte ich mich daran gewöhnt.

Wenngleich ich niemals erfahren werde, wie sehr dieser mein Weg vom Schicksal oder von meinem eigenen Willen bestimmt war, ist diese Frage doch weit weniger wichtig als die Tatsache, dass ich es geschafft habe. Nun wissen andere Frauen, dass auch sie es schaffen können, und zwar nicht, weil ich oder jemand anders es ihnen sagt. Sie wissen es, weil sie es mit eigenen Augen gesehen haben.

DANKSAGUNG

Was Fakten, Anekdoten und Analysen angeht, bin ich den folgenden Büchern und ihren Autorinnen und Autoren zu Dank verpflichtet: *Living History* (deutsch *Gelebte Geschichte*) und *What Happened* von Hillary Rodham Clinton; *My Life* (deutsch *Mein Leben*) von Bill Clinton; *Chasing Hillary: On the Trail of the First Woman President Who Wasn't* von Amy Chozick; *A Woman in Charge: The Life of Hillary Rodham Clinton* (deutsch *Hillary Clinton: Die Macht einer Frau*) von Carl Bernstein; *Strange Justice: The Selling of Clarence Thomas* von Jane Mayer and Jill Abramson; *Behind the Smile: A Story of Carol Moseley Braun's Historic Senate Campaign* von Jeannie Morris; *Good and Mad: The Revolutionary Power of Women's Anger* von Rebecca Traister; *Brotopia: Breaking Up the Boys' Club of Silicon Valley* von Emily Chang; *Dear Madam President: An Open Letter to the Women Who Will Run the World* von Jennifer Palmieri; *Plenty Ladylike: A Memoir* von Claire McCaskill; *Off the Sidelines: Speak Up, Be Fearless, and Change Your World* von Kirsten Gillibrand; *The Truths We Hold: An American Journey* von Kamala Harris; *The Senator Next Door: A Memoir from the Heartland* von Amy Klobuchar und *This Fight Is Our Fight: The Battle to Save America's Middle Class* von Elizabeth Warren. Gleichermaßen zu Dank verpflichtet bin ich den folgenden Podcasts: *With Her*, präsentiert von Max Linsky und der Clinton Foundation; *Slow Burn: Season 2*, präsentiert von Leon Neyfakh und dem Online-Magazin *Slate*; und *Making Obama*, präsentiert von Jenn White und WBEZ Chicago.

An einigen Stellen dieses Romans finden sich Zitate aus realen öffentlichen Veranstaltungen. Zu diesen Passagen gehören die

Pressekonferenz anlässlich des Rücktritts von Thurgood Marshall im Jahr 1991; Bill Clintons Bekanntgabe seiner Präsidentschaftskandidatur im Jahr 1991; Anita Hills Zeugenaussage während der Anhörung anlässlich der Berufung von Clarence Thomas im Jahr 1991; Carol Moseley Brauns Bekanntgabe ihrer Senatskandidatur im Jahr 1991; Bill Clintons *60 Minutes*-Interview im Jahr 1992; und Donald Trumps Bekanntgabe seiner Präsidentschaftskandidatur im Jahr 2015.

Während des Schreibens habe ich etlichen Menschen unzählige Fragen gestellt. Mir fehlen schlicht die Worte, um Rebecca Hollander-Blumoff und Susan Appleton meine Dankbarkeit und meinen Respekt vor ihrer Intelligenz und ihrem Langmut auszudrücken. Auch P. G. Sittenfeld und Ellen Battistelli beantworteten tapfer unzählige Anfragen. Diana Mallon, Sarah Sittenfeld und Paul De Marco durfte ich mit Fragen zu ihren Fachgebieten löchern. Kim und Chris Smith gestatteten mir, ebenso wie Susanna Daniel, mir eine gute Geschichte auszuleihen. Anfang 2016 boten Tyler Cabot und David Granger mir einen Auftrag für ein Magazin an, der mich teilweise zu diesem Buch inspiriert hat. Und seit Mitte der 1970er-Jahre ermutigen mich Betsy und Paul Sittenfeld, literarisch wie auch anderweitig.

Zu meinen klugen frühen Leserinnen und Lesern gehörten Emily Bazelon, Jennifer Weiner, Emily Miller, Tiernan Sittenfeld, Josephine Sittenfeld, P. G. Sittenfeld, Matt Carlson und Julius Ramsay.

Man könnte sagen, dass es für die Veröffentlichung eines Romans ein ganzes Dorf braucht. Ich darf mich überaus glücklich schätzen, Teil eines Dorfes zu sein, zu dem meine geniale Lektorin Jennifer Hershey und meine außergewöhnlich talentierte Presseverantwortliche Maria Braeckel gehören. Ich bin zutiefst dankbar für die Weisheit und die Kompetenz von Marianne Velmans, Patsy Irwin und Tabitha Pelly. Außerdem werde ich von einer Heerschar ausgezeichneter Agentinnen wie Jennifer Rudolph Walsh, Tracy

Fisher, Claudia Ballard und Jill Gillet vertreten. Ebenso kümmern sich bei WME Suzanne Gluck, Fiona Baird, Alicia Everett, Alyssa Eatherly, Camille Morgan und Sabrina Taitz um meine Belange. Bei Random House stehen mir Gina Centrello, Andy Ward, Avideh Bashirrad, Susan Corcoran, Theresa Zoro, Leigh Marchant, Barbara Fillon, Jessica Bonet, Sophie Vershbow, Vincent La Scala, Janet Wygal, Benjamin Dreyer, Jordan Pace, Erin Kane, Paolo Pepe, Robbin Schiff und Elizabeth Eno zur Seite. Und bei Transworld kümmern sich Larry Finlay, Jane Lawson und Jo Thomson um mich. Sehen Sie? Es braucht wirklich ein ganzes Dorf.

Zu guter Letzt ein Dank an meine Familie. Ihr seid so kreativ und lustig, und ihr erfüllt mein Leben mit Freude.

Die Originalausgabe erschien 2020
unter dem Titel *Rodham*
bei Random House, New York.

Hillary ist ein Roman. Wenngleich einige Figuren ein real existierendes Pendant haben, entspringen ihre Charakterisierung und die geschilderten Erlebnisse, an denen sie teilhaben, der Fantasie der Autorin. *Hillary* ist als Roman zu lesen und keinesfalls als biografische oder geschichtliche Darstellung. Die übrigen Figuren wurden ebenso wie die sie betreffenden Geschehnisse und Dialoge von der Autorin frei erfunden.

Penguin Random House Verlagsgruppe FSC® N001967

1. Auflage
Copyright © der Originalausgabe 2020 by Curtis Sittenfeld
Copyright © der deutschsprachigen Ausgabe 2021
Penguin Random House Verlagsgruppe GmbH,
Neumarkter Str. 28, 81673 München

Lektorat: Claudia Jürgens, Berlin
Umschlaggestaltung: Sabine Kwauka
Umschlagabbildung: © Getty Images / Wellesley College
Satz: Greiner & Reichel, Köln
Druck und Bindung: GGP Media GmbH
Printed in Germany
ISBN 978-3-328-60170-8
www.penguin-verlag.de

Dieses Buch ist auch als E-Book erhältlich.

TAKIS WÜRGER

Takis Würger
Noah
Von einem, der überlebte

Auch als E-Book erhältlich

Verfolgter, Schmuggler, Häftling, Dieb, Matrose, Kämpfer, Retter. Die Geschichte eines Helden.

Takis Würger erzählt die Lebensgeschichte des Noah Klieger – von seiner Kindheit im Frankreich der 1920er Jahre, seinem Überleben in den Konzentrationslagern der Nationalsozialisten bis zu seinem Engagement für die Staatsgründung Israels. Der Bericht eines großen Lebens – atemberaubend gut erzählt. Eine Geschichte, die nicht vergessen werden darf.

»Die Erinnerungen eines jüdischen Helden. Gut, dass Noah Kliegers Geschichte für kommende Generationen festgehalten ist. Ein bewegendes, erschütterndes, wunderbares Buch.«
Jüdische Allgemeine

VIVIAN GORNICK

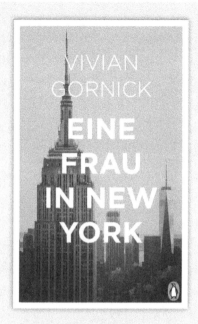

Vivian Gornick
Eine Frau in New York

Auch als E-Book erhältlich

Stadtluft macht Frauen frei!

Vivian Gornick ist eine Suchende, und nichts beruhigt ihr fragendes Herz mehr als ein Fußmarsch durch die schwindelerregenden Straßenschluchten New Yorks. Auf der Suche ist sie nach sich selbst, nach der Frau, die sie sein möchte. *Eine Frau in New York* ist das zutiefst ehrliche Bekenntnis Vivian Gornicks, der Grande Dame der amerikanischen Frauenbewegung, zu einem selbstbestimmten, unkonventionellen Leben und eine Liebeserklärung an diese kräftezehrende und zugleich so vitalisierende Stadt: New York.

»Vivian Gornick gelingt es durch ihre lose verbundenen literarischen Miniaturen meisterinnenhaft, ein Gefühl für ihr New York zu geben ...« *taz*

ANNE ENRIGHT

Anne Enright
Die Schauspielerin

Roman
Auch als E-Book erhältlich

Ein großer Roman über die unstillbare Sehnsucht nach Anerkennung

Kann man seine Mutter wirklich kennen? Norah blickt zurück auf das Leben ihrer Mutter, der einst gefeierten Schauspielerin Katherine O'Dell, die es von den irischen Dorfbühnen bis nach Hollywood geschafft hat. Doch mit zunehmendem Alter verblasste ihr Stern, sie betäubte sich mit Alkohol und Tabletten, bis es eines Tages zu einem bizarren Skandal kam: Ohne Vorwarnung schoss sie auf einen Filmproduzenten. Wer war diese Frau, die alles für die Kunst gab, deren Beziehungen kalt waren – und warum erzählte sie Norah nie, wer ihr Vater ist?

»Ein eindringliches Buch über die so starke und doch auch so verwundbare Beziehung zwischen Mutter und Tochter – frappierend ehrlich, scharfzüngig und augenzwinkernd erzählt.« *SWR-Bestenliste Juli/August 2020*

Die Autobiographie der US-Vizepräsidentin: Ein inspirierendes, persönliches Buch über die Wahrheiten und Werte, die uns verbinden – und wie wir nach ihnen handeln sollten.

In *Der Wahrheit verpflichtet* erzählt Kamala Harris ihre Lebensgeschichte: Sie berichtet von Erfahrungen und Vorbildern, die sie bis heute prägen, und ruft die Werte in Erinnerung, die wir gemeinsam verteidigen müssen. Dabei macht ihre Arbeit in Justiz und Politik deutlich, wie es in herausfordernden Zeiten gelingen kann, Probleme zu lösen, Krisen zu überwinden und Verantwortung zu übernehmen – für das eigene Leben, eine Gemeinschaft und für ein ganzes Land.

»Unsere größten Probleme können wir nur bewältigen, wenn wir ehrlich mit ihnen umgehen. Wenn wir bereit sind, schwierige Gespräche zu führen, wenn wir den Tatsachen ins Auge sehen. Wir müssen die Wahrheit aussprechen.« *Aus dem Vorwort*

C. Bertelsmann
www.cbertelsmann.de